KB167609

욕망의 불꽃,

❖ 에곤 실레와 뮤즈들 ❖

육체는 그 자체의 빛을 지니는데, 살아가느라 소멸된다.
타오르는 이 빛은, 외부에서 들어오지 않는다.
– 에곤 실레, 1912

당신이 내 안에서 듣는 것은 바다인가요,
바다가 내는 불만의 소리인가요,
혹은 당신의 광기였던
아무것도 아닌 목소리인가요.
– 실비아 플라스, 1960

THE FLAMES
Copyright © Sophie Haydock 2022
Korean translation copyright © 2023 Hyeonamsa Publishing Co., Ltd.
Korean translation rights arranged with Random House UK
through EYA (Eric Yang Agency)

* 이 책의 한국어판 저작권은 EYA (Eric Yang Agency)를 통해
Random House UK와 독점 계약한 (주)현암사가 소유합니다.
저작권법에 의해 한국 내에서 보호를 받는 저작물이므로 무단 전재 및 복제를 금합니다.

THE FLAMES

욕망의 불꽃,

에곤 실레와 뮤즈들

달다

차 례 _____

Prologue

1968년 5월 4일

두 여인은 팔다리가 뒤틀리고 얼굴이 일그러지며 충돌했다. 이윽고 에바는 연보랏빛 하늘을 향해 눈을 떴다. 입안과 손가락 마디에서 피가 흘렀고 코듀로이 원피스는 찢어졌다. 에바는 숨을 헐떡이면서 몸을 웅크린 채 한 손으로 배를 잡다가 안경을 바로 썼는데, 한쪽 렌즈에 금이 간 걸 보고는 투덜거렸다. 조금 전 탔던 자전거 바퀴가 째깍째깍 천천히 궤도를 그리며 돌아가는 것을 바라보다가 몇 미터 떨어진 거리에 있는 한 형체가 눈에 들어왔다. 노파가 땅에 쓰러져 있었다. 벌어져 있는 노파의 축 늘어진 입술 뒤로 들쭉날쭉한 치아가 튀어나와 있었다.

그제야 모든 게 되살아났다. 충돌하기 몇 초 전, 에바가 마지막으로 본 것은 휘둥그레진 물기 어린 두 눈동자였다. 입술 위로 올라간 두 손이었다. 이 백발의 여인은 주차된 차들 사이를 돌진해 갑자기 튀어나와 에바와 부딪힌 것이었다.

에바는 빈의 녹음이 우거진 히칭 구역에 있는 이 주택가 뒷길을 따라 자전거를 타고 집으로 향하는 내내 다른 데 정신을 팔고 있었다. 잠깐 사귄 남자와 점심때 말다툼을 했던 것이다. 그녀는 관광객들로 득실거리는 인네레슈타트에서 중고 책방 조수로 일했는데, 둘은 그 근처 카페에서 만났다. 하지만 친밀감을 드러내야 하는 순간이 서로에 대한 비난으로 가득해지고 말았다. 카페를 뛰쳐나가는 에바를 애인은 잡지도 않고 보내주었다. 에바는 그때의 다툼을 곱씹으며 자신이 한 말들을 돌이켜 보고 밝혔어야 했던 것들을 생각하던 중이었다. 그다음에 떠오른 건 자기 앞으로 흐릿한 섬광이 뛰어들었다는 것이다. 다급하게 브레이크를 잡고 방향을 틀려 했으나 속도를 멈출 수가 없었다.

"아, 이런, 다치셨어요? 제 말 들리세요?" 에바는 상처 입은 노파에게 허리를 숙이고 물었다. "정말 죄송해요! 너무 늦게 할머니를 봤어요."

미동도 하지 않는 노파의 침묵으로 에바는 망연자실해졌다.

에바는 광대뼈가 두드러지고 두 눈이 움푹 들어간 피해자의 얼굴을 뚫어져라 쳐다봤다. 노파의 이마에서 흐르는 피는 백발의 머리와 대조되어 선명했다. 피부는 병약한 자줏빛으로, 만져보니 차가웠고 몸에서는 오래된 토양처럼 고약한 냄새가 풍겼다. 노파의 해진 옷과 검게 때가 낀 손톱이 눈에 들어왔다. 신문으로 안을 댄 얇은 신발은 벗겨졌고, 맨발에 못생긴 엄지발가락 안쪽에 난 염증은 무척 크고 불그스레했다.

"어떻게 하지."

속삭이듯 말한 에바는 짙은 머리카락을 눈에서 떼며 집중하려 했다. 주변에 도움을 줄 수 있는 사람이 있는지 두리번거렸다. 거리를 내려다보는 웅장한 아파트 건물 중 하나에서 창문이 불을 밝혔지만 사람은 보이지 않았다. 에바는 비틀거리며 걸어가 황동 버저들을 눌러댔다.

"앰뷸런스 좀 불러주세요. 부탁이에요!" 에바는 인터폰에다 대고 외쳤지만 들리는 건 잡음뿐이었다.

하늘은 점점 어두워지고 곧 비가 쏟아질 듯했다.

에바는 노파에게로 돌아가 쿵쾅대는 심장을 부여잡고 몸을 숙여서 살아 있다는 어떤 신호라도 들으려 했다. 조심스러우면서도 끈질기게 흔들어봤다. 그러자 노파가 입은 코트의 솔기에서 은빛 옷좀나방들이 빛에 놀라 흩어졌다.

노파가 들고 있던 가방은 찢어져 안의 내용물들이 길 사방으로 흩어져 있었다. 에바는 그녀의 신원을 알아낼 만한 것이 있는지 찾아봤다. 잉크가 흐릿해진, 리본으로 묶인 편지 뭉치 하나가 있었지만 신분증 같은 건 없었다.

"제발, 이렇게 간절히 부탁한다. 내게 편지를 보내주렴. 어떤 답변이라도 좋으니까……"

에바는 거의 반투명한 종이에 적힌 옛날식 손글씨를 해독해 나갔다.

"우리 사이에 이런 균열이 생긴 게 견딜 수가 없단다. 용서를 구하고 싶어. 영원히, 너를 사랑하는 언니가……"

"에디트?" 에바는 편지에 적힌 이름을 읽으면서 다시 한번 노파를 쳐다보며 편지들을 주머니에 넣었다.

바로 그때 노파의 입술 가장자리 근육이 실룩였다. 깜짝 놀란 에바는 움직임에 고무되어 나무껍질처럼 거친 늙은 두 손을 꼭 움켜잡았다.

노파가 눈을 번쩍 뜨자 커다래진 눈동자가 드러났다. 잇몸을 드러낸 입에서는 격렬하게 쉿소리가 흘러나왔다. 잠시 말을 잃은 에바는 이 쪼그라들고 상처 입은 낯선 이가 치아로 살을 물어뜯을 것만 같았다.

"내 몸에서 그 불결한 손 떼지 못해!" 노파는 고함을 질렀다. "알다시피 난 아직 안 죽었다고! 네가 아무리 날 죽이려 애썼더라도 말이야."

피해자가 가까스로 일어나 몸을 털고 팔꿈치와 허리를 비벼대자, 에바는 뒤로 물러섰다.

"저는 그저 도와드리려던 거예요." 에바는 사과의 의미로 말했다.

"이런 걸 도와준 거라고 하나 보지?"

노파는 새가 날기 전처럼 몸을 움직여 봤다. 그러고는 손을 머리에 대다가 손끝에 묻은 피를 보더니 움찔했다.

"나를 못 봤니?"

"갑자기 나타나셨어요." 에바가 대답했다.

"아, 내가 안 보이나 보지?"

"그게 아니라 제가 가는 길로 뛰어들어 오셨어요!"

"오십 년간 찾아 헤맸어." 백발의 여인은 아주 날카롭게 에바를 뚫어 져라 쏘아보더니, "네가 태어나기도 전부터 말이야!" 하며 관절염에 걸린 손가락을 크게 휘둘렀다. "그런데 네가 나타나 나를 넘어뜨려 거의 죽을 뻔했지. 내가 그 애를 다시 보게 된 순간에."

에바는 그들이 구경거리가 된 기분이 들어 주위를 둘러봤지만 아무도 없었다. 그저 하얗게 칠한 벽에 붙여진 미술 전시회 포스터 옆, 껍질이 시들한 나무 한 그루뿐이었다.

"너는 모를 거야!" 노파는 이어서 화를 냈다. "전혀 모를 거야. 그 애를 단 한 번, 잠깐이라도 보려고 매일 내가 겪은 모든 희생과 모든 고통과 사무친 슬픔을. 그리고 이제야 마침내 그 애가 여기 있어. 빌어먹을, 저기 봐봐! 그 애가 저기 있잖아. 그때 그 모습 그대로." 노파의 숨소리는 거칠어졌고 흐느끼느라 말을 잇지 못했다. "나는 일흔여덟이야. 내 거라 부를 만한 것 하나 없이. 모든 걸 잃었고 망가트렸어. 설상가상으로 저 애까지 잃어버리면……."

"저, 제가 도와드릴게요. 잃어버리신 게 뭐예요?" 에바는 이 낯선 이가 장황하게 늘어놓는 문장들과 그 안의 심상찮은 절망감으로 인해 갈피를 못 잡으며 물었다.

그때, 자신의 블라우스 앞섶에 손을 찔러 넣는 노파의 얼굴에 공포가 스쳐 지나갔다. 한동안 뒤적이다가 목걸이를 빼내자 두려운 빛도 사라졌다. 목걸이에는 금반지가 걸려 있었다. 노파는 이를 꼭 움켜쥐고 눈을 감은 채 입에 갖다 댔다.

비가 쏟아지기 시작했다. 쇤브룬 궁전 지붕에서 깍깍거리던 까마귀들이 날아올라 빙빙 돌았다.

"에디트 할머니?" 에바는 여인의 팔에 손을 대고 부드럽게 물었다.

노파의 입술이 파르르 떨렸다. "나를 그렇게 부르는 이유가 뭐지?"

"이 편지들에 적혀 있는 이름을 봤어요."

에바가 편지 뭉치를 내밀자 바로 빼앗겼다.

"너는 이걸 볼 권리가 없어!"

에바는 아프고 불안했다. 그러다 틀림없는 앰뷸런스 사이렌 소리가 들렸다.

"운이 좋다면, 저 앰뷸런스는 할머니를 위해 오는 거예요." 에바는 노파와 스스로를 안심시키기 위해 말했다. "누군가 도와달라고 연락을 취한 게 분명해요" 하며 아파트 창문들을 올려다봤다. "저 사람들이 할머니를 병원에 데려갈 거예요. 상태를 확인해 보려고요. 거기서 필요한 모든 도움을 받으실 거예요."

"됐어! 그만해!" 노파는 뒤로 펄쩍 뛰고 바들바들 떨며 소리 질렀다. "난 안 갈 거야! 그렇게 할 수 없어!"

앰뷸런스의 푸른빛이 골목으로 들어서며 젖은 자갈길 위로 반사되었다. 운전사와 조수가 앰뷸런스에서 내리자, 에바는 부리나케 달려갔다.

"사고가 있었어요." 에바는 두 남자에게 설명했다. "저는 다치지 않았어요. 적어도 제 생각에는요." 그러고는 어깨를 힐끗 훑어봤다. "그런데 제가 자전거로 저 할머니를 쳤어요" 하며 포스터 앞으로 절뚝거리

며 간 백발의 노파를 손으로 가리켰다. "저와 부딪혀서 바닥에 쓰러지
셨어요. 처음에는 반응이 없었고 몇 분간 의식을 잃으셨어요. 도와드리
려고 했는데 받아들이지 않으셨어요. 혼란스러우신 것 같아요."

"아가씨는 할 수 있는 일을 다했습니다. 이제는 저희가 할머니를 맡
을게요." 운전사가 답했다.

상처를 입은 노파는 전시회 포스터에 양손을 누르고 있었다. 포스터
에는 볼에 홍조를 띤, 강렬하면서도 불안한 눈빛의 젊은 여성의 그림
이 담겨 있었다.

"숙녀분? 안녕하신가요?" 운전사가 다가가며 말을 걸었다. "몸은 어
떠신가요? 다치셨잖아요. 머리에 피도 흘리시네요. 병원에 가셔야 합니
다. 어서 이 비를 피해야 하지 않겠어요?"

"그만! 그만해!" 노파는 겁에 질린 채 안 된다며 뒷걸음질 쳤다.

"당신을 위해서예요, 아가씨." 그는 한 손을 노파의 어깨에 얹었다.

"손 떼! 어떻게 감히. 나를 또다시 그곳으로 데려가지는 못할 거야."

"자, 이러지 마세요. 분명 몸이 무척 고통스러우실 겁니다. 저희는 단
지 도와드리려는 거예요."

"나는 오랫동안 누구의 도움 없이도 해냈다고." 노파는 바로 쏘아붙
였다.

운전사와 조수는 노파의 양옆으로 섰다. 그들의 어깨는 노파의 머리
위에 있고 굳건히 선 채 입은 단호하게 꽉 다물었다.

"여기 일은 이제 저희가 처리하겠습니다." 그들은 에바를 안심시켰
다. "다친 곳이 없다면 집으로 돌아가도 돼요."

그들은 양옆에서 노파의 팔을 잡고 앰뷸런스 뒤쪽으로 데리고 갔다.
친절하면서도 엄격했다. 하지만 노파는 사나웠다. 반항하며 몸을 뒤틀
고 버둥대며 몸부림쳤다. 그러다 두 눈이 에바의 눈에 고정되었다.

"이봐, 아가씨! 나를 좀 도와줘!"

앰뷸런스 문 안으로 강제로 들어가면서 노파는 악을 쓰며 말했다.

"뭐라도 해봐, 제발! 난 아무것도 없어! 나를 도와줄 사람도 없다고! 지어낸 게 아니란 말이야."

노파는 포스터가 있는 쪽을 향해 주먹을 휘둘렀다.

"이게 증명하잖아. 난 미친 게 아니야! 우리는 존재했어. 너는-"

문이 쾅 닫히자 그 섬뜩한 눈빛도 사라졌다.

에바는 안도감이 들어 부끄러웠다. 하지만 이것들 말고도 감당해야 할 게 많았다. 그런데도 여전히 심장이 마구 뛰고 죄책감으로 괴로운 마음을 떨칠 수가 없었다. 이 기묘한 여인을 도운 거라고 자신을 타일렀지만 어쩌면 노파의 상황을 더욱 악화시키는 데 성공했을 뿐일지도 몰랐다. 에바는 침을 꿀꺽 삼키고 포스터에 담긴 인물의 불안한 미소를 돌아봤다.

그때 앰뷸런스 운전사가 시동을 걸었다.

"기다려요! 멈춰주세요!" 에바는 소리쳤다. 앰뷸런스로 달려가 뒤쪽을 주먹으로 두드렸다.

그러나 차는 움직였고 속도를 올리면서 사이렌도 울리기 시작했다.

에바는 이름을 몰라 부르지도 못했다.

기운이 쭉 빠진 에바는 완전히 기진맥진해졌고, 비로 뼛속까지 젖은 걸 깨달았다. 다른 감각이 느껴지며 배가 아팠다. 그러다 자전거가 떠올랐다. 안경과 함께, 고칠 형편이 안 되는 게 하나 더 늘어난 것이다. 망가진 자전거를 끌고 집까지 걸어가야 하는데 예상보다 더욱 긴 여정이 될 것이다. 스스로 안심시킬 만한 말을 떠올릴 수 없었다.

바로 그때 발견했다.

저기, 자갈 사이 땅 위로 금이 반짝 빛났다. 에바는 허리를 숙여 그

금을 집었다. 길고 오래된 목걸이였다. 목걸이의 걸쇠는 뜯어졌지만, 줄은 둥그스름한 반지의 흠이 난 금속 주위에 엉켜 있었다. 만지니 여전히 따뜻했다. 에바는 엄지와 다른 손가락 사이로 그것을 들어 올렸다. 안에는 우아한 필체로 이니셜이 새겨져 있었다. E & E.

혹은 E & A인가? 두 번째 글자가 뚜렷하지 않았다. 마치 뭔가 날카로운 물건의 끝으로 긁히고 변형된 것처럼 보였다.

반지는 에바 앞으로 뛰어든 그 노파의 것이었다. 에바는 할 수 있는 한 잊어버리고 남은 삶을 이어가고 싶었지만, 바로 몇 분 전 노파가 반지를 입에다 대었을 때 얼굴을 밝히던 환희를 잊을 수가 없었다. 그리고 앰뷸런스 안에 갇혔을 때 겁에 질린 그 눈동자도. 에바는 반지를 꽉 쥐었다. 손바닥 안에 느껴지는 반지의 무게로 마음이 이상하게 편안해졌다. 무언가를 잃는다는 것, 자신의 일부가 사라진다는 것이 어떤 느낌인지 알고 있었다.

에바는 자신이 해야만 할 일을 받아들였다. 어떡해서든 빨리 이 반지를 정당한 주인에게 돌려주는 것이다.

≈

한편, 앰뷸런스 안에서 노파는 신속히도, 우아하지 못하게 들것에 묶여 꼼짝도 못 했다. 노파는 새롭게 발견한 사실로 마음이 아팠다. 수년간 찾아 헤맨 끝에 그 애는 '거기', 바로 자신의 눈앞에 있었다.

가슴속에서 무지근한 통증이 일었다. 그러다 갑자기 끈질기게 앰뷸런스 뒷문을 크게 쾅쾅 두드리는 소리가 들렸다. 이 시끄러운 와중에, 자전거를 타고 돌진했던 그 빌어먹게 밋밋한 얼굴의 여인이 이름을 알려달라고 외치고 있었다. 하지만 그러기에는 이미 너무 늦었다. 앰뷸런스는 병원을 향해 속력을 높이면서 사이렌을 지독하게 울려댔고, 그녀에게 유일하게 중요한 것으로부터 멀리, 빛의 속도로 이동해 병원에 도착할 예정이었다.

이제 와서 자신의 '이름'이 무슨 상관이란 말인가? 나는 이 세상에서 누구든 될 수 있으니 누구도 알 바 아니야, 라고 노파는 생각했다. 누군가 그녀의 정체를 알고 싶어 한 지도 수십 년이 되었다. 가장 최근에 누군가 그녀의 이름을 불렀을 때, 그 말은 총알처럼 날아왔다. 명령이자 모욕이었고 문자 사이로 혐오감이 박혔다. 그러고는 완전히 잊혀졌다.

그녀는 진정 존재하기는 했던 걸까? 그렇다. 이제는 안다. 그리고 이전의 삶은……

앰뷸런스에서 들것에 실려 나올 때, 노파는 자기 이름이 지닌 경쾌한 두 음절의 꿈같은 메아리를 듣지 않을 수 없었다. 혀 위에서 보글대는 샴페인 거품 같은 느낌이었다.

'그'가 이름을 부르던 말투가 생각났다. 이름을 속삭여 줬을 때의 전율과 한때 그 안에 담겼던 약속과 그녀도 알고 있는, 그것이 일으켰던 욕망. 이 환상의 소리는 오래도록 마비되어 있던 부분을 건드렸다. 환희를 일으키는 부분 말이다.

"아델?"

누군가의 얼굴이 그녀를 내려다볼 때, 그녀는 벅차오르는 가운데 자기 이름을 기억해 냈다.

"아–데–르."

의식을 점점 잃으면서 그녀는 반복해서 그 이름을 말했고, 피투성이에 찢긴 얼굴 위로 미소가 번졌다.

"맞아, 그거야. 굳이 알고 싶다면, 내 이름은 아델이야. 아델 하름스. 절대로 잊어버리지 마."

아델

ADELE

1

1912년 10월

"아델 언니, 우리가 또 늦으면 난 맹세코 언니랑 연 끊을 거야." 에디트는 불만을 터뜨렸다.

에디트는 하름스가의 아파트 거실 창문 옆 황금색 셰이즈 롱[1]에서 언니를 끌어내느라 열이 올라 얼굴이 시뻘게져 있었다. 아델은 벨벳 쿠션에 푹 기대어 있었는데, 그녀 없이는 짜증 나는 여동생이 떠나지 않을 것을 알았다.

"재촉하지 마!" 아델이 말했다. "그런 거 내가 얼마나 싫어하는지 알면서."

아델은 동생을 뿌리치고 머리 위로 기지개를 켜며 손끝을 꿈틀거렸다.

아델은 오후 내내 전망 좋은 자리에서 지켜본 그 남자의 모습을 마지막으로 한번 더 보려고 지체하고 있었다. 그날 일찍이 거리를 지나는

---

1 다리를 뻗고 앉을 수 있는 긴 안락의자.

그의 모습이 바로 아델의 눈에 들어왔다. 하름스 자매는 빈에서 부유하고 귀족적인 13구역의 넓고 나무가 늘어선 중심가에 있는 히칭거 하우프트스트라세 114번지에서 부모님과 함께 살았는데, 아델은 건너편 건물로 드나드는 사람들에 관심을 갖지 않을 수 없었다. 이런 10월 마지막 날에는 죽은 담쟁이덩굴이 레이스처럼 덮인 창문들 뒤로 보이는 삶의 징후들을 관찰하는 걸 즐겼다. 아델이 염탐하는 건 대개 얼굴에 정교하게 수염이 덮인 땅딸막한 남자들과 어머니들, 가정부들뿐이었는데 젊은 남자라니 진기한 것이 환영할 만했다.

그 남자는 아델보다 나이가 많아 보이지는 않았고, 추측해 보자면 이십 대 초반 같았다. 게다가 물건들을 건물 안으로 옮기느라 시간을 상당히 오래 쏟고 있었다. 상자들, 무거운 가구, 그리고 아주 잠깐 아델 쪽으로 기울어져 창문으로 내다보는 그녀의 모습을 비춘 커다란 거울 등이었다.

"여태껏 준비를 안 했다니, 도무지 이해가 안 가." 에디트가 계속 불평했다. "커튼 올라가려면 삼십 분도 안 남았어. 그런데도 언니는 오후 내내 눈꺼풀 하나 안 움직였다고" 하며 마치 증거를 찾으려는 듯 방 안을 쭉 훑어봤다.

에디트는 입술을 앙다문 채, 뜯지도 않은 채 바닥에 내팽개쳐진 프랑스 소설, 커피와 우유 거품 자국이 묻은 빈 잔 옆에 그날 오후 갓 구운 초코 구겔호프[2] 조각의 부스러기가 가득한 은색 쟁반을 봤다. 그러다 언니의 시선을 따라 거리를 내려다봤다.

"아, 알겠다! 또 남 일에 푹 빠졌구나!"

에디트는 더 자세히 보려고 창문으로 걸음을 옮겼다. 창에 손가락을

---

2 리오슈 반죽을 구겔호프 틀에 넣어 구운 발효 과자로, 왕관처럼 생긴 케이크.

대자 차가운 유리에 손자국과 숨이 또렷하게 피어올랐다.

"쉬이이이, 남자가 다시 나왔어." 아델이 다급히 말했다.

밑에서는 짙은 머리에 호리호리하고 흐트러진 차림새의 남자가 자신보다 큰 이젤을 무겁게 짊어지느라 애쓰고 있었다. 남자의 얼굴은 창백했고 아델의 눈에 뚜렷이 보이지 않는 부위들은 움푹 꺼져 보였다.

"이런 이런, 바로 저거였군!" 에디트는 순간 고개를 홱 돌려 손가락으로 아델의 얼굴을 톡 쳤다.

"정신병원이나 가세요, 이 언니야. 정신이 이상해졌구만. 저 부스스한 기인에게 끌리는 건, 언니가 관심을 갖는 건 단지 저 남자의 머리가 하얗게 세지 않아서잖아."

아델이 술 장식이 달린 쿠션을 집어던지자 동생의 가슴에 정통으로 맞았다.

"흥미 좀 갖는다고 죽니?!" 아델이 반박했다.

"그런데 저 '여인'은 누구 같아?" 에디트는 눈썹을 치켜올리며, 같은 건물 문에서 나와 여행 가방을 드는 젊은 여인을 가리켰다. "가정부?"

아델의 눈에는 물건을 팔러 온 부랑자처럼 보이는 그 문제의 여인은 손을 풀려고 멈춰 섰다.

"음, 저 남자의 가정부일 '수도' 있겠지?" 아델은 입을 삐죽거리면서 눈을 가늘게 떴다. "절대 아내일 리는 없어. 어쩌면 형제일지도 모르지?"

그 여인은 그다지 대단한 미인은 아니었다. 입은 옷도 어울리지 않고 밋밋했으며, 자매들이 당연시하는 맞춤옷도 아니었다. 그러나 아델은 이 부랑자를 관찰하면 할수록 복숭앗빛 피부에 커다란 눈과 부드럽고 부푼 입술, 그리고 타오르는 붉은빛의 숱 많은 머리까지, 뭔가 매력이 있다는 걸 마지못해 인정할 수밖에 없었다.

"자, 자! 더는 꾸물거리면 안 돼." 에디트가 경고했다. "아빠가 화내실 거야. 젊은 아가씨들이 자기 신분에 어울리지 않게 처신해서는 안 되는 거야" 하고 저음으로 아버지가 반복하는 훈계를 흉내 냈다. "게다가 이거, 이 부끄러운 줄 모르는 스파이질은 언니의 신분에서 한참 떨어지는 짓이라고."

"평생 손수건이나 수놓을 순 없잖니." 아델은 콧방귀를 꼈다.

아델은 긴 부츠를 신고는 종아리까지 할 수 있는 한 천천히 끈을 묶고 나서 일어섰다. 신발을 신지 않아도 동생보다 키가 컸고 이렇게 동생을 내려다보는 기분을 즐겼다. 아델은 본능적으로 난로 위 거울에 비친 자신의 모습을 살폈다. 과연 모든 게 만족스러웠다. 아델은 얼굴을 왼쪽으로 돌렸다 오른쪽으로 돌렸다 하더니 새끼손가락 끝으로 눈썹을 매만지고는 귓가의 부드러운 적갈색 머리를 정돈했다. 뾰족한 윗입술이 마성적으로 느껴졌다. 비록 치아는 다소 고르지 않지만 매력이 없는 것은 아니었다. 숨을 내쉬고 웃어 보이다 모피를 몸에 두르고 깃털 달린 모자의 각을 잡았다. 그날 저녁에 대한 기대로 두근거렸다.

"나 어때 보여?" 아델이 동생에게 물었다.

"그야말로 근사하지. 언니도 잘 알잖아. 그럼 나는 어때? 이번에는 어떤 흠이 보여?"

아델은 동생을 꼼꼼히 살펴봤다. 에디트는 마치 농부의 딸처럼 양 볼이 동그스름하니 장밋빛이었고, 머리는 유감스럽게도 지저분한 지푸라기 빛깔을 띠었다. 오페라에 가려고 가지고 있는 옷 중에서 가장 좋은 옷을 골라 입었으나 소들이 가득한 외양간에 있어야 더 행복할 듯 보였다. 아델은 동생이 용모에 신경 쓰도록 부추겼지만 헛된 노력일 뿐이었다.

"아주 예뻐. '늘 그렇듯'." 아델은 선심 쓰듯 말했다. "절대 다른 생각은 해보질 않았어. 글쎄, 네가 내 동생이 아니었다면 널 부러워했을 거야. 그런데 다행히도 내가 훌륭하다고 생각하는 너의 특징들이 나한테도 충분하지."

에디트는 고개를 저으며 언니를 미심쩍은 듯 쳐다봤다.

하름스가의 오랜 가정부 해나는 자매들이 곧 출발할 거라고 여겨 아파트 현관문을 연 채 기다리고 있었다. 해나는 풀 먹인 앞치마에 단화를 신고 있었는데, 까다롭게 예의를 중시하는 무티[3]가 옆에 서서 인정해 주지 않더라도 공손히 예의를 지키면서 자매들에게 즐거운 저녁을 보내라고 인사했다.

"우리가 가고 나면 거실 창문을 꼭 열어두세요." 아델이 지시했다.

"이 먼지투성이 낡은 공간에 신선한 바람이 좀 필요하거든요. 해나 아주머니, 그럼, 부탁해요."

"네, 상냥한 아가씨." 해나는 다시 무릎을 살짝 굽혀 대답했다.

"안녕, 해나 아주머니." 에디트는 떠나면서 늙은 가정부의 볼에 키스하고 손을 따뜻하게 꼭 잡아주었다. "저희 때문에 너무 열심히 일하지 않으셔도 돼요."

아델은 크게 한숨을 내쉬었다. 동생은 가정부에게 늘 쓸데없이 친절했다.

≈

바깥 공기는 아델이 예상했던 것보다 더 매섭게 추웠다. 이런 날씨는 마치 시골 술집 여인처럼 얼굴빛을 불그스레하게 망가뜨릴 터였다. 그러나 조금이라도 운이 좋다면, 그녀의 눈부신 모습이 완전히 사라지기 전에 그날 오후 시선을 완전히 사로잡은 그 남자와 조우할 수 있을지

---

3 독일어로, '엄마'를 뜻한다.

도 몰랐다.

"자, 에디트, 서둘러서 따라와!" 아델이 동생을 닦달했다.

아델은 부모님이 준비해 놓은 마차가 기다리는 곳으로부터 일부러 동생을 멀리 끌고 갔다.

"엉뚱한 방향으로 가고 있잖아!" 에디트가 투덜거렸다. "무티와 아빠가 기다릴 거야."

아델은 습관처럼 동생의 팔에 팔짱을 끼고 길을 건너 큰 나무 아래로 걸어가, 그 미스터리한 남자가 분명 곧 마지막 짐들을 챙기러 나올 건물로 향했다.

가로등들이 어둠을 뚫고 새하얀 진줏빛을 쏟아내는 가운데, 그 남자가 환영처럼 갑작스레 가로등 빛의 웅덩이 속으로 들어왔다. 깜짝 놀란 아델은 순간 발을 헛디디며 비틀거렸다. 남자의 짙은 눈썹과 넓은 이마, 굵고 거친 묘한 곱슬머리가 눈에 들어왔다. 훤칠하고 매혹적이며 다가가고 싶은 충동을 일으키는 남자였다.

세 사람은 서로 마주 보는 방향으로 걸어갔다. 아델은 에디트가 좀더 천천히 걷도록 잡아당기고는 재빨리 남자를 자세히 훑어봤다. 단단히 눌린 푸른색 모직 넥타이의 매듭과 셔츠의 섬세한 핀 포인트 칼라 부분과 목덜미가 옷깃에 스쳐 생긴 자리까지. 콧구멍은 꽤 큰 데다가 코끝은 오목했다. 그가 찬 공기에 대고 기침하는 모습을 보며 아델은 목의 움직임, 근육의 진동, 단단하게 각진 턱을 관찰했다.

남자와의 거리는 이제 무척이나 가까워서 불빛이 이렇게 어두운데도 아델은 귓볼의 부드러운 잔털과 면도칼로 민 뺨의 깔끔한 라인, 하관의 건조한 피부를 볼 수 있었다. 고개를 든 남자는 하름스 자매를 보자 눈썹을 치켜올렸다. 아델의 눈은 곧바로 그의 눈과 마주쳤다. 뒤틀린 그림자가 내려앉아 그의 눈동자가 선명한 푸른색인지 아니면 담갈색인지 구별할 수 없었다.

남자도 자신을 응시하자 아델은 목이 조여오고 심장은 열꽃을 발산했다. 그런데 신기하게도 이번에는 발이 꼬이지 않았다.

그를 제외한 그 밖의 모든 것이 흐릿하고 공허했으며, 오직 이 남자만이 온전하고 선명했다. 남자는 아델이 기억하는 것보다 더 오래도록 매 순간 갈망해 온 거친 반항의 불꽃을 뿜어냈다.

아델은 손을 입술에 갖다 대고 자신의 매력이 가장 도드라져 보이는 각도로 몸을 기울이며 그의 시선을 사로잡았다. 남자가 하름스 자매를 향해 똑바로 걸어오고 있었지만, 그나 초조한 에디트의 팔짱을 여전히 끼고 있는 아델이나 상대가 지나가도록 비킬 생각은 없었다. 그것은 일종의 작은 시험이자 사소한 장난 같은 게임이었다.

그런데 마지막 순간, 그가 방향을 홱 틀더니 손바닥을 나무 기둥에 대고 빙그르르 돌았다. 그가 제자리로 돌아왔을 때 아델의 팔을 스쳤고, 아델은 마치 그의 손길에 살이 덴 듯 눈이 휘둥그레지며 몸을 움츠렸다.

남자는 고개를 돌려 미소를 지어 보였다. 이 뜻밖의 만남이 즐거운 듯했다. 그러자 아델 안에서 승리의 기운이 차올랐다. 이런 느낌에 놀라 정신이 아찔할 지경이었다. 승리를 거의 맛볼 수 있었다.

아델은 이 남자가 자신의 미래라고, 반드시 그렇게 만들겠다고 결심했다.

2

1912년 10월

아델과 에디트는 깃털과 모피를 휘날리며 빈 궁정 오페라극장 호퍼퍼의 웅장한 로비로 황급히 뛰어가다 멈춰 섰다. 실내는 대리석과 모자이크와 빈의 사교계 인사들로 가득했다. 위층으로 올라가면서 아델은 반짝이는 난간을 손으로 쓸었다. 한 바퀴 휙 돌아 상상 속 군중들의 열렬한 박수에 화답하며 인사하고 싶은 충동이 일었다. 그 대신 아델은 아직 자리에 앉지 않은 사교계 여성들을 슬쩍 훔쳐봤다. 그들은 자연스럽게 주름을 잡고 튈레이스로 장식한 실크 드레스를 입고 있었다. 모자에는 깃털과 진주 들이 달려 있고, 착용한 보석들이 샹들리에 불빛을 굴절시켰다.

아델은 어깨에 두른 모피를 풀고 에디트보다 가까스로 한발 앞서, 부모님이 그들과 친한 브론 씨네와 함께 자매를 기다리는 관람석으로 걸어갔다. 자매가 관람석으로 들어섰을 때, 아델은 아빠가 어깨를 구부리고 수염을 따라 손을 움직이며 날카로운 눈으로 회중시계를 확인하는 걸 볼 수 있었다.

"기록이구나" 하며 아빠는 고개를 저었다. "일 초를 남겨두고 도착하다니."

아델은 자기 자리로 넘어가면서 아빠에게 기대어 속삭였다.

"에디트를 재촉했지만……, 얘가 얼마나 느려터지는지 아시잖아요."

주변에 라일락 향기를 풍기며 지나치게 치장한 무티가 입으로 작게 쫏쫏거리며 딸들에게 싸늘한 눈빛을 보냈다. 에디트는 엄마의 두 손을 잡고 따뜻하게 키스하면서 화난 엄마를 달래주었다. 그들이 아래쪽 일등석이 아닌 개인 관람석에 있는 것은 다행이었다. 무티가 은발을 우뚝 치솟은 둥지처럼 높이 쌓아 올려서 키가 가장 큰 안내원조차도 오늘 밤의 공연은 볼 수 없을 정도였던 것이다. 브론 씨네 부부는 늘 그렇듯 브론 부인의 시력이 약한 탓에 앞자리에 앉았다. 아델이 보니 브론 부인은 오페라글라스의 긴 손잡이를 잡고 오케스트라나 무대가 아닌 아래층과 주변의 눈부신 관객들을 유심히 살펴보고 있었다. 브론 부인은 간간이 무티에게 고개를 돌려 무분별하다 싶게 환성을 질렀다. 브론 부부의 딸 에밀리아는 아델이 드레스의 천을 바스락거리며 자리에 앉자 모의라도 하듯 미소를 지었다.

그 순간 불빛이 어두워지며 관객이 고요해지고 벨벳 커튼이 활짝 열렸다.

아델은 언제나처럼 압도적으로 감동할 준비를 했다. 아델이 자신의 사교 생활 일정을 짠다면 의심의 여지없이 한 해에 삼백 일을 밤마다 오페라에 참석할 것이다. 현란한 연주, 시적인 목소리와 우아한 안무 동작과 호화로운 복장, 이 모든 것이 아델의 마음을 움직였다. 아델은 이 열정적인 세계를 위해, 특히 모차르트를 위해 살았고, 모차르트는 다른 작곡가는 할 수 없는 방식으로 기쁨, 다정함, 절망, 무심함으로 아델의 영혼에 불을 지폈다. 그리고 또 다른 존재 이유인 요한 슈트라우스 2세의 작품은 그만의 경쾌한 감각으로 아델을 즐겁게 했다. 아델은 간절한 바람과 복수, 금지된 사랑 이야기들이 담긴 극장의 멜로드라마에 푹 빠져들었다. 딱하고 현실적인 에디트와는 달랐다. 동생도 오페라를 사랑한다고 주장하지만, 오페라가 일으키는 지나친 격정을 두려워하는 듯했다. 이럴 때 아델은 그들 사이의 삼 년이라는 시간 차이를 가장 크게 느끼곤 했다.

막간에 대화할 기회가 있었다. 아빠와 사업 파트너인 브론 씨는 값진 역사를 공유했다. 수년 전, 아빠가 인네레슈타트에서 가구점을 세우고 투자자가 필요했을 때 브론 씨와 힘을 합쳤던 것이다. 에밀리아의 나이는 아델보다 겨우 몇 달 많았고, 두 집안은 오랫동안 우정을 키워나갔다. 매년 함께 오스트리아 지방에 체류했고, 여기 호퍼뿐만 아니라 부르크 극장 관람석의 비용도 나눴으며 서로의 집에서 매주 함께 식사했다.

두 남자는 사업과 빈 증권거래소의 변동, 프란츠 요제프 황제가 최근에 내린 법령에 관해 이야기를 나누었다. 브론 부인은 무티에게 황제도 참석할, 곧 다가올 예배에 관해 이야기하면서 함께 참석하자고 제안했다.

"이름 있는 사람들은 다 올 거야." 브론 부인이 덧붙여 말했다.

두 집안은 이달 초에 발표된, 에밀리아가 곧 결혼한다는 소식에 아직도 적응이 되지 않았다. 예상보다 다소 이른 이 뜻밖의 소식은 두 집안의 우정의 역학관계를 흔들고 말았다. 무티는 특히 아델을 원망했다. 올해 초에 하인리히와의 약혼을 깨뜨린 것은 딸의 잘못이었고, 도저히 간과할 수 없는 죄였다. 그런데다 브론 부인이 올해 결혼식을 준비하고 있어 더욱 견디기 힘들었다.

"그 여자가 자꾸 그 얘기를 들먹이잖아." 무티는 종종 투덜거렸다.

아델은 에밀리아에게 질투가 나지 않았다. 엄마의 압박 속에서도 아델은 에밀리아가 새해에 올릴 결혼식을 위해 그랬던 것처럼 그저 과제를 해치우려는 심정으로 서둘러서 결혼하기보다는 자신의 심장을 불타게 할 남자를 기다릴 준비가 되어 있었다. 시간이 충분하다고 믿었고, 노처녀로 끝나고 말 거라는 엄마의 경고도 신경 쓰지 않았다.

에밀리아와 예비 신랑은 관계가 급속도로 발전한 터라 하름스 가족은 아직 그를 만나보지도 못했다. 이는 무티가 현실을 더욱 받아들이기 힘들게 만들었다. 이 신랑감을 만나서 결점이란 결점은 다 파악하고 덤으로 더 찾아내기 전까지는 정당하게 그의 흠들을 지적할 수 없기 때문이었다. 무티는 하름스 집에서 열릴 다음 저녁 식사에 그가 반드시 참석해야 한다고 또다시 제안했다.

"내가 전에도 말했잖아, 요제파. 그 사람 지독하게 바쁘다니까. 지금 견습 기간이라 여기저기 다니고 있어." 브론 부인이 답했다. "이제 곧 만나게 될 거야. 괜찮은 남자가 돼가는 중이지."

"너 그거 알아? 알윈에게 남자 형제가 있어." 에밀리아가 팔꿈치로 아델을 쿡 찔렀다. "앨버트는 정말 다정한 남자야. 나이는 너보다 살짝 많아. 전망도 유망하고. 우리는 동서지간이 될 수도 있어!"

"다정하다고?" 아델이 쏘아붙이고는, "나는 사랑이 아닌 조건만 보고 결혼할 생각은 없어" 하고 친구에게 단호히 말했다.

"아델, 우리가 무슨 여성 참정권 운동가니?" 에밀리아가 놀려댔다.

"그런 얘기는 그만해." 늘 한쪽 귀로 엿듣는 엄마가 불쑥 끼어들었다.

"내가 아직은 개혁파 무리에 낄 수나 있을지 모르겠네" 하고 아델이 응수했다.

에밀리아는 어깨를 움츠렸다.

"분명 너랑 에디트 둘 다 짝이 있을 거야. 우리 셋 다 일 년 안에 결혼하게 될걸."

"반드시 그렇게 되게 할 거다." 무티가 선언했다.

에디트는 결혼이 마치 전염병처럼 최대한 피해야 할 것처럼 들린다고 속삭였다.

막간이 끝났다는 종소리가 세 번 울리자 다들 자기 자리로 돌아갔다. 아델의 마음은 아까 봤던 그 젊은 남자로 가득했다. 솔직히, 그녀는 결혼을 하고 싶었고 자신만의 러브스토리를 갖고 싶었다.

≈

불빛이 들어오자 관객들의 모습이 드러났다. 그들은 훌륭한 연기자들과 오케스트라, 지휘자 등 무대 위에 선 이들을 향해 박수를 보내긴 했지만, 대개는 자신을 위해 박수를 쳤다. 이곳은 빈이었고, 진보의 길을 구축하고 이 새롭고 희망차며 완전한 세기로 변화시킨 것은 결국 자신들이 아닌가? 그 어느 관중보다 박수받을 자격이 있었다.

"훌륭한 공연이었어요." 아델이 한숨을 쉬며 말했다. "근데 이제 집에 가도 될까요? 제발요, 아빠?"

아빠는 넥타이를 풀고 양손을 깍지 꼈다.

"너희는 대개 조금만 더 밖에 있게 해달라고 조르곤 했는데." 아빠는 큰딸을 곁눈질했다. 짧고 뻣뻣한 잿빛 콧수염 아래 입술이 실룩거렸다.

"아, 저희가 좀 지쳐서요." 아델이 불평했다.

"저희 중 누군가는 온종일 참 많이 흥분해 있었거든요." 에디트가 놀렸다.

바깥은 거미줄로 엮은 베일처럼 빈의 화려함을 가리는 안개가 내려

앉았다. 아빠는 손목을 홱 흔들며 '피아커'[4]를 불렀고, 중산모를 쓴 마부에게 히칭의 집 주소를 알려주었다. 운이 좋다면 그들은 밤 12시 전에 집에 도착할 것이다.

말들이 콧구멍을 찬 공기에 대고 벌름거렸다. 에디트는 가장 가까이에 있는 말의 목을 쓰다듬으며 한쪽 귀에 속삭였다. 저 거친 동물의 냄새를 자매가 함께 나눠 쓰는 침실까지 가져올 거라고 생각하면서 아델은 동생을 경멸하는 눈으로 쳐다봤다.

무티는 그 조각 같은 머리와 육감적인 치마를 먼저 마차 안으로 부산스럽게 넣고는 안쪽자리를 거의 다 차지했다. 아델은 그 옆에 몸을 비집고 들어갔고 아빠와 에디트가 뒤따랐다. 집으로 가는 동안 아델은 엄마가 최근 사교계 가십을 재잘거리는 걸 견뎌야 했다. 바로 이런 별스럽지 않은 일상이야말로 그녀가 간절히 벗어나고 싶은 것이었다. 결혼하고 싶긴 하지만 남편감으로 변호사나 은행원은 싫었고, 확실히 무티가 강요해 온 부류에 속한 인물은 싫었다.

마부는 그들이 사는 우아한 아파트 단지 앞에서 멈췄다. 아빠는 '크로네'[5]를 꼼꼼히 세서 차비를 냈다. 건너편 건물에서 창문 몇 개가 불을 밝혔다. 아델은 움직임을 좇다가 저 꼭대기, 거리를 내려다보는 커다란 내닫이창이 있는 다락방에서 한 남자의 어두운 실루엣을 발견했다. 에디트는 언니의 시선을 따라가다가 눈을 굴렸다.

"아무래도 정신병원 가야겠네." 에디트는 속삭였지만 부모님이 들을 수 있을 만큼 소리가 컸다.

무티가 의심쩍은 눈빛으로 둘을 돌아보자, 아델은 에디트의 정강이

---

4 빈의 관광용 마차.
5 오스트리아-헝가리 제국에서 시용된 화폐 단위.

를 걷어차며 쉿 하고 입술에 손가락을 갖다 댔다.

≈

"우리의 미스터리한 이웃에 대해 어떻게 생각해?" 자매끼리만 남게
됐을 때, 아델이 물었다.

에디트가 드레스를 세심하게 옷걸이에 거는 동안, 아델은 자기 것을
의자 뒤쪽에 걸쳐놓았다.

이불을 목까지 끌어당기며 아델은 화장대 앞에 선 에디트를 봤다.
금발 머리를 계속해서 빗어대는 동생의 얼굴이 삼면거울에 비쳤다.
짙은 그림자가 벽 사방에 드리워졌다.

"잘생기긴 했어." 에디트는 인정했다.

"아하!" 아델은 이불 속에서 발을 걷어찼다. "그러니까 너도 결국 눈
이 먼 건 아니었구나?"

에디트의 얼굴은 홍당무가 되었다.

"나는 그저 내 의견을 말한 것뿐이야."

아델은 자는 동안 불편하지 않게 베갯잇으로 감싼 보드라운 거위 털
이 든 베개를 불룩하게 만들어놓았다. 동생은 살짝 실언한 뒤로는 이
제 그 새로운 이웃에 대해서 단 한마디도 좋은 말을 하지 않을 터였다.
어쩌면 어떤 말도 하지 말았어야 했는지 모른다. 젊은 여인들은 그래야
한다고 배우지 않았던가? 자리에서 잠자코 가만히 있으라고?

아델이 돌아누워 손끝으로 벽지의 꽃들을 만지고 있을 때, 에디트는
자기 침대로 들어갔다. 잠옷 단추는 턱 밑까지 잠그고 머리는 단정하게
뒤로 넘긴 채였다.

"아빠가 절대 허락하지 않을 남자에게 마음을 뺏겨서는 안 돼." 에디

트가 덧붙였다.

"마음을 뺏겼다고 누가 그러던? 단순한 호기심일 뿐이야."

에디트는 콧방귀를 끼더니 램프의 불을 껐다.

"내가 언니를 몰라? 페르버 선생님을 떠올려봐."

≈

페르버 선생님이 학생들의 아버지 또래라는 것도, 귀는 둥글납작하고 손에는 거친 털이 가득한 것이 전혀 잘생기지 않은 것도, 기혼자라는 것도 문제가 되지 않았다. 이런 것들은 간과되었다. 그렇잖아도 끝없이 지루한 그들의 삶에 조금이나마 흥분과 재미를 불어넣으려고 시작된 것이었다. 수요일마다 페르버 선생님의 종교학 수업에서 십여 명의 고학년 여학생들이 서로 이기려고 경쟁했고, 선생님의 트로프[6]에 열정적으로 빠져들어 서로 팔꿈치로 찌르며 가장 먼저 이를 암송하려 들면서 선생님의 눈에 띄려고 열성이었다.

그 당시 열일곱 살이었던 아델은 착실하게 공부했지만 눈에는 불꽃이 타올랐다. 조용히 페르버 선생님의 관심을 원했고, 선생님이 관심을 줄 때마다 힘을 얻은 듯 전율을 느꼈다. 머지않아 여학생들은 선생님이 아델에게 조금 더 마음을 쓴다고 여기게 되었다. 지나친 생각이긴 했지만 아델이 의도하던 바였다.

학기 마지막 날, 아델은 학생들이 교실을 빠져나가는 동안 남아서 한쪽으로 싸늘한 눈빛을 보냈다. 겨우 열네 살인 에디트는 여전히 도움이 필요해서 아델과 함께 가고 싶어 했다.

---

6 기존 성가에 새로운 가사와 선율이 첨가된 방식.

"일이 분만 기다려봐."

아델이 단호히 말하자, 에디트는 얼굴을 찌푸렸다.

"언니 말을 어떻게 믿어?" 동생은 문밖으로 천천히 걸어가며 속삭였다.

그러자 아델과 선생님 둘만 남았다. 아델은 칠판에 분필로 적힌 글씨들을 지우고 책들을 한데 모아 쌓는 걸 도왔다.

"고맙구나." 페르버 선생님은 책등이 가지런하도록 다듬으며 말했다. "올해 너를 가르칠 수 있어 즐거웠단다. 열심히 공부하고 전념하더구나. 작년에는 너의 특징이 자주 몽상에 빠지는 거였는데, 올해는 그런 모습이 훨씬 덜했어" 하며 미소를 지었다.

"제 평생 가져갈 수업을 배웠어요." 아델이 대답했다. "선생님이 생각하시기에 제 앞날을 위해 필요한 게 더 있을까요?"

아델은 몇 초 기다리다가 선생님의 손에 손가락을 얹었다. 아델은 눈을 깜빡였다. 선생님이 움찔하리라 기대했으나 아무 반응이 없었다.

페르버 선생님은 다정하게 아델의 손가락을 치우고는 문으로 데리고 갔다.

밖에서는 에디트가 기다리고 있었다.

"무슨 일 있었어?"

마침내 아델이 나왔을 때, 에디트는 언니의 새빨개진 두 볼을 보고 물었다.

"아무것도. 아무 일도 없었어."

사실이었다.

"거짓말."

"아니." 아델은 도도하게 대답했다. "거짓말 아니야."

하지만 에디트는 물러서려 하지 않았다.

"분명 교실 안에서 무슨 일이 있었어."

"좋아. 네가 꼭 알아야겠다면." 아델은 어쩔 줄을 몰랐다. "페르버 선생님이"하고 망설이다 "나한테 키스했어"하고 말했다. 아델은 태연한 척하려 애썼다. "선생님의 까칠한 털이 꽤 불쾌하더라고."

아델조차도 자신에게 있었던 일을 얼마나 쉽게 바꾸어 꾸며냈는지 놀라고 말았다. 잃어버렸던 힘이 다시 회복되고 귀 뒤로 화끈거리던 느낌도 거의 다 사라졌다.

"그렇지만 절대 이 일을 입 밖으로 꺼내선 안 돼. 우리끼리의 비밀이야."

"하지만 선생님은 결혼하셨잖아." 에디트는 항의했다.

"짧게 한 번 키스한 거야." 아델은 흠칫 놀라 대답했다. "다시 일어날 일도 아니라고."

"하지 말았어야 했어. 잘못인 걸 언니도 알잖아."

"선생님이 키스한 건 내 잘못이 아니야." 아델은 화난 척할 필요가 없었다.

"그게 다 언니의 계획이었단 거 부인하지 마. 언니가 원했던 거잖아."

아델은 동생이 못마땅해하는 걸 느낄 수 있었고 이로 인해 그들 사이의 균형이 깨져버렸다. 그렇지만 에디트에게 진실을 말할 수 없었다. 자신이 바보 같은 짓을 했다는 걸.

아델은 한 주가 지나면 에디트의 태도가 부드러워지고 이 모든 걸 같이 웃어넘기게 될 거라고 기대했다. 하지만 며칠 뒤, 한 시간 동안 지루하게 피아노 연습을 하고 나자, 아빠가 불쑥 들어오더니 아델의 팔을 잡아챘다.

"따라와." 아빠가 버럭 화를 냈다.

아빠는 늘 자신이 이성적이고 분별력 있는 사람이라는 자부심이 있었고 목소리를 높이는 일이 거의 없었다.

"사실이니?" 아빠는 표정이 싹 달라지고 치아가 드러날 정도로 입을 힘주어 벌리고 있었다.

"상황을 악화시키지 말거라. 네 선생님을 불렀어. 선생님을 볼 때 내가 혼란스럽지 않게 사실을 말해봐. 정직한 사람을 두고 그런 일을 저질렀다고 비난하고 싶지 않다. 만약……." 아빠는 잠시 멈추더니 말했다. "만약 아델, 네가 지금 거짓말을 한다면 후회하게 될 거야."

"에디트가 무슨 말을 했든, 사실이 아니에요" 하며 아델은 몸을 비틀었다. "그 애는 항상 아빠가 날 최악으로 생각하길 바란다니까요."

아빠는 아델의 말을 가늠해 보더니, 벨이 울리자 잡고 있던 팔을 놓았다.

"선생님일 거야. 뭐가 사실인지 밝혀지겠지."

페르버 선생님은 끔찍할 만큼 엄숙하게 손가락으로 테이블을 일정한 순서로 톡톡 두드리면서 어떠한 부도덕한 일도 알지 못한다고 부인했다.

주변 벽이 아델을 향해 줄어드는 것만 같았다.

"한마디로, 사실이 아닙니다."

선생님이 자신이 겪은 일들을 분명하게 이야기할 때 입술 위 콧수염이 꿈틀거렸다.

"이런 말씀을 드려 유감입니다만, 여자아이들이 극도로 분별력을 잃는 시기가 있습니다. 아델의 행동은 그중에서도 가장 극단적이죠. 아델은 그저 기분에 휩쓸린 것뿐입니다. 아델이 그런 행동을 한 이유를 설명할 순 없지만, 제가 아델을 부추기는 행동은 전혀 하지 않았음을 확실하게 말씀드릴 수 있습니다. 분명히 말씀드리지만, 키스 비슷한 것도 전혀 없었습니다."

"저는 거짓말을 하지 않았어요. 거짓말하지 않았다고요." 아델은 진짜 눈물을 뚝뚝 흘렸다. "선생님이 저한테 키스했어요. 저를 믿으셔야 해요. 왜 아무도 저를 믿으려 하지 않는 거죠? 지어낸 얘기가 아니란 말이에요."

아빠는 아델을 날카로운 눈빛으로 쏘아봤다.

"네 말은 충분히 들었다, 이 철부지 아가씨야. 행동에는 반드시 결과가 따른다는 걸 네가 온전히 받아들여야 할 때다. 거짓말은 삶을 망치는 법이지."

아델은 계속 울음을 터뜨렸고 분노가 몇 주간 지속되었다.

이 모든 일이 일어난 뒤로 아델은 더는 무엇이 사실이고 아닌지 기억해 낼 수 없었다.

3

1912 – 13년 겨울

아델 하름스는 바쁜 아가씨였다. 아델과 동생 에디트는 대개 몇 달 전부터 이미 하루의 매시간이 다양한 수업과 카바레, 발표회와 환영회들로 채워져 짬이 거의 없었다. 어릴 때부터 자매는 자신과 같은 신분의 여성들에게 적합하다고 여겨지는 모든 활동에 참여해 왔다. 영어, 프랑스어, 그리스어, 라틴어를 배웠고, 매주 회화와 문학 수업으로 실력을 쌓아갔다. 아델은 신화와 과거의 불운한 사건들을 배우는 고전 역사에도 흥미를 느꼈지만 진정으로 열정을 가진 건 음악이었다. 피아노 개인지도를 일주일에 두 번 받았고 연주에 재능을 보였다. 아델은 모차르트, 말러, 그리고 마리아 테레지아 폰 파라디스를 사랑했다. 아델과 에디트는 뛰어난 댄서이기도 했다.

에디트의 다른 취미들은 더 조용한 것들이었다. 자수를 놓고 카드놀이를 하거나 공예를 하며 시간을 보냈다. 아델은 불리온 노트 스티치도 완전히 익히지 못해서 진홍색 장미들이 풀어지고 말았다.

교육과 음악 활동 같은 형식적인 것 외에도 자매의 엄마는 사교 생활 일정을 빽빽하게 짰다. 엄마는 축제, 갤러리 쇼, 개점 등 빈에서 열리는 모든 살롱과 행사에 참여했고, 적합한 장소에서 적합한 사람들의 눈에 띌 수 있게 딸들을 데리고 다녔다. 하름스 자매는 같은 사회적 범주에 있는 또래 젊은 여성들에게 인기가 있었는데, 이러한 우정에 더 깊이 기대지 않은 유일한 이유는 서로가 있기 때문이었다. 서로에 대한 충성심이 늘 우선이었다.

"이런 교육의 목적이 대체 뭐냐?" 아빠는 가끔 빈정거렸다. "남자들은 지나치게 똑똑한 아내는 좋아하지 않는단다" 하며 낄낄거렸고, 엄마와 딸들은 고개를 저었다.

아빠는 그렇게 놀리긴 했어도 딸들을 자랑스러워했다. 아델은 아빠가 가족을 소중하게 생각한다는 걸 알았고, 아빠의 부와 경험으로 가족 모두를 안전하게 감싸줄 수 있다는 사실에 감사했다. 엄마 요제파는 아빠 요한보다 십 년이나 어렸다. 둘은 혼기가 꽉 차기 전까지 만난 적이 없었다. 질풍노도 같은 사랑에 빠진 뒤 아델의 부모는 몇 달 안에, 무티가 서른다섯 살이 되기 전에 결혼했다. 아델은 바로 구 개월 뒤 태어났다. 요한의 나이 마흔다섯에 처음으로 아빠가 된 것이었다. 삼 년 뒤에는 에디트가 태어났다.

아빠는 늘 일로 바빴다. 대부분 여기저기 살짝 마모되긴 했지만 좋은 가구들을 모으고 유리한 가격에 사들이며 살짝 수리를 했다. 그런 다음 도시의 상류층 고객에게 상당한 가격으로 판매하곤 했다. 아델은 아빠가 운영하는 가구점의 진기한 물건들 사이에서 시간 보내기를 무척이나 좋아했다. 요한 하름스는 이제 예순일곱 살이었지만 퇴직하지 않았을 뿐만 아니라 그럴 생각도 전혀 없었다. 그는 여전히 열정적이고 활력이 넘쳤다.

아빠의 수익은 수년간 하름스가가 평범한 중상류층 생활을 즐길 수 있게 해주었다. 물론 그 안정감은 깨지기 쉽고, 요한은 가족의 취향이 더는 저렴해지지 않는다고 농담을 하기도 했지만, 아델은 아빠가 투자액, 즉 여기저기 감춰놓은 돈 항아리가 있다는 걸 알았다. 아델은 앞으로도 가족이 잘살 것이라 완전히 확신했고 자신의 평안한 삶이 실크 리본들처럼 미래로 쫙 펼쳐져 있다고 상상했다.

≈

에밀리아의 결혼 계획은 신속히 진행되었고, 무티는 아델을 흘긋 볼 때마다 짜증이 나서 냉랭해졌다. 전에 아델과 약혼했던 하인리히의 결혼식에 하름스 가족을 초대하는 두꺼운 봉투가 도착했을 때는 상황이 최악에 이르렀다.

아델은 소녀 시절부터 하인리히를 먼발치에서 동경해 왔다. 스무 살이 되었을 때, 하인리히를 소개해 달라고 밀어붙였던 건 그녀였고, 무티는 아주 흔쾌히 그렇게 해주었다. 아델과 하인리히는 십팔 개월 가까이 연애를 했고, 아델은 그의 기대와 욕망을 부추기며 기대감으로 간질거리는 마음을 즐기곤 했다. 1911년 복싱 데이[7] 때 하인리히가 에메랄드 반지를 건네며 프러포즈를 하자, 아델은 엄마가 노골적으로 허락하는 가운데 결혼을 받아들였다. 빈에서 가장 호평받는 신문은 새해판에 이 둘의 약혼을 실었다. 그러나 환상이 현실에 가까워질수록 반짝이던 빛도 사그라들었다. 미래의 남편을 바라보자 스물여섯 살에 벌써 머리가 벗어지기 시작해 머리 가장자리가 매끈한 것이 눈에 띄었다. 그래,

---

7 크리스마스 다음 날 첫 평일을 공휴일로 지정한 것.

하인리히는 좋은 가문에서 자랐고 전망이 나무랄 데 없었다. 하지만 하인리히의 아버지가 얼마나 훌륭하고 올곧은 사내를 낳았는지 자신이 너무 자랑스러운 나머지 아들의 등을 수년간 쳐대는 바람에 하인리히의 어깨는 구부정했다. 기꺼이 남을 도와주는 하인리히의 천성은 종종 아델이 그를 할퀴어버리고 싶게 만들었다. 솔직히 말하자면 그는 무미건조했고, 1월 말에 이르자 아델은 더는 그의 꼴도 보기 싫었다. 그래서 파혼해 버리고 말았다. 하인리히가 침착하게 받아들인 데 비해 아델의 머리에 값싼 병을 던져버린 건 무티였다.

석 달 안에 하인리히는 교회 교구의 쥐같이 생긴 린다와 사귀기 시작했다. 그리고 이제 둘은 결혼을 하려는 것이었다.

"동정하지 마!" 아델은 에디트가 위로의 말을 건네자 야단쳤다. "나는 날로 뱃살이 빵빵해져 가는 그 여자가 하나도 안 부러우니까."

하지만 아델은 힘겨운 감정이 속을 갉아먹고 있음을 느꼈다. 자신의 진정한 가치를 보여주고 싶은 욕구였다.

≈

아델은 점점 더 여가 시간을 그 미스터리한 이웃을 살펴보는 데 할애했다. 그를 잠깐이라도 보려고 거리를 낱낱이 훑었고 우연히 마주칠 기회를 꿈꾸는 데 더욱더 골몰했다.

이런저런 사교 행사와 빈에서 가장 좋은 지역의 부티크로 쇼핑하러 가는 데 지치거나, 피아노 연주회에서 무리한 탓에 손가락이 얼얼해져 환기를 시킬 때면, 아델은 건너편 건물의 문을 지켜보기 위한 속임수로 책장에서 책 한 권을 뽑아 셰이즈 롱에 자리를 잡았다. 가정부 해나에게도 앞으로는 그 자리로 간식을 가져다 달라고 부탁했다. 늦은 오후에 아델은 지켜보기를 계속하면서 피스타치오 부스러기를 드레스에서 털어내고, 손가락에 묻은 아이싱을 빨아 먹으며 지나가는 다른 남자들을 욕하기도 했다.

그는 대체 어디 있는 걸까? 무얼 하고 있을까? 누구와 함께? 마지팬[8] 맛이 입안에 맴돌았다.

일주일에 한두 번은 보상을 받기도 했다. 그 남자는 귀 뒤에 담배나 붓을 끼고, 움직일 때 매혹적인 기운을 발산하며 빛의 속도로 지나갔다. 종종 늦어서 문을 채 닫을 새도 없이 무척 빠르게 달려갔다. 때로는 친구와 함께였는데, 친구는 말쑥한 복장에 빈손으로 건물에 들어갔다가 나올 때는 갈색 포장지로 감싸 끈으로 묶은 단정한 꾸러미 한두 개를 들고나왔다. 남자는 부랑자 같던 붉은 머리 여인과 자주 동행했는데, 아델은 그 여인이 웃는 걸 본 적이 없었다. 이따금 아델은 여인이 앞문을 열쇠로 연 뒤 주머니에 넣고 혼자 건물로 들어가는 걸 봤다. 그 여인은 분명 남자의 가정부일 거라고 아델은 단정 지었다. 고용된 식모일 뿐 그 이상은 아닐 것이라고 말이다.

아델이 빈에서 맴도는 가십을 넌지시 알아보자 추잡한 루머들이 귀에 들려왔다. 게다가 유감스럽게도 그 루머들은 부모님의 귀에도 닿았다.

"우리가 '화가' 집 건너편에 살고 있단 걸 알고 있었나요!" 무티가 소리쳤다.

"구스타프 클림트의 제자라고들 하던데." 아빠는 수염을 잡아당기며 덧붙였다.

"그렇다고 상황이 나아질 건 없어요." 엄마가 나무랐다.

---

8 아몬드, 설탕, 달걀을 섞은 것으로, 과자나 케이크 만들 때 쓴다.

아델은 흥분을 잠재우려 애썼다. 그 남자는 '앙팡 테리블'[9]로 관습에 저항하고 규칙서를 찢어버리는 사람인 셈이었다. 스릴 있는 스캔들도 있었는데, 그 정도는 그녀도 수집할 수 있었지만 자세한 내용은 그녀 같은 위치의 여성에게는 금기시되었다. 그렇다 해도 그에 관한 이런 평판은 원래 느껴야 할 거부감 대신 그녀의 욕망을 더욱 깊게만 했다. 아델은 그가 전통을 벗어버리고 미래를 포용할 유형의 남자일 거란 걸 알았다.

이를 깨닫자 아델은 가슴이 부풀어 올랐고 계속해서 남자를 지켜봤다. 남자에게는 정해진 일상의 틀이 없는 듯 보였다. 며칠씩 떠나 있다가 돌아와서는 거실 창 근처 자기 자리에서 떠나지 않았다. 아델은 그가 작업 중이리라 추측했다. 예쁜 아가씨들이 수없이 오가서 아델은 질투로 몸부림쳤다. 그와의 만남을 이루어낼 수만 있다면.

≈

그가 마침내 어마어마한 아델 하름스를 만난다면 그 역시 그녀에게 끌리게 될 것이고, 다른 여인들은 모두 잊힐 거라고 아델은 확신했다. 어둠 속에서도 아델은 명확하게 그의 얼굴을 떠올려냈다. 그의 머리카락 사이로 손을 밀어 넣고 그의 턱에 자신의 입술이 닿는 상상을 했다. 그가 그녀의 목을 엄지손가락으로 쓸어낸다. 그래, 에디트가 종종 말하는 것처럼 그녀는 정신이 나갔는지도 모른다. 하지만 어쩌겠는가? 아델은 말로 표현할 수 없는, 멍청한 동생이 이해할 수 있는 방식으로는

---

9 무서운 아이. 사전적으로는 범상치 않은 사고와 행동으로 세상 사람들을 놀라게 하는 성공한 젊은이라는 뜻.

도저히 설명할 수 없는 감정을 한동안 느껴왔고 느끼는 중이었다. 여기 이렇게 가슴이 불안하게 두근거린다. 이는 극심한 조바심으로, 마치 무언가 일어날 운명이고 이제 막 일어나기 직전인 듯했지만 하루하루 그녀가 갈망하는 혁명은 일어나지 않았다. 행동하고 탄력을 받아 변화하려는 이런 압도적인 충동은 누구에게나 있는 것이 아니겠는가? 무언가가 나타나 삶의 길을 바꾸어놓길 기도하지 않겠느냔 말이다.

4

1913년 봄

드디어 그날이 왔다. 아델과 에디트는 빈의 카니발 '파싱' 기간에 가장 화려한 밤의 벼랑 위에 섰다. 이 봄날의 사교 무도회는 메달리온으로 장식된 순백의 턱시도를 입은 대공들과 왕자들, 실크를 두르고 다이아몬드와 사파이어를 주렁주렁 단 공주들과 그랜드 데임[10]들을 끌어들였다. 정치가부터 왕족, 외국 외교관부터 유명한 예술가, 음악가부터 연기자에 이르기까지 빈에서 힘 있는 엘리트들이 마스크로 정체를 감추었다. 그랜드 홀에서 커플들이 왈츠를 추는 가운데 윤이 나는 파케이 바닥 위로 구두 굽들이 획획 돌았고 천장의 샹들리에에서는 크리스털과 금이 반짝였다. 아델과 에디트는 성년이 된 이후로 매년 이 무도회에 참석했는데 올해도 예외는 아니었다. 에밀리아도 평소라면 참석했을 테지만 지금은 지방에서 허니문을 즐기는 중이었다.

---

10   특정 부류 안에서 영향력 있는 위치의 여성.

오늘 밤 아델은 빈의 인네레슈타트에 드넓게 자리 잡은 호프부르크 왕궁으로 하름스 자매를 데려갈 마차가 도착하기도 전에 준비를 마친 상태였다. 마차는 건너편에서 신 고딕 양식의 시청사가 불빛을 반짝이는 오페라 하우스와 한 쌍의 위풍당당한 왕궁 박물관을 지나는 도심의 근사한 대로 링슈트라세로 이동할 것이다. 자매는 마치 엘리자베스 황후의 환생이라도 된 양 장미꽃 잎 향이 나는 물로 목욕을 하고 로션으로 피부를 문질러대며 온종일 치장하느라 시간을 보냈다. 머리는 전날 밤 만져두었고 둘 다 정교한 야회복을 만들어놓았다. 에디트의 것은 가장 질 좋은 연녹색 실크 드레스로, 드레스 아래로 레이스가 풍성한 언더스커트가 보였고, 아델은 암청색 벨벳 보디스가 달린 은색 양단 드레스로, 허리 쪽이 조여져서 그녀의 큰 키와 날씬한 몸을 도드라지게 해주었다. 드레스들은 빈에서 가장 고급 부티크에서 구매한 것으로, 유명한 파리지앵 디자이너들이 직접 디자인한 것들이었다. 자매는 지난 몇 달간 부티크를 여러 차례 방문해 치수를 맞췄고, 그렇게 해서 완벽하게 재단되어 적절한 곳을 모두 줄여낸 드레스는 사람들의 눈길을 끌었다.

아델은 얼굴에 마스크를 쓰고 눈을 가린 채 춤을 추며 에디트에게 다가갔다.

"나인 줄 전혀 모르겠지?" 아델이 빙글 돌며 물었다.

"난 어디서든 그 목만 보면 알아" 하고 에디트가 대답했다.

"그렇지만 적어도 잠깐은 누군가가 될 수 있어."

"언니가 익명을 선호할 것 같진 않은데."

"내가 알려지는 걸 좋아하긴 하지." 아델은 동의하며 마스크를 벗었다.

"'보여지는' 걸 좋아하기도 하고." 에디트가 말했다.

"주목받고 싶기는 해." 아델은 인정했다. "하지만 좀 미스터리한 것도 좋을 수 있어. 안 그래? 어쨌든 모든 미스터리는 누군가에 의해 풀리길 원하잖아?"

≈

자매가 클레이너 레도우텐잘 무도회장에 들어서자, 아델은 거대한 샹들리에와 장식용 촛대 캔들라브라, 반짝이는 크리스털과 값비싼 도자기를 둘러봤다. 위층 발코니에서는 밴드가 요한 슈트라우스의 〈박쥐 콰드리유〉를 연주하기 시작했다. 밤늦도록 춤이 계속되다가 자정이 되면 유명한 '탄츠마이스터'[11]가 이끄는 대로 왈츠가 절정에 달할 것을 자매는 알았다. 여인들은 무릎을 살짝 구부려서, 남자들은 허리를 굽혀서 인사할 것이고, 그 마법 같은 한밤중에 천여 명의 파티광들은 정교하게 움직이는 무리로 탈바꿈할 것이다. 끝까지 남아 흥청거린 사람들은 대개 새벽 4시쯤 되면 화끈거리는 발을 문질러대겠지만, 하름스 자매는 그렇게 늦게까지 밖에 머무는 것은 허락받지 못할 것이다. 아델은 주위를 둘러보며 마스크 뒤 남자들의 얼굴을 상상해 봤지만 갈피를 못 잡고 잠시 어지러움을 느꼈다. 아델은 자신의 이웃이 그들 중 한 명일 거라는 기대를 걸지 않을 수 없었다. 비록 그가 이런 장소를 편안해하리라고는 생각되지 않았지만. 그 남자는 하인리히 같은 남자들, 즉 질서와 절제를 상징하고 관습에 얽매여 체면을 차리느라 점점 지루해지는 남자들과는 정반대였다. 아직 길 건너편의 그 남자를 만나보지는 못했지만, 아델에게 그는 열정과 자유와 자주적인 사고를 상징했다. 전적으로 다른 삶인 셈이었다. 그는 바느질과 사교로 이루어진 삶, 곧 아

---

11 궁정의 무도회 인솔자.

델의 엄마가 이끄는 바로 그 끔찍한 생활 방식에 아델을 앞다퉈 가두려는 보수적인 남자들과는 정반대였다.

"저, 실례합니다만?" 야회복 재킷 가슴 부분에 메달들을 단 남자가 다가왔다.

아델은 남자를 위아래로 훑어보다가 웃음을 참고서는 장갑 낀 손을 내밀었다. 연주자들이 자신들의 악기로 음을 잘 잡아내며 강렬하고 마음을 움직이는 소리를 만들어냈고, 아델과 파트너는 댄스 플로어로 회전하며 나아갔다.

아델은 춤을 추면서 남자의 어깨 너머로 동생을 봤다. 에디트는 무도회장 가장자리로 물러났고, 웨이터가 과일 조각들이 든 긴 샴페인 잔에 담긴 어떤 스파클링 음료를 건네주었다. 동생은 특별히 누구한테라고 할 것 없이 웃었는데 고고하지만 순진해 보였다. 에디트는 춤을 출 때면 모든 어색함이 사라지고 흠잡을 데 없는 자세와 타고난 리듬감으로 방 안의 누구 못지않게 왈츠를 출 수 있었지만, 춤 요청이 거의 들어오지 않아 댄스 플로어에서 발산하는 그녀의 우아함은 거의 보기 힘들었다.

열광적인 음악은 막바지에 이르렀고, 오케스트라는 다음 곡을 시작하기 전에 잠시 악기들을 내려놓았다. 쉬는 시간이 주어지자, 아델의 파트너는 그녀의 팔을 잡고 깔끔하게 손질된 정원이 내려다보이는 발코니로 데리고 갔다.

하늘에는 빛이 거의 사라지면서 분홍과 보랏빛만 남았고, 별들은 어둠의 장막을 뚫고 점점 선명해졌다. 남자는 난간에 기대어 눈으로 아델의 몸매를 이리저리 살폈다.

아델은 정원 토피어리에 시선을 두면서, 그녀가 남자에게 관심이 있다는 만족감을 주지 않으리라 마음먹었다. 남자가 아델의 팔꿈치를 만졌지만 무시해 버렸다. 남자는 더욱 끈질겼다. 아델은 몸을 돌려 그의 눈을 바라봤다. 그녀의 마스크 구멍 사이로 두 눈이 도전적으로 빛났다.

"마스크 벗어버려요." 남자는 아델의 얼굴 한쪽을 만지며 말했다.

"왜죠?"

"당신의 얼굴을 보는 기쁨을 느끼고 싶군요."

웨이터가 한 손으로 은쟁반을 반듯이 들고 지나갔다. 남자가 긴 술잔 두 개를 집어 하나를 아델에게 건넸다.

아델은 오래 천천히 마신 다음 마스크를 벗고 남자의 눈을 똑바로 바라봤다. 남자는 가볍게 휘파람을 불었다.

잠시 대화를 나눌 때, 아델은 속마음을 미묘하게 감추는 듯싶다가 나타내곤 했다. 다른 술 취한 사람들이 풍경을 감상하려고 발코니로 나왔지만 이내 다시 둘만 남았다.

아델은 에디트가 좋아하는 왈츠 연주가 시작된 걸 들었다.

"실례지만 가보겠습니다." 아델이 말했다. "동생이 찾을 것 같네요."

"그렇지만 갈 수 없겠는데요." 남자가 약을 올리면서 아델의 드러난 팔을 쓰다듬으려 팔을 뻗었다.

아델은 떠나려 돌아섰지만 이제는 그가 붙잡고 놓지를 않았다.

"아파요." 아델은 팔을 빼며 화를 냈다. 그가 드레스의 작은 솔기를 뜯어내 버렸다.

그 순간 에디트가 아델 옆에 서서 경고했다. "언니한테 손 떼시죠."

남자는 웃음을 터뜨리고는 오만함으로 발끈했다. "착각하지 마세요. 여기 당신 같은 여자는 널렸으니."

남자는 점잔 빼며 물러갔고 자매는 도망쳤다. 에디트는 아델을 끌고 주 무도회장을 통과해 반대편 정원으로 나갔다. 둘은 궁정에 등을 돌린 채 벤치에 앉았다.

"이걸 같이하고 싶진 않지?" 아델이 손을 살짝 떨며 물었다. 아델은 클러치 백에서 길고 가느다란 담배를 꺼냈다.

"어디서 났어?" 에디트가 물었다.

"모르는 게 약이야." 아델은 웃었다.

아델은 성냥갑을 꺼내 성냥개비를 마찰면 가까이에 댔다. 손목을 휙 움직이자 불이 붙어 그들 사이의 어둠 속에서 일렁였다. 아델은 득의만면한 미소를 지으며 담배를 빨았다.

"내가 나쁜 영향 좀 끼칠게."

아델은 까만 담배 홀더를 에디트에게 건네며 발로 차듯 구두를 벗어 던졌다. 스타킹 안으로 차가운 바닥이 느껴졌다.

에디트는 담배를 입에 대고 연기를 조금 흡입하려다가 캑캑거리며 언니에게 돌려주었다. 에디트는 언니를 보고 미소 지으며 어깨에 머리를 기댔다.

"나는 이제부터 모든 음탕한 일들은 언니한테 맡길 거야."

"아까 도와줘서 고마워." 아델이 말했다. "내 구원자." 아델은 웃음을 터뜨리며 에디트를 안아주고는 뺨에 키스했다.

"너 없으면 어쩔 뻔했니?"

5

1913년 가을

9월 둘째 주에 무티는 히칭에 있는 갤러리에서 열리는 새로운 전시회 개막식 초대장과 함께 딸들도 참석해 달라는 요청을 받았다. 아델은 처음에는 평소처럼 거부하는 척했으나, 그 화가가 이런 장소를 즐겨 다닐 가능성을 무시할 수 없으므로 따라나설 준비를 했다.

갤러리는 불이 환히 켜져 있고, 문이 거리를 향해 열려 있어 늦여름의 마지막 산들바람이 들어왔다. 빈 미술 아카데미 수강생들인 듯한 여남은 명의 젊은 남자들이 스파클링 와인이 담긴 긴 술잔으로 가득한 테이블 주위에 모여 있었다. 아델은 그들 주위를 맴돌며 혹시나 그 화가가 그들 중에 있는 건 아닌지 확인하려 했다. 그들은 액자 속 그림들을 보러 흩어졌고, 아델도 그들을 따라가 열의도 없이 작품들을 바라봤다.

바로 옆 전시실에서 에디트는 어떤 남자와 대화를 나누는 듯했다. 그 남자는 아델에게 등을 지고 있었다. 하지만 아델은 어디서든 그 실루엣을 알아볼 수 있었다! 동생은 바로 그 화가와 대화를 나누고 있었다. 에디트는 마치 구조해 달라고 애원하는 것처럼 계속 다른 쪽을 쳐다봤다.

"예술의 아름다움에서 헤어 나올 수가 없구나"하며 아델은 그들에게 다가갔다. "너도 감동받지 않았니, 에디트?" 아델은 동생 가까이 걸어가 "아, 끼어들어서 정말 미안해요"하며 이제서야 화가를 알아챈 것처럼 덧붙여 말했다.

그녀가 갈망해 온 대상이 아주 가까이에 있었다. 그의 존재로 전시실이 고동치는 듯 보였다. 그의 손가락 마디 뼈는 무척 두드러져서 피부 사이로 허옇게 드러났다. 셔츠와 주머니에는 잉크가 묻었고 치아는 흡연으로 변색된 것이 조금 전에 담배를 피운 게 분명했다. 아델은 몸을 좀 더 기울여 그가 핀 담배의 잔향을 길게 한 모금 들이마셨다.

"제 소개를 해야겠군요. 전 당신의 이웃입니다." 그가 허리를 굽혀 인사하며 말했다.

아델은 그가 말하는 걸 처음 들었다.

"이웃이요? 이 지역에 새로 이사 오신 건가요? 주변에서 뵌 적이 없어서요." 아델은 거짓말을 했다.

"음, 저는 분명 당신을 뵌 적이 있습니다."

에디트는 단정하고 예의 있게 아델 옆에 섰다.

"그런가요?" 아델이 물었다.

"창가의 숙녀분들이시잖아요. 제 다락방에서 댁의 아파트 안을 볼 수 있어요. 양쪽 집 사이의 각도가 완벽하게 일직선이거든요. 하지만 걱정하지 마세요!"하며 그가 웃었다. "거실만 볼 수 있습니다. 그러니 당신이 죄를 지은 것처럼 보일 일도 거의 없어요."

"그런 말씀 하시면 곤란하실 텐데요." 아델은 대담하게 말했다.

"아, 이미 그런 적이 있어요" 하며 화가는 미소를 지었지만 표정이 굳은 걸 아델은 눈치챌 수 있었다.

"이름이 어떻게 되시죠? 제가 두 분을 평생 '길 건너편 자매들'이라고 부를 수는 없잖아요." 그가 다시 유쾌하게 말했다.

"제 이름이요? 아, 네, 굳이 아셔야겠다면, 아델이에요. 아델 하름스." 아델은 당당하게 말하며 그를 향해 손을 내밀었다. "잊지 마시길 바라요."

한편, 옆에서 에디트는 안절부절못했다.

"아, 그렇죠. 여기 이 아이는 에디트예요." 아델은 그를 향해 살짝 눈을 굴렸다.

"하름스 자매이시군요." 화가는 생각에 잠겨 말하고는 아델의 손을 꼭 쥐었다.

그의 엄지손가락이 아델의 넷째 손가락등을 눌렀다. 아델은 그에게 함께 갤러리를 돌며 왈츠를 추게 하고픈 충동이 일었다. 아델은 자신이 어떻게 혼자 두 발로 서 있는지 신기할 정도였다.

"무척 반갑네요" 하고 그가 이어서 말했다. "만나 뵙게 되어 기쁩니다. 마침내."

"그런데, 이름이 있으시겠죠?" 아델이 물었다.

"물론 있죠. 제가 가는 곳마다 따라다닙니다. 제 이름에서 도저히 벗어날 수가 없어요. 그리고 정말로, 벗어나려고 노력도 해봤어요. 에곤 실레입니다."

그는 아델의 손을 놓고 정성스레 허리를 깊이 숙여 인사했다.

아델의 피부에 그의 손의 환상적인 감촉이 남았다. 아델은 그 이름을 혀로 가늠해 본 뒤, 너무나도 마음에 든다고 결론 내렸다. 잘 어울리는 이름이었다.

"화가이신 것 같은데요?"

"많은 사람들이 제가 선택한 직업을 더 나쁘게 부르곤 하죠" 하며 그가 인정했다. "아, 그렇죠. 제 첫 단독 전시회가 한스 골츠 갤러리에서 열립니다."

"어쩌면 저희도 참석할지 모르겠네요?" 아델이 말했다. "당신 작품을 보러요."

"근데 거리가 멀어요. 뮌헨에서 열립니다."

"세상에!" 아델이 놀라 외쳤다. "아주 실력이 있으신가 봐요."

"언젠가 저를 위해 자세를 취해주셔야 할 거예요. 두 분 모두."

"아빠가 허락하지 않으실 거예요." 에디트가 말했다. "아주 엄격하시거든요."

"하게 된다면 저희는 기쁠 거예요." 아델이 얼른 답했다.

순간, 아델은 갤러리 가장자리에서 언뜻 엄마의 모습을 발견했다.

"죄송합니다. 실례해야겠어요." 에곤은 회중시계를 확인하며 한숨을 내쉬었다. "제 후원자인 뢰슬러 씨를 여기서 곧 만나기로 했거든요. 여느 때와 달리 늦는군요. 뢰슬러 씨는 계속 일이 돌아가게 관리하면서 제 이름이 도시의 미술상들과 갤러리스트들 입에 오르게 하고 있어서 저는 어쩔 수 없이 그의 모든 비위를 맞춰줘야 한답니다."

화가는 아델의 눈을 응시했다. 남자치고는 속눈썹이 길었고, 입술은 기분 좋은 핑크빛이었다.

"아하, 그 늙은이가 저기 있군요. 아더!" 에곤은 남자를 부르더니 자리를 떠났다.

"조만간 우리 집에 방문하세요." 아델은 에곤 뒤에다 대고 말했다. 엄마가 급히 다가오고 있었지만 듣지는 못할 거리였다.

에디트는 언니에게 고개를 홱 돌렸다. "뭐?"

아델이 목소리를 죽여 말했다. "재미 좀 본다고 죽는 건 아니잖아. 안 그래? 자, 쉬이이이, 무티가 왔어."

"그 '남자'는 누구였니?" 무티가 불쾌해하며 턱을 세우고 부루퉁하게 물었다.

"아무도 아니에요" 하고 아델이 대답했다.

"우리 이웃 아니었니?" 무티는 에곤이 떠나는 모습을 어깨 너머로 응시했다. "그 화가……, 오, 맙소사!" 무티는 손으로 부채질을 했다. "네가 저 남자를 꼬신 건 아니겠지?"

무티는 자기 딸들이 그런 타락한 인간과 대화한 걸 누군가 봤을까 봐 고개를 돌려가며 확인했다. 무티는 아델의 양 볼이 붉어진 걸 보더니 날카롭게 숨을 들이쉬었다.

"저 남자와 가까이하지 말아라. 아주 불결한 사람이야." 무티가 명령했다. "내가 전에도 주의를 줬지. 예술가들이란 사교계에서 아주 최악이야. 그리고 아델, 이상한 생각에 빠지지 마렴, 이 철없는 아가씨야."

"엄마가 무슨 말 하시는 건지 도무지 모르겠네요." 아델은 항의했다.

무티는 눈을 가늘게 떴다. "날 따라와. 네가 만나야 할 은행원 신랑감이 있어. 이 남자의 엄마는 빈에서 가장 존경받는 여성 중 한 명이란다."

아델은 어쩔 수 없이 따라갔지만 두 눈은 매 순간 그 화가에게 머물렀다.

≈

"건배." 브론 씨가 건배를 제안했다. "나의 가장 친애하는 동료 요한을 위하여. 내가 거의 삼십 년간 알아왔고 존경해 온 남자. 그 시간 동안, 나는 우리가 성장하면서 많은 걸 볼 수 있었다고 전하게 돼 기쁩니다. 우리의 우정은 날이 갈수록 두터워지고, 사업 전망은 흔들림이 없었으며, 사랑스러운 딸들은 가장 아름답고 감성적인 숙녀들로 성장해 우리를 자랑스럽게 했죠."

브론 씨는 아델과 에디트를 향해 잔을 기울인 다음 테이블의 다른 쪽에 앉은 에밀리아와 신랑을 향했다. 새신랑은 얼굴이 부은 남동생 앨버트도 데리고 왔다. 그들은 공손하게 미소를 지었다. 브론 씨는 테이블 상석에서 양손을 깍지 끼고 앉은 아빠에게 다시 주목했다. 턱시도를 입은 웨이터가 레스토랑에서 가장 좋은 그뤼너 벨트리너 와인을 아빠의 잔에 따랐다.

"우리 모두가 여기 모였군요." 브론 씨는 여남은 명 모인 손님들을 둘러보며 말을 이어갔다. "요한, 자네의 생일을 축하하기 위해서, 자네가 오래도록 건강하길 바라며, 우리 삶 속 자네의 존재에 감사를 표하기 위해서 말일세."

무티는 고개를 끄덕이며 평소에는 보기 드문 애정의 표현으로 남편에게 손을 뻗었다.

"우리는 특히 감사하게 생각할 걸세" 하고 브론 씨는 말을 이어갔다. "이 밤이 끝날 때 자네가 계산을 한다면 말일세!"

이 말에 무리는 환호를 터뜨리며 서로 잔을 부딪치고 박수를 쳐댔다. 아델은 아빠가 그 모습에 기뻐하는 걸 알 수 있었다.

지글거리는 비너슈니첼, 살에 칼집을 낸 바삭바삭한 통 생선구이, 넓은 그릇에 담긴 감자샐러드 등 음식을 담은 대형 접시들이 도착했다. 갓 다진 허브 향에 아델은 입에 침이 고였다. 모든 사람이 매너를 지키며 음식을 먹었고 평소와 같은 주제로 대화를 했다. 남자 어른들은 사업 영역, 중개하고 싶은 거래들, 합스부르크가에 관한 최신 소식들과 태양은 절대로 지지 않을 것이라는 등의 제국의 운명에 관한 대화에 몰두했다. 여인들은 연애, 약혼, 결혼, 그리고 태어날 아기들에 관한 이야기를 나눴다. 빈은 넓은 지역에 걸쳐 있긴 해도 사교계 가십에 관해서는 좁은 곳이어서 모든 사람이 다른 사람의 사정을 알았다. 아델은 하인리히와 그의 신부가 첫 아이를 임신했다는 사실을 엿들었지만 엄마의 차가운 눈초리를 무시해 버렸다. 그리고 에밀리아가 다음 차례일 거라는 낌새도 있었다. 알윈의 동생 앨버트는 에디트에게 반해서, 아델이 흘끗 쳐다볼 때마다 그는 에디트와 대화하려 애쓰고 있었다. 그래서 아델은 다른 손님들에게 주의를 돌렸다. 젊은 세대 사이에서는 대화가 사진술의 발전과 최신 영화 개봉작에서 꿈과 무의식, 그리고 터부를 주제로 새로운 에세이집을 출간한 정신분석가 프로이트라는 남자에 관한 토론으로 넘어갔다. 아델은 그 토론을 따라가려 했지만 모든 사람이 동시에 말을 해댔고, 그중에서도 젊은 남자들이 가장 시끄러워 아델은 의견을 표현할 기회를 찾지 못했다. 아델의 귀는 억압, 판타지, 희생과 같이 관심을 끄는 단어들에 솔깃했고, 찰스 다윈, 오이디푸스에 관해 더 알고 싶었다…….

"클림트가 또 그 짓을 했다는데요." 미술상 네이선슨 씨가 아빠에게 말했다.

아델은 입을 다문 채 찬찬히 음식을 씹으면서 한 마디도 놓치지 않으려고 몸을 좀 더 기울였다.

"우리의 존경스러운 국민 예술가가 이번에는 무슨 짓을 한 건가?"

"〈처녀 The Virgins〉 말이에요." 네이선슨 씨는 한쪽 눈을 치켜뜨며 말했다.

"맙소사! 지난번처럼 야하고 외설적이란 말이야?"

"시중에 들리는 말에 의하면 구스타프의 황금기도 완전히 끝났다고들 하더군요."

"구스타프는 〈더 키스 The Kiss〉가 인기를 얻은 뒤로 우리의 호의를 두고 도박을 하고 있어." 아빠가 격분했다. "나는 그런 아르누보 스타일을 좋아하지 않아. 어째서 수백 년간 이어온 완벽하게 훌륭한 전통을 망치려는 거지?"

"그렇다면 구스타프의 영락없는 계승자라고 불리는 그 젊은 친구도 좋아하지 않으시겠네요."

"그 실레라는 친구 말이지?" 아빠는 생각에 잠긴 채 와인을 마시며 물었다.

"네, 그 사람입니다. 그 젊은 청년이 부르주아들의 심기를 불편하게 한 것만은 분명합니다."

"믿기지 않겠지만, 그가 우리 집 바로 건너편에 살고 있다네."

"이런!" 미술상은 자신의 포크로 공기를 갈랐다. "그자는 작년에 지방법원에서 판사와 대면해야 했어요. 죄가 있단 걸 인정받았고요. 유죄를 선고받은 범죄자의 맞은편에 사시다니요!"

아델은 냅킨에 대고 캑캑거려서 소스라치게 놀란 무티의 눈초리를 받았다.

"맙소사! 그게 그자였단 말인가? 같은 사람일 줄이야. 전혀 생각 못 했네. 아주 수치스럽군." 아빠는 눈이 휘둥그레진 채 동의하고는 무티에게 고개를 돌려 속삭였다. "우리가 상상했던 것보다 더 최악이야."

"사람들은 그를 빈의 포르노그래퍼라고 불러요." 네이선슨 씨가 이어서 말했다.

"우리 모두를 위해서라도 그 남자는 거리를 두는 게 좋을 거예요." 무티가 아델을 쳐다보며 말했다.

≈

그날 밤 혼자 있을 때, 아델은 이웃집 다락방에 들어간 자신을 상상했다. 저녁 식사 때 들은 대화는 그녀의 욕망을 더 부추겼을 뿐이다. 아델은 마음속으로 그 화가를 위해 취할 어깨를 곧게 펴고 손목으로 무릎을 감싼 자세를 그렸고, 그녀의 우아한 자세를 향해 그가 쏟아내는 감탄과 그가 그림을 그릴 때 그녀의 피부에 닿는 그의 눈길을 즐겼다. 하지만 얼마 지나지 않아 이런 정적인 공상에 질려버렸고, 아델의 상상력은 그녀를 바닥에 깔린 천에서 간이침대 위로 더 멀리 떠밀었다. 화가에게 손짓하자 그는 굴복했다. 아델은 화가가 사용하는 붓털을 핥아 물감이 입술을 뒤덮게 둔 뒤 그의 손가락을 자신의 입술로 가져왔다. 목 안에서 백악질의 안료 맛이 났다. 이래서는 안 된다는 걸 알고 있다. 교양 있는 여인들은 결코 음흉한 생각을 하지 않는다. 하지만 아델은 그의 금지된 손길에 대한 상상으로 고조되었다. 머릿속에서 그녀의 입술, 양 볼, 가슴, 허벅지 안쪽, 발바닥은 그의 색채들로 더럽혀졌다. 화가가 붓으로 그녀의 몸을 탐색하는 상상을 할 때 아델의 뜨거운 하체에서 중독적인 따끔함이 일었다. 그를 자신의 몸 안에서 느끼고 싶다는 간절함에 아델은 놀라고 말았다. 그를 밀어붙였다가 벗어나기 위한 싸움을 하고 싶었다. 점점 더 많은 것을 원했다. 아델은 탐욕스러웠다. 그의 얼굴이 가까이 다가와 긴 손가락으로 그녀의 온몸을 훑는 감촉을 몇 번이고 반복해서 생각했다. 급격한 흥분을 느꼈다. 흥분이 세차게 몰아쳤다. 어디선가 미지의 세계에서 색채가 폭발하고 격렬한 리듬이 쏟아져 나왔다. 아델은 불타올랐다.

6

1914년 6월

그 뒤로 몇 달간 아델은 그 화가와 몇 번은 더 우연히 만날 기회를
꾀할 수 있었다. 비록 대개는 길거리에서였고, 늘 그녀의 바람에 비해
지나치게 잠깐이었지만. 이들의 사교계는 서로 아주 달랐을 뿐만 아니
라, 그 화가의 비행에 관한 더 많은 추문을 듣고 자극을 받은 무티는
경계와 더불어 아델의 배우자를 찾으려는 노력을 몇 배는 더 기울였다.
그래서 아델은 상상 속에서만 진정으로 그 화가에게 전념할 수 있었다.
유일한 걸림돌은 아직도 정확히 정체를 모르는 그 여인과 에디트였다.
멍청한 동생은 아델이 사랑에 빠진 걸 알았지만 인내심이나 헤아림이
란 찾아볼 수 없었다. 에디트는 생각이 온통 딴 데 가 있었다. 브론 씨
가족과의 저녁 식사 이후 앨버트가 집으로 몇 번 전화를 걸어 에디트
를 찾았고, 의심의 여지없이 연애를 간절히 원했다. 하지만 에디트가
애정에 대해 뭘 알겠는가? 에디트는 늘 너무 착하고 순수했으며, 타인
의 감정을 해칠까 봐, 홀로 갈팡질팡하며 기회들에 직면하게 될까 봐

두려워했다. 에디트는 요즘 같은 세상에 살아남기에는 너무 지나치게 온유했다.

아델은 언젠가 하름스 가족이 지방 여행을 마치고 집으로 돌아오던 때가 떠올랐다. 그 당시 다섯 살이었던 에디트는 마차 창문 밖으로 상처를 입어 털이 피투성이가 된 동물을 봤다.

"여우네."

에디트는 손가락으로 여우를 가리켰다. 여우는 숨을 가쁘게 몰아쉬어 작은 몸이 크게 흔들렸고 눈은 뜬 채였다. 아빠 무릎에 앉은 에디트는 완벽하게 정돈된 아빠의 짙은 수염을 만졌다.

"말을 멈춰주세요. 제발요, 아빠."

"애야, 이런 일에 신경 쓰지 말거라. 해로운 동물이야. 죽음은 자연스러운 거고."

아빠는 지나갈 때 에디트가 그 여우를 볼 수 없도록 딸의 얼굴을 자신의 어깨로 당기며 말했다.

"집에 데려가서 치료해 줄 수도 있잖아요." 에디트는 간절히 부탁했다.

"안 돼." 아빠는 좀 더 엄격히 대답했다. "벼룩이 득실거릴 거야. 그리고 이 멋진 마차를 얼마나 더럽힐지 생각해 보렴. 네 드레스를 더럽히는 게 싫지 않니?"

아빠는 초록색 천이 접힌 부분을 부드럽게 펴며 물었다. 아델은 아무 말도 하지 않았다. 그런데 여행이 계속되면서 에디트의 걱정은 떼를 쓰는 것으로 폭발하고 말았다.

"이렇게 행동하면 안 된다는 걸 알아야 할 텐데." 무티는 딸의 눈물을 닦아주며 불평을 했다.

그 뒤에 아빠는 아델이 차분하게 있어서 자랑스럽다며 상으로 코코아와 코코넛으로 감싼 트러플 초콜릿을 주었다. 초콜릿이 혀에서 살살

녹았다. 유년 시절 최고의 순간이었다. 동생을 이겼다는 끝없는 달콤함을 지금도 여전히 맛볼 수 있었다.

그날 밤 잠자리에서 에디트는 그 여우를 머릿속에서 지울 수 없다고 아델에게 속삭였다. 여우의 눈이 에디트를 뚫어지게 쳐다보며 "친구야, 도와줘" 한다는 것이었다.

마침내 에디트가 잠들었을 때, 아델은 짓궂은 어린 마음에 최대한 여우의 쉰 듯한 소리를 흉내 내며 느리고 낮은 음성으로 에디트의 귀에다 대고 도와달라고 속삭였다.

에디트는 그날 밤늦게 비명을 지르며 일어나 알아들을 수 없는 말을 웅얼거리더니 흐느껴 울었다.

"얘가 아주 응석받이라니까." 무티는 가정부 해나에게 이 일을 듣고 말했다.

그런데 다음 날 아침이 되자, 에디트는 침대에서 꼼짝도 하지 못했고 목은 퉁퉁 부었다. 무티는 내과의사에게 급히 전갈을 보냈다.

"불에 타는 것 같아."

에디트는 신음을 하더니, 다음 순간 두 눈이 흐리멍덩해지고 몸이 축늘어졌다.

"결핵입니다."

의사는 우려의 기미가 역력한 얼굴로 솔직히 털어놓았다. 무티는 살려달라고 빌었고, 아빠의 눈에는 눈물이 고였다. 아델은 여태껏 아빠가 이런 감정을 드러낸 걸 본 적이 없었다. 가족들은 에디트를 살리기 위해 온 정성을 다했다. 그렇지만 아델은 동생이 죽을 거라고는 생각하지 않았다. 맹목적인 믿음이 아니었다. 그저 동생이 없는 세상을 상상할 수 없어서였다.

그 뒤 몇 달간 에디트의 몸은 계속 허약한 상태였다. 기침을 하고 숨

쉬기 힘들어 쌕쌕거리며 온종일 침대에만 있었다. 스무 살이 된 오늘날에도 에디트는 여전히 살아 있다는 데 놀라워하는 듯했다. 아델은 사람들이 에디트를 알아보거나 이름을 기억할 때마다 에디트가 혼란스러워하는 걸 봤다. 에디트는 자신을 잊히기 쉽고 세상에 잠시만 머무는 존재로 여겼다. 자매는 사진이 현상되는 과정을 지켜본 적이 있다. 사람의 몸, 머리, 손, 눈 등의 특징들이 서서히 뚜렷해졌다. 에디트는 자신이 견고하다고 생각하지 않았다. 하나의 빛에서 다음 빛으로 변화하다 이내 소멸되는 존재라고 생각했다.

에디트는 자신의 영혼을 건드렸던 독성이 돌아와 잠들지 못할까 두려워 아빠의 신문을 읽지 않으려 했다. 에디트는 죽음이나 재난에 관한 뉴스를 견딜 수 없었다. 반면에 아델은 오스트리아 유력 일간지 『비너 차이퉁』을 기회가 될 때마다 읽으려 했다. 그래서 6월 말인 어느 날, 연로한 황제의 조카이자 오스트리아-헝가리 제국을 통치하게 될 것으로 예상되었던 프란츠 페르디난트 대공이 암살당했다는 소식을 읽고 충격을 받았다.

오스트리아인 대공과 공작부인 사망
프란츠 페르디난트 대공과 그의 부인이
총상으로 사망한 것이 공식적으로 확인됐다.

이 뉴스로 빈은 충격에 휩싸였다. 도시에는 음악이 멈추고 깃발들은 조기로 게양되었다. 사라예보에서는 폭동이 일어났다. 군중들은 닥치는 대로 마구 때려 부쉈고, 세르비아인들은 표적이 되어 폭행을 당하고 무수히 살해되었다. 군대와 경찰이 거리를 메우고, 계엄령이 선포되었다.

세계가 뒤흔들리는 듯했다.

아델은 한참 동안 기사에서 눈을 뗄 수 없었다.

대공의 부인인 호엔베르크 공작부인 조피는 무개 마차를 타고 사라예보의 거리를 지나갈 때 대공 옆에 앉아 있었다. 그들은 1900년에 결혼했을 당시 엄청난 인상을 남겼었다. 대공이 그 당시 테셴 공작부인의 시녀와 결혼함으로써 의무보다는 사랑을 택했던 것이다. 대공은 합스부르크 왕가의 일원이었기 때문에 왕족 출신의 신부를 선택할 것이라고 예상했었다. 결국 이 결혼은 그들의 자녀는 왕위 계승에서 제외된다는 조건하에서 승낙되었다. 공작부인은 복부에 총을 맞아 이제는 이 사랑도 끝나버리고 말았다.

장례식은 다음 날 치러질 예정이었다.

"총을 쏜 남자는," 하고 아델은 손으로 귀를 막고 있는 에디트에게 기사를 읽어주었다. "그 뒤 총을 자신에게 겨누었다." 아델은 신문을 구기고선 앞으로 숙여 에디트의 카드놀이용 탁자를 발로 걷어찼다.

"끔찍하고 극악무도한 일이야."

아빠는 제위 계승자에 대한 공격은 심각한 문제를 불러일으킬 수 있다고 경고했다. 이는 세르비아가 보낸 선전포고이며, 또 다른 선전포고로 이어질 수 있다고 했다. 아델은 이 사건의 반향에 대해 생각하지 않으려 했고, 마치 선전포고를 기다리기라도 하듯이 도시에서도 이미 긴장감을 느낄 수 있었지만 빈에는 아무 일도 없을 거라고 자신에게 말했다.

≈

그날 늦게 아델은 그 화가와 그 여인이 건물을 나서는 걸 목격했다. 구름 한 점 없는 청명한 날이었는데도 그는 접힌 우산을 들고선 아무렇게나 흔들어댔다. 아델은 그들이 어디로 향하는지 알아내리라 결심하고 벌떡 일어서서 작은 가방, 코트, 모자 따위의 정말 몇 되지도 않는 필수품을 집어 들었다.

"그렇게 급히 어디 가는 거야?" 에디트가 아델의 손을 붙잡고 물었다.

"아무 데도 안 가."

이 시점에서는 자신의 꿍꿍이를 덜 드러내는 것이 나았다. 아델은 에디트의 손아귀에서 벗어나 결의로 얼굴이 붉어진 채 아파트를 서둘러 나섰다. 계단을 뛰어 내려가 타일로 된 복도를 가로질러 현관으로 가는 발소리가 울려 퍼졌다.

눈 깜짝할 사이에 아델은 중심가를 따라 걸어가는 화가와 여인을 따라잡았다. 안전거리를 두고 따라가며 헐떡이는 숨을 진정시키고 다시 옷매무새를 가다듬었다. 화가와 여인은 거리낌 없이 편하게 걸으며 대화를 했다. 여인은 굉장히 밋밋한 스타일에 저렴한 소재로 만든 옷을 입고 있었는데, 붉은 벽돌색 허리띠를 두르고 옷깃에 호박색 브로치를 착용함으로써 그 사실을 감추려 했다. 여인의 머리는 부스스했고, 부츠는 남성용처럼 바닥이 두툼했으며, 치마는 때로 얼룩져 있었다.

몇 분 뒤, 그들은 쇤브룬 궁전 정원 입구에 멈춰 섰다. 둘은 늘어진 나무들이 만든 빛과 그늘로 얼룩진 채 문 앞에서 막 각자의 길을 가려는 참이었다. 화가는 한 손으로 우산의 굽은 손잡이를 쥐고 다른 손은 주머니에 넣었다. 여인은 활발하게 손을 움직이며 어깨와 엉덩이를 요염하게 기울인 자세로 말을 했다. 아델은 몸을 숨긴 채 기다리며 손마디가 허예질 정도로 두 손으로 핸드백을 꽉 붙들었다. 아델은 들을 수 없는 어떤 말에 그 여인은 웃음을 터뜨렸다. 여인이 즐거워하는 모습에 가슴이 철렁했다. 아델은 하나도 놓치지 않으려고 두 눈을 가늘게 뜨며 한 발 더 가까이 다가갔다.

"저기요? 아가씨?"

그때 한 거지가 다가왔다. 치아가 없고 머리는 기름으로 떡 진 앙상한 노파였다.

"저리 가세요." 아델은 휫 하며 말했다. "줄 게 하나도 없어요." 아델은 거지의 악취를 피해 고개를 돌리고 화가를 한 번 더 집중해서 살펴봤다.

이제 그는 길고 섬세한 손가락을 여인의 어깨에 얹었다.

"이 가난뱅이에게 헬러 한 닢만요." 거지는 우둘투둘한 손을 아델에게 내밀며 간청했다.

"지금은 안 된다고요!"

아델은 거지를 지나쳤다. 붉은 띠를 두른 그 여인이 화가에게 미소를 짓고 있었다. 그도 미소를 지어 보였다. 아델은 숨을 죽였다. 저 여인은 가정부일 뿐이라고 스스로 안심시켰다.

"부탁이에요. 잔돈 몇 푼만 좀 주세요. 아니면 최소한 이 세상의 불행한 영혼들을 생각이라도 해주세요."

"날 내버려 둬요!" 아델은 더는 참을 수 없었다. "어떻게 감히 그늘 속을 어슬렁대면서 동정을 구하는 거예요?" 하며 따졌다.

아델이 고개를 돌린 바로 그 순간 화가가 여인 쪽으로 몸을 기울였다. 아델은 짙은 핑크빛 꽃봉오리 같은 그의 입술이 볼이 아니라 정확히 여인의 입술에 조심스레 닿더니 완전히 몰두해서 한동안 머물러 있는 걸 기겁하며 바라봤다. 화가가 입술을 뗄 때는 입을 딱 벌리고 보고 있었다. 그때서야 아델은 그의 눈에 애정이 담긴 것을 알아챘다. 여인은 손끝으로 그의 이마를 섬세하고 다정하게 쓸어주었다.

"그저 자그마한 친절을 바랄 뿐이에요." 거지는 다시 불쑥 나타나 아델의 팔을 잡았다.

"날 내버려 둬요! 당신의 불행은 저와 상관없다고요."

"불행은 누구에게나 일어날 수 있죠. 아가씨에게도 일어날 수 있답니다" 하며 거지가 비웃었다.

분노가 폭발한 아델은 죽은 닭의 뼈 같은 노파의 어깨뼈 부위를 손가락으로 찌르며 밀어냈다.

"당신의 몰락은 스스로 자초한 거야." 아델은 화를 냈다. "당신 스스로 최악의 상황을 만들어낸 거니 알아서 책임지시라고요." 이렇게 말하면서 아델은 처음으로 노파의 두려움에 찬 짙푸른 눈동자를 바라보다 그 안에 비친 자신을 봤다.

7

1914년 8월

환한 대낮에 한 여인이 웨딩드레스를 입고 있었다. 아델은 창가 앞에
멈춰 서서 들고 있던 컵을 양탄자에 덜커덕 떨어뜨렸다. 자신의 눈을
믿을 수 없어 창유리에 최대한 가까이 다가가려고 컵을 발로 차버렸다.
실로 빛이 나는 그 젊은 여인은 키가 크고 날씬했으며, 후광이 나는 곱
슬곱슬한 구릿빛 머리가 얼굴을 감싸고 있었다. 여인이 입은 아름다운
드레스는 아델이 결혼식 날 입고 싶다고 꿈에 그리던 드레스였다. 신부
는 백합 부케를 앞으로 들고서 기다리는 중이었는데 얼굴에는 초조함
이 역력했다. 여인은 주변을 살폈다.

아델의 심장은 방망이질 쳐댔다.

웨딩드레스를 입은 인물이 창문 쪽으로 눈을 들었을 때, 아델은 누
군지 알아보고는 심장이 두방망이질 쳤다. 바로 이 거리에서 저 여인을
본 적이 있었다. 사실 바로 그 화가의 아파트 건물 밖에서였는데, 지난
일 년간 부쩍 규칙적으로 오가는 걸 봤다. 화가의 모델 중 한 명이다!

게다가 이제는 그의 집 밖에서 흰 드레스를 입은 채로…….

건물의 정문이 열리고 화가가 나왔다. 흠잡을 데 없는 말쑥한 정장에 구두는 광이 나고 머리는 단정히 빗었다. 법원으로 향하는 변호사나 직위가 높은 은행원 같았다. 하지만 아니다. 그는 마치 다른 장소에 있었으면 싶은 성가시다는 표정으로 여인에게 성큼성큼 걸어갔다.

"몸 좀 떼!" 에디트는 캐모마일차를 마시며 방으로 들어서면서 일렀다.

"쉬이이이!" 아델이 다그쳤다.

웨딩드레스를 입은 여인은 화가에게 법석을 떨었다. 그의 넥타이를 고쳐주고 머리카락을 몇 가닥 펴주느라 풍성한 꽃다발을 땅에 내려놓았다. 그때 아델은 목격했다. 실크 드레스 아래로 작지만 틀림없이 배가 부풀어 있는 것을.

"아, 세상에." 아델은 홀쩍였다.

"뭐야? 황제가 나타나신 거야?" 에디트가 창가로 다가오며 물었다.

"그 화가 말이야. 그리고 그의 모델 중 한 명. 저 여인…… 저 여인 임신했어."

"그 사람 결혼했다고 말한 적 없잖아!" 에디트는 얼굴을 찡그렸다.

"둘이 교회로 갈 것 같아. 정식으로 혼인하려고."

웨딩드레스를 입은 여인은 부케를 다시 들고 그 자리에서 한 바퀴를 돌았다. 화가에게서 찬사를 들으려는 것이 분명했다. 그의 답변이 들리지는 않았지만, 그는 미소를 짓지도 않았고 땅을 쳐다보며 어깨만 살짝 으쓱했다. 그러다 두 사람은 함께 떠났는데, 여인은 마치 그가 무언가 불쾌한 말을 해서 거리를 두고 싶은 듯이 그보다 반 발자국 앞섰다.

"내가 미쳤지. 화가가 그 끔찍한 부랑자와 사귄다는 생각에만 사로잡혀 있었어." 아델은 코를 벌름거리면서 드러나는 사항의 무게를 받아들이는 중이었다. "바로 코앞에 다른 여자가 있었는데 보지를 못했던 거야. 이제껏 이런 농탕이 벌어지고 있었는데도 나는 딴 데를 보고 있었던 거지. 이제 그 대가를 치러야겠지."

"언니, 빨리! 시간이 없다고!" 에디트는 언니의 손을 잡았다.

아델은 동생의 반응에 놀랐지만, 격려는 더 이상 필요치 않았다. 자매는 함께 거리로 뛰어나갔고 그 커플을 발견했을 때는 주의를 끌지 않으려고 걷는 속도를 줄였다.

"이렇게 도와줘서 고마워……." 아델이 말했다.

"이 일이 언니한테 얼마나 중요한지 알아. 게다가 소문을 통해서 모든 내용을 알게 되기까지는 몇 주나 걸릴 거야."

고작 몇 분 만에 화가와 신부는 지역 교회 바깥에서 멈춰 섰다.

아델은 가슴이 미어졌고 자신이 떠올려 온 모든 미래가 무너져 내렸다. 자매는 벤치에 털썩 앉아버렸다.

"그 화가 결혼하는구나. 적어도 온당한 일을 하는 셈이네." 에디트가 아델의 손을 꼭 쥐며 말했다.

아델은 자신의 바람이 절망적으로 무너진 것을 보고 동생이 안쓰러워하는 모습에 마음이 뭉클했다.

"내 인생의 가장 암담한 때에 네가 곁에 있어줘서 내가 얼마나 고마운지 알지." 아델이 말했다.

에디트는 고개를 돌려 언니 손에 키스하고 눈물을 훔쳤다.

"그 사람이 다른 여자랑 결혼하는 걸 보는 게 얼마나 고통스럽겠어."

자매는 자신들의 이웃 화가가 교회 바깥에 모인 손님들과 대화하는 걸 지켜봤다. 조끼를 입은 비대한 남자가 악수하자, 화가는 살짝 수줍게 미소를 짓고는 남자가 건넨 빨간 체크무늬 손수건을 받아 이마를 찍었다. 긴장된 표정의 여인도 다가왔다. 이 여인은 화가와 이목구비가 닮았는데, 특히 움푹한 눈과 가느다란 코가 똑같았다. 여인은 지쳐 보였다. 여인은 무언가 말하더니 신부를 향해 고개를 까딱했다. 그러자 화가가 얼굴을 찡그렸다.

여인은 고개를 젓고 입을 오므리더니 절뚝거리며 물러갔다.

손님들은 결혼식을 위해 자리에 앉으려고 교회 안으로 들어갔다. 바깥에 남은 건 화가와 신부뿐이었다. 오르간 연주 소리가 들려왔다.

이제 아무도 보는 사람이 없자, 화가는 슬픔이 역력한 얼굴로 두 손으로 신부의 얼굴을 잡고 다정하게 키스했다. 아델도 이게 일반적인 절차가 아니라는 걸 알 만큼은 충분히 사교계의 결혼식에 참석해 왔다. 무슨 일인 걸까?

신부는 드레스를 가다듬고 손으로 부드럽게 배를 쓰다듬으며 긴장한 모습으로 문턱에서 잠시 가다렸다. 그런 다음 화가가 숨을 내쉬며 신부와 팔짱을 끼고 교회로 들어갔다.

아델은 자신의 꿈들이 신성한 공간의 그늘 속으로 사라지는 걸 지켜봤다. 아직은 차마 아델의 발길이 떨어지지 않는 걸 보고, 에디트는 근처 카페에서 기다리자고 했다. 자매는 커피 두 잔을 주문하고 창가에 자리를 잡았다.

사십 분 뒤, 하객들은 다시 한번 교회 바깥에 모여들었고, 신랑과 신부를 기다리는 여인들의 모자가 가벼운 바람에 들썩였다. 그들은 행복한 커플을 맞이하기 위해 쌀이나 색종이 조각 같은 것들을 한 주먹 쥐고 있는 듯 보였다.

먼저 나온 신부는 햇빛에 눈을 깜빡이다 얼굴 가득 미소를 머금으며 눈을 반짝였다. 손가락에 낀 반지에서도 빛이 났다. 그러자 아델의 심장이 조여왔다.

잠시 뒤, 신랑도 활짝 웃으며 따라 나왔다.

"저 사람은 누구지?" 아델은 더 자세히 보려고 탁자 위로 몸을 기울였다.

그 남자는 키가 크고 발그레한 두 볼과 덥수룩한 콧수염에, 머리카락은 샌디브라운 색이었다. 그가 그 순간 신부의 손을 잡았다는 건 의심할 여지가 없었다.

"신랑이야!" 에디트가 소리쳤다.

"신랑이 누구든 간에 우리의 그이는 아니야!" 아델은 다시 기운이 솟아나 외쳤다.

자매의 이웃은 마침내 아치형의 교회 출입구를 통해 마지막으로 등장했다. 에곤은 신랑과 악수하고선 그의 어깨를 두드렸다.

아델과 에디트는 서로 마주 보다가 까르르 웃음을 터뜨렸다. 서로 커피 잔을 부딪치며 축하의 의미로 한 모금 마셨다.

"희망을 잃은 게 아니야!" 아델은 득의만면해서는 단언했다. "하지만 나는 임무에 성공하려면 노력을 갑절로 해야 한다는 걸 깨달았어"라며 미소 지었다.

그러자 에디트가 고개를 가로젓고는 입가에 묻은 커피 자국을 닦아 냈다.

8

1915년 1월

"Je suis contente. Tu es contente. Il est content. Elle est contente. Nous sommes contentes(나는 만족한다. 너는 만족한다. 그는 만족한다. 그녀는 만족한다. 우리는 만족한다)."

자매는 어학 수업을 마치고 돌아오는 중이었다. 아델은 에디트의 팔을 잡았고, 에디트는 프랑스어 동사 활용을 언니의 귀에다 대고 노래하듯 읊었다.

"뭐가 그리 유쾌하니?" 아델은 시무룩하게 나무랐다.

1914년 여름에 전쟁이 선포된 뒤 수도에는 즐거움이랄 게 거의 없었다. 프란츠 페르디난트 대공이 암살되고 삼십 일이 지나자, 오스트리아-헝가리 제국은 세르비아와의 전쟁을 선포했다. 오스트리아 남자들이 싸우기 위해 징집되었고 수천 명이 전사했다. 빈은 영혼을 잃어갔다.

아델은 그 화가가 나타나자 두 눈을 문질렀다. 그는 어깨를 구부린 채 자매를 향해 몇 걸음 내디뎠다. 무슨 일이 있는 듯 불안해 보였다.

그는 가방 속에 손을 넣어 봉투를 꺼냈는데, 격식 있고 중요해 보이는 봉투였다.

"하름스 자매 겁니다. 집에서 조용히 보세요." 그는 아델에게 봉투를 건네며 조용히 말했다. "이만 가봐야 해요. 하지만 답변을 고려해 주길 바랍니다. 두 분 좋은 밤 보내요." 그가 덧붙여 말했다. 따스한 그의 숨결이 그대로 머물렀다.

자매는 잠시 이삼 초간 조용히 기다리다가, 아델이 봉투를 높이 들어 홱 뜯어버리더니 그 안에 접힌 크림색 종이를 꺼냈다. 크레용으로 그린 적갈색 테두리 안에 우아한 필체가 가득했다. 고풍스러운 문체였다. 잉크 자국이나 선으로 지운 흔적도 없었다. 아델은 그 안에 자기 것이라 부를 수 있는 매력적인 무언가가 적혀 있기를 바라며 탐욕스럽게 읽어나갔다.

"초대장이야." 아델은 뒷면에 글이 더 있는지 뒤집어 보며 말했다.

"우리보고 집에서 읽으랬잖아."

"너는 어쩜 기다릴 생각을 할 수가 있니?" 아델은 얼굴을 찌푸렸다.

아델은 어느 늘어진 오후, 응접실에서 부모님과 앉아 날씨 이야기나 하는 모습을 상상했다. 그러다가는 나가서 돈을 쓰고 싶어 좀이 쑤실 것이다.

"어머, 세상에." 아델은 사인을 손으로 더듬었다. "영화 보려고 우리를 파크-키노에 데려가려는 거야. 영화 보는 건 분명 허락되겠지? 아, 그리고 동행자가 있다고 쓰여 있어. 발리라는 친구가 합류한다는데 그 여인일까? 그녀는 우리의 샤프롱[12]이나 될걸!" 아델은 눈썹을 치켜올

---

12 사교 모임 등에서 젊은 미혼 여성을 돌봐주던 나이 든 여인.

렸다. "이제 남은 유일한 방해물은 무티와 아빠를 설득하는 일이야."

≈

"말도 안 된다!"라는 것이 예술가의 이름과 요청 사항을 듣고 난 뒤 아빠의 답변이었다.

무티는 경악해서 거의 쓰러질 직전이었다.

"그 화가!" 무티는 딸을 노려보며 중얼거렸다. "내 눈에 흙이 들어가 기 전에는 절대!"

"영화관으로 놀러 가는 것뿐이라고요, 엄마." 아델이 대꾸했다.

"소문 들었어. 내 딸이 그런 남자에게 끌리다니. 눈치챘었다고!" 무티 는 숨도 제대로 쉬지 못했다. "너희 둘 다 앨버트처럼 어울리는 사람에 게나 관심을 가지렴. 어찌나 예의 바른 청년이던지."

"실레 씨도 굉장히 예의 있어요. 매너에 흠잡을 데가 없다니까요."

"그 사람의 의도가 빤히 짐작 간단 말이야." 무티는 눈을 번뜩이며 딱 잘라 말했다.

"다음에는 그가 너를 그리고 싶다고 우리 집 문 앞으로 찾아올 거 야." 아빠가 덧붙였다.

"그 사람이 우리보고 영화관 앞자리에서 옷 벗으라고 강요할 것도 아니라고요." 아델은 콧방귀를 꼈다.

"요한! 봐요! 내가 뭐랬어요? 저 애는 날이 갈수록 상스러워지고 있 다고요."

아델은 두 손을 들고 창가로 걸어갔다. 가망이 사라지는 걸 느꼈다.

"그냥 영화 보는 거예요." 에디트가 차분히 말하며 언니를 주시했다. "저희는 고결한 사람들에게 둘러싸여 있을걸요."

"너는 저급한 사람들에게 둘러싸여 있을 거란다." 아빠가 말했다.

"그게 무슨 피해를 주나요?" 아델이 대뜸 끼어들었다. 얼굴이 붉게 상기되고 목소리는 날카로웠다.

에디트는 언니에게 흥분하지 말라는 경고의 눈빛을 던졌다. "저희는 내내 보호를 받을 거예요." 에디트는 이어서 말했다. "여기 편지에 그렇게 쓰여 있잖아요."

아빠는 화가의 초대장을 손으로 집어 코끝에 안경을 얹고 다시 한번 읽었다.

"에디트는 그 어떤 부적절한 일도 일어나게 두지 않을 거예요. 그러기에는 지나치게 신중한 아이니까요." 아델이 덧붙였다.

"게다가 누가 알아요. 언니가 그 화가와 시간을 좀 보내고 나면 언니의 사랑이 좌절될지." 에디트가 되받아쳤다.

"에디트!" 아델은 배신감을 느꼈지만 동생의 논리가 무티 안의 무언가를 건드렸다는 걸 눈치챘다.

엄마는 남편에게 곁눈질했다. "적어도 그 편지는 좀 설득력이 있어요. 그 젊은이가 완전히 범죄자 같지는 않단 걸 보여주네요."

아델은 엄마의 양보를 덥석 물고 놓치지 않았다. "가는 걸 허락해 주시면 누구든 엄마가 적격이라고 생각하는 사람을 만나겠다고 약속드릴게요. 심지어 제독의 아들과도 오후를 보내볼게요."

"그래! 그 약속 지키는지 두고 보마!" 무티의 얼굴에는 만족스러운 웃음이 번졌다.

아델은 깜짝 놀라며 엄마를 성공적으로 조종한 것인지 아니면 그 반대의 상황인지 궁금해졌다.

"그럼 허락하신 건가요?" 에디트가 물었다. "화가한테 가겠다고 말해도 되죠?"

아빠는 안경을 벗고 주위에 벌어진 상황에 어쩔 줄을 몰라 했다.

"허락한다. 하지만 이런 일이 자주 있을 거라고는 생각하지 말거라."

무티는 경고하며 남편을 힐끔 쳐다봤다.

"후회하지 않으실 거예요." 아델은 부모님 양 볼에 키스하며 말했다.

"아직은 일러, 이 아가씨야. 두말할 것도 없이, 네 아빠와 난 그 사람을 소개받길 기대하고 있어." 무티가 말했다.

아델은 어쩌면 이것이 엄마가 지금까지 노리던 게 아닐까 생각했다. 화가를 가까이 마주해 낱낱이 풀어본 뒤 딸들에게 그의 인격을 깎아내리기 위해 준비 태세를 제대로 갖추려는 것일지도. 그것은 다음번 살롱에서 엄마에게 최고의 순간을 선사할 것이다.

"단지 사랑하는 딸들을 에곤 실레와 함께 세상으로 내보내기 전에 우리 스스로 결론을 내리고 싶은 것뿐이란다." 무티는 아델의 생각을 알아차린 듯 덧붙였다.

≈

아델은 괘종시계 바늘이 천천히 그 시각을 향해 가는 걸 지켜봤다. 아델은 에곤 실레가 전도유망한 퍽 괜찮은 남자라는 걸 아빠가 알아보게 하고 싶어 안달이 났다. 희망이 거기에 달려 있었다.

"부탁이니 늦지 마세요. 아빠의 편견을 확신케 하지 말라고요."

아델은 이웃에게 간절히 바랐다. 시작도 하기 전에 자신의 기회가 망가지는 생각을 견딜 수 없었다. 아델이 소매 단추를 만지작거리고 돌려대는 바람에 실이 뜯어질 지경이었다.

시계가 7시를 울리자 심장이 방망이질해 댔다.

혹시라도 화가가 자매를 저녁에 데리고 나가겠다고 초대했던 걸 잊어버렸으면 어쩌지? 그는 자기 일에 몰두해 있을지도 모른다. 아니면 아델이 초대장을 잘못 읽고 데이트로 착각한 거라면?

아델은 방으로 달려가 베개 밑에서 편지를 빼냈다. 이미 다 외우고 있었지만 다시 읽어봐야만 했다. 그래, 여기 검은 글씨가 하얀 종이에 있잖아. 실수하지 않았다. 그러다 한 가지 생각이 들었다. 이게 만약 에 곤과 그 빌어먹을 여인이 정교하게 꾸며낸 농담에 지나지 않는다면? 함께 시간을 보내고 싶어 하는 척하며 건너편에 사는 부르주아 자매 아델과 에디트를 괴롭히는 걸 퍽 유쾌하게 생각하는 건 아닐까? 당연히 발리가 그 모든 걸 꾀했을 것이다. 아델은 그 여인이 자신에게 불리한 게 너무 뻔한 데도 함께 놀러 가는 데 찬성했다는 게 이상하다고 생각했었다.

"에디트!" 아델이 동생을 불렀다.

아무 응답이 없었다. 동생은 아델을 위해서 참석하는 것뿐이라고 분명히 말하고는 오후 내내 다른 일로 바쁘게 보냈다.

응접실에서는 아빠가 더 명확히 보려는 듯 시계를 엄지로 문지르며 손목시계를 확인하고 있었다. 아델은 걱정이 되어 갈비뼈가 저렸다. 약속 시간에서 거의 십 분이나 지났다.

"손님이 꽤 늦는군." 아빠가 말했다.

"멀지도 않은데." 무티는 손가락에 낀 반지들을 살펴보며 비꼬는 말을 덧붙였다.

"분명 그는 우리보다 자기 시간을 더 가치 있게 생각하는 거야."

초인종이 울리자, 아델은 펄쩍 뛰었다. 해나가 화가와 그의 작고 별스럽지 않은 친구를 안내해 함께 응접실에 들어섰을 때, 아빠와 무티는 서로 눈빛을 교환했다. 그가 도착해서 아델은 조금이나마 마음을 놓았다.

"안녕하십니까, 하름스 부인, 하름스 씨. 진심으로 사과드립니다." 에곤은 서둘러 말했다. 그는 올백머리를 하고 있었다. "제 친구가 늦는 바람에요."

그는 여인을 쳐다봤지만 그녀는 눈을 마주치지 않았다. 여인은 몹시 화가 나 있었다.

"결코 기다리시게 하려던 건 아니었어요."

무티가 손을 내밀자 그는 손을 잡고 상류사회의 관례가 그렇듯 허리를 굽혀 손 바로 위로 입을 가져갔고 아빠에게 몸을 돌려 힘차게 악수했다.

"하름스 씨, 만나 뵙게 돼 영광이고 아리따운 따님들을 제게 맡겨주셔서 기쁩니다." 에곤은 연습이라도 해 온 것처럼 말했다.

화가의 신발조차 깨끗하게 광이 났다.

"젊은이, 우리도 자네에 대해 같은 말을 하게 되길 바라네." 아빠는 그를 위아래로 훑어봤다. 아델은 더는 비난할 것이 없다는 사실에 아빠가 확 실망한 것을 눈치챘다.

"그리고 노이질 양을 소개해 드리겠습니다. 정확히는 발부르가라고 하죠." 화가가 덧붙여 말했다.

"제 이름은 발리예요." 여인은 반항심이 가득 찬 목소리로 말했다.

"발리는 제 모델 중 한 명입니다." 에곤이 설명했다.

여인은 하름스가의 응접실을 둘러보며 두 손을 덜덜 떠는 듯했다. 아델은 새로운 시선으로 엠보스 벽지, 대리석 벽난로, 그리고 친츠를 씌운 장식품들을 바라봤다. 아델은 진부하다고 여길 것이 뻔한 일련의 풍경화들을 보며 여인이 입술을 삐죽이는 걸 알아챘다. 발리가 이 시나리오에서의 역할을 탐탁지 않아 하는 건 아주 명백했다. 아델은 이 젊은 여인의 무릎에 군데군데 먼지가 묻어 있고 이마는 땀으로 반짝이는 걸 봤다.

무티는 집중해서 에곤을 관찰하며 내용을 축적하는 중이었다.

에곤은 넥타이를 고쳐 매고 양손을 주머니에 넣었다가 다시 빼냈다.

"흠, 자네에 대해서는 소문을 통해 많이 들었네. 자네가 화가라고들 하더군." 아빠가 말했다.

"네, 맞습니다. 아카데미에서 교육받았는데 제가 가장 어린 학생이었죠. 대단히 영광이었지만 저는 괴로웠습니다. 그 환경에 숨이 막혀서 학교를 떠나 동료 학생들과 함께 노이 쿤스트 구르페[13]를 결성했어요. 저희는 프라하, 부다페스트, 뮌헨에서 전시를 했죠."

"자네의 그림 소재는 좀…… 논란이 있던데?"

"저는 모든 형태의 삶을 그립니다. 남자, 여자, 아이들을요."

"대개는 누드일 거 같은데? 아닌가?"

발리는 아빠의 시선이 처음으로 그녀에게 쏠리자 당황해서 발을 이리저리 움직였다.

"요한!" 무티는 나무라면서도 눈을 가늘게 뜨고 화가의 반응을 기다렸다.

"오스트리아와 그 너머에는 오래되고 건전한 구상미술의 전통이 존재해 왔습니다."

"그렇다면 자네는 자신이 외설 작가라는 걸 부인하는 건가?"

아델은 숨을 쉴 수 없었다. 먼지가 그들 사이로 내려앉았다.

"옷을 벗은 여성의 모습을 그린 게 제가 처음은 아닙니다." 화가가 대답했다. "게다가 제가 마지막도 아닐 거고요."

"어째서 그런 취미가 자네를 오스트리아와 제국의 영광을 위해 동포들과 함께 싸우는 걸 미루게 하는지 알 것 같군." 아빠가 되받아쳤다.

---

13 Neukunstgruppe, '새로운 예술가 그룹'이라는 뜻.

이제야 에곤이 얼굴을 붉혔다. "저는 징병에서 면제됐습니다. 제 심장이 그다지 튼튼하지 않거든요. 이를 증명하는 의사의 진단서도 갖고 있습니다."

"세상이 어떻게 돌아가고 있는 거지? 더는 모르겠군." 아빠는 말하면서 안경을 벗어 닦았다. "흠, 그만 가보는 게 좋겠군. 더는 붙잡아 두지 않겠네." 아빠는 말을 덧붙이며 아델을 힐끗 쳐다봤다. "그런데 네 동생은 어디 갔니?"

에디트는 아빠가 손짓이라도 한 양 얼굴을 붉히며 달리듯이 방으로 들어갔다.

"따님들을 밤 12시 전에는 댁으로 데리고 오겠다고 약속드리겠습니다." 에곤이 말했다.

"10시로 하게나, 젊은이."

"아빠!" 아델이 입을 삐죽거렸다. "그때까지는 영화가 끝나지도 않을 거라고요."

부녀가 서로에게 인상을 쓰자 에곤이 웃으면서 적막을 깼고, 아빠는 사람 좋은 태도로 에곤의 등을 두드렸다.

≈

불이 꺼지자, 아델은 오른편에 앉은 에디트의 손을 꼭 잡았다. 필름이 릴을 통해 공급되자 영사기가 딸깍딸깍, 쉭쉭거리는 소리를 냈고, 스크린에 오프닝 영상이 나오자 소리가 거칠고 불안정하게 변했다. 화가는 아델의 왼쪽에 앉았는데, 그들이 극장에 들어섰을 때, 아델이 그의 옆에 앉을 수 있게 조심스레 자리를 조정했기 때문이었다. 그가 옆에 있으니 아찔해서 아델은 영화의 줄거리가 하나도 머리에 들어오지 않았다. 그를 힐끔 쳐다봤지만 그의 눈은 스크린에 가 있었고 얼굴은 빛과 그림자로 깜빡였다. 에곤의 다른 쪽 옆에 앉은 발리는 피아노 반주가 나오자 크게 한숨을 내쉬었다. 화면에서는 가난한 여인이 기품 있게 등장했다. 배우가 된다는 건 굉장한 일이라고 아델은 가만히 생각했다. 에곤은 아델의 눈과 마주치자 미소를 지어 보였다.

그들은 이야기가 전개되면서 등장인물들이 성장하는 걸 지켜봤고, 아델은 영화를 무척이나 즐기는 중이었다. 에디트 역시 꼼짝도 안 하고 봤다. 그런데 영화가 중간도 못 가서 딱 소리를 내더니 등장인물들의 모습이 흐려지고 장면이 두꺼운 검은 줄로 갈라지다가 화면이 아예 꺼져버렸다. 스크린에 아무것도 나오지 않고 음악도 멈춰버린 채 그들은 한동안 어둠 속에 빠져버렸다. 숨죽이고 기다렸지만 영화는 나오지 않았다. 고요한 침묵의 시간이 지나자 불이 켜졌고, 관객들이 궁금한 것들을 속삭이느라 웅성거렸다. 무슨 일이 일어난 걸까? 왜 갑자기 이렇게 끝난 거지? 그때 매캐한 왁스 냄새가 앞자리로 스며들어 왔다.

"죄송합니다!" 머리가 희끗희끗한 영사기사가 높은 서까래의 커튼에서 나오며 외쳤다. "유감입니다만, 영화는 끝났습니다. 고장이 났는데 고칠 수가 없어요. 셀룰로이드가 녹아서요. 영화를 계속 관람하실 수 없단 말씀을 드리게 돼 죄송합니다. 환불해 드릴 테니 안심하십시오."

관객들 사이로 항의와 실망의 물결이 휩쓸고 지나갔다.

"꽤 뜻밖의 엔딩이군요." 에곤이 말했다.

"그 가련한 여인이 꽤 좋아지고 있었는데." 아델이 덧붙였다.

"다음에 무슨 일이 일어날지 전혀 알 수가 없겠네요." 에디트가 동의했다.

"그럼, 우리는 각자의 길을 가야겠네요." 발리는 하품을 하며 닳아빠진 코트를 입었다.

"에디트, 보관소에서 외투들을 가져와 줄래?" 아델은 애써 실망감을 감추며 명령하듯 말했다. "티켓은 여기 있어."

"왜 그리 서두르십니까?" 에곤이 말했다. "아버님께서 말씀하신 귀가 시간보다 한 시간은 넘게 남았어요. 황금 같은 기회를 왜 저버리려고 해요? 제가 완벽한 장소를 알고 있어요."

"당신의 부유한 이웃은 그딴 골목 술집 좋아하지 않을 거라고, 에곤!" 발리가 나무랐다. "오히려 침대에 누워 있고 싶을걸."

"말도 안 돼요. 저희는 정말 가고 싶어요." 아델은 발리를 노려보며 말했다. "길을 안내해 주세요."

≈

그들은 에곤이 '아카데미' 학생 시절 자주 다녔다던 술집으로 향했다. 큰길을 따라 하름스 자매가 쇼핑했던 우아한 부티크들의 창문을 지났다. 에곤은 계속해서 걸었다.

"이쪽이에요." 에곤이 말했다.

기름진 웅덩이를 넘을 때, 아델은 에디트의 불안한 얼굴과 아델이 치맛자락을 올리자 발리의 얼굴에 떠오른 경멸 섞인 표정을 봤다. 지름길로 가려면 바스러진 벽돌에 썩은 쓰레기가 쌓인 좁은 골목을 통과해야 했다. 그들이 지날 때, 털이 덥수룩한 쥐들이 배수로로 뛰어들었고, 눈 부위가 거무스레한 여인들이 문가에서 기다리다가 손을 내밀었다. 에곤은 "무시해 버리세요"라고 말하고는 지나갈 때 유난히 수척한 사람에게 모자를 살짝 들어 올려 인사했다. 그 여인은 그들의 뒤에다 대고 상스러운 말을 내뱉었다.

잠시 뒤 그들은 어느 문 앞에 이르렀고, 에곤은 당당히 노크했다.

"이상한 곳에 온 건 아니지?" 에디트는 아델에게 속삭여 물었다.

앞치마를 두른 귀가 새빨간 남자가 문을 열더니 그들을 위아래로 훑어봤다.

아델은 에곤이 이름을 밝히고 주인을 언급하는 걸 들었다. 남자는 그들을 들여보내면서, 아델이 옆을 지나자 몸을 밀착하며 손으로 아델의 엉덩이를 쓰다듬었다. 안으로 들어간 그들은 인파를 뚫고 나아갔는데, 모여 있는 머리 위로 두꺼운 연기 층이 소용돌이쳤고 땀과 뒷벽에 줄 세운 작은 통들에서 나는 시큼한 발효 냄새로 공기는 점점 더 갑갑해졌다. 에곤은 벤치의 빈자리를 보자 아델과 에디트에게 앉으라고 손짓했다. 그들 주위에 있는 남자들이 빤히 쳐다봤다. 여인들은 히죽거리며 웃었다. 아델은 거품으로 젖은 테이블에서 자신의 클러치 백을 집어 들었다. 에곤은 사라졌다가 몇 분 뒤 연갈색 맥주가 담긴 큰 맥주잔 네 개를 들고 왔다. 맥주는 잔 가장자리까지 찼고 거품은 잔을 넘어 흘러내렸다.

"엄청난 경험이죠?" 에곤은 눈썹을 치켜올리며 말하고는 크게 한 모금 마셨다. "질 높은 생활에 익숙한 여성분들에게는요."

"저희는 좋아요." 아델은 동생을 쿡 찔렀다. 동생은 테이블 밑으로 다가와 코를 허벅지에 비벼대는 잡종 개를 밀쳐내느라 바빴다. "그렇지, 에디트?"

"확실히 매력적이네요." 에디트는 말하면서 벼룩이 득실거리는 동물에게서 다리를 피했다.

발리는 그 개의 귀 뒤를 긁어주었고, 개는 이내 음식 찌꺼기를 찾으러 떠났다.

에곤은 세 여인을 향해 미소를 짓고는 "마시고 싶지 않으신가요?" 하고 물었다.

아델은 맥주잔 손잡이를 조심스레 잡고 입으로 가져갔다.

"맛있네요." 아델은 조금 마신 뒤 말했다. 그녀는 맥주잔을 놓고서는 손끝을 비벼댔다.

"저는 알코올 맛을 좋아하지 않아요." 에디트는 맥주잔에 손도 안 댄 채 말했다.

발리는 맥주를 바닥이 나올 때까지 삼키고 또 삼키며 오래 마셨다. 발리는 빈 맥주잔을 테이블에 놓고서는 살짝 딸꾹질하며 미소를 지었다. 에곤은 웃으면서 같은 식으로 잔을 비웠다.

아델은 예의상 다시 한번 그 맛없는 액체를 한 모금 마셨다.

술집의 한 무리가 큰 소리로 노래를 부르면서 서로 어깨를 부딪치며 흔들어댔고, 한 무언극 예술가가 한쪽 구석에서 공연하며 동전을 받아 내려고 모자를 벗어 이리저리 내밀었다.

아델은 이런 세계가 존재한다는 걸 생각도 못 했었다.

그때 유리가 와장창 깨지더니 격렬한 험담과 나무에 몸이 쿵 하고 부딪히는 소리가 났다.

싸움이 벌어진 와중에 젊은 남자가 자신보다 나이 많은 남자의 목덜미를 잡고서는 방 건너편으로 내던지자 모여들었던 사람들이 물러섰다. 나이 많은 남자는 미끄러지며 멈추었다가 다시 내던져져 아델이 앉은 테이블에 충돌했다. 에곤은 벌떡 일어나 싸움으로 인해 다치는 걸 막으려고 아델과 에디트 앞에 두 팔을 벌리고 섰다.

"그만해요!" 에곤이 소리쳤다. "여기 숙녀분들이 있습니다."

발리는 홀로 무방비 상태가 된 채 천천히 일어났다. 발리는 아래를 보며 두 손을 들었다. 이 몹시 소란스러운 와중에 테이블이 뒤집히며 에디트가 손도 안 댄 잔이 그대로 떨어져 발리의 무릎으로 엎질러진 것이다. 액체는 몇 겹으로 된 발리의 치마를 적셨다. 발리는 에곤을 쳐다봤지만, 그는 어깨를 똑바로 편 채 아델과 에디트를 보호하느라 그녀가 자신을 보고 있는 줄도 몰랐고 눈길조차 주지 않았다. 발리는 맥주가 흐르는 테이블을 걷어차고 욕을 하더니 술집을 달려나갔다.

9

1915년 5월

　무티는 분주히 거실로 들어왔다. 빠르고 결의에 찬 걸음으로 창문으로 가 산들바람이 들어오도록 창문을 활짝 열어젖히더니, 아델 바로 앞에 서서 화가를 지켜보려던 평온한 계획을 기가 막히게 방해했다.

　"그만 일어나렴." 무티가 큰 소리로 명령했다. 무티는 옷을 차려입고 화장을 하고 가지고 있는 보석 중 가장 좋은 것을 착용하고 있었다. "해나가 장에 갈 건데 너도 같이 가면 좋겠구나."

　"네? 아니 왜요?" 아델이 따져 물었다. 모처럼 일정이 없어 방해 없이 사색하고 공상에 잠기기만을 고대했었다.

　"우리 지역 부인들 모임이 있어서 이 방이 필요해. 내가 주최할 차례거든. 다뤄야 할 지역문제들도 있는 데다가 바이스만 부인 남편이 지난달 세상을 떠났잖니. 눈물을 쏟기도 할 텐데, 네가 걸리적거리지 않았으면 좋겠구나."

　"그러면 에디트는요? 그 애도 가정부 심부름에 따라가야 해요?"

"너도 알다시피 네 동생은 몸이 안 좋아서 침대에서 기침하고 있잖니. 방해하지 말거라."

"하지만 무티, 사람들이 뭐라고 생각하겠어요?" 아델의 목소리는 듣기 싫게 항변하는 투였지만, 엄마가 별로 대수롭지 않게 여길 거라는 걸 알았다.

"신선한 바람도 좀 쐬고 몸을 움직여 보는 것도 너한테 해롭진 않을 거야. 정오 지나서 돌아오려무나. 해나와 한 시간 좀 넘게 같이 있는 거야."

아델은 셰이즈 롱에서 억지로 일어나며 어린애처럼 실망한 얼굴로 입을 삐죽거렸는데, 마침 엄마가 알아채는 영광을 누리게 되었다. 엄마는 아델의 어깨를 잡고 머리를 쓰다듬어 주었다.

"사랑하는 우리 딸, 나는 오직 너만 생각한단다. 그 여인들은 전부 좋은 가문의 아름답고 활발한 며느리를 노리기 때문에 네가 자리에 없는 게 나아."

아델은 땅이 꺼지도록 한숨을 쉬다가 웃음을 터뜨렸다.

"무티는 늘 원하는 걸 얻기 위해서는 어떤 말을 해야 하는지 잘 아신다니까요." 하며 아델은 어이없어했고, 그때 해나가 양손에 바구니를 든 채 문가에 나타났다.

≈

아델은 쇤브룬 궁전의 정원을 지나는 이십 분간 해나와 의례적인 대화를 나누었다. 따뜻한 날이었다. 지난주에 내린 비는 물러나면서 잎 생장이 싱싱하게 활기를 찾도록 자리를 내주어 새싹이 흙과 줄기에서 쑥 솟아났다. 아델과 해나가 왕실 소유 사육장이 있는 동물원 입구를 지날 때는 알 수 없는 짐승이 꿀꿀대는 소리가 벽을 넘어 들려왔다. 둘은 계속 걸으며 외래식물이 가득한 우아한 온실 팔멘하우스 앞을 가로질러 갔다. 안에서 악취를 뿜어내는 열기로 습기가 차 축축해진 대형 유리판들 너머로 휘황찬란한 색들이 보였다.

해나는 에디트의 건강을 크게 걱정하면서 상태를 물었다.

"기침뿐이에요." 아델이 대답했다.

"분명 금방 회복하실 거예요." 해나가 말했다.

그들이 도착한 장터에는 활력이 넘쳤다. 아델은 깊은 진흙 웅덩이를 조심스레 빙 둘러서 갔다. 이런 장소에서는 조심하지 않으면 어떤 질병에 걸릴지 몰랐다. 기 센 여인들과 팔뚝이 지저분한 남자들을 포함한 이곳의 일꾼들은 거친 말로 소리치며 가격을 불러댔고, 뿌리에 진흙이 달라붙은 무 다발이나 머리가 새하얀 콜리플라워를 들어 올리고서는 온갖 장담과 험담을 내뱉으면서 경쟁자 좌판에 있는 손님들의 주의를 돌리려고 애를 썼다. 그들은 아델과 눈이 마주치자 놀라서 윙크를 했다. 아델은 비료와 땀과 상해버린 채소들에서 나는 냄새 때문에 손수건으로 코를 막았다.

아델은 뒤로 물러나서 해나가 흥정하는 걸 지켜봤다. 가정부와 시장 상인들 사이에 오가는 정겨운 재담에 아델은 놀라고 말았다. 해나는 고깃값을 더 깎아달라고 흥정하면서 농담에 응수했고, 고기는 이내 포장되어 해나의 바구니에 담겼다.

"아가씨 어머님이 주신 목록에 있는 몇 가지만 더 사면 돼요." 해나가 말했다.

무티가 케이크를 위해 버터, 계란, 설탕을 바구니에 채우면서 아델은 조바심으로 안달이 났지만 해나는 서두르지 않았다. 해나가 신선한지 알아보려고 모든 과일 조각을 집어 들려고 하자 아델은 눈을 치켜떴지만, 결국 둘은 필요한 걸 모두 구했다.

집으로 향하면서, 젊은 아델은 엉덩이 때문에 걸음이 느리다고 주장하는 가정부보다 한두 발 앞서 걸었다. 해나는 하름스가에서 가져온 먹다 남은 오래된 빵 부스러기를 공원의 새들에게 던져주려고 멈추곤 했다. 그들이 히칭거 하우프트스트라세의 나무가 늘어선 거리를 지나자 예배당에서 정오를 알리는 종이 울렸다.

"저기 에디트인가요?" 아델은 해나의 팔을 붙잡고선 그들보다 스무 보 넘게 앞서 있는 젊은 여인을 응시하며 물었다. "에디트!" 아델이 불렀지만 말들이 리드미컬하게 달가닥거리며 지나가는 소리에 묻히고 말았다.

에디트는 날이 화창한데도 외투를 입고 있었지만, 동생을 보고 가장 먼저 든 생각은 정말 아름다워 보인다는 것이었다. 말이 끄는 수레가 지나기를 기다리는 에디트의 머리가 햇빛에 반짝였다. 에디트는 도로로 들어서 반대편으로 길을 건넜고, 자매의 집 정문을 향해 걸어갔다.

아델은 에디트를 따라잡으려고 열심히 몇 걸음 내딛다 그 화가를 발견했다. 그는 한 손을 에디트를 향해 올리면서 급하게 따라갔는데 대화를 하려는 게 분명했다. 그들이 짧게 대화를 나누는 모습에 아델은 가슴이 울렁거렸다.

"몸이 안 좋으신가요, 아델 아가씨?" 해나가 물었다.

"해나 아주머니, 괜찮다면 장 봐 온 것들을 가지고 먼저 가요. 저는 잠시만요."

가정부가 바구니 두 개를 들고 느릿느릿 자리를 떴을 때, 에디트가 뒤를 돌아 아델을 발견했다. 화가도 아델을 보고선 손을 흔들며 친근하게 인사했다.

"하름스 양, 다시 뵈니 너무 반갑군요."

아델은 그가 살짝 얼굴을 붉혔다고 생각했다.

"실레 씨, 저의 아픈 동생을 귀찮게 한 건 아니시겠죠?"

에곤은 웃음을 터뜨리며 "아니었길 바랍니다"라고 대꾸했다. "저희는 우연히 마주쳐서 잠시 대화를 나눴어요. 당신이 함께하지 못해 아쉬워하던 참이었죠."

"저는 급한 일은 없는데, 시간이 괜찮으시다면요." 아델이 물었다.

그가 고통스러운 표정을 짓고는, "그렇다면 더할 나위 없이 좋겠지만" 하고 말했다. "제 멘토와의 아주 중요한 약속이 있어 어쩔 수 없이 늦기 전에 가봐야 해요. 그분은 기다리는 걸 아주 싫어하시거든요."

화가는 미소를 짓고선 자매에게 급히 고개 숙여 인사한 뒤 거리로 향했다.

에디트는 밝게 웃으며 아델을 봤다.

"장 보는 건 어땠어? 잘 견뎌냈어?" 에디트가 물었다.

"내가 걱정해야 할 건 너야! 밖에서 대체 뭐 하고 있는 거야?"

"바람을 좀 쐬고 싶었을 뿐이야."

"네가 밖에 나온 걸 무티도 아셔?"

"엄마한테는 제발 말하지 마. 엄마는 손님들한테 정신이 팔려 있어. 어떤 상황인지 언니도 알 거야. 나는 바이스만 부인이 우는 소리를 더는 듣고 있을 수가 없었어." 에디트는 맑고 푸른 눈으로 아델을 보며 고개를 저었다.

아델은 알겠다는 미소를 짓고선 동생의 팔짱을 꼈다.

"무티 얘기는 됐어! 화가가 뭘 원했는지 말해줄래? 그가 말한 모든 걸 자세하게 말해줘. 다시 초대라도 한 거야?" 아델은 기대에 부풀어서는 동생을 바라봤다.

"실은, 화가가 개인적인 걸 물어봤어. 우리 둘의 나이를 물어보고 언니 생일도 알고 싶어 했어. 혹시 선물이라도 보내려는 걸까?" 하고 에디트가 대답했다.

"내 생일?" 아델은 흥분했다. "정말 그렇게 생각해?"

에디트의 말은 최근 아델 안에서 점점 자라나던 확신을 더욱 확고히 해주었다. 화가가 대단한 걸 준비하는 게 분명했다. 아마도 아주 대단한 걸……. 그는 점점 더 집 밖으로 나가서 해야 하는 일들로 바빴는데, 창가에 있는 아델을 볼 때면 늘 손을 흔들어주곤 했다. 마치 그는 눈에 띄길 원하는 듯, 아델이 보길 원하는 듯했다. 하름스 자매가 외출할 때마다 그를 자주 마주쳤는데, 그럴 때마다 아델은 그가 자신을 가만히 바라보는 걸 느낄 수 있었다. 당연히 그는 정보를 얻으려고, 아델에 대해 더 알고 싶어서 에디트에게 다가가 말을 걸었을 것이다.

아델의 머릿속은 이런 생각들로 꽉 차올라 장터의 악취와 동물원에서 들리던 꿀꿀대는 소리, 에디트의 가엾은 기침 소리와 해나의 아픈 엉덩이 등 모든 걸 잊어버렸다. 드디어 그녀의 꿈이 이루어지는 걸까? 결혼을 하게 되는 걸까?

10

1915년 6월

비가 오고 무척이나 후덥지근해서 두통이 날 것만 같은 날씨였다. 아델은 조금 전만 해도 멀리서 낮게 우르릉거리는 천둥소리를 들었다. 하지만 이런 날씨도 그녀의 좋은 기분을 꺾을 순 없었다. 그동안 갈망하던 모든 것이 문턱에 다다른 느낌이었다.

그때 아빠가 넥타이를 고쳐 매며 방으로 들어왔다. 아빠의 잿빛 수염이 꿈틀거렸다. 아빠는 아델에게 몸을 돌리더니 두 팔을 활짝 벌렸다.

"이리 오렴! 드디어 축하할 일이 생겼단다."

"무슨 소식이에요?" 아델은 무릎에 힘이 빠지고 바로 에곤이 떠올라 거의 속삭이다시피 물었다. 설마 그것일까?

"에디트 말이야." 아빠가 말했다. "한 용감한 청년이 네 동생에게 청혼을 했어."

"누가 그런 바보 같은 짓을 했어요?" 아델은 반농담으로 물었다. "앨버트는 아니겠죠?"

그 거머리가 결국 프러포즈하려고 마음을 독하게 먹은 건 아니겠지? 평소 같으면 아델은 이런 소식에 그 누구보다 정통했겠지만, 최근 몇 주간 정신이 딴 데 팔려 있어 동생이 받아야 마땅한 관심을 주지 못했다. 이제야 아델은 에디트가 이야기를 나누고 싶어 하면서 조용할 때 다가와 침대 끝에 앉아서는 손가락을 꼬던 게 생각났다. 하지만 아델은 자신만의 꿈속에 지나치게 푹 감싸여 희망이 하늘을 찌를 듯했고, 에곤 실레밖에는 아무것도 생각나지 않았다. 아델은 에디트도 구혼자가 있다는 걸 눈치채지 못했다는 게 당혹스러웠다. 만약 앨버트가 아니라면, 무티의 사윗감인 다른 젊은 남자들 중 한 명일 것이었다. 똑같이 고리타분하고 뻔한.

아델의 질문에 아빠는 그녀의 손을 잡고 거실로 데려갔다. 아빠의 손은 부드러우면서도 피가 손끝에 닿지 않는 듯 차가웠다.

"자, 에디트한테 들으렴." 아빠가 말했다. "에디트도 뜻밖이라 충격을 받았어. 그 애도 예상 못 한 일이거든."

아델은 뛸 듯이 기뻤다. 어쩌면 자매가 더블 웨딩을 하게 될 수도! 그야말로 근사하지 않은가! 결국엔 둘 다 무티를 자랑스럽게 만드는 셈이다.

에디트는 거실에서 기다렸다. 무티는 에디트의 드레스를 가다듬어주며 야단법석을 떨었다. 아델은 동생을 안아주려 다가갔지만 무티가 둘 사이에 끼어들었다. 에디트는 크고 애처로운 눈으로 엄마의 어깨 너머를 바라봤다. 동생은 어째서 오늘 같은 날에 행복해하지 않는 걸까?

샴페인은 차게 해서 준비해 두었다. 전쟁을 여전히 질질 끌어 샴페인의 공급이 부족했지만, 아빠는 특별한 때를 위해 한 병을 아껴두었다. 아빠가 은빛 양동이에서 샴페인을 들어 올리자 고풍스러운 양탄자에 물이 뚝뚝 떨어졌다. 아델은 해나가 그 얼룩을 가늠하는 걸 눈치챘다.

"그래, 그 행운의 구혼자는 대체 누구니?" 아델이 물었지만 에디트는 대답이 없었다.

아빠는 야단스럽게 샴페인의 코르크 마개를 열었다. 샴페인 거품이 병 주둥이에서 뿜어져 나와 누군가 미처 그릇을 갖다 대기도 전에 양탄자를 흠뻑 적셨다. 아빠는 샴페인을 에디트의 잔에 먼저 따라주었다. 잔 가장자리까지 올라오는 거품을 바라보는 에디트의 모습은 슬프다 못해 거의 아파 보였다.

"너무 어지러워"라고만 말하는 에디트의 얼굴이 끔찍하게 창백했다.

"건배!" 아빠가 제안했다. "곧 아름다운 신부가 되는 우리의 사랑스러운 딸을 위해."

아델은 에디트와 부모님의 잔에 잔을 부딪친 뒤, 물어볼 가치가 있는 유일한 질문을 밀어붙였다.

"내 다정하고도 철없는 동생과 결혼하는 사람이 누구야?" 아델은 샴페인을 한 모금 마셨다. 혀 위에서 거품이 일어 톡톡 터졌다.

"그야 그 화가지." 무티가 대답했다. "지난 몇 주간 그 사람이 치근거리는 거 못 봤니? 네가 그다지 관심을 안 둔 게로구나."

순간, 아델이 쥐고 있던 기다란 술잔이 손안에서 커지고 그 밖의 모든 게 줄어들었다. 아델은 떨어지지 않으려고 의자 등받이를 꽉 쥐었다. 피가 귀 뒤에서 고동치고 턱이 욱신거리며 입안의 샴페인은 시었다.

뭔가 엄청난 오해가 있는 것이다. 아델은 이 오해를 바로잡아서 더 이상 황당한 상황에 처하지 않도록 에디트와 부모님을 구해야 했다.

"아, 다들 단단히 오해하고 계신 것 같아요!" 아델은 웃음이 나올 정도로 정신이 아찔하고 두 팔은 마구 흔들렸다. "그가 결혼하고 싶어 하는 사람은 저라고요."

화가가 아델이 아닌 에디트를 선택했다는 생각이 얼마나 터무니없는 것인지를 분명히 하려고 아델은 한 손을 자기 가슴에 댔다. 심장이 거칠게 뛰는 게 손으로 느껴졌다.

아빠는 놀란 듯했지만 모두가 어떻게 이해를 못 할 수 있을까?

"내 사랑 아델." 아빠는 진정시키려고 아델의 팔을 잡았다.

"말해줘요. 그가 뭐라고 했어요? 우리 중 누구를 원한 거예요?"

모든 눈이 아델을 향했다. 에디트는 잔을 내려놓고 무티와 서로 눈짓을 했다.

저 애가 어떻게 감히.

"제게 말씀해 주셔야 해요." 아델의 절망감은 한 눈금 더 올라갔다. "에디트를 원한다고 했어요? 아니면 그저 '당신의 따님'이라고만 했나요? 단지 그게 에디트라고 추측해 버리신 거 아니에요?" 아델은 동생의 이름을 말하며 미간을 찌푸렸다. "실은 그가 결혼하고 싶은 사람은 저인데 말이에요."

"애야, 진정하거라. 네 엄마와 나는 네 감정이 이토록 강렬한 줄 몰랐단다. 하지만 확실히 그 어떤 오해도 없었어. 그 화가가 굉장히 명확하게 말했거든. 그가 결혼하고 싶은 건 에디트다." 아빠가 말했다. "네가 실망했다면 안타깝구나."

"오해예요. 끔찍한 오해라고요. 아빠는 그를 좋아하지도 않으시잖아요." 아델은 울부짖었다.

"우리도 너처럼 놀랐어." 아빠의 늘어진 턱살이 바르르 떨렸다. "너도 알다시피 그 젊은이는 내 딸 중 누구의 신랑감으로도 내가 먼저 선택할 사람이 아니란다. 하지만 세상이 돌아가는 꼴 좀 봐라. 제국은 우리 발밑에서 무너지는 중이고, 전쟁은 우리를 파괴하고 있어. 게다가 우리 재정 상태는……." 아빠는 얼굴을 찌푸렸다. "우리는 첫째 딸인네가 더 적절할 거라 제안했지만 그 사람은 뜻을 굽히지 않더구나. 요즘 젊은 남자들은 관례나 일 처리를 하는 데 뭐가 올바른 방식인지 같은 건 신경 안 쓰잖니. 그러니 허락할 수밖에 없었어. 그 사람은 확고하게 에디트를 요구했단다."

아빠는 아델의 어깨를 토닥이려 한 손을 들었고, 아델은 확 깨물어 버리려 했다.

"미안해." 그제야 에디트는 입을 열었다. 에디트의 얼굴은 회색빛이 돌고 두 볼은 눈물로 얼룩졌다.

"실레 씨는 네 동생과 결혼하고 싶어 해." 아빠는 천천히 같은 말을 되풀이했다. 그러고선 막내딸에게 다가가 팔로 어깨를 감싸주었다. 저 배신자. "그리고 에디트도 승낙했어. 선택에 신중하려고 오늘 아침에 우린 오래 대화를 나눴다. 에디트는 처음엔 너를 위해서 청혼을 거절했어. 네 동생은 너를 무척이나 사랑하고 진심으로 신경 쓴단다. 하지만 결과가 이렇게 됐으니 아델 너도 받아들여야지. 결혼식은 한 주 조금 지나서 곧 열 예정이다. 전쟁으로 일을 좀 급하게 진행하게 됐구나. 그러니 제발 네 동생이 늘 너를 위하듯이 너도 이 애를 축하해 주렴."

세상이 다시 한번 요동쳤고, 아델은 거친 숨을 폐 안으로 들이쉬었다. "그렇게 하지 않을 거예요!" 아델은 분노에 휩싸여서 마지막 말을 내뱉었다. 아델은 가족들의 동정하는, 조소하는 얼굴을 차마 쳐다볼 수 없었다. "이게 다 네 탓이야!" 아델은 긴 샴페인 잔을 에디트를 향해 내던졌다. "절대로 너를 용서하지 않을 거야!"

유리잔은 동생의 가슴에 정통으로 부딪히고는 바닥으로 떨어져 와 장창 깨져버렸다.

에디트는 마치 총에 맞은 듯 몸을 움켜잡고 크게 울음을 터뜨렸다.

아델은 거실을 뛰쳐나가 문을 쾅 닫아버렸다.

동생을 축하해 주느니 이 집을 불살라 버릴 것이다.

일을 망치기 위해 뭐든 할 것이다. 영원히.

11

1915년 6월 17일

그 어떤 것도 아델이 견뎌내는 고통을 무디게 하지는 못했다. 에디트의 약혼이 발표된 뒤로 매 순간 아델의 마음속에 고통이 요동치며 이리저리 소란을 피웠다. 그날 받았던 하얗게 타오르는 충격이 아직도 그녀의 영혼을 태우고 있었다. 아델은 열흘간 침대에서 일어나지 않았다. 방 안의 어두침침한 구덩이에서 나오지 못했다. 아델의 근육은 약해지고 활력은 떨어졌다. '배신'이라는 단어가 반복해 그녀의 마음속에서 끊임없이 울려댔다. 마치 어린아이였을 때 들었던 회전목마의 곡조처럼, 아델이 잠이 들고 깰 때마다 늘 그 자리에서 쉬지 않고 반복되었다. 에디트의 약혼에 대해 처음 들은 최악의 순간에는 살인 충동이 일었었다. 동생과 그 화가에게. 그리고 자기 자신에게. 분노가 들끓는 동안 아델은 그의 심장에 칼을 쑤셔 넣고, 에디트가 잠들었을 때 숨통을 짓누르거나 스스로 병에서 바로 독약을 삼키고 싶었다. 자신에게 가해진 엄청난 부당함을 지우기 위해 고통을 주고 싶었다.

이제 처음에 느꼈던 격렬한 분노는 가라앉고 그 자리에 공허하고 아찔한 깨달음만이 남았다. 그건 바로, 아델이 세상에서 가장 사랑하는 동생이 자기 미래를 위해 언니를 완전히 버렸다는 것이다. 아델의 가장 애정 어린 감정과 열렬한 욕망과 그녀의 존재 자체, 그 모든 게 거부당했다는 것. 이 사실이 아델을 외롭게 했다.

지난 며칠간, 분노 이면에는 혼란스러움도 있었다. 어떻게 자신이 그토록 틀릴 수가 있었는지 말이다. 어떻게 그 모든 암시를 오해했던 걸까? 바로 눈앞의 정확한 사실도 보지 못할 정도로 정말 정신이 나갔었단 말인가? 그렇다면 에디트는 어떤가. 이 모든 일에 에디트의 역할은 무엇일까? 아델은 가슴이 저리게 깨달았다. 에디트는 옆에서 지도해 주는 언니의 도움 없이 이 길을 걸어가는 게 두려울지도 몰랐다. 겁쟁이 에디트는 실레 부인으로서 어떤 인생을 살아갈까? 동생이 결혼한다는 것, 동생이 먼저 결혼한다는 것, 그리고 하필이면 오늘 동생이 그 화가와 결혼한다는 것이 상상이 가지 않았다.

에디트 실레. 아델은 이 말을 떠올리자마자 분노를 삼켰다.

지금쯤 모두가 교회에 있을 것이다. 오늘 아침 아델은 준비하는 소리를 들었다. 에디트는 목욕을 했고, 해나는 에디트가 드레스를 입는 걸 도와주었다. 무티는 에디트의 안색에 대해 뭐라 중얼거리며 아델의 방을 지나갔다. 괘종시계가 정오를 울리자, 아빠는 아델의 방문을 두드리며 마차가 곧 출발할 거라며 함께 가자고 간청했다. 지금에서야 아델은 어쩌면 그 요청을 받아들였어야 했다고 느꼈다. 덜덜 떨면서 침대에서 나오자 방 안이 핑 돌았다.

아델은 정신을 바짝 차리고 천천히 좋은 드레스를 입어 옷깃에 진주핀을 꽂고 부츠 끈을 묶은 뒤 거울로 자기 모습을 살폈다. 두 눈은 붉게 충혈되고 부은 얼굴은 창백했다. 드레스는 어깨에서 늘어졌다. 아델은 고개를 왼쪽으로 돌렸다 오른쪽으로 돌렸다. 봐줄 만한 듯했다. 아, 그렇지. 적어도 입술은 여전히 마성적이었다. 아델은 이 와중에도 웃어 보였다.

아델은 고요한 아파트를 지났다. 모두가 교회로 떠났다. 에디트는 이례적으로 가정부까지 초대해 해나도 없었다. 밖에서는 여름의 탁한 온기가 서둘러 히칭 거리를 걸어가는 아델을 감쌌다.

교회는 저 앞에서 열기로 어른거렸다.

아델은 조금 숨을 헐떡이며 잠시 걸음을 멈췄다. 순간, 자신의 결혼식 날이었어야 한다는 생각이 떠올랐다. 결혼식을 올려야 하는 사람은 바로 자신이었다. 이내 아델은 거칠게 그 생각을 떨쳐냈다.

교회 밖에서는 한 여인이 허리께에 아기를 안고 길고 우아하게 담배를 피우고 있었다. 구릿빛 머리에 반짝이는 눈과 창백한 피부를 지닌 여인이었다. 아기는 여인의 옷깃을 꼭 쥐고 있었다. 거의 일 년 전, 여기 바로 이 자리에 결혼식 날 임신한 상태로 서 있던 그 여인이었다. 그 화가와 결혼하는 줄 알고 아델이 두려워했던 그 여인. 아델은 쉰목소리로 웃어댔다.

"이제 곧 서약을 맺을 거예요." 여인이 아델에게 말했다.

아델은 호흡을 가다듬었다. 아직 그리 늦지 않았다. 상황을 바로잡기 위한, 자신 안에 울려대는 고통을 없애기 위한 충분한 시간이 있었다. 에디트를 볼 수만 있다면 더는 고통받지 않을 수 있는 기회가 있었다.

신성한 교회 안으로 들어서려 할 때, 아델은 거친 손이 뒤에서 잡아당기는 걸 느꼈다. 획 돌아보자 두 눈을 험악하게 뜬 가정부 해나가 서 있었다.

"만약 결혼식을 망치러 오신 거라면 지금 당장 떠나셔도 돼요." 해나가 작은 소리로 말했다.

"뭐라고요?"

"아가씨 동생은 여기서 자기 인생을 망치려는 언니는 필요 없다고요."

"아주머니가 상관할 바 아니에요. 하지만 굳이 알아야겠다면, 나는 에디트와 화해하고 싶어서 온 거예요." 아델이 말했다. "제 동생이잖아요."

"결혼식을 중단시키려고 오신 것 같은데요."

"에디트는 무서울 거예요. 그 애가 정말 저 화가와 결혼하고 싶은 거라고는 생각되지 않아요. 조금도 그에게 관심을 가진 적이 없었거든요. 아빠는 에디트에게 선택의 여지를 주지 않으셨다고요."

"아가씨 자신에게 그렇게 말하고 싶은 거라면 상관없어요. 그렇지만 만약 저 안에서 아가씨가 울거나 웅얼거리며 불평하는 소리를 하나라도 들으면 제가 직접 아가씨를 때릴 겁니다."

"아주머니는 나한테 그렇게 말할 권리가 없어요." 아델은 소리쳤다.

해나는 만족해하며 미소를 지은 채 끄덕였다. "아가씨는 난생처음 원하는 걸 얻지 못했고 아가씨의 동생은 얻었어요."

목사가 신랑과 함께 앞에 선 에디트에게 말할 기회를 주자 식이 잠시 멈췄다.

"에디트 아가씨는 자신이 뭘 하고 있는지 잘 알고 있어요. 화가와 결혼해서 기뻐하신다고요. 에디트 아가씨가 원하시던 바예요. 정말 대단히 원하셨다고요."

"대단히 오해하고 있군요."

"오해가 아니에요, 아델 아가씨. 에디트 아가씨를 도와준 사람이 저예요."

"그저 나를 괴롭히려고 허튼소리 말아요!"

아델은 다시 공포가 차오르는 걸 느꼈다.

"누구를, 무얼 믿고 싶은지는 아가씨 마음이에요." 해나가 대답했다.

"하지만 제가 더는 한순간도 가만히 서서 아가씨의 망상을 받아주지 않을 거란 건 알고 있다고요."

아델은 교회 안, 맨 앞에 있는 에디트의 모습을 발견했다. 에디트는 눈부셨고 화가에게 서약을 하면서 기쁨으로 반짝였다.

그다음 순간, 모든 게 끝났다. 에디트의 미래가 확정된 것이다.

그러자 아델 안에서 무언가 뚝 하고 부러졌다. 결코 치유될 수 없는 한 부분이.

12

1916년 10월

에디트가 떠난 지 일 년이 넘었다. 에곤은 결혼식 다음 날 징병 서류를 받고 이내 군사 훈련을 하러 프라하로 떠났다. 지금쯤이면 그는 제국의 어딘가에 배치되었을 것이다. 화가는 이제 군인이다. 동생이 작별인사를 하러 왔었지만, 아델은 에디트가 옆에 있을 때마다 배신감이 강렬하게 느껴져서 쳐다볼 수가 없었다. 그들이 빈에서 벗어나 있는 게 더 나았다. 전쟁이 주변에서 계속 격렬해지면서 도시는 황폐해졌고, 아델은 동생을 잃은 것뿐만 아니라 그 이상으로 더 많은 걸 잃은 느낌이 들었다. 이 세상에 연결되었다는 감각도 사라졌다. 모든 게 무너지는 것만 같았다. 어제만 해도 아델은 하인리히가 제국의 어디 멀리 떨어진 전초기지에서 사망했다는 소식을 들었다. 아델은 사 년 전 하인리히와 파혼한 뒤 그와 결혼한 여인, 리나를 생각했다. 리나는 딸 하나와 쌍둥이 아들, 이렇게 어린 자녀가 세 명 있는데 스물다섯 살에 과부가 되고 말았다. 하마터면 그게 아델일 수도 있었던 것이다.

이 모든 사망 소식들로 아델은 점점 더 분별을 잃어갔다. 전쟁이 터지기 전에는 결코 대화를 나누지 않았을 그런 불건전한 유형의 사람들에게 끌리게 되었다. 이제 그녀는 어스름한 카페에서 무리들과 어울리며 늦도록 남아서 역사와 정치, 무정부상태와 이타주의에 관해 논했다. 아델은 이전에는 전혀 고려해 보지도 않았던 의견들을 듣곤 했다.

"알다시피 우리가 버텨내고 있는 지금의 삶은 끝장났어. 제국은 끝났어. 합스부르크는 통제력을 잃었고. 저 지평선에 뭐가 있을까? 바로 새로운 민주주의 사회이지. 과거와 같은 통치와 억압이 없는 새로운 문명의 새벽. 옛날 방식들은 이제 한물갔어." 누군가가 주장했다.

그들은 대개 아직은 전쟁터로 나가라는 부름을 모면한 이삼십 대 청년들로, 보통 도시 외곽에 있는 아파트에서 밤을 지새웠다. 축음기에서 음악이 쾅쾅거리는 와중에 비좁은 공간들로 사람들이 몰려드는 이 세계는 이제까지 아델이 살아온 세상과는 너무나도 달랐다. 새벽에 이르러서는 압생트 여러 병이 다 비워졌다.

어느 날 밤, 한 여인이 어떤 유리병을 가져와 꺼내자 사람들이 불을 붙이고 피워댔다. 담배는 아니고 그보다 향이 달콤했다. 아델은 어둠 속에서 불꽃이 일렁이는 그것을 누군가가 건네주자 집어 들었다. 흡입하자 오래도록 짊어지고 있던 짐이 덜어지는 듯 그녀 안에서 무언가가 자유롭게 소용돌이쳤다. 아델은 기분이 날아올라 커다랗게 뜬 눈을 반짝이며 방 안을 돌았다. 남녀가 서로에게 기대 늘어진 채 벽에 쌓인 쿠션 위에서 꾸벅꾸벅 졸았다. 음악 소리조차 감미로웠다. 아델이 한때 세상에서 유일한 음악이라 여겼던 클래식, 오페라 작품 들은 사라진 지 오래고 그 자리를 재즈가 대신했다. 이 감정을 절대 잃고 싶지 않았다.

히칭거 하우프트스트라세에 있는 아델의 아파트는 팔리지 않은 아빠의 골동품들이 방마다 차지하고 있어 과거로 가는 박물관처럼 단조

롭고 진부해 보였다. 해나는 하름스 가족이 더는 돈을 지급할 수 없어 떠났는데, 아델은 그걸 다행으로 여겼다. 무티와 아빠는 날이 갈수록 약해지는 것 같았고, 아델은 부모가 그녀의 결정들에 간섭하려 해서 자주 다퉜다.

어느 날 밤, 아델은 새롭게 사귄, 그녀와 어울리지 않는 친구들을 만나러 어느 뒷골목 술집으로 가는 길에 자신을 따라오는 모라비아 출신 군인 한 명과 대화를 하게 되었고, 남자는 술을 사겠다고 제안했다. 아델은 이를 받아들여 촛불이 켜진 선술집에서 술을 마시며 함께 밤을 보냈다. 군인은 전쟁을 치르며 겪은 무용담을 이야기했다. 얼마나 과장되었든 간에 아델은 이야기를 들어주었고 에곤에 관한 생각으로 마음이 쏠렸다. 그 끔찍한 상황을 화가는 어떻게 극복하고 있을까? 아델 생각을 하기나 할까?

그때 군인이 아델의 가족에 관해 물었다.

"외동딸이에요." 아델은 거짓말을 했다. "부모님은 돌아가셨고요."

"세상에서 혼자네요." 남자는 미소를 지었다.

그들은 군인의 작은 방으로 들어갔다. 그와 함께 방을 쓰는 동료 군인은 이날 밤 허가를 받고 약혼녀를 만나러 가 자리에 없었다. 혼자라는 이름의 군인은 담요를 가볍게 두드리며 아델에게 곁으로 오라고 했다. 그는 입술을 아델의 입술에 밀어붙였지만 아델은 뿌리치지 않았다. 그는 굳은살이 박인 손을 아델의 볼록한 가슴에 얹었고, 아델이 그냥 내버려 두자 엄지손가락으로 점점 더 집요하게 쓰다듬었다. 아델은 눈을 뜬 채 욕망의 물결이 이 전사의 얼굴에 지나는 걸 지켜봤다. 어느 순간 그는 소년같이 안절부절못하며 본인의 샅타구니를 만지작거리더니 다음 순간 짐승처럼 달려들어 아델의 목을 두 손으로 잡았다.

그는 다소 힘을 주어 아델을 침대로 밀쳤다. 대충 잘라 만든 말 털 담요에 아델의 살이 쓸렸다. 그는 한 손을 아델의 치마 아래로 집어넣어 치마를 허리까지 밀어 올리며 서툴게 더듬거렸다. 아델은 하지 말라고 말할 힘도 없었다. 사실은 전혀 할 말이 없었다. 마치 우아한 부티크 창문들에서 본 마네킹이 된 것만 같았다. 한숨을 내쉬자 그는 그걸 흥분으로 오해했다. 그는 바지를 풀고 아델 안으로 들어갔다. 아델은 다른 쪽으로 고개를 돌렸다.

아델은 피를 흘릴 테지만 지금 그게 무슨 상관이란 말인가? 그는 지금껏 충분히 피를 봐왔을 것이다.

이번에는 중간에 나타나 그의 손을 쳐낼 에디트가 없었다.

그리고 그것 때문에 아델은 기쁘기만 했다.

13

1917년 12월

무티가 문을 두드렸다. 아델은 한쪽 눈을 뜨고선 머리끝까지 이불을 덮었다.

"저리 가세요!"라고 말했지만 소리가 잘 나지 않았다. 근육이 욱신거렸다.

"아델! 일어나렴." 문이 삐걱거렸다. "너를 만나러 온 사람이 있어."

에디트는 코에 손수건을 댄 채 어둡고 습한 공간으로 들어왔다. 무티는 커튼을 젖히고 가능한 한 활짝 창문을 열었다. 어두침침한 방 안으로 빛이 쏟아졌다.

"에디트?" 아델은 갈라진 목소리로 물었다. "너를 다시는 못 볼 줄 알았어!"

"걱정하지 말거라." 무티가 에디트에게 말했다. "의사가 어제 다녀갔는데, 아델이 더는 병을 옮기지 않을 거라고 나를 안심시키더구나. 최악의 상황은 지났어. 기력만 되찾으면 된단다."

아델은 동생을 향해 손을 뻗어 금발의 머리를 감탄하며 만지면서 에디트를 가까이 끌어당겼다.

"너를 다시 만나다니 너무 기뻐." 아델은 거의 들릴락 말락 한 목소리로 말하고는 눈물을 흘리기 시작했다. 아델은 차가운 입술로 에디트의 살에 키스했다.

"나도 마찬가지야." 에디트는 언니의 이런 격한 감정에 눈을 깜빡이며 말하다가 혹시나 쓰러지려는 건 아닌지 가늠하려고 무티를 쳐다봤다. "언니 걱정을 많이 했어."

"의사가 독감이라더구나. 올해 유난히 독감 사례를 많이 봤다고 하더라." 무티가 덧붙였다.

"내 평생 이렇게 아픈 건 처음이야. 여기 속이 불타는 것 같았다니까." 아델은 뼈만 남은 손으로 가슴 위를 문질렀다. "그 압박감이…… 거의 숨을 쉴 수가 없었어."

"그래도 언니는 이겨냈어." 에디트가 말했다.

"나는 죽음을 봤어. 죽음이 나한테 미소 짓는 걸 말이야."

"터무니없는 소리. 너는 막 열병을 이겨낸 거야." 무티가 불쑥 끼어들었다.

"아델 하름스, 언니는 오래오래 살 거야." 에디트가 자신 있게 말했다. "감히 죽음이 닥치기 전에 분명 언니는 나이 먹은 귀부인이 될 거야."

"무섭지는 않았어." 아델이 말했다. "기꺼이 떠날 수 있었거든."

"쉬이이이. 그렇게 말하지 마." 에디트는 또다시 무티를 쳐다봤다. "내가 다 무섭네."

"얘야, 네 언니는 환각 상태란다." 아델이 가벼운 잠에 빠져들자, 무티가 에디트에게 말했다.

아델은 귓가에 조용하게 윙윙거리는 그들의 대화를 여전히 들을 수 있었다.

"바이러스 때문이야. 네 언니는 몇 주간 이런 상태였단다. 흥분해서는 이상한 소리를 해댔지. 아델은 네가 죽었다고 확신했는데, 아무리 설득해도 믿지를 않지 뭐니."

에디트는 눈을 깜빡이며 아델이 쥐고 있는 손을 빼냈다.

"정말 이상하군요."

"널 직접 봤으니 이제 그런 생각은 안 하겠지."

"저도 그랬으면 좋겠네요." 에디트는 중얼거렸다.

"한 번은" 하며 무티는 웃음을 터뜨렸다. "아델이 네가 여우와 함께 달아났다고 우기지 뭐니. 그러다 여우가 너를 물었다고 하더니, 다시 여우는 죽고 네가 울고 있다는 거야. 정말 말도 안 되는 얘기지!"

"상상이 가네요." 에디트는 미소를 지으며 손수건을 다시 한번 입에 대었다.

"몇 년간 빈에서 유행했던 독감 중 최악이야. 수천 명이 죽었어." 무티는 딸을 보며 말했다.

"에곤이, 그게 다 전쟁이 상황을 더 악화시켜서래요. 그런데 언니는 어쩌다 걸린 거예요?"

"아, 너도 아델을 알잖니. 또 빈의 어느 후미진 곳에서 시간을 보냈겠지. 게다가 그 의사는 도움이 안 됐어! 의사는 이 증상들의 원인이 뭔지, 어떻게 처리해야 하는지도 모르더라고. 사리염, 비소, 아스피린 같은 온갖 쓸모없는 치료제들로 나를 속이려 들었어."

"아델 언니가 빈의 후미진 곳에 무슨 볼일이 있었을까요?" 에디트가 물었다.

무티는 웃음을 터뜨렸다. "네 언니와 시간을 보내봐야 한다. 너를 놀라게 할지도 몰라."

에디트는 아델의 손목을 쓰다듬으며 그 안의 맥박을 느꼈다.

"지난주 이맘때쯤, 나는 아델이 이겨내지 못할까 봐 두려웠단다." 무티는 인정했다.

에디트의 입술이 떨렸다. "아델 언니는 의지가 강해서 절대 병과 싸우지도 않고 떠나지는 않았을 거예요."

"나는 혼자서 할 수 있는 한 최선을 다했단다. 아델을 간호하고 이마를 닦아주고 약을 주고, 뭘 좀 먹으려고 틈날 때마다 뭔가 뜨거운 걸 준비해 뒀지. 그러니 내가 즐거웠겠니. 어쨌든 이제 먹을 만한 게 없어. 다음 메뉴에는 쥐가 들어 있을 거다. 빵을 사느라 집안의 보석들을 저당 잡혀야 했어!"

"음, 오랜만에 집에 와서 마음이 놓여요. 보고 싶었어요. 제가 필요하실 때면 옆에 있을게요. 에곤이 여기서 멀리 않은 곳에 집을 빌려서 자주 들릴 수 있어요."

"네 남편은 어떻게 지내니? 드디어 유명해진 거니?"

"큰돈은 아니어도 얼마라도 엄마께 드리는 걸 그이도 분명 기뻐할 거예요." 에디트가 말했다.

"나는 그 애를 늘 좋아했어." 무티는 미소를 지으며 말했다.

"앞에서는 그 사람 얘기를 하지 말까요……." 에디트는 자면서 뒤척이는 언니를 향해 고개를 살짝 까딱했다.

"아, 말도 안 되는 소리! 얘는 이제 다 잊었어." 무티는 인상을 찌푸리며 말했다.

"정말요? 분명 그렇게 보이지 않았는데요. 그 끔찍한 가족 식사 이후, 그러니까 아빠가……." 에디트는 소매를 야단스럽게 만지작거렸다. "모든 게 너무나도 속상했어요."

"네 언니는 지난 몇 년간 엄청난 압박을 받았어. 네가 곁에서 못 봐서 그렇지. 나는 분명 반도 모르겠어서 편지에다 네게 어디까지 말해야 할지 전혀 가늠할 수가 없었단다. 만나본 적은 없지만, 내가 알기로는 군인이 한 명 있었어. 아델은 지금 새롭게 가슴앓이를 하는 중이야."

"그 모든 시간이 지나고 나면 우리 사이의 균열이 치유될지도 모르겠네요." 에디트가 말했다.

아델은 입을 벌린 채 마치 이 대화에 막 끼어들려는 듯 몸을 꿈틀거렸다.

"내가 유일하게 아는 건," 무티는 일어서면서, 아델이 자게 밖으로 나가자는 뜻을 내비쳤다. "너희 둘은 서로가 필요하다는 거다. 우리는 아무것도 남은 게 없어. 체면 말고는. 그것조차 이제는 얼마 남지 않았단다. 내가 죽어 묻히기 전에 이 전쟁이 끝나길 바라는 중이야. 더는 전쟁을 보지 않았으면 좋겠구나. 그렇지만 무슨 일이 일어나든 나는 내 딸들이, 사랑하는 내 딸들이,"—이쯤에서 엄마의 목소리는 감정에 차서 흔들렸다.—"견고한 사이였으면 한다. 너희 둘이 서로 사랑과 헌신으로 기대지 않으면 미래에 무슨 희망이 있겠니?"

14

1918년 1월

아델은 동물원 벽 위로 기린이 우아한 목을 내미는 걸 발견했다. 에곤을 만나기로 한 쉔브룬 궁전 정원 입구로 가는 중이었다. 작년 말에 걸렸던 독감의 후유증에서 완전히 회복되지 않아 아직 다리에 힘이 없었지만, 아델은 이 만남에 침착하려고 노력했다.

며칠 전, 아파트에 그녀 앞으로 너무나도 익숙한 글씨체로 아델의 이름이 적힌 편지 봉투가 도착했을 때, 그 단어들이 심장을 짓밟는 것 같았다. 즉시 봉투를 뜯고는 본능적으로 편지를 가슴에 안고 종이를 들이마시고 나서야 잉크로 쓰인 글자들을 겨우 읽을 수 있었다. 과연 화가가 보낸 것이었다. 아델의 마음은 소용돌이쳤다.

"아내 말이, 몸이 안 좋으셨다고요. 많이 회복되셨으리라 믿습니다."

아델은 몸을 관통해서 솟구치는 감정의 힘과 익숙함에 충격을 받았다. 옛 감정으로 되돌아간 걸 자신의 상태가 예민한 탓이라 여기며 뼛속까지 그 흔적을 털어냈다. 제정신을 차리려고 에곤에 대한 모든 생각을 쫓아내려 애썼지만 여전히 다시 떠오르곤 했다.

"저와 개인적으로 만나주실 수 있는지요. 우리 둘 모두에게 소중한 문제, 에디트에 관해 상의하고 싶습니다. 간략히 말씀드리자면, 저는 에디트가 걱정돼 당신에게 자매로서의 충고를 들어보면 좋겠습니다. 쇤브룬 궁전 정원에 있는 동물원에서 만나도 될까요? 떠나 있는 동안 빈에 있는 이국적인 동물들이 그리웠답니다."

아델은 글을 읽으면서 눈을 깜빡였고, 제부가 쓴 글의 의도 이상으로 해석하지 않으려 마음을 다잡았다.

"화요일 1시 어떻습니까? 부탁이니 에디트에게는 말하지 마세요."

"우리만의 비밀이야." 아델은 중얼거리며 흥분이 되어 부끄러웠다.

아델은 편지를 곱게 접고 봉투 위 자기 이름을 손가락으로 따라갔다. 자신이 그 시간, 그 자리에 있을 것임을 이미 알고 있었다.

≈

에곤은 두 손을 카키색 제복 주머니에 넣고 소매를 걷어붙여 팔뚝을 드러낸 채 구릿빛 피부에 탄탄해진 모습으로 걸어왔다. 오 년도 더 전에 아델이 히칭 거리에 있는 그를 처음 봤을 때처럼, 어쩌면 그때보다 더 잘생겼다고 마음이 찌릿해지며 생각했다. 아델은 문득 그들 둘 다 올해 스물여덟이 된다는 걸 깨달았다. 그때와 지금, 그사이에 아주 오랜 시간이 지났다.

"아델, 독감으로 굉장히 쇠약해졌다고 들었는데, 아주 좋아 보여요."

"여전히 멋지시군요, 실레 씨." 아델은 격식을 차리기로 마음먹었다.

그는 그 뚜렷한 눈썹 밑으로 아델을 바라봤다.

"오늘 만나주셔서 고마워요."

그들이 공원을 한 바퀴 돌 때, 햇빛이 그들이 가는 길을 가로질러 군데군데 떨어졌다.

"당신 말고는 제 아내의 얼굴에 미소를 되찾아 줄 수 있는 사람을 떠올릴 수 없었어요."

아델은 속에서 일어나는 감정을 억누르려 애쓰며 고개를 끄덕였다.

"그 아이에게 무슨 일이 있나요?"

"에디트는 외로워요." 그가 말할 때 다람쥐 한 마리가 휙 지나갔다. "에디트는 지루해하고 때로는 우울해합니다. 가족과 멀리 떨어진 걸 고통스러워했고 자기 것이라 부를 수 있는 무언가를 갈망했어요. 에디트가 방황하는 걸 저도 알아요. 그녀와 제 동생 게르트루드는 잘 맞지 않았어요. 오랜 친구들과는 연락이 끊겼죠. 그들 중에는 엄마로서의 생활로 바쁜 이들이 많았는데 이게 오히려 에디트의 괴로움을 악화시키기만 했어요." 에곤은 잠시 멈춰서 낙엽을 걷어찼다. "에디트와 당신 사이가 복잡하다는 거 알아요. 그 일로 저 자신을 탓하곤 합니다. 저는 어렸고 어리석었어요. 더 잘 처신했어야 했는데. 제 사과를 받아주겠어요?" 에곤은 아델을 뚫어지게 쳐다봤다. "에디트를 위해서 과거와는 선을 그을 수 있을까요?"

"솔직하게 말해줘서 고마워요." 아델이 말했다. "이제 부부가 빈으로 돌아왔으니, 나는 에디트의 삶에 함께하기만을 바랄 뿐이에요."

아델은 이 말을 하면서 자신의 말이 사실이란 걸 알았다. 하지만 중간에 에곤이 있는 한 그녀와 에디트의 미래는 어찌 될까?

"에디트는 당신을 그리워했어요. 저희 둘 다 그랬죠." 에곤이 말했다.

"나도 당신이 보고 싶었어요." 아델은 진심으로 대답했다.

"당신을 위해 이걸 가져왔어요." 에곤은 손가방에서 감청색으로 장정되고 금이 새겨진 얇은 책을 꺼냈다.

"시인가 봐요?" 아델은 페이지를 넘기며 물었다.

"흥미로워하실지도 모른다고 생각했어요. 라이너 마리아 릴케는 늘 제게 어둠 속에서 작은 빛을 줬죠."

"고마워요." 아델은 책을 가슴에 대었다. 소중히 간직할 것이다.

"에디트는 저희의 새 아파트로 당신을 초대하려고 해요. 우리가 만났다는 건 에디트에게 말하지 말아주세요. 제가 간섭했다거나 당신이 타협하게 만들었다고 에디트가 생각하길 원치 않아요. 아내는 제가 오후에 고모부를 만나는 줄 알고 있어요."

"물론이죠." 아델이 말했다. "우리만의 비밀이어야죠."

이것이 불륜의 시작인가? 아니, 터무니없는 생각이다. 아델은 자신이 무슨 생각을 하는지 알지 못했다.

그들은 공원 끝에 이르렀고, 아델은 저기에서 여기까지 자신이 어떻게 걸어왔는지 생각도 나지 않았다. 그녀의 마음은 또다시 이 남자로 가득 차 그녀를 농간했다.

그때, 얼굴이 검댕으로 더러워진 어린 소년이 나타났다. 아이는 에곤을 팔꿈치를 잡았다.

"실레 선생님? 그 화가 맞으시죠? 급한 일이 생겼어요, 선생님! 사람들이 저한테 거리를 샅샅이 뒤져 선생님을 찾으라고 했어요. 이 전갈을 선생님께 전하지 않으면 저를 때린다고 했어요."

"흠, 지금 나를 찾았잖니."

에곤은 고개를 돌려 아델을 바라봤는데 두 눈에 두려움이 일었다.

"애야, 어서 말하렴. 초조해 죽겠구나."

"클림트 선생님 말이에요. 편찮으세요. 클림트 선생님이 제게 실레 선생님을 데리고 오라고 하셨어요. 급하게요. 클림트 선생님은 자신의 스튜디오에서 선생님을 보고 싶어 하세요. 너무 늦기 전에요."

호리호리한 검은 고양이가 꼬리를 떨며 문밖으로 뛰쳐나올 때, 아델은 불빛이 어두운 작업실로 들어섰다. 화가의 스튜디오에 발을 들여놓은 적은 한 번도 없었지만 모든 게 상상했던 그대로였다. 캔버스가 벽에 기대어 있고 물감이 바닥에 사방으로 미친 듯이 뿌려져 있으며, 점토로 만든 조각들이 구석에 바스러져 있었다. 화가 클림트는 침대에 몸을 지탱해 있었고 다리와 어깨 주위에 이불이 높이 쌓여 있었다. 침대 옆에서 촛불이 흔들렸다. 얼굴이 슬픔으로 가득한 한 여인이 클림트 곁에 무릎을 꿇었지만 그는 가볍게 손짓으로 그녀를 쫓아냈다.

에곤은 스승인 이 남자에게 한 발짝 더 가까이 다가갔다. 구스타프 클림트는 머리가 희끗희끗하고 가느다란 턱수염이 달려 있었다. 그의 가슴을 받쳐주는 갈비뼈는 함몰된 듯 보였고 그는 약하게 쌕쌕거렸다.

아델은 돌로 쪼개어 만든 맨가슴의 여인상 옆 구석에서 기다렸다. 에곤이 클림트의 손을 잡고 엄지에 입을 맞춘 뒤 천을 꺼내서 땀으로 번들거리는 클림트의 이마를 닦아주는 걸 지켜봤다. 젊은 화가가 조용히 우는 소리가 들렸는데, 부자연스러운 리듬의 호흡이 그가 복받치는 슬픔을 참고 있다는 걸 알려주었다.

"나는 이제 끝났네. 몇 주, 어쩌면 며칠 남았을지도 모르지." 클림트가 속삭였다. "나는 위대함을 알아. 자네 기대만큼 달콤하진 않네. 하지만 쓰지도 않지."

"그렇게 말씀하지 마세요. 안 끝났어요. 아직 생명이 있으시잖아요." 에곤은 애정을 담아 말했다. "저는 느낄 수 있어요. 선생님은 황소처럼 강하신걸요."

"그렇다고 해도 나는 죽음이 두 팔 벌려 춤추는 걸 느낄 수 있다네."

노인은 아델을 흘끗 쳐다봤다.

"누구신가?" 클림트가 물었다.

아델은 에곤이 "제 처형입니다"라고 답하는 걸 들었다.

"그리고 싶은 얼굴을 지녔군."

에곤은 클림트의 귀 가까이 고개를 숙였다. "제가 선생님을 그려드릴까요?"라고 묻자, 클림트가 고개를 끄덕였다. 에곤은 작은 가방에서 종이 한 장을 꺼내고 필통에서 연필을 집었다.

그다음, 그는 침묵 속에서 그림을 그렸다.

아델은 우아하면서도 가공할 만한 선들이 나타나는 걸 지켜봤다. 늙은 스승은 눈을 감았고 턱은 늘어져 있었다. 에곤은 여러 장에 걸쳐 다양한 각도와 관점으로 거침없이 빠르게 그려 나갔지만 늘 같은 것을 포착했다. 바로 스승 앞의 가느다란 삶의 장막이었다.

아델은 바닥에 앉아 지켜보며 귀를 기울였다. 거의 두 시간 가량, 아델은 주변에서 일어나는 변화에 얼어붙었다. 삶, 선들, 힘과 영원, 소멸할 거라는 위협, 덧없음은 모두 무척이나 가까이 연결되어 있었다. 그리고 민첩한 도둑 같은 죽음은 발꿈치에 머무르면서 이 모든 걸 빼앗겠다고 위협한다. 아델은 이 위대한 화가 구스타프 클림트가 살지 아니면 죽을지, 얼마나 오래 삶을 이어갈지는 알지 못했다. 하지만 그가 이 세상에 유산을 남길 거라는 건 알았다. 그의 이름은 기억될 것이다. 그의 작품은 갤러리 벽들을 장식할 것이다. 그리고 그의 얼굴은 에곤의 손을 빌려 종이에 남겨지고 있다.

아델 역시 물감이나 연필로 보존되길, 영원히 지속되길 바랐다.

이러한 순간에 오랜 욕망이 깨어났다. 에곤 실레를 위해 자세를 취하고 싶다는.

15

1918년 4월

"허락해 줘서 고마워."

아델이 에디트의 아파트에 들어설 때, 에디트가 고마움을 표하며 문을 닫았다.

"나한테는 정말 중요한 일이거든. 난 신경이 곤두서 있고 모델 일은 정말 참을 수가 없거든. 언니는 아주 잘할 거야."

"너를 위해서 하는 것뿐이야." 아델이 대답했다. "그러면 우리가 몇 시간 함께 보낼 수 있으니까." 아델은 동생과 가까이 있고 싶었고 동생을 관찰하고 싶었다.

"에곤이 저기서 언니를 기다리고 있어. 준비 다 됐어."

아델은 코트를 벗어 에디트에게 건넸다. 이 애는 왜 이렇게 변해버린 걸까?

"나는 에곤을 위해서 떨어져 있을게. 언니만 괜찮다면 그냥 여기 조용히 앉아 일 좀 할게. 내가 주변에 있는 줄 알아채지도 못할 거야." 에디트는 계속해서 말했다.

동생이 아델을 경계한다는 것만큼은 분명했다. 에디트가 아델을 집으로 초대하긴 했지만 경계하는 눈빛은 숨겨지지 않았다. 에디트는 언니를 남편과 단둘이 두지 않을 터였다. 아델이 일격을 가할 기회를 주지 않을 것이다.

아델은 스튜디오로 들어갔다. 에곤은 그녀가 늘 상상했던 대로 거기에 있었다.

"편하게 해드릴게요. 불안해할 거 없어요." 에곤은 아델을 안심시키려 애썼다.

"불안하지 않아요." 아델이 답했다. 이보다 더 자신감이 있던 적은 없었다.

"에디트는 모델을 하기 전에 늘 덜덜 떨곤 해요. 당신도 같을 거라 생각했어요."

"우리는 아주 달라요. 당신 아내와 나는요."

에곤은 아델에게 소매 없는 실크 슈미즈를 건넸다.

"스타킹 신으셨나요?"라고 그가 물을 때, 에디트가 상큼한 레모네이드를 쟁반에 담아 들고 왔다.

"언니한테 왜 그런 걸 묻는 거예요, 에곤?" 에디트는 발끈했다.

"당신 언니한테 내가 얼마 전에 시작한 초상화를 부탁하려고. 아직도 끝내지 못해서 아델이 같은 자세를 취해줬으면 해. 바로 전 모델이 초록색 스타킹을 신었어."

"때마침 스타킹을 신었네요." 아델이 끼어들었다. "그런데 유감스럽게도 하얀색이에요."

"에디트, 당신한테 스타킹을 빌리지 않아도 되겠네." 에곤은 아내에게 말했다.

아델은 옷을 벗으러 침실로 향했다.

"블루머와 신발은 착용하세요." 에곤이 지시했다. "드레스는 벗어주시고요."

에디트는 불안하게 아델 쪽을 쳐다보며 손가락으로 컵 가장자리를 만지작댔다.

"그리고 머리를 위로 묶어 올리세요. 핀이 필요하면 몇 개 있어요."

아델은 뒤로 침실 문을 닫았다. 아델은 침실로 들어가면서 에디트가 에곤에게 속삭이는 걸 들었다. 잠시 뒤, 아델이 드레스를 벗으려는데 에디트가 무언가 잘못 놓아둔 걸 찾는다는 핑계로 들어왔다. 에디트는 언니를 기다려주었다.

에곤은 준비가 되었다. 그는 의미심장한 미소를 지으며 아델을 바라보다가 바닥에서 취할 자세를 알려주었다.

"여기로요. 앉으세요. 쿠션이 필요하세요?" 에곤이 물었다.

"지금 아주 좋아요." 아델은 빨리 시작하고 싶었다. 에곤 역시 간절해 보였다.

"훌륭해요. 자, 무릎을 붙여보세요. 이런 식으로 그 자세를 따라 할 겁니다. 네, 그거예요. 왼쪽 무릎은 그대로 두고 오른쪽 무릎을 떨어뜨리세요." 에곤은 구도를 살펴보며 숨을 쉬었다. "계속 그대로 있을 수 있나요?"

"어렵지 않아요." 아델이 답했다. 그녀는 이런 식으로 시작하는 거라고 자신에게 말했다.

"자, 고개를 왼쪽 무릎으로 숙여요. 완벽해요. 움직이지 마세요!"

아델은 시키는 대로 했다. 등뼈의 근육이 당기는 느낌이 들었다.

"두 손을 같은 발목에 갖다 대세요." 에곤이 제안했다. "거기를 붙잡아요. 손가락을 같이요."

에곤은 급히 바닥을 가로질러 뛰어와서는 손을 아델의 오른쪽 종아리에 갖다 댔다. 그의 손길은 짜릿했다. 그는 아델의 두 다리를 조심스레 당기며 다리 사이를 넓혔다.

"불편하세요?" 에곤이 물었다.

아델은 얼굴이 붉어지는 게 느껴졌다. 자신의 중심부가 은밀한 관찰로 파열된 듯, 노출된 듯 느껴졌다. 허벅지 안쪽을 따라 피부가 따끔거리고 스타킹과 속옷의 주름 사이 노출된 부분에 찬바람이 느껴졌다.

"전혀요." 아델은 거짓말을 했다.

"완벽해요." 에곤이 칭찬했다. "이제는 저를 쳐다보기만 하면 됩니다."

아델은 눈을 들어 그를 봤다.

그래, 이거였다. 아델의 변화는 더할 나위 없었다. 여기 이 순간, 아델은 한 화가의 모델이 됐다. 트럼펫이나 팡파르가 울리진 않았다. 들리는 소리라곤 화가가 작업을 하면서 내는 리드미컬한 연필 소리뿐이었다. 그는 아델에게서 눈을 뗄 수 없었다.

"당신의 형태에 익숙해져야겠어요." 에곤은 아델에게라기보다는 자신에게 말했다. "당신의 얼굴선과 몸 선 말이에요. 색으로 다시 칠하기 전에요."

모델 일은 그다지 힘들지 않았다. 아델은 에디트가 대체 뭘 불평해대는 건지 알 수가 없었다. 자신이 에곤의 아내로 정말 더 잘 어울렸을 것이다. 어쩌면 에곤도 마침내 깨달은 게 아닐까?

"아델, 집중하세요." 에곤이 굵고 낮은 목소리로 명령하자, 아델은 공상에서 벗어났다.

에곤은 화가답게 미간을 찌푸리며, 아델을 관찰하고 집중하느라 눈을 가늘게 뜨며 구도가 만족스러울 때까지 작업하고 또 작업했다.

"어깨를 앞으로 내미세요." 에곤은 계속 지시했다. "좀 더요. 오른쪽을 보세요. 살짝 덜…… 그래요."

아델에게는 영겁의 시간처럼 느껴지는 동안 에곤은 계속해서 그녀를 종이에 포착해 나갔다. 너무 오래 자세를 잡는 건 어려운 일이지만, 아델은 대담해야 하고 불평을 해서는 안 되었다. 이것이 바로 그녀가 이 화가에게 가치 있는 이유가 되기 때문이다. 아델은 그의 아내가 할 수 없는 걸 줄 수 있었다.

아델은 천천히 숨을 쉬며, 시간이 어떻게 증발해 버리는지 경탄했다. 마침내 작업이 끝났다. 에곤은 아델을 불렀다.

아델은 그가 바라보는 눈길과 그녀의 피부에 스치는 손길을 주목했다. 그들 사이의 이런 접촉. 아델은 초상화 속 자신의 풍성한 머리와 깍지 낀 기다란 손가락과 구부린 무릎을 유심히 살펴봤다. 아델은 에곤이 그려낸 그림에서 자신을 거의 알아볼 수가 없었다. 코가 저렇게 각이 졌나? 손이 저렇게 크다고? 그렇게 의욕에 넘쳐 보일 필요가 있을까? 게다가 저 눈 속에 담긴 건 뭐지? 유감인가?

"언니, 그림이 마음에 안 들지?" 에디트가 남편 가까이 서서 물었다.

"내가 좋아하고 말고의 문제가 아니지." 아델이 대답했다. "이건 예술이잖아."

"아주 영리하네요, 아델." 에곤이 말했다. "오늘 완벽한 모델이었어요. 에디트는 이런 자세를 가장 불편해한다고 제가 솔직히 털어놔도 에디트는 신경 안 쓸 거예요. 다시 또 자세를 취해주시면 좋겠어요. 가능하다면 이른 시일에? 우리가 함께 이룰 수 있는 게 정말 많습니다."

16

1918년 10월

에곤이 느닷없이 손을 멈췄다. 아델은 거의 누드 상태로 에곤 앞에 서 있었다. 그를 위해 지금까지 거의 육 개월간 모델 일을 했다. 그동안 에곤은 오랜 시간 그녀의 몸을 바라보며 여러 소묘와 수채화를 만들어 냈다. 에디트는 여전히 경계했지만 매시간 주변에 있을 수는 없었다. 오늘 에곤은 연필 끝을 물고 있다가 아델을 쳐다봤다.

"그만둘래요! 매번 볼 때마다 그렇게 점점 살이 찌면 작업을 계속할 수 없어요."

"에곤! 어떻게 감히 그런 말을!" 아델이 소리쳤다.

"그럼 모든 게 바뀌어요." 에곤이 주장했다. "통통한 모델을 쓰면 선들이 죽는다고요."

"통통하다고요?" 아델은 손으로 엉덩이를 쭉 훑고는 뒷모습을 보려고 몸을 돌렸다.

에곤은 아델을 보고는 조금 누그러졌다. "미안해요. 제가 스트레스를 많이 받아서요."

아델은 잠시 멈춰서 에곤이 한 말을 헤아려봤다. 드디어 때가 왔다.

"할 말이 있어요." 아델이 말했다.

이 기회를 빌어 최근에 알아차린 변화를 모두 엮어봤다. 풍만해진 가슴, 단단히 부풀어 오른 배, 단것은 모두 피하고 싶은 입맛. 마지막으로 생리를 언제 했는지 기억도 나지 않았다.

"임신했어요"라고 아델은 알렸다.

그래, 인생은 이런 식으로 돌아가는 거라고 생각하며 의기양양했다.

에곤은 소매를 걷어붙였다. "세상에." 그가 대답했다. "흠, 만족하시기를 바라요. 자신을 엄청난 구렁텅이에 빠뜨렸군요."

에곤은 스케치북으로 다시 돌아가 페이지를 획획 넘겼다. 에곤은 자신이 놓친 신호들을 찾아보는 걸까? 어쩌면 그는 본인 생각과 달리 여성의 육체에 익숙지 않을지도 모른다. 아델은 그를 지켜봤다. 에곤은 새 연필을 집더니 손목을 격렬히 움직이며 연필을 깎았다. 연필 부스러기가 땅에 떨어졌다. 에곤의 눈은 다시 아델 몸에 닿았다. 침묵이 흘렀다. 그들의 입장이 간단하지 않다는 걸 아델은 자신에게 상기시켰다.

빛이 어두워지자, 에곤은 책상으로 다가가 서랍을 획 열더니 종이와 공책 들, 잉크병을 이리저리 뒤지며 서랍 뒤쪽에 있는 무언가를 찾았다. 그러다 낡은 주소록을 꺼내 들고 종이에 숫자와 거리 이름을 적더니 아델에게 건네려 했다.

"내일 가봐요. 굳이 말해야 한다면, 제가 보냈다고 하세요."

아델은 이미 문 앞이었다. 에곤은 종잇조각을 그녀 손에 밀어 넣었다.

"비용은 걱정하지 말아요. 내가 알아서 할 테니. 최소한 그 정도는 할 수 있어요."

아델은 종이를 읽고서는 바닥에 떨어뜨리고 문손잡이를 당겼다. 그러자 그녀가 문턱을 넘기도 전에 에곤이 한 손으로 나무문을 밀어 닫아버렸다.

"바보 같은 짓 하지 말아요, 아델."

"이 아기는 봄에 태어날 거예요." 아델은 말했다.

지난주에 그들의 작업 시간이 끝난 뒤 아델이 떠나려 할 때 에곤이 그녀를 포옹했고, 아델은 입술을 그의 입술에 갖다 댔다. 아주 잠시 에곤은 그들 사이에 온기가 퍼지도록 놔두다가 몸을 뺐냈다.

"에디트에게는 말하지 않을게요." 에곤이 말했다.

에곤은 시간이 필요한 것이다. 그뿐이라고 아델은 생각했다.

"동생을 생각해 봐요." 이제 에곤은 심각한 표정으로 말했다.

"그럼 나는요? 당신과 나는요?"

"저와는 아무 상관없다는 걸 당신도 알잖아요."

아델은 가슴이 덜컥하면서 여러 장면들이 머릿속에서 부딪혔다. 그가 지금 그들의 관계를 부인하는 건가?

"내가 당신의 뮤즈라는 걸 잊지 말아요."

"유감스럽지만 대단한 착각을 하고 있군요."

에곤은 주머니에 있던 톱니 모양의 은색 갑에서 담배 한 개비를 꺼내 손가락 사이로 문질렀다.

"내가 당신의 뮤즈라고 했잖아요."

"진짜 웃기네요. 저는 그런 말 한 적 없습니다. 당신이 늘 과도한 상상을 한다고 에디트가 경고하더군요. 저는 당신을 친구로서 도와주는 것뿐입니다. 미혼녀가 돌봐야 할 아이까지 있다니 대체 어떤 일생을 살아가려는 겁니까?"

"내가 에디트에게 말하면 그 애가 뭐라고 할 것 같나요? 그 키스랑 이 아이에 대해 말이에요."

에곤은 웃어젖혔다. "스스로 상황을 악화시키지 말아요, 아델." 에곤은 숨을 내쉬며 한 손으로 자기 머리를 잡아당겼다. "당신은 이미 너무 멀리 갔어요. 본인의 미래를 생각하세요."

"나와 당신의 미래죠." 아델이 딱 잘라 말했다. 두 번이나 밀쳐지진 않을 셈이었다.

에곤은 문을 열고 불을 붙이지 않은 담배를 입술 사이로 물었다.

"당신 자신을 위해서라도 이 일을 당신 동생에게 한마디도 입 뻥긋하지 마십시오." 에곤은 경고했다.

아델은 엄청난 깨달음이 솟구쳐 오르는 걸 느꼈다. 그녀는 거침없이 타오르는 통제 불능한 불길이었다. 이처럼 모든 걸 파괴할 수 있을 듯한 지경에 이른 적은 없었다. 그리고 이제는 파괴할 준비가 되었다.

≈

빈의 거리는 거의 유기된 상태였다. 신종에다 더욱 치명적인 독감의 물결이 도시를 휩쓸었고 병균이 퍼지는 걸 막으려고 엄격한 조치가 시행되었다. 전차 운행이 취소되고 극장들은 공연을 중단했으며, 전쟁으로 이미 휑뎅그렁한 레스토랑들은 텅 비었다. 하지만 여전히 바이러스는 퍼져만 갔다. 그러거나 말거나 여전히 불법적인 은밀한 서비스들은 적절한 가격으로 이용할 수 있었다.

아델은 에곤이 적어준 주소를 찾아냈다. 문에는 아무런 표시가 없었다. 아델은 우산을 털고 나서 문을 두드렸다. 한 남자가 김이 서린 유리로 내다보다가 문을 열었다. 아델이 얼굴을 가리는 베일 모자를 벗고 천장이 낮은 접수처로 들어서자, 남자가 묵묵히 안으로 들이는 모습에 그녀는 제대로 찾아왔다고 확신했다. 따끔거리는 열이 서서히 목으로 올라왔다.

빈 같은 도시들에서는 이런 일이 매 순간 일어나는 모양이라고 아델은 생각했다.

"실레가 보냈어요."

아델은 자신을 소개할 겸 말하다가 실레의 이름에 목이 메었다.

남자는 "따라오세요"라고만 할 뿐이었다.

그들은 흰곰팡이가 벽에 활짝 핀 복도를 걷다가 구불구불한 돌계단을 따라 점점 더 깊숙이 내려갔다. 복도들과 잠긴 문들이 있는 어두운 미로 속에서 남자가 순간 문 하나를 열더니 아델을 그 안으로 안내했다. 첫 번째 패널 안을 열자 거의 숨겨져 있다시피 한 또 다른 패널이 나왔다.

아델이 비틀거리자 남자가 붙잡아 줬지만, 그녀는 홱 뿌리쳤다.

"손 떼요-"라고 말하다가 불만을 터뜨릴 자격이 없다는 걸 깨달았다.

마지막 방은 눈부시게 환해서 아델은 두 눈을 가렸다. 가스등은 엎어놓은 찻잔에 갇힌 금파리를 떠오르게 할 정도로 거슬리는 소리와 함께 이따금 쉬익 거렸다. 방은 가구나 장식이랄 게 거의 없이 수수했다. 하름스 가족이 한때 집에서 매일 식사하던 테이블과 닮은 묵직한 테이블 하나가 있었다. 아델은 열린 서랍 속에 비누와 강판, 일반 뜨개질바늘을 포함한 기다랗고 갈고리로 된 기구들이 가득한 걸 보자 움츠러들었다.

구석에서는 잿빛 머리의 나이 든 여인이 원장을 작성하고 있었다. 여인은 눈을 들어 아델을 보고서도 미소를 짓지 않았다. 마맛자국이 있는 남자가 문을 닫기 전에 알아듣지 못할 언어로 무언가를 말했다. 아델은 딱딱한 의자에 앉으면서 인상을 찌푸리기만 했다. 유일하게 알아들을 수 있는 말은 남자가 인상 쓰며 언급한 '실레'였다. 여인은 눈썹을 치켜뜨고선 아델의 우아한 네이비 드레스와 손에 들고 있는 레이스 달린 모자를 위아래로 살펴봤다.

"에곤이 평소 여기로 보내는 부류보다는 상류층이군요. 당신 같은 상류층 여인이면 다른 방법을 써도 되지 않나요?" 하며 여인이 물었다. "도시를 떠나 길게 휴양을 간다든지? 그렇게 해서 떳떳하게 돌아올 수도 있잖아요? 아가씨 가족은 분명 그런 방식을 가뿐히 취할 수 있을 텐데요?"

"가족이 결코 알아선 안 돼요." 아델은 진지하게 말했다.

여인은 이 말을 듣고 어깨를 살짝 으쓱했다.

"나이는요?"

"스물여덟이에요." 아델은 여인이 나이를 기록하자 침을 꿀꺽 삼켰다.

"에곤이 주로 만나는 여자들보다 나이가 많군요. 다른 자녀는 있나요?"

"나는 결혼도 안 했어요. 딱 봐도 분명히 알 수 있지 않나요?"

"생리를 마지막으로 한 게 언제죠?"

이런 것들은 아델이 동생에게도 거의 꺼내지 않는 내용이었다.

"나, 나는…… 기억이 안 나네요."

"마지막으로 성교를 한 건 언제예요?"

"성교요?" 아델은 이 말을 들어본 적이 없었다.

"남자와의 성적 접촉 말예요."

"접촉이요? 모르겠네요."

모든 게 순간 무척이나 혼란스러웠다. 에곤이 자신을 그릴 때 그 앞에서 옷을 어떻게 벗었는지, 그의 손이 어떻게 그녀를 스쳤는지 떠올렸다. 분명 '접촉'은 있었다.

"나는…… 그러니까……."

아델은 자신을 침대로 밀치던 군인을 떠올렸고 마음이 어지러웠다.

여인은 오래도록 아델을 쳐다봤다.

"이번이 처음 낙태하는 건가요?"

"나는 그런 여자가 아닙니다." 아델은 낙태라는 단어와 그 단어가 불러일으키는 이미지에 불쾌해졌다. "내 아기는 어떻게 되는 거죠?" 아델은 이어서 물었다.

"임신을 중절시키기 위해 우리는 최선을 다할 거예요. 위험하지 않은 척할 수가 없네요. 위험한 수술이에요. 고통스럽고 피도 많이 흘릴 거예요."

아델은 구역질이 날 것 같았다.

"회복하기까지 오래 걸릴 거예요. 보살펴 줄 사람이 있나요?"

아델은 에디트를 떠올렸다. "유감스럽게도 아무도 없어요."

"만약에 일이 잘못되더라도 이곳에 왔다는 걸 절대 밝혀서는 안 됩니다."

아델은 길게 한숨을 내쉬며 고개를 숙여 손끝을 눈꺼풀에 댔다.

에곤의 말이 맞았다. 아델은 미래를 생각해야만 했다. 스스로 저지른 문제를. 미혼모는 구빈원, 감옥 혹은 보호소에 보내질 수도 있었다.

여인은 아델에게 코트를 문 뒤쪽 옷걸이에 걸라고 말했다.

"치마를 올려봐요. 허리 위까지 높이." 여인이 지시했다.

아델은 속옷을 올려, 에곤이 즐겨 그린 종류의 레이스로 된 속바지를 드러냈다. 이런 상황에서 이 속옷들은 우스꽝스러워 보였다.

"그것들도 벗고 저기에 누워요." 여인이 말했다.

아델이 침대에 눕자 머릿밑으로 기름진 천이 느껴졌다. 여인의 손이 잠시 날카로운 뜨개질바늘 끝을 맴돌다가 매끄럽고 긴, 뭉뚝한 금속성 물건으로 뻗었다.

"그걸로 뭘 하려는 거예요?"

여인은 아델의 말을 무시하고선 다른 손을 아델의 배에 올리고 손가락으로 살을 누르며 마치 천장에 해답들이 있는 것처럼 위를 올려다봤다. 여인은 여러 부위를 찔러보고 몇 초마다 손을 아델의 배 위 새로운 자리로 움직이곤 했다. 그러다가 예고도 없이 아델의 허벅지를 거칠게 벌려놨다.

아델은 그 압력에 움찔했고, 여인의 손에서 본 그 기구가 생각보다 살 속으로 더 깊고 강하게 밀고 들어올 때는 천장에 달린 거미줄에 집중했다. 갈비뼈 밑으로 통증이 급격히 일었다. 아델은 이 공간이나 이런 느낌에서 결코 벗어나지 못할 수도 있다는 걸 깨달았다.

잠시 뒤 여인이 뭐라고 중얼거렸고, 아델은 분노의 한숨 소리를 들었다.

"뭔가 잘못됐나요?"

아델은 팔꿈치로 몸을 움직여, 여인이 조야한 기구를 닦는 데 쓴 헝겊에 피가 묻은 걸 봤다.

"임신한 게 아니에요." 여인이 불쑥 대답했다. "아기는 있지도 않아요." 여인은 아델의 문제가 사라졌다는 듯 밝지만 꽤 혼란스러워하며 말을 내뱉었다. "그렇더라도 소정의 비용을 청구할 거라고 실레에게 꼭 말해주세요. 별로 달가워하진 않겠지만."

아델은 앉아서 치마를 가다듬었다. 에곤과 자신 사이에 일어난 이 일이 무효라니, 어떻게 그럴 수 있지?

"오해예요!" 아델은 단호히 말했다.

"오해가 아니에요. 아기는 없어요." 여인은 되풀이했다. "이따금 있는 일이죠. 여자들은 각양각색의 이유로 상상임신을 하곤 합니다. 처음 한두 달은 이래저래 파악하기가 무척 어렵기 때문에 그런 일이 더 자주 일어나지 않는 게 놀라울 뿐이죠. 그건 그저 과몰입일 수도 있고 더 심각한 문제일 수도 있어요. 의사를 만나보세요."

아델은 눈을 깜빡였다.

"운이 좋았다고 생각하세요." 여인은 이어서 말했다. "끔찍한 경험을 모면하게 됐으니까요."

"내 배 속에 있는 아기가 환상이라는, 이미 유령이라는 거군요. 거짓말!" 아델이 소리쳤다.

이곳을 벗어나야 했다. 빛이 필요했다. 아델은 거침없이 첫 번째 문을 밀치고 나가 서둘러서 두 번째 문도 빠져나갔다. 하지만 세 번째 문은 잠겨 있었다. 아델은 빙 돌았지만 문들은 모두 똑같았다. 문마다 손잡이를 흔들어봤지만 나갈 수 없었다. 생명이란 없는 장소에 처박히게 되었다. 머릿속에서, 자궁 안에서, 필사적으로 열려고 하는 문들 뒤에서 비명이 울려댔다. 아델은 두 손을 머리에 댄 채 뒤로 물러났다.

별안간 아델을 어둠 속으로 안내했던 그 남자가 옆에 있었다.

"그만! 소리 그만 질러요." 남자가 말했다. "실레가 이곳에 보낸 여자가 당신이 처음이 아닙니다. 그의 수많은 모델이 이곳에 찾아왔어요. 실레는 탐욕스럽고 부주의한 남자예요. 그에게서 벗어나게 된 걸 다행으로 여겨요."

"아니에요! 당신은 거짓말을 하는 거라고요." 아델은 남자를 밀쳐내며 울부짖었다.

아델은 자신의 잘못인지, 다른 사람을 탓해야 하는지 정확히 기억해낼 수가 없었다…….

아델이 의식을 잃고 쓰러지기 전 마지막으로 기억나는 건 남자의 연민이었다.

17

1918년 10월 25일

아델은 몇 시간 뒤 정신이 들었다. 아델은 오늘이 며칠인지 알지 못했다. 자신의 이름도 겨우 알았다. 아델은 지금 쇤브룬 궁전 정원에 있는 벤치에 앉아 있다. 이제는 아주 오래전 일처럼 느껴지는, 그 잘생긴 남자를 만나려고 기다렸던 동물원 옆이었다. 비밀스러운 만남이었다는 건 아주 명백하게 기억났다.

그가 준 책에 쓰인 글 몇 줄이 떠올랐다.

불꽃처럼 화르르 타오르시오.

그리고 내가 들어갈 수 있는 커다란 그림자들을 만드시오.

당신에게 모든 것이 일어나게 하시오: 아름다움과 공포가.

그저 계속 나아가시오. 어떤 감정도 끝나지 않는다오.

나를 잃지 마시오.

아델은 화들짝 놀라 고개를 들었다. 울타리를 벗어난 기린 한 마리가 기다란 다리를 부자연스럽게 구부리고 우아한 목을 아래로 내리더니 벨벳 같은 커다란 입으로 아델의 뺨을 가볍게 스쳤다. 아델은 손을 들어 기린을 잡고 그 피부에서 나오는 따스함을 음미했다. 위를 올려다보니 기린은 사라졌다. 아델은 주변을 이리저리 살폈지만 그 어디에도 우아한 외래동물의 흔적은 없었다. 아델은 공원을 통과해 달렸다. 마음에 불길이 일고 복부에는 통증이 욱신거리고 척추 맨 아래부터 두개골까지 묵직한 통증이 올라왔다. 레이스 달린 모자를 잃어버렸고 코트도 없는 데다가, 다시 비명을 지르면 결코 멈추지 못할까 두려워 자신을 믿지 못해 입을 열지 못했다. 머릿속에 쫓아버리고 싶은 이미지들이 떠올랐다. 한 군인과 말 털 담요와 방구석에 놓인 그의 소총, 바로 오늘 아침이었는지, 지난주였는지 의사에게 진단을 받으라는 엄마의 편지 같은 것들이었다. 아델이 아까 지나간 지하 세계 복도들의 미로, 환한 빛들과 그녀의 아기를 지워버린 불임의 냄새. 모든 건 사라졌다. 아델은 그 무엇도 참을 수 없었다. 무릎으로 털썩 주저앉아 손가락으로 풀을 움켜쥐었다.

'동생'이란 단어가 머릿속에 떠올랐다.

에디트. 그래, 아델이 지금 당장 필요한 사람은 그 아이였다.

하지만 다음 순간, 가정부 해나의 말이 메아리처럼 들려왔다. 에디트가 선택한 것이다. 그 아이가 아델을 배신한 것이다. 이런 생각들은 오랜 시간 병 안에 갇힌 나비가 모서리에 부딪혀 가며 빠져나오지 못하는 것처럼 삼 년이 넘도록 마음속에 갇혀 있었다.

에디트가 이 모든 걸 만들어낸 것이다. '그 애'가 아델의 삶을 빼앗아 갔다. 이런 일이 일어난 건 에디트의 잘못이었다. 아델이 외면의 상처들과 내면의 유령만 지니게 된 것도 동생의 잘못이었다. 아델은 에디트가 그 화가와 사는 아파트로 되돌아갔다. 아델은 알고 있는 걸 말해야만 했다. 그녀를 그을려 상처투성이로 남긴 그 배신에 관한 것을. 그리고 아델은 자신이 모사한 배신을 에디트에게 말할 것이다. 동생의 남편이 아델과 사랑에 빠져 에디트 모르게 밖으로 부른 것, 그녀에게 준 선물들, 아델의 어깨에서 옷감이 바닥으로 쉽게 떨어지듯 에곤이 그림을 그릴 때 그들 사이에 쉽게 미끄러져 흐르던 소중했던 그 모든 오후의 시간들까지. 아기에 관해서도 말할 것이다. 아기가 존재했다는 걸 아델은 안다. 아기는 오로지 그녀의 것이며, 그녀가 사랑할 수 있는 것이다.

아델은 에디트의 집 문을 두드렸다. 문을 연 에곤은 아델을 보자마자 바로 뒤로 문을 닫고서는 거리에 선 그녀에게 다가왔다.

"아델! 무슨 일이에요? 당신은…… 그게 무슨…… 피로 뒤덮였잖아요?"

"에디트에게 다 말할 거예요." 아델은 선언했다.

"그 사람에게 얘기할 게 없을 텐데요."

"아기요. 우리 아기 말이에요."

"말도 안 되는 소리 말아요. 아델, 부탁입니다." 에곤은 아델의 얼굴을 잡고선 광기 어린 눈을 들여다봤다.

"나를 겁나게 하네요. 당신이 겪은 그 모든 일들이 견디기 힘들었을 겁니다. 안타까워요. 하지만 당신은 도움이 필요해요. 전문가의 도움이요. 내가 의사에게 데려다줄게요. 에디트는 그냥 놔둡시다. 그 사람은 휴식을 취하려는 중이에요."

하지만 아델은 물러서지 않을 생각이었다.

"나는 내 동생을 만나러 왔다고요."

"에디트는 자고 있어요." 에곤이 고집을 부렸다. "당신을 보고 싶어

하지 않을 겁니다."

"에디트를 보기 전까지는 떠나지 않을 거예요. 그 아이는 이 얘기를 들어야 해요."

"아델, 가셔야 합니다. 제발. 당신을 위해서예요."

아델에게 남은 마지막 이성 한 조각이 무너졌다. 아델은 에곤을 밀치고 복도로 들어섰다. 임신 육 개월째인 에디트는 따뜻한 옷으로 몸을 감싼 채 시끄러운 소리에 불안해서 내려오고 있었다.

"아델 언니?" 에디트는 놀라서 물었다. "여기서 뭐 하는 거야?"

에디트의 얼굴에 경계하는 빛이 어렸다. 그래, 두려움이었다.

'이러지 마. 평생 후회할 거야.' 머릿속에서 아델이 알지 못하는 목소리가 속삭였지만 더는 참을 수 없었다. 한때 정신을 붙들었던 모든 것들이 무너져 내렸다. 그리고 아델은 마침내 수년간 억눌러 온 모든 걸 쏟아낼 작정이었다. 동생에게 한 발짝 가까이 다가갔고, 모든 분노가 솟구쳤다.

≈

그다음에 아델이 깨달은 건 자신이 다뉴브강 둑에 있다는 것이었다. 무슨 일이 일어났는지, 무슨 일을 저질렀는지 전혀 몰랐다.

무슨 짓을 한 걸까?

치마는 찢어져 진흙과 마른 피로 범벅이었다. 치마 밑에 무언가 단단하고 둥근 게 있었다. 손으로 꺼내 보니 오렌지였다. 어디서 났는지 알수 없었다. 전쟁 중인 수개월 동안 한 번도 본 적이 없었다. 한때 사랑했던 보석들처럼 반짝였다. 너무 환해서 눈물이 흘러내렸다. 강가 근처에 앉아 엄지손톱으로 오렌지의 주황색 껍질을 계속해서 긁어내자 그 안에 들어 있던 정유가 주변으로 튀었다. 몇 시간 뒤 아델은 나머지 껍질을 어두운 강물에 던졌다. 기운만 있다면 자신도 따라가고 싶은 심정이었다.

눈부신 달이 구름 뒤로 감춰져 어두워졌을 때, 아델은 오랜 시간 걸어 지치고 멍한 상태로 에디트의 아파트로 돌아갔다. 늦은 시간이라 동생은 자고 있겠지만 그래도 문을 두드렸다. 더는 문제를 일으키고 싶지 않았다. 다시 문을 두드렸다. 그저 사과하고 싶었다. 주먹으로 문을 쾅쾅 두드렸다. 아델도 자신에게 도움이 필요하단 걸 알고 있었다. 아델은 미안했다. 진심으로 미안했다. 하지만 아무리 두드려도 응답이 없었다.

Interlude

1968년 5월 9일, 빈

"이제 좀 안정이 되십니까……?" 의사는 아델의 차트를 보느라 고개를 들지 않고 물었다.

아델은 의사 쪽을 쳐다보지도 않았다. 이곳에 있고 싶지 않았다. 자신의 의지에 반해 이 케케묵은 병실에 갇히느니 차라리 넙죽 엎드려 화장실을 손으로 박박 문질러 닦는 게 나았다. 세상의 그 어떤 약도, 확실히 이 볼품없는 남자가 처방하는 그 무엇도 뼛속의 통증이나 반세기에 걸쳐 지녀온 죄책감을 누그러뜨리지 못할 것이다. 아델은 어서 나가 잃어버린 그 소중한 반지를 찾아야만 했다. 목에 손을 대고 반지 목걸이를 찾다가 가슴 깊이 간직했던 반지가 더는 거기에 없음을 깨달았을 때 느낀 그 끔찍한 고통이란. 앰블런스로 거칠게 옮겨지기 몇 초 전만 해도 소지하고 있었던 건 안다. 그런데 어제 수많은 검사를 받고 난 뒤, 간호사가 사고가 일어난 날 아델이 착용하거나 지녔던 것들이 담긴 가방을 내밀었다. 별로 든 것도 없고 바로 소각로로 보내도 이상할 게 없는 것들이었다. 그런데 반지가 없었다. 오십 년간 심장이 뛰는 단 한 순간도 아델에게 반지가 없었던 적은 없었다.

아델은 손에 꽂힌 주삿바늘을 응시했다. 간호사는 관절염에 걸린 아델의 울퉁불퉁한 손가락 관절과 부은 엄지손가락 사이를 이리저리 살펴야 했고 마침내 혈관을 찾아냈다. 아델은 자신의 청결한 상태를 경멸했다. 손톱마다 밑에는 새하얀 둥근 활이 보였다. 새 옷은 현대식이었고 합성섬유로 만들어져 까슬거렸다. 머리는 빗으로 빗겨져 있었다. 아델은 실제로 봐줄 만했다. 엄지로 손등을 문지르며 검버섯과 끔찍한 화상 자국들이 완전히 치유되지 않은 채 남아 있는 걸 발견하고 자부심에 차올랐다. 그래, 어떤 것들은 절대 숨길 수 없다.

아델이 노인 병동 입구에서 가장 멀리 떨어진 창가 근처 침대에 눕혀진 것은 그나마 다행이었다. 아델은 병실 안 환자들을 포함해 각 침대 옆에 놓인, 곧 떨어질 운명의 화려한 꽃들이 담긴 꽃병들을 쭉 훑어봤다. 아델의 테이블에는 물 한 병 외에는 아무것도 없었다. 아델은 이게 더 좋았다.

"필요한 게 있으시면 제가 수간호사를 불러드리겠습니다. 갈증이 나시나요?" 의사는 아델의 눈길을 따라가며 물었다.

요청하지도 않았는데 의사는 컵에 물을 따라주었다. 아델은 반항의 의미로 턱을 어깨에 묻었다. 의사는 아델의 완고함에 한숨을 내쉬며 테이블 위로 물컵을 내려놓았다. 흠! 물을 마시기는커녕 완전히 탈수 상태가 되더라도 아델은 그가 마시라고 한 물에 손도 대지 않을 터였다.

"하룻밤 더 머물진 않을 거요." 아델은 경고했다.

의사는 씁쓸한 웃음을 지어 보였다. "유감스럽지만, 세부 사항을 조금 더 살펴봐야 해요, 하름스 부인. 그리고 몇 가지 검사를 더 마쳐야 하고요. 부인의 협조가 필요해요. 부인에 대해 정확히 아는 게 중요합니다. 그래야 저희가 부인을 더 이해할 수 있거든요." 그는 한 번 더 노트를 봤다. "여기에 부인이 1890년 빈에서 태어났다고 나와 있습니다. 그렇다면 현재 일흔여덟이신 거죠? 맞습니까?"

아델은 털끝이 곤두섰다. 그녀는 다른 세기의, 다른 세계에서 왔다. 현재 선두에 서 있는 이 남자는 그 이전까지 오스트리아 수도에서의 삶이 어떠했는지 헤아릴 수 없을 것이다. 그 풍요와 찬란함과 장관을. 모두 사라져 버린 것들을. 이 남자는 한때 그녀가 누구였는지, 두드러진 광대뼈에 심장이 멎을 듯한 도톰한 입술을 지닌 매혹적인 젊은 여인이었다는 걸 상상도 못 할 것이다. 창문에 비쳐 마주 보는 것은 한쪽 눈이 시퍼렇게 멍들고 벌어진 살을 꿰맨 거친 머리의 마녀였다. 그 모습에 아델은 오싹해졌다.

"저희가 가진 기록은 충분하지 않아요." 의사가 계속했다. "부인의 출생 연도와 부모의 성함이 요한 하름스와 요제파 하름스라는 기록은 가지고 있어요. 슈타인호프 정신병원에서 진료를 받았다는 기록도 있습니다. 왜 그곳으로 보내졌는지 알려줄 수 있으신가요?"

끔찍하게도 의사의 흐리멍덩한 눈에서 보이는 것이 연민인가?

"제발, 그만해요!" 아델은 말을 막았다. 이 남자가 자신에 관해 이야기하는 것을 막기 위해서라면 귀를 막고 고래고래 소리라도 지를 것이다.

"불편하게 해드렸다면 죄송합니다. 도와드리려 한 것뿐이에요. 부인에 대한 파일에 과거와 관련된 기록이 너무 적어요. 부인이 무사하다는 걸 알려드릴 만한 분이 있으신가요? 가족이나 친구? 부인을 걱정할 만한 분이요."

아델은 붕대를 갖고 난리를 치다가 손등에 꽂힌 주삿바늘을 뽑았다. 열린 혈관으로 피가 고였다. 그녀는 움찔하더니 침대에서 다리를 움직였고, 거칠고 늙은 발바닥이 리놀륨 바닥에 닿았다.

"뭐 하시는 건지 여쭤봐도 될까요? 여길 나가는 건 좋은 선택지가 아닙니다." 의사는 강력히 말했다. "부인의 상태에서는 안 됩니다. 거리로 돌아갈 뿐이라면 안 되죠. 아까 부인은 최근에 제대로 식사한 게 언제였는지도 말씀하지 못하셨어요. 저희는 부인을 보호해야 할 의무가 있습니다."

"가야 할 곳이 있어요." 아델은 단호히 말했다.

지난번, 사고가 일어나기 전에 봤던 그 얼굴. 아델의 마지막 기회였다. 너무 늦기 전에 아델은 기억한 모든 것, 한때 느꼈던 모든 것이 자신의 망가진 정신이 만들어낸 허구가 아님을 알아내야만 했다.

하지만 의사의 계획은 달랐다. 의사는 아델을 엄중하게 바라보다가 간호사에게 주삿바늘을 다시 꽂고 이 난장판을 치우라고 손짓했다. 아델은 분노를 억누르면서 욕을 웅얼거리다가 이내 두려워졌다. 두려움에 목이 멨다.

아델은 또다시 갇혀버렸다. 아델의 팔 위아래로 그 똑같은 끔찍한 가려움증이 일어났다.

아델은 순간 젊은 아가씨가 되어 슈타인호프의 휑뎅그렁한 구근 모양의 병실로 돌아가 이불을 쥐어뜯고 있었다.

"당신은 미쳤어! 결코 여기를 떠나지 못할 거야. 당신을 위한 일이지."

아델은 철커덩 소리와 함께 그들이 자물쇠에 열쇠를 돌리고 빗장을 문에 채우면서 조롱하는 말을 들었다. 아델의 허벅지는 젖었고 고약한 소변 냄새가 났다. 두통은 치아까지 이르렀으며 턱에는 타액이 느껴졌다.

"내 이름이 생각이 안 나."

아델은 같은 말을 반복했다. 손톱이 뜯긴 손가락으로 허공에 불분명한 글자를 따라 그렸다. 그리고 그런 공허한 순간들에도 특정 이미지들이 아델의 머릿속 암흑을 뚫고 표면 위로 올라왔다. 그의 뒤틀린 미소, 속눈썹이 짙은 눈, 우아하고 창백한 손.

"에곤." 아델은 그 젊은 여인이 침대 프레임 밑으로 몸을 밀어 넣으면서 벽에다 대고 속삭이는 소리를 들었다. "나는 아름다웠고 그가 나를 그렸지. 나는 부자였고 우리는 춤을 췄어."

"누군가 이 여인의 과대망상을 치료해야만 해!"

아델은 정신과 늙은 간호사들이 전극을 부착하고 그녀가 몸부림치는 걸 지켜보면서 떨리는 목소리로 말하는 걸 들었다.

"환자분도 본인의 정신을 믿을 수 없다는 걸 아실 거예요. 여기가 환자분이 속한 곳입니다."

하지만 물론 마음과 관련된 문제들은 결코 치유될 수가 없었다. 몇 달이 지나고, 정신적 쇼크가 계속되어도 에곤은 잔존했다. 죽어가는 깊은 무의미함 속에서 아델은 에곤에게 사로잡히고 붙들려 있던 느낌, 그 화가가 그녀, 아델을 영원한 존재로 만들었던 찬란함을 떠올렸다.

그러다 아델은 다시 현재의 이 삭막한 현대식 병원 병실로 돌아왔다. 빛이 환하게 비쳤고, 풀을 먹인 유니폼에 작은 모자와 새하얀 옥스퍼드 편상화를 착용한 쾌활한 간호사가 휘파람을 불면서 약이 든 컵으로 빽빽한 카트를 밀고 병실 주변을 돌아다녔다.

이 중 하나라도 진짜가 있었을까? 그 화가와 동생 에디트, 한때 아델이 알던 삶이? 그리고 만약 그 일들이 실제 일어났던 거라면, 그럼 아마도 아델을 수치심과 괴로움으로 가득 채우던 그 끔찍하고 불완전한 기억들도 마찬가지로 실제로 일어났겠지?

아델은 흐느꼈다. 순간 도저히 참을 수 없었다.

"부탁이에요. 뭐든지 할게. 이 고통에서 벗어나게 해줘요." 아델은 하소연했다.

간호사는 이해한다는 듯 미소를 지었고 정맥주사에서는 기가 막히
게 감각을 마비시키는 모르핀이 흘러 망각을 안겨주었다. 아델은 그 흐
름에 빠져들려 했다. 하지만 눈을 감자 동생의 겁에 질린 얼굴 흔적이
눈앞에 머물렀다.

≈

아델이 잠에서 깼을 때, 한 젊은 여인이 침대 앞에 서 있었다.
"하름스 부인, 손녀딸이 찾아왔어요." 간호사는 아델이 침대에서 앉
는 걸 도와주곤 베개를 불룩하게 만들어주었다.
"나의 뭐라고요……?" 아델은 바닥에 비커를 떨어뜨리며 물었다. "하
지만 그건 불가능해요." 간호사는 엎질러진 물을 닦으려고 허리를 숙
이고 한쪽 눈썹을 치켜올리며 기다리고 있는 여인을 가리켰다.
"그럴 수가……." 노파는 눈을 가늘게 뜨고 봤다. "이 땅에 나를 보
고 싶어 할 영혼은 남아 있지 않은데."
간호사는 동정 어린 미소를 지어 보이곤 다음 환자에게 갔다.
여인은 꽃을 등 뒤로 숨긴 채 망설이는 걸음으로 다가왔다.
"맙소사! 너로구나!" 아델이 외쳤다. "그 자전거 악당! 그런데 무슨
짓을 한 거야? 네 머리 말이야! 꼭 누가 뭉툭한 칼로 베어버린 것 같
네."
여인은 짤막한 머리끝을 만지작거렸다. "무슨 생각으로 이랬는지 모
르겠어요."
"아주 흉측해 보여! 지난번 봤을 때보다 더 최악이야."
"할머니도 상태가 아주 좋아 보이지는 않으시네요." 여인이 대답했다.
아델은 목소리를 높였다. "그게 다 누구 탓이지?"

"그래서 제가 여기 온 거예요. 사과드리려고요." 젊은 여인은 말했다. "지난번에 일어났던 일들로 마음이 좋지 않았어요. 빈에 있는 병원이란 병원은 다 연락해 봤지만 할머니를 찾기가 쉽지 않았어요. 그날 입원한 사람 중에 할머니의 특징과 일치하는 사람도 없었고요. 게다가 저는 할머니의 이름도 몰랐어요. 아참, 제 이름은 에바예요."

"알다시피 정말 그런 귀찮은 짓을 할 필요가 없었어. 네 자전거는 나보다 상태가 나을 것 같은데."

"이전과 같지는 않을 거예요. 그래도 할머니는 회복 중이셨으면 좋겠는데요?"

"이 의사들이 뭔가 하려고 들면 나는 살긴 하겠지. 하지만 그리 오래 살진 못할 거야." 아델은 장난기 어린 두 눈으로 턱을 내밀며 말했다.

"어쨌든, 저 때문에 이런 곳에 오시게 돼 죄송해요." 에바는 머리를 귀 뒤로 넘겼다. "그리고 이거요. 할머니 것 같아서요." 에바는 호주머니에 손을 넣었다. "그날 길에서 발견했어요. 분명 할머니에게 중요한 것이고 다시 찾고 싶으실 것 같았어요."

아델의 심장이 요동쳤다.

"주인에게 돌려드리게 돼 무척 기뻐요." 에바는 덧붙여 말했다. "저 역시 여쭤보고 싶었던 게 있어요. 그 포스터 속 여인에 관해서요. 왜 그 여인이 할머니에게 그토록 중요한 거예요?"

"너도 그 애를 봤구나?" 아델은 중얼거렸다. "내 마음이 또 날 기만하는 줄 알았지."

"그 여인은 바로 거기, 우리 앞에 있었어요. 저는 그 여인의 눈빛을 잊을 수가 없었어요. 그다음 날 그 포스터 속 여인을 보러 다시 찾아가서 이름을 알아보려고 했어요." 에바는 계속 말했다. "하지만 제가 찾을 수 있었던 건 화가의 이름뿐이었어요. 에곤 실레. 그 이름을 들어본 적 있으세요?"

아델의 얼굴이 순간 붉어지고 콧구멍이 벌름거렸다.

"제발. 지금 나는 지쳤어. 꽃을 가지고 그만 가거라."

에바는 멀뚱히 서서 갑작스레 변해버린 분위기에 혼란스러워했다.

"죄송해요. 저는 그저 알베르티나에서 실레의 작품 전시회가 있다는 걸 알고 싶어 하실 것 같아서 말씀드린 것뿐이에요. 제가 잘못 아는 게 아니라면, 오늘이 전시회 마지막 날이에요."

아델은 벌떡 일어나 앉았다. "가야 해." 아델은 젊은 여인의 두 손을 잡고 말했다. "단지, 나 혼자서는 거기 갈 수 없어."

아델은 이 침대에, 이 병원에 갇혀버린 듯 공포에 질려 있었다. 아델은 희망과 간절함을 담아 에바의 눈을 뚫어지게 바라봤다.

"약물 치료는 어떡하고요?" 에바는 아델의 상처와 침대 위 의료 차트, 아델을 둘러싼 기기들을 봤다. "많이 아프신 거 아니에요?"

"여기서 혼자 죽게 놔두지 마. 나는 대답들이 필요해."

"하지만 제가 어떻게 해요? 할머니를 돌보는 간호사들과 다른 곳에 가면 안 된다고 하는 의사들을 지나 몰래 할머니를 데리고 나가라고요?"

아델의 표정이 밝아졌다. "바로 그거야. 저들은 내가 사라진 걸 눈치 못 챌 거야. 제발, 네가 나한테 빚을 졌다고 생각되지 않니?"

에바는 자전거 충돌로 여전히 상처가 나 있는 손가락 관절들을 보다가, 이 노파가 포스터 앞에 꼼짝도 안 하고 서서 그 잊을 수 없는 그림을 바라보던 고통스러운 눈이 떠올랐다.

위험한 생각이었다. 에바는 잃을 것이 뭐가 있는지 자신에게 물었다.

≋

택시는 에바와 아델을 알베르티나 미술관 앞에 내려주고 떠났다. 그
들은 급하게, 허락도 받지 않은 채 병원을 탈출했고, 에바에게는 아마
도 오랜만에 가진 가장 재밌는 일이었을 것이다.

관광객들은 웅장한 미술관 입구 주변을 배회하며 가이드북과 지도
를 읽고 있었다. 캐러멜을 입힌 아몬드에서 나는 달콤한 냄새가 공기
중에 가득했고 흥겹고도 쌕쌕거리는 아코디언 소리가 들려왔다. 아델
과 에바가 실레의 작품 전시회로 이어지는 웅장한 로비로 들어가려고
기다리는 사람들의 긴 줄에 합류했을 때, 길가에서 재주넘기를 선보이
는 어린 소녀의 발 그림자가 아델의 몸 위로 떨어졌다.

에바는 가방에 든 갑에서 가느다란 담배를 집어 들었다.

"이게 긴장을 완화시켜 주거든요." 에바가 아델을 향해 담배를 건넸다.

"네 몸에 해로운 거야." 노파는 쏘아붙이면서도 기꺼이 받았다.

아델은 퀴퀴한 냄새를 깊이 들이마시다가 자신에게 내민 불빛을 보고
고개를 기울였다. 아델은 이 습관을 오래전에 버렸다. 하지만 지금은
니코틴이 주는 익숙한 안정감이 아델을 흔들었다. 아델은 정신병원에
서 퇴원한 뒤, 전쟁 중에 빈의 스트라서 일가에서 일했던 숨 막히던 나
날들이 떠올랐다. 그 당시 아델은 여주인의 손가방에 든 은색 케이스에
서 담배를 훔쳐 심부름 갈 때 천천히 피우곤 했었다.

"이리 오지 못해, 이 무례한 계집애." 주인은 허리띠를 높이 쳐들고
말하곤 했었다.

첫 번째 전쟁이 끝난 뒤, 아델이 누려왔던 유복한 환경은 저주가 되
었다. 하름스 일가가 모아둔 돈은 사라졌고 투자한 것은 전멸되었다.
미혼인 아델은 전성기도 지난 상태였다. 일을 구해야만 했다. 아델은 당

연히 기술도 없었다. 요리에도 소질이 없었고 청소도 한 적이 없으며 아이들을 견디지도 못했다. 하지만 억지로 배워야만 했다.

가장 힘겹게 배운 교훈은 자존심을 버려야 한다는 것이었다.

"네가 뭔데?"

아델이 바닥의 판석을 박박 문지르거나 아이들의 뒤처리하는 것을 꺼릴 때면 이 말이 귓가에 울렸다. 아델은 눈을 낮추고 혀를 깨물고, 자신의 이름을 위엄 있게 말하는 법을 잊어버릴 때까지, 그녀가 완전히 아무것도 아닌 게 될 때까지 복종하도록 흠씬 두들겨 맞았다. 죽지 못해 산 것이나 다름없었다. 가장 사랑했던 사람들은 아델의 삶에서 사라졌다. 어떻게 살아남았는지 모르겠으나 참혹한 날들은 몇 달에서 몇 년, 수십 년, 평생으로 늘어났다.

아델은 타는 불씨들을 발로 꺼버렸다.

"이곳에 데려와 줘서 고마워. 우리가 출구로 돌진할 때 다급하던 의사의 얼굴을 잊지 못할 거야!" 아델은 웃음을 터뜨렸다. "고맙게 생각하고 있어. 하지만 이제 그만 나를 내버려 뒤줘. 더 이상 네 시간을 낭비할 필요 없어."

"이 모든 난리가 뭣 때문인지 직접 볼 때까지는 어디도 가지 않을 거예요." 에바가 반박했다. "그 포스터 속 여인이 누구인지, 이 화가가 왜 그토록 할머니에게 중요한지 알려주실 거죠?"

아델이 잠깐 쉬었다 말을 시작하려는데 대기 줄이 로비로 급격히 밀려들어 갔다. 카운터 뒤에 있던 남자가 짜증스럽게 손목을 까닥하며 에바를 불렀다.

잠시 뒤, 에바가 돌아왔다. 아델은 불안함이 가득한 얼굴로 기다리고 있었다.

"우리 티켓 받았어요." 에바는 티켓 두 장을 흔들었다. "준비되셨죠?"

"지금이 아니면 다음은 결코 없을 거야. 하지만, 기다려! 이런 꼴을 보여줄 순 없어."

노파는 얼굴 주변의 백발 머리를 가다듬고 듬성듬성한 눈썹을 손끝으로 쓸고 나서 카디건 아래 셔츠를 매만졌다. 가능한 한 허리를 꼿꼿이 세우고, 미술관의 웅장한 대리석 오프닝 룸으로 요염하고 경쾌한 걸음으로 들어가려 했다.

아델은 남은 모든 힘을 들여야 했다.

에바는 아델의 뒤를 따라갔다.

게르트루드

GERTRUDE

1

1899년 1월

"에곤 오빠, 내 심장이 미쳤나 봐." 게르트루드는 어둠 속에서 속삭였다. "심장이 너무 빨리 뛰어."

게르트루드가 하는 말의 형상이 차가운 공기 중에 나타났다가 어두운 밤 안으로 가라앉았다. 촛불이 몇 시간 전 꺼져버린 바람에 이 작은 소녀는 평평하고 얼굴 없는 어둠 속을 응시해야 했다. 게르트루드는 모직 담요를 코 위로 가져다 댔다. 담요는 거칠고 말 냄새가 났다. 게르트루드는 짖는 소리, 쿵 하는 소리에 이어 긁는 소리에 잠이 깼었다. 두려움으로 심장이 방망이질해 대고 귓속은 웅웅거렸다. 무언가가 소녀를 잡으러 오고 있다. 그 무언가는 문밖에 있다.

에곤만이 게르트루드를 안전하게 할 수 있다. 하지만 오빠는 코를 드르렁드르렁 고는 중이었다. 게르트루드는 그들의 침대 사이 틈으로 슬그머니 손을 뻗어 이불 밑으로 오빠의 팔꿈치를 찾아냈다. 멜라니에게는 들키고 싶지 않았다. 언니는 반듯이 누워 두 팔을 침대보에 올려놓고 잠들어 있었다. 멜라니는 만이었다. 게르트루드는 4월에 다섯 살이 되고 에곤은 여덟 살, 멜라니는 다음 달에 열세 살이 된다. 멜라니는 너무 심술궂어서 게르트루드나 에곤이 시끄럽게 할 때마다 버럭 화를 냈다. 게르트루드와 에곤이 너무 빈번하게 벌을 받는 것도 멜라니 때문이었다.

게르트루드는 오빠의 따뜻한 겨드랑이와 울퉁불퉁한 갈비뼈를 손가락으로 찔렀다.

에곤이 꿈틀거리더니, "조용히 해, 게르티" 하고 눈을 꽉 감은 채 웅얼거렸다. "다시 잠이나 자."

"짖는 소리가 들렸어. 그리고 문이 덜컹거리고-" 게르트루드는 숨이 넘어갈 듯했다.

"네가 옛날이야기에 그렇게 겁을 먹으면 앞으로는 엄마가 이야기를 안 해주실 거야." 에곤이 속삭였다. "너는 아기가 아니야. 용이라든가 마녀라든가 물의 요정 같은 건 없어."

"나도 알아!"

게르트루드는 아랫입술을 삐죽 내밀었다. 초록색 머리에 눈이 툭 튀어나온 악의 요정들을 걱정하는 게 아니었다. 날카로운 이빨을 가진 농부의 개처럼 실제 괴물들을 걱정하는 것이었다. 그 괴물이 가족이 사는 아기자기한 시골 마을 툴른 꼭대기에 있는 들판을 넘어 달려오는 것을 머릿속으로 상상하고 게르트루드는 덜덜 떨었다. 그 개는 마른 작물들을 바스락거리며 지나 기차선로에 이르러 철로를 따라 느긋하게 거닐다, 한 길로 늘어선 단정한 집들과 게르트루드의 가장 가까운 이웃들이 사는 여기저기 흩어져 있는 작은 집 십여 채를 지나 그녀의 집으로 향하고 있었다. 게르트루드는 개가 매표소를 어슬렁거리다가 차가운 계단을 올라 그들의 1층 아파트로 점점 가까이 다가오는 상상을 했다. 게르트루드의 아빠는 역장이었다. 아빠는 아주 정확한 시간에 기차들을 정차시키고, 단호한 호루라기 소리로 신호를 알려 가는 길을 안내하는 일로 존경받는 인물이었다.

게르트루드는 개가 자신의 냄새를 쫓아 쿵쿵거리며 방으로 가까이 다가오면서 두툼한 잇몸에서 침을 뚝뚝 떨어뜨리는 모습을 떠올렸다.

"뭔가가 날 물으려고 오고 있단 말이야."

게르트루드는 울먹였고 용감해지려는 생각 같은 건 애초에 하지도 않았다. 마룻바닥에 진동이 울려 퍼졌다. 길고 우레와 같은 소리를 내는 밤기차는 몇 시간 전 지나갔으므로 분명 기차는 아니었다. 게다가 해가 뜰 때까지는 고요를 깰 여객 열차도 없을 것이다. 기차 수십 개가 매일 이 농촌 마을을 지났고, 산간 마을과 촌락 들에서 선로를 따라 더 멀리로 거대한 화물 마차들을 실어 날랐다. 툴른을 지나 기차들은 제국의 화려한 수도 빈으로 향한 다음 다뉴브 부두로 이동했다.

게르트루드는 다뉴브가 흑림에서 흑해에 이르는, 오스트리아 전역을 걸쳐 굽이굽이 흐르는 거대한 강이라고 배웠다. 게르트루드가 태어난 툴른은 옛날에 훈족의 무서운 전사 아틸라가 훗날 그의 아내가 될 크림힐트 공주를 만난 곳으로 유명하다는데, 엄마의 옛날이야기에 따르면 그랬다.

게르트루드는 순간 담요가 무척이나 갑갑하게 느껴져 몸을 꼼지락거리며 빠져나왔다.

"그 어떤 것도 너를 다치게 놔두지 않을게. 약속해." 에곤은 중얼거리더니 동생의 손을 팔에서 떼며 벽으로 고개를 돌렸다. "내가 가르쳐준 대로 숫자를 거꾸로 세면 잠이 올 거야."

"열, 아홉, 여덟, 일곱……." 게르트루드는 입으로 숫자를 셌지만 아무 소리도 나오지 않았다. 잠을 자는 건 기차선로 끝에 있는 빈처럼 멀기만 했다.

대신 게르트루드는 마음속으로 오빠의 얼굴을 그렸다. 짙고도 큰 눈, 그다음 납작한 소년의 얼굴에 부각된 도드라진 코를 그려 넣었다. 오빠의 귀는 지나치게 크고 입은 정원에 있는 통통한 민달팽이를 닮았다. 하지만 머리카락은 그리기 쉬웠다. 헝클어진 짙은 곱슬머리에 몇 가닥은 삐죽 튀어나와서 빗으로 빗겨지지를 않았다. 에곤은 게르트루드의 머리 색깔이 밤색에 군데군데 오렌지색이 섞인 여우 엉덩이 같다고 놀려댔다.

남매는 떼려야 뗄 수 없는 사이였다. 에곤은 게르트루드에게 그들이 나이를 먹으면 같은 나이로 보일 것이라고 했었다. 그들이 어른이 되면 원하는 걸 무엇이든 할 수 있게 될 것이라고.

게르트루드는 딱딱한 침대에서 꿈틀거렸고 발가락은 밤의 냉기로 얼얼했다. 오빠가 자기 삶에서, 자기 눈앞에서, 에곤으로 존재하지 않은 적은 단 하루도 없었다. 게르트루드의 머릿속에 넘실대는 모든 추억들에 오빠가 있었다. 아빠가 바빴을 때, 그들이 집에서 도망쳐 나왔을 때처럼. 그때 에곤은 게르트루드를 업고선 닭들이 낟알을 찾으려고 흙을 긁어대는 역 뒤쪽 마당을 지나, 갈기에 모래를 뒤집어쓴 말이 발굽을 땅에 쿵 하고 치고 있는 작은 방목장을 지나 마침내 먼 들판에 있는 움푹 패인 울타리까지 갔다. 울타리 안으로 파고들어 가는 남매의 팔은 가시덤불에 긁히고 무릎에 난 딱지 위로 젖은 잎사귀들이 달라붙었다.

남매가 숨을 장소는 남들에게 보이지 않으므로 그럴 만한 가치가 있었다. 멜라니는 게르트루드를 꼬집지 못할 것이다. 엄마는 소리를 지를 수 없고, 아빠는 게르트루드가 원하지 않는데도 무릎에 앉혀놓고선 머리를 쓰다듬지 못할 것이다.

그날 에곤은 훔친 설탕을 손수건에 담아 가지고 왔다. 끈을 풀고 손가락을 핥더니 안으로 푹 찔러 넣었다. 에곤은 게르트루드에게 먹어보라고 손가락을 내밀고선 입안에 넣어주었다. 게르트루드의 혀에 달콤한 맛이 녹아내렸다.

"더 줘!" 게르트루드는 달콤한 맛에 빠져 말했다.

"너는 이미 설탕처럼 달콤해." 에곤이 놀려댔다.

게르트루드는 오빠의 손가락을 확 깨물었다.

≈

또 다른 추억. 이번에는 에곤이 어처구니없는 짓을 했을 때였다. 에곤은 동생의 발목을 잡아 거꾸로 매단 채 역 플랫폼이 내려다보이는 엄마 아빠의 방 창문 밖으로 대롱대롱 흔들었었다.

"내가 붙잡고 있을게." 에곤이 말했다. "절대 버둥거리면 안 돼."

게르트루드는 두 손으로 창턱을 잡고 몸을 내밀었다. 신문을 보거나 회중시계를 확인하는 승객들의 모자 꼭대기가 보였다. 깃발을 든 신호수들, 행상인들과 무역상들, 그리고 그들의 발치에 놓인 울퉁불퉁하고 무거운 자루들도 보였다. 플랫폼의 거대한 시곗바늘이 하늘을 가리켰다. 게르트루드는 오빠를 쳐다봤다.

"재밌을 거야." 오빠는 말했다. "세상을 거꾸로 보게 될 거야." 에곤은 늘 동생이 세상을 새로운 방식들로 보길 원했다. "먼저 머리를 내민 다음 아래 선반에 체중을 실어봐." 에곤이 지시했다.

에곤은 커튼을 활짝 열어젖혔고, 게르트루드는 창턱에 앉아 오빠를 마주 봤다. 게르트루드는 신발을 벗어던지고 긴 양말을 벗었다. 에곤은 동생의 왼발을 잡아 발바닥에 요란스럽게 바람을 불어댔다. 게르트루드는 킥킥거리며 발을 찼다.

"준비됐지? 기억해. 꿈틀거리면 안 돼!" 에곤은 게르트루드의 긴 치마와 두 발목을 붙잡았다.

"난 준비됐어." 게르트루드는 엉덩이를 들썩거렸다.

"자, 뒤로 기대봐, 게르티. 그냥 놔봐."

게르트루드는 눈을 감고 숨을 깊이 들이쉬면서, 자신이 얼마나 용감한지 보여주려고 그 상태를 유지했다. 그다음 게르트루드는 몸을 뒤로 젖혀 밖으로 내밀었다. 오빠는 두 손으로 동생의 발목을 꽉 잡고 있었다. 게르트루드는 등뼈에 닿는 울퉁불퉁한 벽돌과 허벅지를 덮은 옷의 천에 닿은 우둘투둘한 나무 창틀이 느껴졌다.

"아! 하늘이 초록빛이야! 들판은 파랗고."

밑에 있는 승객들의 소리가 귀에 닿았고, 어떤 이들은 알아들을 수 없는 언어로 말을 했다. 게르트루드는 피가 머리로 거침없이 몰려들고 몸이 무거워졌다.

"아프지 않게 해줘!"라고 소리쳤지만 쉭쉭거리며 칙칙폭폭 다가오는 기차 소리에 묻혀버렸다. 기차가 힘차게 지나가는 기세에 에곤이 잡고 있던 치마 끝이 뒤로 홱 당겨지는 바람에 게르트루드의 머리 주위로 치마가 떨어져 눈앞을 가로막았고 다리와 몸통, 주름 달린 속바지와 작은 배꼽이 드러났다. 꽉 쥐고 있던 에곤의 손이 미끄러졌다.

에곤은 얼른 게르트루드를 붙잡아 허리께를 잡고 바닥을 긁듯이 방 안으로 질질 끌고 갔다. 게르트루드가 울부짖는 소리는 겹겹이 입은 옷에 묻혀버렸다. 둘은 서로 부딪히며 넘어졌고 충격에 휩싸였다가 꽥꽥 소리를 지르고 마구 웃음을 터뜨렸다.

침실이 다시 넓어지면서 어둠 속에서 게르트루드는 공포의 대상을 향해 귀를 기울였다. 그 괴물은 사라졌다. 멜라니가 끽끽하고 이를 가는 소리나 에곤이 지저분한 발을 발목에 비벼대는 소리같이 가족들이 내는 듣기 싫은 소리만 들릴 뿐이었다. 곧 있으면 기차가 질주하는 말들 같은 소리를 내며 덜커덕덜커덕 지나갈 것이니 게르트루드는 눈을 감아야만 했다. 그 시간이 되면 삼 남매가 침대에서 일어나야만 하고 새로운 날이 시작될 것이다.

막내 게르트루드는 엄마가 아침을 준비하는 걸 도와야 했다. 아침 식사는 대개 노릇하게 구운 빵이나 걸쭉한 귀리우유, 베이컨만두였다. 게르트루드는 소금, 버터, 커드, 그리고 차가운 고기를 테이블로 가져와 다섯 자리에 올려놓았다. 아빠는 테이블 머리, 엄마는 레인지에 가까운 자리, 게르트루드와 에곤은 기차들이 보이는 자리에 늘 나란히 앉았으며, 마지막으로 멜라니는 열기에서 가장 멀리 떨어진 자리였다. 아빠는 신호 보안 업무를 하고 집으로 돌아왔다. 아빠는 매우 권위가 있어서 싫더라도 식구들 모두 아빠가 원하는 대로 따라야 했다. 아빠는 긴 코트를 입었는데 빛나는 단추가 무려 열두 개나 달려 있었다. 아빠의 모자는 금으로 수놓아졌고 장갑은 더럽혀지는 법이 거의 없었다.

아빠는 규칙을 만들었다. 집 담장 안팎에서도 규칙을 만들었다. 게르트루드는 그중 하나도 이해할 수 없었다. 게르트루드와 에곤은 새로운 규칙들을 결코 따라갈 수 없었다. 아빠는 이 두 아이가 스스로 규칙을 만들어낸다고 핀잔했다. 아빠는 그게 나쁜 짓인 듯 말했지만 게르트루드에게는 그다지 나쁘게 들리지 않았다. 게르트루드가 규칙을 만든다면 에곤은 하루 종일 그림을 그릴 수 있고, 자신은 아침 식사로

단것들을 먹을 수 있을 것이다. 아빠는 빈으로 여행을 다녀온 뒤 단것들을 집으로 가져왔다. 아빠는 오빠에게 프란츠요제프역 근처 가게에서 장난감 기차 세트 부속품들을 사주었고, 게르트루드에게는 스위스 트러플 초콜릿과 마지팬을 사다주었지만 한 번에 딱 한 개만 먹을 수 있었으며 늘 저녁 식사 후에 먹어야 했다.

에곤은 그림을 무척이나 잘 그렸는데, 연필, 두꺼운 크레용이나 잉크를 사용해 신문지와 책 뒷면에 그리곤 해서 아빠를 화나게 했다. 하지만 오빠는 손이 마법을 부리는 듯했다. 에곤은 창문에 손가락으로 기차들을 그리는 것에서 시작해 이제는 여가 시간 내내 플랫폼에서 거대한 바퀴와 화차 들이 딸린 기계들을 스케치했다. 하지만 아빠는 좋아하지 않았다. 아빠는 아들이 공부를 해야 한다고 생각해 에곤이 그림을 그리는 것은 남매만의 비밀이 되어버렸다.

게르트루드도 연필을 갖고 노는 걸 즐겼다. 게르트루드의 그림들은 세심한 편이었지만 연습을 하지 않아서 에곤처럼 기가 막히게 잘 그리지는 못했다. 만약 자신이 대장이라면 오빠는 원하는 모든 종이를 가질 수 있어서 종이를 훔치거나 신문에 그리지 않아도 되고, 아빠는 오빠의 종아리를 때리지 못할 텐데. 아빠는 오빠의 그림들이 과연 무척이나 훌륭하다며 승객들이 보고 감탄하도록 밖에다 걸어놓을 텐데.

에곤은 학교에서 돌아오면 모자를 구석에 집어던진 뒤 게르트루드를 그렸다. 연필로 빠르게 그려 몇 분 걸리지도 않는 스케치였고 놀이 이상은 아니었다. 에곤이 게르트루드를 그리길 좋아했기에 게르트루드는 자신이 원하는 걸 얻는 법을 배웠다.

"다음번에 아빠가 빈에 다녀오시면 내 마지팬을 너한테 준다고 약속할게." 에곤은 말했다.

그러면 게르트루드의 두 눈은 반짝 빛났지만 고개를 저었다.

"그럼 내가 수집한 파란 보물 중에서 한 개 너한테 줄게."

에곤은 자신이 수집한 것들을 담아놓은 소중한 상자를 하나 가지고 있었다. 그 안에는 에곤이 두꺼운 책의 책장 사이에 넣어 누르는 법을 알려준 야생화들, 엄마가 태어난 크루마우에서 가져온 원석, 금이 간 새알 껍데기 따위가 들어 있었다. 게르트루드는 오빠의 수집품들을 부러워했고 그중에서 특히 달걀 껍데기를 원했지만 고개를 저었다.

"약속할게……." 에곤은 기발한 생각을 떠올리려 애썼다. "게르티, 약속할게……. 언젠가 우리가 나이 들면 빈으로 떠나서 아름다운 아파트에서 함께 사는 거야. 우리 둘만."

게르트루드는 그 말을 곰곰이 생각해 보며 그 무게를 가늠했다. 그것은 가장 큰 상이나 마찬가지였다.

게르트루드는 이내 벽에 기대어 오빠가 인정할 자세를 잡았다.

그리고 저녁 식사 때, 게르트루드는 테이블 밑에서 에곤의 손을 그 어느 때보다 꽉 잡았다. 오빠가 절대 그 약속을 깨지 않게 할 것이다.

2

1899년 12월

"얘들아, 서둘러. 그렇지 않으면 불꽃놀이에 늦는다." 엄마가 다그쳤다. "오늘 밤은 정말 특별한 경우야. 우선, 평소보다 늦게까지 깨어 있어야 하니 울면 안 돼, 게르트루드! 그리고 마을의 다른 아이들과도 시간을 보내게 될 거야. 노래도 부르고 춤도 추고, 다뉴브 왈츠도 출 거야. 아돌프, 당신 춤 연습 좀 했으면 좋았을 텐데. 우리가 처음 결혼했을 때 춘 것처럼 당신이 나를 한 바퀴 돌리면 좋겠어요. 흥분되지 않아요?"

"저녁에 쉴 수 있어 정말 기쁘긴 해. 아침까지 기차도 없을 테고."

"내년까지 기차는 없어요." 에곤이 말했다.

"다음 세기까지 기차는 없는 거예요!" 멜라니가 바로잡았다.

"맞아. 이번엔 평범한 제야가 아니야." 엄마는 게르트루드의 리본을 반듯이 펴려고 몸을 숙이며 설명했다. "단순히 한 해의 끝이자 새해의 시작이 아니란 말이지. 우리는 완전히 새로운 세기로 접어드는 거야. 20세기로. 상상해 보렴……."

"분명 19세기처럼 엉망에다 흠투성이일 거야." 아빠가 말했다.

"오, 아돌프, 오늘 밤 기분 좋게 있겠다고 약속했잖아요." 엄마는 멈춰 서서 아빠를 바라봤다. "나는 우리가 미래를 포용하면 좋겠어요."

"앞으로 다가올 날들이 이전보다 더 나으리라는 믿음을 가져야만 한다고."

"20세기가 뭘 가져다줄지 누가 알겠어요? 나는 우리 아이들이 건강하기만을 기도할 뿐이에요. 너희 셋이 오래오래 살고 행복하게 결혼해서 멜라니와 게르트루드는 아기를 아주 많이 낳는 것 말고는 더 바라는 게 없단다. 그리고 물론 에곤은 탄탄한 직업을 갖고. 그게 내 소원이야." 엄마는 눈물을 훔치며 애써 미소를 지었다.

"나는 절대 결혼하지 않을 거예요." 게르트루드가 투덜거렸다.

"나는 아이도 갖지 않을 거라고요." 멜라니가 끼어들었다. "아이가 어떻게 태어나는지 봤어요."

"흠, 적어도 에곤에게는 기대를 걸 수 있겠지." 엄마가 말했다. "한때 내 고향에 있는 한 집시 여인이 내가 아들을 가질 것이고 노후에 아들이 기쁨이 될 거라고 했었지."

"마리, 미신 얘기는 그만해. 아들아, 너는 내 뒤를 따를 거야." 아빠는 고개를 돌려 에곤을 봤다. "철도청에서 일할 거야. 네가 날 자랑스럽게 할 거다."

아빠는 드물게 애정이 솟아날 때면 아들을 들어 빙그르르 돌리고 난 다음 번쩍 들어 올려 등 뒤로 업어주곤 했다. 게르트루드는 질투로 몸서리쳤다. 에곤은 두 팔로 아빠의 목을 감싸고 매달리며 게르트루드를 향해 볼을 불룩하게 부풀고 만족감에 우쭐한 미소를 지어 보였다.

멜라니와 게르트루드는 엄마의 손을 잡았다.

아빠는 언젠가 아들이 툴른역의 운영을 넘겨받는 걸 반드시 지켜보리라 수없이 장담했다. 하지만 에곤은 게르트루드에게 한 가지 비밀을 말해주었다. 자신은 결코 역장이 되지 않을 거라고. 에곤은 다니던 지역 초등학교도 싫어했다. 집중할 수가 없는 데다 배우는 내용 대부분을 잊어버렸다. 외롭고 수줍음이 많은 아이였고, 다른 남자아이들은 에곤에게 물건을 던져댔다. 에곤은 아빠가 된 자신을 상상해 보려 애썼다. 앞쪽에 선이 칼같이 다려진 바지, 더블 커프스가 있는 깨끗한 셔츠, 어깨를 따라 금이 수놓인 블레이저를 입은 자신을. 하지만 그에 딸린 칼과 깃털 달린 모자의 유혹에도 소녀의 오빠는 아빠의 입장이 된 자신을 그려낼 수 없었다.

오빠는 오스트리아 제국 철도청에서 가장 권위 있는 사람이 되어야만 했다. 남매가 들어보긴 했으나 만난 적은 없는 레오폴드 고모부처럼 감독관이 되거나 오래전 돌아가신 할아버지 카를 루트비히 빌헬름 실레처럼 철도 설계사가 되어야 했다.

마을 곳곳에서 온 가족들이 지금껏 경험한 것 중 가장 큰 파티를 위해 모여들 때 멀리서 음악이 들려왔다. 엄마는 탁탁 구두 굽 소리를 내며 걸으면서 가족들을 재촉했다.

게르트루드는 들은 말대로 불꽃놀이의 타오르는 불빛과 폭발하는 색채를 상상하며 위를 올려다봤지만 보이는 거라곤 달을 가로지르는 구름뿐이었다.

3

1904년 4월

"난 인형이 아니야."

오빠가 팔꿈치를 머리 위로 옮겨주자, 게르트루드는 손으로 두 눈을 가리며 말하고는 아랫입술을 삐죽 내밀었다. 게르트루드는 매끈한 씨앗 같았다. 잠재력으로 충만했고 억제할 수 없는 에너지를 폭발할 준비가 되어 있었다. 에곤은 열 번째 생일을 맞은 게르트루드를 그리고 있었다. 에곤은 그날 오후 클로스터노이부르크 기차를 타고 집에 도착했다. 한 시간도 걸리지 않는 여정이었다. 중등학교에 다니기 위해 그곳으로 보내진 에곤은 학기 동안 현지 대장장이 주인집에서 묵었다. 이전에 크렘스에 있던 학교에 다닐 때보다는 상황이 나았다. 게르트루드가 기억하기로 오빠가 크렘스에 있었을 때는 피부가 제대로 굽지 않은 케이크를 닮았다던 과부와 함께 살았었다.

게르트루드는 오빠가 옆에 없을 때면 무척이나 보고 싶었다.

게르트루드는 지금 에곤이 자신의 모습, 늘 오빠에게서 고개를 홱 돌리곤 하는 얼굴을 제외한 모든 형태를 관찰하는 걸 지켜보고 있다. 게르트루드의 피부는 크림색이면서 핑크색이 얼룩덜룩 섞였고 무릎은 루비색이다. 에곤은 동생에게서 음영을 찾아냈다. 게르트루드의 손가락 사이의 틈은 짙은 남색, 귀 뒤는 그보다 좀 더 짙은 날카로운 인디고, 배꼽은 사파이어색이었다. 게르트루드는 에곤이 관찰할 수 있도록 완벽하게 가만히 있는 법을 알았다. 오빠는 '게르트루드의 살의 움직임', '두 눈 속에 흐르는 물결의 반짝임'이나 '머리 주변으로 후광이 비추듯 생기를 주는 불타오르는 오렌지색 머리' 같은 것들을 그림에 그대로 옮길 수 없다며 좌절하곤 했다. 오빠는 연필로 종이를 찌른 뒤 구기고선 다시 시도했다.

남매는 에곤이 그림을 그리러 종종 도피하는, 먼지 가득한 창문과 봉해놓은 상자들, 시트를 씌운 낡은 가구들이 있는 다락방에 있었다. 게르트루드는 작은 창문 밖으로 기차선로를 내려다봤다. 지루하고 배도 고파서 막 그만두려던 찰나, 문이 마구 덜커덩거렸다.

누군가가 문을 열려다가 잠겨 있자 놀라서 다시 힘을 더 주어 열려고 하고 있었다. 다시 한 번 덜커덩 소리가 나자 게르트루드는 얼어붙었다. 에곤은 그림 재료들을 움켜쥐고 처마 밑 벽장으로 튀어갔다. 에곤은 벽장 안 헐거운 바닥 밑에 그림들을 숨겨놓고는 했다.

"아들아? 문 열어라. 당장 이리로 나와." 아빠가 말했다.

에곤은 게르트루드에게 옷을 던지며, "서둘러" 하고 지시했다.

"나와!" 아빠는 다시 소리를 질렀다. "도대체 그 안에서 뭘 하고 있는 거야?"

에곤은 동생에게 서두르라고 손짓했다. 게르트루드는 팔과 머리를 넣을 수 있도록 손을 더듬거리며 옷을 바로잡고 있었다. 만약 아빠가 이런 모습을 본다면 에곤을 냅다 때릴 것이었다.

"에곤 실레!" 아빠는 고함을 질렀다. "이 문 부숴버린다!"

문 너머 바닥이 삐걱거렸다.

아빠가 재킷을 벗고 소매를 걷으려는 걸까?

게르트루드는 여전히 낑낑대며 옷을 다 입지 못했다.

"내가 다시 경고해야겠니?"

게르트루드가 옷을 갖고 버둥거리다 살짝 찢어졌지만, 어른의 무게에 나무가 흔들리고 쪼개지는 소리에 비하면 아무것도 아니었다. 아빠는 방 안으로 불쑥 들어왔고 문은 망가진 채 경첩에 너덜거렸다.

게르트루드는 옷의 앞뒤를 바꿔 입었다는 걸 깨달았다. 목둘레선이 높아서 숨이 막혔다.

에곤은 두 주먹을 말아 쥐었다.

"아빠 때문에 놀랐잖아요." 게르트루드는 숨을 가쁘게 몰아쉬며 말했다.

"게르티의 생일이어서 우리는 그저 유치한 놀이를 하는 중이었어요." 에곤이 설명했다.

박살 난 나뭇조각들이 아빠의 셔츠 깃과 머리에 달라붙어 있었다. 아빠는 힘을 쏟아부은 탓에 거칠게 숨을 쉬면서 몸을 툭툭 털어냈다. 그러고선 에곤과 막내딸을 노려보다가 둘이 못된 짓을 한 증거를 찾으려고 주변을 쭉 훑어봤다.

"손 내밀어 봐." 아빠가 다그쳤다.

게르트루드가 검사를 받기 위해 긴 손가락을 내밀어 보이는 동안, 에곤은 바지 뒤쪽으로 힘껏 손을 닦아냈다. 아빠에게 내밀었을 때는 두 손이 덜덜 떨렸다. 연필심이 손끝에 묻어 있었다.

"하나밖에 없는 내 아들." 아빠가 말을 이었다. "내 말을 어겼구나. 남몰래. 내 규칙을 비웃으면서. 동생이 너처럼 제멋대로 굴게 부추기기까지 하고."

"죄송해요, 아빠."

"그것들 어디 있냐?" 아빠가 다그쳤다. "안 내놓으면 바닥을 다 뜯어 버릴 거다."

게르트루드는 점점 더 구석으로 발을 질질 끌었고 벗겨진 벽지를 손으로 만지작거렸다. 에곤은 비틀거렸다.

"네 빌어먹을 그림들 가져와. 혼나기 싫으면." 아빠 콧구멍 주위의 살이 팽팽하게 늘어났다.

"싫어요." 에곤이 답했다.

오빠가 턱을 치켜들자 아빠가 주먹으로 내리쳐서 에곤은 바닥으로 나뒹굴었다. 게르트루드는 비명을 질러댔다.

"너는 제멋대로에 말도 안 들어먹는 녀석이야." 아빠는 아들을 혼냈다. "학교 성적이 좋길 하나. 성적표는 그야말로 최악이고. 클렘스에서 퇴학당하는 그 수치스러운 일을 겪고 나서도 희망을 잃지 않고 잘되길 바라는 마음에 클로스터노이부르크에 있는 중등학교로 보냈건만, 이제는 유급을 하질 않나. 우리는 너를 지원해 주기 위해 계속해서 가정교사들에 돈을 댈 형편이 아니야. 네 나이 때 나는 연필 갖고 장난도 못 쳤어. 네가 가진 그 모든 기회들이 내겐 없었어. 스스로 사력을 다해 노력해야 했지. 아버지께 존경심도 내비쳐야 했고. 네 엄마가 너를 너무 오랫동안 제멋대로 내버려 뒀어. 네 엄마가 이런 터무니없는 그림들을 부추겼다고. 너는 실례야! 대단히 자랑스러운 가문이지. 여기 툴른이나 그 너머나 사람들은 우리에게 대단히 많은 걸 기대하고 있어."

게르트루드는 에곤이 얼마나 아빠를 기쁘게 하고 싶어 하는지, 아빠가 그를 위해 선택해 준 길을 따르려고 얼마나 노력했는지 알고 있었다. 아빠가 한바탕 화를 쏟아내더라도 오빠는 아빠를 사랑했다. 아빠의 인정을 갈망한다는 것도 알았지만, 오빠는 결코 아빠가 원하는 인물이 될 수 없었다.

에곤은 동생을 흘끗 쳐다봤다. 게르트루드는 오빠 눈에 비친 자신을 봤다. 옷을 앞뒤를 바꿔 입은 채로 몸으로 벽을 감싸고, 머리는 마치 엉망으로 맞춰진 퍼즐 조각들처럼 꼬여 있었다. 오빠 입에서 턱 끝으로 붉은 것이 조금씩 흘러내렸다. 분노에 찬 아빠는 무거운 부츠를 신은 다리 한쪽을 들어 올렸다.

"안 돼요!" 게르트루드는 다급히 외쳤다. "제가 그림들을 가져올게요. 제발 오빠를 때리지 마세요. 특히나 제 생일에요."

아빠는 대신 문에서 부서진 나뭇조각을 걷어차며 딸을 노려봤다.

"부엌으로 가져오거라." 아빠는 큰 소리로 명령했다.

에곤은 두 팔로 몸을 감싸고 손은 관자놀이에 댄 채 단단히 공처럼 몸을 웅크렸다. 게르트루드는 오빠가 말릴 새도 없이 좀먹은 벽장으로 달려갔다. 그러고선 에곤의 소중한 물건들이 숨겨져 있는 공간 위 나뭇조각을 걷어낸 뒤 종이 뭉치를 꺼내 들었다. 몇 개의 커다란 종이에는 실레네 집 앞에서 장시간 휴식을 위해 멈춘 기차들을 그린 세밀화가 가득했고, 그 외의 종이에는 하얀 점박이가 있는 검정 깃털이나 무늬가 복잡한 조약돌 등의 작고 절제된 그림들이 그려져 있었다. 종이마다 에곤의 그림이 가득했다. 게르트루드는 오빠가 급하게 숨긴 가장 최근 그림들을 빼내어 틈새에 집어넣고선 나뭇조각으로 다시 덮었다.

에곤은 동생이 방에서 나가는 걸 지켜봤다.

게르트루드는 부엌으로 가 아빠의 손에 그림들을 밀어 넣은 뒤, 눈에 띄지 않는 계단 꼭대기에 앉아서 아빠가 다음에 무슨 행동을 취할지 지켜봤다.

아빠는 테이블 의자에 앉아서 아들의 작품을 살펴봤다.

"이건 재앙이야, 마리. 이런 빌어먹을 집착 말이야."

"에곤의 그림 말하는 거예요?" 엄마는 애써 미소를 지었다.

아빠는 머리를 부여잡았다. "어떻게 우리 아들이 이렇게 실망스러울 수가 있지?"

엄마는 자리에 앉았다.

"이 아이가 태어났을 때 우리가 얼마나 행복했어. 드디어 심장이 뛰는 아들이라니! 하지만 이 아이는 계속 우리를 실망시켰어. 마리, 당신이 이 아이를 망친 거야. 당신과 당신의 그 무식한 방식들이."

"내 친정아버지는," 엄마가 어깨를 꼿꼿이 폈다. "많은 재산을 가진 부자에, 존경받았단 걸 꼭 상기시켜 줘야만 하겠어요?"

"크루마우에서 행해지는 방식들은 근대 오스트리아 가정에서는 용납할 수 없는 것들이야. 당신이 믿는 보헤미아의 미신들과 나쁜 습관들은 이제 그만 잊어야 해. 애들한테 들려주는 그런 노래들과 우스꽝스러운 옛날이야기들 말이야……. 봐, 그런 것들은 그저 한밤중에 게르트루드를 울리기나 하잖아. 이런 예술가적 기질을 부추기지 말라고."

"그렇지만 그게 뭐가 해롭다는 거예요?"

"조금 전에 다락을 박살 내고 들어갔어."

엄마의 눈이 커다래졌다. 아빠는 컵에 호박색 술을 채우고선 벌컥 마셨다.

"우리 애들이 안에서 문을 잠갔는데, 무슨 짓을 했을지 누가 알겠냐고."

게르트루드는 한마디도 놓치지 않으려고 몸을 더 가까이 기울였다.

"게르트루드의 열 번째 생일이에요, 아돌프. 그게 얼마나 중요한지, 날 얼마나 아프게 하는지 당신도 알잖아요. 나는 차마 축하해 줄 수가 없어요. 아무튼 애들은 분명 그냥 놀고 있었을 거예요."

"나는 허락 못 해. 애들은 타락하고 있고 파멸을 향해 가고 있다고. 저 녀석이 생각하는 거라곤 그림뿐이야! 녀석의 성적은 형편없어. 매일 퇴학당할 위기에 처해 있잖아. 악착같이 공부하지 않으면 무슨 진전이 있겠어? 정말 어찌해야 할지 모르겠군."

엄마의 얼굴에 깊게 주름이 잡혔다. 눈 밑에는 검은 그림자가 생겨났다.

"내가 저 애와 다시 얘기해 볼게요." 엄마는 한숨을 쉬었다.

"얘기로 그쳐선 안 돼. 고작 반쪽짜리 조치란 있을 수 없어. 이제는 우리가 스스로 선을 그어야 할 때야. 더 이상의 그림은 없어! 이 지붕 아래 있는 한. 녀석이 그림을 그릴 때마다 회초리로 열 대씩 때릴 거야. 녀석이 다시는 연필을 들지 않겠다고 결심해야만 해."

엄마는 살짝 몸을 움직여 테이블 위로 몸을 내밀어 에곤의 스케치들을 살폈다.

"애가 분명 재능은 있네⋯⋯." 엄마는 조심스레 말했다.

아빠는 벌떡 일어나 엄마 앞에 우뚝 서더니 몸을 기울여 엄마의 얼굴 가까이 입을 가져갔다.

"만약 녀석이 계속 그림을 그렸다간 실레의 이름에 먹칠을 했다고 길거리로 내쫓을 거야. 그리고 당신도 나약해 빠져서 내게 합당한 아들로 키워내지 못했다고 내보낼 거야. 그러길 바라?"

엄마는 벌벌 떨면서 고개를 저었다.

"그럼 이것들을 없애버려."

엄마는 에곤의 그림들을 앞치마 주머니에 쑤셔 넣었다.

게르트루드는 아빠가 고개를 젓더니 난로 쪽으로 손짓하는 걸 보고 가슴이 요동쳤다.

"안 돼." 게르트루드는 속삭였다.

하지만 아빠는 이를 악문 채 얇은 입술을 굳게 다물었다. 목에서 혈관이 고동쳤다. 앞치마에서 그림들을 빼내는 엄마의 모습이 이전보다 작아 보였다. 엄마는 두 눈을 감았다.

"에곤은 그래야만 한다면 본인의 피로라도 그릴 거예요." 엄마가 속삭였다. "연필과 종이가 없으면, 그 애는 자기 몸에라도 칼로 선을 새겨 넣을 거라고요."

"내 말을 거역하겠다는 거야?"

"아돌프, 당신은 그 끔찍한 병에 정신이 사로잡혀 말하고 있는 거예요. 그게 또 불같이 일어나서 당신을 잔인하게 만들고 있다고요."

"목소리 낮춰!" 아빠는 질색하며 얼굴을 일그러뜨린 채 쉬쉬거렸다. "지금 바로 날 미치게 하는 건 그 녀석뿐이라고."

엄마는 아빠에게 등을 돌리고 불길이 타오르는 벽난로로 걸음을 옮겼다.

"이런 일이 또 일어나면 우린 어떻게 되는 거죠?" 엄마가 다그쳤다.

"당신은 그저 우리 아들이 훌륭한 길을 가도록만 신경 쓰면 돼. 그렇지 않으면 나와 결혼한 걸 후회하게 해줄 테니."

엄마는 씁쓸하게 웃으며 벽난로를 열어 불꽃 속으로 에곤의 작품들을 밀어 넣었다. 종이들은 그 즉시 쪼개지고 구부러졌다.

"역시 좋은 아내군." 아빠는 걸어가 한 손을 엄마의 허리에 대고 얼굴을 엄마의 뺨 가까이 가져갔다.

"당신이 원하던 대로 됐네요." 엄마는 손목을 비비며 몸을 빼냈다.

아빠는 시간을 확인하고 시계를 주머니에 다시 넣은 뒤 호박색 술을 다시 한잔 들이켰다.

속눈썹에 눈물이 맺힌 게르트루드는 자신의 무게로 나무 바닥이 삐걱거리지 않길 바라면서 소리 내지 않으려 애쓰며 뒤로 물러났다. 게르트루드는 에곤에게 돌아갔다. 에곤은 여전히 바닥에 단단히 웅크린 채 누워 있었다. 게르트루드는 다가가 에곤의 어깨에 입을 맞추고 둥그렇게 말고 있는 등뼈에 몸을 붙였다.

"엄마가 오빠의 그림들을 태워버렸어." 게르트루드는 속삭였다.

"안 돼……." 에곤이 울먹였다. "엄마가 어떻게 그럴 수 있어?"

"오빠는 아무 잘못 없어."

"나는 절대 엄마를 용서하지 않을 거야." 에곤의 목소리는 박살 난 문처럼 갈라져 나왔다.

4

1904년 5월

"내가 널 찾으면 내가 이긴 거야. 숨을 곳을 잘 찾아봐. 그게 놀이야, 게르티."

"근데, 왜 여기서 놀면 안 돼?" 게르트루드는 자신의 두 손을 응시했다.

에곤은 재밌을 거라고 했지만, 오빠가 게르트루드를 찾는 동안 뭘 하고 있어야 할까? 오빠가 학교에서 집에 온 흔치 않은 날에 함께 있지 않는다는 것은 무척이나 시간 낭비였다. 게르트루드는 에곤이 보고 싶었다.

"그렇게 못생기게 얼굴을 찌푸릴 거면 네가 술래를 하지 그래?" 에곤은 게르트루드가 벽을 마주 보도록 어깨를 잡아 돌렸다. "눈을 감고 백까지 세야 해. 그런 다음 눈을 뜨고 날 찾아봐."

"오빠는 어디 있을 건데?"

"어디든 있을 수 있지."

"밖을 찾아볼 필요는 없는 거지?"

"몰라야 재밌는 거야."

게르트루드는 인상을 쓰면서 에곤이 숨을 만한 모든 장소를 떠올려 봤다. 오빠가 분명 선택하지 않을 장소는 딱 한 군데, 바로 아빠의 서재 였다. 서재에는 왁스 냄새가 나는 코냑 병들과 아빠의 소중한 수집품 인 화석과 귀한 광물 들, 그리고 오스트리아 제국 철도청 운행 범위를 보여주는 커다란 지도가 있었고, 자녀들의 출입을 엄격하게 금지했다.

"비참한 표정 짓지 마. 그냥 평범한 놀이야."

실레 집안 자녀들은 툴른에 있는 이웃 아이들과 거의 놀지 못했다. 아빠는 지역 아이들이 나쁜 영향을 끼칠 거라고 생각했다.

게르트루드는 뿌루퉁해졌다. "만약 빨리 못 찾으면 오빠가 나와줄 거지? 그럼 오빠는 날 그릴 수 있어."

"이 게임 한 번만 해봐. 재밌을 거야."

게르트루드는 눈을 가늘게 뜨다가 숫자를 세기 시작했다. 동생이 눈을 꼭 감았는지 확인하려고 에곤이 얼굴 앞에다 대고 한 손을 흔들자 게르트루드가 밀쳐냈다.

"눈 계속 감아야 해!" 에곤은 소리치며 방을 나갔다.

게르트루드는 20까지 센 다음 창가로 갔다. 말라 죽은 파리 한 마리 를 손가락으로 바닥에 밀어내고는 문으로 가서 손잡이를 돌렸다. 아무 도 없는 아파트 안을 돌아다녀 보니 느낌이 달랐다. 마치 오빠가 어디 에서든 자신을 지켜보는 것 같았다. 게르트루드는 방마다 들어가서 에 곤이 찾기 쉬운 곳에 숨어 있나 살폈지만 오빠가 그렇게 뻔한 곳에 숨 지는 않을 거란 걸 알고 있었다. 삼 분 만에 옷장에서 들키느니 차라리 오빠는 빈으로 히치하이크해서 사흘은 머물 것이다.

아빠의 서재를 열어보려 했으나 잠겨 있었다.

식료품 저장실에서 게르트루드는 빵 한 덩어리를 뜯어 꿀에 찍었다.

그런 뒤 플랫폼으로 나가, 다음 기차를 기다리는 사람들의 얼굴을 봤다.

게르트루드는 남매의 어린 시절 비밀 장소인 울타리 밑을 확인한 다음 이렇게 집에서 멀리 나가도 되는지 불안해하며 툴른의 번화가로 향했다. 그때 게르트루드는 벽 뒤에서 훔쳐보는 에곤의 더부룩한 머리를 언뜻 봤다. 오빠를 잡으러 달려갔지만 손을 대기도 전에 오빠는 사라졌다. 그러다 오빠의 긴 검정 코트가 펄럭이는 걸 발견하고 맹렬히 따라갔다. 이제 에곤은 스무 걸음쯤 앞서서 빠르게 움직였다. 다뉴브강으로 가는 길로 접어들 것이었다. 게르트루드는 거기서 오빠를 잡아 이 우스꽝스러운 짓을 멈추고자 했다.

그런데 왼쪽으로 가야 하는 곳에서 오빠의 검은 옷은 오른쪽으로 방향을 틀었다. 오빠는 이제 동산을 반 정도 오르고 있었고 복잡한 하우프트 광장에서 멀리, 강을 가로지르는 다리에서 멀리 나아가 돌로 쌓아 올린 방치된 요새, 툴른의 로만 타워로 향했다. 게르트루드는 알아차렸어야 했다! 그 옛날 그곳에서는 천여 명의 로마 군인들이 강 건너 이방인 무리를 감시했었다.

게르트루드는 속도를 높였고, 경사를 오를 때는 종아리에 열이 오르고 당겼다. 오빠는 전에 남매가 먼지투성이 포도나무 밑으로 살금살금 다가가 주머니마다 포도알을 한 움큼씩 채워 넣었던 그 포도밭으로 가고 있을까? 동산 꼭대기에서 게르트루드는 에곤이 비좁은 오솔길로 다시 쏜살같이 달려가기 전 오빠의 옆모습을 봤다. 오빠를 바짝 뒤쫓아 갔지만 둘 사이의 거리는 점점 더 멀어졌다.

오솔길을 달릴 때 게르트루드의 발소리가 아치 모양의 벽돌에 울려 퍼졌다. 다시 빛 속으로 나왔을 때 게르트루드는 멈춰 섰다. 슬픈 천사 같은 얼굴들과 담쟁이덩굴에 덮인, 비바람에 허옇게 변한 무덤들이 보였다. 게르트루드는 숨이 목까지 찬 상태로 조심스레 걸음을 옮겼다.

만약 더는 에곤을 찾을 수 없는 날이 오면, 자신을 신경조차 쓰지 않는 날이 오면 어떻게 하지?

그때, 손 하나가 나와 게르트루드의 뒷목을 잡았다.

"잡았다!" 오빠가 의기양양하게 웃었다.

게르트루드는 에곤의 가슴을 주먹으로 쳤다.

"깜짝 놀랐잖아! 아무튼 내가 오빠를 찾았어!"

"아주 오래 걸렸네."

"난 여기 싫어." 게르트루드는 주변을 둘러봤다.

"나도 알아. 하지만 너한테 보여줄 게 있어." 오빠는 갑자기 심각하게 말했다.

에곤이 동생을 데리고 간 하얀 묘비에는 두 단어가 적혀 있었다. '파밀리에 실레.'

"할아버지는 툴른에 묻히지 않으셨는데." 게르트루드는 조심스레 묘비를 보며 말했다.

"이제 우리 누나를 만날 시간이야." 에곤이 답했다.

게르트루드는 묘비를 만지며 오빠를 쳐다봤다.

"놀리지 마!" 게르트루드는 눈에 눈물이 고인 채 우겼다.

"엘비라야." 에곤이 알려주었다. "맏이였지. 내가 어렸을 때, 누나는 열 살에 죽었어."

"그럼 내 나이와 같잖아!"

"그래서 네가 지금 누나를 만나야 하는 거야."

"엘비라?" 게르트루드는 이름을 뚜렷하게 발음했다. "왜 나는 한 번도 언니 이름을 들어본 적이 없지?"

"엄마가 너무 슬퍼하셔서 아빠가 누나 이름을 언급하지 못하게 하셨어. 엘비라와 멜라니는 세 살 차이야……."

"그렇지만 오빠가 얘기해 줄 수도 있었잖아."

"나는 누나를 거의 기억 못 해. 누나가 아팠을 때 나는 네 살도 안 됐어."

"그럼 나는 태어나지도 않았을 때네?"

"엄마가 널 임신한 상태였지. 엘비라 누나는 1893년 9월에 죽었고, 너는 다음 해 4월에 태어났어."

게르트루드는 얕은 호흡을 내뱉으며 이러한 정보를 곰곰이 따져보았다.

"그럼 내가 언니 대신이야? 우리가 사 남매였단 말이지? 멜라니 언니가 맏이가 아니었다는 거네? 엘비라 언니도 막 대장 노릇 했어?"

"엘비라 누나는 착하고 조용했어. 분명 네가 좋아했을 거야." 오빠가 말했다.

"오빠는 나를 좋아하는 것보다 더 언니를 좋아했어? 언니가 살아 있었으면 오빠는 더 좋았겠지?"

"무슨 그런 바보 같은 질문을 해. 그때 나는 너무 어려서 엘비라 누나가 나와 놀아줬는지도 기억이 안 나. 아프기 전에도 누나는 침대에서 많은 시간을 보냈어. 그러다 어느 날 더 이상 누나가 그 자리에 없었던 거야."

게르트루드의 뺨을 타고 눈물이 주르륵 흘렀다.

"그럼 우리는 그냥 사라지는 거야? 언니 이름은 묘비에 있지도 않잖아. 지금 나도 열 살인데 나한테도 그런 일이 생길 수 있는 거야? 다시는 누구도 내 얘기를 안 할 거고?"

"내가 너를 꼭 기억하게 만들 테니까 걱정 마, 게르티."

"나는 죽지 않을 거라는 거지. 열 살에는. 절대로!"

"우리는 모두 결국 언젠가는 이곳에서 끝나게 돼 있어. 엘비라 누나처럼 흙덩어리 속에서. 멜라니 누나가 나한테 이런 말을 한 적이 있어. 멜라니 누나와 나 사이에 남자 아기가 셋 있었는데 전혀 울지 않았고 양동이에 담겨진 채 치워졌다고."

"남자 형제들이라고?" 게르트루드는 손가락 마디로 코를 닦아냈다.

"멜라니 누나는 나도 청색아인 줄 알았대. 아마 그래서 누나가 나를 전혀 좋아하지 않은 걸 거야."

"죽은 사람이 멜라니 언니였으면 좋았을 텐데!"

"정말 그런 마음은 아니겠지." 에곤은 동생의 머리에 앉은 벌레를 손으로 쫓아냈다. "내가 먼저 죽는다면," 하고 에곤은 잠시 멈추다 말을 꺼냈다. "내가 다시 돌아와서 유령으로 네 앞에 나타날게. 너는 절대 잠시도 조용히 있지 못하게 될 거야."

"그랬으면 좋겠네." 게르트루드는 코를 훌쩍였다. "하지만 오빠는 늙기 전까지는 죽을 수 없어. 나보다 먼저 그럴 수 없다고."

에곤은 동생을 끌어안다가 귀를 꼬집었다.

"우리가 함께 죽는 건 어때?" 에곤이 악수할 수 있도록 손을 내밀었다. "같은 날 말이야. 아주아주 늙어서, 오래 행복하게 살다가 죽는 거야."

게르트루드는 두 눈을 문지르고 나서 오빠의 손을 잡고 악수했다.

다시 묘비를 만지는 게르트루드의 얼굴에 혼란스러움이 스쳐 지나갔다. 그러다 허리를 굽히고 검지를 진흙 속에 푹 찔러 넣었다. 게르트루드는 하얀 묘비 위에 새겨진 글씨 아래에 손가락으로 '엘비라'라고 적었다. 언젠가 비가 내리면 글자가 씻겨 지워지리란 걸 잘 알면서도.

5

1904년 6월

게르트루드는 에곤이 머무는 클로스터노이부르크의 주소로 편지를
보내고 싶었다. 하루 종일 무얼 하는지, 툴른에서의 생활, 에곤 없이 어
떻게 지내는지 같은 것은 보고할 게 아무것도 없으므로 쓰고 싶지 않
았다. 대신, 게르트루드는 빈 종이 위에 손가락을 쫙 펴고 그 주위를
따라 선을 그릴 생각이었다. 오빠가 좋아할 것이다. 게르트루드는 아빠
의 서재 문을 열어봤다. 이번에는 문이 잠겨 있지 않았다.

아빠는 평소보다 바빠서 자주 스트레스를 받았고 건망증이 생겼다.
게르트루드는 필요한 걸 훔치려다 들키지 않길 바라며 서재 안으로 들
어갔다. 아빠는 철도청 이름이 인쇄된 소중한 용지 한 장이 사라진 걸
알아차리지 못할 터였다. 이 용지에 그림을 그린 걸 보면 오빠는 웃음
을 터뜨릴 것이다.

어두침침한 서재 안은 구석에 램프 하나가 은은하게 타면서 가죽 장
정의 책들로 가득한 벽을 비추었다. 마치 아빠가 맨 아래 서랍 안에 보

관하는 호박색 술을 끼얹은 듯 서재에서 과일 향이 났다. 게르트루드
는 아빠의 의자에 앉아 빙그르르 돌았다. 그 호박색 알코올을 몰래 꺼
내서 한 모금 마시자 목이 화르르 타올랐다! 그러다 상자에서 담배를
하나 꺼내 냄새를 들이마셨다. 젖은 나뭇잎들과 모닥불 향이 났다.

　게르트루드는 무엇도 잃을 게 없다는 듯 두 발을 아빠의 책상 위에
올렸다. 오른쪽으로는 자물쇠에 작은 열쇠가 끼워진 채로 서랍 하나가
빼꼼히 열려 있었다. 서랍을 잡아당겨 봤지만 꿈쩍도 안 했다. 게르트
루드는 열린 틈 사이로 손가락을 집어넣어 서랍이 열릴 때까지 힘껏
잡아당겼다. 서랍 안에는 한 무더기의 두툼한 요철지밖에 없었는데, 종
이마다 진홍색 밀랍 도장이 찍혀 있고 금으로 서명이 되어 있었다. 게
르트루드는 종이들을 책상에 펼쳐봤다.

　서랍 안에 무언가 더 있을 것만 같은데…….

　게르트루드의 손가락은 먼지투성이 서랍 구석 쪽을 더듬어갔다. 바로
맨 끝에 질감이 다른 종이가 처박혀 있었다. 꺼내보니 사진이었다. 가장
좋은 드레스를 입은 엄마가 깍지 낀 손을 무릎 위에 올려놓고 있었고,
제복을 입은 아빠는 지금보다 젊어 보였는데 숱이 많은 콧수염은 뻣뻣
했고 손을 엄마의 어깨에 얹고 있었다. 사진 속에는 아이도 세 명 있었
다. 예쁜 드레스를 입은 두 명의 여자아이와 귀가 삐죽 나온, 흔들 목마
에 걸터앉아 인상을 쓰고 있는 작은 남자아이였다. 게르트루드는 이 남
자아이가 오빠인 걸 알아봤다. 오빠 뒤에 선 키 큰 소녀는 멜라니로, 긴
머리를 뒤로 넘겨 리본으로 묶고 있었다. 그렇다면 아빠 옆에서 미소 짓
는, 오른쪽에서 단정히 발목을 꼬고 있는 창백한 소녀는 분명…… 엘비
라일 것이다. 엘비라는 들창코에 거만한 표정을 짓고 있었다. 아니다. 게
르트루드는 엘비라를 전혀 좋아하지 않았을 것이다. 사진 속 엘비라는
지나치게 현실적이고 생생했다. 사진 뒷면에는 사진작가의 스튜디오 이

름과 날짜가 적혔다. 1893년. 엘비라가 죽은 해였다.

"여기서 뭐 하니?" 엄마가 문가에서 다그쳤다.

게르트루드는 사진을 서랍 안에 다시 넣고 따분해 보이는 증명서 더미를 가지런히 정리하려 했다.

"아가씨?" 엄마는 같은 톤으로 이어서 물었지만, 엄마의 눈은 딸이 아니라 종이들에 가닿았다.

엄마는 앞치마에 손을 닦고 걸어왔다. 엄마는 손끝으로 맨 위의 종이를 들고 천천히 읽으며 글자들을 음미했는데, 어렴풋이 나타나는 미소가 엄마의 표정을 누그러뜨렸다. 게르트루드는 살며시 옆으로 물러나려 했다. 그때 엄마가 단번에 나머지 종이 더미를 모으고선 엄지손가락으로 그 두툼한 종이들을 아래로 쭉 훑었다. 종이들이 펄럭이는 소리가 났다. 엄마의 눈은 반짝 빛났다.

"이것들은" 하고 말하며 엄마가 게르트루드에게 비밀을 털어놓았다. "우리 가족의 가장 귀중한 재산이야. 네 할아버지에게 물려받았는데, 아빠가 일을 그만두게 되면 우리와 가난 사이에 존재하는 유일한 재산이 되겠지. 현금으로 바꿀 때가 되면 가치가 엄청날 거야. 우리의 투자금이자 미래를 보장해 줄 재산이야." 엄마는 말했다. "다시는 이것들에 손대지 말 거라." 엄마는 종이 더미를 서랍 안에 다시 넣었다. "안전하게 보관해야 해. 항상 열쇠로 잠가놔야 하고."

게르트루드는 사랑스럽게 미소 지었다. 꾸중을 듣지 않아 기뻤다. 엄마가 등을 돌렸을 때, 게르트루드는 상자 안에서 철도청의 공식 종이 한 장을 쭉 빼낸 다음 서재 밖으로 달려나갔다. 나가면서 마지막으로 본 것은 엄마가 그 작은 열쇠로 서랍을 잠근 뒤 앞치마 속으로 열쇠를 안전하게 집어넣는 모습이었다.

6

1904년 7월

게르트루드와 오빠는 모든 것이 앞으로 펼쳐질 준비가 된 것처럼 끝없이 느껴지는 때에 일찍이 집을 탈출했다.

에곤은 그들의 아파트 문을 조심스레 닫았다.

"오늘은 우리만의 날이야." 에곤은 남매가 계획을 이미 문제없이 실행한 듯 미소를 지었다.

"쉬이이이." 게르트루드는 서둘러 역에서 떠나도록 오빠를 손으로 밀었다. 엄마나 멜라니가 창밖을 내다보기라도 하면 모든 것이 중단될 것이다.

남매는 오늘 빛과 신선한 공기가 필요했다. 갈라진 침목을 따라 걷고 머리 위로 드리워진 나무에서 떨어진 야생 자두들을 발밑으로 으깨면서 철로를 일이 마일 정도 따라간 뒤, 구불구불 흐르는 다뉴브강으로 가 얕은 물에서 수영을 한 다음 들판에 있는 조용한 장소로 향할 예정이었다. 손에 든 것은 별로 없었다. 에곤은 작은 비밀 스케치북을 들고 날카로운 연필은 셔츠 빈 주머니에 넣었다. 게르트루드는 두툼하게 버터를 발라 설탕을 뿌리고 마른 소시지 몇 조각을 넣은 빵 조각들을 깨끗한 냅킨 안에 넣었다. 에곤은 집 뒤에 있는 나무에서 사과를 두 개 따 왔다.

이제 둘은 선로를 따라 단단하고 평평한 땅을 걸어가고 있다. 집에서 멀리, 엄마와 아빠에게서 멀리, 빈에서 멀리. 수도인 빈 쪽을 보니 하늘이 흐릿하고 어두웠다. 남매는 사탕무와 사탕수수밭에 둘러싸였다. 새들은 정신없이 춤을 추듯이 내려와 마른 껍데기들을 훑고 지나갔다. 줄기를 바스락거리며 부드럽게 스치는 산들바람 소리에 남매는 마음이 놓였다.

게르트루드는 발걸음을 세며 걸었다. 삼백 걸음을 넘어섰을 때, 에곤이 말을 걸었다.

"나랑 같이 도망칠래?"

"지금 같이 가고 있잖아. 안 그래?"

"아니, 제대로 말이야. 단지 몇 시간이나 하루가 아니라 더 오래……."

"어디로 갈 건데?" 게르트루드가 물었다.

"아직 잘 모르겠어. 하지만 나는 이미 컸고 더는 부모님의 방식대로 할 필요가 없어." 에곤은 부모를 언급할 때 얼굴을 찌푸렸다. "부모님을 뒤로하고 떠나고 싶지만 너를 떠나고 싶지는 않아."

"돈은 어쩌려고? 엄마는 돈이 얼마나 중요한지 늘 말씀하시잖아."

"내 미술 지도 선생님 말씀이, 내 그림들을 팔 수 있을 거래. 부자들이 돈을 지불할 거라고. 그럼 빈에 살면서 예술학교에서 공부할 수 있어. 오스트리아에는 유명한 예술가들이 정말 많아. 선생님은 언젠가 내가 구스타프 클림트만큼 잘할 거라고 하셨어. 구스타프 클림트의 작품은 네가 지금껏 본 것들과는 달라. 그럼 나랑 같이 갈 거지?"

"오빠랑 같이 살 수 있는 거야?"

"왜 안 되겠어."

"지금은 왜 못 가는데?" 게르트루드가 물었다.

에곤은 걸음을 멈췄다. "너는 아직 어리잖아. 게다가 아빠도 불안하고. 상태가 좋지 않으셔."

게르트루드의 가슴이 더 빠르게 뛰었다. 며칠 전 아빠 피부에서 끔찍하게 붉은 상처들을 목격했었다.

"아빠는 나한테 소리도 자주 지르셔." 게르트루드는 입을 삐죽였다.

"그건 아빠의 병 때문이야. 그게 아빠를 화나게 만들거든. 아빠 잘못이 아니야."

"그럼 오빠는 여전히 아빠를 사랑해? 오빠를 때리는데도?"

"당연하지. 아빠는 우리가 잘되길 바라셔."

"하지만 오빠는 아빠가 하라는 대로 안 하잖아!"

"나는 아빠를 자랑스럽게 해드리고 싶은데 그냥 아직은 방법을 모르겠어." 에곤은 답했다.

게르트루드는 이 대화를 곰곰이 따져봤다.

"멜라니 언니는 우리와 같이 안 가도 되지?" 게르트루드는 대화에 열의를 갖고 물었다.

"누나는 엄마의 방식을 따르니까." 에곤은 말하며 사과를 한 입 베어 물었다. "누나와 엄마는 둘이서 행복할 거야."

에곤은 게르트루드를 선로에서 멀리 떨어뜨리며 사과 씨들을 땅에 뱉어낸 다음 부츠 끝으로 흙 안에 밀어 넣었다.

"잠깐 앉아 있자." 에곤이 제안했다. "꽃을 몇 송이 따 오지 않을래? 너는 늘 가장 예쁜 꽃들을 찾아내더라."

반박을 하기에는 게르트루드의 머릿속이 지나치게 복잡했다. 게르트루드는 신발을 벗어 던지고 양말을 벗었다. 기다란 풀들이 무릎 뒤를 간지럽혔다. 발가락으로 개미들이 재빠르게 기어올랐고 부드러운 다리털 위에서 작은 거미들이 종종거렸다. 꽃을 찾다가 작은 심장처럼 생긴 산딸기와 등껍질이 붉은 벌레들이 총총거리는 걸 발견했다. 게르트루드는 잘 모르는 잡초의 여리고 하얀 뿌리를 관찰했는데, 불과 얼마 전에 흙 속에 심긴 것이었다.

게르트루드는 연보랏빛 당아욱, 민들레, 그리고 자기 머리만 한 해바라기를 들고 에곤에게 돌아갔다. 오빠에게 건네기 전에 손가락으로 해바라기의 생기 넘치는 꽃잎들을 더듬다 두툼한 줄기의 까슬한 털들을 손가락으로 쭉 훑은 다음 검지로 중심을 눌렀다. 그러자 꽃가루 지문이 떨어져 나왔다. 민들레 몇 송이는 솜털처럼 보드라운 공 모양으로 변하기 시작했고, 게르트루드는 그것들을 온 힘을 다해 오빠 얼굴에 한 번 훅 불었다. 웃음을 터뜨리는 오빠의 눈은 햇살로 가득했다.

게르트루드는 아름다운 것이 다른 것으로 탈바꿈하는 변화에 어리둥절했다.

게르트루드는 에곤에게 꽃 일부를 건넨 다음 두 손을 옷에 닦아냈다. 에곤은 꽃들을 배열하고는 엎드린 채 두 발로 허공을 차면서 연필을 꺼냈다. 먼저 해바라기 줄기와 잎을 선으로 자신 있게 그린 뒤 많은 꽃잎의 세심한 곡선을 따라 그렸다.

게르트루드의 눈은 근처에 있는 오래된 석조 오두막집으로 향했다. 지붕이 없었다. 따스한 산들바람이 게르트루드의 목 주변으로 늘어진 머리에 장난을 쳤다. 게르트루드는 오늘 무언가가 자신에게서 사라져가는 걸 느꼈다. 뭐라 형언할 수 없는 느낌이었다. 모든 게 변하고 있는데 바람에 날리는 민들레 씨앗들처럼 붙잡을 수 없었다.

에곤은 시점을 바꾸기도 하고 스케치북을 돌리기도 하면서 한 시간 가량 그림을 그렸다. 게르트루드는 무릎을 꿇고 네 잎 클로버를 찾다가 시선을 먼 곳으로 돌렸다. 그러다 벌떡 일어났다.

"아빠가 우리를 쫓아왔어!"

지평선 위로 한 남자의 형체가 시야에 들어왔다. 에곤도 화들짝 일어나 연필과 스케치북을 덤불 속에 숨겼다. 벗겨진 잿빛 머리와 비뚤어진 어깨, 뒤뚱거리는 걸음걸이. 남자가 한 발 한 발 걸을 때마다 남매의 두려움은 확실해졌다. 아빠는 아주 새빨간 역장 제복을 입고 있었다.

에곤과 게르트루드는 엄마의 집안일을 돕지 않고 집에서 이렇게나 멀리 나와서 아빠를 여기까지 오게 만들었다고 매를 맞을 것이다. 아빠는 대가를 치르게 할 것이다.

아빠는 제국 철도청의 규칙을 어기고 침목에서 침목으로 걸어갔다. 평소에 아빠는 이런 식으로 누군가가 규칙을 어긴 걸 발견하면 주저 없이 바로 엄격한 처벌을 내렸다. 아빠가 다가오자, 에곤은 게르트루드를 덤불 속으로 깊숙이 끌어당겼다. 하지만 남매에게 닿을 거라 예상했던 아빠의 손은 절대 아빠 옆을 떠나지 않았다. 아빠는 속도를 늦추지 않고 계속해서 앞으로 곧장 나아갔다. 아빠는 잠시 멈추더니 역장의 블레이저에서 두 팔을 흔들어 빼낸 다음 선로에 버리고선 다시 떠났다.

"아빠를 말려야 하지 않을까?" 게르트루드가 물었다.

"그냥 내버려 둬야 해." 에곤이 대답했다.

남매는 눈 위로 손을 가리고 멀리 작아져 가는 아빠를 지켜봤다.

붙잡힐 위험이 없어지자, 게르트루드는 달려나가 아빠의 블레이저를 집어 들고 거의 무릎까지 내려오는 블레이저를 입은 채 돌아왔다. 한쪽 주머니에 종이가 한 장 접혀 있었다. 게르트루드가 아빠의 서재에서 본 증명서들과 같은 것이었지만 진홍색 밀랍 자국은 벗겨져 있었다.

게르트루드와 에곤은 석조 오두막집으로 몸을 숨겼다. 에곤은 동생의 머리에서 리본을 빼내고 직접 땋은 머리에 꽃들을 장식해 주었다.

둘은 오랜 시간 그곳에 누워서 하늘을 올려다보며 지나가는 구름들과 파리한 나비들에 대해 논했다.

간간이 오후의 기차가 정적을 깨며 덜컹거리고 지나갔다.

≈

남매는 해 질 녘 어스름해졌을 때에야 집으로 돌아왔다. 게르트루드는 아빠의 재킷을 황폐한 오두막집에 두고 왔지만 반짝이는 단추 하나는 기념품으로 챙겼다.

엄마는 스토브 앞에서 커다란 팬에 물을 끓이고 있었다. 엄마는 이마에서 축축한 머리를 쓸어 넘기고 손을 앞치마에 닦았는데, 남매의 예상과 달리 꾸중을 하지 않았다. 엄마는 딴생각에 빠져 있었다.

"누나한테 물 더 준비해 놨다고 알리렴." 엄마는 남매를 거의 보지도 않고 말했다.

멜라니는 부모의 침실에 있었다. 빨래통을 옆에 두고 무릎을 꿇고서 아빠의 등을 스펀지로 닦아내고 있었다. 아빠는 벗은 채로 낮은 의자에 앉아 있었다. 아빠의 가슴은 살이 뼈에 매달린 듯 보였고 두 팔의 얇은 피부에는 사방에 베인 자국이 있었다. 아빠는 턱을 늘어뜨린 채 바닥의 옹이를 응시했다. 게르트루드는 가까이 다가갔다. 아빠의 코는 피범벅이었는데 부러진 것 같았고 목 주위의 피부가 찢어져 있었다. 빨래통 안 물은 짙은 회색이었다.

"네 차례야." 멜라니는 여동생에게 스펀지를 주고 무거운 대야를 들고 나갔다.

게르트루드는 스펀지를 쥐고는 있지만 감히 아빠의 깃털처럼 가느다란 몸에 대지를 못했다. 멜라니가 흙을 대부분 씻어냈어도 머리와 털에 아직 남아 있었다. 물이 게르트루드의 팔을 타고 흘러내려 팔꿈치에서 떨어져 발밑에 고였다.

게르트루드는 아빠의 벌거벗은 몸을 응시했다. 시뻘겋게 부은 자국들이 생식기 주변에서 확 타올라 몸과 손목으로 퍼져 있었다. 게르트루드가 들판에서 즐겨 모으던 빨간 양귀비 색깔이었다. 멜라니는 에곤에게 지시하면서 돌아왔다. 에곤은 깨끗한 물이 담긴 뜨거운 대야를 들고 왔다. 멜라니는 게르트루드를 짜증스럽게 노려보고는 스펀지를 물에 담가 물을 짜냈다. 그런 다음 아빠의 이마를 닦고 물이 아빠 눈에 들어가지 않도록 머리를 뒤로 넘겨주었다. 마치 조각상을 닦는 듯했다.

"엄마는 온종일 제정신이 아니셔." 멜라니가 말했다. "아빠가 집에 돌아오셨다고 해서 엄마의 걱정이 줄어든 게 아니야. 아빠를 봐봐." 멜라니는 아빠의 목 뒤를 닦으며 말을 계속했다. "아빠는 다시 증상이 일어나면 자신이 누구고 어디를 가는지 모르셔. 그저 완전히 백지상태가 되지. 남자 네 명이 아빠를 집으로 데려왔다니까. 선로에서 칠 마일 떨어진 곳에 있던 인부들이 아빠를 발견했어. 아빠는 다리 밑 물에 잠겨서 거의 죽을 뻔하셨어! 세상에, 만약 그 사람들이 아빠를 발견하지 않았더라면 무슨 일이 일어났을지……."

멜라니는 코와 입을 팔뚝으로 훔쳤다.

"그나저나 너희는 어디 있었던 거야?" 멜라니는 눈에 불을 켜고 남매를 차례대로 노려봤다.

"우리는 호글 부인의 심부름을 하고 다녔어." 에곤이 답했다. "호글 부인이 아파서 집을 나설 수 없었거든. 우리 예상보다 시간이 오래 걸렸고……."

멜라니는 실망스럽게 고개를 저으며 에곤의 말을 막았다. "호글 부인은 얼마 전에 회복했어. 건강하시다고. 내가 오늘 오후에 봤거든. 자, 네가 게임을 멈추고 할애할 시간이 있다면 해야 할 일이 있어. 아빠 몸을 말려야 하고, 깨끗한 옷들도 저절로 입혀지는 게 아니니까."

멜라니는 대야를 치우러 다시 일어섰다.

"그리고 게르티, 넌 나를 따라와. 너는 이미 충분히 많은 걸 봤어."

7

1904년 9월

기차는 역을 떠나 표지판에 '크루마우 안 데어 몰다우역(몰다우 강변의 크루마우역)'이라 적힌 곳을 향해 달려갔다. 아빠의 주치의의 제안으로, 학교에서 집으로 돌아온 에곤을 포함해 실레 가족은 툴른의 기차들과 육체적으로도 고된 역 생활에서 벗어나 열흘간 휴가이자 첫 가족 여행을 떠났다. 엄마가 태어난 고향 보헤미아를 방문하려는 것이다.

"휴식과 이완, 그리고 신선한 공기를 처방합니다." 의사는 조언했다. "그 모든 스트레스와 역의 오염에서 벗어나게 하세요. 실레 씨는 쉬셔야 합니다."

가족이 떠나기 전, 게르트루드는 엄마가 역에서 사내 전화를 사용하는 걸 보고 문가에 멈춰 서서 엄마의 숨죽인 목소리에 귀를 종긋했다.

"몇 주 전에 시작됐어. 그이는 완전히 엉뚱한 시간에 기차에 정지 신호를 보냈어." 엄마는 설명했다.

엄마가 앞치마 속에 넣어두는 은색 갑에 담긴 가느다란 담배에 불을 붙이는 익숙한 소리가 들렸다. 엄마는 아빠가 주변에 없을 때만 담배를 피웠다.

"이의를 제기하자 그이는 기관사를 모욕했어. 그 뒤에 그이는 그걸 잊어버렸고 나도 바보같이 더는 생각 안 하기로 했지. 그러다가 지난주에 그이가 승객 하나를 아무 이유 없이 바닥에 내동댕이쳤어."

수화기 너머의 누군가가 이 소식에 반응하는 동안 엄마는 잠시 말을 멈췄다.

"그렇다니까! 그 승객이 정식으로 항의했고." 엄마는 계속해서 말했다. "게다가 운도 없지. 그 사람은 빈의 치안판사였어. 그 사람이 고소할까 봐 우리는 기겁을 했다니까. 그렇게 되지는 않았지만 지역 신문에 기사가 실렸어." 게르트루드는 엄마가 담배를 한 모금 길게 빨아들이는 소리를 들었다. "상상이 가겠지만 완전 망신스러웠다고. 아돌프는 비난을 받았어. 우리는 레오폴드에게 연락을 취할 수밖에 없었지……. 맞아. 아돌프의 여 형제와 결혼한 사람이야. 그리고 알다시피 아돌프와 루이자는 사이가 안 좋아……. 나는 아직도 엘비라가 태어났을 때 루이자가 분개했다고 생각해. 그들 부부가 자식을 못 가진 거 알잖아. 루이자는 일절 조의를 표하지 않았어. 엘비라가……." 엄마는 말을 잇지 못했다. "아무튼, 레오폴드가 도와주러 아돌프를 대신해 나섰지. 레오폴드는 회사에서 지위가 높아서 무슨 말을 하든 모두가 귀를 기울여. 그들은 아돌프에게 이 풍파가 지나갈 때까지 역에서 물러나 휴식을 취하다가, 그들 말처럼 이전의 믿음직한 모습을 되찾으면 그때 다시 돌아오라고 지시했어. 나는 못 믿겠어, 카테르지나……. 그이를 보면 충격을 받을 거야. 그 병이 그이를 망쳐버렸다니까."

게르트루드의 이모가 수화기 너머에서 말하는 동안 잠시 침묵이 이어졌다.

"나는 툴른에서 벗어나게 돼 기뻐." 엄마의 목소리가 속삭이듯이 작아졌다. "하지만 솔직히 그이 곁에 있는 걸 도저히 견딜 수 없을 때가 있어. 우리에게 무슨 일이 일어날지 그저 가늠할 수가 없다고." 엄마는 쿨럭 기침을 했다. "카테르지나, 내가 무척 보고 싶어 했다는 건 알아야 해. 언니 집에 방이 없다는 건 아니까, 근처에 기본은 되는 깨끗한 작은 호텔을 좀 찾아주면 좋겠어. 강가와 가까운 곳으로."

게르트루드는 엄마가 수화기를 놓는 소리를 들었다. 발끝으로 살며시 물러나서는 에곤에게 모든 걸 알려주러 재빨리 뛰어갔다.

≈

기차는 아빠가 '문명사회'라 부르는 곳에서 점점 더 멀리 구르며 북서 방향으로 깊숙이 들어갔다. 아빠는 지도를 양손에 쥐고 그들이 눈에 보이지 않는 경계를 넘어 보헤미아 왕국으로 들어가는 바로 그 순간을 알려주었다. 게르트루드는 예전에 딱 한 번 방문한 적이 있지만 기억이 나지 않았다. 저 멀리 눈으로 덮인 낮은 산과 나무들이 빽빽한 넓은 땅이 보였다.

"저건 슈마바라는 고대 숲이야." 엄마가 설명했다.

"뵈머발트겠지. 독일어로는." 아빠가 고쳐 말했다.

"크루마우에서는 내가 현지 언어로 말하는 걸 인정해야 해요, 아돌프. 내가 현지어로 말할 때마다 나무랄 게 아니라. 우리가 크루마우에 있는 동안은 그렇게 하는 게 합리적이라고." 엄마는 다시 고개를 돌려 풍경을 보며 핀잔했다.

"전설에 따르면 한때 거인들이 저기 나무들 사이에서 살았대." 엄마는 게르트루드에게 말했다.

"거인들이요?" 게르트루드는 거인들의 못된 눈을 상상하며 외쳤다.

"거인 같은 건 없어." 멜라니가 반박했다.

"신화와 전설 얘기들 좀 그만해." 아빠가 딱 잘라 말했다. "애들 머릿속에 터무니없는 것만 채우는 거야."

하지만 엄마는 게르트루드가 흥미를 보이자 이에 힘입어 이야기를 이어나갔다.

"어느 날, 가난하고 슬픔에 빠진 한 재봉사가 거인들을 찾아가 도와달라고 요청했어. 열두 명이나 되는 자녀들을 키워낼 수가 없었거든. 하지만 거인들은 재봉사를 가파른 비탈 아래로 집어 던지고는 바위 하나를 그에게 던져버렸지. 재봉사는 충격을 받고 상처를 입었지만 살아남았어. 왜 그토록 가혹한 대우를 받아야 했을까? 재봉사는 그 이유를 알고 싶었어. 친절 좀 베푼다고 뭐가 잘못되기라도 한단 말인가? 그러다 재봉사는 자신을 크게 다치게 한 바위를 쳐다봤단다. 그건 바위가 아니라 거대한 금 덩어리였어." 엄마는 부러운 듯 미소를 지었다. "재봉사는 남은 생을 행복하게 살았고, 자녀들을 먹여 살릴 수 있었고 다시는 일을 하지 않아도 됐어."

"그러니까 거인들이 재봉사에게 고통을 주긴 했지만 끝내는 보상을 받은 거네요?" 에곤은 이런 기묘한 운명에 대해 생각했다. "거인들이 그냥 재봉사에게 금을 줬으면 더 공정하지 않았을까요? 그 바위가 재봉사를 죽였으면 어쩔 뻔했어요?"

게르트루드는 엄마를 봤다.

"이 세상에 쉽게 얻을 수 있는 건 없단다." 엄마는 답했다. "우리는 우리에게 맞는 보상을 받기 위해 부당함의 무게도 견뎌내야 해."

"재미없는 말이네요." 에곤은 콧방귀를 꼈다.

"재미라고?" 엄마는 웃음을 터뜨렸다. "인생이 재밌어야 한다는 생각은 어디서 얻은 거니?"

"그럼 실레 부인, 당신이 견뎌내야만 하는 이 모든 고생에 대한 정당한 보상은 대체 언제 받게 되는 거야?" 아빠는 살짝 히죽거리면서 발을 끌며 엄마에게 가까이 다가가 물었다.

"언젠가 나는 금을 항아리째 받을 거예요. 그리고 여생을 편하고 품위 있게 살게 될 거라고요."

"그날이 올 때까지 당신은 그냥 우리를 견뎌야 해." 아빠는 물러났다.

"그래야겠죠." 엄마는 억지로 미소를 지었다. "자, 우리의 작은 여행을 즐겨야지?"

≈

에곤은 기차에서 먼저 뛰어내린 뒤, 손을 뻗어 아빠가 건네는 실레 이름이 새겨진 황동으로 장식된 작은 여행 가방을 받아 들었다. 엄마, 멜라니 그리고 게르트루드도 뒤따랐다.

"고향에 왔어." 엄마는 고대 도시를 내려다보며 말했다.

뒤죽박죽 섞인 붉은 지붕들과 분홍색, 회색, 초록색 방어용 작은 탑이 있는 고딕 양식 성의 돌출 첨탑. 편자 두 개가 이어진 모양으로 휜 블타바강은 조약돌로 덮인 꼬불꼬불하고 좁은 거리들을 휘감고 있었다.

엄마는 혹시나 이 말이 아빠를 불쾌하게 했나 확인하려고 힐끗 쳐다봤지만, 아빠는 진물이 나는 손목의 상처들에 정신이 팔려 있었다. 그 상처들에 바른 수은제와 의사가 처방한 모르핀은 아무 효과가 없는 듯했다.

"엄마의 장례식 이후로 한 번도 온 적이 없었어." 엄마는 말을 이었다. "팔 년 전 우리가 이곳에서 여름을 보냈을 때 말이야. 애들아, 너희

들이 얼마나 즐거워했는지 기억해야 해."

그들은 역에서 마차를 타고 중세의 구시가지 장벽으로 갔다. 거기서부터는 계속 걸어가야 했다. 마부는 고삐를 당겼고 그들은 마차에서 내렸다.

그들은 장벽 안으로 들어가 나선형의 좁은 길들을 헤맸고, 에곤과 게르트루드가 자갈길을 따라 달리며 내지르는 소리는 강물 소리에 묻혀 잘 들리지 않았다. 그들은 소도시의 역사적 중심부로 이어지는, 나무로 된 라제브니키교(이발사의 다리)에 다다랐고 중앙의 라드니치니 거리를 따라갔다. 건물들은 툴른보다 더 활기가 있었다. 황토색, 분홍색, 빨간색으로 칠해진 데다, 몇몇 건물은 아주 새파란 색의 창틀이 있었다. 빨랫감이 창문 사이의 줄에 널려 있고 하얀 셔츠와 드레스 들이 산들바람에 흔들렸다.

"이것 봐봐, 얘들아." 엄마는 초록색 문 앞에 서서 불렀다. "한때 마녀가 이 집에서 살았단다. 오, 내가 어렸을 때 사람들 사이에서 전해지던 얘기들이 있었어. 그 마녀가 얼마나 신비하고 무시무시한가에 관한 내용이었지."

그러다 그들은 분주한 스보르노스티 광장으로 갔는데, 광장은 바이올린 연주자들과 밤을 파는 상인들, 마치 아직도 소녀인 듯 머리를 양갈래로 땋은 채 어깨에 우유 주전자를 멘 노파들로 가득했다. 성자들의 석상으로 둘러싼 광장 중앙에는 높이 치솟은 기념비가 놓인 분수가 있었다. 에곤은 더 자세히 보려고 분수로 달려갔다.

"화살에 맞은 성 세바스찬이 있어!" 에곤이 뒤에다 대고 외쳤다. "내가 좋아하는 성자야."

"물에 젖지 않게 조심하거라, 에곤." 엄마가 경고했다. "가운데 기념비는 이 소도시의 흑사병 희생자들을 기리기 위해 만들어진 거란다. 물에 젖으면 운이 안 좋아."

하지만 이미 너무 늦었다. 에곤이 분수에서 뒤로 물러났을 때는 셔츠에 선명하게 물 얼룩이 스며들어 있었다.

선술집들에서 저속한 노래들이 터져 나왔다. 그곳에서는 남자들이 거리에 비치된 테이블에 앉아 큰 맥주잔을 서로 부딪치고 웃으며 거품이 이는 맥주를 마시고 있었다.

≋

시청 앞에서 엄마는 한 여인, 카테르지나를 오래도록 끌어안았다. 게르트루드는 이모를 기억하지 못했지만, 에곤은 이모가 지난번에 봤을 때보다 더 뚱뚱해졌다고 동생의 귀에 속삭였다. 이모는 똑같이 짙은 색에 머리숱이 많았지만 엄마보다는 적었다. 눈도 같은 모양이었다.

게르트루드는 에곤 옆에 바짝 붙어 섰다.

두 여인은 잠시 강물처럼 거세게 소용돌이치는 듯한 체코 말로 대화를 나누다가, 카테르지나가 고개를 돌려 나머지 가족을 쳐다봤다.

"아돌프, 하나도 안 변했네요." 이모는 아빠에게 말했다. "그 옛날 이곳에 나타났던 건장한 청년 그대로야." 게르트루드는 이모 역시 눈이 먼 게 아닌가 생각했다. "내 동생을 어찌나 빨리 빼앗아 가려 했는지 기억나네." 이모는 미소를 지었다. "돌아가신 어머니가 자네를 거절했지. 자네는 결혼하기 위해서 우리 어린 마리가 열일곱이 될 때까지 오 년을 기다려야 했지. 여전히 잘 어울려."

엄마와 카테르지나는 서로 눈빛을 교환했다.

"처형의 동생은 후회하지 않아요." 아빠는 퉁명스럽게 말했다.

카테르지나는 콧방귀를 뀌었다.

"안녕, 젊은이." 이모가 에곤에게 인사했다. "역시 잘생겼구나. 네가 예술에 대한 열정에 사로잡혔다고 들었는데? 네 외할머니를 닮았구나. 우리 엄마도 그림을 그리시곤 했는데 재능이 있으셨지. 그건 유전이야. 이 사실을 외면하지 말 거라, 얘야."

에곤은 애매모호하게 미소를 지었다. 게르트루드가 아빠를 쳐다보니, 아빠는 이모를 노려보고 있었다.

"멜라니구나." 이모는 말을 계속했다. "완벽한 미인이네! 네 엄마가 너를 무척이나 칭찬하더구나. 젊은 아가씨가 심지가 곧고 바르고 속이 꽉 찼다고. 단지 좀 재미를 보는 것도 잊지 말아야 한다! 너무 착실하게 행동하다 보면 분명 지겨워질 거야."

"카테르지나, 이 애를 그냥 놔둬. 나는 가능한 한 모든 도움이 필요하다고." 엄마가 핀잔했다.

"그리고 얘는 게르티겠네." 이모는 거친 손가락으로 게르트루드의 볼을 문질러 댔다. "지난번에 봤을 때는 키가 무릎까지 왔었는데. 고마움도 모르고 우유도 안 먹으려 하고, 집이 무너져라 빽빽 울어댔지. 내가 듣기로는 여전히 자기 멋대로 하려 든다던데? 내 말은, 여자애가 자기 마음을 안다는 건 잘못된 게 아니란 말이야."

"이모를 만나서 무척 반가워요." 게르트루드는 공손히 말했다.

"멋진 가족이구나, 마리. 너는 우리 소우쿠포바스 집안의 자랑이야. 허기져 보이는구나. 가방들을 갖다 두도록 해. 내가 우리 옆집에 빈방을 두 개 확보했어. 요청대로 강 근처야. 지붕이 새긴 해도 편안할 거야. 네가 방을 관리할 수 있다면. 이제 여관에 가자. 내가 우리 집안사람들을 미리 그곳에 보내놨어." 이모는 윙크를 했다. "오, 지금 집에서 꽤나 멀리 떨어진 셈이네!"

여관은 연기가 자욱하고 낮은 아치형 천장에, 벽은 만지면 까슬거렸다. 수퇘지, 토끼들, 닭 여러 마리가 옥외에서 타오르는 불꽃 위 쇠꼬챙이에 꽂혀 지글지글 타고 있었다. 그곳은 모든 연령대의 남자, 여자, 아이들로 빽빽했다. 이가 빠진 아이들, 농사꾼들, 앞치마에 여전히 피가 묻어 있는 한 쌍의 푸줏간 주인, 짧게 자른 드레스를 입은 통통한 여인들이 벤치에 다닥다닥 붙어 앉았다. 게르트루드가 이제껏 보아온 것과는 달랐다. 카테르지나의 배가 불쑥 나온 덩치 큰 남편 플라멘과 아들 다섯 명은 이미 자리에 앉아 있었다. 그들은 종아리까지 오는 헐렁한 바지에 목깃이 없는 줄무늬 셔츠를 입었다. 툴른에 있는 젊은 남자들과 눈에 띄게 다른 모습이었다.

그들은 모두 벤치에 끼어 앉았고, 이내 향기 나는 허브들을 뿌린 김이 모락모락 나는 고기들이 높이 쌓인 커다란 쟁반이 테이블에 도착했다. 두껍게 썬, 바삭바삭하고 기름으로 반짝거릴 때까지 요리한 뜨거운 감자들이 담긴 쟁반이 그 뒤를 이었다. 카테르지나는 커다란 맥주 세 병과 아이들을 위한 보리차를 큰 소리로 주문했다. 엄마는 막으려 했지만 언니 때문에 이내 입을 다물었다. 게르트루드는 엄마가 두 눈에 곤혹스러운 빛을 띠며 옅은 색 액체를 홀짝이는 걸 지켜봤다.

"어서 먹어라, 얘들아." 이모가 명령했다. "내 난폭한 아들들이 다 먹어 치우기 전에. 손가락으로 먹어. 여기서는 점잔 피울 필요 없단다."

에곤은 그 말을 덥석 받아들이고는 손으로 고기를 뜯었다. 멜라니는 조금만 뜯어서 접시에 올려놓은 뒤 벤치 아래로 손가락을 닦아냈다. 게르트루드는 아빠를 지켜보는 엄마를 바라봤고, 아빠는 고개를 으쓱하더니 맥주를 또 한 잔 들이켰다. 그래서 게르트루드는 오빠를 따라서 따뜻한 고기를 집어 손끝으로 고기의 축축함, 그 기름진 육즙을 느꼈다. 게르트루드는 고기를 이로 물어뜯고 손가락을 빨았다. 몹시 배가 고팠다.

줄곧 냉담했던 아빠는 열광적으로 변했다. 아빠는 플라멘에게 상스러운 농담들을 하기 시작했다. 근육질 몸에 눈에는 장난기가 가득한 철도 노동자들에게서 들은 것들이었다. 아빠의 상처들과 움푹 들어간 눈이 주변에서 술 마시며 흥청대는 사람들의 눈길을 끌었지만, 아빠는 병조차 잊은 듯했다. 엄마도 놀라 눈가에 주름이 잡히며 손으로 입을 막았다. 멜라니는 새침하게 미소 지으며 마지못해 어울렸다. 멜라니는 카테르지나의 큰아들 쪽으로 몸을 기울이고선 게르트루드에게는 들리지 않는 무언가를 이야기했다. 게르트루드는 테이블을 쭉 둘러봤다. 처음에는 이모와 이모의 아이들을, 그다음에는 엄마, 아빠, 언니, 그리고 개처럼 뼈를 물어 뜯고 있는 에곤을 차례대로 봤다. 그녀의 가족을. 그녀 안, 갈비뼈 아래 어딘가에서 잔물결이 일듯 마음이 서서히 녹아내리는 느낌이 일었다. 그것은 목으로 올라와 입까지 도달했다. 그리고 게르트루드는 그들을 따라 함박 웃는 자신에게 놀랐다.

≋

시끄러운 소리가 한밤을 가르며 그들이 숙박하려 빌린 방 두 개짜리 좁은 집의 얇은 벽을 뚫고 지나갔다. 그들이 알아듣지 못하는 언어의 말이 마구 쏟아져 들렸다. 게르트루드는 익숙하지 않은 공간에서 정신을 차리려 애썼다. 멜라니는 작은 램프의 불을 밝혔다. 실레 남매들은 자다가 통통 부은 얼굴로 서로를 응시했다.

"누가 지르는 소리야?" 게르트루드는 덜덜 떨리는 목소리로 물었다.

또다시 소리가 들렸다. 엄마의 현지어라서 뜻은 알아듣지 못해도 분노와 절망이 섞인 말인 건 명백했다.

멜라니는 담요를 던지고 복도로 이어지는 문으로 달려갔다. 멜라니의 손은 손잡이에 머물렀다.

"기다려 봐." 에곤이 말렸다. "그냥 엄마 아빠가 또 다투는 걸 거야."

옆방에서 구르면서 덜커덕거리는 소리가 났다.

"창문에서 물러나란 말이야." 엄마가 독일어로 바꿔 말했다. "당신은 취했어!"

"무서워." 게르트루드는 울먹였다.

"내가 엄마와 함께 저 방에 있는 게 낫겠어." 멜라니가 말했다.

에곤은 고개를 저었다. "가지 마."

남매는 방문을 살짝 열고 문틈으로 살펴봤다. 부모님의 방으로 이어지는 문에서 눈을 뗄 수 없었다.

"그럼 해. 뛰어내리라고!" 엄마가 고함을 질렀다. "내가 상관이나 하는지 두고 봐!"

멜라니가 다시 문손잡이를 잡자, 에곤이 말렸다.

"아빠는 그러지 않으실 거야." 에곤이 말했다.

"네가 어떻게 알아?"

거리로 난 바깥문에서 쾅쾅 소리가 나더니 발소리가 쿵쿵 울렸다. 플라멘이 잠옷 바람으로 복도를 달려왔는데, 털이 덥수룩한 두 다리는 양팔보다 더 파리했다.

남매들은 부모님의 방에서 싸우는 소리를 들었다.

엄마는 현지어로 목소리를 높였고, 플라멘은 말을 짧게 반복하고 또 반복했다. 에곤의 손가락이 게르트루드의 어깨를 깊숙이 찔렀다.

"아빠가 강으로 뛰어내린 거야?" 게르트루드는 덜덜 떨면서 물었다.

"그랬다면 지옥으로 가겠지." 멜라니가 답했다.

마침내 부모님의 방문이 벌컥 열렸다. 삼 남매는 날카롭게 쏟아지는 불빛에 눈을 더 부릅뜨고 숨을 죽였다. 플라멘 이모부가 나왔다. 그는 균형을 잡은 뒤 한 발짝씩 내딛었고 업고 있는 짐짝이 버거워 휘청거렸다. 그 짐짝은 아빠였다. 아빠는 이모부의 어깨에 걸쳐져 엉덩이를 허공에 내민 채 야윈 몸을 구부리고 있었고 두 팔은 이모부의 등 뒤로 축 늘어져 있었다. 거품이 이는 침이 아빠의 입에 대롱대롱 매달린 데다 두 눈은 통통 부어 있었다. 주름 장식이 달린 잠옷을 입은 엄마는 맨발에 머리를 흩날리며 뒤따라갔다.

게르트루드는 공포에 질려 거의 숨을 멈출 뻔했다.

"내가 갈게. 엄마는 내가 필요해." 멜라니가 말했다.

"엄마는 우리가 봤다는 걸 아느니 차라리 스스로 목숨을 끊으실 거야." 에곤이 설득했다.

멜라니는 고개를 끄덕이고 문에서 손을 뗐다. 삼 남매는 바닥에 웅크리고 앉아 서로를 끌어안았다. 그들이 무엇을 듣고 무엇을 봤는지는 결코 다시는 입 밖으로 꺼내선 안 된다는 걸 알았다.

8

1904년 9월

기차가 보헤미아에서 국경을 넘어 오스트리아로 달려가자, 실레 가족이 크루마우를 떠날 때부터 어두워지던 하늘이 무게를 덜어 툴른으로 가는 길 내내 빗방울이 창문을 내리쳤다. 게르트루드는 애써 잠을 청해봤다. 에곤은 아빠의 신문을, 멜라니는 소설을 읽었다. 엄마와 아빠는 서로 객차 반대편에 앉아 창밖을 응시했다. 실레 가족이 계획했던 것보다 삼 일 일찍 크루마우를 떠나자고 고집을 부린 사람은 아빠였다.

아침 식사 때, 아빠는 역으로 돌아가고 싶고 새롭게 시작할 생각으로, 일을 해낼 수 있다는 걸 증명하고자 업무로 복귀하기 전에 준비할 시간이 필요하다고 말했다. 엄마는 반대하지 않았다. 아빠가 기차 시간표를 확인하는 동안 엄마는 그저 가방들을 쌀 뿐이었다.

"저는 여기가 좋아요. 여기에 있고 싶다고요." 에곤은 불평했다.

"언젠가 또 올 수 있을 거야, 에곤. 분명 너는 환영받을 거란다." 엄마가 타일렀다.

역에서 엄마는 카테르지나를 포옹하면서 곧 연락하겠다고 약속했다. 카테르지나는 아빠가 작별 인사할 때 쳐다보려고도 하지 않았다.

"저 개자식이 너를 무너뜨리게 놔둬선 안 돼." 포옹한 상태로 이모가 엄마의 귀에 입을 바짝 대고 속삭이는 소리를 게르트루드는 들었다.

기차가 툴른에 도착하자, 아빠는 먼저 객차 문 앞에 섰다. 아빠는 복장을 가다듬고 흐트러진 데가 없는지 확인차 단정하게 손질한 수염을 손으로 쓰다듬었다. 아빠는 동료들을 만나 권위를 행사하며, 자신이 회복되어 업무로 복귀할 준비가 되었다는 걸 보여주고 싶어 안달이 났다.

문이 열리자, 아빠는 기차에서 나와 직원들에게 인사할 준비를 했다.

"요르그?" 아빠는 기차에 탑승하려고 기다리는 정장 차림의 남자를 불렀다.

"아돌프?" 남자는 화답하며 활짝 미소 짓고 서류 가방을 땅에 내려놓았다.

"깜짝 놀랐네!" 아빠는 남자의 손을 잡고 힘차게 악수했다. "몇 년 만에 보는군."

"흠, 분명 오 년 전에 봤을 거야. 지방 모임에서."

"자네가 여기 온다는 걸 알려줬어야지." 아빠가 나무랐다.

"자네가 다음 주까지 여기에 돌아오지 않을 거라고 들었어." 요르그가 대답했다.

"일찍 돌아왔어. 나 없이는 역이 꼼짝도 못 할 거거든." 아빠는 웃음을 터뜨렸다. "내가 직장 생활하면서 처음 떠난 여행이었지. 하지만 기차 소리 없이는 잠을 못 자겠더라고."

요르그는 아빠를 따라 웃었다. "이곳은 자네 없이는 예전 같지 않겠지."

"우리의 보잘것없고 황폐한 지방에 찾아온 이유가 뭔가?"

"광고를 봤거든. 처음에는 무시했는데 나중에 생각해 보니 이 지방에서 내가 자네의 임무를 맡는다면 완벽히 잘 맞을 거라는 생각이 들었어. 철도청과 오늘 모든 걸 살펴봤고 필요한 문서에 서명했지. 나한테 일하는 요령도 알려주고 거처도 구경시켜 줬어. 멋지게 관리하셨더군요, 실례 부인." 요르그가 엄마에게 말을 걸었다. "제 아내는 아무것도 바꿀 필요가 없겠어요." 요르그는 가족을 쭉 둘러봤다. "자네가 일을 그만둔다는 소식에 당연히 우리는 깜짝 놀랐어. 하지만 자네가 무척 고생해 온 것 같더군. 자네도 이제는 좀 쉴 때가 됐어. 이제야 자네가 늘 원하던 대로 화석 채집에 쏟을 시간이 생기겠군. 단지 자네 자신이 화석이 되지는 말게."

요르그는 아빠의 등을 한 대 쳤다.

기차 안내원이 마지막 탑승을 알리는 호루라기를 불었다. 길고 날카로운 소리였다.

"나, 나는……." 아빠가 입을 열었다. 아빠의 눈썹이 위아래로 빠르게 움직였다.

"자네는 어디로 이동할 건가?" 요르그는 기차에 오르며 물었다. "꼭 방문할게."

"우리, 우리는……." 아빠는 말하려고 애썼다.

얼굴이 창백하게 초췌해졌고 팔꿈치를 부러질 듯 몸에 꽉 맞댔다. 아빠는 그 자리에서 몸을 돌려 기차, 안내원, 집, 그리고 요르그를 차례로 쳐다봤다.

"우리는 클로스터노이부르크로 갈 겁니다." 엄마가 끼어들었다. "에곤이," 엄마는 에곤을 앞으로 밀었다. "학업 때문에 이미 거기 살거든요. 이 아이 가까운 곳으로 옮길 거예요. 우리는 모두 지독히도, 지독히도……." 엄마는 적절한 말을 찾으려 애썼다.

"놀랐다고요?" 게르트루드가 속삭였다. 그러자 멜라니가 주의를 주려고 몸을 기울였다.

게르트루드는 다시 오빠와 함께 산다는 생각에 흥분할 수밖에 없었다. 그들 사이로 기차 문이 닫혔다.

"반가운 소리네요." 요르그는 열린 창문을 통해 말했다. "이건 자네와 자네 가족에게 엄청난 기회야, 아돌프. 틀림없어. 나와 우리 가족에게도 마찬가지고. 자, 행운을 빌어. 모두 몸 잘 챙기세요."

기차가 구르며 움직였다. 요르그는 창문에서 아빠에게 경례를 했고, 아빠는 축 처진 손을 힘없이 들어 올렸다. 기차가 점점 속도를 올리자 바퀴가 돌아가면서 끼익 소리를 내다 점점 귀청을 찢을 듯 소리를 질러 댔다. 실레 가족은 기차가 멀리 사라질 때까지 지켜봤다.

아빠가 고개를 돌리니 지방 상관이 옆에 서 있었다. 남자의 얼굴은 엄격했다.

"우리는 자네가 이런 식으로 알게 되길 원치 않았네." 남자는 말하며 아빠에게 같이 매표소로 가자고 손짓했다.

게르트루드는 멜라니, 에곤, 그리고 말을 잃은 채 멍하니 두 남자를 쳐다보는 엄마 곁에 바짝 다가섰다.

"많이 놀랐을 거야." 상관의 목소리가 들렸다. "하지만 왜 우리가 이런 조치를 취해야만 했는지 자네도 알 거야. 승객들의 안전이 최우선이지 않나."

"나는 완벽하게 해낼 수-" 아빠가 말을 끊었다.

"우리는 이 일에 그 어떤 오판도 해서는 안 돼. 최근 상황들을 고려해서 우리는 자네를 해고시킬 걸세. 그 효력은 지금 즉시 발생하고."

작은 신음 소리가 엄마의 목에서 흘러나왔다.

"그리고 미안하게 됐지만, 이에 따라 12월 둘째 주까지 거처를 비우라고 공식적으로 통고하네."

게르트루드는 남자가 아빠에게 문서 한 장을 전달하자 엄마의 몸이 덜덜 떨리는 걸 느꼈다.

아빠의 눈에 미친 듯이 분노가 일었다.

"나는 삼십 년이 넘는 세월을 이 회사를 위해 바쳤습니다. 나는 충분히-"

"우리는 매우 미안하게 생각하고 있어. 이 결정은 위원회에서 내려졌고 자네의 후임자가 임명됐어. 그 오랜 시간 자네가 보여준 헌신과 오스트리아 제국 철도청의 기준을 지켜온 희생은 우리도 높이 평가하네. 우리는 자네와 자네 가족의 앞날에 행운을 빌어."

9

1904년 11월

"저녁 안 먹을 거면 이 빌어먹을 테이블에서 물러나!" 아빠가 느닷없이 큰소리를 질렀다.

아빠는 게르트루드가 앉은 쪽으로 거칠게 눈을 돌렸다. 멜라니는 자리에서 움찔했다. 아빠는 숟가락 뒷면의 걸쭉한 수프를 핥았다.

"아돌프!" 엄마가 나무랐다. "얘들 모두 제대로 먹고 있잖아요."

게르트루드는 포크와 나이프를 조심스레 내려놓았다. 테이블 위로 적갈색 두 주먹을 올려놓은 아빠는 오른손으로는 숟가락을 움켜쥐고 있었다. 양 손목의 상처는 까맸다. 멜라니는 고개를 들어 동생과 눈을 마주쳤다. 에곤은 안전하게 클로스터노이부르크에 있는 학교에 있었고 집에 방문하는 횟수가 점점 줄어들었다.

엄마는 빵을 조금 더 떼어 버터를 바르고 침착하게 한 입 뜯어 먹고서는 필요 이상으로 오래 씹었다. 그들은 곧 며칠 안으로 역사에 마련된 집에서 떠날 것이다. 엄마는 가족의 소지품들을 골라 짐을 싸는 일에 모든 시간을 할애했다. 신문으로 물건들을 감싼 뒤 나무 상자에 넣었고, 툴른에서 팔고 갈 수 있게 값어치가 나가는 것은 표시했다.

아빠가 손바닥으로 테이블을 쿵 하고 내리치자 숟가락이 바닥으로 딸그락 떨어졌다.

"방으로 가!" 아빠는 게르트루드에게 소리를 질렀다. "내가 말했지! 나가!"

아빠는 코를 킁킁대다가 어깨 너머로 침을 뱉었다. 불과 몇 시간 전에 무릎 꿇고 그 바닥 판석들을 박박 문질러 닦았던 멜라니가 항의하려 들자, 엄마가 작지만 거칠게 목을 홱 움직이며 딸을 저지했다.

게르트루드는 테이블에서 물러날 준비가 되었다는 걸 보여주려고 나이프와 포크 등을 가지런히 놓았다. 하지만 나가기도 전에 아빠가 또다시 고함을 지르기 시작했다.

"요르그, 이봐, 환영해. 앉게. 인수인계 때문에 온 게로군." 아빠는 게르트루드 뒤에 있는 문에서 평소 에곤이 앉는 빈자리로 손짓을 했다.

게르트루드는 누가 계단을 오르는 소리를 듣지 못했다. 고개를 돌렸지만 문간에는 아무도 없었다. 엄마도 비어 있는 문틀을 보더니 얼굴에 놀라움이 스쳤다.

"아돌프." 엄마는 간신히 말을 내뱉었다. "요르그가 오늘 밤 방문하기로 한 거예요?"

엄마는 냅킨으로 입을 닦았다. "그럼 식사를 더 준비할게요."

"이 여자가! 요르그는 바로 여기 있잖아. 눈멀었어?"

"엄마한테 그런 식으로 말씀하지 마세요!" 멜라니가 날카롭게 쏘아붙였다.

"너도 이제 열여덟이야, 멜라니. 결혼할 때가 됐어."

"멜라니는 준비되면 결혼할 거예요, 아돌프." 엄마가 말했다.

"흠, 결혼에 관심 없으면 뼈 빠지게 네 몫을 해야 해. 너희들이 모두 낡은 밧줄처럼 게으름을 피우는 동안 나만 벌어올 수는 없지. 안 그래, 요르그?"

"당신은 이제 일 안 할 거예요, 아돌프." 엄마는 아빠에게 일러주었다.

"내가 일을 해야 하면 에곤도 그래야 해요!" 멜라니가 덧붙여 말했다.

"그 녀석이 그렇게 노는 날도 이제 얼마 안 남았어. 내 말을 명심하라고. 자, 어서 먹어!"

엄마는 두 손을 무릎에 놓았다. 멜라니는 차갑게 식어버린 수프를 뚫어지게 바라봤다.

아빠는 의자를 들어 손님이 테이블 앞에 앉도록 배치했다.

"이 난리를 이해해 주게." 아빠는 허공에다 말을 걸었다. "애들은 야생동물보다 최악이고 내 아내는 시골뜨기나 다름없어."

아빠는 자기 자리로 돌아왔다. 엄마와 멜라니는 서로 쳐다보며 눈살을 찌푸렸다.

아빠는 아무 말 않고 귀를 기울이다가 "그래, 그래"라고 말했다. 목소리가 달라졌다.

"음식 가져와, 이 여자야!" 아빠는 손가락으로 엄마의 얼굴을 톡톡 쳤다.

"사랑하는 남편 말씀이신데 그래야겠죠."

엄마는 일어나 스토브로 가서 팬을 불 위에 올려놓았다. 엄마는 남은 수프에 물을 넣어가며 따뜻하게 끓이다가 국자로 깨끗하게 한 그릇 담고선 그릇 가장자리를 앞치마로 닦아냈다. 엄마는 그릇을 에곤 자리 옆에 올려놓았다. 그러자 아빠가 그릇을 홱 잡아챘다.

"예의 좀 지킬 수 없어?" 아빠는 빈자리를 향해 고개를 돌렸다. "내 아내를 용서해 주게." 아빠가 크림이 담긴 병을 가지고 오자, 엄마가 호화로운 리본 장식이 있는 그릇에 담긴 수프 안에 크림을 조금씩 나눠서 부었다. "자, 어서 먹게나!"

"게르티, 소금을 건네줘." 엄마는 테이블 아래로 딸의 다리를 꼭 쥐며 말했다.

아빠는 경고하는 눈으로 그들을 봤다. "어서 다 먹어!"

그들은 차가운 수프를 입에 넣었는데 먹을 때마다 점점 더 삼키기 힘들었다. 아빠는 드디어 냅킨을 접고 손가락을 쭉 펴더니 마치 농담을 들은 듯이 웃음을 터뜨렸다.

엄마와 멜라니는 아무 말 없이 앉아 있었지만, 게르트루드는 안달이 났다.

"저 나가봐도 될까요?" 게르트루드는 멜라니가 설거지하도록 빈 그릇들을 모으며 물었다.

"방으로 가기 전에 아빠에게 키스해야지." 아빠는 말하며 게르트루드에게 두 팔을 활짝 벌렸다. "이리 오렴, 사랑하는 엘비라. 너는 늘 내가 가장 사랑하는 아이였단다."

"엘비라……." 게르트루드는 말을 더듬거렸다. "하지만 엘비라 언니는 죽었는데요."

엄마는 숨을 헉하고 쉬더니 벌떡 일어나 딸에게서 그릇들을 빼앗았다. "그냥 놔두렴." 엄마가 말했다.

하지만 그릇 더미가 미끄러지면서 게르트루드의 손에서 떨어져 테이블 가장자리로 튕겨나가 백여 개의 조각으로 와장창 박살이 났다. 게르트루드는 숨을 죽인 채 처벌을 기다렸다. 하지만 아빠는 그저 웃을 뿐이었다. 아빠의 낮고 굵은 목소리에서는 과도한 웃음소리만이 터져 나왔다. 엄마는 털썩 무릎을 꿇었다.

"내 그릇들! 내 소중한 그릇들." 엄마는 울부짖었다.

엄마는 조각들을 집어 들고선 마치 자신의 살점인 듯 꼭 끌어안았다.
"아돌프, 이것들은 우리 부모님이 주신 결혼 선물이었어요. 내가 이십오 년간 간직했던 거라고요. 이것 봐요!" 엄마는 덜덜 떨며 숨을 내쉬다가 그릇 조각들을 아무거나 집어 맞대어 보더니 허망하게 바라봤다. "이생에서 결코 무엇과도 바꿀 수 없는 것들이란 말이에요."
엄마는 울음을 터뜨렸다.

10

1904년 12월

잠에 깊이 빠져 게르트루드는 찬란한 여름날 아침의 열기와 빛을 느꼈다. 오빠는 연말인 데다 이사를 도와주기 위해 집으로 돌아왔다. 게르트루드는 최대한 빨리 몰래 집을 떠나 오빠와 탈출하는 꿈을 꾸고 있었다. 둘이서 기차선로를 따라 기어가고, 다뉴브강 언저리를 지나면서 낮게 내리쬐는 눈부신 햇빛 속을 들락날락했다. 그러다 숨겨진 공간을 발견하고는 옷을 벗고 차가운 강의 얕은 곳에서 첨벙거리고 물밑으로 서로를 빠뜨리며 수영을 했다. 그런 다음 물수제비를 뜨고 지나가는 구름을 세었다. 에곤은 풀밭에 누워 게르트루드를 관찰했다.

이 희망찬 날의 따스함으로 게르트루드는 잠에서 완전히 깨버렸다. 그때 탁탁거리는 소리가 들렸다.

나무가 쪼개지고 격렬하게 폭발하는 소리가 났다. 일어나 앉은 게르트루드는 열기가 올라오는 걸 느꼈다. 차갑고 어두운 공기를 뚫고 열기가 부풀어 올랐다. 흙을 그을리고 고무가 타는 타르질의 톡 쏘는 냄새가 났다. 에곤의 침대 옆 벽이 환해지면서 매끄러운 벽 표면을 가로질러 빛과 그림자가 뒤섞인 무늬가 이리저리 생겨났다.

게르트루드는 상자와 분해된 가구로 가득 찬 침실을 걸어 나와 어두운 집을 가로질러 거실에 다다랐고 무섭지만 곧바로 창가로 향했다. 창유리를 만지니 뜨거웠다. 밖에는 강렬한 불길이 터널을 이루며 하늘로 치솟았고, 불타는 잔해 부스러기들이 위로 폭발했다가 검게 물든 우아한 눈이 되어 땅으로 떨어졌다. 게르트루드의 폐는 그 잔해 부스러기들로 가득 찼다. 꿀꺽 삼키니 검댕 맛이 났다. 아래에 있는 거대한 불길은 주변의 공간과 싸우면서 탐욕스럽게 크기와 힘을 키워갔다. 불은 선로를 덮치고 침목들을 재로 만들어 버렸으며, 게르트루드가 지켜보는 가운데 플랫폼과 실레 가족의 집으로 점점 더 가까이 살금살금 다가왔다.

게르트루드는 침실로 뛰어 들어가 에곤을 침대에서 끌어내려 애썼다. 오빠는 자느라 눈을 감은 채 게르트루드를 밀쳐냈고 다급하게 깨우는 동생을 향해 발길질을 했다. 게르트루드는 인내하면서 오빠를 깨우려고 안간힘을 썼다.

"에곤 오빠! 어서! 불이 났단 말이야!"

멜라니는 뒤척이다가 베개를 끌어당기고선 머리 위에 놓았다. 평소답지 않게 몸을 가누지 못했다.

게르트루드는 에곤을 잡아당겨 일으켜 세운 뒤 기차선로가 내려다보이는 창문으로 밀고 갔다.

"그런데 저기 밑에 누군가가 있어!" 에곤이 불의 지옥을 내려다보며 소리 질렀다.

"불을 *끄려나 봐*?" 게르트루드는 더 자세히 보려고 몸을 앞으로 내밀었다.

불길 옆에는 형체가 하나 있었는데, 아픈 듯 몸을 웅크렸고 폭발하는 불길에서 뒷걸음질 쳤다. 강렬한 빛이 그 사람의 얼굴을 가렸다. 하지만 그 사람이 손에 든 것은 물이 담긴 통이 아니었다. 대신 매 순간 몸을 앞으로 내밀어 무언가를 불꽃에 넣었다.

"내 그림들!" 에곤의 목소리가 거대한 불길의 소음보다 높았다.

에곤의 외침에 부모님 침실에서 무언가 덜커덕 바닥으로 떨어지는 소리가 났고, 잠시 뒤 게르트루드는 방을 가로지르는 다급한 발소리를 들었다. 다급하게 창문을 두드리는 소리에 바깥의 그 실루엣은 깜짝 놀랐다. 그 사람은 머리를 들고 불꽃에 종이들을 넣던 오른손을 마치 인사하듯이 들어 올렸다. 그러다 허리를 숙여 선로 옆에 있던 무언가를 집어 놀라울 만큼 빠르게 팔을 뒤로 당겨 호를 그리며 앞으로 던졌다. 물건 하나가 바깥 창문 사이 벽에 부딪혔다가 볼품없게 플랫폼으로 튕겨 나갔다. 그 사람은 같은 행동을 반복했는데, 두 번째는 더 무거운 물건이 목표물에 도달해서 부모님 침실 창문을 박살 내며 들어갔다. 엄마는 비명을 질렀다.

멜라니, 에곤 그리고 게르트루드는 거칠게 서로를 밀치며 부모님 침실로 뛰어갔다. 게르트루드는 문 반대편에서 무엇을 보게 될지 무서웠다. 멜라니가 문을 열자 이마에 피를 흘리며 바닥에 쓰러져 있는 엄마가 보였다. 멜라니는 달려가서 엄마의 어깨와 머리에 묻은 유리 조각들을 아랑곳하지 않고 엄마를 끌어안았다.

그러자 엄마는 기다란 리본만큼의 공기를 폐 속으로 들이쉬고선 집이 떠나가도록 어둠을 뚫고 울부짖었다.

"왜 그이는 내게 벌을 주는 거지. 왜 벌을 주는 거냐고?" 엄마는 한탄했다.

에곤은 계단을 재빨리 달려 내려가 플랫폼으로 이어지는 문을 쾅쾅 두드렸다. 게르트루드는 멜라니와 엄마에게게서 물러나 오빠에게 합류했다.

"여기서 나가야만 해." 오빠는 소리를 질렀다.

오빠는 손을 더듬거리다 열쇠를 떨어뜨렸고 차가운 바닥에서 다시 열쇠를 집어 들어 자물쇠에 집어넣었다. 열쇠를 두 번 돌리자 문이 열렸다. 열기의 장벽이 남매를 훅 덮쳤다. 게르트루드는 마치 포효하는 증기 기관차 안에 있는 듯한 느낌이었다.

남매 앞에 있는 남자는 달아오르고 있었다. 소매에 불이 붙고 얼굴의 털은 이미 그슬려 있었다.

"아빠!" 에곤이 소리쳐 불렀다. 에곤은 플랫폼 가장자리를 뛰어넘어 선로로 갔다.

아빠가 고개를 돌렸다. "아름답지 않니?" 아빠는 물었다.

아빠는 에곤을 조금도 알아보지 못하는 눈빛이었다. 게르트루드가 맨발로 서 있는 집 근처에서조차도 열기는 견디기 힘들 정도였다. 에곤은 아빠의 가슴 쪽 옷을 움켜쥐고 끌어내려 했으나 아빠는 뿌리친 다음 아들의 목덜미를 잡았다.

불똥이 에곤에게 비처럼 쏟아져 머리카락을 태우고 잠옷을 그슬려 구멍을 냈다.

아빠는 오빠를 바닥으로 내동댕이쳤다. 부자는 위험할 정도로 불 가까이에 있었다.

"오빠를 내버려 둬요!" 게르트루드는 소리를 지르며 플랫폼 가장자리로 뛰어가서 팔을 내밀었다.

그 순간, 게르트루드는 아빠가 죽기를 바랐다.

에곤은 계속해서 주먹으로 치고 몸을 피했다. 아빠는 오빠를 꼼짝 못 하게 하려고 온 힘을 가했다. 두 눈은 튀어나왔다. 에곤은 연기 나는 숯을 한 주먹 쥐고 아빠의 뺨에다 대고 던져 아빠의 눈부터 턱까지 검붉은 선을 남겼다. 아빠는 에곤을 쥐고 있던 손을 풀어 양손 손가락을 자신의 얼굴에 갖다 댔다. 덕분에 에곤은 몸을 굴려 가까스로 물러났다. 에곤의 손에는 이미 물집이 잡혀 있었다.

"물." 게르트루드는 말하면서 에곤이 손을 물에 담글 수 있게 양동이를 가지러 달려갔다.

가장 가까운 거리의 이웃들은 소음과 강렬히 타오르는 불 때문에 잠에서 깨어 이미 플랫폼에 도착했다. 그들은 불길을 죽이기 위해 모래와 흙이 담긴 양동이들을 들고 왔다. 한 남자가 아빠의 어깨를 붙잡았고, 아빠는 아무 말 없이 끌려갔다. 남자는 아빠를 불에서 멀리 앉혔다. 아빠는 새까맣게 타 고기 토막 같았고, 머리는 그을린 데다 피부에는 진물이 흘렀으며 뺨을 젖은 걸레로 누르고 있었다.

아빠의 베드 재킷 아래 긴 잠옷 주머니 속에는 이 불지옥에서 겨우 탈출한 종이 세 장이 들어 있었다. 종이들은 검댕 범벅이 되었지만 선명하게 양각되어 있는 데다 공식 무늬가 새겨진 도장이 진홍색 밀랍으로 찍혀 있었다.

"이걸 멜라니 누나에게 갖다줘." 에곤은 그 종이를 붙들고 말했다. "아마 누나는 이게 뭔지, 아빠가 왜 태우려 했는지 알 거야."

게르트루드는 불타던 것이 자신의 그림들이 아니란 사실에 오빠가 안심하는 걸 눈치챘다.

멜라니는 여전히 위층에서 엄마를 달래고 부드럽게 흔들며 위로하고 있었다. 게르트루드는 방 안으로 들어가 증서들을 내밀었다.

엄마는 눈을 떴다가 다시 쓰러졌다.

"주식들!" 엄마는 흐느껴 울었다. "내 이럴 줄 알았다고!"

에곤이 양손을 젖은 걸레에 감싼 채 방으로 들어왔고, 엄마는 새롭게 투지를 불태우며 고개를 들고선 증서를 쥐지 않은 손으로 주먹을 불끈 쥐었다.

"그 개자식! 네 아빠 말이야! 내 두 손으로 직접 그 인간을 죽일 거야. 우리가 평생 모은 전 재산을 태워서 재로 만들어 버리다니."

"우리는 앞으로 어떻게 되는 거예요, 엄마?" 게르트루드는 울먹였다.

엄마는 계속해서 말했지만 자신에게만 하는 말인 듯했다.

"그 인간의 무모함 때문에 우리는 사실상 노숙자나 다름없어. 게다가 그 인간은 나를 벌주려고 안달이 났어. 뭣 때문인지 나는 결코 모를 거야. 하지만 이런 짓을 하려고? 자기 가족을 전멸시키려고? 나는 그 인간이 그렇게 잔인한지 몰랐어. 그 인간은 유일하게 우리를 보호해 줄 수 있던 걸 없앴어." 엄마는 자녀들에게 고개를 돌렸다. "우리는 이제 빈털터리야. 그 주식들이 너희 미래를 보장해 주고 있었는데. 너희들 아빠가 우리 모두를 파멸시켰다고."

11

1904년 12월

괘종시계가 복도에서 무겁게 똑딱거렸다. 자정이 되기까지 한 시간도 남지 않았다. 게르트루드는 부모님의 침실을 주의 깊게 들여다봤다. 그들은 이제 툴른 역사에 있는 집이 아닌 클로스터노이부르크에 있는 좀 더 작은 새 아파트에 있었다. 자면서 불안정하게 요동치는 아빠의 숨소리가 들렸다. 엄마는 같은 방 창가 옆 흔들의자에 앉아 뜨개질을 하고 있었고 호박색 액체가 엄마 옆 테이블에 놓여 있었다. 멜라니는 아빠의 침대 옆에 앉아 아빠의 손을 잡고 스펀지로 입술을 축여주었다.

"어서 얘들아. 자야 할 시간이야." 엄마는 문가에 있는 에곤과 게르트루드를 발견하고 말했다.

"하지만 새해 전야인 걸요." 에곤이 말했다. "우리 이날은 대개 안 잤잖아요."

"아빠가 무척 아프시잖니. 의사가 여기 오는 중이야."

그들은 새집에 온 지 이 주도 되지 않아서 아직은 공간이 여러 가지로 익숙하지 않았다. 그들의 소지품들은 아무렇게나 풀어놓은 듯 보였다. 게르트루드는 현관 옆 복도에서 시든 양치류를 새롭게 발견했고, 낯선 벽에 걸린 액자 속 풍경화들은 색채가 덜 밝아 보였으며, 툴른 집 침실에 있던 검은 테두리로 된 엄마의 거울은 지나치게 큰 탓에 어디에도 맞지 않아 현관에 기대놓았다.

현관을 크게 쾅쾅 두드리는 소리에 엄마는 의사를 맞이하러 일어섰다. 의사는 빵도 자를 수 있을 듯하게 생긴 콧수염을 지닌 늙은 남자였다. 게르트루드와 에곤은 시야 밖에 있었지만 말을 들을 수 있을 만큼 가까이에 서 있었다.

"올해의 마지막 날에 민폐 끼쳐드리지 않길 바랐어요." 엄마가 말했다.

"도움을 드릴 수 있어 기쁩니다." 의사는 의례적으로 대답했다.

"무슨 일이지?" 게르트루드는 속삭이며 오빠의 손을 잡았다.

그러자 에곤이 움찔했다. 선로에서 불이 타오르던 날 밤에 생겨난 손바닥 물집이 아직 아물지 않은 탓이었다.

"아빠 상태가 악화됐어. 불이 났던 밤 이후로 이전 같지 않으셔."

의사는 엄마를 따라 침실로 들어갔고 문을 살짝 열어놓았다.

게르트루드와 오빠는 복도에서 희미하게나마 지켜봤다.

엄마가 의사에게 호박색 액체를 권하자, 의사가 조금만 달라고 손짓했다. 모자와 코트를 벗은 뒤, 의사는 아빠의 목에 손가락을 댄 뒤에 작은 가방에서 갈색 병을 꺼냈다. 그는 액체를 숟가락에 조금 따르더니 아빠에게 먹였다. 아빠의 입은 금속이 닿자 벌어졌지만 눈은 뜨지 않았다. 의사는 불꽃을 만들어내고선 또 다른 숟가락에 담긴 무언가를 태웠다. 의사가 그것을 아빠의 코 밑에 갖다 대자, 아빠가 약하게 기침을 하다 가까이 대준 손수건에다 침을 뱉었다. 손수건을 떼자 핏방울이 뿌려져 있었다. 아빠의 입은 잿빛이었다. 몸에 난 상처와 탄 자국들은 더 악화되었고, 열흘간 아빠에게서 풍기던 냄새는 더 고약해졌다. 몸은 그 어느 때보다 야위었고, 에곤이 아빠의 뺨에 만들어놓은 탄 자국은 여전히 상처가 벌어진 채였다.

"남편은 온종일 이런 상태예요." 엄마가 말했다. "숨 쉬기 힘들어하고 기침할 때 피가 나오고 반응이 없어요. 툴른에서는 백지상태로 있는 게 한 시간쯤이나 아무리 길어도 기껏해야 하루였어요. 그런데 이제 훨씬 더 길어졌어요. 그렇지 않니, 멜라니?"

멜라니는 고개를 들고는, "아빠를 깨우기 위해 우리가 할 수 있는 건 아무것도 없어요, 선생님" 하고 동의했다.

"제가 한동안 환자분을 지켜봐도 될까요? 하시던 일 하세요."

엄마는 다시 흔들의자에 앉았다. 어깨에 걸친 숄을 당기고 뜨개질을 마저 했다.

≈

괘종시계가 12시 15분 전임을 알렸다. 에곤과 게르트루드는 복도에서 카드놀이를 했고, 멜라니는 소설을 읽었으며, 엄마는 여전히 뜨개질을 했다. 의사는 또 한 차례의 검사들과 관찰을 마친 뒤 잠시 앉아서 호박색 액체를 마셨다. 몇 분 뒤, 의사가 갑작스레 일어서더니 아빠의 손목을 잡고 손가락 두 개를 손목에 눌렀다. 의사는 금속 기구를 집어 양쪽 끝을 자기 귀에다 꽂더니 환자의 잠옷 윗단추를 풀고선 금속 기구의 다른 끝을 아빠의 가슴에 댔다. 의사는 귀를 기울이고 코를 찡긋하더니 엄지로 아랫입술을 문질렀다.

"실례 부인?"

엄마는 의사가 아직도 거기 있다는 것에 놀란 듯 고개를 들었다.

"유감입니다만," 하고 의사가 말했다. "실레 씨가 바로 몇 분 전에 숨을 거두셨습니다."

멜라니가 깜짝 놀라 내뱉는 소리가 생생하게 흘러나왔다. 에곤은 게르트루드 옆에서 몸이 굳었다.

엄마는 시계를 흘끗 쳐다봤다. 시곗바늘은 12시에 가까워졌다.

의사는 연필 끝을 핥고선 가방에서 업무 수첩으로 보이는 것을 꺼내 무언가를 적으려 했다. 게르트루드는 눈을 휙 돌려 아빠의 몸을 봤다. 아빠의 손가락들은 손바닥으로 오므려져 있었고 손톱들은 잉크에 담긴 듯 보였다.

엄마는 눈을 깜빡였다. "지금이요? 하지만 믿을 수 없어요." 엄마는 아빠에게 가까이 다가가 자세히 살폈다. "가슴이 부풀고 있잖아요?"

게르트루드 역시 엄마의 긴 뜨개질바늘이 멈추자 이제 아빠의 숨소리가 들린다고 생각했다.

"확실한 건가요, 선생님?" 엄마는 짙은 털실 뭉치를 바닥에 내려놓았다.

"네, 확실합니다." 의사는 말하며 자기 시계를 확인했다. "1904년 12월 31일 토요일 23시 56분에 환자분이 사망했음을 선고합니다." 의사는 엄숙하게 말했다.

"아, 하지만 아직 12시가 안 됐는데요." 엄마는 본인의 시계를 확인하며 말했다.

"그게 무슨 상관인지 이해를 못 하겠습니다만." 의사는 테이블에서 소지품들을 챙겼다.

엄마는 남편에게로 가서 피부에서 무언가를 찾으려는 듯 몸을 기울였다.

"하지만 남편은 여전히 숨을 쉬는데요, 선생님. 저는 보여요."

"실레 부인." 의사가 입을 열었다. "실레 씨는 더 이상 이 세상에 존재하지 않습니다." 그는 턱을 내리고 눈썹을 치켜떴다. "사망하셨습니다. 가족들 모두 아시게 되겠지만, 아주 평온하게요."

엄마는 남편의 뺨을 부드럽게 쳤다. "봐요! 눈을 떴잖아요."

"당부드립니다! 제발 이 신성한 시간에 고인의 육체를 모욕하는 행동은 삼가해 주세요. 이러시는 건 옳지……."

엄마는 두 손바닥을 아빠의 가슴에 얹었다. 아빠의 몸은 축 늘어져 있고 두 팔은 마구 흔들렸다.

"실레 부인!" 의사는 엄마를 붙잡았다. "그만하세요! 즉시요!"

그 화재가 일어난 뒤로, 실레 가족이 이 집에 도착한 뒤로 껄끄러운 침묵만이 존재해 왔기 때문에 이 모든 고함 소리들이 게르트루드를 두렵게 했다. 게르트루드는 눈물을 참을 수 없었다. 오빠 역시 붉어진 두 눈에 눈물이 가득 고인 채로 손가락 하나를 자기 입에 갖다 댔다.

엄마는 의사의 눈을 똑바로 바라봤다. "제발 남편을 다시 한번 살펴봐 주세요, 선생님." 엄마는 의사가 붙잡았던 팔을 문지르며 말했다.

"정말 그럴-"

"제발요, 선생님. 이렇게 빌게요."

엄마와 의사 사이에 이해한다는 눈빛이 전해졌다.

의사는 두 번 눌러 가방을 열고 고개를 저으며 소매를 걷어붙였다.

게르트루드는 의사가 최대한 정밀하게 검사하는 걸 지켜봤다. 의사는 아까와 똑같은 독특한 기구를 아빠 가슴에 대고 귀를 기울였고, 목의 맥박이 뛰는지 다시 한번 손으로 만졌는데, 천장을 올려다보는 의사의 얼굴에 확신이 뚜렷하게 드러났다. 그러고 나서 의사는 뺨을 아빠 입에 아주 가까이 댔다. 그들은 기다렸다.

게르트루드는 12시를 가리키는 괘종시계 소리와 이웃집들에서 터져 나오는 축하 소리를 들었다. 사람들은 웃으며 손뼉을 쳐댔고 큰 소리로 민요를 부르기 시작했다. 멀리서 들려오는 폭죽 소리에 게르트루드는 오 년 전 새해를 맞이하며 부모님과 함께 새로운 세기를 기념했던 기억이 떠올랐다.

"실례 부인, 유감입니다만, 제 예상대로," 의사는 신중히 말했다. "부인의 남편은 마지막 숨을 거두셨습니다. 괴로우시리란 건 이해합니다."

에곤은 게르트루드 옆에서 숨넘어가는 소리를 냈다. 멜라니의 손에서는 책이 떨어졌다.

게르트루드는 아빠의 마지막 숨을 곰곰이 되새겨 봤다. 그 숨은 어디로 갔을까? 그녀의 폐로 들어갔을까? 게르트루드는 숨을 쉬었다 멈췄다.

"잘 알겠어요." 엄마는 답하며 자신의 시계를 봤다. "하지만 저는 남편이 12시 3분에 사망한 걸로 생각하겠어요." 엄마는 의사에게 시계를 보여주었다. "그렇게 기록해 주세요. 엄청난 새해를 맞이했네요." 엄마는 훌쩍였다.

의사는 노트에 새로운 세부 사항들을 기록했다. 1905년 1월 1일 일요일 밤 12시 3분.

의사는 엄마에게 고개를 끄덕이고선 노트를 재킷 주머니에 밀어 넣고 마지막으로 툭툭 두드렸다. 의사는 차분히 고개 숙여 인사하고 머리에 모자를 쓴 다음 문으로 향했다.

"평안한 밤 보내세요, 실레 부인. 다시 한번 위로의 말씀을 드립니다."

"행복한 새해 보내세요, 선생님." 엄마는 의사 뒤에다 대고 말했다.

12

1905년 1월

아빠는 1월의 밝은 하늘 아래 묻혔다. 게르트루드와 가족은 상복을 입었는데, 에곤은 단을 낸 긴 바지를 입고, 부츠는 박박 닦아 빛이 났다. 멜라니는 게르트루드의 머리에 검정 리본을 매주었고, 엄마는 베일이 달린 필박스 모자를 빌려 썼다.

툴른의 오래된 공동묘지에는 묘비들이 빽빽이 모여 있었다. 아빠의 관은 '파밀리에 실레'라는 글자가 새겨져 있는 커다란 묘비 앞에 묻힐 것이었다. 게르트루드와 에곤이 지난번에 다녀간 뒤로 묘비에는 파리한 이끼가 글자들을 덮을 정도로 자라나 있었다. 에곤은 다시 와서 묘비를 깨끗하게 문질러 닦겠다고 맹세했다. 엘비라의 이름은 사라져 보이지 않았다.

아빠의 관은 며칠간 집에 놓여 있었고, 냄새를 없애기 위해 관 속에 꽃들을 두었다. 아빠의 옛 동료들이 기차를 타고 클로스터노이부르크에 왔다. 그들은 객실로 들어와 모자를 벗고 눈을 내리깔며 엄마의 두 손을 꽉 쥔 채 앞날을 약속했다. 아빠는 철도청 고위 간부의 갈라 유니폼을 입고 있었지만, 아빠가 다리 밑에서 발견된 뒤로 원상복구 되지 못한 그 빳빳한 붉은 재킷은 제외했다.

게르트루드는 그 붉은 재킷에서 빼낸 빛나는 단추를 몰래 지닌 채 만지작거렸다.

근처 예배당에서 장례식이 짧게 치러졌다. 장례식에서 사람들은 일에 대한 헌신과 가장으로서의 역할을 칭송하며 아빠를 높이 평가했다. 아빠의 시체에 대고 기도문을 낭송하고 말씀을 낭독하고 다 함께 찬송가를 불렀다. 그 가사를 들으며 게르트루드의 마음은 고동쳤다.

관은 이제 땅속 커다란 구덩이 안으로 내려졌다. 에곤은 삽에 담긴 흙이 나무 관에 툭 하고 떨어지자 몸서리를 쳤다. 게르트루드가 오빠의 팔을 붙들고 있는 동안 멜라니는 쓰러지지 않도록 엄마에게 기댔다.

"슬픔에 빠진 당신의 사람에게 온정을 베풀어 주십시오…… 우리를 이 슬픔의 어둠에서 당신의 평안과 빛으로 인도하여 주십시오." 목사가 읊조렸다.

흙을 다 덮자, 주변에 모인 이들은 가볍게 머리를 숙인 뒤 실레 가족을 위로하러 다가갔다. 엄마는 아돌프의 옛 동료들과 안녕을 빌어주는 수많은 지역 사람들, 엄마가 한 번도 대화를 나눠본 적 없는 이들까지, 모두의 상투적인 위로를 들었다.

게르트루드는 장례식에 참석한 무리 주변에 서 있는 키 작은 남자를 봤다. 남자는 단정한 수염과 우아하게 뒤틀린 콧수염과 함께 풍성한 잿빛 머리를 자랑했다. 게르트루드는 그가 아빠보다 한두 살쯤 많긴 해도 형통한 삶을 살아온 게 분명하다고 추측했다. 남자는 가까이 다가와서 무덤 옆 땅에 꽃을 내려놓았다. 그런 다음 한 손을 딱 달라붙은 바지의 주머니에 깊이 넣고 다른 손은 정교하게 조각된, 끝에 은이 박힌 지팡이를 움켜쥐었다.

"어린 실레구나." 남자는 모자를 벗으며 말했다.

"게르트루드예요."

"만나서 무척 반갑네." 남자는 미소를 지었고, 게르트루드는 이 낯선이가 내미는 부드러운 손을 잡았다.

"그리고 너는?" 남자가 오빠에게 고개를 까닥했다. "에곤인 것 같은데? 이제 가장이 됐구나."

에곤은 고개를 저었다. "그런데 누구……?"

남자는 실크 손수건을 단정하게 네모로 접어 양복 주머니에 넣었다.

"너는 나를 기억하지 못할 거야. 네 고모부 레오폴드란다. 레오폴드 치하체크." 남자는 한쪽 눈썹을 치켜올렸지만 상대는 전혀 알아보는 기미를 보이지 않았다. "나는 네 고모 루이자와 결혼했단다. 고모는 오늘 여기 오지 못해 애도의 말을 전해달라고 했어. 루이자는 몸이 별로 좋지 않단다." 레오폴드는 에곤과 게르트루드의 얼굴을 훑어봤다. 에곤과 게르트루드는 의심이 가득 담긴 눈빛을 교환했다. "자, 이제 나는 친애하는 너희 어머니에게 조의를 표해야겠다."

레오폴드는 엄마에게 가 낮고 굵은 목소리로 그 우울한 대화들을 끊었다. 엄마는 목소리의 주인공에게 고개를 돌려 레오폴드의 이목구비를 자세히 살폈다. 엄마 얼굴에 알아보는 표정이 스치기까지 잠시 시간이 걸렸다.

"마리." 레오폴드는 굵은 목소리로 엄마를 부르며 과장된 몸짓으로 걸어갔다. "정말 오랜만에 뵙는군요. 반가워요."

"세상에, 못 알아볼 뻔했어요, 치하체크 씨."

"레오폴드라고 불러줘요." 레오폴드가 엄마의 손을 꼭 쥐며 말했다. 그가 손등에 키스하기도 전에 엄마는 손을 빼냈다. "가족끼리 격식 차릴 필요 있나요."

엄마는 고개를 옆으로 기울여 이 혈색 좋고 입은 옷도 좋고 매너까지 좋은 남자를 쳐다봤다. "여기 오실 줄은 몰랐어요."

"아돌프에게 조의를 표하고 싶었어요. 알다시피 나는 늘 아돌프를 좋아했죠. 얼마나 열심히 일하고 가족에게 헌신했는지 감탄스러웠어요. 아돌프가 죽은 건 그야말로 비극입니다" 하고 말하며 레오폴드는 무덤을 향해 고개를 끄덕였다. "요즘 쉰네 살이면 늙은 나이도 아니죠."

엄마는 입을 오므렸다. "시간 내어 빈까지 찾아와 주시다니, 마음이 참 너그러우시네요."

"어려운 일도 아닌걸요." 레오폴드가 대답했다. 그는 잠시 망설이다가 말을 이었다. "마리……, 우리가 늘 의견이 맞지 않았단 거 알아요. 사과하고 싶소. 이제는 과거를 뒤로해야 하지 않겠습니까? 내 아내와 당신 남편…… 둘 사이가 나쁘긴 했지만, 우리 지난 일은 그만 잊기로 합시다." 엄마의 얼굴이 풀리지 않자 레오폴드는 더 가까이 다가갔다. "루이자와 내가 가지 않은 건 미안해요. 그러니까 엘비라가……."

"저는 정말이지 다른 사람들에게 가봐야 해요" 엄마는 경직되어 말했다.

레오폴드는 고개를 끄덕였다.

"가기 전에…… 용기 내어 한마디 드려도 되겠습니까? 나는 아돌프가 일을 그만둘 무렵 겪은 그 모든 어려움을 잘 알고 있어요. 우리 부부는 그의 걱정거리들에 관해 오래 얘기를 나눴어요. 그래서 말하자면, 당신도 관심 있어 할지 모르는 제안을 하나 할까 합니다……. 금전적으로 어느 정도 도움을 줄 수 있을까 해서요."

"필요 없습니다, 치하체크 씨." 엄마가 말했다. "우리도 충분한 여력이 있어요. 아돌프의 연금 말이에요. 고맙게도 남편이 새해 첫날까지 목숨을 붙들고 있어줬거든요. 사실, 시계가 12시를 가리키고 몇 분 지났을 뿐인데, 새해가 되면 연금 종가도 올라가니까요. 그리고 남편도 우리 몫으로 주식 한두 개는 남기고자 했고요."

레오폴드 고모부는 알겠다는 듯 부드러운 눈으로 엄마를 쳐다봤다.

"도움이 필요하게 되면 절대 주저하지 말고 연락하세요. 나는 그다지 몰두할 것도 없이 빈에서 아주 평안하게 살고 있습니다. 사실은 그래서 당신 아들에 대해 대화를 나누고 싶습니다."

고모부가 에곤을 향해 손짓하자, 에곤은 놀라서 고개를 들었다.

"가능하다면 저 아이의 미래를 책임지고 싶습니다. 너무 늦기 전에 말입니다."

엄마는 허리를 꼿꼿이 폈다.

"분명히 말씀드리지만 필요 없어요. 저는 에곤이 학업을 마치게 할 작정입니다. 여기 클로스터노이부르크의 학교에서 일 년을 더 다녀야 하고, 반드시 저 아이가 시험에 통과한 뒤 오스트리아 제국 철도청에서 훈련을 받게 할 거예요. 아이 아빠 계획대로요."

"그렇게 하세요." 게르트루드의 고모부는 말하며 엄마에게 머리를 숙였다. "하지만 필요할 땐 내가 어딨는지 아시죠."

13

1906년 6월

게르트루드가 에곤의 책가방을 푸는데 책장 모서리가 잔뜩 접힌 연습장에서 쪽지가 하나 뚝 떨어졌다. 연습장은 낙서로 뒤덮여 그가 수업 시간에 끝없이 딴짓했단 걸 보여주었다. 게르트루드는 쪽지를 집어 돌려봤다. '가장 사랑스러운 소녀에게' 앞으로 쓴 쪽지였다. 게르트루드는 가슴이 두방망이질 치는 가운데 쪽지를 펼쳐봤다.

편지를 빠르게 쭉 훑어봤다. 단어들이 마치 그녀를 깨물려는 듯 툭툭 튀어 올랐다.

"장미처럼 매혹적인 존재. 너를 보면 내 심장이 저린다……."

게르트루드는 그만 편지를 바닥에 떨어뜨리고 말았다. 오빠가 클로스터노이부르크의 어떤 소녀에게 이런 감정을 고백할 리 없었다. 이 지방에 사는 소녀들은 모두 고집불통에 따분하다고 오빠가 직접 말했었다.

게르트루드는 피부가 따끔거리고 간지러웠다. 분노가 일었다. 그 쪽지를 다시 오빠의 소지품들 안으로 밀어 넣었다. 다시는 생각하고 싶지 않았다.

하지만 다음 날, 게르트루드는 오빠의 책가방을 다시 뒤지며 빳빳한 주머니 속으로 손가락을 집어넣었다. 하지만 그 쪽지는 사라졌다. 오빠의 소지품 중 또 다른 경솔한 행동의 증거는 찾을 수 없었다. 누구에게 썼던 것일까? 게르트루드는 이름들을 반복해서 떠올리며 연결고리를 추측하고 거기서 그 어떤 감정의 힌트를 찾아내려 애썼다.

오빠가 사랑에 빠지다니? 그건 불가능한 일이다. 남매 사이에는 비밀이 없었다.

이제 게르트루드는 에곤의 행동에 이전보다 더 예민해졌다. 단서라도 찾으려 오빠의 소지품들을 뒤지고 스케치들을 유심히 살폈다. 심지어 오빠가 공상에 잠긴 모습을 볼 때면 게르트루드는 오빠의 마음속에 있을 법한 소녀의 얼굴을 상상했다. 그럴 때면 오빠를 한 대 때리고 싶었다.

게르트루드는 이제 열두 살이었다. 전에는 인형에 사랑을 쏟으며 두 볼을 닦아내고 파랗게 칠해진 눈들을 바라보곤 했었는데, 이제 그럴 나이는 아니었다. 게르트루드는 침실에 있는 인형들을 정리했다. 그러고 얼마 지나지 않은 어느 날 아침, 잠옷과 침대 시트에 검붉은 피가 묻어 있는 걸 발견했다. 그후 며칠간 게르트루드는 선명한 붉은 피를 격렬하게 쏟아냈다. 자신도 엘리바처럼 죽는 건가? 아니면 벌을 받는 건가? 휴지 뭉텅이로 막으려 했지만 소용이 없었다. 그러다 피가 갑작스레 멈췄고, 게르트루드는 다시는 피를 흘리지 않길 기도했다. 게르트루드는 거울로 자기 몸을 바라봤다. 두 눈은 더 커진 듯했고 갈비뼈가 선명하게 드러났다. 머리는 더 자랐지만 더는 머리를 땋지 않았다.

실레 가족이 사는 클로스터노이부르크의 집은 아빠가 죽은 뒤로 십 팔 개월간 더욱 조용하고 차분한 분위기를 띠었다. 우선은 기차도 없는 데다 외치는 소리도 거의 들리지 않았다. 에곤과 게르트루드는 클로스터노이부르크에 있는 학교에 다녔고, 멜라니는 역에서 티켓 판매원으로 일했다. 학교가 끝나면 게르트루드는 창문을 닦고 점점 자라나는 식물들을 돌보며 집안일을 도왔다. 그리고 보헤미아 전통 음식들이 가득하고 더는 찬장에 숨기지 않아도 되는 엄마의 요리책들을 읽었다. 이 책들을 읽으면 게르트루드는 배가 고파졌지만 뭘 먹지는 않았다. 공복의 느낌을 즐기게 된 것이다.

출혈이 다시 시작되었을 때는 멜라니가 목격하고 게르트루드에게 속옷 빠는 법을 알려주었다. 같은 주에 게르트루드는 골무, 바늘 그리고 실을 받아 꿰매는 법을 배웠다. 벌어진 치마에 바늘을 넣고 두 부분을 하나로 꿰맸다.

멜라니는 제라늄 향이 나는 콜드크림을 나눠주면서 동생에게 얼굴에 바르는 요령을 알려주었다. 손톱을 다듬는 법도 보여줬지만, 게르트루드는 손톱을 예쁘게 만드는 것에는 전혀 관심이 없었다.

그녀만의 다른 변화들도 있었다. 몸에 좀 더 거친 털들과 납작한 유두 아래 따끔거리는 덩어리들이 생겼다. 게르트루드는 시간이 흐르면서 몸이 어떻게 변해가는지 기록하고자 에곤에게 자신을 그려달라고 하고 싶은 가슴이 아려오는 욕망에 놀라고 말았다. 게르트루드는 그림을 그려달라고 말할 생각이었다.

≈

일주일이 지난 뒤, 게르트루드는 에곤의 소지품을 훔쳐보다가 또 한 번 수확을 얻었다. 에곤의 스케치북에서 새로운 그림을 발견한 것이다. 담갈색 머리와 발그레한 볼에 역겨우리만큼 달콤한 미소를 옅게 띤 소녀의 그림이었다. 마가렛 파토넥인가? 에곤이 마음에 둘 가능성이 있는 여자아이들 목록을 떠올렸을 때 스쳐 지나간 이름이었다. 하지만 마가 렛의 외모는 고전적이라 에곤이 비웃을 거라고 생각해 제쳐뒀었다. 마 가렛은 정말 평범한 소녀였다. 얼굴은 완전히 대칭이었고 입술은 분홍 색 활 모양이었다. 마가렛의 집은 길 건너로, 사실상 옆집이나 마찬가지 였다. 가끔 안방 창문으로 마가렛이 뭘 하는지 훤히 볼 수 있었기 때문 이다. 게르트루드는 오빠가 현관문을 멀리 벗어나지 못하고 바로 코앞 에서 마음을 뺏기다니 실망스러웠다.

열네 살인 마가렛은 에곤보다 두 살 어렸고 게르트루드보다는 두 살 많았다. 게르트루드와 마가렛은 가끔 함께 시간을 보내곤 했다. 그들은 때로 함께 집으로 걸어오기도 했고, 게르트루드는 마가렛의 집에 가서 그녀가 피아노를 치는 걸 보고 조랑말 피규어들을 구경한 적도 있었다. 게르트루드는 가슴이 꽉 조이는 듯했다. 자신의 이웃이 오빠를 얼간이 로 여기는 것만 같았다.

게르트루드는 마가렛에게 함께 집으로 걸어가자고 청했다. 마가렛을 가까이서 관찰하고 싶었다. 그들은 학교 문 앞에서 만났다. 그 연상의 소녀가 다가오자, 게르트루드는 그녀의 모든 움직임을 주시했다. 강가 를 지날 때, 게르트루드는 마가렛의 머리와 자신의 구릿빛 머리카락이 너무나도 다르다는 걸 깨달았다. 마가렛의 머리에 빛이 반사되어 반짝 이는 것만 같았다. 마가렛의 손은 복숭아처럼 부드러워 보이는 데다, 손톱은 매끈하고 깔끔해서 쓰다듬고 싶을 정도였다. 반면 게르트루드 의 손톱은 물어뜯곤 해서 뭉뚝했다. 멜라니가 핀잔할 만했다.

집에 도착하자, 게르트루드는 마가렛을 안으로 초대했다.

"제가 도와드릴 만한 일이 있을까요, 실레 부인?" 마가렛이 물었다.

엄마의 앞치마는 기름기투성이에 세탁을 많이 한 탓에 무늬마저 희 미했다.

"아주 예의 바른 아가씨구나, 마가렛." 엄마는 손을 말리며 말했다. "게르트루드가 네 매력을 조금만이라도 닮으면 좋으련만……."

그때 에곤이 현관문을 쾅 닫으며 들어왔다. 에곤은 부엌으로 오다 걸음을 멈췄다.

에곤은 찡그리면서 헐거운 셔츠 자락을 바지 안으로 쑤셔 넣었다. 침을 삼키자 목근육이 오그라들었다. 머리는 헝클어지고 셔츠 단추는 풀어져 있었다. 블레이저 주머니에서 잉크가 새어 나왔다. 마가렛은 에곤을 보더니 눈을 돌렸다.

"아주 엉망이네." 게르트루드가 에곤을 보며 비꼬았다.

에곤은 책가방을 떨어뜨리고 머리를 매만지며 동생을 노려봤다.

"안녕 파토넥." 에곤이 인사했다.

그들은 잠시 사이좋게 대화를 나누다가, 마가렛이 에곤의 미술로 화제를 돌렸다.

"어머니 말씀이, 빈 미술 아카데미에 지원하고 싶어 한다면서요?"

"여름에 입학 면접을 봐야 해." 게르트루드의 오빠는 스토브 위에서 보글보글 끓는 육수를 뚫어지게 쳐다보며 태연해 보이려 애썼다. "작품 포트폴리오를 제출해야 하는데, 만약 합격하면 거기서 가장 어린 학생일 거야."

"평범한 직업보다 예술 쪽을 원하나 봐요?"

"내 지도 선생님은 내가 미술을 계속하길 바라셔. 스트라우치 선생님은 내 재능을 인상 깊게 보셨지. 그렇지만." 에곤이 덧붙였다. "다른 일을 할 수 있을 만한 성적을 받지는 못할 것 같아."

"그런 얘기는 그만하거라!" 엄마가 불쑥 끼어들었다. "이제 집에 가봐야지, 마가렛." 엄마는 양파를 몇 개 썰면서 에곤을 쏘아봤다. "어머니가 기다리시겠다."

작별 인사를 하자, 게르트루드는 안심이 됐다. 에곤은 마가렛을 길 건너까지 바래다주겠다고 했다. 게르트루드는 두텁게 접힌 커튼에 숨어 창문으로 그들을 지켜봤다. 문가에서 마가렛이 쪽지를 하나 주자, 에곤이 주머니에 쏙 넣었다. 그런 뒤 에곤은 얼굴에 의기양양한 웃음을 띠며 집으로 돌아왔다.

≈

게르트루드는 마가렛과 에곤 사이에 주고받은 편지들이 더 있는지 찾아봤다. 가끔은 그런 노력에 보상이 주어지기도 했다. 그녀의 이웃은 에곤에게, '나는 미술은 어리석은 짓이라고 생각해요'라고 쓴 편지를 보냈다. "그 열정을 디자인이나 건축으로 돌릴 수 있을지도 몰라요. 우리 아빠가 당신에게 수습직을 얻어주실 수 있을 거예요. 철도 분야 말고요. 그건 분명 당신이 원하는 삶이 아니니까."

또 다른 편지에는, '우리는 행복할 수 있어요, 에곤'이라고 적혀 있었다. "당신이 나를 사랑하는 것처럼 나도 당신을 사랑하겠다고 약속할게요. 하지만 안정된 미래가 보장돼야만 해요. 당신이 학업을 마치고 탄탄한 직업을 얻으면, 당신은 우리 아빠께 결혼 얘기를 꺼낼 수 있어요."

게르트루드는 당황해하며 편지를 읽었다. 에곤은 화가가 되겠다는 꿈을 절대 포기하지 않을 터였다. 오빠가 유일하게 원하는 것이었다. 그 꿈은 오빠의 삶을 난감하게 했고, 아빠의 매를 벌었으며, 엄마를 실망시켰고, 대부분의 선생님들로부터 비웃음을 샀다. 그 꿈은 에곤이 유일하게 신경을 쓰는 것이었다.

마가렛이 오빠를 이해하지 못한다고 게르트루드는 판단했다. 오빠가 원하지도 않는 것이 되라고 마가렛은 요구하고 있었다. 에곤은 결국 애정을 게르트루드에게 돌릴 것이고 둘이 어른이 되면 빈에서 같이 살게 될 것이다. 에곤은 그림을 그리고 게르트루드는 모델을 할 것이다. 둘은 규칙대로, 분명 아빠나 사회가 강요하는 그런 규칙대로 살 필요가 없을 것이다.

"아빠는 화가와 결혼하는 건 절대 안 된다고 하셨어요. 나는 미술을 위해 당신 오른팔이 되어달라는 제안을 거절할 수밖에 없어요. 나는 유능하거나 적극적인 동맹자가 되지 못할 거예요. 당신의 마가렛이."

그 뒤로는 더 이상 편지가 없었다. 적어도 게르트루드는 찾지 못했다.

오빠는 지키지도 못할 약속을 하면서 여전히 마가렛에게 편지를 쓰고 있을까?

에곤의 눈은 슬펐다. 게르트루드는 오빠가 미술에 대한 열정을 묻어버리는 게 나을지도 모른다고 생각하는 게 보였다. 결혼할 마가렛에게 더 좋은 남자가 되고 편히 살 수 있어 엄마에게 더 좋은 아들이 될 터였다. 덜 이기적이고 덜 자기 강박적일 것이다. 돌아가신 아빠를 자랑스럽게 할 것이다.

에곤은 머리를 매만져 귀 뒤로 단정하게 쓸어 넘기기 시작했다. 셔츠는 바지 안에 넣고 제대로 넣었는지 확인하려 했다. 신발도 광나게 닦았다. 엄마는 기뻐하며 마침내 아들이 엄마의 말을 이해했다고 생각했다. 하지만 청결함과 단정함이 에곤을 다시 기운 나게 해주진 못했다. 에곤은 식사 시간에 말수가 줄어들고 아침은 손도 대지 않았다. 에곤이 상사병에 걸렸단 걸 게르트루드는 깨달았다. 아니, 그보다 더 심했다. 오빠는 자기 안의 화가를 굶겨 죽이고 미술의 세계로 이끄는 충동을 죽이려 하고 있었다.

게르트루드는 처음으로 에곤을 의심하게 되었다. 그 의심이 가슴으로 퍼지면서 질척이는 불안감이 느껴졌다. 오빠는 단지 다른 평범한 남자가 되려고 자신의 가능성을 포기하려 하고 있었다. 게르트루드는 힘이 쭉 빠졌다. 만약 사랑이 자신을 온전히 잃게 하고 자신 안에 존재하는 가장 좋은 점들을 스스로 죽이게 만든다면, 게르트루드는 절대 이에 굴복하지 않겠다고 맹세했다.

14

1906년 7월

"고모부가 여기서 뭘 하시는 거야?" 부엌에 들어온 에곤은 엄마가
레오폴드 고모부와 테이블 앞에 앉아 있는 걸 발견하고 놀라 게르트루
드에게 낮은 소리로 물었다.

엄마는 피곤해 보이는 얼굴로 테이블 위에 두 손을 놓으며 일어섰다.

"집에 왔구나. 잘됐네. 의논할 게 많단다. 네 미래에 대해 중요한 대화
를 나누려고 네 고모부를 초대했다."

레오폴드 고모부는 다리를 꼬고 앉아서 담배를 피웠다. 에곤이 의자
에 털썩 주저앉자, 엄마가 말을 이었다.

"오늘 아침에 네 성적표를 받았어. 예상대로 너는 마지막 학년을 통
과하지 못할 거야."

"낙서하고 공상만 떨더니 결국 이렇게 됐잖니." 멜라니가 놀렸다.

"너는 전혀 배운 게 없구나." 엄마가 말했다.

하지만 에곤은 수치스러워하는 것처럼 보이지 않았고, 두 눈은 소년

다운 오만한 빛을 띠었다.

"내가 학교로 찾아가서 한 해 다시 다니게 해달라고 부탁한 걸 알면 너도 기쁘겠지."

오빠 얼굴에서 거만한 표정이 싹 사라졌다.

"저를 다시 그곳으로 돌아가라고 하지 마세요!"

"네 엄마 말씀을 끝까지 들어라." 레오폴드 고모부가 명령했다.

"머리를 조아리고 네 학교에 찾아갈 수밖에 없었어." 엄마는 계속 말하면서 낡은 커피 주전자에서 쉬익 소리가 나자 스토브로 향했다. 엄마는 자신과 레오폴드 고모부의 컵에 커피를 따랐다.

"네 고모부가 함께 갔는데 아주 실용적인 제안을 하셨지. 글쎄, 네 교장 선생님이 귀를 정말 쫑긋할 타협안이었단다." 엄마는 잠시 멈추었다가 에곤을 뚫어지게 보며 말했다. "네가 9월에 다시 학교에 돌아가지 '않도록' 너를 모든 과목에서 통과시키겠다고 하셨어."

이 말을 들은 멜라니의 입이 뒤틀렸다.

"네가 학교에서 벗어나고 싶어 하듯이 학교도 네게서 간절히 벗어나고 싶은 것 같구나."

에곤은 벌떡 일어나 게르트루드를 끌어당겨 그 자리에서 한 바퀴 빙그르르 돌렸다.

"축하 파티는 잠시 연기하거라, 에곤." 레오폴드 고모부가 핀잔했다.

"맞아. 유감스럽지만 할 말이 남았어. 레오폴드 고모부가 애를 많이 쓰셨고 자신의 명예도 내거셨어. 네 수습 자리를 마련하기 위해서 말이야. 네가 학문의 길을 통해 철도청에 들어갈 수 없다면 다른 방법을 찾아야 하지 않겠니. 그래서 너는 선로를 고치는 일을 할 거야. 당장 내일 아침 6시 30분부터 시작할 거야."

게르트루드가 보기에는 에곤이 숨을 멈춘 듯했고 믿을 수 없다는 표정을 했다.

"왜? 너는 우리가 공기만 마시며 살 수 있을 거라고 생각했니?" 엄마가 따져 물었다. "네 아빠가 죽은 뒤로 가엾은 멜라니가 모든 책임을 떠맡아 왔어."

"그래서 제가 일을 하게 되는 건가요? 무능한 노새도 할 수 있는 육체노동을요? 그만 가봐도 될까요? 오늘 하루 이만큼 놀랐으면 충분한데요."

"아직 안 끝났어." 엄마는 다시 앉으라고 에곤에게 손짓했다.

에곤은 엄마와 고모부를 차례로 봤다. "저도 석탄 창고에서 자야 하나요?"

"내가 네 법정 후견인이 됐다." 레오폴드 고모부는 알렸다. "너와 게르트루드의 법정 후견인이지. 너희 둘 다 아직은 아이로 분류되거든. 그 말은 곧 내가 너를 책임져야 한다는 뜻이다. 나는 상속인이 없어서 이 역할을 맡게 돼 대단히 기쁘단다. 네 엄마도 동의했어."

"엄마!"

"네 아빠도 견고한 손이 너희 둘을 존경받는 길로 인도하길 바랐을 거야. 네 고모부는 네게 가장 좋은 게 뭔지 염두에 두고 결정들을 내리실 거란다."

"하지만 이건 불공평해요!"

"너는 이제 이 집의 가장이란 걸 알아야만 한다. 알겠니?" 레오폴드 고모부가 에곤에게 말했다.

고모부를 응시하면서 게르트루드는 한 번도 이런 식으로 열렬하게 논의된 적 없는 자신의 미래에 이것이 과연 무엇을 의미할지 추측하려 애썼다.

"지난 몇 년간은 너도 힘들었을 거야. 나도 이해한다." 레오폴드 고모부는 말했다. "하지만 네 제멋대로인 성향은…… 고치기엔 아직 그다지 늦지 않았어. 네가 열심히 할 때가 왔어. 이 기회를 잡으려고 많은 연줄을 동원했다. 그들은 네 아빠의 공로를 생각해서 너를 받아들인 거야. 그리고 내 약속 때문이기도 하단 걸 알아두렴. 그러니 나를 실망시키지 말거라."

에곤은 마치 익사하는 것처럼 보였다. "무슨 말을 해야 할지 모르겠네요." 에곤이 웅얼거렸다.

레오폴드 고모부는 웃음을 터뜨렸다. "첫 월급을 받으면 그때 가서 고마워하렴."

"하지만 저는 화가가 될 거예요." 에곤은 단호히 말했다. "지도 선생님들이 저의 재능을 보지 못하는 사람은 분명 눈이 멀었을 거래요. 저는 빈에 있는 미술학교에 지원했어요. 엄마는 제가 면접을 보러 가도 된다고 하셨고요."

"그건 몇 달 전 얘기잖니! 내가 뭘 동의하는지도 잘 몰랐다." 엄마가 끼어들어 말했다.

"제가 유일하게 하고 싶은 직업이에요."

"미술은 돈이 안 돼." 레오폴드 고모부의 엄격한 말투가 당혹한 탓에 풀어졌다. "미래가 없어. 그림은 어린애들이나 하는 거야."

"다른 일을 할 바에는 차라리 죽는 게 나아요."

"거지가 되겠다는 거냐? 너의 그 사치스러운 취미에 대줄 돈은 어디서 구할 거니? 그 모든 재료와 캔버스, 유화물감인가 뭔가 하는 것들 말이야."

"고모부께서 돈을 대주시면 되잖아요."

"내가?" 고모부는 크게 웃었다. "나한테 농담도 하는구나!" 레오폴드 고모부는 에곤의 등을 철썩 때렸다. "자, 이제 가서 자거라. 아침 일찍 나가야 하잖니. 첫인상이 중요하단다."

"엄마는 제 대학 시험 초상화를 위해 자세를 취해주셨어요. 멜라니 누나도 그랬고요." 오빠는 계속 말했다.

"면접은 다다음 주에 있어요."

엄마와 멜라니는 움찔했다.

"그런 의도가 있었는 줄 우리는 전혀 몰랐어." 엄마가 말했다.

"너는 무슨 권리로" 하고 레오폴드 고모부는 나직하면서도 권위 있게 손가락으로 에곤을 가리키며 물었다. "그런 길을 밟으려는 거냐? 너 자신에 대한 믿음은 어디서 오는 거야? 나는 이제껏 살면서 이런 자신감을 결코 본 적이 없다."

"저는 재능이 있어요." 에곤이 차분하게 답했다.

"애야, 재능으로는 충분하지 않단다. 재능이 밥 먹여주진 않아. 가족을 부양해 주지도 않고."

"재능은 제가 가진 전부예요. 그리고 저는 그걸 위해 모든 걸 희생할 준비가 됐어요." 오빠는 말했다. "저는 티끌만 한 재능을 위해 목숨을 건 사람들을 많이 알아요."

레오폴드 고모부는 즐거워 보였다. "마리, 당신 아들이 늘 이런 식으로 행동합니까?"

엄마와 멜라니는 서로 눈빛을 교환했다.

"내가 뭘 참아야 했는지 아시겠죠." 엄마는 한숨을 쉬었다.

에곤은 스케치북을 꺼냈다. 풍경과 꽃 그림이 담긴 스케치북이었다.

"한 번만 봐주세요." 에곤이 부탁했다. "지도 선생님은 제가 미술이 아닌 다른 길을 가는 건 낭비라고 하셨어요."

레오폴드 고모부는 그림을 들여다봤고, 얼떨떨해하며 대장장이의 안뜰과 지역 개천과 다리 그림들이 그려진 페이지를 넘겼다. 고모부는 자기 가슴에 손을 얹었다.

"대단히 놀랍구나. 인정하마. 하지만……." 고모부는 손으로 이마를 짚었다. "나는 옛날 사람이야……. 내가 뭘 알겠니? 네 법정 후견인으로서 내가 유일하게 권하는 건 철도청에서 안정된 직업을 갖는 거란다."

에곤은 기차 그림을, 그 흠 잡을 데 없는 원근감을 고모부에게 보여주려 페이지를 넘겼다.

"하지만 너는 내 말을 듣지 않을 거지?"

에곤은 고개를 저었다. "이걸 부인하지 마세요. 부탁입니다."

레오폴드 고모부는 일어서더니 잠시 부엌을 돌아다녔다. 엄마는 고개를 푹 숙인 채 한 손을 에곤의 어깨에 얹었다. 마침내, 고모부는 한숨을 내쉬었다.

"분명 이 말을 후회하겠지만, 그렇게 하거라. 네게는 한 번의 기회가 있어. 스스로 계획한 이 훌륭한 직업을 위해 최선을 다하거라. 그 대학이 너를 받아들일지 지켜보자꾸나. 하지만 불합격하게 되면 내가 제안한 확실하고 안정된 미래를 받아들여야 할 거야."

오빠는 벌떡 일어나서 고모부를 꽉 껴안았다. 레오폴드 고모부는 깜짝 놀라고 말았다.

"감사합니다, 고모부. 후회하지 않으실 거예요."

"네가 선을 넘지 않는 한 계속 지원을 해줄 거야." 레오폴드 고모부는 경고했다. "선을 넘는 일이 생기면 그땐 너 스스로 알아서 해야 한다. 나는 아무리 작은 거라도 그 어떤 종류의 스캔들에도 연루돼서는 안 되거든."

"실망시켜 드리지 않을게요." 에곤은 말했다. "그리고 감사의 표시로 종종 고모부를 그려드릴게요. 고모부 얼굴은 몇 년 안에 미술관 벽에 걸릴 거예요."

"내 이목구비를 보고 싶어 하는 사람은 없을 거다. 좋은 가문의 예쁜 아가씨들을 찾아서 그리도록 해. 그게 훨씬 더 수익이 날 거야. 그동안에," 고모부는 에곤이 신이 나서 부엌을 달려나가는 와중에 말을 계속 이어갔다. "나는 네가 면접이 끝날 때까지 네 수습 자리를 연기시킬 거다. 만약 합격 못 하면, 유감스럽지만 더 이상 논쟁은 없는 거다."

레오폴드 고모부는 의자에 털썩 주저앉았다.

"세상에, 혼을 쏙 빼놓네!"

고모부는 한숨을 쉬며 커피를 들이켰다.

"더 진한 커피는 없나요?" 고모부는 엄마에게 물었다. "당신이 그렇게나 오래 참아낸 줄 몰랐어요, 마리. 저 아이는 완전히 사람 진을 빼네요!"

15

1906년 8월

"면접이 어떻게 됐는지 우리에게 말 안 할 거니?" 엄마는 스토브 옆에 앉아 부엌에서 목소리가 들리도록 크게 물었다.

에곤은 엄마의 질문을 알아듣지 못하고 요란스럽게 복도를 지나갔다. 빈에서 클로스터노이부르크로 오는 기차가 지연되었던 모양인지 에곤은 예상보다 늦게 돌아왔고, 게르트루드와 엄마는 일이 손에 잡히지 않아 집중을 못 하고 소식을 기다리던 중이었다. 엄마는 뜨개질을 멈추고 일어나 방으로 가는 아들을 따라갔다. 엄마는 문가에서 팔짱을 낀 채, 아들이 침대에 앉아 끈을 푸는 모습을 지켜봤다. 게르트루드도 엄마 옆에 와서 에곤의 얼굴에 실망하는 기색이 있는지 살폈다. 그런 기색은 없지만 기쁨을 억누르는 것도 아니었다.

"왜요?" 에곤이 물었다.

그가 가죽 포트폴리오를 바닥으로 내던졌다.

"네가 이러는 거 보니 딱 한 가지밖에 없네." 엄마는 답했다.

"그 사람들 감명받은 것 같아요." 에곤은 어깨를 으쓱했다. "여러 젊은이들을 면접 볼 테고, 자리는 제한되어 있어요. 다음 주에 결과를 알려줄 거라고 하더라고요. 편지로요."

"그 사람들이 뭐라고 하던?"

"저보고 재능이 뛰어나대요."

"그럼 왜 그렇게 침울한 거니?"

"저는 결과를 기다리고 있을 뿐이에요."

"네 고모부는 네가 바로 결과를 받을 거라 믿고 있던데."

"흠, 잘못 알고 계셨군요." 에곤이 대꾸했다.

"고모부는 네가 미술학교에 들어가지 않기를 바라서."

"다들 그런 것 같은데요." 에곤은 게르트루드를 쳐다봤다.

그건 공평하지 않았다. 게르트루드는 부엌으로 달려가 스토브에 장작을 더 집어넣었다. 코와 눈에 눈물이 맺혔다. 당연히 게르트루드는 오빠가 합격하길 바랐지만, 그저 이번 해는 아니었으면 했다. 게르트루드가 학교를 졸업할 때까지 오빠가 기다리면 그들은 같은 때에 빈으로 이사를 가 오빠가 늘 말한 대로 함께 살 수 있을 터였다. 잠시 철도청에서 일한다고 해서 오빠가 손해 볼 건 없을 거라고 게르트루드는 생각했다. 오빠가 빈에 가서 게르트루드 없이 즐겁게 지내는 건 공평하지 않았다.

≈

다음 날, 게르트루드는 오빠보다 일찍 일어났다. 공용 복도에 있는 실레 가족의 우편함에서 우편물을 꺼내려고 맨발로 서둘러 갔다. 봉투들을 양손으로 이리저리 뒤적였다. 공문서, 친인척들이 엄마에게 보낸 편지들뿐, 빈에서 온 것은 하나도 없었다. 게르트루드는 우편물들을 제자리에 돌려놓고 집으로 들어갔다.

다음 날 아침에도 게르트루드는 우편물이 도착하는 소리에 바짝 귀를 기울였다. 살금살금 나가 확인했지만 빈 미술 아카데미의 도장이 찍힌 건 오지 않았다.

매일 같은 상황이 반복되었다. 에곤은 모르는 척했지만 열흘이 지나자 마음이 조급해졌다. 에곤은 아무 소식이 없다고 레오폴드 고모부에게 편지를 썼다.

이 주 뒤, 게르트루드는 편지 하나가 가족의 우체통 안에 들어 있는 걸 발견했다. 뒤집어 보니 빈 미술 아카데미의 파란 도장이 찍혀 있었다. 편지는 남매의 후견인 '치하체크 씨 앞'으로 되어 있었다. 게르트루드의 심장은 방망이질해 댔다. 자신의 미래가 이 봉투 안에 봉인된 것이었다. 침을 꿀꺽 삼킨 게르트루드는 마치 거미 천 마리가 목 안에서 거미줄을 감는 느낌이 들었다. 집으로 돌아가 문을 닫고선 문가에 있는 잎이 무성한 양치류 화분 옆에 멈춰 섰다. 손가락으로 화분의 흙을 깊게 파고 싶은 충동이 일었다. 흙은 축축했고 손가락을 빼내자 질퍽한 흙가루로 범벅이 되었다. 게르트루드는 봉투에 흙가루를 마구 문지르고 이름과 주소를 지우고, 우편 요금을 가리고 미술학교의 공식 도장을 엄지로 눌렀다.

그때, 바닥이 삐걱거렸다. 게르트루드는 충동적으로 흙에 구멍을 더 깊이 판 다음 그 구겨진 편지를 안에다 넣고 흙으로 덮은 뒤, 치마 뒤로 손을 닦아냈다.

"우편물 온 거 있어?" 오빠는 동생의 얼굴을 살피며 물었다.

"오늘은 아무것도 안 왔어." 게르트루드는 죄책감을 감추고자 미소를 지으며 답했다.

게르트루드는 그저 에곤을 너무 사랑해서 이런 짓을 했지만, 여전히 마음이 아팠다.

≈

　　"나는 합격 못 했어." 에곤은 게르트루드에게 말했다. 면접을 본 지 삼 주가 지났다.
　　"왜 그런 말을 해?" 게르트루드가 다그쳤다.
　　"지금쯤이면 소식을 받았어야 해."
　　"그 사람들은 편지 쓸 게 엄청 많을 거야."
　　"내일부터 등록이 시작되는걸."
　　"이게 더 나을 거야. 내년에 다시 지원하면 되잖아."
　　"나는 지금 거기 있고 싶어. 그렇지 않으면 철도청에 가야 해……."
　　게르트루드는 오빠의 얼굴을 보자 마음이 아리게 슬펐다. 하지만 그때까지도 게르트루드는 그 편지 안에 어떤 결과가 들었는지 궁금해하지 않았다. 방해할 사람이 없는 게 확실할 때 게르트루드는 다시 한번 흙을 팠다. 축축해진 봉투가 보일 때까지 구멍을 파 봉투를 꺼내 반듯이 폈다. 도장은 벗겨진 채였다. 봉투를 뜯고 편지를 꺼내 빠르게 읽었다. 잉크가 많이 녹아내려서 몇 글자만 알아볼 수 있었다.
　　'에곤 실레'라는 글자를 읽어냈다.
　　'대단한 잠재력
　　만나서 기쁩니다.
　　우리는 기꺼이'
　　게르트루드는 편지를 동그랗게 말아서 다시 흙 안에 묻었다. 에곤은 클로스터노이부르크에 남을 것이다. 오빠는 계속 색칠하고 그릴 수 있지만 게르트루드 옆에서여야 할 것이다.

오빠는 평생 비참하지는 않을 것이다.

그날 늦게 게르트루드가 숙제를 마치고 레오폴드 고모부가 보내준 레몬 봉봉캔디를 먹고 있을 때, 에곤이 방으로 달려와서는 게르트루드의 연필을 낚아챘다. 그러고선 기쁨이 충만한 모습으로 게르트루드의 볼에 키스를 했다.

"나 빈에 가게 됐어." 오빠가 큰 소리로 말했다. "합격했다고!"

게르트루드는 자신의 손톱 끝에 묻은 흙을 봤다.

"오늘 밤에 떠나!" 오빠는 덧붙였다. "아카데미에서 레오폴드 고모부에게 연락했대. 내가 편지에 답변이 없다고 말이야. 고모부가 전보를 보내서 엄마가 방금 나한테 소식을 알려주셨어." 에곤은 눈썹을 위아래로 움직였다. "고모부가 거처를 찾아준다고 약속하셨는데, 처음 몇 주간은 레오폴드슈타트에 있는 고모부 집에서 묵을 거야. 빈에서 가장 좋은 장소 중 하나야. 게다가 고모부가 선불로 학비도 내주고 미술 재료도 다 사주신댔어!" 에곤은 별 반응이 없는 게르트루드의 얼굴을 쳐다봤다. "너는 안 기뻐?"

게르트루드는 오빠의 질문을 헤아려보고는 대답했다. "기뻐해야겠지."

에곤은 원하던 모든 것을 얻었고 모든 미래가 앞에 활짝 펼쳐진 반면, 게르트루드는 텅 빈 액자 말고는 아무것도 남지 않은 듯했다.

≈

몇 시간 뒤, 게르트루드와 엄마, 멜라니는 역까지 에곤을 배웅했다. 에곤은 작은 가방과 포트폴리오를 들었고, 전보는 재킷 앞주머니에 쑤서 넣은 채였다.

"레오폴드 고모부와 고모 말 잘 듣거라." 엄마가 말했다. "네가 보고 싶을 거야." 엄마는 에곤의 볼에 키스했다.

"그곳에 가서 그림 그리는 법 잊어버리지나 마." 멜라니가 놀렸다.

게르트루드는 침을 삼켰다.

"잘 있어요!" 에곤은 기차 문에 달린 창문으로 머리를 내밀면서 외쳤다.

기차가 움직이자 엄마와 멜라니는 손을 흔들었다. 기차가 속력을 높이자, 에곤은 게르트루드에게 뭐라 외쳤지만 어떤 말도 들리지 않았다. 기차가 저 멀리 사라져 갈 때까지 게르트루드는 조용히 숫자를 백까지 셌다.

16

1906년 11월

　에곤은 빈에서 가장 어린 화가로 최고로 멋진 시간을 보내고 있었다. 에곤은 매주 게르트루드에게 그런 내용의 편지를 쓰면서 주변에서 일어나는 흥미진진한 일들을 모두 알려주었다. 오후에는 알베르티나, 현대 미술관, 벨베데레 같은 미술관들을 방문하곤 하는데 초로의 오스트리아 화가 구스타프 클림트와 빈센트 반 고흐라 불리는 네덜란드인의 작품들을 보면서 감탄한다고 이야기했다. 동료 학생들과 술집에서 네덜란드 진을 마시며 테이블을 두드려대다가 자정에 쫓겨났다는 이야기도 적혀 있었다. 북적거리는 부르스텔프라터 놀이공원에 있는 대관람차를 타고 맨 꼭대기에서 빈의 풍경을 내려다봤다고도 했다. 절친한 친구가 되어가는 안톤과 어윈도 함께 갔다고 했다. 부르크 극장에는 레오폴드 고모부와 루이자 고모의 특별석이 있어 그곳에서 바라보는 전망이 굉장하다고도 했다. 또 다른 소식은 레오폴드 고모부가 고모부 집에서 걸으면 고작 십오 분밖에 안 걸리는 쿠르츠바우어가세에 에곤이 세 들어 살 다락방을 구해주셨다는 것이었다. 처음으로 독립을 맛보게 되는 에곤은 조만간 이사할 생각에 신이 났다.

게르트루드는 편지들을 유심히 읽은 다음 스토브에 넣었다. 오빠에게 편지를 두 번씩이나 읽는다는 만족감을 주지 않을 셈이었다. 몇몇 편지에는 빨강과 검정 크레용으로 가장자리에 정교한 틀을 그려 넣었고, 오빠가 조심스레 연습한 서명도 있었다.

"이 편지들이 미술관 벽에 걸릴 것도 아니잖아"라고 게르트루드는 오빠에게 핀잔을 주고 싶었다.

게르트루드는 답장을 할까 생각했으나 보고할 게 없었다.

엄마는 12월 초에 에곤을 방문할 계획이라고 말했다.

그런데 그렇게 말한 바로 그날, 예상치 못한 편지가 도착했다. 집을 비워야 한다는 통지를 받은 것이었다. 그들은 또다시 어딘가에서 살 집을 찾아야만 했다. 엄마는 욕을 퍼부었다. 엄마는 크루마우로 돌아갈 생각으로 몸이 좋지 않은 언니에게 편지를 쓰긴 했지만, 게르트루드도 아직은 학교에 다녀야 하고 고향에 가는 것보다는 에곤과 더 가까이 살고 싶어 했다.

"이곳에서 다른 집을 찾아야겠어. 어떻게 구해야 할지는 모르겠다만."

게르트루드 머릿속에 방안이 하나 떠올랐다.

"빈으로 이사 가면 되잖아요? 그럼 에곤 오빠와 가까이 있을 수 있잖아요."

"당장 일어나 떠날 수 있는 게 아니야." 엄마가 말했다.

"거기는 더럽고 위험해." 멜라니가 엄마 편을 들었다.

"우리는 여기서 이 년을 살았어요." 게르트루드는 고집을 부렸다. "게다가 늘 너무 지루하다고 말씀하셨잖아요."

"그런 이유만으로 도시로 이사할 순 없어."

"하지만, 왜요?" 게르트루드가 따졌다.

엄마는 적절한 말을 찾으려 눈을 깜빡거렸다.

"왜냐하면…… 비싸거든. 우리 형편상 감당이 안 돼. 집세만으로도 주체를 못 할 거야."

"레오폴드 고모부와 루이자 고모 집에 남는 방들 있잖아요. 그분들과 같이 지내면 돼요."

"그런 짓은 절대 하는 게 아냐! 그런 생각일랑 당장 떨쳐버려, 이 철부지 아가씨야."

"사람들이 어떻게 생각하겠니?" 멜라니는 눈을 휘둥그렇게 뜨고 따져 물었다.

"하지만 우리가 여기 있을 이유가 없어." 게르트루드가 항변했다. "정말로."

"내가 하는 일은 어쩌고?" 멜라니가 물었다. "나는 단순히 통보하고 새 일을 얻을 수 있는 게 아냐."

게르트루드는 엄마 안에 있는 무언가가 약해지는 걸 봤다.

"우리는 거기서 더 잘 살 수 있어요." 게르트루드는 우겨댔다. "멜라니 언니는 새로운 일을 얻을 수 있어. 어쩌면 보수도 더 나을지 모르잖아. 그리고 엄마는 에곤 오빠를 가까이서 지켜보실 수 있어요. 저는 학업을 마칠 수 있고 충분히 나이를 먹으면 저도 일자리를 구할 거라고요."

"그만하자꾸나. 더는 언급하지 말 거라."

엄마는 일어나서 방을 나갔다.

팔 일이 지난 뒤, 엄마는 이사하는 걸 지켜보기 위해 레오폴드 고모부가 주말에 온다고 큰 소리로 알렸다.

"저번에 말했던, 에곤을 만나러 간다는 여행은, 음, 그곳에서 평생 살게 될 것 같구나. 우리에겐 선택의 여지가 없어." 엄마는 덧붙여 말했다.

결국 그들은 빈으로 이사하게 되었다. 게르트루드는 이런 행운이 찾아오다니 믿을 수 없었다.

17

1907년 6월

"우리가 말했던 대로 우리는 도망치는 거야."

게르트루드가 작은 여행 가방을 들고 가장 좋은 모자를 쓴 채 역에 도착했을 때, 에곤이 게르트루드를 안으며 말했다.

가족이 처음 빈으로 이사했을 때, 게르트루드는 같은 도시에 사니까 오빠를 더 많이 보게 될 줄 알았다. 하지만 오빠는 전혀 여유가 없는 듯했다. 에곤은 계속 게르트루드에게 미술학교에서 할 일이 엄청나게 많다고 말하면서도 늘 친구들과 술 마시러 갈 시간은 많았다.

"친구들을 사귀어야만 해." 에곤은 해명하듯 말했다.

"나도 따라갈래."

"걔들이랑 어울리는 건 안 돼." 에곤이 경고했다. "그 친구들이 나쁜 영향을 끼칠 수 있거든."

"내가 창피한 거지."

"아니야. 그 친구들이 너를 이용하려 할까 봐 그래."

"가만히 당하고 있지 않을 거야."

"너를 위한 거야, 게르티."

"하지만 오빠가 저번에 같이 살자고 약속했던 건 어쩌고?" 게르트루드는 강하게 밀어 붙였다. "더는 나랑 시간을 보내고 싶지 않은가 보네."

"아니야. 바빠서 그런 거야. 그리고 난 네가 보고 싶었어." 에곤은 게르트루드의 손을 잡았다. "너를 그리고 싶었다고."

"하지만 이제는 다른 모델들이 있잖아."

"라이프 드로잉 수업에서 모델을 한 털북숭이 노인들을 의미하는 거라면 그렇다고 할게." 에곤이 대답했다.

"그리고 좋은 가문의 예쁜 아가씨들은?"

"질투하지 마. 너는 언제나 내가 가장 좋아하는 모델일 거야. 너한테 꼭 보상해 주겠다고 약속할게. 함께 여행가는 건 어때?" 에곤이 제안했다.

에곤은 게루트루드에게 역 바로 이 자리에서 아주 일찍 만나자고 했다. 에곤은 어디로 갈 건지 미리 알려주지 않았고, 단지 게르트루드에게 가장 좋은 옷들을 싸 가야 한다고만 했다. 둘은 기차에서 보낼 이틀 밤을 포함해 총 닷새 밤을 자고 올 것이고, 엄마와 레오폴드 고모부에게 자리를 비운 이유를 편지로 남길 테니 걱정하지 말라고 했다.

"내가 친한 친구 안톤에게 담배와 크루아상을 사주면서 정오가 지나서 지르쿠스가세의 주소로 내 편지를 보내달라고 했어." 에곤은 미소를 지으며 말했다. "우리가 어디 가는지는 쓰지 않았으니 엄마와 고모부가 우리를 집으로 끌고 올 일은 없을 거야."

"하지만 안톤이 잊어버리면 어떡해? 엄마가 수색대를 파견하실걸!"

"잊지 않을 거야. 안톤 페슈카는 올곧은 친구거든. 날 실망시키지 않을 거야."

"그래도, 엄마가 엄청나게 걱정하실 텐데."

"엄마는 내가 네게 무슨 일이 일어나게 놔두지 않을 걸 알고 계셔."

"내가 오빠를 챙겨줄걸." 게르트루드는 발끈했다.

"지금 모험을 중단하느니 나중에 벌받는 게 나아." 에곤은 씩 웃었다.

"어디로 가는지 알려줄 거야, 아니면 내가 알아맞혀야 해?"

"작은 여행을 떠날 건데……." 에곤이 말을 멈췄다. "엄마 아빠가 신혼여행 떠났던 곳으로 갈 거야."

"트리에스테!" 게르트루드는 기뻐하며 외쳤다.

"그거 알아? 내가 그림을 두 개 팔아서 우리끼리 즐길 돈은 충분해."

기차가 날카로운 소리와 함께 철커덩거리며 다가왔고, 기차에서 나는 기름 냄새에 게르트루드는 어린 시절이 떠올랐다. 점점 더 가슴이 두근거렸다. 그들은 이렇게 스릴 있는 일을 해본 적이 없었다. 다행히도 에곤은 아빠가 죽기 전에 아빠의 서랍에서 발견한 승차권과 함께 만기일이 없는 미사용 쿠폰들과 철도청 직원들의 여행 카드를 보관해 와서, 실레 가족은 오스트리아-헝가리 제국의 이십오만 제곱마일 이내로는 어디든 공짜로 여행할 수가 있었다. 남매가 멀리 여행할 수 있는 쿠폰이 충분히 남아 있다는 걸 에곤은 알아차렸다. 에곤은 빈으로 갈 때 가져갔던 아빠의 낡고 바랜, 틀에 끼운 지도를 연구했고, 손가락으로 오스트리아, 보헤미아, 헝가리 노선을 따라가면서 목적지마다 걸리는 시간을 계산했다. 그리고 나서 재빨리 목적지를 트리에스테로 정했다. 트리에스테는 프란츠 요제프 황제 영토의 보석이자 이십팔 년 전 부모님이 신혼여행을 갔던 장소이기도 했다.

"상상해 봐. 트리에스테에 있던 엄마 아빠를." 에곤이 이어서 말했다. "우리는 엄마 아빠의 발자취를 따라가서 모든 게 잘못되기 전의 엄마 아빠의 눈으로 세상을 바라보는 거야. 엄마 아빠의 실수를 통해서 배우고 더 나아질 수 있는지 알 수 있을 거야."

에곤과 게르트루드는 기차에 올라 일등석을 찾아 가방을 머리 위 선반에 올린 뒤, 자리에 앉아 여행을 떠날 준비를 했다.

문이 닫히고 기적이 길게 울리고 나자 기차가 움직였다.

≈

객실 문이 덜컹거리더니 잿빛 머리에 익숙한 제복을 입은 검표원이 들어왔다.

"티켓을 보여주겠니, 젊은 친구?" 에곤은 신중하게 작성된 쿠폰 두 개를 내밀었다.

"트리에스테까지 가는 건가?" 검표원이 물었다. "알고 있겠지만 그라츠에서 내려 환승해야 해. 유감스럽지만 몇 시간 기다려야 할 거야."

검표원은 티켓의 한쪽을 떼어가고 남은 부분에 펀치로 구멍을 뚫고는 다시 돌려주었다.

"네, 알아요. 노선을 연구했어요. 아빠의 여행 지도가 있거든요. 그라츠에서 저녁을 먹고 야간 기차를 탈 거예요."

"둘이서만 가기엔 긴 여행이 될 거야."

에곤은 검표원에게 철도청 직원의 이름과 사진이 박힌 여행 카드를 보여주었다.

"실레?" 검표원은 여행 카드를 살펴보며 물었다. "아버님께서 톨른의 역장이셨지? 철도청의 훌륭한 직원이셨는데. 톨른역은 질서 있게 잘 운영되고는 있지만 아버님께서 그만두신 뒤로는 이전 같지 않아. 가만있어 보자. 그만두신 게 이 년 전이었지?"

"이 년 반 됐습니다."

"그럼 자네 나이가 어떻게 되나? 열넷, 열다섯?"

"열일곱이 돼갑니다." 에곤은 침을 삼켰다.

연약한 어깨와 호리호리한 몸 때문에 오빠가 나이보다 어려 보인다는 걸 게르트루드도 알았다.

"아, 한창 좋을 나이네. 지금을 즐기도록 해. 언젠가 나처럼 늙으면 걱정 없는 청춘의 나날들이 간절히 그리워질 테니." 검표원은 에곤에게 윙크했다. "말썽은 부리지 말고."

에곤은 아빠가 떠나는 기차에 대고 했던 것처럼 검표원에게 경례를 했다. 검표원도 활짝 웃으며 경례를 했다.

"얘야, 너도 언젠가 훌륭한 역장이 될 거야." 검표원은 나가면서 말했다. "아버님을 자랑스럽게 해드릴 거라고 믿는다."

≋

기차가 트리에스테에 도착하자, 남매는 열기의 장벽 속으로 뛰어내렸다. 도시에서 보던 옷보다 더 헐렁하고 가벼워 보이는, 맵시 있는 옷을 입은 남녀들이 분주하게 역 안팎을 드나들었다. 에곤과 게르트루드는 전혀 들어본 적 없는 언어들에 둘러싸였고, 독일어로 말하는 사람들도 억양이 더 복잡하다는 걸 게르트루드는 알아차렸다. 어느 곳이든 더 강렬한 색채를 띠었다. 사람들조차도 빈의 행인들보다 더 생기 있고 태양의 열기로 안색은 빛이 났다.

게르트루드와 에곤이 역을 나가자 선명한 하늘이 머리 위로 넓게 펼쳐졌다.

"저기 하늘 파란 것 좀 봐." 에곤이 게르트루드의 가방을 들며 말했다. "언젠가 여기 올 거라고 말했었잖아." 에곤의 팔을 꽉 쥔 게르트루드는 불안하면서도 기뻤다. "자유가 느껴지지 않니?"

둘은 고작 몇 분 거리에 있는 바다로 직행했다. 인파에 이끌려 둘은 산책로를 따라 손을 잡고 걸었는데, 게르트루드가 조금 앞서서 폴짝 뛰고 에곤은 그런 게르트루드를 뒤로 잡아당겼다. 둘은 풍경에 감탄하며 이런 동작을 이어갔고 기분 좋은 바닷소리에 귀를 기울였다. 갈매기들이 가벼운 바람을 타며 균형을 잡았고, 나무배들은 주변의 엔진 오일이 보랏빛과 초록빛을 반사하며 파도 위에서 흔들렸다.

에곤은 멈춰 서서 스케치북을 꺼냈다.

"여기 잠깐 앉자." 에곤은 신발과 양말을 벗고 항구 방파제 너머로 두 발을 걸어찼다.

게르트루드도 하얗게 씻긴 돌 위에 앉아 똑같이 따라 하면서 기름 낀 두껍고 구불구불한 밧줄을 손으로 쓸었다. 주변에서는 남자들이 아직도 물이 뚝뚝 떨어지는 무거운 어망이나 그날 잡은 것이 담긴 상자들을 옮기고 있었다. 몇몇은 쪼그려 앉는 의자에 앉아 배에서 바로 낚아 올린 물고기의 비늘을 벗겨냈다. 하지만 에곤은 그들에게 전혀 관심을 두지 않았다. 두 눈은 오직 바다에만 고정되어 있었고, 파도가 움직이는 리듬을 포착하며 종이 위에 연필을 움직였다. 게르트루드는 눈을 감고 태양이 눈꺼풀을 따뜻하게 덥히게 놔두었다. 오빠의 스타일은 지난 한 해 엄청나게 변했다. 선들은 더욱 느슨해지고 덜 정밀해졌으며, 눈앞의 광경이 지닌 혼을 포착하는 데 더욱 능숙해졌다.

한 시간이 흐른 뒤, 둘은 호텔을 향해 계속 걸었다. 에곤은 어디로 가는지 안다고 게르트루드를 몇 번이나 안심시켰다. 둘은 자질구레한 장신구들과 신선한 주스, 그리고 나무로 깎아 반짝이는 색을 칠한 배들을 파는 여인들을 지났다. 에곤은 작은 것 하나를 게르트루드에게 사줬고, 더 걸어가다가 둘이 나눠 먹을 오렌지도 구매했다. 게르트루드는 손가락에 묻은 달콤한 액을 빨아 먹었는데 자기 살에서 나는 짠맛과 섞인 맛이 났다.

"지금껏 내가 맛본 것 중에서 가장 맛있어." 게르트루드는 입맛을 다셨다.

"햇빛을 먹은 것 같네." 에곤은 게르트루드의 드레스에 묻은 주스 방울을 보곤 말했다.

"곧 호텔이야."

에곤은 엄마가 기념 삼아 보관해 온 이 도시의 지도를 지니고 있었다. 엄마는 아빠와 방문했던 모든 장소에 깔끔하게 엑스 표시를 해놓았다. 에곤은 새로운 도로를 지날 때마다 지도를 살폈고 길을 더 잘 찾아가려고 손으로 돌려 보기도 했다.

"여기야." 마침내 오빠가 말했다.

게르트루드는 이중문 위에 있는 간판을 올려다봤다. 접수처로 다가가 심각해 보이는 남자가 원장에서 고개를 들기를 기다렸다.

"예약했는데요. 실례입니다." 에곤이 말했다. "바다가 보이는 방으로 예약했어요."

주름이 자잘한 접수처 직원은 카운터 위로 오빠의 눈을 똑바로 바라보면서 무시하는 표정을 지었다.

"그 방 하나요?" 그는 펜을 내려놓고 물으며 안경을 바로잡았다.

에곤은 돈을 세고선 남자 앞에다 놓았다. "이게 우리가 낼 수 있는 전부예요."

≈

게르트루드는 먼저 잠에서 깼다. 게르트루드의 발은 가위처럼 접은 에곤의 다리 사이에 끼어 있고 에곤이 안은 채 잠들어서 몸을 빼내야 했는데, 오빠가 깨지 않게 하느라 몸을 뒤틀 때마다 애를 썼다. 게르트루드는 에곤의 왼쪽 엉덩이에서 진흙이 묻은 지문의 잔여물처럼 어두운 초승달 모양의 낯익은 모반을 봤다. 게르트루드의 허벅지, 팔뚝 등 밤에 자면서 몇 시간 동안 에곤과 닿아 있던 부분들이 발그레해진 느낌이었다. 다른 부분들도 욱신거렸다. 에곤이 방과 침대 위에서 게르트루드 본인도 할 수 있을 줄 몰랐던 다양한 자세, 즉 매트리스에서 척추를 뒤로 젖혀 배꼽이 가느다란 선처럼 당겨지게 하고, 두 팔을 오래 머리 위로 높이 교차하면서 손가락은 활짝 펴는 등의 자세를 취하도록 강요했기 때문이었다. 에곤의 종이와 연필 들이 바닥에 떨어졌다. 게르트루드의 아주 뚜렷한 두 눈이 자신을 돌아봤다. 두 눈에서 빛나는 도전이 느껴졌고 입술에 활기를 주는 자신의 미소에서 장난기가 보였다.

에곤이 밤에 그린 그림들은 그 어느 때보다 대담했다. 게르트루드는 이상한 힘이 차오르는 걸 느꼈다. 모든 생명체 중 가장 신비로운 존재, 여인이 되어가고 있었다. 둘 다 매끄러운 피부, 표면 아래의 봉오리들, 짙은 털들 같은 변화에 놀라워했다. 에곤은 원하던 결과들을 얻으려고, 채찍질을 가하는 서커스 단장처럼 촛불 옆에서 게르트루드를 강하게 더 강하게 밀어붙였다. 그리고 게르트루드는 처음으로 얼굴을 가리거나 몸을 돌릴 필요를 느끼지 못했다. 비록 끝내는 기진맥진해졌지만 말이다.

에곤이 게르트루드의 몸을 맘껏 그리려고 보호막이 되는 이 방에서 둘만의 시간을 최대한 활용한 것이 틀림없었다.

에곤은 갑작스레 게르트루드를 놓으며 몸을 돌렸다. 에곤은 여전히 시트로 몸을 두른 채 침대 반대편으로 움직이더니 폭신한 베개에 입을 헤 벌리고 누웠다. 아주 천진난만해 보였다. 하지만 이런 식으로 같이 있는 행위만도 그들이 이제껏 한 일 중 가장 충격적인 것이었다. 게르트루드는 이미 벌받을 것을 예상해서 몸에 전율이 일었다.

가슴이 조여오는 걸 느끼며 게르트루드는 방을 휙 둘러봤다. 열린 창문으로 불어오는 미풍에 커튼이 박자를 맞춰 빨려 들어왔다 나갔다. 그들의 옷은 바닥에 구겨져 있었다. 모든 규칙을 내던져 버린 것이었다.

게르트루드는 배가 고팠다. 에곤이 마지막 날 저녁 식사 때 돈을 다 써버려서 집으로 돌아갈 때까지 한 푼도 없었다. 에곤도 배가 고플 것이었다. 게르트루드는 미끄러지듯 바닥으로 내려와 조용히 옷을 입은 다음 조심스레 문을 닫았다.

게르트루드는 호텔에서 몇 거리 떨어진 작은 가게 앞에서 멈춰 섰다. 이전에는 본 적도 없는 밝은 색깔과 특이한 모양의 과일이 담긴 상자들이 가게 문을 에워쌌다. 게르트루드는 보라색 껍질의 작고 약해 보이는 과일을 자세히 봤다. 그 과일에서 화창한 날의 냄새가 났다. 표지판에는 '무화과'라고 적혀 있었다. 한 입 깨물어 보고 싶었지만 마지못해 상자에 다시 놓고 가게 안으로 들어갔다.

치즈 판매대가 있었다. 몇몇은 부드럽고 주름이 많았고 어떤 것들은 단단했다. 입에 침이 고였다. 천장에는 아주 긴 소시지가 걸려 있었다. 게르트루드는 눈을 크게 뜨고선 꿀을 바르고 검포도, 아몬드, 헤이즐넛을 점점이 박은 페이스트리, 당의를 잔뜩 뿌리고 설탕 조림한 과일을 위에 올린 촉촉한 케이크 같은 갓 구워 만지면 따뜻한 빵 덩어리들을 바라봤다. 시나몬 냄새가 났다. 게르트루드의 배에서 꼬르륵 소리가 났다. 통로를 돌아 건조한 노란색 꾀꼬리버섯이 담긴 상자 옆에 멈춰서 뒤틀어진 줄기들을 가까이서 봤다. 손가락을 콩류가 담긴 벌어진 자루 속으로 집어넣었다. 손가락이 닿자 빛나는 콩들이 갈라져서 손가락을 더 깊숙이 밀어 넣어봤다. 게르트루드는 안에 벌집이 들어 있는 병을 불빛에 비춰봤다. 호박색 액체를 통해 보이는 무늬에 매료되었다. 허브 한 묶음에서 잎을 하나 뽑아내 손가락으로 비빈 뒤 코에 대봤다. 그러다 게르트루드는 잠에서 깬 손을 뻗어 시트 면만 만지작거리고 있을 에곤을 생각했다. 둘 다 똑같이 배고프단 걸 생각했다.

연로한 가게 주인은 불룩 튀어나온 배 위로 앞치마를 두른 채 다른 손님을 상대하느라 바빴다. 그가 정신을 딴 데 파는 동안 게르트루드는 꿀 병을 몰래 치마 주름 속으로 감춰 허리띠 안에 끼워 넣었다. 그런 다음 가게 주인에게 시선을 떼지 않고 주위를 돌아다녔다.

그가 보지 않을 때 게르트루드는 종이에 포장된 치즈를 먹었고 꾀꼬리버섯을 몇 개 가지러 되돌아갔다. 꾀꼬리버섯이 얼마나 아름다운지 에곤에게 보여주고 싶었다.

가게를 계속 돌아다니면서 게르트루드는 살짝 긴장했지만 가게 주인에게 사랑스럽게 미소를 지으면 그도 미소를 지어줄 것을 알았다.

게르트루드는 가게 밖에서 멈춰 섰다. 급작스레 도망치듯 떠나 주의를 끌고 싶지 않아서였다. 과일 상자를 다시 들여다보다가 무화과 두 개를 집어 코에 가져다 댔다. 향긋하고 달콤한 향이 났다. 입에 가져다 대고 싶은 마음이 간절했다. 이 모든 게 잘못됐다는 건 알지만 저항할 수 없었다. 규칙이 없는 이 세상에선 무엇이든 가능했다. 껍질이 너무 부드러운 탓에 찢어져 촉촉한 씨들이 드러났다. 게르트루드는 어깨 뒤로 슬쩍 쳐다봤지만 아무도 보는 사람이 없었다. 그 과일을 손바닥으로 감싸 쥐고선 마치 추운 듯 겨드랑이에 끼워 넣고 계속 걸어갔다. 게르트루드는 이제 속도를 높였고 코너를 돌자 숨을 내뱉었다. 에곤이 기뻐할 것이다. 도로 맨 위에 호텔 간판이 보였다. 배가 조여왔다. 아침을 먹은 뒤 남매는 항구로 돌아갈 것이고, 집으로 가는 긴 여정을 시작하기 전에 에곤은 다시 배를 그릴 것이다.

~

　에곤이 문을 활짝 열었다. 에곤은 맨가슴에, 멜빵은 바지에 덜렁덜렁 매달려 있는 데다 머리도 빗지 않은 채였다.

　"절대로 어디로 간다는 얘기도 없이 사라지지 마." 에곤은 말하다가 게르트루드 옆에 서서 그녀의 어깨에 손을 얹은 남자를 보자 말문이 막혔다.

　"젊은이 이름이 뭔가?"

　에곤은 침을 꿀걱 삼켰다. "에곤입니다" 하고 답변하며 게르트루드와 제복을 입은 남자를 빠르게 번갈아 봤다.

　"성은?"

　"실례예요."

　"제가 이미 말씀드렸잖아요!" 게르트루드가 발끈했다.

　"증명할 것이 있나?"

　"저는……."

　"보아하니 자네가 이 어린 아가씨의 보호자인 모양이군." 경찰은 어지럽혀진 방과 정돈되지 않은 침대를 봤다. "이 아가씨 말이 어머니가 빈에 산다던데. 그리고 집에서 한참이나 멀리 떨어진 이곳에서 유일하게 같이 있는 사람이 자네고? 아가씨의 '오빠'라고."

　"맞아요. 제가 이 아이 오빠예요."

　"자네 날 무슨 애송이로 아나."

　에곤은 바닥에 있는 재킷 주머니를 뒤져 철도청 직원 여행 카드를 꺼내 들었다. 그걸 경찰에게 건네주자, 경찰은 사진, 서명, 오스트리아 제국 철도청의 공식 도장을 유심히 살펴봤다. 경찰은 여행 카드를 들고 눈을 가늘게 뜬 채 에곤과 게르트루드의 사진을 번갈아 비교했다.

"자네가 '오빠'라면 이 아가씨를 더 잘 보호했어야지. 여기 네 동생은 꽤 불행히도 곤경에 처했거든. 도둑질하다가 들켰지. 운이 좋게도 가게 주인은 처벌을 내리고 싶어 하진 않았어."

에곤은 상황의 심각성을 깨달았다. "저 애가 무슨 생각이었는지 모르겠네요."

"부모님께 알릴 거다."

"아빠는 돌아가셨어요." 에곤이 단호히 말했다.

"그렇다면 어머니에게 알려야겠지."

게르트루드는 차마 눈을 들어 에곤을 볼 수 없었다.

"그건 제가 할게요. 집에 도착하자마자 모든 걸 엄마께 설명할 겁니다. 저희가 탈 기차 시간이 한 시간도 안 남았고 저희는 내일 빈에 도착할 거예요. 이 아이가 반드시 야단맞게끔 할게요."

"야단으로 그쳐선 안 돼. 자네도 동의하겠지만 이건 아주 심각한 문제야."

"그렇게 말씀하신다면." 에곤은 경찰의 손아귀에서 게르트루드를 끌어냈다.

"잠깐. 자네 어머니의 빈 주소가 필요해. 우리가 곧바로 지역 경비원을 집으로 보내서 무슨 일이 일어났는지 설명하게 할 거야. 어머니는 분명 너희 둘이 무슨 짓을 했는지 아주 관심 있게 들으시겠지."

게르트루드는 에곤이 옆에서 움찔하는 걸 느꼈다.

18

1907년 9월

　게르트루드와 에곤은 함께 시간을 보내는 걸 금지당해 몰래 만날 수 있을 때 기회를 놓치지 않아야 했고, 게르트루드는 밖으로 나갈 구실을 만들어냈다. 오늘 엄마는 게르트루드가 친구를 만난다고 믿었지만, 사실은 에곤을 만났다. 에곤은 함께 마티네 카바레쇼에 가려던 계획을 마지막 순간에 취소하고, 대신 게르트루드를 요제프슈타트 스트라세에 있는 화가의 스튜디오로 끌고 갔다. 에곤은 어제 혼자 그곳에 찾아갔지만, 에곤이 대화하고자 굳게 마음먹은 중요한 인물인 그 문제의 화가는 만날 수 없었다. 오빠는 결국 돌아가야 했는데, 오빠가 말하길 그것은 다시는 오지 말라는 암시라는 것이었다. 하지만 에곤은 구스타프 클림트가 대화를 해줄 때까지 매일 찾아갈 계획이었다. 그림 포트폴리오를 들고 가 자신의 작품을 그 화가에게 보여줄 생각이었다. 게르트루드는 따라갈지 집으로 돌아갈지 선택할 수 있었다.

　그들은 빈의 8구역을 걷다가 잎과 꽃이 무성하게 자란 정원으로 들어갔다. 구불구불한 길이 스튜디오 현관으로 이어졌다. 단층 건물의 창문들은 활짝 열려 있었고 한 여인이 노래를 부르는 소리가 들렸다. 그들이 지날 때 검은 고양이 한 마리가 덤불에서 불쑥 튀어나왔다. 고양이는 하품하며 등을 쭉 펴더니 머리로 게르트루드의 종아리를 툭 쳤다. 게르트루드는 멈춰서 손으로 고양이의 몸을 쓰다듬고 턱 아래를 간지럽혔다. 고양이는 가르랑거리면서 빙그르르 돌았다.

"우리 여기 있으면 안 돼." 게르트루드가 말했다. "그 화가가 오빠를 보고 싶어 하지 않을 거야."

"그냥 몇 분만 기다려봐. 그분에게 내 작품을 보여드리고 싶을 뿐이야."

"그 사람이 뭐가 특별한지 모르겠네. 그 화가가 온종일 그림을 그리는 다른 모든 따분하고 늙은 화가들보다 나은 게 뭐야?"

"오스트리아를 통틀어 내가 그보다 더 찬양하는 화가는 없어." 오빠는 심각하게 대답했다. "그분은 십 년 전에 빈 분리파를 만들었어."

게르트루드는 미덥지 않다는 듯 오빠를 봤다. "나하고는 상관없어."

"빈 분리파는 전통을 깨고 싶어 해. 클림트는 과거의 보수주의를 싫어하고 예술을 현대 사회로 끌어들이고 싶어 하셔."

"새로운 관점이군." 게르트루드는 에곤이 어린 시절 그 말에 집착했던 게 떠올랐다.

"내가 그분에게 그토록 끌리는 이유를 알겠지."

"오빠가 일반적인 방식을 따르는 걸 좋아하지 않는다는 사실은 알고 있었어."

"클림트는 다르게 할 수 있단 걸 증명했어."

"그 화가가 오빠한테 시간 낭비하는 거라고 말하면 어쩔 거야?" 게르트루드는 그럴 가능성을 생각했다.

"내게 실력이 없다고 하신다면, 받아들여야지."

게르트루드는 오빠를 쳐다봤다. 과연 그 남자의 말이 오빠를 막을 수 있을까?

에곤이 문으로 다가가 노크할 때, 게르트루드는 뒤로 물러나 있었다. 흔들림 없는 오페라풍 노랫소리가 계속 들려왔다. 에곤은 옷깃을 느슨하게 하려고 그 밑으로 손가락을 꿈틀대며 기다리다 다시 문을 두드렸다. 마침내 문이 살짝 열렸고, 게르트루드는 반짝이는 붉은 머리를, 자신보다 더 짙고 불타오르는 색의 머리를 봤다. 경계하는 눈빛의 창백한 얼굴이 나타났다. 에곤이 말하자, 게르트루드는 자기보다 나이가 그리 많아 보이지 않는 소녀가 고개를 젓는 걸 봤다. 소녀는 붉은 기모노를 입고 맨다리, 맨발에 두 팔로 몸을 감싸고 있었다. 게르트루드는 급격한 부러움을 느꼈다.

문이 닫히자, 에곤이 아무것도 들지 않은 쪽 손으로 머리를 긁적이며 돌아왔다.

"여자애 말이 안에 안 계신대. 일주일간 돌아오시지 않을 거래."

"그 말을 안 믿는 거지?"

"내 생각엔 안에서 일하고 계신 것 같아."

"그럼 그만 가자. 내일 와도 되잖아. 하지만 우선은 나한테 약속한 핫초코를 사줄 시간이 아직 있어."

고양이가 살금살금 다가와서 게르트루드는 다시 한번 고양이 털을 쓰다듬어 주었다. 고개를 들었을 때, 오빠는 스튜디오 정원 문 앞에서 한 남자에게 자신을 소개하고 있었다. 희끗희끗한 머리에 기묘한 파란색 작업복을 입은 남자는 몸이 거대하고 에곤보다 훨씬 나이가 많았다. 게르트루드는 그 옷이 잠옷처럼 보였지만 분명 이제껏 낮에 그런 옷을 입은 남자는 본 적이 없었다. 나이 든 화가는 두루마리 종이, 긴

붓과 물감으로 가득 찬 장바구니를 바닥에 놓은 채 참을성 있게 기다렸다. 오빠는 포트폴리오의 걸쇠를 만지작거렸다.

에곤은 연갈색 종이에 그린 그림 몇 개를 남자에게 보여준 뒤 땀으로 미끄러운 두 손을 조심스레 바지에 닦았다. 남자는 스케치를 쭉 훑어보고 각도를 조절해 보기도 했으며, 선들을 유심히 살펴봤다. 게르트루드는 오빠가 숨을 죽이고 있다는 걸 알 수 있었다.

몇 초가 흐르고 일 분이 지났다. 에곤이 그 자리에서 점점 작아지는 것처럼 보였다. 그러다 숨을 깊이 들이쉬고선, 플랫폼에 앉아 툴른의 기차들을 그리던 아이였을 때부터 에곤을 괴롭히고 성장하는 데 큰 영향을 줬던, 게르트루드도 아는 그 질문을 남자에게 했다.

"선생님, 제가 재능이 있는지 여쭤봐도 될까요?"

오빠에게는 모든 것이 이 순간에 달려 있음을 게르트루드도 잘 알고 있었다.

"몇 살이지?" 남자는 인상을 쓰며 물었다.

게르트루드는 그 붉은 머리의 모델이 창가에서 지켜보는 걸 발견했다.

"열일곱입니다, 선생님."

"어떤 교육을 받고 있나?"

"선생님이 다녔던 빈 아카데미에서 배우고 있습니다. 지도 선생님들은 제게 더 보수적으로 그려야 한다고 강요하는 고루한 분들입니다. 매번 절 질책하시죠."

"그런가?"

"저는 선생님처럼 저만의 미술 그룹을 만들고 싶어요."

"자네는 확실히 야망이 있군. 자네의 재능에 대한 내 의견이 듣고 싶다고?"

"미술을 위해 제가 모든 걸 희생하는 게 맞는지 알고 싶습니다, 선생님."

남자는 넉넉한 배에서 우러나오는 깊은 소리로 웃음을 터뜨렸다.

"재능이라고?" 남자는 에곤의 작품을 자세히 보며 반복해 물었다. 그가 고개를 젓자, 에곤은 창백해졌다. "오히려 지나칠 정도로 많다는 건 내 이름만큼이나 명백해. 그리고 나도 자네가 말하는 희생에 대해 잘 알지. 그건 절대로 쉽지 않다네." 남자는 덧붙였다.

오빠는 긴장이 풀리고 얼굴에 미소가 번졌다.

게르트루드 안에 있는 무언가도 풀어져서 그에게 가까이 다가갔다. 게르트루드를 본 남자가 얼굴과 몸을 유심히 살펴보자, 게르트루드는 평가받는 부담감이 들었다. 게르트루드는 그와 그의 명성에 대한 매혹과 두려움 사이에서 꼼짝 못 하고 전율을 느꼈다. 그는 존재 자체가 어마어마했다.

"서로 그림을 교환해도 될까요? 이 그림들을 가지셔도 돼요." 오빠는 남자가 쥔 자신의 작품들을 가리키며 말했다. "그리고 저는 선생님의 스케치 한 장만 가져도 될까요?"

남자는 다시 웃었다. "자네의 배짱에 기운이 생기네. 삼십 년 전 내 모습이 떠올라. 그런데 왜 늙은이와 그림을 교환하나? 이미 나보다 잘 그리는데."

오빠는 점점 담대해졌다. "제 선생님들과 가족, 지도 선생님들은 제가 망상에 빠졌다고들 했어요." 에곤은 환희로 들떴다. "감사합니다."

"자, 이제 나는 가봐야 해." 클림트가 말했다. "특별한 사람과 점심 약속이 있거든. 하지만 조만간 또 보고 싶네, 젊은이. 자네 이름이 뭐라고 했지?"

19

1910년 9월

게르트루드는 약속대로 오후 5시에 빈 9구역 알저바흐스트라세에 있는 오빠의 가장 최근 아파트 스튜디오에 도착했다. 그들은 파크-키노 영화관에 갈 계획이었으나 에곤이 준비가 안 되었다. 에곤은 모델이 예정대로 오지 않아 하루치의 진행을 날려 먹었다며 방 건너편에서 화를 냈다. 에곤은 의뢰를 받아서 그 게으름뱅이 여자가 얼굴을 드러내길 온종일 기다렸는데, 시간이 지날수록 점점 불쾌해졌다.

"나랑 작업했던 모델들 다 가끔 늦게 오곤 했어." 오빠는 말했다. "이 모델은 다르길 바랐는데. 물감도 섞어놨는데 이제 망가져 버렸잖아."

게르트루드는 물감이 든 오빠의 팔레트를 손가락으로 문질렀다. 물감 표면에 딱딱한 부스러기가 일어났다. 게르트루드는 물감 튜브에 적힌 이름들을 읽었다. 오피먼트 노랑, 주홍 그리고 녹청이었다.

에곤은 목을 가다듬더니 또다시 두통이 생겼다고 불평했다. "점점 잦아져." 에곤이 말했다. "온종일 아무것도 못 먹었어." 에곤은 칼로 빵

덩어리를 비뚤게 쓸고선 버터를 발랐다.

"다른 모델들은 어때?" 게르트루드가 물었다. "오빠는 황제보다 여자들을 더 많이 본다고 자랑했잖아. 너무 많아 일일이 셀 수 없을 정도라고."

에곤은 눈을 감았다. "그 모델들 다 어떤 식으로든 나를 실망시켰어."

"그리 나쁜 상황은 아닐 거야. 아직 시간 남았잖아. 안 그래?"

"내 일거수일투족을 감시하는 사람들과 시도 때도 없이 문을 두드려대는 채무자들이 있어……. 내가 뭘 어디에서 빚졌는지 기억도 안 나. 나는 고모부가 준 기회들을 다 써버렸어. 고모부는 우리가 트리에스테로 여행 간 걸 아직도 용서 안 하셔."

이 말을 듣고 게르트루드는 얼굴이 붉어졌다. 지금으로부터 삼 년 전 일이고, 그 여행은 애초에 에곤의 생각이었음에도 불구하고 그는 자신들이 겪은 모든 문제를 두고 여전히 게르트루드를 탓했다.

"내가 자세를 취할게." 게르트루드가 제안했다. "그게 도움이 된다면 말이야. 영화는 다른 때 보면 돼."

"안 돼." 에곤이 거절했다.

"우리가 어렸을 때는 내가 모델을 하곤 했잖아." 게르트루드가 말했다. "여기 빈에서도 많이 했고. 그 바보 같은 모자 기억나?"

"안 돼." 에곤은 또다시 거절했다.

게르트루드는 바짝 마른 붓으로 에곤을 찔렀다.

"오늘 나타나길 바랐던 여인만큼 내가 예쁘지 않다는 거지?"

"바보 같은 소리 하지 마." 에곤이 냅다 화를 냈다.

"그럼 왜?"

"나는 누드가 필요하단 말이야. 네가 옷을 다 벗어야 해. 전부 다."

게르트루드는 멈칫했다. "그것도 예전에 했었잖아."

"그때는 우리가 아이였고 철이 없었잖아. 이 작품은 곧 있을 쇼를 위한 거야. 사람들이 볼 가능성이 훨씬 크다고. 네 평판에 막대한 손상을 입힐 거야."

"무슨 평판?" 게르트루드가 콧방귀를 꼈다.

"빈 상류층이 볼 예술 작품 속에서 널 과시하는 건 미래의 구혼자들에게 좋은 인상을 주지 않을 거야."

"꼭 엄마처럼 얘기하네!" 게르트루드는 비웃었다. "그걸 불쾌하게 받아들이는 부류의 남자에게는 관심도 두지 않을 거야."

"이 일이 마음에 안 들걸. 넌 너무 조급하고 산만해." 에곤이 반박했다.

"아니야. 나는 조각상 같다고." 게르트루드는 다리를 올리며 자세를 취했지만 이내 비틀거렸다.

에곤은 풋 하고 웃었다.

"나는 심각해. 의뢰받은 건 누드라고."

"난 하고 싶어." 게르트루드가 말했다. "오빠를 위해서. 내가 고개를 돌리고 있으면 아무도 나인 줄 모를 거야."

"그럼 너 나중에 이거 싫다고 말하면 안 돼."

"모델 필요해, 안 필요해?" 게르트루드가 따져 물었다.

에곤은 고개를 저었다. "다행이란 말이 안 나오네."

"다행으로 여기지 않아도 돼. 그냥 붓이랑 물감만 집으면 되는 거야."

≋

게르트루드는 오후에 간이침대에서 꾸벅꾸벅 졸고 있었다. 오빠는 안락의자에 앉아 있었다. 게르트루드는 에곤이 그림을 완성하도록 그날 아침 일찍 찾아왔다.

에곤은 아파트 문을 세 번 두드리는 소리를 듣고 벌떡 일어났다.

"또 집행관일 거야." 에곤은 쉬쉬거리며 말했다. 에곤은 문구멍을 통해 보다가 뒤로 물러나더니 손가락 하나를 입술에 댔다.

다시 가볍게 문을 두드리는 소리가 났다. 에곤은 문을 열고 내다봤다.

열린 틈으로 게르트루드는 창백한 피부의 금발 여인을 볼 수 있었다.

"에곤 실레인가요?" 여인이 물었다. "우리는 쇤브룬에서 만났죠. 당신의 그림 때문에 왔어요."

에곤은 주머니에 손을 넣고 뒤지다가 동전 몇 푼을 찾아서 여인의 손에 올려놓았다.

"지금은 자리가 찼습니다." 에곤이 말했다.

"하지만 저한테 와달라고 했잖아요." 여인은 경계하는 눈빛이었다.

"어제였어요. 어제 당신이 급하게 필요했죠."

에곤은 문을 닫았다. 게르트루드는 여인이 계단을 내려가는 내내 항의하는 소리를 들었다. 에곤이 커피를 끓이러 간 동안 게르트루드는 에곤의 책상으로 걸어갔다. 열린 서랍에 사진이 한 장 있었다. 사진 속 에곤은 얼굴과 몸을 이상하게 뒤튼 채 익살을 부리면서 그보다 약간 나이가 많은 멋진 남자 옆에 앉아 있었다. 사진에 남자의 이름이 안톤 페슈카라고 적혀 있었다. 에곤의 친구 중 한 명이었다. 게르트루드는 에곤의 스케치와 명함을 뒤졌다. 오빠의 다이어리에는 동그라미 쳐진 '릴리 애나'라는 이름이 연초부터 일주일에 서너 번 보였다. 그 이름은 7월 이후로 사라졌다. 게르트루드는 다이어리 뒤에 끼워진 조야한 봉투에서 편지를 꺼냈다.

"당신이 알고 싶어 하리라 생각했어. 8월 9일에 드디어 태어났어. 여자아이야. LA."

"내 팔자야." 에곤은 커피포트를 들고 돌아왔다.

게르트루드는 유일하게 남은 이 빠진 컵을 받아 테이블 위에 놓았다.

완성된 작품이 방 반대편에서 남매를 바라보고 있었다. 그림은 아름다우면서도 기이해 비현실적이었다. 게르트루드는 이제껏 이런 그림을 본 적이 없었다. 그림 속 게르트루드는 혼자였고, 마법사의 모자에서 꺼낸 토끼처럼 매달려 있었다. 보이지 않는 의자에 양쪽 무릎을 바짝 껴안고 앉은 것처럼 보였는데, 엉덩이 곡선이 잘록한 허리로, 배꼽으로, 가슴으로 시선을 끌어당겼다. 오른팔은 부자연스럽게 길어 보이는 데다 삼각형으로 꺾인 채 뒤통수에 닿아 있었다. 저런 자세를 그렇게 오래 취하고 있자니 몹시 괴로웠고, 시간이 좀 지나자 손가락이 따끔거리기 시작하다 감각이 없어졌다.

에곤과 게르트루드는 블랙커피를 한 잔 조용히 나눠 마셨다.

그 순간, 문을 아까보다 더 크고 단호하게 두드리는 소리가 났다.

"내가 이미 말했잖아요." 에곤은 문을 열면서 말했다. "당신은 너무 늦었다고요!"

하지만 문밖에 있는 사람은 아까 그 창백한 아가씨가 아니었다. 얼굴이 빨개진 건장한 남자였다.

"실례 맞나? 당신 내 딸에게 돈을 줘야지. 여기로 불러놓고선 지불을 안 했잖아."

"따님이 필요한 건 어제였어요. 안 오길래 다른 사람을 찾아야만 했습니다."

남자는 집 안으로 쳐들어왔고 창가에 선 게르트루드를 봤다.

"그래서, 다른 아가씨를 고용한 거야?"

"제발 나가주세요." 에곤이 말했다. "제 동생을 불편하게 하시네요."

남자는 게르트루드를 봤다가 에곤을 봤다가 다시 게르트루드를 봤다. 그러다 아직 마르지도 않은 작품을 발견했다.

"당신 여동생이 가슴, 엉덩이 그런 걸 다 그리도록 허락했다고?"

"댁의 따님이 약속대로 나타났더라면 제 동생이 그럴 필요가 없었 겠죠."

"내 딸이, 저렇게 자세를 취한다고? 내 눈에 흙이 들어가기 전엔 절 대로 안 되지! 당신은 감옥에 가야 해."

에곤은 아무 말도 하지 않았다. 남자는 더 가까이 다가왔다.

"내 말 들어봐" 하며 남자는 오빠의 얼굴에 대고 비웃었다. "거리에 서 아가씨들에게 접근하지 마. 이게 다 예술인지 뭔지인 척하며 집으로 불러들이지 말란 말이야. 당신은 사회에 위험한 존재야. 언젠가 심각한 문제에 빠질 거야."

"저는 잘못한 게 없습니다." 에곤이 단호히 말했다.

"'저걸' 보아하니 당신은 변태 포르노그래퍼네." 남자는 손으로 그림 을 가리켰다.

"말을 함부로 하시는군요."

"이런 건," 남자는 그림을 높이 들었다. "엉덩이 닦는 데나 쓸모 있겠 네." 남자는 고개를 돌려 게르트루드를 봤다. "그리고 너! 부끄러운 줄 알아야지. 매춘부처럼 살을 다 드러내 과시하다니. 거리로 나가면 네 오빠보다 돈을 더 많이 줄 거야."

"썩 나가요!" 게르트루드는 남자의 얼굴에 대고 고함을 질렀다. "정 신이 이상한 건 우리 오빠가 아니라 아저씨예요. 이 위선자야."

20

1911년 5월 26일

"사랑하는 게르티. 크루마우에 방문해 달라는 내 초대를 받아준다면 기쁠 거야. 무척이나 보고 싶었어. 네가 없는 나날은 너무나도 길구나. 여름을 보낼 작은 집을 얻어놨어. 빨리 와! 어서 보고 싶다."

게르트루드는 편지를 두 번째 읽고 있었다. 일하러 막 나가려던 참이었다. 게르트루드는 백화점에서 일자리를 얻었는데, 화려한 드레스를 입고선 자신보다 허리가 훨씬 두꺼운 부유한 여성들에게 그들도 이 옷을 입으면 이처럼 우아할 거라고 부추기는 모델 일을 했다. 수입이 늘어나자 게르트루드, 엄마 그리고 멜라니는 작은 아파트를 빌릴 수 있었다. 게르트루드는 편지를 핸드백에 쑤셔 넣었다. 그녀가 지각하는 걸 동료들이 참지 않을 것이다. 또 늦으면 해고를 당하게 된다.

게르트루드는 요즘 에곤을 거의 생각하지도 않았고, 편지가 오리란 건 더욱 기대하지도 않았다. 사실, 에곤은 아주 뜸하게 편지를 보내 편지 속 필체가 다음 편지에서는 달라져 있곤 했다.

하지만 게르트루드는 상사에게 휴가를 내달라고 물어볼 생각이었다. 오랫동안 보지 못한 오빠를, 그 고귀한 화가를 만나러 며칠 자리를 비우고자 했다.

≈

기차를 타고 크루마우에 도착한 게르트루드는 당황스러웠다. 이미 편지로 에곤에게 도착 시간을 알려줬는데 오빠가 역에 마중 나와 있지 않았던 것이다. 하지만 약속 시간에 늦는 건 여전하다고 생각하며 기다렸다. 십오 분이 지나자, 게르트루드는 흘끗흘끗 쳐다보는 낯선 시선들을 더는 견딜 수 없어 혼자 가기로 마음먹었다. 방법이 있을 것이다. 에곤은 이미 명성을 얻었으므로 이 도시에 알려져 있을 거라 믿어 의심치 않았다.

해가 지기 시작했을 때, 게르트루드는 역사지구로 향하는 계단을 내려갔다. 엄마가 태어난 붉은 지붕의 소도시 크루마우를 실레 가족이 방문한 지도 몇 년이 지났다. 아래로 내려가는 게 종아리가 덜 아팠다. 아마 그래서 에곤이 마중 나오지 않은 건지도 모른다. 계단을 올라가는 게 너무 힘이 들어서. 게르트루드는 뒤에서 급하게 다가오는 발소리를 들었다. 누군가가 어깨에 손을 얹자, 게르트루드는 얼굴을 찌푸리며 뒤돌아봤다.

"실례합니다만, 혹시 실레 양 맞나요?" 짧은 콧수염에 사과처럼 볼이 발그레한 남자가 게르트루드에게 말을 걸었다. "아는 척해서 미안합니다. 저도 역에 있었거든요." 남자가 손으로 역을 가리켰다. "당신이 플랫폼에서 기다리는 걸 봤어요. 저는 우리 둘 다 같은 사람을 기다리고 있다고 생각했죠. 당신의 오빠 말입니다." 게르트루드는 눈을 가늘게 떴다. "원래는 에곤이 여기서 저를 만나기로 했었어요. 그런데 당신이 같은 기차로 도착한다며 집까지 함께 걸어오라더군요." 그가 손을 내밀었다. "제 소개를 할게요. 안톤 폐슈카입니다. 에곤이 제 얘기를 한 적이 있겠죠? 우리는 아카데미에서 같이 공부했습니다. 예술에선 라이벌이지만 일상에선 친한 친구죠!"

"게르트루드예요." 게르트루드도 손을 내밀었다.

에곤은 게르트루드가 머무는 동안 다른 누군가가 있을 거라는 이야기를 하지 않았었다. 그뿐만 아니라 에곤은 그녀와 안톤이 서로를 호위하며 집으로 오게끔 만들었다.

"그리고," 게르트루드는 살짝 화가 나서 덧붙였다. "오빠에게서 당신 얘기를 들은 적 없습니다."

남자는 어색하게 여행 가방을 다른 손으로 넘겼다.

"흠, 에곤은 당신 얘기를 했었어요. 그가 그린 그림들을 봤습니다."

게르트루드는 뺨이 급격히 달아오르는 걸 느꼈다. 대부분 남편들은 아내는 그렇게 자주 쳐다보지 않는다.

"저를 따라오세요."

게르트루드는 주춤하며 말하다 멈추고선 가방을 안톤에게 넘겼다.

"제 가방까지 들면 불편하실까요?"

≈

에곤은 그들을 문에서 맞이했고, 컵 하나를 즉시 안톤의 손에 들이밀었다.

"게르티, 굉장히 멋지네." 오빠가 말했다. "아주 우아하게 여리여리하구나!"

게르트루드는 에곤이 포옹하게 두면서 볼을 내밀었다. 에곤의 팔이 자신을 감싸서 좋은 건 인정할 수밖에 없었다. 에곤은 지난번 봤을 때보다 살이 올랐다. 어깨는 넓어지고 바지 위로 배가 살짝 나왔다. 과연 자신을 아주 잘 돌보는 듯했다.

"그리고 너와 안톤이 만났다는 게 무척 기뻐. 이 늙은 수컷은 스튜디오에서 나한테 한두 가지 배워야 할 테지만 나쁜 사람은 아니야." 에곤은 친구를 쿡 찔렀다.

게르트루드는 음악이 들려서 문으로 집 안을 들여다봤다. 그 작은 공간에 많은 사람이 모여 있는 듯했다. 거실에는 가구가 벽으로 밀려나 있었고 테이블에는 병들이 가득했다.

"여기서 뭘⋯⋯."

게르트루드가 말을 꺼냈지만, 에곤은 게르트루드와 안톤 바로 다음에 도착한 젊은 아가씨의 손목을 잡아끌었다. 여인은 무표정하고 평범한 얼굴이었지만, 눈을 마주쳤을 때 게르트루드는 혼란스러울 정도로 충격적인 기운을 느꼈다. 이 빨간 머리 소녀를 아름다워 보이게 만드는 정확히 설명할 수 없는 무언가가 있었다. 게다가 이상하게 낯이 익었다.

"사랑하는 내 동생, 이 사람을 너랑 너무나도 만나게 해주고 싶었어. 발리라고 해." 에곤이 여인을 소개했다. "구스타프 클림트의 스튜디오에서 발리를 처음 만났어. 발리는 나를 위해 모델을 해줬는데, 가만있자, 이제 오륙 개월 됐나?" 여인은 에곤에게 미소를 지었다. "우리는 친한 친구가 됐지. 발리가 빈에서 나를 아주 잘 보살펴 줬고, 여기에도 와줘서 너무 기뻐. 내 일과 삶에 굉장히 도움을 주는 사람이야. 발리, 감히 말하건대, 네 덕분에 내 미술 경력에서 최고의 작품들을 만들어낼 수 있었어." 에곤은 발리를 보며 말했다.

"나는 동생이에요." 게르트루드가 오빠의 팔을 잡고 끼어들었다.

"동생이 있다는 말은 못 들은 것 같은데?"

이 젊은 여인은 에곤에게만 말했는데, 목소리가 차갑고 위협적이었다. 게르트루드가 있어서 화가 난 게 분명했다. 여인도 여행 가방을 들고 있었다.

"얘는 게르티야. 당연히 당신한테 얘기했었어."

여인은 그런 기억이 없는지 천천히 의아하다는 듯 고개를 저었다.

"얘는 내 첫 모델이었어. 아름다움에 대해 내가 아는 모든 건 이 아이한테 배웠지."

에곤의 모델은 차가운 눈을 게르트루드에게 돌렸다. 하지만 게르트루드는 고작해야 몇 개월, 운이 좋으면 일 년 정도 에곤의 관심을 받을 사람한테 겁먹지 않을 생각이었다. 게르트루드와 에곤은 피를 나눈 사이고, 이건 저 여인 같은 한낱 방해물만으로는 다시 고쳐 쓸 수 없는 친밀함을 의미했다. 게르트루드는 오빠에게 인상을 쓰고 나서 손을 뻗어 안톤이 쥐고 있는 와인 잔을 빼앗았다. 게르트루드의 손이 스치자 안톤의 얼굴이 붉어졌다.

그리고 게르트루드는 안톤의 잔을 입으로 가져가 한 방울도 남기지 않고 마셔버렸다.

21

1914년 8월 15일

"네가 그와 결혼할 생각까지 하다니, 믿을 수 없어. 정신 나갔니? 너는 나를 괴롭히려고 이러는 거야." 에곤은 분노로 얼굴이 통통 부은 채 게르트루드에게 버럭 화를 냈다.

게르트루드는 오빠가 현재 머무는 히칭에 있는 스튜디오에 방문했다.

"에곤……." 게르트루드는 에곤을 진정시키려 애썼다.

"그는 내 친구야. 이 일이 나를 얼마나 마음 아프게 하는지 너도 알거야. 결혼은 다른 사람들이나 하는 거야." 에곤이 고함을 질렀다. "네가 그렇게 말했잖아. 상상력 없는 따분한 사람들이나 하는 거라고. 더이상 할 일 없는 바보들이나 하는 거라고!"

게르트루드는 한숨을 내쉬며 방을 가로질러 갔다. 여름의 노란 잎들이 아래 거리의 자갈들 사이에 한데 쌓여 있었다.

"너는 트리에스테에서 이런 말들을 다 했었어."

"우리는 그땐 아이였어, 에곤 오빠. 그리고 우리는 성장해야만 했지.

그간 우리가 함께 삶을 꾸려갈 기회라도 있었어?"

게르트루드는 남매가 결코 돌이킬 수 없는 말을 하기 전에 에곤의 분노를 누그러뜨리고 싶었다. 하지만 에곤은 자신의 불행을 통제할 수 없었다. 노이렝바흐에서의 일 이후로 에곤은 예전의 그가 아니었다. 게르트루드는 그곳에서 에곤이 처했던 상황을 두고 그의 모델 발리를 탓했다. 에곤은 이전보다 금세 화를 냈고 쉽게 당황했다.

하지만 게르트루드는 적이 아니다.

게르트루드는 에곤의 친구와 사랑에 빠져 함께 삶을 만들어가고 있다는 사실을 에곤이 알면 미칠 듯이 화를 낼 거란 걸 알고 있었다. 다만, 안톤과 함께하는 것이 게르트루드가 에곤 가까이 있을 수 있는 유일한 방법이고, 에곤이 동경하도록 가르친 삶의 일부라는 것은 말할 수 없었다. 그것은 그녀가 에곤의 영역 안에 남아 계속해서 그의 관심을 받을 수 있는 길이었다.

"너는 다르다고 생각했어." 에곤이 말했다. "'우리'는 다르다고 생각했어. 하지만 너는 다른 사람들과 똑같아."

"안톤은 오빠 친구잖아. 좋은 남자야."

"좋은 남자!" 에곤은 어이가 없어서 목에 사레가 걸렸다. "안톤 페슈카는 화가야!"

"오빠도 화가잖아."

"안톤은 내 재능에 비하면 아무것도 아니야. 아무것도! 넌 어떻게 그걸로 만족하니?"

에곤의 오른쪽 눈꺼풀 속 혈관이 고동쳤다.

"오직 오빠한테만 날 맡길 수 있는 건 아니야." 게르트루드는 대답했다.

"다시는 너를 그리고 싶지 않아!"

게르트루드는 손을 살펴보다가 가장 작은 손톱에 난 검은 상처를 봤다. 서랍에 손가락이 끼어 난 상처였다. 결혼식 전에 상처가 더 커질 듯 싶었다.

"나는 몇 년 동안 너를 그리지 않았어." 에곤이 덧붙였다. "네가 날이 갈수록 엄마를 닮아가서 그래."

게르트루드는 오빠가 모욕하려 드는 게 재밌었다.

"오빠가 알아야 할 게 있어." 게르트루드는 침착하게 말했다. "아기가 있어. 올해가 가기 전에 태어날 거야. 안톤과 나는 아기가 태어나기 전에 결혼해야 해." 그런 다음 오빠를 단호하게 쳐다봤다. "오빠가 허락하든 안 하든 결혼은 하게 될 거야."

에곤은 목이 멨다. "너는 어쩜 그렇게 바보 같을 수 있니? 그동안 엄마가 장문의 편지들로 나한테 잔소리를 했어. 너와 그의 관계 자체를 걱정하는 내용이었다고. '둘이서 너무 많은 시간을 함께 보내. 지나치게 가까워'라고 쓰셨지." 에곤은 부모가 수년 전 이 남매를 두고 했던 말을 흉내 냈다. "그래서 엄마에게 여러 번 반복해서 말씀드렸어. 전혀 걱정할 게 없다고."

"나만 바보 같았어? 오빠는 어떻고? 오빠의 모델이었던 릴리아나는? 루머가 내 귀에까지 닿지 않았다고 착각하지 마. 엄마는 그 모든 걸 모르는 척하셨어. 적어도 안톤은 나와 결혼하고 싶어 해. 아기의 아빠가 될 거야. 그것만 봐도 오빠보다는 나아." 게르트루드는 깊게 숨을 들이마셨다. "나는 성녀가 아니야. 하지만 남자들이 결과는 생각도 하지 않고 자기 좋은 대로 뭐든지 하는 동안 우리 여성들은 완벽하고 순결해야 한다고 요구받지."

에곤은 반격하려 했으나 게르트루드는 할 말이 더 남았다.

"자, 여기 오빠가 들어야 할 말이 있어. '결혼하고 가정을 이루는 것' 말이야, 에곤 오빠. 이건 우리가 해야만 하는 일이야. 오빠는 스물네 살이잖아. 우리는 철 좀 들어야 해. 그건 생각이나 해봤어? 오빠가 상상도 못 한 일을 하고 정착해서 여자를 찾아야 할 때가 되지 않았어? 아니, 나는 발리를 말하는 게 아니야. '고상한' 여인을 말하는 거야. 돈 벌려고 옷이나 벗는 그런 하찮은 여인 말고. 오빠는 엄마한테 생각을 밝혔잖아. 이제 엄마를 그만 괴롭혀. 오빠 자신도 그만 괴롭히고. 오빠는 충분히 오랫동안 방황했어."

게르트루드는 말을 멈추고 내닫이창을 내다봤다. 건너편 건물에서 여인 두 명이 나오는 걸 봤다.

"저 아가씨들과 알고 지내지 그래?" 게르트루드가 제안했다.

에곤도 밑을 내려다봤다.

"하름스 자매로군." 에곤이 이어 말했다. "머리 색깔이 짙은 쪽은 살짝 기가 세. 금발 쪽이 어울리기 좀 더 편하지."

"저들과 더 알고 지내는 것도 아주 나쁜 생각은 아니야."

게르트루드는 활발한 태동을 느꼈다. 그녀는 아내이자 엄마가 된다. 현실적으로 그녀의 손이 닿는 거리에 어떤 다른 선택이 있었던가? 에곤은 더 이상 그녀의 삶에서 가장 중요한 인물이 아니게 될 것이다. 바로 그 사실이 에곤을 괴롭혔다. 게르트루드를 놓아줘야 한다는 사실이.

"그리고," 하고 게르트루드는 덧붙였다. "오빠가 나를 떠난 거야. 약속해 놓고서는 깨버렸잖아. 이 집착이 늘 더 중요했지……." 게르트루드는 감정이 담겨 목소리가 떨려왔지만 안간힘을 쓰고 삼켜버렸다. "오빠는 미술을 위해서라면 그 어떤 것도 희생 못 할 게 없지. 나, 오빠 자신, 오빠의 정신까지 말이야. 그런 희생이 가치가 있기만을 바랄 뿐이야."

Interlude

1968년 5월 9일, 알베르티나 미술관

미술관의 첫 번째 방은 에곤 실레에게 헌정되어 있었다. 금박을 입힌 액자 여남은 개에 밝은 빛이 밝혀진 가운데, 그 안의 초상화들이 얼어 있었다. 아델은 중앙으로 걸어갔고, 그녀가 신은 즈크화의 고무창이 광나는 미술관 바닥에 날카롭게 닿았다. 아델은 가장 밝은 빛줄기를 받으며 한 바퀴 빙 돌아서 그곳에 있는 소묘와 수채화 하나하나를 다 눈에 담았다. 아델은 깊이 숨을 쉬었다. 이 노파는 여성들의 몸을 자세히 봤다. 각진 선들과 절단된 팔다리, 손가락이 지나치게 크고 긴 손과 뇌리를 떠나지 않을 단호한 눈 모두 그 화가의 예리한 눈으로 표현된 것들이었다. 아주 기괴하게 뒤틀린 형태와 관점. 그곳에 서서 아델은 루비처럼 붉은 머리의 소녀가 나체로 편안하게 뒤로 기대고 있는 그림을 봤다. 짙은 머리색의 아름다운 여성이 한쪽 엉덩이를 내민 채 두 손을 얼굴에 올리고선 흡족한 감정이 가득 담긴 눈을 하고 있었다.

아델은 다시 스물다섯 살이 되어 젊은 자신이 피부 아래서 신경을 곤두세우고 있는 기분이었다. 마음이 움직이고 시간이 흩어지며 여남은 명의 사람들이 액자에서 모습을 드러냈다. 그들의 눈은 장난기로 빛나고 창백한 피부는 분명 따뜻했으며, 근육에 경련을 일으키며 액자에서 내려와 아델에게 다가왔다. 그들은 그녀를 둘러쌌고 무척이나 가까이 몸을 웅크려서 아델의 목에 그들이 내뱉는 숨이 느껴졌다.

아델은 자신만 들을 수 있는 박자에 맞춰 몸을 흔들며 가볍게 한 발자국씩 움직였다.

이곳이 그녀가 속한 장소였다. 드디어 온 것이다.

여인들은 기대하는 눈빛으로 아델을 쳐다보며 기다렸다.

"나야, 아델. 아델 하름스." 아델은 액자에 말을 걸었다.

그들의 눈이 가늘어졌다. 그들이 속삭이는 말들이 울려 퍼졌다.

'네 잘못이야, 네 잘못.'

'거짓말, 거짓말, 거짓말.'

그 말들이 아델의 머릿속에서 맴돌았다. 아델은 이 공간에 오면 기억에 힘이 실리고 답을 찾을 수 있기를 바랐다. 하지만 마법은 깨지고 여인들은 다시 그들의 액자 속으로 돌아갔다. 마치 에곤이 시간이 흐르는 걸 멈출 수 있기라도 한 것처럼 그들은 액자에 갇혀 실체가 보존되었다. 아델에게 들리는 거라곤 그들의 침묵뿐이었다.

"이 화가에 대해 말씀해 주시려 했죠……?" 에바가 묻는 바람에 아델의 공상이 중단됐다.

"나는 그를 아주 오래전부터 알았어." 노파는 인정했다.

"왜 진작에 말씀 안 하셨어요?"

"그 시절에 대해 말하려 할 때면 적절한 말을 찾기가 쉽지 않았거든."

"그는 어떤 사람이었어요?" 에바가 물었다.

"그 화가? 아, 매력적이었지. 카리스마 있고. 가슴을 아프게 하는 그런 남자. 에곤은 내게 깊은 인상을 남겼지."

"어떻게 만나셨어요?"

"에곤은 내가 가족과 함께 사는 집 건너편 건물에 살았어. 물론 그에 대한 루머도 있었어. 스캔들이 그의 주변을 따라다녔지만, 그는 그것을 자기에게 유리하게 만들어버렸지. 어떤 남자들은 그런 데 요령이 있단다. 나는 젊었고, 그는 날 가장 흥분시키는 존재였지. 그가 내 삶을 영원히 바꾸어놓을 걸 난 알고 있었어."

"그리고 둘은 사랑에 빠졌던 건가요?" 에바가 추측했다.

"그는 내 안에 그런 감정이 생기게 했지……." 아델은 에바의 손을 잡고 자기 심장 위 가슴에 대었다. "그 사람을 볼 때마다." 그런 다음 아델은 말을 멈추고 시선을 아래로 내리고선 에바의 손을 놓아주었다. "하지만 그보다 더 복잡했어."

노파의 어깨가 축 쳐졌다. 사랑을 믿고 바라고, 손에 닿는 거리에 두고 자신을 파괴하게 놔둔다는 건 어떤 의미일까? 아델은 자신을 통제하면서 스스로 키워낸 집착 없이 살 수 있었을까? 용서하기가 더 쉬웠을까?

"사실을 말하자면, 나는 용서받지 못할 짓을 했어. 그건 광기의 순간, 난폭하고도 잔인한 순간이었고, 그 뒤로 내가 한 짓들을 후회하고 있단다. 게다가 최악은, 그날 내가 무슨 말과 행동을 했는지 전혀 모른다는 거야. 그리고 용서받을 기회도 없었지."

"그래서 그게 이곳에 오고 싶으셨던 이유예요? 보상하시려고요?" 에바가 물었다.

아델은 종아리를 타고 오르는 한기를 느꼈다. 그녀가 여기에 온 이유는 뭘까? 이 벽들 안에서 그녀는 무얼 찾고 있는 걸까?

에바는 아델에게 다가가서 팔을 잡으며 물었다. "몸이 안 좋으세요?"

잠시 동안 아델은 어지럽고 숨이 가빴다. 지난 육 개월간 이런 증상들이 더 자주 일어났다. 마치 심장이 멈추거나 불규칙하게 두근거리듯 느껴지는 순간들, 방이 그녀를 둘러싸고 움직이는 것처럼 느껴지는 순간들이 있었고, 다시 세상에 스스로 닻을 내려야 한다는 걸 깨달았다.

"나는 이곳에서 답을 찾을 거라고 생각……." 아델은 더 이상 말을 꺼낼 수 없었다.

"병원에 모셔다드릴까요?" 에바가 끈질기게 물었다.

"아이고, 안 된다." 아델은 가까스로 말했다. "잠깐만 시간을 줘."

그들은 벤치에 앉아서 쉬다가 이어서 미술관의 다음 방으로 갔다. 이 방에는 여인들이 유두와 맨 엉덩이를 드러내거나 스타킹만 신은 허벅지를 벌려 음부를 노출하고, 다리 사이에 꽃잎처럼 옷감이 유혹하듯 헝클어져 있는 작품들이 전시되어 있었다.

"저는 이제껏 이렇게나 개방적으로 나체상이 많이 전시된 걸 본 적이 없어요." 에바가 소감을 밝혔다.

"그 당시 사회에서도 어찌해야 할지 몰라 했지." 아델이 말했다. "매력적이긴 했지만 그 표면 아래에는……." 하며 얼굴을 찡그렸다.

"그럼 이 작품들은 상당한 파문을 일으켰겠네요?"

"사람들은 에곤을 포르노그래퍼라고 했고, 그의 모델들을 매춘부나 다름없다고 여겼지. 그들은 모든 걸 감수했어. 그들의 명성, 관계……."

아델은 갑자기 말을 멈췄다. 아델은 에메랄드빛 슈미즈 드레스를 입은 여인의 그림과 마주했다. 그림 속 여인은 무릎을 세우고 있었는데, 뺨이 무릎에 거의 닿아 있고 두 팔로 다리를 감싸고 있었다. 그 여인의 표정은 화산처럼 강렬했다. 정교하게 액자에 끼워진 그림 밖을 응시하는 여인의 눈빛은 강렬하고 제압하는 힘이 있었다.

"소개를 좀 하자면," 아델이 에바에게 말했다. "이 여인이 나야."

"저 여인이 할머니라고요?" 에바는 놀라 외쳤다.

"닮아 보이지 않니?" 아델은 그림에 더 바짝 몸을 기울였다.

"제 눈을 믿을 수가 없어요." 에바가 대답했다.

"왜? 내가 한때 너무 아름다웠어서? 매력적이어서?" 아델이 쓴웃음을 터뜨리는 바람에 목소리가 갈라졌다. "저런 여인이 이렇게 늙고 못생겨진 게 안 믿기는 모양이구나."

"저는 저 여인이," 에바는 그림을 가리켰다. "제 앞에 서 있다는 사실이 정말 안 믿겨요. 이런 모델들에게도 자기만의 삶이 있었을 거라고 생각해 본 적이 없거든요. 살아가고 숨 쉬면서……."

"아, 우리에게도 희망과 꿈과 좌절이 있었다는 걸 알려주마."

"하지만 할머니의 눈은 회한으로 가득해요."

"네 말이 맞아." 아델은 자신의 모습을 자세히 살폈다. "에곤도 내 안에서 그걸 봤어. 경계를 풀게 하는 강렬한 뭔가가 있었어. 그는 내 참모습을 포착했지. 하지만 우리는 모두 후회를 하잖니. 말해보렴, 에바. 너도 후회하는 게 있지 않니?"

에바는 얼굴을 찡그렸다. "할머니는 저의 모든 실패와 아픔을 듣고 싶지 않으실 거예요."

"내 실패와 아픔에서 주의를 돌릴 만한 게 또 뭐가 있겠니?"

에바는 아델을 슬쩍 보면서 할 말을 신중히 생각했다.

"이런 기분이 든 적 있으신지……. 사랑하는 모든 사람들에게 할머니가 없는 게 더 좋을 거라는 생각이요."

아델은 에바를 날카롭게 쳐다봤다.

"어쩌면 내가 처음 생각했던 것보다 우리는 닮은 점이 더 많은지도 모르겠구나……. 아무것도 없는 이 늙은이의 작은 충고를 들으렴. 네 삶을 엉망으로 만들지 않게 노력하거라."

그다음은 여인이 나체로 종이를 가로질러 두 팔을 삼각형 모양으로 들어 올리고 얼굴을 가린 그림이었다. 머리에는 파란 리본이 있었다.

"저건 게르트루드야. 에곤의 여동생." 그림을 알려주면서 아델은 관능적인 수채화를 쭉 훑어보고 부드러운 선들과 구성에 감탄했다.

"여동생이라고요?" 에바는 몸을 기울이고선 그림의 이름을 읽었다. "오른팔을 들고 앉은 여성의 누드 Seated Female Nude with Raised Right Arm(게르트루드 실레), 1910."

아델은 고개를 끄덕였다. "상상의 여지를 전혀 남기지 않았지."

"저 여인은 어떻게 됐어요?"

"아직 살아 있을지도 몰라. 그녀를 더는 알아보지 못하는 세상을 살아가면서."

"그럼 이 여인들이 뭐라고 할 것 같으세요?" 에바는 곰곰이 생각했다. "만약 저들이 오늘 우리에게 말을 할 수 있다면요?"

"나와 똑같지. 좋든 싫든 이게 우리였어. 우리가 다르게 행동할 수 있었을까? 언젠가 너도 자신에게 같은 질문을 할 거야."

"이 여인은 굉장히 매력적이네요?" 에바가 말했다.

그들은 타오르는 듯한 빨간 머리에 크고 애원하는 듯한 눈을 가진 여인과 마주했다. 여인은 한쪽 팔을 머리 아래에 두고 누워 스타킹을 보여주려 무릎을 세운 채 발목을 교차했다. 여인은 오렌지 슈미즈를 입은 채 다 아는 듯한 미소를 띠었다.

"저건 발리 노이질이야." 아델이 설명했다. "우리는 서로 의견이 맞지 않았다는 말이 적절하겠네."

"저 여인도 아셨어요?"

"내가 처음 에곤을 봤을 때, 저 여인은 그의 주 모델이었어." 아델이 답했다.

"에곤의 뮤즈였나 봐요?"

아델은 한숨을 내쉬었다. "우리는 모두 에곤에게 위대한 영감을 주길 바랐어. 하지만 확실히 발리는 그의 작품을 빛내는 원동력이었지. 내가 인정했던 것보다 더 좋은 여인이었어."

"발리에게 무슨 일이 있었나요?"

"나도 몰라. 그저 나보다는 더 운이 좋았길 바랄 뿐이야."

아델은 그림 속 여인을 자세히 관찰했다. 한때 품었던 그 모든 질투는 희미해졌다.

"어쩌면 발리가 결국엔 행복을 찾았을까요?"

"그럴지도 모르지. 하지만 우리 중 누구도 에곤과의 만남에서 상처 없이 진정으로 벗어나지 못했지."

발리

VALLY

1

1911년 1월

"소개할 사람이 있네, 실레 군. 다름 아닌 노이질 양이야. 태양만큼이나 자네를 눈이 부시게 할 거라고 약속하네. 다만 그녀의 중심부를 오래도록 응시하지는 말게나." 구스타프 클림트는 창백한 얼굴의 아가씨를 어둠 속에서 밀어냈다. "정말 보석 같은 존재야. 그렇지 않나?"

발리가 클림트의 거처에서 실물 모델 일을 위해 따로 마련된 스튜디오로 이어지는 커튼을 통과했을 때, 불길의 충만한 온기뿐만 아니라 젊은 남자의 흥미로워하는 시선도 자신에게 와 닿는 게 느껴졌다. 그녀가 잘 아는 이 공간에는 항상 이젤이 여러 개 설치되어 있었다. 물감이 바닥에 형형색색의 별자리를 층층이 이루고, 캔버스가 회반죽이 그대로 드러난 맨벽에 늘어서 있었다. 발리는 고개를 들지도 않고 목에 달린 단추로 손을 올려 구릿빛 머리카락 한 올을 쓸어냈다. 발리는 이번 모델 일을 위해 준비할 틈이 부족했다.

"사랑스러운 스위트피 같은 발리, 옷을 벗기 전에 우리 손님에게 인사부터 해라."

나이 든 화가는 잿빛 수염을 잡아당겼는데, 못마땅할 때 나오는 습관이었다. 젊은 여인은 허리를 똑바로 펴고 젊은 남자와 눈을 마주쳤다.

"안녕하세요, 선생님." 발리는 무시하는 기색이 역력한 목소리로 인사했다.

턱을 치켜올렸지만 눈에는 남자를 환영하는 빛이 띠지 않게 했다. 대신에, 얼굴이 핼쑥한 짙은 머리의 젊은 남자를 위아래로 훑어봤고, 재킷이 헐렁해 보이는 어깨와 닳아빠진 소맷자락과 닦지도 않은 신발을 봤다. 발리는 완벽을 추구하는 건 아니지만 자신이 맡은 일을 더 잘 파악하기 위해 만나는 사람들을 평가하곤 했다. 이 '지망자'는 구스타프의 문 앞에서 사정하며 그의 천재성을 조금이라도 맛보려고 안달하는 다른 가난한 화가들과 다르지 않았다.

열여섯 살 나이에, 발리는 클림트의 모델로 일한 몇 달간 그 화가들의 갈급함을 봤다. 그들은 일주일에 서너 번씩 찾아와서 스튜디오 문을 두드렸고, 발리는 이 유명한 화가를 위한 핑계를 대야 했다. 그렇지 않으면 구스타프는 어떤 일도 끝내지 못할 것이었다. 구스타프는 매우 영향력 있는 인물이었고, 당연히 성공 또한 정점에 달해 있었기에 열등한 화가들이 정신을 잃게 만들었다. 몇 번을 거듭했지만, 그들은 〈더 키스〉처럼 감각적이거나 인기 있는 미술 작품을 만들지 못했다.

구스타프는 발리의 어깨를 팔로 감쌌다. 보호하는 몸짓처럼 보이지만 발리는 잘 알았다. 구스타프는 그녀를 그의 갈급한 손님에게 내주는 것이었다. 마치 이미 처음 한 모금 마신, 그들이 나눠 마실 와인 한 병처럼.

"발리가 완전히 자네 타입일 거라 생각되는데?" 구스타프는 집요하게 물었다.

발리는 나이 든 화가에게 기댔다. 화가의 잿빛 머리와 두꺼워진 허리는 그가 곧 오십 대로 접어든다는 걸 보여주었다. 이 두 화가 사이에는 분명 수십 년의 세월이 있을 것이다. 젊은 남자는 얼굴에 털도 아직 제대로 나지 않은 것이 겨우 스무 살을 넘은 듯 보였기 때문이다. 발리는 구스타프가 놓아주기 전에 정수리에 입을 맞추는 걸 느꼈다.

"에곤이라고 불러줘요." 젊은 남자가 자신감으로 가득 찬 모습으로 앞으로 걸어왔다.

그녀는 보통 그런 자신감이 며칠 안에 사라지는 걸 봐왔다. 젊은 화가는 그녀에게 손을 내밀었다. 하지만 발리는 그가 내민 손을 신경 쓸 마음의 준비가 되어 있지 않다는 걸 명확히 했다. 손을 주머니에 쑤셔 넣는 남자의 두 볼이 어두웠다. 당황한 걸까, 화가 난 걸까? 발리는 남자의 기분을 파악하는 데 익숙했다. 잘못 파악하는 건 그의 눈물이냐, 그녀의 눈물이냐, 그의 어두운 기분이냐, 그녀의 어두운 눈이냐의 차이일 수 있었다.

하지만 실레는 확실히 단정 지을 수 없었다. 그래도 그를 장악해야 한다는 건 알았다. 만약에 그녀가 세운 오후의 계획을 이 남자가 방해한다면 발리는 그의 자존심을 뒤흔들면서 잠시 즐길 것이다. 아침에 오랜 시간 까다로운 자세를 취한 발리는 낮잠을 즐기고 싶었다. 그 고생으로 인해 몸통을 따라 근육이 여전히 욱신거렸다. 하지만 이제 발리는 또다른 화가의 신성한 영감을 위해 불을 지펴야만 했다. 하품이 나왔다.

"자, 자, 발리, 이 사람에게 친절하게 대해줘." 구스타프는 발리의 기분을 눈치채고 경고했다. "이 친구는 비범한 재능을 가졌어. 사실 지나치게 많이 가졌지. 에곤, 내가 몇 년 전 자네를 처음 만났을 때 그런 말을 했었는데, 기억하나?"

그렇다면 이 남자는 귀여워해야 할 사람이군, 하고 발리는 생각했다.

어렴풋이 낯이 익긴 했다.

"그리고 자네는 내 소중한 발리에게 잘해줘야 하네." 구스타프가 계속해서 말했다. "내게 각별한 아이야."

구스타프는 젊은 남자의 어깨를 꽉 쥐었다. 구스타프의 눈가에 금박 주름이 잡힐 듯했고, 그가 움직일 때 테레빈유 향이 마치 오드콜로뉴처럼 그 자리에 남았다.

"틀림없이 둘이 서로에게 유익할 거야."

초로의 화가는 거처로 돌아갔고, 에곤은 커튼을 쳤다. 발리와 에곤 둘만 남았다. 바람에 창유리가 덜컹거리고 불이 타닥타닥 소리를 냈다. 발리는 땔나무 하나를 집어넣고 불이 확 타오르는 걸 지켜봤다. 화가는 여전히 신경이 곤두선 채 눈을 마주치지 않았다. 그는 옷깃의 단추를 풀었다.

"여기가 사창가가 아닌 건 알죠?" 발리가 물었다.

젊은 남자는 항의하려 했으나 발리가 말을 막았다.

"오늘 여기서 내가 하는 역할을 오해하지 말아요." 발리는 이어서 말했다. "구스타프 선생님한테서 당신이 나를 그리고 싶어 한다고 들었어요. 하지만 나는 여기 즐기러 왔다거나 당신을 즐기게 해주려고 있는 게 아니에요."

"나는 당신에게 그런 짓을 해달라는 욕망도, 지불할 돈도 없습니다." 에곤이 답했다. "당신은 내 타입도 아니고요."

에곤은 불만을 나타내는 건지 애매한 태도로 말했고, 발리는 그의 취향이 아니라는 말에 발끈했다.

"나는 클림트 선생님을 불쾌하게 해드리고 싶지 않으니 당신이 핑계를 대는 게 좋을지도……. 지쳤다든지, 두통으로 꼼짝 못 하겠다든지 그런 척이라도 해보세요. 분명 다른 아가씨가 당신의 자리를 대신해

줄 겁니다."

에곤은 이제 발리를 바라봤다. 그 눈은 기묘하게 깊이가 있었다.

발리는 휙 돌아섰다. 그녀는 둘이 공유해야만 하는 공간의 한쪽 벽에 놓인 침대형 소파로 걸어갔다. 침대형 소파는 무늬가 있는 담요와 장식 술이 달린 쿠션들로 뒤덮여 있었다. 발리는 쿠션 하나를 집어 들고 불룩하게 만들었다. 그러고선 엉덩이에 걸친 넓은 벨트를 벗었다. 버클을 잡아당기자 벨트의 가죽에서 찍찍 소리가 나면서 금속 핀이 풀렸다.

"그럴 필요 없다고 말했잖아요." 에곤이 단호히 말했다.

젊은 여인은 어깨에서 짙은 오렌지색 숄을 내렸다. 높게 쪽 찐 숱 많은 구릿빛 머리를 고정해 주는 거북딱지로 된 빗을 빼냈다. 발리는 서두르지 않고 옷의 단추를 풀었다. 옷은 살짝 조였지만 그건 단지 그녀가 아직도 자라는 중이기 때문이었다. 옷도 바닥으로 떨어뜨렸다.

"그만하라고 했잖아요!"

발리는 옷을 접어서 근처 의자의 앉는 자리에 놓았다. 한쪽 발을 의자 가장자리에 놓고 몸을 앞으로 숙여 종아리를 지나 무릎까지 올라오는 굽 있는 검정 부츠의 끈을 풀었다. 그렇게 하고 있으면 엉덩이가 속옷 천을 잡아당겨 매력적으로 늘이리란 걸 알았다. 발리는 화가에게 돌아섰다. 에곤은 그녀를 자세히 살폈고, 화가 난 두 눈에는 욕망의 빛도 띠었다.

에곤은 손을 들어 올렸다. "당신은 시간을 낭비하고 있어요."

발리는 페티코트를 풀었다.

"내가 클림트 선생님과 논의할게요." 에곤은 계속 말했다. "당신이 품위 있게 물러날 준비가 안 됐다면요."

발리는 페티코트를 머리 위로 들어 올렸다. 밑으로 모든 게 드러났다. 배의 부드러운 살결, 움푹 들어간 갈비뼈, 그리고 레이스 달린 브래

지어까지. 발리는 브래지어를 고정하는 리본을 풀기 위해 손을 뻗자 화가가 눈을 돌리는 걸 지켜봤다. 리본을 세게 당기자 브래지어가 바닥으로 떨어졌다. 그 소리에 에곤이 다시 발리를 쳐다봤다.

발리는 그가 어찌할 바를 모르며 침을 삼키는 걸 지켜봤다. 그녀는 이걸 즐겼다. 에곤이 화가이자 관음증 환자로 그녀의 몸을 자기 것이라 주장하기 전에 그녀가 통제할 수 있는 마지막 순간이었다.

"당신이 왜 매우 기뻐하는 것처럼 보이는지 모르겠네요." 에곤이 말했다. "알다시피 내가 나체 여인을 처음 보는 것도 아니에요. 지난해만 해도 이백여 개가 넘는 그림을 그리는 기쁨을 누렸다고요. 그들 모두 당신보다 훨씬 보기 좋았습니다."

"그렇다면 나를 막지 말아요. 그 전에 다 봤다면요."

발리는 숨을 내쉬며 멋들어지게 침대형 소파로 털썩 떨어졌다. 담요를 치우고 얼굴은 벽을 본 채 자세를 잡았다. 그러고선 어깨 너머로 고개를 돌려 준비되었다는 걸 에곤에게 알렸다. 발리는 그를 유혹하려는 게 아니었다. 단지 그녀는 자신의 몸을 알고 어떻게 자세를 잡을지 알고 있었다. 또한, 이 남자가 생각이라는 게 있는 사람이라면 그걸 감상할 기회를 잡을 걸 알았다.

화가는 방을 둘러보며 눈살을 찌푸렸다. 그는 책가방을 열고 스케치북을 꺼낸 다음 어깨를 돌렸다. 연필 상자를 꺼내 보이고선 연필 한 자루 끝을 핥았다.

"당신이 고집을 부린다면." 에곤은 결국 받아들였다. 그가 얼마나 자신만만한지. "나로서는 낭비할 시간이 없어요. 또 다른 무책임한 여인이 약속대로 내 스튜디오에 나타나지 않아 나를 실망시킬 때마다 동생에게 자세를 잡아달라고 계속 부탁할 수도 없는 노릇이에요. 거리의 여자들에게 다가가면 그런 일이나 생기죠." 그가 중얼거리며 첫 선을 그리자 종이가 찢어졌다. "나는 그 여인들이 돈과 관심과 따스함에 고마워할 줄 알았어요. 이 도시를 배회하는 그런 부랑자들이 달리 할 만한 더 나은 일도 없잖아요."

발리는 고개를 뒤로 젖히며 웃음을 터뜨렸다.

에곤은 연필을 놓았다. "나가요." 에곤은 차분하게 말했다. "옷 입고 그만 나가봐요. 서로 다시 볼 일 없을 겁니다. 정말 안 되겠네요."

발리는 참지 못하고 계속 웃어댔다. 이 진지한 남자의 무언가가 그녀를 웃게 했다.

"나가라고요!" 에곤은 냅다 화를 냈다.

에곤은 그녀가 옷을 집어 들고 눈물을 펑펑 쏟으며 방을 뛰쳐나갈 줄 알았다. 하지만 발리는 그저 손가락 마디를 딱딱 꺾으면서 입을 앙다물고선 에곤을 침착하게 바라봤다.

"당신은 정말 여자들을 이해 못 하는군요. 그렇죠?" 발리가 물었다. "뭐가 여자들에게 동기를 부여하는지, 욕구나 욕망의 원천이 뭔지 당신은 이해 못 해요. 당신은 여자를 사로잡는 법을 분명 몰라요." 발리가 덧붙여 말했다. 에곤이 반박하려고 입을 여는데, 발리가 말했다. "당신이 원하는 걸 주지 않는 사람과 가까워진 적 있나요?"

"나가!" 에곤은 다시 소리쳤다. "내가 원하는 건 당신이 아니야! 지금도 그렇고 앞으로도."

발리는 도둑처럼 살그머니 움직였다. 의자에서 옷을 움켜쥐고 에곤을 막 지나치려는 순간, 그가 손을 뻗어 발리의 손목을 잡았다. 발리는 잇몸을 드러낸 채 에곤에게 고개를 돌렸다.

이제는 에곤이 웃을 차례였다. 발리는 그를 죽이고 싶었다.

에곤은 웃음을 멈췄다. 속눈썹이 긴 그의 까만 눈에서 넋을 잃게 만드는 즐거운 빛이 반짝였다.

"미안해요." 에곤이 잠시 뒤 말했다.

발리는 에곤의 얼굴을 유심히 살폈다. 그 말은 진심인 듯 보였다.

"당신이 날 당황하게 했어요." 그가 덧붙였다. "당신은 내 동생을 떠올리게 해요. 내 동생도 나를 화나게 하는 법을 알고 있죠." 에곤은 발리에게 손을 내밀었고 그녀도 그 손을 잡았다. 따뜻하고 부드러운 손이었다. "휴전입니다." 에곤이 말했지만 발리는 미소를 짓고선 나가려 했다. "아니, 부탁이니 있어줘요. 당신을 그리고 싶네요. 최소한 한 번은."

"한 가지 부탁이 있어요. 내가 남길 바라면 날 동등하게 대해줘야 해요."

에곤은 다른 연필을 집어 들고는 고개를 끄덕였다.

발리는 누그러져서 다시 침대로 돌아갔다. 두 발을 모은 뒤 무릎을 양쪽으로 넓게 벌렸다. 말을 할 필요가 없었다. 발리는 에곤이 한 시간 동안 그리도록 허락했고, 그 시간은 두 시간이 되었다. 에곤이 새 종이를 쓸 때마다 발리는 요청하지 않아도 알아서 자세를 바꿨다. 에곤은 물감, 즉 물로 섞은 구아슈 파우더가 든 납작한 상자를 꺼내 초록, 노랑, 바이올렛 같은 흔치 않은 색을 선택해서 그가 그린 선들 사이에 가볍게 칠했다. 발리는 깜짝 놀랐다. 발리는 여느 모델들처럼 시선을 풀거나 선잠에 빠지지 않고 정신을 바짝 차렸다.

에곤의 시선이 발리에게 닿았듯 그녀도 에곤을 바라봤다. 발리는 에곤이 이기게 놔두지 않을 셈이었다.

세 시간째에 이르자, 에곤은 휴식을 취하자고 했다.

발리는 일어서서 기지개를 켰다. 관절에서 우두둑 소리가 났다. 그녀는 기모노로 몸을 감쌌다.

"구스타프 선생님의 맥주통 하나가 열려 있는데," 하고 발리가 말을 꺼냈다. "당신이 말 안 하면 나도 구스타프 선생님에게 알리지 않을게요. 여기서 기다려 봐요."

발리는 맥주잔을 들고 돌아왔다. 에곤은 한 번에 들이켰다.

"내 마음을 읽은 것 같네요." 에곤이 미소 지었다.

"마지막 자세를 취할 준비가 됐나요?"

발리는 기모노를 벗고 바닥에 앉아 자세를 잡았다. 거기에는 그녀 이전 모델들이 자세를 다시 잡을 수 있도록 분필로 표시한 그들의 발 윤곽이 남아 있었다. 발리는 이제껏 분필로 선을 표시할 필요가 전혀 없었다.

"저쪽이 더 나을 듯하네요." 화가는 방 맞은편을 가리켰다.

"이게 더 흥미로운 구도를 이룰 것 같긴 하네요."

"그 말의 의미를 알고는 있나요?" 에곤이 웃었다. "아니면 단지 다른 화가들이 하는 말을 들은 건가요?"

발리는 에곤을 쳐다보고 고개를 저었다.

≋

에곤은 한 시간을 더 이어갔다. 발리는 창문 밖으로 잎이 무성한 정원과 바람이 말라죽은 관목들을 훑고 지나는 걸 응시했다.

발리가 구스타프 클림트의 스튜디오에 처음 나타난 뒤로 몇 년이 지났다. 어린 나이에 이미 발리는 빈 전역에서 뼈 빠지게 일했다. 어린 시절에는 엄마가 세탁하고 다림질하기 위해 빨랫감을 모을 때 같이 따라다녔고, 그 뒤로 링슈트라세에 있는 오페라 하우스 무대 뒤에서 때로는 가수들의 발을 씻겨주며 스스로 돈을 벌었다. 그 후에 발리는 도시에 새로 생긴 공장 중 한 곳에서 손에 굳은살이 박이도록 일하며 긴 교대근무를 치열하게 버텼다. 발리 같은 젊은 여성들이 차지하는 이런 일자리들은 늘 학대에 노출되곤 했다. 그러다 나이 든 친구 한 명이 좋은 의미로 발리에게 요제프슈타트 스트라세에 있는 화가의 스튜디오를 방문해서 모델 일자리를 구해보라고 제안했다. 이렇게 해서 발리는 구스타프를 만나게 되었다. 이 모델 일은 많은 사람이 기꺼이 하려는 일자리가 아니었다.

모델이 대단한 일은 아니지만, 그래도 골목길에서 툴툴대는 남자들을 상대하는 취약한 여인 중 한 명이 되는 것보다는 나았다. 아직도 발리는 처음 옷을 벗었을 때 느낀 수치심을, 두 팔로 자신의 가슴을 감싸 안을 때 갈비뼈 밑으로 찔러대던 그 수치심을 기억한다. 경험이 더 많은 한 모델이 발리를 보살펴 주면서, 사지에 힘을 푸는 법과 자신 안의 에너지를 바깥으로 발산하는 법을 알려주었다. 발리를 거울 앞에 세워 놓고 그 속의 눈을 마주 보라고 강요하곤 했다.

요즘은 클림트에게 다른 모델들이 있었다. 부유한 여성들과 아내들이었다. 발리는 할 수 있을 때 클림트와 다른 화가들을 위해 앉아서 여전히 모델을 했지만, 심부름을 하는 일이 점점 잦아졌다는 걸 깨달았다. 전차를 타고 클림트의 그림이나 중요한 서신들을 보냈고, 청구서와 영수증을 들고 클림트의 후원자들 사이를 이리저리 오갔다. 종이, 물감, 연필 들이 벽장 안에 부족하면 구매해 놨는데, 늘 가격을 깎아서 남는 돈으로 좋아하는 간식을 사 먹었다. 발리는 구스타프 책상도 그가 만족스럽도록 정리해야 했고, 스튜디오의 먼지를 털고 식초와 종이로 창문들을 닦아냈다. 그뿐만 아니라 클림트의 유화물감을 머릿속에 외워둔 색상환대로 놓고 큐레이터가 하듯이 그림들을 방 안에 배열해야 했다. 또한, 클림트의 모닝커피를 준비하고, 그녀의 접시에 남은 음식 찌꺼기는 아틀리에의 아름다운 검은 고양이 카츠에게 주었다.

마침내 그들의 작업이 끝났다. 발리는 팔을 들어 옷을 집고 이마와 목과 가슴을 가볍게 두드렸다. 발리가 옷을 입는 동안 에곤은 붓을— 흑담비 머리털로 만든 비싼 붓이란 걸 발리도 알았다— 통에 넣었다. 에곤은 비누로 손을 문지른 뒤 붓마다 묻은 물감을 엄지로 밀어냈다.

에곤이 등을 돌리고 있는 동안 발리는 살그머니 두꺼운 커튼 뒤로 나갔다.

"아, 우리 에곤, 작업 시간은 어땠나?" 나이 든 화가가 스튜디오로 들어오면서 굵은 목소리로 묻는 소리가 들렸다. 발리는 숨을 죽였다.

"그 여자분에게 고맙다고 말할 기회가 없었네요. 이름이 뭐였죠?"

"발부르가 노이질. 발리라고 하지. 이름을 잊어버리다니 경솔하군. 우리를 위해 모델들이 오랜 시간 고생하는데 이름은 기억하는 게 예의 아닌가."

"발리는 고집쟁이처럼 완고하던데요."

"하지만 꽤 아름답지! 그 부리부리한 눈과 커다란 입술……. 여자들의 완강한 고집 정도는 용서할 수 있잖은가."

"왜 선생님이 발리를 뮤즈로 여기시는지 알겠어요." 에곤이 동의하며 말했다.

"내 뮤즈?" 구스타프는 재밌어하는 듯했다. "발리는 여러 가지로……."

발리는 숨을 죽였다. 그녀는 그 누구도 아닌 그녀 자신의 뮤즈다.

"제 말은, 발리가 예술을 이해하는 것 같았어요." 에곤이 말했다. "예술에 대한 직감이 있더라고요."

"발리는 영리하고 통찰력이 있어. 촌구석에서 자랐어도." 구스타프가 대답했다. "발리는 확실히 종이에 활력을 불어넣지. 내게 위안이 돼 주었는데……." 잠시 말이 끊겼다. "그 모든 일이 일어나는 통에 요즘은 그다지 발리가 필요치 않아. 이 아이가 떠나면 슬플 거야."

"떠나보내시려고요?"

"상황이 어떤지 자네도 알잖나. 몇 달 안에 새 스튜디오를 찾아야 해. 여기서 이십 년을 일했지만 새롭게 시작해야 할 때야. 발리도 문제를 감지하고 아주 영리하게도 떠나려는 거지."

"그럼 어떻게 되는 건가요?" 에곤이 물었다.

"나는 발리에게 무슨 일이 있더라도 지켜준다고 했어. 하지만 발리는 그 모든 친절을 거절했지. 독립심이 있고 이 세상에서 자기만의 길을 구축하려는 아이야."

"발리는 어디로 가는 거죠?"

"그 아이 걱정은 하지 말게나. 발리는 늘 한 발짝 앞서 있어. 엄마와 형제들과 살고 있지. 자주 오겠다고 했지만 믿을 순 없어." 구스타프는 말했다.

"떠나지 말라고 설득하실 순 없나요?"

"자네가 날 놀라게 하는군." 구스타프는 따뜻하게 말했다. "발리는 어떤 것에도 설득당할 아가씨가 아니야. 자네와 다르지 않아. 애늙은이처럼 본인의 마음을 잘 알지. 어쨌든 발리 마음을 돌리려는 사람이라면 누구든 내 행운을 비네."

2

1911년 2월

"그 상처들은 어쩌다 생긴 건가요?" 화가가 방 맞은편에서 발리를 보며 물었다.

목탄이 마치 스스로 생각하는 듯이 그 앞에 있는 종이 위를 가로지르며 움직이고 있었다.

발리는 자기 엉덩이의 핑크빛 개울을 만지고는 척추를 따라 주변을 더듬어 올라갔다.

"모르겠어요." 그 상처가 거기 있다는 것도 거의 잊고 있었다.

"아프진 않나요?" 에곤이 물었다.

"내 다른 상처들처럼 오래전에 나았어요."

발리는 잠을 거의 못 잔 탓에 지쳐 있었다. 오늘 아침 노동자 구역 파보리텐에 있는 다락방에 누워 하늘이 희미한 회색빛을 띠며 아침을 알릴 때까지 깨어 있었다. 다락방에는 여동생들과 같이 쓰는 널찍한 침대가 있어 몸이 가냘픈 동생들 사이에 누워 있었다. 발리는 구스타프의 호의를 거절하고 집 근처 종업원 일자리를 얻음으로써 자신을 방랑자로 만들었다는 두려움에 시달렸다. 어째서 가장 즐거워하는 일을 하며 정기적으로 돈을 받는 직업을 관두고 근무시간도 불편하고 발이 욱신거리며, 또다시 악랄한 보스에게 휘둘리는 일을 하려는 걸까?

구스타프는 적어도 공정하고 빈에서 높은 평가와 존경을 받았다. 그는 은행가와 설탕 재벌 같은 부유한 남자들의 아내를 그렸고, 그들을 금과 후광으로 장식했다. 구스타프의 작품은 도시 전역에서 볼 수 있었다. 나슈마르크트 근처 황금빛 양배추처럼 복잡한 돔이 있는 분리파 집 안 벽에 세 여인을 그린 그 유명한 〈베토벤 프리즈〉가 있었고, 도시의 오래된 오페라 하우스 부르크 극장을 그린 그림도 있었다. 무대에서 객석을 바라보는 장면이었는데, 구스타프는 관객석에 수도의 엘리트 계층 인물들의 초상화도 아주 작게 그려 넣었다. 발리 옆에 선 한 신사는 그 그림에서 수상과 작곡가 요하네스 브람스를 알아본 뒤 진주를 착용한 여인을 손가락으로 가리켰다. 바로 프란츠 요제프 황제의 정부이자 배우인 카타리나 슈라트였다. 발리도 그녀의 당찬 아름다움을 흠모했다.

발리의 느닷없는 결정은 어떤 점에서는 이해할 수 없는 것이지만, 그녀는 늘 자신의 본능을 믿었다. 상황이 변하고 있으니 떠나야 할 때란 걸 감지했다. 구스타프가 친절했을지는 몰라도 발리는 감사하고 싶지는 않았다. 발리는 구스타프의 지붕 아래에서 운이 좋았다. 구스타프는 대부분 발리가 존엄을 지킬 수 있게 해주었다. 그녀는 다행히도 그의 자녀들이 점점 더 늘어가는 데 이바지한 모델 중 한 명은 아니었다. 하지만 발리는 현실에 안주해서는 안 되었다. 그렇지 않으면 자신의 척추맨 밑부분과 허벅지 사이 부드러운 살에서 금의 흔적들을 발견하게 될 것이었다.

게다가 최근 들어 엄마의 경고가 발리의 귓가에 맴돌았다. "남자의 친절에 절대 의지하지 말아라." 고생하며 살아온 엄마가 조언했었다. "아무리 마음이 끌리고, 아무리 그 친절이 영원할 거라고 간절히 믿고 싶더라도 말이야. 그들은 충분히 맛보고 나면 너를 버릴 거다. 그들에게서 밀쳐지기 전에 잠잠히 기다리다 떠나야 한다."

"그 상처들을 갖고 태어나진 않았을 텐데요." 에곤은 아직도 발리의 상처들을 뚫어지게 바라보며 집요하게 말했다.

"이것보다 더 최악의 상처들을 갖고 태어날 수도 있어요." 발리의 관자놀이가 고동쳤다.

"부모님이 상처에 관해 전혀 언급하지 않으셨나요?"

"어렸을 때부터 나는 지나치게 많은 질문을 하지 말아야 한다는 걸 깨달았어요. 내가 바라던 대답을 얻는 경우가 드물었거든요." 발리가 답했다. "엄마는 내가 이 상처들을 갖고 세상에 왔다고 했어요. 엄마 기분에 따라 이건 악마가 한 표시이기도 천사가 한 표시이기도 했죠. 내 자매 안나, 안토니아, 마리, 베르타는 이런 상처가 없어요. 또 한번은 내가 죄수들에게 낙인이 찍혔는데 제대로 행동하지 않으면 또 찍히게 될 거라고 하셨죠. 나는 늘 그 얘기를 꽤 좋아했어요. 하지만 진실은 훨씬 평범할 거라 생각해요. 아마도 스스로 자초했겠죠. 스토브 위에서 물이 끓고 있는 팬을 잡아당겼다거나. 그런 거라면 엄마가 그런 기억을 숨긴 걸 난 기쁘게 생각해요."

"그럼 당신 아버지는요. 뭐라고 하시던가요?" 에곤이 물었다.

"아빠는 늘 말씀이 별로 없으셨죠. 학교 선생님인 데다 진지하고 착실하셨어요. 사회에서 존경받을 만한 일원으로 보였지만 내게는⋯⋯." 발리가 말을 흐렸다. "내가 아주 어렸을 때 갑작스레 돌아가셨어요. 아빠의 죽음은 우리 가족에게 엄청난 영향을 미쳤죠. 내가 학교를 그만

두고 엄마를 돕지 않으면 가족들은 굶어야 했어요. 내가 열한 살 때 우리 가족은 빈으로 이사했죠."

에곤이 가난한 화가처럼 행동할진 몰라도, 그가 괜찮은 가정에서 태어나 교육을 받고 테이블에는 음식이 차려진 집에서 유복하게 자랐으리라 발리는 생각했다. 발리는 타텐도르프에서 태어났다. 타텐도르프는 빈에서 남쪽으로 고작 십오 마일 정도 떨어졌지만 사람들의 생각이나 일반적인 지력, 부에 있어서는 수도에 한참 떨어졌다. 엄마 테클라와 아빠 요셉은 돈을 모으지 못했다. 겨우 빈털터리만 면할 수 있을 뿐이었다. 아빠가 죽자, 발리 가족의 상황은 악화되었다. 남들은 딸 다섯이 새보다 살짝 더 먹으리라 생각하겠지만 자매들의 배 속은 집세를 내는 날의 지갑보다 채우기가 더 힘들어서 엄마는 자주 불만을 터뜨렸다. 엄마는 낮에는 청소와 빨래를 했고 밤에는 늦도록 옷을 수선했다. 발리는 엄마를 달래는 법을 배웠다. 상황에 순응하고 세심해져서 상대가 무엇이 필요한지 스스로 알기도 전에 달래주곤 했다.

발리 엄마의 불만은 여자로 태어났다는 저주와 가난하게 태어났다는 저주, 아예 태어났다는 것 자체의 저주에 있었다.

"엄마가 언젠가 명료한 순간에 내게 이렇게 말한 적이 있어요." 발리는 엄마의 거칠고 붉은 두 손을 떠올리며 말했다. "평범한 남자의 아내가 되지 말고, 감사할 줄 모르는 자식들의 엄마가 되거나 집안일들로 고생하며 세월을 보내지 말아라. 내 삶에는 존엄이란 게 없어. 기회가 보이면 붙잡고, 용기를 갖고, 살아남기 위해 필요한 걸 했다고 해서 절대 자책하지 말아라." 발리는 한숨을 내쉬었다. "엄마의 충고를 따르려고 해요. 결혼과 모성은 저와는 상관없어요."

"우리 아빠는 육 년 전에 돌아가셨어요." 에곤이 말했다. "내가 열네살이었을 때요. 품위 있는 사람이 되려고 열심히 노력하셨고 가족에게 가장 좋은 걸 주고 싶어 하는 역장이셨죠. 하지만 우리는 두려움 속에 살았어요. 아빠는 내게 겉모습은 믿을 수 없단 걸 가르쳐준 사람이에요. 아빠는 무척 엄격하고 모든 일에 규칙을 두셨죠. 매독으로 정신을 잃기 전까지는요."

"매독이요?"

"네." 에곤의 얼굴이 붉어졌다.

"그걸 견디셔야 했던 당신 어머니가 안쓰럽네요." 발리는 동정 어린 목소리로 말했다.

"아빠는 수년간 그 병을 앓으셨어요. 그런 아빠를 보는 게 고통스러웠죠. 지금 제가 가진 두려움은……." 에곤은 말을 흐리다 애써 다시 이어갔다. "나는 이 병에 절대 걸리지 않게 해달라고 매일 기도해요."

"우리의 두려움들은 모두, 특히 우리가 맞서 싸우려는 두려움들은 기어이 우리의 발목을 잡더라고요." 발리가 이렇게 말하자, 에곤은 낙담하는 표정을 지었다. "하지만 당신은 다를 거라 확신해요." 발리는 덧붙였다. "행운이 당신 곁에 있어요."

"인생은 우리 모두가 견뎌내야만 하는 희극이나 다름없다." 에곤은 용기를 끌어모아 말했다. "랭보의 시에 나오는 구절이에요." 에곤은 목탄을 내려놓았다. "아아, 날이 어두워졌네. 그래도 우리에게는 함께할 내일이 있고 그다음 날도 있잖아요."

일이 진행되는 과정에 에곤이 만족하고 있음을 발리는 알 수 있었다. 하지만 그에게 해야 할 말이 있었다.

"알다시피 구스타프 선생님은 보수를 지급하는 데 있어 절대 모델들을 기다리게 하지 않아요."

발리는 여러 차례 모델을 했지만 보수에 대한 언급이 일절 없었다.

에곤은 멈칫했다. "미안해요. 내가 무슨 생각을 했던 거지? 레오폴드 고모부가 오늘 밤 도착해요. 돈이 많은 분이시고, 나는 또 대금을 받아 내기 위해 알랑거려야 하죠. 내일모레 우리 집으로 와요. 별거 없이 기본만 갖춘 집이지만 충분히 편할 거예요. 전액을 지불할게요. 여기서 한 시간 정도 거리입니다." 에곤은 종이에 주소를 휘갈겨 쓴 다음 발리에게 건네주었다. "일찍 와요. 이제부터는 거기서 일해도 돼요."

발리는 화가가 쓴 난해한 선들을 봤다. 그녀에게는 이상한 검정 부호에 지나지 않았다. 그녀는 예술은 이해하지만 글씨는 몰랐다.

"나는……" 하고 발리가 말을 꺼냈다.

"늦지 말아요." 에곤이 미소를 지으며 말했다. "우리가 함께 이뤄야 할 게 많다고요."

3

1911년 3월

발리가 에곤 실레를 다시 봤을 때, 그녀는 은색 수저, 포크 등이 맨 위에 불안정하게 놓인 무거운 접시 더미를 옮기던 중이었다. 에곤은 발리가 지난 몇 주간 일하고 있는 작은 식당의 이중문을 밀어 열고선 안을 쭉 훑어봤다. 흐트러진 머리에 꿰뚫어 보는 듯한 눈을 지닌 호리호리한 청년이어서 눈에 띌 수밖에 없었다. 피가 발리의 귓속으로 들이닥치고 가슴속은 풀어지고 접시들은 그녀의 손에서 위태하게 미끈거렸다. 발리는 이 화가를 생각하지도 않았고 그를 좌절시켰다는 것도 신경 쓰지 않았다. 그녀가 사라졌다고 해서 그가 걱정하진 않았을 거라고 발리는 자신에게 말했다. 에곤의 소식을 다시 듣게 되리라고는 전혀 기대하지도 않았다.

이제 발리는 에곤이 보기 전에 서둘러 부엌으로 돌아가려 했다. 조금 전 식사로 기름이 반질반질해진 칼이 발리가 들고 있는 접시 중 맨 위의 세라믹 가장자리에서 미끄러져 바닥으로 쨍그랑 떨어졌다. 손님들이 식사하다 말고 눈을 들었다. 에곤은 그 소리를 따라갔다. 순간, 그가 발리 옆에 있었다. 에곤은 허리를 숙여 칼을 집어 들고선 허리를 펴고 그녀를 쳐다봤다. 발리의 눈을 살피는 그의 눈동자가 미세하면서도 빠르게 움직이는 게 보였다. 그녀가 완전히 이해할 수 없는 무언가를 호소하는 눈빛이었다.

"조심해!" 목이 벽돌처럼 붉은 땅딸막한 주인 남자가 애원했다. "부탁이니 오늘 더 이상 그릇을 깨지 말아요." 그는 부엌으로 이어지는 여닫이문을 가리켰다.

에곤과 발리는 서로 상대의 말을 기다리는 듯 바라봤다. 에곤은 나이프를 다시 발리가 들고 있는 접시들 위에다 놓았다.

"고마워요." 주인이 말했다. "자, 우리는 시간이 없어."

"당신을 찾으려고 사방을 돌아다녔어요." 에곤이 말했다.

"무슨 일이시죠?" 주인은 신경을 건드리는 목소리로 물었다. 눈은 발리에게 고정된 채였다. "지금 무슨 문제라도 있는 거야?"

발리의 입에선 아무 말도 나오지 않았다. 손님들이 계속해서 쳐다보면서 눈짓을 서로 주고받으며 의자를 끽끽 밀어댔다. 발리의 목구멍은 열기로 화끈거렸다.

"문제가 있는 거야?" 주인이 목소리를 더 높여 물었다.

주인은 체구가 크진 않았지만 대개 자기가 원하는 걸 얻곤 했다. 그는 발리를 잡아 끌어내려 했으나 그 바람에 발리의 팔이 균형을 잃어 그녀가 들고 있는 접시 더미가 기울더니 와장창 떨어졌다.

깨진 접시들과 수저, 포크 등과 반 정도 먹다 남은 음식들이 바닥에 흩어졌다. 발리는 얼어붙었고, 손님들이 질러대는 비명과 넋을 잃은 눈빛과 옆자리 사람에게 다급히 말을 해대는 소리가 일순간 터져 나왔다. 에곤은 이리저리 흩어진 파편들을 넘어 손을 내밀었다.

에곤의 손길에서 나는 열기는 발리에게 필요한 기운이었다. 발리는 정신이 번쩍 들어 몸을 움직였고 에곤과 나란히 문으로 나아갔다. 발 밑으로 바닥이 우두둑거렸다.

"내 말 명심해. 이러면 네 임금에서 제할 거야!" 주인이 뒤에다 대고 외쳤다.

하지만 에곤과 발리는 이미 밖으로 나왔다. 밑창이 얇은, 바닥에 난 구멍들을 신문을 대 막은 발리의 부츠는 에곤과 발리가 속력을 내자 자갈길을 쾅쾅 두드려댔다.

"불량배들! 너희 둘 다! 다시는 여기에 코빼기도 보이지 마." 주인은 문가에서 고함을 질렀다.

그들은 시야에서 사라질 때까지 힘이 닿는 한 멀리, 그리고 빠르게 거리를 내달리다가 잎이 우거진 공원으로 들어가는 웅장한 연철 문을 통과했다. 에곤은 멀리 떨어진 떡갈나무가 있는 쪽으로 발리를 이끌었고, 그들은 널찍한 나무줄기 옆에 털썩 주저앉았다. 발리는 숨이 가쁘고 머리가 어질어질했다.

"내 임금." 발리는 고통스러워하며 말했다. "당신이 내 돈을 빼앗아 간 게 이번이 두 번째예요. 당신은 내 인생에 있어선 안 돼요, 에곤 실레."

에곤은 숨을 고르면서 발리에게 빙그레 웃었다.

"그리고 나는 당신이 내 인생에 없어선 안 되고." 에곤은 발리의 손을 잡았다. "그런데 대체 어디에 있었던 겁니까? 그렇게 사라지다니! 매일 찾으러 다녔잖아요. 당신이 약속대로 나타나지 않았을 때 구스타프 선생님도 나만큼 놀라셨어요. 처음엔 화가 났다가 나중엔 걱정이 되더라고요. 지금은 당신을 보게 돼 무척 기쁘다는 말밖엔 할 수가 없네요."

발리는 에곤의 손길을 거부하지 않았다.

"당신은 내 일을 날려버렸어요!"

이 기묘한 남자에게는 무언가가 있었다.

"내 모델을 하며 돈을 벌면 되잖아요." 그렇게 말하고 에곤은 주머니에서 지폐 한 움큼을 꺼내더니 크게 천진난만한 웃음을 지으며 발리에게 내밀었다. "당신의 전 주인보다 더 매력적인 주인이 되겠다고 약속할게요."

발리는 얼굴을 찡그렸다.

"이건 이미 일한 데 대한 몫이에요. 평균보다 두 배는 더 많은 돈이에요."

발리는 지폐를 받아 들었다. 지폐를 세다가 좀 더 소액권 지폐 두 장을 빼냈고, 망설이다가 또 하나를 빼냈다. 그런 다음 나머지를 에곤에게 돌려주었다.

"당신을 실망시킨 빚이 있으니까."

"결국 다른 아가씨가 당신 자리를 대신하긴 했어요. 대단한 여인이었죠. 굉장히 매력적이고 거무스름한 데다 자세도 더 좋았죠." 에곤이 약을 올렸다. "살짝 마른 편이긴 했지만."

발리는 일어서서 치마에 묻은 풀을 털어냈다. "달리 가야 할 곳이 있어서요."

"가지 말아요." 에곤은 발리 옆에 섰다. "화나게 하려던 건 아니었어요."

"부탁이니 당신에게 그럴 힘이 있다고 착각하지 말아요."

"내 작품은 당신 없이는 예전 같지 않아요. 당신이 필요해요." 에곤이 애원했다.

그가 이런 식으로 말하는 걸 듣기가 불편했다. 발리 또래 대부분의 남자들은, 그리고 그보다 훨씬 나이 든 남자들조차 자신의 감정을 억제하는 데 더 능숙했다.

"어떻게 생각해요?" 에곤이 끈질기게 물었다.

"당신에게 우리 같은 모델들은 모두 똑같지 않나요?" 발리는 한쪽 눈썹을 치켜세웠다.

에곤 실레와 같은 남자들은 발리 같은 상황에 처한 여자들을 결코 진정으로 존중하지 않는다. 교육도 받지 못하고, 생존을 위해 입을 다물고 있어야만 하는 여자들. 남자들은 이런 침묵을 동의의, 의지의, 권력의 이양으로 오해한다. 그러고선 마침내 자신들의 기대를 충족시킬 때까지 취할 수 있는 걸 가져가 버린다.

에곤은 고개를 저었다. "내 소중한 발리, 당신은 근본적으로 달라요."

4

1911년 3월

　발리는 회색과 흰색 외관의 기품 있는 건물에 도착했다. 그녀는 이 장소이길 바랐다. 에곤은 자신의 스튜디오 위치를 설명해 주었다. 발리가 인식할 수 있도록 가는 길을 자세히 알려달라고 은근히 그를 압박했던 것이다. 일찍 도착한 발리는 문으로 다가갔다. 문에 나열된 성姓을 읽을 줄 모르는 발리는 에곤이 알려준 대로 밑에서 세 번째 버저를 누르고 기다렸다. 손가락에 감각이 없었다. 가죽이든 면이든 뭐든지 간에 그녀의 손을 보호해 줄 장갑이 없었다.

　만약 이 주소가 아닌 데다 그녀가 또다시 약속한 일정에 나타나지 않으면, 에곤이 다시는 애써 그녀를 찾으려 하지 않을 게 분명했다. 그들 사이에 발전하고 있는 게 무엇이든 간에 이걸로 끝일 것이다. 발리는 너무 많은 걸 거저 주는 것처럼 불안했다. 머리에서 루비 리본을 막 빼내려던 찰나 에곤이 문을 홱 열어젖혔다. 발리가 안도의 미소를 짓는데 발리의 머리카락 색보다 더 나은 구릿빛 머리의 젊은 여인이 에곤의 볼에 거칠게 키스하고 화가 난 듯 그의 팔을 콱 누르고 지나갔다. 순간 발리는 뒤로 물러섰다.

"오빠는 나한테 너무 많은 걸 바라. 정말로." 젊은 여인은 건물을 박 차고 떠나기 전에 말했다. "앞으론 저런 여자 불러서 그런 지저분한 일 을 시키라고."

"게르트루드는 무시해 버려요." 에곤은 어깨를 으쓱하며 말했다. "쟤 는 늘 저래요."

그들은 계단을 올랐다. 간소하게 가구도 몇 없는 에곤의 집안에 들어 왔어도 추위는 별로 가시지 않았다. 발리는 온몸을 따뜻하게 하고 싶 어 타오르는 불 가까이 가고 싶은 심정이었다. 하지만 화가는 모델들이 올 때만 벽난로에 연료를 가한다고 시인했다. 그는 구겨진 신문과 석탄 한두 조각과 가느다란 나뭇조각을 난로에 넣느라 분주했다.

"따뜻해지기까지 시간이 좀 걸릴 거예요." 에곤이 말했다.

"저 아가씨는 모델 일보다는 즐기려고 여기 왔던 건가요?"

"게르티요? 아, 아닙니다. 그 애는 이제 더는 모델을 하지 않아요." 인 상을 찌푸리며 말한 에곤은 책상에서 한 무더기의 그림을 들어 올려 발리에게 건넸다. "내가 아무리 간절히 사정해도요."

발리는 그림들을 이리저리 살폈다. 젊은 여인이 건물을 박차고 나갈 때 뿜어져 나오던 강렬한 기운에 발리는 급습을 당한 듯했다.

"그 애는 나를 벌주려고 그러는 거예요. 게르티는 이전처럼 나를 자 주 못 봐서 기분이 상했거든요." 에곤이 계속해서 말했다. "우리는 아 주 가까웠는데 상황이 변했어요. 어떤 건지 알겠죠."

발리는 그림에서 튀어나오는 자신감, 요염함, 대항적인 느낌에 넋을 잃고 말았다.

"훌륭한데요." 발리는 여인의 나체 그림을 보며 말했다. 여인은 배꼽과 음모 사이의 팽팽한 선을 자랑하는 극적인 자세를 연출하고 있었다.

"심지어 그 애도 알고 있어요! 게르티는 아까 문가에서 말은 그렇게 했어도 내가 다른 모델들을 쓰는 걸 좋아하지 않아요. 다른 모든 사람은 열등하다고 생각한다니까요." 에곤은 웃으며 말했다.

"어쩌면 그 아가씨는 당신과 결혼하고 싶은 게 아닐까요?"

에곤은 웃음을 멈췄다. "내가 이미 말한 줄 알았는데, 게르티는 내 동생이에요. 게르티는 우리가 어렸을 때 가까웠던 모습 그대로이길 바랐지만 상황이 변했죠. 나는 새로운 삶과 새로운 친구들과 새로운 모델들이 생겼고……" 에곤은 발리에게 한 발짝 더 다가왔다.

발리는 전보다 더 당황스러웠다. 문 앞에서도 목격했고 에곤의 작품에서도 나타났듯이 에곤과 게르티 사이에는 매우 음울한 무언가가 있어서, 발리는 분명 그들이 연인 사이라고 확신했다. 그런데 남매간의 이런 질투심과 열렬함이라니, 그것은 더 문젯거리였다.

"동생이 늘 이런 식으로 기꺼이 자세를 취해줬나요?"

"알다시피, 화가들이 가족을 모델로 쓰는 건 굉장히 평범한 일이에요." 에곤이 말했다. "게다가 그림 속 여인이 게르티인 줄은 아무도 몰라요. 얼굴을 어떻게 돌렸는지 보이죠?"

"하지만 전라인데요."

"내 동생이에요. 우리는 함께 자랐다고요. 부적절할 것도 없어요."

"그림에 보이는 친밀함은……"

"그건 게르티의 아이디어예요. 그 애는 나를 위대한 화가로 만들기 위해서라면 뭐든지 하고 싶어 했죠."

"확실히 당신은 빈에서 가장 많이 입에 오르내리는 남자예요." 발리도 인정했다.

"그들이 저에 대해 뭐라고 하는지 알고 있어요. 하지만 나는 타락한 것도, 변태도, 포르노그래퍼도 아닙니다. 이걸 기대했던 거예요." 에곤은 그림들을 들어 보였다. "나는 열여섯 살 때 여자 형제나 엄마가 아닌 모델을 처음 썼어요. 그 후로 모델 수백 명이 있었죠. 그중에는 아름다운 모델도 있었고, 추한 모델도 있었고, 출산할 때가 임박해서 배 속아기가 움직이는 모델들도 봤어요. 내가 그들 모두를 고맙게 생각하는건 아니라고, 그들이 나한테 준 신뢰를 소중히 여기지 않는다고 오해하지 말아요. 아, 그래요. 나는 세상에 충격을 주고 싶어요. 그게 내가 이런 도발적인 자세들을 취한 내 모습을 그린 이유죠. 하지만 나를 이끄는 건 예술에 대한 추구이지 섹스가 아니에요. 나는 규칙을 만들지 않았어요. 나는 빈 사람들이 바라는 걸 주고 대가를 지불하게 하는 거예요. 위선자가 그렇게 많은 건 내 잘못이 아닙니다."

"이 말이 의미가 있을지는 모르겠지만 난 당신의 작업을 늘 지지해요." 발리가 말했다.

"만약 내가 사회를 과격하게 만들고 민감한 부분을 지나치게 건드리는 거라면, 내가 실수를 저지르는 거라면, 내 말은, 그게 오로지 내 탓만은 아니라는 거예요." 에곤은 자기방어를 해댔다.

"그저 조심하기나 해요." 발리가 말했다. "그들은 당신이 무너지는걸 보고 싶어 해요."

"나도 알아요." 에곤은 한숨을 내쉬었다. "조심할 거예요. 나는 누구도 이해하길 기대하지 않아요. 자, 당신의 평판을 지키기 위해 떠나고싶다고 해도 나는 기분 나빠하지 않을 겁니다."

그들은 잠시 서로를 바라봤고, 발리는 어떤 선택을 할지 가만히 생각했다.

"여기 있을게요. 하지만 이런 온도에서 내가 코트를 벗으리란 기대는하지 않았으면 좋겠네요."

"그럼 최대한 당신을 따뜻하게 해줄게요."

에곤은 발리의 두 손을 감싸 쥐고 손에다 입김을 불었다.

"어디에 자리를 잡을까요?" 발리는 어둑어둑한 방에서 가장 좋은 자리를 찾으며 물었다.

불빛이 약하게 어른거릴 뿐이라서 발리는 아직도 자신의 입김을 볼 수 있었다. 발리는 에곤을 향해 숨을 길게 내쉬면서 그 숨이 허공에서 돌다가 가라앉는 걸 봤다.

"어디든 당신이 편한 자리로요." 에곤이 답했다.

"난 걱정하지 말아요. 누울까요? 아니면 무릎을 꿇을까요?"

발리는 엉덩이를 내밀었다. 이런 제스처 놀이는 거리를 두는 그녀만의 방법이었다.

"스케치부터 시작하죠." 에곤이 말했다.

그는 선반에 있는 상자에서 연필을 꺼냈다.

"내가 옷을 벗을 때까지요?"

연필심이 종이에서 딱 하고 부러졌다. 에곤은 그걸 한쪽으로 쓸더니 다른 연필을 꺼냈다.

"당신에게는 뭔가가 있어요, 발리. 나를 긴장하게 만들죠. 내가 찾아내서 여기로 왔던 다른 모델들은…… 이렇게 자신감이 있지도, 대담하지도 않았어요."

발리는 그의 말을 곰곰이 되씹어 봤다. 벽에 고정된 스케치들을 눈으로 이리저리 살폈다. 각기 다른 자세를 취한 젊은 여자들의 사지가 잘린 몸, 머리가 없는 몸통, 빈 동공을 담은 스케치들이었다.

"당신이 그들을 전부 대담하게 만들었어야 했어요. 당신을 놀래줄 힘이 없는 여자가 무슨 소용인가요?"

~

　시간이 지나고, 에곤은 작은 램프를 바닥 매트리스에 누운 발리의 몸 가까이 가져갔다. 그것은 벽에 부드러운 그림자를 드리웠고, 발리는 에곤이 다른 연필을 깎는 동안 손가락으로 자기 그림자의 윤곽을 따라갔다. 몇 시간이 지나자 이 공간도 따뜻해져서 발리는 조심스럽게 옷을 차례대로 벗었다. 마지막 스케치를 위해 에곤은 그녀의 몸을 가장 흥미로운 관점으로 보려고 사다리를 타고 올라갔다.

　"더 있고 싶진 않은 거죠?" 발리가 옷을 입고 떠나려고 소지품들을 모을 때, 에곤이 물었다. "치즈와 와인이 있는데."

　"친구를 만나야 해요. 그를 기다리게 하고 싶지 않아요." 발리가 대답했다.

　하지만 사실은 동생들 식사를 차려주러 집으로 갈 예정이었다.

　"적어도 계단 아래까지는 바래다주게 해줘요. 당신이 나갈 때 나도 나가서 내 친구 안톤과 어윈이 오늘도 단골집에 있는지 찾아봐야겠어요. 그들은 늘 맥주와 당구라면 죽고 못 살거든요."

　에곤과 발리는 계단을 내려가 맨 아래에 다다랐다. 하지만 에곤은 문을 열지 않았다. 그저 거기에 서서 발리를 바라봤다.

　"발리……." 에곤이 입을 열었다.

　발리는 자기 안에서 끓고 있는 이 감정, 그에게 점점 끌리는 마음을 견딜 수가 없었다.

　그녀는 에곤이 무슨 말을 꺼낼지 알고 조용히 하도록 손가락을 그의 입술에 갖다 대었다.

5

1911년 3월

그달 말, 작업을 하던 중에 에곤이 구해둔 커틀릿과 와인병을 내놓으면서 평소보다 좀 더 오래 머물도록 발리를 부추겼다. 발리는 배가 고팠기에 이를 받아들였지만 자기가 식사를 준비하겠다고 고집을 부렸다. 그녀는 살을 연하게 만들며 간을 맞추고, 채소의 뿌리를 자르고, 냄비를 올려 끓인 다음 에곤의 간소한 부엌을 돌아다니며 조리대에 묻은 기름을 닦아내고 두 사람을 위한 테이블을 차렸다. 이렇게 폭식을 하게 된 건 에곤이 또 레오폴드 고모부에게서 용돈을 받았기 때문이었다. 발리는 에곤의 감정 변화를 눈치챘었다. 그의 기분은 특이했다. 한순간 너그럽고 뻔뻔했다가도 다음 순간 우울해지기가 쉬웠다. 그런데 이제 발리도 그 이유를 알았다.

"고모부와 사이가 복잡해." 에곤이 발리에게 털어놨다. "하지만 오늘밤은 너와 함께이니까." 에곤은 발리의 어깨를 잡았다. "축하 파티를 하고 싶어."

발리는 지글거리는 고기를 살폈다. 에곤은 몸을 기울이고 쿵쿵거렸다.

"이미 못 먹게 됐네. 네가 거의 태워버렸어."

"다른 식으로는 할 줄 몰라." 발리는 고기를 냄비에서 접시로 미끄러뜨리며 대꾸했다.

에곤은 더 불평하지 않고 음식을 먹었다. 그 뒤 에곤과 발리는 테이블에 남아 대화하고 웃어대며 와인병을 비워나갔다. 에곤은 미술학교에서 제멋대로 굴었던 일들과 지도교사와의 충돌, 열아홉 생일이 지난 불과 며칠 뒤, 아카데미에서 퇴학당하고서 마음이 통하는 화가들 무리와 신 예술가 그룹 뉴쿤스트그루페를 결성했다는 이야기를 발리에게 해주었다. 이제 그들은 에곤의 재능을 질투해 그를 기피한다고 했다.

발리는 그의 심장에 관해 물었다. 심장이 아팠던 적이 있는지?

"아니." 에곤이 대답했다. "하지만 의사들이 나보고 심장이 약하다고 했어."

"네 마음을 사로잡은 여인이 적어도 한 명은 있었겠지?"

"누구도 가까이 다가온 적이 없어."

발리는 그 말을 믿지 않았다. 그녀는 이 기묘하고 혈기 왕성한 남자와 그의 습관들을 관찰하곤 했다.

이 남자 같은 사람을 결코 본 적이 없었다.

밤 12시, 발리가 도시 반대편에 있는 동생들과 나눠 쓰는 침대로 가려고 막 떠나려는데, 에곤이 마지막 스케치를 위해 모델을 부탁했다. 발리는 집에 가고 싶었다. 문 앞으로 갔지만 에곤이 장난스럽게 문을 밀어 닫아버렸다. 발리는 한쪽 눈썹을 치켜세우다가 쿠션 몇 개 위에 자리를 잡았다. 그가 움직이는 연필심 소리가 자장가처럼 들렸다. 발리는 눈을 감았다. 잠깐만 그러려고 했다.

몇 시간 뒤, 불빛이 방의 모습을 바꾸고 새들이 울기 시작하자 발리는 일어나 앉았다. 몸이 으슬으슬 춥고 어디에 있는 건지 파악이 안 되었다. 그러다 아직도 스케치를 하고 있는 에곤을 발견했다.

"네가 눈 뜨기를 기다리고 있었어. 최고의 작품을 좀 만들어냈지."

에곤은 일어서서 몸을 쭉 폈고 우두둑 소리가 날 때까지 허리를 비틀어댔다.

"밤새 그렸어. 이것 봐봐." 에곤은 발리에게 선으로 그린 라인 드로잉들을 쭉 보여주었다.

"왜 안 깨웠어?" 발리가 뒤로 물러나며 물었다.

"방해하고 싶지 않아서."

"내 동생들이 걱정할 거야" 하고 말하다 발리는 그림들을 더 자세히 살폈다.

그림들 속 잠든 여인은 노골적인 데다 멍해 보였는데, 발리는 자신이 이런 식으로 보여지고 포착되었다는 게 역겨웠다. 발리는 그림들을 에곤에게 밀어냈다.

"끔찍해, 에곤."

에곤은 그림들을 살피면서 왜 끔찍한지 이해하지를 못했다. 에곤이 녹색 타일로 된 벽난로로 걸어갈 때 발리는 문으로 향했다. 그러다 난로 경첩 소리에 뒤를 돌아봤다.

"뭐 하는 거야?"

"내 작품은 전에도 불탄 적이 있어." 에곤이 말했다. "이보다 훨씬 더 정당하지 못한 이유로."

발리는 달려가 불꽃 속에서 꺼낼 수 있는 건 모두 꺼냈다.

"내 생각이 어떤지 당신이 왜 신경 쓰는 거야? 상관 말고 수집가들에게 그림을 팔아야지."

눈을 내리까는 에곤의 핑크빛 볼이 그를 연약해 보이게 했다. 발리는 에곤의 얼굴을 쓰다듬었고, 그러는 바람에 손에 묻은 검댕이 그의 얼굴에 옮겨져 버렸다. 검댕은 그의 눈에서 흐르는 눈물과 뒤섞였다. 발리는 이제껏 남자가 우는 걸 본 적이 없었다. 당황스러웠다. 에곤은 그녀를 혼란스럽게 하고 화가 나게도 했다. 하지만 발리는 에곤에게서 사람을 무장 해제시키는 순수함을 봤다. 발리는 본능에 사로잡혀 그에게 키스했다. 에곤은 그녀에게 굴복했고, 발리는 그의 머리를 손으로 쥐었다. 발리는 에곤의 머리를 한 움큼 잡아 뒤로 밀어젖히고선 그의 무방비된 목에 입술을 갖다 댔다. 에곤의 눈은 휘둥그레진 채 깜빡이지도 않았다. 발리는 아무것도 쥐지 않은 손으로 에곤의 바지 단추를 풀어 안으로 넣었다. 발리는 처녀가 아니었다. 열네 살 때, 법적으로 성년이 되고 며칠 지나지 않아 순결이란 걸 잃었다.

에곤은 움찔했다. "천천히, 천천히" 하고 그는 애원했다. 자기 욕망을 행사하는 여인들에게 남자들은 익숙하지 않다. 발리는 다른 여자아이들이 유혹할 때처럼 의도적으로 수줍어하지도 않을 만큼 대범했다. 발리는 에곤이 전혀 생각도, 예상도 못 한 방식으로 그녀를 기쁘게 해주도록 이끌었다. 발리의 몸은 힘이 있고 억셌다. 이 순간 발리는 기쁨이 메아리쳐 대는 세계에서 아주 황홀하게 정신을 놓았다. 이건 그녀의 자신감이었고 그의 취약함이었다. 발리가 정복자였다.

6

1911년 4월

"발리, 짐을 싸도록 해. 나는 더는 못 참아." 에곤이 스튜디오로 쿵쾅거리며 들어오면서 말했다.

에곤은 의문스러운 모임에서 기분이 상당히 나빠진 채로 돌아왔다. 문을 부서질 듯 닫았고 목소리는 그답지 않게 컸다. 발리는 아침에 식사한 그릇들을 닦느라 기름기 어린 물에 두 손을 담그고 등을 돌린 채였다. 에곤이 얼마나 화가 났는지 파악하려 등을 돌렸다가 그가 걷어찬 의자가 방을 가로지르는 걸 보고 발리는 움찔했다. 지난 한 달간 발리는 에곤을 위해 모델을 했고, 그는 바로 돈을 지불했다. 발리는 먹고 살 수 있는 돈이 충분했고, 여분으로 남길 수 있는 돈은 엄마와 동생들에게 주기도 했다. 기름종이 파우더는 점점 모자랐지만 자신을 위해 돈을 쓰지는 않았다. 발리는 에곤 집에서 일주일에 몇 번을 잘 만큼 더 자주 머물렀다. 동생들에게는 침대에 공간이 더 생겨 꽤나 다행스러웠을 것이다. 하지만 여행 가방 하나를 채울 만큼 가진 게 많지 않아서 짐을 싸라는 말에 발리는 당황스러웠다.

"빈에는 그늘이 있어." 에곤은 발리의 어깨를 붙잡고 말했다. "도시는 어둡고 모든 게 기계적으로 진행되지. 느껴지지 않아? 벽이 점점 조여오는 게? 하늘이 우리에게 무너져 내리는 게?" 에곤은 숨 가쁜 표정을 지었다. "이 무자비한 도시와 기괴한 거짓들에 지치지 않아?"

에곤은 발리의 주름진 손을 살펴봤다. 그의 외투에서 빗물이 뚝뚝 떨어졌다.

"그럼 그럼 판매는 성사되지 않은 거야?" 발리가 물었다.

"아더 뢰슬러가 내 작품을 판매하지 못한 것과는 아무 상관없어. 이건 우리가 직면한 모든 것과 관련 있는 거야. 편견 말이야. 편협한 마음. 내 동료 화가라고 자처하는 그 개자식들. 사기꾼들. 모두 다! 그들은 내가 실패하기를, 세상에서 잊히길 기도하고 있어."

발리는 조리대에서 건조시키고 있는 유리그릇이 에곤의 손에 닿지 않도록 치웠다. 비통한 기분이 그를 갉아먹고 있는 건 알았지만 이렇게 흥분하는 근원을 알 수가 없었다. 마치 무언가가 혹은 누군가가 결국 에곤의 발목을 잡은 것처럼 들렸다.

"신이 저버린 이 도시가 나를 숨 막히게 한다고." 에곤은 계속해서 말했다. "나는 새로운 것들을 봐야만 해."

에곤은 한 손으로 머리를 앞뒤로 긁적였다. 발리가 마른행주를 건네주자, 그는 그걸로 이마와 목을 닦고 넥타이를 풀었다.

"어디로 갈 거야?" 발리가 물었다.

"크루마우 어때? 여기서 몇 시간밖에 안 걸려. 우리 어머니가 태어난 곳이고 아버지를 만나기 전까지 성장한 곳이야. 좀 더 어렸을 때 그곳에서 여름을 보냈고, 작년에는 어윈과 안톤도 함께 갔었지. 내 이모와 이모부도 거기 사셨어. 그분들은 바로 작년에 몇 달 차이로 갑작스레 돌아가셨어. 하지만 사람들은 여전히 나를 알지. 아주 멋진 강과 성도 있어. 네가 직접 보면 알 거야."

발리는 이제껏 다른 곳에서 더 잘 살아갈 수 있을지 궁금해할 특권을 가져본 적이 없었다. 빈에 온 건 기분을 전환하고 싶다거나 탈출하는 환상에 빠져서가 아니었다. 엄마와 마찬가지로 일자리를 찾아야만 했기 때문이었다.

발리는 뒤집힌 의자를 바로 세워 테이블 밑으로 밀었다. 한 손으로 테이블 위 부스러기를 훔쳐 다른 손으로 받아냈다.

"나는 그런 곳에서 벗어나려고 평생 애써왔어." 발리가 마침내 털어 놨다. "그런 곳은 따분하고 순응적인 방식을 지닌 편협한 사람들로 가득하거든. 이런 말 하기 싫지만 에곤, 그곳 사람들이 우리 같은 사람들을 받아들일 거란 생각이 안 들어."

"너는 뭘 몰라. 이건 우리에게 주어진 기회야." 에곤이 이어 말했다. "간섭받지 않고 살아갈 기회."

"여기서 우리를 방해하는 사람은 아무도 없어. 당신은 나를 친구들이나 후원자들에게 거의 소개하지도 않았잖아. 당신의 가족은 고사하고."

"내 친구들은 어린애 같아. 후원자들은 돈만 밝히고."

"그들이 돈이 있는 건 도움이 되잖아." 발리는 자기 어깨를 문질렀다.

그녀는 에곤을 만나기 전까진 자신의 신분을 신경 쓴 적이 거의 없었다. 에곤이 본인이 지닌 혜택들을 모른다는 게 발리를 놀라게 했다. 이 남자가 대체 얼마나 많은 문제에 빠져 있는 건지 궁금했다.

"들어봐." 에곤이 말했다. "나는 단순한 삶을 살고 싶어. 자연 속에서 작품을 만들면서 말이야. 빈은 지저분하지만 크루마우는 숲으로 둘러 싸여 있어. 그곳에서 우리끼리만 있을 수 있어. 우리 단둘이만."

발리는 그의 권유를 그리 쉽게 받아들이고 싶지 않았다. 이미 그에게 너무 많은 것을 양보했다. 그들 사이에 발전하고 있는 게 무엇인지 확신할 수 없었다. 어쩌면 젊은 남자들이 매일 갖는 그런 단기적인 관계 그 이상은 아닐 것이다.

처음 있는 일도 아니지만, 에곤은 발리의 침묵과 서두르지 않고 깊이 생각하는 것을 일종의 허락으로 오해했다. 그는 기대에 찬 미소를 지으며 발리를 쳐다봤다.

"나와 같이 가자." 에곤은 끈질기게 말했다. "내 예술은 더할 나위 없어. 우리가 '함께'할 수 있는 모든 걸 상상해 봐."

발리는 그 말을 머릿속에서 이리저리 굴려댔다. 에곤은 원할 때면 쓸 수 있는 모델이 많았다. 발리가 검정 머리 모델이 떠나고 나서야 그의 집에 들어오거나, 쿠션 위에 금빛 머리카락이 있거나, 속옷들, 입술 자국, 싱크대 옆에 놓인 컵 두 개 같은 다른 증거들이 주위에 널려 있을 수도 있다.

발리는 신경 쓰지 않았다. 에곤은 그녀가 필요한 듯했다. 게다가 발리는 자신의 질투를 절대 용납하지 않을 것이다. 하지만 여전히, 그녀와 에곤 사이에 존재하는 유의미한 끈, 함께 나누는 약속과 모험 같은 것들을 생각하면 흥분이 됐다. 그렇지만······.

"당신만 가." 마침내 발리는 말했다. 에곤의 얼굴에 실망하는 빛이 드리워졌다. "빈으로 돌아오면 알려줘."

7

1911년 5월

발리의 가족은 또다시 이사했다. 이전보다 작고 열악했으며, 매일 밤 발리는 침대에서 공간을 차지하려 동생들과 서로 밀쳐댔다.

"어서 새 남자 친구나 찾아." 베르타는 불만을 터뜨렸다. "언니가 없으면 우리는 더 편하게 잘 수 있다고."

발리의 엄마는 삼십팔 년이라는 세월의 무게를 느꼈고 극도의 피로로 눈이 거의 사시가 되었다. 다른 집 딸들도 발리와 같은 마음인지 발리는 궁금했다. 다른 집 딸들도 엄마가 기댈 수 있는 어깨가 되고 싶어 하는지, 엄마에게 휴식을 안겨주고 걱정거리는 오지 못하도록 막아주고 싶어 하는지를. 그러면서도 발리는 자신만의 삶을 살기 위해 도망치고도 싶었다. 미래를 포용하고 다시는 뒤를 돌아보지 않고 싶었다. 하나를 하려면 다른 하나를 부인해야 하는 법이다. 발리는 그 모든 무게에 짓눌리는 느낌이 들었다. 현재로서는 동생들을 보살피고 돈을 벌어 오겠다고 마음먹었다.

발리는 크루마우로 가자는 에곤의 제안을 거절한 게 실수였다는 걸 매일 부정했다. 에곤은 그녀를 그저 돈을 지불하지 않는 가정부로 여길 것이다. 그를 위해 빨래하고, 식사를 차리며, 그의 기분이 내킬 때마다 모델을 하고, 그가 필요할 때 자신을 내주는 여인. 아니, 그건 안 될 일이었다. 발리는 보헤미아에 있는 에곤을 상상하다가 고개를 저으며 생각을 떨쳐냈다. 발리는 빈에서 할 일들이 있었다. 만나야 할 사람이 있고 새로운 일을 찾을 때였다.

어쨌든 발리는 에곤에게 연락할 방법을 몰랐다. 지금 이대로가 나았다.

≈

몇 주 뒤, 발리는 구스타프의 스튜디오 문을 두드렸고 그는 따뜻하게 안아주었다. 발리는 단지 근처를 지나다 인사나 해야겠다고 생각했다.

"발리, 이런 스위트피. 다시 보니까 아주 애가 끓는구나. 잘 지냈으리라고 믿는다만?"

"찾아뵈려고 했는데, 제가 그냥……."

"지금 여기 있다는 게 중요한 거지. 들어와. 우리가 만들어낸 변화들을 좀 봐봐."

발리는 새 스튜디오를 둘러봤다. 짙은 목재로 된 벽과 함께 일본 가구, 꽃들, 그리고 여성의 손길이 닿은 다른 흔적들까지, 최신식으로 된 스튜디오였다. 발리는 어떤 여인일지 궁금했다.

"내가 몰두하고 있는 이 작업들을 모두 보렴." 구스타프는 발리가 인정하는지 쳐다봤다.

발리는 벽에 늘어선 캔버스들에 다가갔다.

"저는 이 그림이 좋은데요." 발리는 섬세한 벽지를 배경으로 틀 중앙에 스케치된 우아한 여인을 담은 미완성 그림을 가리켰다.

"그 그림도 내가 가장 좋아하는 작품 중 하나가 될 것 같군." 구스타프가 말했다. "이 그림은 부드러운 색조로 칠할 생각이야. 금은 하나도 안 들어가고 회색을 띤 분홍색이나 붉은색으로."

"블로흐-바우어 부인은 어때요?"

"불평을 해대긴 하지만 충분히 잘하고 있어. 하지만 그 여인 얘기로 우리 입만 아프게 할 필요 없어. 자, 이제 말해봐. 우리 동료 실레 군은 어떤가?"

"에곤은 크루마우로 여행 갔어요. 빈을 탈출하기 위해서요." 발리가 대답했다.

"그럼 너는 그와 함께 도망치지 않기로 한 거야?"

"에곤은 거기서 모델을 할 다른 여인을 찾을 거예요."

"에곤이 너를 설득하려 했다던데." 구스타프가 말했다. "바보 같다. 너희 둘 다."

발리는 솟구치는 감정을 삼켜버리려 애썼다.

"그와 함께 가서 내가 얻을 거라곤 아무것도 없어요."

"그렇지만 조금은 내려놓고 네 삶을 사는 것도 아무런 문제가 없단다. 네 방어 태세를 늦춰야 해, 발리. 안 그러면 평온한 기쁨을 놓칠지도 몰라. 너를 그렇게나 빈에 묶어놓는 게 뭐지?"

"꽤 많죠." 발리가 답했다. "제 가족이요."

"그렇군." 구스타프가 말했다.

"그러고 보니 생각이 나네. 에곤이 네게 메시지를 전해달라고 했어." 구스타프는 종이들을 뒤적이다가 편지 하나를 꺼내 들었다.

"여기 있네." 구스타프는 목을 가다듬었다.

"부탁이니 노이질 양을 보시거든 메시지를 전해주세요. 꼭 전해주시길 간절히 바랍니다. 저는 이달 마지막 주말에 크루마우에서 파티를 열 계획이에요. 발리는 반드시 빈을 떠나 저한테 와야 해요. 그녀가 원하는 만큼 오래 같이 머물러도 대환영이에요. 여기 도착하면 길을 못 찾을까 걱정하지 않아도 돼요. 저는 현지인들에게 잘 알려져 있거든요. 발리가 이 초대를 받아들이길 정말 간절히 바랍니다. 어떻게 해서든 발리를 설득해 주세요."

구스타프는 고개를 들어 발리를 봤다.

"기분을 전환하는 것도 좋을지 몰라."

"하지만 내일이에요! 에곤 때문에 모든 걸 내버려 둘 수 없다고요."

"에곤은 경이로운 재능을 가졌어." 구스타프는 다정하게 말했다. "삼십 년 넘게 화가로 지내오면서 그런 재능을 결코 본 적이 없어. 에곤은 진정으로 통찰력이 있는 사람이지. 그리고 발리 너는 그를 보완해 주고."

발리는 반박하려 했다.

"내 말은 경계를 완전히 풀라는 게 아니야. 그건 지혜롭지 못해. 하지만 얼마나 짧든 간에 에곤이 너를 대접하게 해주렴. 너희 둘에게 좋을 거야."

"엄마한텐 제가 필요할 거예요."

"젊은 여성은 두 날개를 활짝 펴고 세상을 경험해 볼 필요가 있어. 네가 돌아올 때도 어머니는 여전히 여기 있을 거야. 네가 스스로를 비참하게 만들면 어머니도 더 나을 게 없을 거다."

8

1911년 5월 26일

늦은 봄치고는 더운 날이었다. 발리는 선선한 이른 아침 빈에서 기차를 타고 출발했다. 가는 동안 가슴 사이로 땀이 고여 산뜻하게 세탁한 옷에 자국을 남길 것만 같았다. 이제 이른 저녁이고, 발리는 머리도 손질해서 가장 매력적인 모습으로 나타나려고 했지만 더운 열기에 모든 게 망가졌다. 혼자서 여행한 적도 없고, 짐을 싸거나 알지 못하는 장소로 가는 표를 산 적도 없었다. 가진 돈을 한 푼도 남김없이 다 써야 했다. 발리는 기차에서 내려 플랫폼을 내려다봤다. 앞서 클림트는 에곤에게 발리가 도착할 시간을 편지로 알려줬지만, 그녀는 에곤이 그날 저녁을 위해 술통과 병 들을 모으느라 분주해 잊어버렸을까 염려되었다.

발리는 기다렸고 시간은 조금씩 흘렀다. 승객들은 뿔뿔이 흩어졌다. 플랫폼 맞은편에 다른 여인이 서 있었다. 발리는 그 여인이 에곤의 동생인 걸 알아봤다. 에곤의 집 앞에서 우연히 마주쳤던 그녀의 강렬한 불꽃. 에곤의 동생은 가방과 양산을 든 채 조급하게 주위를 계속 두리번거렸다. 몇 분이 더 지나자, 동생은 혼자 발걸음을 옮겼다. 둘 다 같은 파티 장소로 향하는 것이 틀림없기에 발리는 동생을 따라가 보기로 했다.

그들이 소도시로 내려가기 시작할 즈음, 느닷없이 한 남자가 급히 발리를 지나 에곤의 동생 어깨에 손을 얹으며 걸음을 멈춰 세웠다. 그 둘은 잠시 대화를 나눴고, 에곤의 동생은 그 남자에게 인상을 찌푸렸다. 발리는 그제야 그 남자가 에곤의 가장 친한 친구 중 한 명인 안톤임을 알아챘다. 안톤은 아주 가끔씩 에곤의 집에 들르곤 했었다.

그 둘이 계속해서 역에서 멀리, 구불구불 흐르는 오래된 강 주위에 자리 잡은 유서 깊은 소도시의 높은 장벽을 향해 계단을 내려갈 때 발리도 따라갔다. 발리는 블타바강을 미처 보기도 전에 강물 소리를 들었다. 강이 시야에 나타났을 때는 그 힘찬 곡선 위로 저무는 태양 빛이 반짝였다. 에곤의 친구는 장벽으로 둘러싸인 소도시를 통과해 길을 이끄는 동안 거리낌이 없었다. 해 질 무렵에도 이곳은 굉장히 인상적인 장소였다. 빽빽하게 쌓인 촘촘한 돌멩이와 벽돌, 맞물린 오커와 카민, 핑크와 연초록빛. 많은 선술집에서는 남자들이 술을 마셔댔고, 그들의 기운이 마시는 맥주와 함께 거리로 쏟아져 나왔다. 연기에서는 발리가 잘 모르는 매운 향신료를 포함한, 입에 침이 고이게 하는 음식 냄새가 났다. 악기의 활과 현이 만나며 소리가 났다. 발리는 빈에서 나는 끼익끼익, 쉬쉬대는 소리, 쨍그랑 소리, 고함 소리들은 알지만 이곳의 새로운 리듬들은 그녀를 불안하게 만들었다.

그들이 분수를 지날 때, 발리는 그녀의 무릎에 대고 고개를 숙인 채 구걸하는 노파를 봤다. 발리는 주머니에 유일하게 남은 동전을 노파에게 주었다.

한때 발리가 시골에서 입곤 했던 레이스 칼라 달린 옷을 입은 여인들이 완전히 어두워지기 전에 집으로 돌아가 있으려고 서둘러 자녀들을 집으로 데려갔다. 에곤의 동생과 일행은 계속 걸어가다가 마침내 블타바강 끝자락에 있는 집에 도착했다. 그 집에 모인 무리는 왁자지껄했고, 술통들은 이미 열려 있었으며 웃음이 터져 나왔다.

에곤은 동생을 안았고, 친구 안톤에게는 와인 잔을 건넸다. 그러다 에곤은 그 둘을 바짝 따라온 발리를 발견했다.

"발리!" 에곤의 눈은 기쁨으로 반짝였다.

그는 크루마우에 온 뒤로 좋아 보였다. 옷은 헐렁했고, 야외에서 보내는 시간이 더 많은 탓에 약간 거칠게 탄 얼굴에 더 편해 보였다.

"와줬구나! 기쁜데 좀 놀랐어. 네가 또 안 올 줄 알았지. 자, 이리 와서 내 동생을 만나봐."

발리는 에곤이 소개하는 동안 가만히 들으며, 이 동생이라는 자격이 붙은 젊은 여인의 따가운 시선에 맞섰다. 발리는 그녀에게 알아본다는 만족감을 주지 않을 터였다. 그러자 에곤의 동생은 안톤의 손에서 잔을 뺏고는 술을 벌컥 들이켰다.

≋

시골집 안에는 음악이 흐르고 무리는 춤을 췄다. 에곤은 발리를 중앙으로 끌어들여 술을 건넸다. 그곳에는 발리 또래의 조각 같은 외모의 젊은 농장 일꾼 다섯 명이 있었는데, 에곤이 친척이라고 소개했다. 그들은 몸이 건장했고 남의 시선을 의식했다. 경계하는 눈으로 무리를 보면서 서로 수군거렸다. 발리는 가장 어린 친척과 춤을 추기로 마음먹었다. 손이 버터로 뒤범벅인 듯한 수줍은 소년은 이곳과 너무 동떨어져 보였다. 소년은 춤을 췄다는 데 의기양양해져 미소를 지으며 형제들에게 합류했다. 머리가 잿더미 같은 젊은 남자가 발리를 끌어당기고 귓가에 뭐라고 속삭였다. 발리는 웃음을 터뜨렸다. 이 윌리라는 남자는 휘 핏처럼 마르고 눈은 부시도록 반짝였다. 발리는 저녁 내내 그가 에곤 근처에서 절대 멀리 떨어지지 않는 걸 눈치챘다. 그는 계속 에곤 곁에 서 잔을 채워주고, 담배를 말거나 레코드판을 바꾸기도 했다. 발리는 이 남자가 좋았다. 윌리는 등을 아주 유연하게 움직이며 춤을 췄는데, 발리는 이제껏 그렇게 추는 남자를 본 적이 없었다. 윌리는 발리의 농 담에 웃는 속도도 빠르지만 적나라한 농담을 말하는 데도 빨랐다. 그 러다 발리는 매력적인 모아 만두의 손에 붙들려 휙 돌아섰다. 카바레 무용수인 모아는 다루기 힘든 숱 많은 머리에 파리에서 온 대범한 최 신 스타일 옷을 입었다. 모아는 따스한 웃음을 머금은 주름진 눈을 하 고 발리를 빙빙 돌리며 방을 가로질러 그녀의 파트너이자 에곤의 친한 친구 어윈의 손에 쥐여주었다. 모아는 장난스럽게 입을 삐죽이며 무릎 을 굽혀 인사하고선 어윈을 위해 발끝으로 돌았다. 어윈은 취한 듯 움 직이는 마임으로 반응했는데, 그는 이걸로 빈 전역에서 유명했다. 에곤 의 친구이자 아카데미 동료 화가 두 명이 그 동작을 따라 하는 데 실패 하자, 어윈은 어떻게 하는 건지 보여주려고 동작을 반복했다. 그들의 여자 친구 중 한 명이 발리에게 술을 건네 발리는 크게 한 모금 겨우 마시다가 무리 속으로 다시 밀쳐졌다.

에곤이 씩 웃으며 발리 곁에 나타났지만, 그가 뭐라고 하는지 들리지 않았다. 에곤이 발리를 가까이 당겼고, 그녀는 그의 목에 코를 비벼댔 다. 에곤은 발리의 허리에 팔을 두르고 음악에 맞춰 몸을 좌우로 흔들 었다. 발리는 에곤에게 기대어 누그러진 표정으로 그의 셔츠 아래 근육 을 느끼다가 그의 손에서 담배를 뽑아내 필터의 토탄 향을 폐 속 깊이 들이마셨다.

"여기 와서 너무 기뻐." 발리가 말했다.

에곤의 동생이 구석에서 그들을 지켜보고 있었다.

"뭐라고 하는지 안 들리는데?" 에곤은 입술로 발리의 귀를 쓸어대며 대답했다.

"다른 곳에 가고 싶지 않을 정도로 좋다고."

발리는 에곤의 눈에 비친 자신을 봤다. 그는 두 손으로 그녀의 얼굴을 잡았다.

"그럼 여기 있을 거야?"

발리는 그렇다는 의미로 에곤의 손목을 꼭 쥐었고, 그는 모든 사람 앞에서 그녀에게 키스했다.

9

1911년 6월

발리는 이 공간이 에곤과 그녀 둘만으로 충만하다고 상상하려 애썼다. 에곤의 스케치북, 선반에 놓인 발리의 작은 병들과 가루들, 이 인용 테이블, 문 뒤에 걸린 발리의 옷 같은 것들을. 매일 아침 커피를 마시며 두 발을 고리버들 의자에 올리고, 에곤의 이젤이 빛을 활용할 수 있는 위치에 놓인 가운데 평온한 침묵이 그들 사이에 머무는 걸 상상했다.

파티가 끝나고 곧바로 지독한 쓸쓸함이 찾아오리라고는 상상도 못 했다. 발리는 나중에야 알았지만, 에곤의 동생 같은 경우는 장기간 머물라는 뜻으로 혼자만 초대받았다고 생각했는데 도착해 보니 파티가 한창이어서 꽤 화가 난 듯했다. 남매간의 어색한 대화 끝에 게르트루드는 다음 날 에곤의 친구 안톤과 함께 빈으로 돌아가기로 결심했다.

발리는 밖으로 나가 돌담 길이만큼 늘어선, 잎이 무성한 정원의 그늘로 들어섰다.

"이 잡초들을 정리해야 해." 에곤이 밖으로 나와 발리 옆으로 오면서 말했다. "쐐기풀과 엉겅퀴를 자르고 덤불과 맞서 싸워야 해. 네가 원한다면 우리만의 채소들도 키울 수 있을 것 같은데?"

발리는 이 얼마나 불안한지, 살금살금 스며드는 이 불길한 고요를 인정하지 않으려 했다.

"야생 해바라기 좀 봐!" 발리는 잡초를 뽑으려고 몸을 구부리면서 말했다. "흙이 얇은데도 꽃을 피워내고 있어. 이 해바라기들이 성장할 기회를 주는 게 더 나을 거야."

에곤은 지난 몇 주간 이곳에 살면서 지역 사람들에게 이미 꽤 깊은 인상을 준 게 분명했다. 나이 든 남자들은 평소 다니는 길을 돌아서 이 붉은 시골집 앞에 멈춰 섰다. 그들은 문가에 서서 말했다.

"이 아가씨가 그 어린 게르트루드 실레인가 보네. 아주 훤칠한 아가씨로 성장했구먼." 그들은 발리를 향해 두 팔을 활짝 벌렸다. "우리가 기억하기로는, 너도 정말 골칫덩어리였지. 그 오랜 세월 고생한 너희 어머니가 이제는 좀 마음 편히 지냈으면 좋겠구나."

발리는 가까이 가지도, 반박하지도 않았다. 에곤은 친절하게 웃었다.

"아저씨 눈이 분명 나빠지……."

"아, 자네 아내인가 보군!" 그들은 잘 안다는 듯 킥킥거렸다.

"제 친구 노이질이라고 합니다. 제 작품의 관리를 도와주고 있어요." 발리는 그들의 염려를 눈치챘다.

"자네 친구들은 올해는 함께하지 않는 건가?"

"오센과 페슈카는 막 떠났어요. 일이 주 안에 돌아올 거예요."

"그럼 자네 어머니는?" 그들이 물었다. "자네 어머니가 여길 안 찾은 지 몇 년이 지났어. 카테르지나가 더는 없으니 아마 예전만큼 이곳에 마음이 끌리진 않겠지."

"어머니는 제 형제들과 빈에 계세요."

"어떻게들 지내나?" 현지인들은 발리를 의심의 눈초리로 보며 물었다.

"멜라니는 철도청에서 사무원으로 일하고 있어요. 그러니까 최소한 저희 중 한 명은 아버지의 소원을 따른 거죠. 게르트루드는 백화점에서 의류 모델을 하고 있어요."

"형제들은 결혼했나?"

"멜라니는 영원히 미혼으로 살 거예요. 게르트루드는 결혼을 생각하기에는 아직 너무 어리고요. 저 같은 경우는 아직 그런 것들을 생각할 필요를 못 느껴요."

"정착해 안정된 기반을 마련하고 가정을 이루는 건 지금도 이른 게 아니야. 네 어머니가 아버지와 결혼했을 때 나이가 열일곱이지 않았나?"

"오랜 관습 중 어떤 건 깨뜨리는 게 예술가의 삶이죠." 에곤이 미소 지었다.

에곤은 하루에 몇 번이나 이런 최근 근황들을 전달한 다음, 현지인들에게 잘 가라는 인사를 했다. 발리는 그들의 얼굴이 미묘하게 씰룩거리는 걸 목격했다. 한때 존경받던 가족이 어떻게 이렇게 무너질 수 있는지 궁금해하는 건가? 화가인 아들과 결혼도 하지 않은 딸들을 둔 과부……. 이런 대화가 오가는 동안 발리는 사람들이 그녀를 의심 어린 눈으로 보며 가늠하고 궁금해하는 걸 느꼈다. 에곤은 그녀의 걱정을 무시해 버렸다.

"사람들은 그런 것들에 신경 쓰지도 않아. 이 지역 사람들은 그렇게 시대에 뒤떨어지지도 않은 데다, 우리가 침대를 공유하는 것도 절대 모를 거야. 사람들은 너를 가정부로 생각할걸."

이 말에 발리는 그를 유심히 쳐다봤다.

"게다가 우리가 해를 끼치는 것도 아니잖아."

≈

　몇 주가 흘렀고, 현지인들은 늘 그렇듯 여전히 근처를 지나갔지만 손을 들거나 대화를 하려고 하지는 않았다. 대신 그들은 화가가 정원에서 작업하는 걸 지켜봤다. 에곤의 이젤은 풀밭에 놓였고, 에곤은 웅장한 배의 운전대 앞에 선 선장처럼 이젤 앞에 섰다. 발리는 모델을 하다가 그들이 나타나면 몸을 숨겼다. 발리는 현지인들의 지긋지긋함에 익숙해졌다. 그들은 발리에게 거의 말을 걸지 않았지만, 가끔 그녀에게 말을 걸 때면 말속에 냉랭함이 섞여 있었다. 그들은 에곤을 거의 용서할 수 있었다. 그들은 과거에 에곤이 아카데미에 같이 다니는 친구들을 데리고 방문해 어린애 같은 장난들에 몰두했을 때도 용서했다. 그들은 에곤과 그의 행동 방식들을 알고, 에곤의 불쌍한 어머니가 얼마나 절망했는지 봤으며, 에곤이 철이 들 거라고 크게 기대했다.

　하지만 발리에게는 달랐다. 저 여자 걷는 것 좀 봐. 여기가 자기 집 안방인 양 걷는 걸, 하며 험담하는 듯했다. 저 여자 술 사는 것 좀 봐. 부끄럽지도 않나? 발리는 사람들이 '둘이 함께 웃는 걸 봤어'라고 수군거리는 상상을 했다. '강가에서 세탁하는 걸 봤는데 이불이 하나더라고.'

　에곤은 그들이 비난받을 만한 행동을 한다는 걸 인정하려 들지 않았다. 그는 계속 일을 해나갔다. 또 다른 파티를 계획해서 모든 친구에게 난해한 초대장을 보내기도 했다. 물론 에곤은 그 여파를 태평하게 떨쳐버릴 것이다. 그는 일요일에 교회도 가지 않았고, 부모에게서 들은 험담에 관심이 불붙은 이 소도시의 어린 학생들이 에곤의 정원 앞에 나타나기 시작해도 신경 쓰지 않았다.

　소녀들은 무리를 지어 적절한 거리에서 숨고는 날카로운 눈으로 슬쩍 수풀 너머 에곤을 지켜봤다. 발리는 종종 흔들거리는 땋은 머리나

치마 주름을 일별할 수 있었다. 얼마 지나지 않아, 여우가 땅에 접근할 때처럼 소녀들은 뻔뻔해졌다. 그들은 작은 돌을 던졌다. 킥킥 웃어대는 소리가 발리 귀에 들렸다. 그달 말에는 소녀 두 명이 용기를 모아서 그림을 그리는 에곤을 쳐다보며 그의 뒤에서 섰다 앉았다 했다.

"그 아이들은 무해하다니까." 둘만 남았을 때, 에곤은 발리에게 같은 말을 반복했다.

발리는 구멍 난 에곤의 양말에 감침질용 바늘을 넣었다.

"그 아이들이 어리다고 말하는 것뿐이야." 발리가 말했다.

"너보다 몇 살 어릴 뿐이야." 에곤이 답했다. "너도 그 나이 때 금지된 것들에 마음이 끌리지 않았니?"

"어린 여자애들의 마음은 예측할 수 없다고." 발리는 경고했다.

"너는 내가 게르티와 같이 자랐다는 걸 잊었구나."

"아, 그렇지." 발리가 말했다. 바늘로 손가락을 찌른 탓에 피가 나왔다.

≈

여름이 되어 열기가 점점 뜨거워질수록 그 두 소녀는 매일같이 찾아왔다. 한 명은 키가 크고 날씬했으며 짙은 색 머리에 윤기가 있었고, 키가 더 작은 다른 한 명은 부루퉁한 얼굴에 통통했다. 발리는 머리카락을 고정하면서 집 안에서 그들을 지켜봤다. 그들의 단호한 눈빛이 꺼림칙했다. 그들은 발리를 찾는 게 아니어서 그녀가 창가에 서 있는 걸 보지 못하고 에곤이 작업하는 걸 지켜봤다.

이 소녀들이 골칫거리라는 걸 발리는 느낄 수 있었다. 에곤에게 이 느낌을 분명히 말하리라 단단히 마음먹었다. 그러다 자신이 찾아낸 해바라기들을, 그 작고 활짝 핀 봉오리들을 생각했다. 발리는 매일 해바라기에 물을 주었다. 마침내 그녀가 기꺼운 마음으로 보살피고 정성을 쏟을 수 있는 대상이 생긴 것이다.

"그 작은 새들이 또 우리 정원에 왔어. 빵 부스러기를 찾으려고." 에곤이 저녁 식사 중에 말했다.

"그 아이들을 쫓아버려야 해, 에곤." 발리가 단호히 말했다. "그리고 당신이 뭘 하든 간에 그 아이들은 그리지 마. 아이들 그림을 그렸다는 말이 나오면 우리 둘 다 곤경에 빠질 거야."

"그 애들은 초등학생일 뿐이야, 발리. 너무 사납게 굴지 마. 우리가 열세 살인가 열네 살 때 어땠는지, 지루해 죽을 지경이었던 것 기억 안 나? 그 나이 때 우리를 괴롭혔던 끔찍한 열정들이 생각나지 않느냐고? 저렇게 하지 않으면 저 아이들이 어떻게 즐겁게 지내겠어?"

"그렇다고 우리가 소문을 제공해 줄 건 없잖아! 그 애들이 부모에게 뭐라고 할지를 생각해 봐."

"그 애들은 초대받아서 온 게 아니야." 에곤이 고집을 부렸다. "여기 사람들도 그걸 알아. 우리가 적극적으로 그렇게 했다고 생각할 만큼 바보들은 아닐 거야."

발리는 에곤의 확신이 부러웠다. 그녀가 깨달은 바에 따르면 사람들은 대개 무지하고, 그들이 이해하지 못하거나 받아들일 수 없는 것에 의해 위협을 받곤 했다.

"만약 누군가 벌을 받아야 한다면 바로 그 애들이야." 에곤이 집요하게 말했다.

에곤은 어쩜 저리도 바보 같을 수가 있을까?

발리는 크루마우를 떠나 새롭게 시작할 수도 있었다. 하지만 솔직히 에곤 옆에 남고 싶었다. 그녀 안에 자라는 무언가를 키워내고 싶었다. 단지 그가 더 조심했으면 했다. 하지만 발리의 해바라기가 꽃잎을 활짝 피우는 중에 소녀들은 여전히 매일같이 찾아왔다.

10

1911년 8월

"발리, 일어나." 에곤이 발리의 어깨를 흔들며 재촉했다. "네가 심부름 좀 다녀와야겠어."

"정말, 꼭 이렇게 방해를 해야겠어?"

발리는 그들이 함께 쓰는 작은 침대에서 불평하며 에곤에게 등을 돌렸다. 늦은 오후였고, 발리는 낮잠을 자려 애를 썼지만 실패했다. 세탁하는 동안 아침 내내 머리가 지끈거렸고, 마침내 가까스로 휴식을 막 취하려는 순간이었는데······.

"빈으로 급히 보내야 하는 작품이 있어."

"당신이 가." 구름이 낮게 뜬 데다 어두워서 발리는 걸어갈 엄두가 나지 않았다.

"아직 할 일이 남아서 그래. 한창 작업 중이었거든."

발리는 일어나 앉았다. 머릿속에서 혈관이 새롭게, 불규칙하게 고동쳤다.

"내일까지 기다릴 수 없는 거야?"

"뢰슬러가 내가 가장 최근에 그린 그림들과 수채화들을 기다리는 중이야. 그가 후하게 돈을 줄 거라고. 우리는 자금이 부족하잖아. 위태할 만큼. 산소가 희박한 상태로 살 수는 없는 노릇이라고." 에곤은 초조하게 말했다. "이 안에는," 하고 그는 우편물을 넣고 단단히 고정한 두툼한 통을 팔에 낀 채 톡톡 두드리며 덧붙였다. "내가 착수하고 싶은 거대한 유화 초기 스케치 몇 점과 뢰슬러가 팔아주길 바라는 작품들이 들어 있어. 뢰슬러가 구매자들의 기호를 알아내서 나한테 선금을 보낼 거야. 편지도 넣어놨어. 지방 우체국에 가서 빈으로 보내는 거라고 말해." 에곤은 계속해서 말했다. "우편 요금을 충분히 낼 수 있게 내가 있는 돈을 긁어모았어. 네가 거기 다녀오는 데 한 시간도 안 걸릴 거야."

발리는 부츠 끈을 묶고 숄을 몸에 걸쳤다. 인사도 하지 않고 문을 뒤로 닫아버렸다. 머리 위 하늘이 우중충했다.

"기다려봐!" 에곤이 발리를 불러 세웠다. 그가 우산을 들고 뛰어왔다.

발리는 마음이 누그러져 미소를 지었다. 어쨌든 그가 신경은 써주는 것 같았다.

"그 그림들 젖으면 절대 안 돼. 어떤 일이 있더라도 말이야." 에곤은 우편물을 가볍게 두드리며 말했다.

≈

지방 우체국에서 발리는 줄을 섰다. 부츠가 꽉 끼는 탓에 두 발이 욱신거렸고 잠을 자고 싶은 마음뿐이었다. 하지만 발리는 우체국 출납 사무원이 앞에 있는 대여섯 명의 사람들을 상대하는 걸 기다려야만 했고 그녀의 뒤로 줄은 점점 길어졌다. 하지만 카운터 뒤에 있는 이 남자는 서두를 생각이 없는 듯했다.

"빈으로 보내주세요." 마침내 발리는 카운터 위로 우편물을 넘겨주며 말했다.

에곤이 준 돈을 찾으려 주머니를 뒤적이다가 출납 사무원이 우편물을 받지 않는 걸 깨닫고선 고개를 들었다.

"부탁해요." 발리는 굳은 미소를 지으며 덧붙였다.

출납 사무원은 에곤이 쓴 주소를 살폈다. 남자의 눈이 심각해졌다. 그 눈은 이내 발리를 향하더니 그녀를 위아래로 훑어봤다.

"이 배달은 화가 실레 씨가 요청한 건가요?" 남자가 물었다. "블타바 강이 떠나가도록 시끄럽게 파티를 여는 그 사람이죠?"

"네, 맞습니다." 발리가 답했다.

"안에 뭐가 들어 있나요?"

"미술 작품들이요." 발리는 짜증을 숨기지 않은 목소리로 대답했다. "빈에 있는 그의 후원자들에게 보내는 거예요."

"그렇다면 이 미술이라 불리는 것의 종류는 뭐죠?"

"사람들과 들판과 작은 산들을 표현한 그림들, 수채화들이에요. 이 아름다운 소도시를 표현한 거죠."

"열어보세요." 남자가 요구했다.

발리는 그를 빤히 쳐다봤다. "그럴 수 없는데요."

"그렇다면 저는 이 우편물을 처리할 수 없습니다."

"하지만 급한 거예요." 발리는 에곤의 말을 떠올리며 말했다.

그들의 재정 상황은 불안정했다. 출납 사무원은 서랍을 열더니 가위를 꺼냈다.

"당신은 그럴 권리가 없어요!" 발리가 항의했다.

하지만 그는 이미 줄을 잘라냈다. 그런 다음 다양한 크기의 작품 여러 장을 꺼냈다. 남자의 눈은 그림의 내용들을 빠르게 훑으면서 그 모든 걸 열렬히 눈에 담으려 했다. 그는 그림을 한 장씩 치우면서 자기 앞 카운터 위로 떨어뜨렸다. 발리 뒤에 있던 고객들이 중얼거리기 시작했고 열띤 얼굴로 앞으로 우르르 몰려들었다. 발리는 에곤이 그녀를 그린 그림들을 볼 수 있었다. 페티코트와 긴 양말을 신은 그림을 포함해서 속옷까지 벗어서 더 에로틱한 그림들도 있었다.

"저리 치워놓으세요." 발리가 명령했다.

하지만 출납 사무원은 무척이나 즐기고 있었다.

"이 그림은 당신 맞죠?" 하고 물으려 그림에서 눈을 떼고 그녀의 가슴을 쳐다봤다. 발리는 등 뒤에서 헉하고 작게 놀라는 소리들을 들었다.

"그건 예술이에요." 발리가 말했다.

"포르노그래피죠!" 출납 사무원이 대꾸했다.

"당신이 타락한 마음을 가졌다면야 그렇게 보이겠죠."

"타락한 건 당신의 그 화가입니다."

방 안에 사람들이 동의하는 소리의 물결이 크게 일어났다.

"당신을 신고할 겁니다." 발리가 냅다 쏘아붙였다.

"아니요, 내가 당신을 신고할 거예요." 남자는 비웃었다. "두 사람은 이걸로 감옥에 가야 합니다!"

발리는 절망이 차오르는 걸 느꼈다.

"게다가 이건 뭔가요?"

남자는 정원에서 에곤과 시간을 보낸, 에곤이 '작은 새들'이라 부르는 소녀들의 그림을 들어 보였다. 소녀들은 팔짱을 끼고 나란히 앉았는데 연한 파란색 드레스의 끝자락이 올라가 있는 그림이었다. 발리는 이 그림을 전혀 본 적이 없었다.

"이 소녀들을 알아요. 아이들이잖아요. 훌륭한 가정의 자녀들인데.

당신의 화가가 그려서 빈에 있는 후원자들에게 팔아넘길 매춘부들이
아니라고요."

"나는, 나는……." 발리는 에곤을 변호해 줄 말을 찾을 수 없었다.

발리 주위에 있던 사람들이 갑자기 분노하며 내지르는 소리에 귀청
이 떨어질 지경이 되었다.

그때 출납 사무원이 마치 불에 손을 대기라도 한 듯 다른 종이를 떨
어뜨렸다. 에곤의 초상화 중 하나였다. 나체로 자위행위를 하는 모습의
그림이었다. 그 그림은 카운터에서 바닥으로 떨어졌고, 그 자리에 그대
로 놓여 모든 사람이 유심히 살폈다. 순간 굴속에 있는 듯 공허한 침묵
이 흘렀다. 초상화에서 에곤은 부풀어 오른 페니스를 붙잡았고, 손가
락은 그 주황빛 끝에 둔 채 거친 눈빛을 하고 있었다.

"수치스럽네! 수치스러워!" 한 남자가 식식거리며 말했다.

발리는 그 남자에게 덤벼들었다. 남자의 주름진 목살을 손가락으로
찔렀고, 남자는 그만 의자에서 떨어지고 말았다. 발리는 카운터를 가
로지르고 그림들을 가로질러 끌려갔고, 사람들은 점점 그녀 주위로 모
여들어 발리를 잡아당기고 고함을 지르고 침을 뱉어댔다.

"저런 매춘부!" 남자가 다시 균형을 잡으며 소리를 질렀다. "당신과
그 실례는 악당이야. 당신들은 이곳에서 환영받지 못해. 여기는 점잖은
사람들이 사는 평화로운 도시라고. 당신들은 서로를 타락시킬 뿐만 아
니라 우리 애들까지 타락시키고 있어. 치안판사에게 얘기할 거야! 이제
가버려! 당신이 속한 시궁창으로 가버리라고."

발리는 그림들을 한데 모았고, 사람들에게 거칠게 거리로 내쫓기고
말았다.

에곤에게 달려가는 발리의 귓속으로 그들의 말이 천둥처럼 내리쳤다.

11

1911년 8월

이른 아침 햇살이 방 안으로 흘러들어 오는 가운데, 발리와 에곤은 옷을 입지 않은 채로 몸을 바짝 가까이 대고 자고 있었다. 마침내 평온한 느낌이었다. 발리는 어제 오후 우산을 우체국에 놔두고 온 탓에 빗물을 뚝뚝 흘릴 만큼 젖은 상태로 집에 돌아왔다. 발리가 에곤의 작품이 담긴 젖은 우편통을 얇은 코트 아래에 낀 채 문으로 들어서자, 에곤은 펄쩍 놀라며 분명 나무라려던 참이었는데, 발리가 그에 앞서 무슨일이 일어났는지를 쏟아냈다. 발리는 에곤의 어리석은 배신 때문에 소리를 빽빽 지르며 그의 가슴을 주먹으로 때렸고, 밤늦도록 그의 얼굴에 대고 소리를 질렀다. 머리가 아파 정신이 혼미한 데다가 이런 일이 있을 줄 알면서도 기회가 있을 때 떠나지 않은 자신에게 화가 났다. 에곤은 사과했고 발리를 붙잡고 진정시키려 애썼다. 그는 현지인들과 그들의 편협한 사고방식을 욕하면서 이 일이 지나갈 거라 말했다. 에곤은 아침에 소녀들의 부모들과 대화하며 기분을 상하게 한 게 있다면 뭐든지 사과하겠다고 말했다. 에곤은 소녀들에게 그 어떤 해도 끼치지 않았음을 부모들에게 설명하려고 했다. 그러고 나서 우체국에 방문해 보상하겠다고 했다. 에곤은 이 사건이 조만간 잊힐 거라고 장담했다.

"내가 거기 있었으면 상황이 달랐을 텐데." 에곤이 말했다. "그들을 설득했을 거야."

"그럼 다음부턴 당신의 빌어먹을 심부름은 당신이 직접 하라고." 발리가 응수했다.

결국, 그들의 분노와 불신이 사그라들자, 그 와중에도 에곤은 입술이 얇은 우체국 직원이 에곤의 커진 페니스가 담긴 그림을 들고 있는 모습을 상기시켜 발리를 웃게 만들었다.

그 뒤, 에곤은 발리를 안아주고 몸을 섞었다. 다정하게, 그러다 기진맥진해졌고 잠이 들었다. 이제 새벽의 안정된 차분함 속에서 그들이 고르게 숨을 쉬는 소리만 방 안에 들릴 뿐이었다. 유리창이 와장창 깨지기 전까지는.

미사일이 방을 가로질러 날아올 때, 에곤은 급히 발리에게 팔을 들어서 막았다. 미사일은 난로 근처에 떨어졌다. 그들은 서로 몸을 웅크리며 두 팔을 머리에 갖다 댔고, 심장이 방망이질 쳐댔다. 발리가 욕을 하며 먼저 침대에서 튀어나와 깨진 창문으로 다가갔다. 현관에서 남자 세 명이 달아났다. 발리는 그들의 얼굴이 보이지 않았다. 에곤은 문을 향해 달려갔다.

"누군지 봤어?" 에곤이 다그쳤다. "지방 우체국에서 온 녀석이야?"

"그들 중 누구일 수도 있겠지." 발리는 파르르 떨며 말했다.

발리는 그 미사일을 빤히 쳐다봤다. 타르에 적신 벽돌이었다. 벽돌에 죽은 쥐 한 마리가 실로 묶여 있었다. 꼬리는 끝으로 가면서 가늘어졌고, 작은 입은 가지런히 늘어선 날카로운 이빨을 보이며 벌어져 있었다.

에곤은 털썩 주저앉았다. 벽에 등을 기대고 타르가 칠해진 벽돌에 눈을 고정했다. 발리는 전날 밤 에곤이 내던져 버린 셔츠를 입었다. 귓속에서 피가 고동쳤지만 싸우려는 충동마저 사라졌다.

"믿을 수가 없어. 우리 어머니는 크루마우에서 태어나셨다고. 나는 여기에서 살 자격이 있는데." 에곤이 말했다. 그러다 주먹으로 벽을 쳤다. "나는 화가이지 살인자가 아니란 말이야." 그는 계속해서 말했다. "저들은 나를 못살게 굴며 쫓아내고 싶어 해. 하지만 예술을 검열해서는 안 되는 거야."

"우리가 계속 여기 머물면 다음엔 무슨 일이 일어날까?" 발리가 물었다. "상처? 피? 다음번 벽돌은 목표물에서 빗나가지 않을지도 몰라."

"무지해서 저러는 거지." 에곤은 단념하며 말했다.

발리는 에곤 옆에 앉아 팔에 머리를 기댔다.

"우리는 절대 어울리지 못할 거야. 여기든 다른 어디든. 이제는 이곳을 떠나야 할 시간이야."

≈

발리 자신은 인식하지 못했지만 그녀는 빈으로 돌아갈 준비가 되어 있었다. 동생들이 보고 싶었고 동생들과 비좁은 침대에서 자면서 몸을 낑낑거리던 것이 그리웠다. 도시 빈조차도 그리웠다. 토론으로 가득 찼던 커피 하우스들과 평등, 투표권, 프로이트, 여성의 영혼의 존재 같은 그날의 중요한 이슈들을 이야기할 수 있는 곳에 모이는 여인들이 있는 도시 빈.

크루마우에 있는 모든 것은 무척이나 느리게 움직였다. 온전하게 강렬한 햇빛, 옥수수밭, 발랄하게 칠해진 선술집들 같은 발리가 본 폭넓은 색조들을 제외하면, 그녀는 이곳에서 친근감이나 친절 같은 것을 거의 느끼지 못했다.

"종이와 펜을 가져다줘." 에곤이 말했다. "뢰슬러에게 편지를 써야겠어. 어제의 참사를 그에게 알려줄 거야. 네가 내 작품들을 구한 게 기적이야." 그가 덧붙였다. "그리고 짐을 싸도록 해. 우리는 다음 편 기차를 타고 노이렝바흐로 떠날 거야."

"어디라고?" 발리는 일어서서 깨진 유리들 주위를 돌며 그를 따라갔다.

"노이렝바흐에 레오폴드 고모부의 여름 별장이 있어. 빈에서는 한 시간밖에 안 걸리지만 여기에서는 충분히 먼 곳이야. 여기보다 더 시골이고 야생적인 지역이지."

"나는 당신이 왜 또 똑같이 다른 지방 소도시로 가려는 건지 도저히 모르겠어." 발리가 말했다.

"빈으로 돌아갈 수 없어. 특히나 소문이 우리 뒤를 바짝 따라붙는 상황이라면 더욱 안 되지."

어째서 에곤은 모든 걸 그토록 복잡하게 만들려는 걸까?

"우리는 고개를 숙이고 남들의 시선을 피해야 해. 나는 내 인생 최고의 작품을 만들 거고, 너는 사업적인 부분을 관리하게 될 거야. 우리는 문제에 휘말리는 일 없이 매일 같이 자고 밤마다 와인을 마시게 될 거야. 우리는 버텨낼 거야."

에곤은 편지를 쓰기 시작했다. 글을 써 내려가면서 에곤은 심각한 얼굴로 중얼거렸다.

"그 사람들은 교육도 제대로 못 받았어. 미개하고. 이건 마녀사냥이나 마찬가지야. 내가 무슨 위협을 가했는데?" 에곤은 대답을 기대하지도 않고 말을 이어갔다. "나는 화가야. 그게 죄가 되나? 저들의 어린 자녀들의 상상력을 달로 향하는 사다리 같은 허황된 예술로 채워 타락시키려 한다는 거야?"

　마침내 에곤이 고개를 들었을 때, 그의 허세는 모두 사라지고 없었다.

　"나는 이 도시를 몹시 사랑해 왔어." 에곤이 말했다. "사람들은 자기들이 무슨 짓을 했는지 몰라."

　"언젠가 저 사람들도 후회하겠지." 발리는 에곤을 달래주었다.

　발리는 다시 한번 창문으로 다가갔다.

　그때서야 발리는 아름답게 봉오리가 올라온 자신의 해바라기들이 발로 짓밟혀 뭉개진 것을 봤다.

12

1912년 4월

"실레 씨는 더는 여기에 없어요."

여드름투성이의 노이렝바흐 출신 젊은이가 그늘에서 걸어 나와 발리의 팔을 붙잡고 멈춰 세웠다. 발리와 에곤이 지난 팔 개월간 빌린 시골집은 가파른 언덕 꼭대기에 있어서 들판이 내려다보였다. 발리는 매일 고생스럽게 언덕을 오르느라 지쳐 있었다. 이 남자가 기다리고 있었다는 건 명백했다.

발리는 야채와 빵을 담은 바구니를 단단히 안았다. 남자의 목소리는 오만에 가까웠다. 그가 말하면서 발리를 연신 흘끔거리는 탓에 그의 말뜻을 파악하기 어려웠다. 발리는 그가 말을 반복하자 그의 입을 응시했고, 두툼한 혀가 썩은 치아를 치는 걸 봤다.

"경찰 두 명이 왔었어요." 남자는 계속 말했다.

발리는 지붕이 낮게 드리워진 하얀 시골집을 향해 고개를 홱 돌렸고, 눈은 곧바로 평소 그녀에게 능글맞게 웃는 에곤이 보이던 뒤쪽 창문으로 향했다. 그는 거기에 없었지만 그렇다고 이 남자 말이 사실이라는 의미는 아니었다.

"에곤은 경찰서로 끌려갔어요."

"경찰들이 에곤에게 뭘 원하는 거지?" 발리는 남자가 아니라 자신에게 물었다.

"실레 씨는 체포됐다고요." 젊은이가 우겨댔다. "경찰들이 끌고 갔다니까요."

발리가 무거운 바구니를 든 팔을 움직이자 맨 위에 있던 배추가 떨어져 데굴데굴 굴러가기 시작했다.

"실레는 수갑을 차야만 하죠." 젊은 남자는 빈정댔다. "다음번에는 경찰들이 당신을 붙잡으러 올 겁니다!"

남자가 떠나고 발리는 서둘러 집으로 향했다. 문이 열려 있었다.

"에곤? 에곤, 여기 있어?"

에곤의 작품이 벽에서 떨어져 바닥에 내동댕이쳐져 있었다. 그림 속 얼굴들이 그녀를 빤히 올려다봤다. 몇몇은 익숙했지만 나머지는 모르는 얼굴들이었다. 연필, 구아슈로 그린 그림들이었고 원근법이 뒤틀려 있었다. 풍경화는 발로 짓밟혀 커다란 부츠 자국이 찍혀 있었다. 초상화에서 에곤은 입을 벌린 채 그녀를 응시했다. 에곤은 붓을 치울 기회조차 없었는지 붓의 뻣뻣한 털이 이미 이른 오후의 태양으로 굳어져 갔고, 비싼 그림물감으로 칠한 색채들은 엉망이 되었다.

에곤과 발리는 노이렝바흐에서 아무 일 없이 지내왔다. 정확히 에곤이 바라던 대로 이곳은 작고 따분한 소도시였다. 수마일 펼쳐진 들판과 무수한 녹음으로 둘러싸였고, 오래된 교회와 작은 성이 언덕에 자리 잡고 있었다. 그들은 아무도 방해하지 않고 그들끼리 오붓이 지냈다. 발리는 불꽃에 이끌리는 나방처럼 화가의 스튜디오에 오는 초등학생 무리를 가까이 오지 못하도록 적절한 거리를 두었다. 발리가 친절하게 대한 소녀가 한 명 있었는데, 타티아나라는 이름의 그 소녀는 화가에게 관심이 없었다.

발리는 에곤의 그림에서 살릴 수 있는 건 살리느라 애썼는데, 서둘러 붓을 닦아내는 손가락 밑으로 물이 매끈거렸다. 발리는 에곤의 작품들을 모아서 테이블 위에 놓고 구겨진 종이를 반듯하게 폈다.

발리는 끔찍한 오해가 있었다고 믿고 싶었다.

≈

"당신들은 설명도 없이 한 사람의 자유를 빼앗아 갈 수 없습니다."

발리는 노이렝바흐 중심가에서 조금 떨어진 지방법원 입구에서 공무원에게 항의했다. 남직원의 유니폼은 그의 얼굴처럼 칙칙하고 딱딱했다.

"성함이 어떻게 되시죠?"

"노이질입니다. 에곤 실레의 지인이에요."

"노이질? 그렇다면 체포된 사람과는 아무 관계가 없는 겁니까?"

"그는 제 친구예요." 발리는 그녀를 쳐다보는 남자의 눈빛에 주목했다. "그 화가의 비서라고요."

"그 사람의 아내나 직계 가족이 아닌 이상 실레 씨가 어떤 범죄로 고발됐는지 밝힐 수 없습니다."

"범죄요? 그는 그림을 그려요. 전원에서 산책하거나 가끔 빈에 가는 것 말고는 어디에도 나가지 않는다고요."

"그 사람의 혐의는 때가 되면 풀릴 겁니다."

"하지만, 오늘 풀려나야 한다고요."

"저희는 당신…… 파트너에 대한 심각한 고소장을 받았습니다."

"고소장이요? 정확히 뭘 때문에요?"

"말씀드렸다시피 자세한 사항은 알려드릴 수 없습니다, 노이질 양." 남자는 발리의 이름을 말하기 전에 혀를 떨었다. "내일 다시 오시죠. 그리고 다음번엔 어떻게 해야 좀 더…… 협조적일지 생각해 보시기 바랍니다."

"나는 당신에게 헬러를 지불하지 않을 거예요."

"돈을 주고받을 필요는 없습니다."

"에곤이 이 말을 듣게 될 거예요." 발리가 말했다.

"그렇다고 그가 뭘 할 수 있는 것도 아니죠." 남자는 대답했다.

발리는 떠나면서 그녀를 훑어보는 교도관의 눈길을 느꼈다. 문이 휙 닫히고 발리는 주먹을 불끈 쥔 채 벽에 몸을 기댔다.

≈

다음 날 아침, 발리는 일찍 일어났다. 지독한 편두통을 누그러뜨리려 목덜미를 문질렀다. 고립되고 힘도 없는 에곤이 걱정되어 발리는 잠을 자기는 했던 건지 확신이 서지 않았다. 에곤은 혼자 있는 걸 싫어했다.

발리는 에곤이 석방되도록 오늘 뭐든지 해야만 했다. 하지만 먼저, 발리는 자존심을 삼키고 현지인들에게 다가가 에곤이 무슨 범죄로 고발되었는지 알아내야만 했다. 발리는 가장 말쑥해 보이는 옷을 입고 나갔다. 두꺼운 소재로 만든 단정한 치마에 단추가 두 줄 달린 재킷을 입고 챙이 넓은 모자를 썼다. 에곤이 체포되기 전인 어제 아침, 발리가 빵을 산 빵집으로 향하는 지저분한 길을 걸어갈 때 성 너머로 흰 구름이 모여들었다. 그날 제빵사와 마주했을 때, 따스했다고 할 순 없지만 어쨌든 제빵사는 발리가 주는 돈을 받았고, 윗부분이 너무 딱딱한 둥근 빵은 주지 말라고 부탁했을 때도 그렇게 해주었다.

그렇지만 오늘 제빵사는 발리가 오는 걸 보고는 카운터를 급히 돌아서 그녀가 문을 밀어 열기도 전에 창문에 건 안내판을 '영업 종료'로 돌려놓았다. 발리는 이야기를 하고 싶다는 몸짓을 했지만 그는 바쁘다는 의사를 분명히 했다.

소문이 널리 퍼진 게 확실했다. 길에서 마주친 여인 세 명은 발리를 피하려고 거리를 건너면서 수군대며 그녀를 흘긋흘긋 쳐다봤다. 발리는 가장 가까운 술집으로 들어갔다. 불룩한 팔뚝에 거칠어 보이는 남자 둘이 술을 마시고 있었다. 그들은 발리가 들어오자 머리를 맞댔다. 발리는 바 뒤에 있는 땅딸막한 여인에게 다가갔다. 이전에 에곤과 발리를 접대한 여인이었다. 여인이 술집 뒤쪽으로 부름을 받아 가기 전, 발리는 그녀의 눈 속에 담긴 전보다 깊은 냉기를 눈치챘다. 에곤이 무슨 짓을 한 걸까? 대체 누구를 분노케 만든 거야? 발리는 답을 얻지 못한 채 밖으로 나갔다.

교회의 검은 첨탑이 시야에 들어왔다. 발리는 암울하게 첨탑을 주시했다. 그녀는 종교적인 장소들을 그다지 좋아하지 않았다. 부족한 신앙심이 그녀를 무방비하게 만들었다.

"아, 그 화가의 애인이군요." 발리가 들어서자, 신부가 목소리를 높였다.

발리는 양쪽의 빈 신도석 사이 통로를 과감히 걸어갔다. 얼룩덜룩한 햇빛이 그녀가 가는 길 위로 떨어졌다.

신부는 자기 옆에 앉으라고 발리에게 손짓했다. 의자는 둘이 앉기에는 충분히 넓지 않았다.

"곤경에 빠져 있군요." 그가 말을 이었다.

발리는 나무 향과 먼지를 들이마셨다.

"경찰은 왜 실레 씨를 체포했나요?" 발리가 물었다.

신부가 두꺼운 한쪽 눈썹을 치켜올리자 얼굴에 있는 점과 기미 들이 모두 같이 올라가는 듯 보였다.

"에곤 실레에 관한 골치 아픈 얘기들을 들었습니다. 아마도 자매님이 사실 여부를 내게 알려줄 수 있을 것 같군요."

"재능 때문에 벌을 받아야만 하나요?" 발리는 과감하게 물었다.

"실레는 분란을 일으키는 데 특출난 재능이 있어요. 우리가 듣기로는 그가, 사실은 자매님도 포함해서 두 사람이 이곳에 오기 바로 전에 살던 도시에서 내쫓겼다더군요."

"오해가 생긴 뒤로 우리는 그곳을 떠나기로 결정했어요. 에곤은 아무 잘못도 하지 않았어요. 물건을 훔치지도, 살인을 하지도, 방화를 일으키지도 않았다고요."

신부는 발리를 회의적으로 쳐다봤다.

"그는 포르노그래퍼입니다. 그렇다고 들었어요. 그것도 확실한 소식통으로부터."

신부는 성호를 그었다.

발리 안에서 살인적인 분노가 솟구쳐 올라왔다.

"예술의 이름으로 한 남자가 체포돼 자유를 거부당하고 감옥에서 고통받고 있잖아요? 신이 창조한 인간의 육체를 그린 그림 때문에요? 바로 여기에도 인간의 모습을 굉장히 매력적으로 표현한 그림들이 있네요."

발리는 십자가에 달린 그리스도의 그림을 가리켰다. 팽팽하고 거의 나체에 가까운 그리스도의 몸. 그리고 허벅지에 감겨 있는 천의 주름은 에곤이 발리의 페티코트를 그린 방식과 크게 다르지 않았다.

"말씀해 보세요. 뭐가 다른가요? 그리스도의 젖꼭지도 보이잖아요?"

발리가 폭발하자, 신부는 눈을 깜빡이며 쳐다봤다.

"당신 두 사람은 엄청난 싸움을 하기로 선택한 겁니다. 종교에 반하는 것이죠. 사회에도 반하는 것이고요. 당신들은 올곧은 사람들의 신용을 잃었어요. 질서와 순응을 저버리는 게 신경 쓰이지도 않나요?" 신부는 발리에게서 눈을 떼지 않았다.

"나는 단순한 인간입니다." 신부는 계속해서 말했다. "자매님이 예술이라고 부르길 고집하는 그것에 대해 나는 관심이 없어요. 하지만 실레 씨는 이 문제에 관해서만 도를 넘은 게 아닙니다. 그는 그보다 더 큰 문제로 체포된 거예요." 신부는 잠시 말을 멈췄다. "어린아이들에게 에로틱한 그림들을 보여줌으로써 그들을 도덕적으로 타락시키는 것에 대해 자매님은 뭐라고 하실 건가요? 미성년자를 유혹하는 것에 대해서는요? 납치는요? 자매님의 관점에서 볼 때, 화가는 법의 테두리 밖에 있어야만 하는 건가요?"

예배당 안의 모든 그림자가 한번에 발리에게 내려앉았다.

"타티아나 얘기는 아니겠죠?"

신부는 만족스러운 미소가 나는 걸 참았다.

"자매님이 어린 모식 양을 언급하다니 이런 우연의 일치가. 장교인 그 애 아버지가 공식적으로 고발을 했답니다."

"하지만 아이가 우리 집에 오는 걸 환영한 건 저예요! 아이가 빈에 갈 때 동행한 사람도 저라고요. 아이가 납치됐었다고 주장하는 건 터무니없는 소리예요. 게다가 유혹이라니? 에곤은 아이에게 손가락 하나 대지 않았다고요."

"타티아나가 진술한 바에 따르면 그렇지 않던데요."

"당장 그 애와 대화를 해봐야겠어요."

"그러기엔 이미 너무 늦었습니다."

발리가 치는 바람에 바닥에 떨어진 기도서를 그녀는 발로 냅다 걷어차 버렸다. 발리가 급히 의자에서 일어나면서 기도서의 종이들이 발에 직직 끌렸다.

어떻게 여기까지 왔나?

타티아나는 본인의 장난이 한 남자의 자유를 앗아갔다는 걸 알기는 하는 걸까?

13

1912년 4월

노이렝바흐에서 에곤은 발리의 경고를 잘 새겨들었고 소도시의 어린 숭배자들이 접근하지 못하도록 훨씬 더 주의를 기울였다. 소도시 끝자락에 있는 그들의 소박하고 작은 시골집은 호기심 어린 시선들로부터 일종의 피난처가 되어주었지만, 여전히 부모에게 반항하고 금지된 예술을 엿보고 싶어 안달 난 아이들이 작업실 정원에 모여들었다. 대개 에곤은 아이들을 무시하거나 지나치게 가까이 오면 정원에서 쫓아버렸다. 발리조차도 에곤에게 그 지역 민담에 나오는 끔찍한 괴물 중 하나인 타첼부름 노릇 좀 덜 하라고, 그렇지 않으면 에곤 때문에 아이들이 악몽을 꾸게 될 거라고 일러줘야 할 정도였다. 더욱 엄격해진 에곤의 태도는 오히려 달콤한 레모네이드나 그녀가 구워내길 좋아하는 헤이즐넛 비스킷을 아이들에게 제공해 주는 사람이 발리가 될 수도 있다는 걸 의미했다.

그중에서 가장 조용한 한 소녀가 발리의 관심을 끌었다. 소녀의 밤색 머리는 거의 허리까지 내려왔고 앞머리는 뭉툭했으며, 이목구비가 섬세했다. 과감하게 찾아오는 어느 정도 나이가 있는 소녀 중 한 명으로, 열네 살임에도 불구하고 다른 아이들보다 키가 작았다. 다른 아이들이 종종 소녀를 놀리는 걸 알아차린 발리는 소녀를 안심시키면서 신경 쓰지 말라고 위로했다. 타티아나는 부모님이 엄격하고 형제도, 친구도 없다고 발리에게 말했다. 듣자 하니 퇴직한 해군 장교인 타티아나의 아빠는 권위적이고 딸에게 시간을 전혀 할애하지 않는 사람이었다. 타티아나는 외롭고 지루해 보였다.

에곤은 발리가 섭섭할 정도로 조심하라고 다그쳤다. 하지만 이 소녀는 발리의 동생 베르타를 무척이나 떠올리게 해서 타티아나와 시간을 보내고 싶은 마음을 억누를 수 없었다. 발리는 타티아나의 매끄러운 머리를 땋아주고 빈에 대한 이야기들을 들려주며 스카치캔디를 주곤했다. 시골집의 낡은 피아노 앞 의자에 함께 앉았을 때, 발리는 이 어린 소녀에게 언젠가 빈에 데리고 가겠다고 약속까지 했다.

"빈은 우리 할머니가 사는 곳이에요." 발리는 따라 하지 못하는 간단한 음계를 치면서 타티아나가 말했다. "아빠는 매년 할머니 댁에 같이 가겠다고 약속했지만 그런 적은 한 번도 없었어요. 나는 할머니한테 이걸 어떻게 칠 수 있는지 보여드리고 싶어요."

어린 소녀는 우아한 곡조를 치기 시작했다.

에곤이 집에 돌아왔을 때, 타티아나의 얼굴에 띠던 그 모든 기쁨이 얼어붙었다. 소녀는 에곤이 없을 때만 집으로 들어왔고, 종종 보이지 않게 밖에서 기다리다가 에곤이 나가면 노크도 하지 않고 문을 열어젖히고선 두 팔로 발리를 와락 끌어안았다.

"책을 읽어주실래요?" 어느 날 오후, 타티아나가 학교에서 가져온 책을 기대에 부풀어서 펼치며 발리에게 물었다.

"오늘은 안 돼." 발리가 대답했다. "할 일이 무척 많아. 네가 어질러놓은 이 모든 난장판 좀 봐."

"그럼 내가 읽어줘도 돼요?"

"에곤이 언제 들어올지 모르는데."

"그분은 저녁 내내 밖에 있을 거라고 하셨잖아요. 제발요. 책 끝부분을 읽어줄게요."

"딱 한 쪽만이야. 그러고 나서 내 잡일들을 도와줘야 해."

타티아나는 적절한 부분들은 강조하고 인물마다 다른 목소리를 내며 큰 소리로 책을 읽었다. 한 시간이 흐르고, 타티아나는 마지막 페이지를 넘겼다.

"다 읽었어요. 끝이에요."

발리는 벌떡 일어났다.

"시간이 언제 이렇게 지난 거야? 타티아나, 정말로!"

"하지만 재밌으셨잖아요." 소녀의 눈에 곤혹스러운 눈물이 가득 고였다.

"재밌었지만 집으로 돌아갈 시간이잖니. 부모님이 네가 어디 있는지 전혀 궁금해하지 않으시니?"

"저 혼자 책을 읽으며 방에 있을 뿐인걸요."

"부모님이 분명 걱정하실 거야. 이 주소를 알려드리렴. 내가 부모님을 만나봐야겠어. 네가 얼마나 내게 도움이 되는지 알려드릴 수 있단다."

"좋아요. 그렇게 할게요."

타티아나는 발리의 팔꿈치에 재빠르게 새처럼 입을 맞췄다.

하루가 지난 뒤, 타티아나는 새로운 책을 들고 돌아왔다. 타티아나는 발리에게 책 표지를 보여주며 읽어달라고 또다시 요청했다. 결국 발리가 읽지도 쓰지도 못한다고 시인하자, 타티아나는 발리를 가르치기 시작했다. 글자들을 손으로 짚어가며 다른 글자가 서로 합쳐졌을 때 어떻게 특정한 소리를 만드는지 설명해 주었다. 며칠 동안 소녀는 발리가 알파벳을 깨우치도록 도와줬고, 그 뒤로는 글자를 써보게 했다. 처음 시도했을 때는 불안했지만 연습을 할수록 더 자신감이 생겨났고, 이내한 줄을 읽고 다음 줄을 읽을 만큼 몇 단어들을 알아볼 수 있었다. 몇주가 지나자, 발리는 한 번에 페이지 전체를 읽기 시작했고, 심지어 에곤이 좋아하는 시인 랭보의 어리석은 처녀들과 그들의 지독한 신랑에 관한 이야기가 담긴 시도 대담하게 읽을 수 있었다.

≈

그 일이 있던 건 일주일 뒤, 밤 12시가 넘어서였다. 저녁 식사 때, 에곤이 친구 어윈 오센에게 한창 이야기를 하고 있는데 다급하게 문을 두드리는 소리가 들렸다. 이야기는 중단되고, 발리는 이전에도 똑같은일화를 여러 번 들었기에 적절한 부분에서 웃다가 자리를 떴다.

발리는 이른 아침 기차를 놓친 안톤 페슈카인 줄 알고 광풍이 휘몰아치는 어두운 밤을 향해 문을 열었다. 하지만 안톤은 없고 대신 비에흠뻑 젖어 블라우스가 어깨에 들러붙은 타티아나가 보였다.

"타티, 무슨 일이야? 너무 늦었잖아. 여기 머무르는 친구도 있어." 발리는 어깨 너머를 쳐다보며 덧붙여 말했다.

에곤은 아직도 이야기에 심취해 있었다. 타티아나는 자신의 손목을발리에게 불쑥 내밀었다. 손목부터 팔 끝까지 상처 자국이 쭉 이어졌다.

"우리 아빠가요." 타티아나는 딸꾹질을 했다. "저를 죽이려 했어요."

발리는 소녀를 끌어안았고, 소녀는 발리의 가슴에 기댄 채 몸을 바르르 떨며 서 있었다.

"들어와. 이 젖은 옷들을 벗어야겠어. 불 옆에 있으면 몇 초 만에 몸이 바싹 마를 거야."

발리는 소녀의 어깨를 붙잡았고 둘 사이에 시선이 오갔다.

"괜찮아. 내가 설명할게. 에곤 걱정은 하지 마."

발리는 타티아나를 데리고 복도를 지나 침실로 들어가 문을 닫고 소녀의 젖은 블라우스를 머리 위로 잡아끌었다. 에곤의 작품은 벽에 핀으로 꽂혀 있었다. 빳빳한 일본 종이들에는 팔다리가 삐죽삐죽한 뒤틀린 초상화들과 장밋빛 유두, 음모, 툭 튀어나온 갈비뼈들을 나타낸 짙은 색 수채화들이 담겨 있었다.

발리는 타티아나가 그림들을 보지 못하도록 막아보려 애썼다.

"너한테 맞는 옷이 분명 있을 거야."

낮게 이글거리는 램프가 드리운 그늘 속에 타티아나가 어색하게 두 팔로 가슴을 가리고 서 있었다. 발리는 여행 가방을 뒤적였다.

"자, 여기 있어. 독감에 걸리기 전에 어서 빨리 입어. 다른 옷이 있는지 금방 찾아볼게."

발리는 타티아나의 몸을 쳐다보지 않은 채 옷을 건넸고, 타티아나는 옷에 머리를 집어넣었다. 가녀린 소녀의 몸에 옷이 걸쳐졌다.

"젖은 치마와 양말도 줘." 발리는 머리를 말리라고 수건을 건네주며 말했다. "스토브 옆에 두고 말릴게."

타티아나는 나머지 옷들을 벗어 발리에게 건네주었다.

"여기서 기다려." 발리는 방을 나가며 명령했다.

이 젖은 옷들을 해결하자마자 바로 에곤에게 상황을 설명할 생각이었다. 가장 원하지 않는 상황은 크루마우에서 그녀가 에곤에게 했던 경고들이 그녀에게 되돌아오는 것이었다. 스토브 옆 의자에 옷들을 늘어놓는 와중에 발리는 타티아나의 치마 레이어 안에 속바지가 접혀 있는 걸 보고 흠칫 놀랐다. 얼른 그걸 빼낸 다음 방을 나갔다.

발리가 거실 문을 열자, 타티아나가 거실 한가운데 서 있고 촛불 불빛에 그림자가 드리워져 있었다. 헝클어진 밤색 머리에 허벅지를 스치는 물결 모양이 있는 흰색 셔츠를 입은 타티아나는 천사 같았다. 타티아나는 마른 양말을 종아리까지 올린 채였다.

에곤이 스케치북에 타티아나를 대충 그리는 동안, 어윈은 소녀에게 발끝으로 회전해 보라고 시키고 있었다.

"보아하니 우리의 어린 친구가 돌아왔나 보군." 에곤은 연필을 내려놓으며 말했다. "당신을 찾으러 침실에 갔을 때 이 아이가 있어서 내가 얼마나 놀랐는지 상상해 봐."

어윈은 웃음을 터뜨리다가 와인 잔을 넘어뜨렸다. 와인은 테이블 다리를 타고 떨어져 바닥에 고였다.

"난리 났네." 어윈은 여전히 미소를 지으며 벌떡 일어나 걸레를 가지러 갔다.

"타티아나는 어디에도 갈 곳이 없었어." 발리가 답했다. "초대하지도 않았는데 그냥 나타난 거야."

타티아나는 서운하다는 눈초리로 발리를 쳐다봤다.

"쫄딱 젖은 상태였고. 나는 아이에게 집으로 보내기 전에 여기서 옷을 말려도 된다고 말했어. 폭풍우가 지나가고 나면 보내준다고."

타티아나는 울음을 터뜨렸다.

"그렇게 할 수 없어요! 나는 절대 집에 안 갈 거라고요."

에곤은 성가시다는 듯이 눈썹을 치켜세우고 뚫어지게 발리를 쳐다봤다.

"흠, 네가 여기 머무는 건 불가능할 것 같네." 에곤이 소녀에게 말했다.

"발리 언니는 내가 아무 때나 와도 된다고 했어요."

"타티아나! 난 그렇게 말하지 않았어. 에곤, 나는 절대-"

"너는 여기 머물 수 없어. 지금은 집이 꽉 찼어." 에곤이 이어 말했다.

어윈은 발리의 접시 닦는 깨끗한 헝겊을 바닥에 고인 와인 웅덩이에 떨어뜨렸다.

"안톤이 오늘 밤에 도착할 것 같지 않아. 우리는 여기서 자면 돼, 에곤. 발리와 이 작은 숙녀는 침대에서 자면 되고. 저런 상태로 밤에 아이를 내보낼 순 없어, 제발. 너는 이 소도시에서 화제의 주인공이 될 거야. 내가 듣기론 넌 이미 괴물이던데." 어윈은 에곤의 어깨를 장난스럽게 쳤다.

"제발요." 타티아나가 애원했다.

발리는 아이의 눈에서 갈급함을 봤다.

"이 아이는 일어나면 바로 집으로 갈 거야. 그렇지, 타티?"

"일어나시기도 전에 떠날 거예요." 어린 소녀는 약속했다.

≋

다음 날 발리가 부엌에 들어섰을 때, 타티아나는 아침 식사를 위해 접시 네 개를 준비하고 테이블 앞에 있었다. 발리는 침대 옆이 휑하니 비어 있는 걸 보고 아이가 약속을 지켜 동이 트자마자 집으로 떠났기를 바랐다. 하지만 타티아나는 불쾌할 정도로 명랑하게 이 자리에 있었고, 빵을 자르고 과일 조림이 담긴 병들을 차려놓았다. 심지어 정원에서 데이지와 형형색색의 잡초를 꺾어 와 물이 담긴 병에 꽂아놓았다.

"나는 네가 떠난 줄 알았는데?" 발리는 자리에 앉으며 물었다.

"맞아요!" 타티아나가 대답했다. "나는 할머니와 살러 빈으로 갈 거예요."

"너 혼자서는 그렇게 멀리 갈 수 없어!"

"나는 오늘 빈으로 돌아가." 어윈이 부엌에 들어오면서 말했다. "그리고 에곤도 나와 같이 갈 거야. 그렇지?" 젊은 남자는 두 남자가 간이침대와 바닥에서 잔 방에다 대고 외쳐 물었다.

에곤은 셔츠에 단추도 채우지 않고 들어왔다. 치아는 전날 밤 마셔댄 탓에 붉게 얼룩이 져 있었다.

"내가?" 에곤이 이렇게 묻고는, 타티아나를 보자 발리에게 엄격한 눈빛을 보냈다.

발리는 스토브에 커피를 올리며 분주히 움직였다.

"뢰슬러를 방문하고 싶다고 했잖아. 그 의뢰와 관련해서. 너는 뢰슬러가 네 작품을 팔지 않는다고 불평했잖아." 어윈은 마음껏 가장 큰 빵을 먹었다. "게다가 우리는 안톤을 찾아가서 뭐가, 혹은 누가 그를 지난 밤에 여기 나타나지 못하게 만들었는지 물어봐야지."

"빈까지 가는 기차에 어윈과 에곤 아저씨가 나와 동행하면 되겠네요." 타티아나가 발리에게 말했다.

"우리와 함께 가면 안전할 거야." 어윈은 능글맞게 웃었다.

"타티는 집으로 돌아가야 해. 얘는 열네 살이야. 부모님이 걱정하실 거라고." 발리가 말했다.

"나는 절대 집에 안 갈 거예요. 집은 위험해요. 아빠가 나를 다치게 할 거라고요." 타티아나는 다시 한번 두 팔뚝을 보여주며 말했다. "빈으로 갈 거라고 말씀드렸어요. 아빠는 나한테 빈으로 가서 다시는 집으로 돌아오지 말라고 하셨단 말이에요."

"오, 타티아나." 발리가 말했다. "사람들은 화가 나면 종종 상처 주는 말을 한단다. 아빠는 사과하실 거야."

"네 아빠가 낸 상처니?" 어윈은 아이의 상처들을 자세히 살피며 불쑥 끼어들어 물었다.

"언니가 허락하든 안 하든 나는 빈으로 갈 거예요." 타티아나가 말했다.

발리는 한숨을 쉬었다. 부드러워진 에곤의 눈빛은 이 문제로 그녀와 다투지 않겠다고 말하고 있었다.

"좋아. 하지만 나도 모두와 함께 갈 거야." 발리가 말했다. "누군가는 타티아나가 할머니 집에 잘 도착했는지 확인해야 하니까."

"당신이 책임지고 알아서 해."

에곤은 희미하게 미소를 지어 보이고선 커피를 마셨다.

≈

발리와 타티아나는 빈 서부 기차역에서 도시 서쪽에 있는 타티아나의 할머니 집으로 향했다. 에곤과 어원은 더 중요한 용건이 있었다. 타티아나는 주소를 정확하게 떠올렸다. 거리의 이름과 번지에 확신이 있었다. 그들은 부유한 지역에 자리한 깔끔하게 칠해진 문 앞에 도착했다.

"이 집이 분명해요." 타티아나가 힘차게 문을 두드렸다. "할머니가 나를 보고 놀라시는 걸 상상해 봐요."

아이는 다시 문을 두드렸다.

"정말 이 집이 맞니?" 발리가 물었다.

"물론이죠!"

잠시 뒤, 문이 살짝 열렸다.

"쉬이! 여기 누구 올 사람 없어."

주름진 손이 그들에게 가라고 손짓하고선 문을 다시 닫았다. 발리는 문을 두드렸고, 남자가 다시 문을 열었다.

"실례합니다. 저희는 폰 모식 씨를 찾으러 왔어요. 제 친구의 할머니

이시죠. 안에 계신가요?"

"그런 이름 들어본 적도 없다네." 늙은 남자가 숨을 쌕쌕거리며 말했다.

타티아나의 얼굴이 붉어졌다.

"할머니는 여기에 사신다고요. 분명해요."

"그랬으면 내가 알았겠지. 자, 둘 다 꺼지도록 해."

그들은 비슷한 주소를 세 번 찾아갔지만, 발리는 시간이 지날수록 점점 더 절망적이 되었다. "네 할머니를 못 찾으면 어떡해야 할지 모르 겠구나." 발리가 말했다. "노이렝바흐로 가는 마지막 기차를 놓쳤어. 이 곳에서 밤을 보내야 해."

더 이상 그들이 할 수 있는 게 없어 역 근처 저렴한 장소를 찾았고, 동이 틀 때 떠났다. 노이렝바흐로 가는 기차에서 타티아나는 부루퉁해 서는 "집으로 가기 싫어요"라는 말만 반복했다.

"집에 가야 해." 발리가 강력히 말했다. "너는 이미 충분히 많은 문제 를 일으켰어."

집으로 향하는 길에 구석에서 타티아나는 거의 부서질 듯이 발리를 꼭 안았다.

"우리 둘만 있었으면 좋겠어요. 언제나요." 아이는 간절히 말했다.

발리는 무슨 일이 벌어질지 전혀 상상도 못 한 채 어린 소녀의 눈을 들여다봤다.

"조만간 만나자." 발리는 약속했다. "자, 어서 가! 아빠와 화해하도록 노력해 보렴."

14

1912년 4월

 에곤이 구금된 지하 감방은 환기가 안 되어 답답하고 폐소공포증을
느끼게 했고, 높고 구부러진 천장에 창문이라고는 철창으로 막은 틈 하
나가 전부였다. 그 반대쪽은 낭떠러지 같다는 걸 발리도 잘 알고 있었
다. 발리는 철창 틈새로 에곤을 안심시키는 말을 해주거나 마음을 담은
작은 물건을 아무거나 던지는 식으로 에곤에게 접근해 볼까 생각했다.
 이제 발리는 흠이 난 나무문 앞에 서서 쇠창살을 통해 에곤을 봤다.
그의 손을 만지려 손을 뻗었다.
 "발리! 와줬구나. 고마워. 다른 사람들은 모두 나를 버렸어." 에곤이
말했다. "사람과 접촉하는 게 거의 일주일만이야" 하고 덧붙이며 발리
의 손가락 끝에 입술을 눌렀다.
 에곤은 마치 발리가 신선한 꽃인 듯 그녀의 향기를 들이마셨다.
 "그 무엇도 이보다 달콤한 적이 없는 것 같아. 그런데 저 폭군 같은
교도관을 어떻게 설득했길래 들어올 수 있었던 거야?" 에곤은 쇠창살

에 얼굴을 누르며 물었다.

"그건 신경 쓸 것 없어." 발리는 에곤의 뺨을 문지르며 슬프게 말했다. "면도도 못 했구나." 잠시 뒤 발리가 말했다.

"저들은 면도날은 고사하고 붓조차 못 지니게 해." 에곤이 대답했다.

"아, 나뭇가지에 붙은 그 빳빳한 털이 아주 치명적인 무기가 되나 보네." 발리는 미소를 지으려 애쓰며 말했다.

"저들은 그 무엇도 허락하지 않았어. 근육이 욱신거려. 손을 허공에 뻗어 그림을 그리고 물감을 칠하는 동작을 해. 나는 사정했지만, 저들은 연필 한 자루 허락하지 않아. 나는 억지로 벽에다 대고 침으로 선들을 그리곤 해. 내가 다음 획을 그으려 하기도 전에 말라버리지만, 그 이미지는 여기에 남지." 에곤은 자신의 관자놀이를 만졌다.

"정말 잔혹해." 발리가 에곤에게 말했다. "당신을 이런 식으로 가두다니."

"나는 힘이 없어." 에곤이 답했다. "저들은 자물쇠도 부술 수 없는 이 무거운 문을 여는 열쇠를 가지고 있어. 나는 저들의 시스템 안에 있는 거야. 나는 이 지하 감옥에 몇 주, 몇 달, 심지어 몇 년 갇히게 될 수도 있어."

발리는 에곤의 눈에서 두려움과 분노를 봤다.

"어제 교도관이 내게 바닥 청소를 시켰어. 손가락 피부가 벗겨질 때까지 박박 닦았어. 청소한 게 자랑스러울 뻔했는데 교도관은 칭찬 한마디 없더라. 내 노력에 침을 뱉었어! 사람들은 어떻게 타인에게 굴욕을 주면서 기쁨을 느낄 수가 있지?"

"상식이 없는 거지." 발리도 같이 기분 나빠했다.

"게다가 어떻게 악의적이고 신중하지도 않은, 고발에 지나지 않은 말들 때문에 한 남자의 자유를 박탈할 수가 있는 거지? 나는 내가 뭘 했는지조차 모르겠어."

발리는 에곤 너머 쇠창살을 통해 독방을 들여다봤다. 거칠게 칠해진 벽에 비좁은 간이침대가 잿빛 담요에 덮인 채 놓여 있었다. 세면대와 나무 의자도 있었다. 걸레로 덮인 양동이가 구석에 처박혀 있었다.

발리는 목소리가 떨리지 않게 애쓰며 말했다. "에곤, 당신은 재판을 받게 될 거야."

"그건 쇼나 다름없지. 나는 이미 유죄로 결정됐어."

"저들 말이, 당신이 타티아나를 유혹하고 납치했대." 발리가 설명했다. "당신이 여기 있는 이유는, 당신이 타티아나에게 영향을 끼치거나 그 애 아버지가 소송을 취하하도록 영향을 끼치지 못하게 하기 위해서 야." 발리는 소매로 눈을 훔쳤다. "모두 내 잘못이야. 우리는 절대 타티아나와 빈에 같이 가지 말았어야 했어."

에곤은 마침내 이해하고 눈을 감았다.

"오, 발리." 에곤은 깊게 한숨을 내쉬었다. "우리는 타티아나를 나무랄 수 없어. 우리 자신도. 지금 당장 이 일이 아니더라도 언젠가 다른 일이 일어났을 거야. 저들은 항상 나를 못 잡아먹어 안달이었지. 레오폴드 고모부 역시 내게 굴욕을 주는 일에 관여하지 않았는지 의심스러워. 고모부는 이 소도시의 법원 사람들을 알고 계시거든. 고모부가 원하셨다면 이 일을 막았을지도 모르는데 귀가 먹먹할 만큼 침묵하고 계셔. 나는 누구에게도, 뢰슬러, 어윈, 심지어 게르티에게서조차 연락을 받지 못했어. 내 편에 선 사람은 당신이 유일해."

"이 소식이 그 사람들에게 안 닿은 게 아닐까?"

"나쁜 소식은 빛보다 더 빠르게 전해지는 법이야. 시간이 지날 때마다 나는 우리 아버지처럼 정신을 잃을까 봐 두려워."

교도관이 복도 반대편 끝에 있는 문을 쾅 하고 열었다. 발리는 움찔했다.

"시간 다 됐습니다." 교도관이 느릿느릿 말했다.

"당신은 견뎌낼 거야." 발리는 에곤에게 장담했다.

에곤은 침을 꿀꺽 삼켰다.

"잠깐만, 당신한테 주려고 만든 게 있어." 에곤은 그것을 발리에게 건네주었다. 질감과 크기가 살굿빛 돌 같았다.

"별거 아니야." 발리가 손바닥에 놓인 조그맣게 얼굴이 새겨진 것을 자세히 보는 동안 에곤이 말했다. "빵을 좀 눌러서 동그랗게 만든 다음 손톱으로 조각한 거야."

"어서요." 교도관이 헛기침을 하며 목을 가다듬고선 복도를 가로질러 외쳤다.

발리는 양손을 다시 호주머니에 넣었다.

"아!" 하고 그녀가 말했다. "나도 당신한테 특별히 줄 게 있어."

발리는 껍질이 빛나는 오렌지를 하나 꺼냈다.

"부족하지만 당신이 좋아할 것 같았어."

오렌지의 강렬하고 무르익은 향이 그들 사이에 머물렀다.

"내가 본 것 중 가장 온전한 거네. 부탁이니 교도관을 다시 한번 꾈 수 있으면 내 수채화물감 좀 가져와 줘. 이 감방 간이침대에 칠하고 싶어서 그래."

"여기 사방이 칙칙한 잿빛 공간에 색채가 뿌려지겠네." 발리가 응수했다.

"그게 내 유일한 빛이 될 거야."

발리는 떠나려고 돌아섰다. 에곤과 또다시 떨어져야 한다는 생각에 마음이 아팠다.

"사랑해." 그가 이렇게 속삭이는 걸 들은 것 같았다.

1912년 5월

발리는 장크트푈텐에 위치한 짙은 색 판으로 장식된 법정의 두 번째 줄에 앉아서 공판을 기다리고 있었다. 에곤은 노이렝바흐 감옥에서 삼 주간 구금되어 있었다. 에곤의 운명은, 그리고 그녀의 운명도 오늘 결정될 것이다. 발리는 엄지손톱 주변 피부를 긁어냈다.

발리는 지난 몇 주간 에곤에 비해 살짝 많을 만큼 남들과 대화하는 일이 적었고, 낮에 보드카를 마시고 이 방 저 방을 돌아다니며 어디로, 왜 가려 했는지도 잊어버리곤 그들의 시골집에서 은둔자처럼 지냈다. 그녀의 대화 상대는 오직 다시 벽에 핀으로 꽂아둔 에곤의 그림들 속 젊은 여인들뿐이었다. 그림 속 여인들이 발리를 응시했다. 그들은 침묵하면서도 눈은 도전적이었고 어깨를 쭉 펴고 엉덩이를 내밀었다. 발리가 에곤을 만나 그의 작품에 익숙해지기 전에는 여자들이 이런 식으로 표현된 걸 전혀 본 적이 없었다. 마치 그들은 종이에서 걸어 나와 관람자의 목덜미를 붙잡고 키스를 하거나 발로 걷어찰 준비가 된 것 같은 뻔뻔한 자신감을 드러내고 있었다. 구스타프조차도 이처럼 대담하진 않았다.

발리의 생각들이 자신을 그린 그림 주변을 맴돌았다. 그 안에 갇힌 여인이 부러웠다.

판사가 들어오자 소란스러운 움직임이 일었다. 빈에서 온 기자들은 연필을 쥔 채 안간힘을 쓰며 앞으로 나아갔다. 발리도 아는 노이렝바흐 현지인들과 크루마우처럼 먼 지역의 사람들이 실레가 응분의 대가를 받는 걸 보기 위해 찾아왔다. 에곤의 여자 형제들과 어머니는 맨 앞줄에 앉아 있었다. 검정 옷을 입은 그들의 얼굴은 일그러진 채 심각했다. 좀 더 일찍 안으로 들어서려고 기다릴 때 그들 중 발리에게 인사를 하거나 함께 있자고 권유하는 사람은 아무도 없었다. 안톤 페슈카는 법정이 고요해졌을 때 막 도착해 게르트루드 옆에 앉았다.

판사는 앉으면서 무거운 검정 법복을 가다듬었다. 이 나이 든 남자는 발리가 예상했던 것보다 키가 더 작았고, 다부진 이목구비에 지나치게 큰 귀 주위에는 잿빛 머리가 덥수룩했다. 그가 다른 직업을 가졌더라면 우스꽝스러웠을 것이다.

사람들은 자리에서 안절부절못했다. 낡은 자물쇠에 열쇠가 삐걱거리는 소리가 들리자 법정에 있던 사람들은 일제히 숨을 들이마셨다. 문이 열리자, 얼마간 사람들은 모두 문밖으로 보이는 공간을 응시했다. 그때 질질 끄는 발소리와 함께 반짝이는 단추들이 달린 제복을 입은 경찰관이 들어왔고 그 옆에는 수갑이 채워진 죄수가 있었다. 에곤은 수척하고 다리는 무거운 버팀대 안에 있었다. 이런 수치스럽고 과도한 구속에도 불구하고, 에곤은 머리를 높이 들고 들어왔고 두 눈은 멀리 불특정한 곳을 바라봤으며, 어깨는 똑바로 펴고 있었다. 그는 법정을 둘러보면서 마치 수평선을 보며 감탄하듯 숨을 한번 깊고 고르게 쉬더니 피고석 자리에 앉았다.

판사는 서류들을 정리했다. 이 화가가 있는 쪽은 쳐다보지도 않았다.

"이름은?" 판사가 물었다.

"제 이름은 에곤 실레입니다."

에곤은 일어서서 수갑이 채워진 양손을 마치 넥타이를 바로 하듯 위로 들어 올렸다. 발리는 그의 목소리가 아주 미세하게 떨리는 걸 알 수 있었다.

"직업은 뭐죠?" '직업'이라는 단어가 판사의 입에서 가볍게 흘러나왔다.

"화가입니다." 에곤은 숨을 깊이 들이마신 뒤 기회를 잡고 말을 이어 갔다. "저는 이십일 일간 구금됐습니다, 판사님. 오백사 시간 동안이죠. 판사님께서는 그 긴 시간 동안 자유를 양보하시겠습니까? 제 행위를 조사한 결과 뭐가 드러났습니까? 말씀해 보세요. 어떤 잘못을 발견하셨습니까?"

판사가 눈을 들었다.

"에곤 실레, 당신은 아주 심각한 고발을 당해 오늘 1912년 5월 4일 법정에 있는 겁니다."

에곤은 피고석 난간에 흔들리는 몸을 고정했다. 의자에 앉은 사람들은 고발장에 대해 더 집중해서 들으려고 몸을 앞으로 기댔다.

"당신은 외설죄로 고발됐습니다. 즉, 당신이 스튜디오에 에로틱한 그림들을 부주의 혹은 고의로 아이들이 볼 수 있게 전시했고, 이는 아이들을 타락하게 만드는 영향을 줄 수 있기 때문입니다."

발리는 에곤이 체포되던 날 경찰관들이 발견한 침대 벽에 꽂혀 있던 노골적인 그림들을 떠올렸다. 타티아나는 집으로 찾아왔던 밤에 그 그림들을 봤다.

"더 나아가서" 하고 판사는 이어 말했다. "당신은 미성년자를 유혹하고 납치했다고 고발당했습니다."

법정에서 열띠게 수군거리는 소리가 터져 나왔다. 에곤은 두 눈을 감았다. 나무 난간을 붙잡은 그의 손이 허옇게 질렸다. 발리는 발밑에서 땅이 움직이는 것처럼 느껴졌다. 터무니없는 고발이었다. 옆에 앉은 여인은 만족스럽다는 듯 쯧쯧거렸다.

"문제의 아이는 모식 가문의 타티아나 조르제트 아나이며, 나이는 열네 살이고, 노이렝바흐 출신의 장교 모식 씨의 딸입니다. 당신은 같은 도시 48번지 자택에서 아이의 부모에게 알리거나 동의도 받지 않은 채 불법적으로 하룻밤 아이를 감금했습니다. 그런 다음 아이를 유괴해 빈으로 데려가 알려지지 않은 장소에서 함께 하룻밤을 보냈습니다. 모식 장교는 딸의 안전이 걱정돼 아이가 사라진 사실을 즉시 보고했고, 몇 달간 당신의 자택에서 당신과 아이 사이에 지속됐던 의심스러운 교류를 바탕으로 당신을 범죄자라고 밝혔습니다. 이 아이는 구조됐을 때 양쪽 팔뚝에 심각한 상처들이 있었는데, 이는 아이가 당신의 접근에 저항하다 생긴 것임을 증명합니다, 에곤 실레." 판사는 잠시 멈춰 손가락을 우두둑거렸다. "이런 심각한 혐의는 최대 오 년형에 처해집니다."

발리는 에곤이 믿을 수 없다는 듯 머리를 앞으로 숙이자 정수리가 빙그르 도는 걸 봤다.

"항변하시겠습니까?" 판사가 다그쳤다.

법정은 정적에 휩싸였다. 에곤은 연기자처럼 계속 시선을 한 몸에 받으며 그들을 기다리게 만들었다. 그러다 눈을 들어 오만하게 그들을 쳐다봤다.

"저는 잘못이 없습니다, 판사님."

판사는 손바닥으로 의자를 쾅 내리쳤다. "화가가 죄가 없다고 항변하는군요."

발리 옆에 앉은 여인은 또다시 쯧쯧거리면서 그저 기분이 좋아서 어깨를 들썩였다.

"저는 모식 양과 어떤 교류도 하지 않았습니다. 제 동료 노이질 양이 증명해 줄 겁니다."

발리는 배 속이 뒤틀렸다.

"그 아이는 발리의 시선에서 벗어난 적이 없습니다. 납치로 말할 것 같으면, 아이를 보호하려던 겁니다. 아이가 도와달라고 사정했으니까요. 그렇게 하지 않았다면 고통에 처한 아이를 외면하는 괴물이 됐을지도 모르죠. 아이 아빠에게서 비롯된 고통 말입니다."

헉하는 소리가 법정을 휩쓸고 지나갔다.

"모식 장교는 우리 지역 사회에서 인정받는 올곧은 사람입니다."

"모식 양은 이 모든 일의 희생자입니다." 에곤은 이어 말했다. "하지만 저는 판사님께서 말씀하시는 그 학대가 아이의 집 아주 가까운 곳에서 일어났음을 알아내실 거라 믿습니다. 물론 장교는 명성을 지키고 싶어 하겠죠. 아이는 자세히 조사받았을 테고 추행당한 흔적이 전혀 없이 멀쩡하다는 게 밝혀졌으리라 믿습니다. 그건 제가 아이를 유혹했다는 가능성도 없어지는 거죠."

"모식 장교가 거짓말쟁이라는 겁니까?"

에곤은 대답하지 않았다. 판사는 파일을 참고하며 말을 이어갔다.

"기록에 따르면 유죄를 입증하는 인체 그림 125점을 자택에서 압수했다고 하는군요. 이런 그림은 품위 있는 사회에 적합하지 않습니다."

에곤은 한숨을 내쉬었다.

"제가 에로틱한 소묘와 수채화를 그린 건 부인하지 않겠습니다. 하지만 그건 어디까지나 미술 작품이에요. 그렇다는 걸 입증할 수 있고, 예술에 대해 어느 정도 이해하는 사람들은 기꺼이 수긍할 겁니다. 다른 화가들도 에로틱한 그림들을 그리지 않나요?"

늙은 판사는 눈을 가늘게 떴다.

"불행히도 그 문제의 작품들을 나도 봤습니다. 수치스럽고 타락한 정신으로부터 만들어졌더군요."

"예술적으로 특별한 의미가 있다면 그 어떤 에로틱한 작품도 외설이 아닙니다. 구경꾼들 눈을 통해 외설로 변해버리는 것뿐이죠." 에곤이 목소리가 들리도록 크게 말했다.

판사의 눈이 툭 튀어나왔다.

"그렇다면 우리가 잘못이라는 거군요."

판사는 뭉툭한 손가락을 자신에게 향했다가 방청석을 가리켰다. 그는 가죽 가방에서 무언가를 꺼내느라 책상 밑에서 꼼지락거렸다.

"자, 확인해 볼까요? 천진한 열네 살 소녀가 당신 자택에서 억지로 보게 된 '예술' 한 점의 예시가 여기 있습니다."

판사는 마치 목탄과 구아슈로 그린 나체 여성이 종이를 벗어나 거미처럼 그의 팔로 기어 올라올 것처럼 손끝으로 종이 모서리를 집었다. 에곤이 무척 귀중히 여기는 작품인 걸 발리도 알았다. 그녀를 그린 그림이었다.

"허락도 없이 가져갔군요!" 에곤이 고함을 질렀다.

"오늘 이 자리에 모인 여러분께" 하고 청중들이 그림을 더 자세히 보려고 몸을 앞으로 기울일 때 판사가 말했다. "이걸 보여드리게 된 점 사과드립니다." 판사는 작품을 흔들었다. "하지만 이건, 이건 이 재판의 대상인 타락한 가해자의 작품입니다. 만약 이게 그의 어두운 본성을 자유롭게 묘사한 거라면 그 타락의 층이 얼마나 깊을지 상상해 보세요. 올바른 사고방식을 지닌 사람 누구도 이런 데 노출돼선 안 됩니다. 이런 게 존재하게 내버려 둠으로써 우리 아이들을 망치게 되는 거죠."

에곤의 목근육들이 팽팽해졌다. 판사는 다시 책상 밑에서 꼼지락대더니 성냥이 든 상자를 꺼내 들었다.

안 돼, 발리는 속으로 말했다. 교도관은 에곤을 붙들고 있어야 했다. 마치 발아래 거친 파도의 물결이 있어 법정이 이동하다 스스로 균형을 잡는 것만 같았다. 판사는 심술궂은 미소를 지으며 성냥을 까슬한 마찰면에다 그었다. 그러자 성냥 끝에서 밝게 불꽃이 튀었다.

판사는 에곤의 작품을 서서히 불꽃으로 가져갔다. 하지만 불은 엄청 빠른 속도로 작은 성냥을 타고 올라가 판사의 손가락 근처에서 타버렸다.

발리는 그림에 불이 붙지 않자 판사의 얼굴에 걱정의 빛이 스치는 걸 봤다.

그러다 그림에 불이 붙었다.

그 그림에 담긴 발리는 꿈쩍도 하지 않고 그 모습을 응시했다. 그림이 뒤틀리고 둥글게 말리며 순식간에 불에 집어삼켜지는 동안 발리는 법정에 있는 모든 사람들을 쳐다봤다. 현실 속 발리는 또다시 자신 안의 무언가를 잃어버렸다. 판사는 불을 끄려고 손목을 털어 불타버린 짐스러운 작품을 날려 남은 재를 돌바닥으로 떨어뜨렸다. 에곤은 마치 자신의 일부가 사라지는 걸 목격한 것 같았다. 그의 코와 턱에 눈물이 매달렸다.

"질서를 지키세요! 조용히 하십시오!" 판사가 소리쳤다.

하지만 법정은 이미 고요했다.

≈

에곤의 변호사는 에곤에게 유리한 확실한 논거를 제시했다. 뢰슬러를 포함해 빈에서 그보다 더 존경받는 에곤의 후원자들에게 받은 서면

진술을 제시한 것이다. 에곤이 미성년자를 유혹하고 납치했다는 고발은 취하되었다. 장교는 성급하게 고발했던 걸 인정했다. 하지만 에곤이 자택에 그의 작품을 전시했다는, 부도덕성과 관련된 죄목은 인정되었다. 판사는 에곤을 감옥에 이십사 일간 구금한다는 판결을 내렸고, 에곤은 재판을 기다리며 이미 이십일 일을 감옥에서 보냈으므로 남은 삼 일을 장크트푈텐 감옥에서 보내야만 했다. 공판이 마무리될 때, 판사는 에곤에게 죄를 뉘우치느냐고 물었다.

"저는 벌을 받는 게 아니라 정화된 느낌입니다." 에곤이 분명하게 말했다.

타티아나는 진술하러 나오라는 요청을 받지 않았다. 발리는 왜 타티아나가 거짓말했는지, 혹은 이 어린 소녀가 진짜로 에곤이 부도덕하게 행동한다고 생각한 건지 궁금했다. 타티아나는 아빠를 보호하기 위해 그렇게 말했던 걸까? 그 장교는 딸의 안전이 걱정되어서, 혐오스러운 가십에 고통받게 될까 봐 두려웠던 걸까? 어쩌면 이 모든 게 그 아이가 발리와 더 가까워지려고 벌인 시도였을까?

발리는 절대 알 수 없을 것이다.

발리는 고작 몇 시간 안에 시골집의 짐과 에곤의 재료들을 꾸리고, 여행 가방을 보낼 준비를 하고, 미납된 공과금을 지불해야 했다. 이번에는 무조건 빈으로 돌아갈 예정이다. 발리는 다른 곳으로 가는 데 대한 논의 자체를 거부했다. 열쇠를 테이블 위에 놓고 문을 뒤로 닫았다. 작별 인사를 할 사람은 아무도 없었다.

기차는 빠르게 빈으로 향했다. 발리는 지나가는 풍경을 빤히 바라보는 에곤을 쳐다봤다. 그는 말을 하지 않았다. 가까이 앉은 에곤이 손가락으로 발리의 팔을 누르는 게 느껴졌다.

16

1912년 8월

"날 떠나지 마, 발리." 발리가 부츠 끈을 단단히 묶고 있을 때, 에곤이 말했다.

"나는 몇 주 동안 당신 곁을 떠나지 않았어." 발리가 대답했다.

발리는 벌거벗은 몸에 이불은 팔 아래 꼬깃꼬깃 구긴 채 여전히 침대에 있는 이 화가를 건너다봤다.

"한 시간밖에 안 걸릴 거야."

스튜디오 안의 공기는 남성의 땀과 여름의 열기로 후텁지근했다.

"당신이 나가지 않았으면 좋겠어." 에곤은 눈을 찡그리며 불평했다.

"혼자 있기 싫으면 같이 가자." 발리가 답했다.

"나는 준비가 안 됐어."

에곤이 무기력해진 지는 꽤 되었다. 움직이려 하지를 않았다.

"뭘 기다리는 거야? 당신이 원하기만 하면 저 바깥에 온 세상이 펼쳐져 있어."

"나는 사람들 곁에 있을 수 없어. 하지만 혼자 있고 싶지는 않아."

"잠깐도?" 발리는 에곤의 이마에 입술을 쿡 찍어 키스했다.

발리는 에곤을 돌봤고, 그가 점점 더 자신만의 껍데기 속으로 들어가려 하는 동안 필요로 하는 걸 챙겨주었다.

"난 음식과 나무를 사야 해." 발리는 가방과 숄을 집어 들었다. "담배도 부족하잖아."

"나갈 거면 다시 돌아오지 마." 에곤은 극적으로 입을 삐죽거렸다.

투옥되고 재판을 받은 지 몇 달이 지났는데, 그 사건 뒤로 에곤은 이상하고 변덕스러운 기분에 빠져 있었다. 발리는 어떻게 하면 그가 그 사건에서 벗어나도록 도울 수 있는지 몰랐다. 그들이 처음 빈으로 돌아왔을 때, 에곤의 어머니가 그를 데리고 갔다. 에곤의 어머니는 아들 때문에 제정신이 아니었고, 에곤은 처음 몇 주는 어머니의 보호막이 필요했다. 하지만 얼마 지나지 않아 어머니의 관심은 숨이 막힐 것 같은 지경에 이르렀다. 그동안 발리는 엄마와 같이 살기 위해 집으로 돌아갔고, 동생들 사이에서 끼어 자느라 머리가 지끈거리고 목이 뻣뻣한 상태로 잠에서 깨곤 했다. 그러다 에곤이 독립해서 살 집을 찾을 때까지 한 달간 자신의 집에서 묵게 해주겠다고 어윈이 제안했다. 그들은 술로 슬픔을 잊으려 하며 예술과 철학, 제국의 몰락에 관해 언쟁을 벌였고, 어윈은 에곤의 기운을 돋우려고 친구들을 초대했다. 어윈의 도움은 에곤 안에 있던 장벽을 무너뜨리고 그림 그리는 일로 돌아갈 수 있게 해주었다.

"결국 너는 이제 전보다 더 예술 세계의 '앙팡 테리블[14]'이 된 거야."

---

14 '무서운 아이'라는 뜻으로, 특정 분야에서 뛰어난 실력을 보여주는 무서운 신예를 일컫는다.

어윈은 술잔을 높이 들며 말했다.

에곤은 부다페스트와 퀼른에 있는 그룹 전시회에 참여했고, 뮌헨에서 열릴 첫 개인전을 위해 작품을 제출해 달라는 요청도 받았다. 지금은 파일가세에 있는 우아하지만 황폐한 건물 안에 있는 저렴한 공간을 빌린 상태였다. 이곳에서 기분이 내키면 그림을 그릴 수 있었고, 발리도 자유롭게 찾아오면서 그에게 필요한 걸 챙겨줄 수 있었다.

"담배 필요해, 안 필요해?" 발리는 침대 가장자리에 앉아 에곤의 가슴을 쓰다듬으며 물었다.

"여기 있어줘." 에곤은 응석받이처럼 같은 말을 반복했다.

발리는 이불 아래로 손을 넣었다. 에곤의 따뜻한 다리, 허벅지의 단단한 근육, 더 거칠어진 뻣뻣한 털을 만졌다. 손으로 꼭 누르다가 손을 더 위로 올렸다. 다리 사이 좀 더 부드러운 털이 많은 그곳에 축축한 열기가 있었다. 발리의 손은 점점 더 깊이 들어갔다. 에곤은 머리를 뒤로 젖혔다. 발리는 그의 기분이 나아지게 만드는 법을 알았다.

"나는 항상 당신 곁에 있을 거야." 발리가 속삭였다. 그러고선 이불을 젖히고 키스했다.

≈

몇 주가 지나면서 발리는 점점 더 자주 집을 나섰고, 그녀가 찾을 수 있는 값싼 기쁨들을 갖고 돌아왔다. 돈이 있을 땐 과일과 꽃 들을 샀다. 빈 병들에 물을 채우고 꽃줄기를 자른 다음 병 안에 넣고 가장 예쁘게 보이는 각도가 되도록 꽃들을 배열했다. 일시적인 아름다움을 지닌 이 꽃들은 이 장소를 밝히고 음울한 기운이 살짝 스며들어 오는 걸 물리치는 몇 안 되는 것 중 하나였다.

"이것 좀 봐." 발리는 우아한 랜턴처럼 독특한 오렌지색 꽃잎을 지닌 긴 줄기를 들고 집으로 들어오면서 말했다.

발리의 목소리에 에곤이 고개를 돌려 쳐다봤다.

"굉장하네." 에곤은 발리에게서 꽈리를 받아 그녀의 얼굴에 갖다 댔다. "당신 머리색과 어울리네." 에곤이 덧붙였다.

발리는 긴 병에 물을 채우고 꽈리를 안에 넣었다.

"그걸 당신과 내 그림에 넣고 싶어." 에곤이 미소를 지었다.

에곤은 같은 모양의 캔버스 두 개를 준비했다. 하나는 반항적이고 자신감 있으면서도 연약해 보이는 본인을 포착하기 위한 것이고, 다른 하나는 발리를 위한 것이었다.

"이건 중요한 미술 작품이 될 거야." 에곤이 덧붙였다.

에곤은 이제껏 발리를 그리는 그 어떤 그림에 대해서도 그런 말을 한 적이 없었다. 그 그림들이 에곤에게 귀중하고 후원자들에게 성공적으로 판매되는 걸 발리도 알고 있지만 말이다.

에곤은 여러 각도에서 발리를 스케치했고, 마침내 그녀가 그를 마주 보자 눈높이가 같은 구도가 되었다.

"좋아." 그가 말했다. "자, 나를 봐봐. 눈을 똑바로 쳐다봐."

에곤은 팔레트 위로 튜브로 된 유화물감 몇 개를 짜냈다. 튜브 하나는 칼로 째서 마지막 남은 물감을 긁어냈다. 에곤은 붓을 들어 캔버스에 갖다 대고 몇 시간 동안 작업을 했다.

발리는 이상했지만, 에곤을 위해 자세를 잡을 때 초현실적인 환각 상태에 빠졌다. 마음이 현실에서 벗어났고, 조약돌이 꽁꽁 언 호수를 가로질러 던져질 때처럼 시간이 빠르게 지나갔다. 기묘한 옷을 입고 기묘한 표정을 한 기묘한 사람들의 유령 같은 눈이 그녀를 응시하는 게 보였다. 그들은 발리가 자세를 잡고 있는 방 주변을 걸어 다니며 사방에서 자세히 들여다봤다. 그들은 얼굴에 손을 댄 채 가까이 다가왔다. 그러고선 멀찍이 떨어졌다. 그들은 발리를 안다고 생각하지만 그녀는 그들을 몰랐다. 그들이나 영원을 신경 쓰지도 않았다. 발리는 기억되고 싶지 않았다. 그녀는 에곤을 위해 여기 있는 것이다. 오직 에곤을 위해서만.

"이건 모두 화가이자 내 친구이며, 내 애인인 그를 위해서야." 발리는 생각했다. "나는 당신들에게 빚진 게 없어."

그들의 격렬함, 발리를 바라보고 앞에 있음으로써 그녀의 무언가를 소유할 수 있다는 그들의 고집은 오히려 발리가 더욱 에곤의 눈을 뚫어져라 쳐다보게 할 뿐이었다.

에곤은 그녀의 시선에 고마움을 담아 똑같이 돌려줬고, 그가 쥔 붓은 둘 사이의 모든 것을 포착해 나갔다. 이것이야말로 이 둘의 결합이자, 발리가 갈망하던 연결이었다.

17

1912년 10월 31일

발리는 에곤과 자신 같은 인간들이 이런 부유한 구역에서 뭘 하는 건지 궁금했다.

"히칭에서 살 거면 당신 그림들이 전보다 훨씬 더 잘 팔려야 해." 에곤과 함께 나무가 늘어선 널찍한 길을 걸으며 발리가 말했다.

여자들이 서로 팔짱을 끼고 주름 장식이 달린 양산을 든 채 중심가를 따라 걷고 있었다. 남자들은 중산모를 쓰고 왁스를 칠해 콧수염을 뾰족하게 했으며, 광나게 닦고 있는 구두를 구석에서 기다리고 있었다. 가정부들은 웅장한 건물 계단에 떨어진 나뭇잎들을 쓸었으며, 건물 정면은 흰색이 더해진 중간색으로 칠해져 있었다. 심지어 몇 건물들은 입구 위에 문장까지 있었다. 발리가 살았던 도시 한쪽에서 종종 봤던 길고양이들이나 구걸하는 아이들은 전혀 없었다.

"우리도 이제 좀 더 괜찮은 인생을 누릴 때가 됐어." 에곤이 말했다. "내가 그해를 겪어낸 뒤인데 우리도 그럴 자격이 있지 않아?"

발리는 에곤이 새집을 언급할 때 '함께'에 담긴 의미에 귀를 쫑긋했다. 발리는 엄마 집에서는 필요한 만큼 오래 살아도 되었지만, 영원히 짐이 될 수는 없었다.

에곤의 작품들은 지금까지 몇 달간 엄청나게 주문을 받았다. 그리고 도시의 전역과 그 너머에서 흘러들어 오는 주문들은 줄어들 기미가 보이지 않았다. 새로운 전시회에 참여해 달라는 초대를 받거나 주요 인사에게서 의뢰 전화를 받을 때마다 에곤은 소년 같은 만족스러운 빛을 발산했다. 결국, 그 스캔들은 에곤에게 이익이 되었던 것이다.

오직 남자들만이 치욕을 극복하고 성공으로 돌릴 수 있다고 발리는 생각했다. 하지만 에곤은 성공할 자격이 있었다. 만약 그게 에곤이 그녀와 함께 보내는 시간이 줄어들고 빈 상류층의 불온한 욕망을 충족시키는 데 시간을 더 할애해야 하는 거라면 그렇게 해도 괜찮았다. 에곤을 알게 된 이후 처음으로 돈이 쉽게 흘러들어 왔다. 그래서 이제는 누구에게도, 특히 레오폴드 고모부에게 빚을 지지 않았다.

그들은 찾고 있던 주소에 다다랐다. 히칭거 하우프트스트라세 101.

"여기야." 에곤이 말했다.

에곤은 무거운 문을 밀어 열었고 발리보다 앞서 들어갔다.

"기대해. 건물 꼭대기에 있는 넓고 밝은 집이야. 앞방은 북향이야. 그래서 나는 그 방을 내 스튜디오로 사용할 거야. 난 반드시 이 장소를 한 달 이상 내 근거지로 삼을 거야. 나는 정착해야 해, 발리."

그들은 계단 꼭대기에 있는 짙은 초록색 문에 도착했다. 발리는 난간에 기대어 아래 모자이크 타일로 된 복도를 흘끗 보다가 현기증이 일었다. 에곤의 소지품들이 어느 때고 수레에 실려 도착할 예정이었다. 에곤과 함께 거리에서 이 계단 꼭대기까지 모든 짐을 들고 와야 할 것이란 걸 발리는 깨달았다. 몇 시간 걸릴 터였다. 허리가 끊어지는 잡무를 할 생각에 어깨가 욱신거렸다. 에곤이 주머니에서 열쇠를 꺼내 문을 열었다.

"당신이 살았던 장소들 가운데 제일 크네!"

발리는 에곤의 스튜디오로 책정된 방 한가운데에서 두 팔을 활짝 펴고 빙그르르 돌았다.

"게다가 이 창문으로 들어오는 빛" 하며 그녀는 한숨을 내쉬며 저 멀리 거리 풍경을 보여주는 널찍한 내닫이창으로 이끌려 갔다.

"그런데 저기 좀 봐." 발리가 미간을 찡그렸다. "거리 반대편에 있는 집들의 내부를 바로 볼 수 있잖아." 발리는 손가락을 먼지 묻은 유리창에 대고 말했다.

에곤은 그 말을 듣지도 않았다.

"우리 어머니의 거울을 여기에 달 거야." 에곤은 문 옆 벽을 가리켰다.

발리는 그 거대한 거울이 이 공간을 얼마나 잘 채울지 눈에 선했다. 에곤의 모습을 포착하기에도 더 좋을 것이라고 발리는 생각했다.

"그리고 내가 만든 의자는 바로 저기에 자랑스레 놓일 거야" 하고 덧붙이며 에곤이 이전 거주자가 두고 간 책상을 가리켰다. "아버지의 두꺼운 게르만어 서적을 맨 위에다 둘 수 있어." 에곤은 책장을 손으로 쭉 훑으며 말했다. "그런 다음 니체, 셰익스피어, 랭보, 내 미술책들……."

그때 벨이 울렸다.

"마부일 거야. 내 짐들을 가져온." 에곤이 말했다.

둘은 계단을 여러 번 오르락내리락했다. 계단을 오를 때마다 발리의 허벅지는 화끈거렸고, 빠르게 내려갈 때는 종아리 근육에서 딱 소리가 났다.

"그 작품 조심해서 다뤄야 해." 에곤은 발리가 캔버스 하나를 들자

지시를 내렸다.

에곤이 여름 내내 작업한, 대담하게 거대한 크기의 그림이었고 보수주의적인 사회에 대한 거부였다. 이 그림은 에곤을 추기경으로 그리고 발리를 수녀로 나타냈으며, 클림트의 〈더 키스〉보다 훨씬 더 에로틱하고 대담했다.

"구매자를 찾을 때까지 조심스럽게 보관해야 해."

발리는 그림의 무게로 손가락이 파르르 떨렸다.

≈

바깥은 어두웠고, 발리는 내닫이창 앞에 서서 풍경을 바라봤다. 건물 건너편의 불빛들은 그 안의 거주자들을 더더욱 명확하게 보여주었다.

"누군가가 우리를 지켜보고 있어." 발리는 에곤이 다른 꾸러미를 들고 돌아오자 말했다.

"그 누군가가 무척이나 따분한가 보네. 당신 말이 사실이라면"이라고 말하며 에곤은 발리 옆으로 왔다.

"한 쌍의 눈" 하고 발리가 말했다. "젊은 여인이야. 저기. 셰이즈 롱 위에 앉아 있잖아. 아까 전에 목격했을 때는 별생각 안 했는데 오후 내내 움직이지를 않네."

"편집증 좀 버려, 발리. 우리가 여기 빈에서 뭘 하는지 아무도 신경 안 써. 우리는 알려진 사람들이 아니야. 빈은 큰 도시이고 사람들은 우리를 지켜보는 것보다 더 중요한 일들이 있다고. 여기서는 우리가 결혼하지 않았다고 낙인을 찍을 사람이 아무도 없다니까."

발리는 움찔했다.

"결혼은," 하고 발리가 말했다. "불가능한 거지? 나 같은 여자는?"

"네 바람이 아내가 되는 거라기엔 너무 늦었지."

"내가 쓸모없는 사람처럼 들리네."

"그런 뜻으로 말한 게 아니야. 게다가 당신이 잘하는 게 얼마나 많은데." 에곤은 발리를 옆으로 당겨 목에 키스했다.

발리는 창문 아래, 엿보고 있던 젊은 여인이 앉았던 자리를 계속 쳐다봤다. 그 여인은 없었다.

에곤은 발리에게 미소를 지은 뒤 마지막 남은 짐을 가지러 급히 다시 내려갔다. 잠시 뒤, 발리는 그들을 엿보던 여인이 반대편 건물 정문을 열고 나가는 걸 봤다. 목에 모피를 감싼 채 침착하고 만족스러워 보였다. 여인은 비슷한 또래와 체형의 다른 젊은 여인의 팔을 잡았다. 발리는 그들이 같이 머리를 숙이고 키득거리며 거리를 건너는 걸 봤다. 짙은 머리 쪽이 길을 인도하고 있었다.

18

1914년 8월 15일

발리는 동생들과 오후를 보냈다. 아름다운 베르타는 발리가 떠나기 전 그녀를 꼭 안아주었다. 동생들은 성장하는 중이었지만 발리는 그들을 별로 보지 못했다. 남겨놓을 수 있는 돈은 그게 얼마든 엄마에게 보냈다. 가족 모두에게 도움이 되는 건 알았지만 가족은 발리에게서 멀어진 삶을 영위하고 있었다. 발리는 요즘 다른 곳에 가고 싶은 마음을 떨칠 수 없었지만 어디로 혹은 왜 가고 싶은지 명확하지 않았고, 특히나 에곤이 그녀를 필요로 하는 상황에서는 그를 차마 떠날 수 없었다. 게다가 이제 전쟁이 선포되어 세계는 이전보다 더더욱 불확실해졌다.

발리는 계단을 올라 집으로 들어가는 열쇠를 꺼내려 호주머니에 손을 넣었다.

그런데 그때, 안에서 큰 소리가 들렸다. 여인이 애원하고 에곤은 화가 난 듯했다. 발리는 동작을 멈추고 잠시 귀를 기울였다.

"이런 집착 말이야." 발리는 에곤의 동생이 말하는 걸 엿들었다. "이게 항상 더 중요했지."

발리는 이 말을 듣는 에곤의 얼굴을 상상할 수 있었다. 눈을 내리깐 채 입을 꾹 다문 얼굴. "오빠는 미술을 위해서라면 그 어떤 것도 희생 못 할 게 없지." 여인은 언성을 높이며 계속 말했다. "나, 오빠, 오빠의 정신까지 말이야. 그런 희생이 가치가 있기만을 바랄 뿐이야."

그 독백을 듣고 마음이 어지러워 발리가 몸을 움직이자 발아래 바닥이 삐걱거렸다.

순간, 문이 활짝 열리면서 발리의 발이 문턱에 걸렸다. 에곤의 동생은 쏜살같이 지나갔다. 그들은 대화는커녕 같은 방에 있던 적도 거의 없었지만 게르트루드의 존재감은 크게 다가왔다. 에곤은 게르트루드를 아주 좋아하지만 화가 난 것이 분명했다.

발리는 가볍게 스튜디오로 들어가 창가에 선 에곤에게 다가갔다.

"무슨 일 있었어?" 발리가 물었다.

에곤은 그녀를 쳐다보려 하지 않았다. 울고 있는 것 같았다.

"게르트루드가 왜 저리 급하게 나갔어?" 발리가 다시 물었다.

"내 동생은 자신을 곤경에 빠뜨렸어." 에곤은 거친 목소리로 말했다.

"부탁인데 무슨 일인지 알려줄래?"

에곤은 평소 게르트루드에 관한 이야기가 나오면 말을 아꼈지만 이번에는 털어놓았다.

"당신이 꼭 알고 싶다면, 임신했대. 연말에 태어날 거야."

"그럼 당신은 기쁘지 않아?"

"당신은 아이 아빠가 누구인지 안 물어봤어."

"나는……"

발리는 주위를 돌아봤다. 잠시 에곤을 쳐다보다가 마음에서 반짝 지나가는 위험한 생각을 쫓아냈다.

"나는 상상도 못 하겠는데."

"안톤 페슈카야." 에곤이 큰 소리로 말했다. "내가 친구라고 생각했던 남자."

"그럼 기뻐해야 하지 않아?" 발리는 끈질기게 물었다. "당신과 안톤은 늘 가까웠잖아."

"두 사람이 날 배신한 거야."

발리는 무슨 말을 해야 할지 몰랐다. 질투와 함께 에곤의 동생이 자기 삶을 꾸려나가면서 새롭게 몰두할 일들이 생길 거라는 데 대한 안심이 뒤섞인 느낌이 들었다.

"언제 결혼한대?" 발리가 마침내 물었다.

"조만간." 에곤이 답했다. "그리고 그건 우리 모두의 관계를 바꿔놓을 거야."

≈

발리는 대부분 밤을 에곤과 함께 보냈다. 그날 저녁, 에곤이 큰방에서 그림을 계속 그리는 동안 발리는 일찍 침대로 들어갔다. 발리는 좋아하는 단 군것질 봉투와 책상 서랍 뒤쪽에서 찾은 주사위 게임을 가져왔다. 한 시간가량 놀고 있는데 에곤이 웃는 소리가 들렸다. 본인이 그리는 그림 하나로 뭐가 저리 즐거운 걸까? 발리는 힘차게 주사위를 흔든 뒤 굴렸지만 원하는 조합이 나오지 않았다.

시간이 지나고 에곤이 발리 곁으로 왔다. 촛불이 여전히 타고 있었지만 발리는 꾸벅꾸벅 졸고 있었다.

"한 시간 전에 껐어야지. 돈은 있지만 그렇다고 집을 태워선 안 돼." 에곤은 불꽃을 꺼버렸다.

발리는 에곤의 목소리에 눈을 떴고, 어둠 속에서 그의 표정이 하나 떠올랐다.

"당신 저기서 웃고 있던데." 발리가 말했다. 자기 귀에도 목소리가 이상하게 들렸다.

에곤은 어둠 속에서 옷을 벗었다. 벨트 버클이 바닥에 덜커덕하고 떨어졌다.

"뭐라고?"

"아까 말이야. 당신이 웃는 소리를 들었어."

"아무것도 아니야." 에곤이 말했다. 그가 방을 지나는 소리가 들렸다.

"분명 당신을 즐겁게 해주는 뭔가가 있었던 것 같은데."

"아, 그 여인들 말이야. 거리 건너편에 사는 아델과 에디트 자매. 창문에 보이더라고. 내가 손을 흔드니까 그들도 흔들었어. 집중을 흐트러뜨리는 자매야."

"이름을 알아?"

"얼마 전에 전시회 오프닝에서 만났지."

에곤이 발리의 표정을 볼 수 없는 게 천만다행이었다.

"그때 왜 아무 말도 안 했어?"

"내가 여인과 대화할 때마다 얘기하면 당신도 별로 안 좋아할 거야."

에곤은 급히 침대로 가 이불 밑으로 들어갔고 발리의 몸에서 이미 따뜻해진 부위를 찾았다. 그는 발리를 끌어당기려 했으나 발리가 획 몸을 돌렸다. 그는 갈급했지만 발리는 그럴 기분이 아니었다. 발리는 눈을 꼭 감아도 그 이웃들의 얼굴을 머리에서 떨쳐낼 수 없었다. 열심히 일하거나 대가 없이 그저 평생을 자신들이 원하는 모든 것을 받기만 했을, 그 특권을 가진 자매의 얼굴을.

19

1915년 1월

발리는 핸드백을 찾으러 방을 이리저리 뛰어다녔다. 이 집에 도착하면 늘 그렇듯 책장에 놓아두었는데 그 자리에 없었다. 내팽개쳐진 옷들 사이를 뒤적이고 서랍을 비워냈다. 무릎을 꿇고 엎드려 침대 아래를 봤지만, 빗자루에 쓸려 손이 닿지 않는 곳으로 밀린 꼬깃꼬깃한 사탕 껍질들 말고는 아무것도 없었다.

"밑에서 봐." 에곤이 외쳤다. "서둘러. 그렇지 않으면 늦을 거야." 문이 쾅 닫히는 소리에는 발작적이면서도 마지막을 알리는 무언가가 담겨 있었다.

결국 발리는 점점 더 자주 찾게 되는, 앞방에 있는 내닫이창 선반에서 핸드백을 찾아냈다. 부츠를 신고 집을 내달려 나가 계단을 빠르게 내려가며 숨을 헐떡였다. 밑에 거의 다다랐을 때, 길게 흔들리는 부츠 끈을 밟는 바람에 균형을 잃고 앞으로 밀려났다. 다시 균형을 잡거나 제때 난간을 붙잡을 수도 없었다. 그대로 강하게 바닥으로 털썩 떨어지고 말았다.

발리는 무릎을 꿇은 채 숨을 헉헉거렸다. 헐거운 바닥 타일들을 빤히 보다가 일어서면서 욱신거리고 화끈대는 손바닥으로 치마를 털었다. 근육에 통증이 일었다. 상처가 생길 것 같았다.

발리가 거리로 걸어 나왔을 때, 에곤은 인상을 쓰고 있었다. 그는 울긋불긋한 발리의 두 볼과 땀이 흐르는 이마와 먼지 묻은 무릎을 눈치조차 채지 못했다.

"드디어 나왔군!" 에곤이 소리쳤다. "어서 가자. 오늘 밤 내가 좋은 인상을 남기는 게 아주 중요하거든."

"에곤, 부탁인데 나는 이러고 싶지 않아."

"영화 보고 싶다고 했잖아."

"그 응석받이 자매 옆에서는 아니야."

"그 자매와 함께하면 당신도 즐거울 거야. 나는 당신이 늙은 남자들이나 화가들 대신 자기 또래의 여인들과 시간 좀 보내면 좋을 거라고 생각했어."

발리는 고개를 저었다. 관자놀이가 불끈불끈 뛰는 느낌이 났다.

"그건 견딜 수 없는 일이야. 나 빼고 가." 발리는 등을 돌리며 말했다.

"그건 불가능해. 당신이 없으면 하름스 씨는 딸들을 문밖에 안 내보낼 거란 말이야."

발리는 입술을 깨물었다. 이건 고문이었다.

"차라리 총살당하는 게 낫겠네." 발리가 말했다.

"그런 바보 같은 소리는 하지도 마." 에곤이 냅다 쏘아붙였다. "나는 이제 언제든 전투에 소집돼 전쟁터에 투입될 수 있다고. 지금까지는 내 허약한 심장이 날 구원해 줬어. 하지만 나는 무서워, 발리. 너도 무서워해야만 해."

공기가 사라지면서 발리는 더 깊이 주저앉았다. 같이 가겠다고 동의하다니 대체 무슨 생각을 했던 거야? 발리는 창자에서 이는 느낌을 무시한 채 질투하는 것처럼 보이지 않기 위해 가겠다고 말했지만 이제 와서 생각해 보니 미친 짓 같았다.

"이번만 그러겠다고 약속해 줘. 다시는 그 자매를 보지 않겠다고 말이야."

"약속할게." 에곤은 발리의 팔을 잡고 질질 끌면서 거리를 건넜다.

≈

비참했던 영화관 나들이로부터 두 번째 밤이 지났는데도 발리는 여전히 자존심을 회복하지 못했다. 에곤에 대한 신뢰가 증발했고 어찌할바를 몰랐다.

에곤은 소년 같은 자신감으로 충만해져 친구를 만나러 저녁에 외출했다.

"누구와 있었어?" 발리는 에곤이 문을 열고 들어오자마자 물었다.

"어윈." 에곤은 코트를 벗어 걸어놓으며 대답했다. "당구 치고 술 마셨어. 늦게까지 있을 거라고 얘기했을 텐데."

발리는 잔을 다시 가득 채웠다. 이미 한 병을 마신 채였다. 아니 두 병이었던가?

"당신은 저녁 어떻게 보냈어?" 에곤이 물었다. "즐겁게 보냈어?"

그때서야 에곤은 발리 옆 테이블에서 두 번째 빈 잔을 목격했다. 그는 담배를 마는 걸 멈추고 머리에 손을 짚었다.

"어윈이 여기 들렀어." 발리는 에곤을 쳐다보며 말했다. "당신을 보러왔어."

"발리, 나는……."

"어윈은 훌륭한 친구야." 발리는 미소 지으며 한쪽 눈을 찡긋했다. "왜 당신이 그와 그토록 많은 시간을 보내고 싶어 하는지 알겠어. 우리는 저녁 내내 웃었어. 당신은 정말 누구와 있었던 거야? 당신 모델 중 한 명? 하지만 내가 이름조차 모르는 다른 아가씨와?"

에곤은 발리 옆에 앉았다.

"들어봐, 발리. 설명해 줄 게 있어." 에곤이 말했다.

발리는 들으려고 고개를 돌렸다.

"상황이 어려워졌어. 당신도 알다시피 고모부는 장기간 돈을 보내주지 않으셨어. 내 작품은 팔리긴 하지만 구매자들이 돈을 금방 주지를 않아."

"그게 당신이 여기 없었던 것과 무슨 상관이야?" 발리는 혀 꼬부라진 소리로 물었다.

"생활이 어려워졌다는 뜻이야. 당신은 일이나 다른 것들을 할 힘이 없고……. 나는 혼자 뭔가 처리해야 할 시간이 필요했어."

발리가 한 잔을 벌컥 들이켜는데 잔 끝이 치아에 세게 부딪혔다.

"그래서 거짓말했어?"

"당신을 보호하기 위해서." 에곤은 엄숙히 말했다. "당신에게 상처 주고 싶지 않아."

"내게 상처를 준다고? 당신은 그렇게 할 수 없어." 발리는 갑작스레 말했다. "있잖아, 나는 당신을 전혀 사랑하지 않아."

"나는 네게 큰 따스함을 느껴. 노이렝바흐에서 시련을 겪는 동안 당신이 내 옆에 있어줬잖아. 나는 당신 도움 없이는 이겨내지 못했을 거야."

"하지만 당신도 날 사랑하지 않는 거지?"

"나와 함께해 줘서 고맙게 생각하고 있어. 당신이 그런 의미로 물어본 거라면."

발리는 방을 비틀거리며 가로질러 만년필을 집어 들었다. 그런 다음 "적어봐" 하고 명령했다.

"뭐라고?"

"스케치북을 가지고 와. 날 위해 뭔가 써줬으면 해. 이 날짜에 이렇게 적어." 발리는 큰 소리로 말했다. "1월 8일……."

에곤은 얼굴을 찡그렸다.

"적으라고!" 발리는 술기운으로 붉어진 얼굴로 우겨댔다. "이렇게 적어. '나는 세상에서 누구도 사랑하지 않는다.'"

"발리?" 에곤은 발리의 손을 잡으려 했다. "이게 왜 필요한 거지?"

"기록하고 싶은 거야. 내가 가진 유일한 목소리야. 언젠가 사람들이 알아야만 하거든."

에곤은 충실하게 그녀의 말을 기록했다. 그러고 나서 스케치북을 건네주었다.

"날 용서해 줘." 에곤이 말했다. "이러지 않아도 되는데. 상황이 달라질 거라 약속할게."

"어디 보자."

발리는 손가락으로 글자들을 따라갔다. 그러곤 만년필을 들어 아래에 서명했다. 어린아이가 휘갈겨 쓴 것처럼 품위 없는 글씨였다.

"발부르가 노이질." 발리는 그들 사이의 심연에 대고 반복해 말했다.

20

1915년 5월

"이 역겨운 도시에 넌더리 나지 않아?" 발리는 에곤이 집으로 돌아오자 다가가서 물었다.

에곤이 더 이상 곁에 있는 것처럼 느껴지지 않았고, 마치 늘 어딘가 가야 할 곳이 있는 것만 같았고, 발리는 늘 그를 기다리는 듯한 기분이 들었다. 이런 기분을 느낀 건 꽤 오래전부터였다.

"무슨 말을 하는 거야?" 에곤은 코트 주머니를 살피느라 정신이 없었다.

"그 어느 때보다 숨이 막히는 느낌이야. 그렇지 않아?" 발리는 계속해서 말했다. "커피하우스는 지겨운 사람들로 미어터진다니까. 당신 친구들은 전쟁에 징병됐고. 가장 기본적인 물자들도 구하기 불가능한 상황이야. 이 전쟁은 우리 삶에서 모든 기쁨을 빼앗아 가고 있어. 우리가 즐길 수 없다면 빈에 있는 게 무슨 소용이야? 전쟁이 허락하는 곳이면 어디로든 떠나버리자. 당신 부모님이 결혼한 뒤 방문했다던 그 해안가에 있는 장소는 어때?"

"그 말을 들으니 생각나네." 에곤이 말했다. "게르티가 내일 오기로 했어. 내 사랑하는 동생이자 아이 엄마 말이야."

에곤은 문을 열고 집에 들어오면서부터 이제껏 발리를 쳐다보지도 않았다.

"게르티가 아기를 데려올 거야. 작은 안톤 주니어. 괜찮은 이름이라고 생각해. 하지만 여전히 나는 왜 그들 부부가 우리 아버지 이름을 따라 짓지 않았는지 이해가 안 돼."

"에곤, 제발 당신 동생과 아기 얘기는 그만해. 나는 우리 얘기를 하는 중이라고." 발리는 그의 시야 안으로 몸을 비스듬히 기울였다. "빈을 떠나면 우리는 회복될 거야. 어서 가자. 당신이 할 수 있는 일을 생각해 봐."

"당신은 크루마우에서 있었던 끔찍한 경험을 잊었나 보네. 게다가 노이렝바흐를 싫어했잖아. 떠나기 좋은 때가 아니야. 나는 당장 징병될 수도 있어."

"심장 때문에 면제될 거라고 했잖아?"

"그렇지만 난 전시를 하고 작품을 팔고 새로운 사람들을 만나고……."

"불쾌한 사람들!" 발리는 아델 하름스 그리고 길에서 자주 마주치곤 하는 아델의 딱한 동생을 떠올리며 말했다. "나는 떠나야 해. 부탁이야."

"나는 조금이라도 평화가 필요해. 당신은 몇 주 동안 신경을 곤두세우고 짜증을 냈어."

"나를 밀어낸 건 바로 당신이야." 발리가 말했다.

"당신은 애정에 굶주린 사람 같아." 에곤은 발리가 이런 비난을 받으면 수그러들 걸 알았다.

"당신은 더는 내 얘기를 듣지 않잖아." 발리는 약하게 우겨댔다.

"나는 듣는 데 지쳤어! 해야 할 일이 많아. 중요한 일들이야! 나는 유명해지고 있어. 처음으로 나한테 유리하게 일이 진행되고 있어. 그걸 망치고 싶지 않아. 복잡한 것도 싫고. 그리고 여기 서서 다툴 시간이 없어. 아직 뢰슬러에게 답변을 안 했는데 내 답변을 며칠 동안 기다리고 있어. 뢰슬러는 온갖 종류의 일들로 나를 괴롭히면서 내 머릿속에 미래와 내가 가야 할 길에 대한 아이디어를 집어넣고 있어. 그는 내 대답을 기대하고 있다고."

에곤은 의자를 당기고 만년필을 집어 들었다. 몇 줄을 작성하는 그의 얼굴에는 결의와 짜증이 스쳐 지나갔다.

"항상 당신의 미술이 먼저여야만 해?"

"우리가 돈이 없는 게 낫겠어?" 에곤이 쏘아붙였다. "우리 둘이 온종일 아무것도 안 하면서 누워 있을 순 없어. 태평하게 입안에 단거나 가득 채우고 있을 순 없다고."

발리는 목이 메이는 듯한 소리를 내뱉었다. 분노가 차올랐다. 발리는 은색 뚜껑으로 덮인 에곤의 유리 잉크병을 붙잡아 뭘 하는지 미처 깨닫기도 전에 창밖으로 집어 던졌다. 잉크병은 공중을 가로지르며 날아가 일이 초간 공중에 떠 있다가 바닥에 부딪혀 박살나 버렸다. 검정 잉크가 에곤의 미술 작품 중 하나에 튀었다.

"당신은 히스테릭해! 나를 파멸시키려는 거야?"

에곤은 발리가 등에다 대고 모욕적인 말들을 내던지는 동안 허리를 굽혀 잉크가 튄 작품을 꼼꼼히 살폈다. 그는 재킷을 집어 들었다.

"그만해! 나도 참을 만큼 참았어. 당신과 이 상황에! 내가 돌아오기 전까지 이 난장판을 깨끗이 정리하길 바라."

문이 쾅 닫혔고 발리는 바닥에 털썩 주저앉았다. 가장 최근에 운 게 언제인지 기억이 나지 않았다. 지금도 울지 않을 것이다. 낡은 행주를 쥐어짜듯 감정을 비틀어 빼냈다. 갈비뼈가 욱신거렸다. 이 남자 때문에 너무 많은 걸 잃었다. 아무것도 남은 게 없었다. 그 모든 자존심과 자신감. 에곤이 그 모두를 가져가 버렸다.

≈

한 시간 뒤, 발리는 몸을 바르르 떨며 일어났다. 집은 고요했고 바깥은 여전히 밝았다. 잉크는 여전히 만지면 축축한 상태로 남아 있었고, 발리의 양손은 잉크로 범벅이 되었다. 발리는 책상으로 걸어갔다. 에곤은 아더 뢰슬러에게 쓰고 있던 편지를 그대로 테이블 위에 놔두고 나갔다. 발리가 글을 읽지 못하니 숨길 필요가 없다고 생각했던 것이다. 발리는 편지를 끌어왔다. 에곤은 편지를 남겨두고 나가기 전에 겨우 몇 문장을 썼을 뿐이었다. 글자들이 발리 눈앞에서 빙빙 돌았다.

에곤의 미술과 새 전시회에 관해서였다.

발리는 계속 읽어나갔다. 에곤이 갈겨쓴 마지막 문장이 눈을 사로잡았다.

'나는 결혼할 생각입니다……'

그 단어들이 종이에서 고동쳤다. 발리는 숨을 죽였다.

"유-리-하-게-요." 발리는 큰 소리로 읽었다. 이게 무슨 뜻일까?

'나는 결혼할 생각입니다. 유리하게요.'

심장이 방망이질 쳐댔다. 발리는 자신이 헌신한 남자의 손으로 쓰인 자기 이름을 봤다. 그때 밑줄이 쳐진 단어들과 그 의미가 그녀를 후려쳤다.

'발리는 아닙니다.'

21

1915년 6월

"발리, 이렇게 보니 정말 좋네." 에곤은 발리가 아이흐베르거 카페 문을 밀고 들어오자 바로 일어섰다.

힘과 열정이 담긴 에곤의 목소리에 발리는 걸음을 멈췄다.

"나는 시간이 많지 않아."

"자리에 앉아." 이렇게 청하며 에곤은 발리를 위해 의자를 당겼다.

발리는 앉아 손이 떨리는 걸 결코 에곤에게 보여주지 않겠다고 단단히 벼리며 양손을 테이블 위로 모았다. 에곤의 키스를 피하려 발리는 고개를 돌렸다. 에곤의 눈은 긴장한 듯했다. 빈 커피 잔이 테이블 위에 있었고, 재떨이는 담배 몇 개비에서 난 재들로 뒤덮여 있었다. 발리는 아주 늦게 나타났으므로 에곤이 아직도 기다릴 거라고는 거의 기대하지 않았었다.

"형편없어 보이네." 발리는 말했다. 에곤의 옷은 구겨지고 손은 담배로 얼룩졌다.

"보고 싶었어." 에곤이 말했다. 침묵이 길어졌지만 발리는 그걸 깨뜨릴 생각이 없었다.

"나 보고 싶지 않았어?" 에곤은 손가락으로 잔을 툭툭 쳐댔다.

"대답이 마음에 들지 않을 질문들은 하지도 마."

한숨을 쉬는 에곤의 눈은 애원하고 있었고, 발리는 채찍으로 치는 듯한 이 상황을 그가 즐기고 있는 건지 궁금했다.

"내가 당신을 여기로 초대한 건……." 에곤은 발리의 손을 잡고 손가락으로 그녀의 피부를 쓸었다. "제안하고 싶은 게 있어서야."

발리는 움찔했다. 그의 목소리 안에 스며든 기대를 견딜 수가 없었다.

"부탁이야. 시간 낭비하지 마." 발리가 말했다. "내가 여기 온 이유는 하나, 정말 딱 하나야. 당신 눈을 똑바로 보고 말하고 싶었어. 그래야 뢰슬러한테 얘기를 듣고 내가 어느 구석에서 울고 있다거나, 어떤 식으로든 내게 상처 주는 데 성공했다고 당신이 착각하지 않게 될 테니."

발리는 말을 멈추고 호흡을 안정시키려 애썼다.

"축하해." 발리가 가까스로 말했다.

담배 연기로 공기가 탁해서 발리는 눈이 따끔거렸다. 에곤은 신음을 내며 손을 치웠다.

"아니, 정말이야." 발리는 계속했다. "나는 당신이 앞으로 아주 잘 살았으면 좋겠어. 아주 길고 성공적인 결혼 생활을 빌어."

"나는 일이 이런 식으로 되길 원치 않았어."

"나는 사 년간 당신 삶에 있었어. 감옥에 갇혔을 때도 곁에 있어줬지. 당신을 따라 신이 버린 황량한 장소들을 찾아다녔어. 당신 전시회에 같이 이동하고, 곁에서 그 빌어먹을 코 고는 소리를 들으며 자야 했지. 나는 사업 쪽을 관리하고 구매자들과 거래를 했고 말이야. 그리고 내가 당신의 가장 심오한 작품들에 영감을 줬다고 감히 말할 수 있어. 다른 여자와 결혼한다는 걸 당신에게서 직접 들었더라면 좋았을 거야. 내 말은, 우리가 실질적으로 같이 살고 친밀했던 동안에 당신이 누군 가에게 프러포즈했다는 걸 알게 됐을 때 내가 얼마나 놀랐을지 상상해 보라고."

"나는 직접 말하려고 당신을 여기로 부른 거야. 내가 아닌 누군가에 게서 듣기를 원치 않았거든. 미안해. 이 사과로 충분하지 않다는 걸 알 지만, 당신에게 상처 주려던 게 아니었어."

에곤의 말로 발리가 믿고 싶지 않았던 모든 게 확실해진 셈이었다.

"모든 게 너무 빨리 일어났어."

발리는 무언가 오해가 있었기를, 에곤이 전부 부인하기를 마음 가장 깊은 곳에서부터 바랐었다.

"나는 절대 당신이 내게 상처 주게 두지 않을 거야." 발리가 말했다.

"당신과 여전히 함께하고 싶어. 그게 의미가 있다면 말이야."

에곤이 술을 마셨단 걸 발리는 알아챘다.

"그럼 당신이 내게 이런 말들을 하려고 여기 있는 걸 하름스 양도 알 아?" 발리는 가슴이 조여오는 가운데 물었다.

에곤은 당황해서 자리에서 몸을 들썩였다. 발리는 나가려고 일어섰다.

"기다려! 내 말 좀 들어봐. 아마도 당신은 이 결혼을 필요에 의한, 정 략결혼 같은 걸로 생각할지 모르지만, 그렇다고 우리가 계속 예전처럼 지낼 수 없다는 건 아니야. 결혼한 남자들이 어떤…… 밀통을 하는 건 아주 정상적인 일이야. 그런 의미에서 당신에게 줄 게 있어."

에곤은 작은 가방에 손을 넣었다. 발리는 자리에 털썩 주저앉았다. 숨을 쉴 시간이 필요했다.

에곤은 비싼 꽃다발을 선물하는 남자처럼 만족스럽게 테이블 위로 두툼한 봉투를 올려놓았다.

"별건 아니지만 의미는 있어. 오직 당신을 위한 제안이야."

"당신이 제안하는 게 뭐든 아무 흥미 없어."

개봉하지 않은 봉투가 그들 사이 체크무늬 테이블보 위에 가만히 놓여 있었다. 봉투 앞에 에곤이 쓴 발리 이름이 적혀 있었다. 에곤은 곤혹스러운 눈초리로 발리를 쳐다봤다.

"최소한 고려해 본다고 해서 죽는 건 아니잖아."

에곤은 봉투를 테이블 너머로 슬쩍 밀었다. 에곤은 자기 얼굴 앞으로 손을 피라미드 모양으로 만들고 발리를 쳐다보았다. 발리는 봉투 모서리를 멀리 밀었다. 에곤은 무슨 장난을 하는 거야?

에곤은 이제 봉투를 잡아 찢어서 열더니 종이를 꺼내 발리에게 건넸다. 발리는 자기도 모르게 눈을 왼쪽에서 오른쪽으로 움직이며 그 종이를 쭉 훑었다.

"일종의 계약서야." 에곤이 설명했다.

"나 혼자 작성한 거라 공식적인 건 아니지만, 일종의 약속이고 서로에 대한 헌신을 정식으로 인정하는 거지. 이 계약서로 우리에게 이 주간 함께 지낼 수 있는 자격이 주어지는 거야. 우리 단둘이만 말이야." 에곤은 강조해서 말했다. "늘 그랬듯이 매년 여름을 당신과 나, 둘이서 보내는 거야. 사실상 당신은 내 모델이 돼주겠지만, 우리는 계속 이전처럼 지낼 수 있어."

발리는 길게 공기를 들이마셨다. 에곤은 그걸 기쁨으로 오해했다.

"그래." 에곤은 용기를 얻어 말을 이었다. "우리는 원하는 어디든 갈 수 있어. 트리에스테에 가서 팔짱을 끼고 해안가를 걷는 거야. 당신이 늘 그러고 싶다고 말했던 것처럼. 우리는 함께할 수 있어. 그 시간은 우리만의 거야. 당신은 여기에 서명만 하면 돼."

에곤은 종이를 테이블 위에 놓고 손가락으로 점선을 쭉 따라갔다.

"당신 어떻게 감히……." 발리는 낮게 말했다. "감히 나를 매춘부로 여기다니."

"그런 게 아니야, 발리. 이건 별건 아니지만 의미가 있다니까."

발리는 웃음을 터뜨렸다.

"당신의 달링 아델이 좋아하지 않을 텐데."

순간 조용해졌고, 발리는 에곤의 눈꺼풀이 깜빡거리는 걸 봤다. 늦은 오후의 빛이 에곤의 짙은 머리를 비추었다. 발리는 절대 다시는 그를 만지지 않고 키스도 하지 않을 것이다. 아델 하름스가 이겼다.

"에디트야." 에곤은 발리가 거의 들리지도 않게 아주 희미하게 말했다.

세상이 움직이는 것만 같았다.

"에디트?"

에곤은 그렇다는 아주 작은 표현으로 턱을 내밀었다.

"그 난리를 치고! 당신은 예쁜 인형을 아내로 삼고 싶었던 모양이네!"

"에디트에게는 눈으로 보이는 것보다 더 많은 게 있어." 에곤은 어깨를 축 늘어뜨리며 말했다.

"아델은 적어도 불꽃 튀는 매력이라도 있지." 아델에게 끌렸다면 이해할 수 있었을 것이다. "그런데 에디트라니……."

발리는 벌떡 일어났다. 에곤은 발리의 팔을 붙잡으며 멈춰 세우려 했다. 그의 목소리가 달라졌다.

"에디트도 이 계약에 동의할 거야." 에곤은 끈질기게 말했다.

"당신이 나한테 이런 걸 제안하려고 여기 있다는 걸 그 사람은 전혀 모르겠지. 그 사람을 더 바보로 만드는 거네."

"내가 에디트를 설득할게."

"나한테 오늘 뭘 기대한 거야?" 발리는 언성을 높이며 다그쳤다.

"당신이 좋아할 거라 생각했는데?" 에곤의 얼굴은 소년같이 희망에 차 있었다.

"당신은 가져가고 또 가져갔어." 발리는 말했다. "그런데도 아무것도 돌려주지 않으려 하지. 자신의 만족을 채우면 우리 같은 사람은 다 쓴 물감 튜브처럼 버려버리고. 크루마우와 노이렝바흐 사람들이 옳았어. 그들은 열쇠를 내다 던져버렸어야 했어!"

에곤의 얼굴이 구겨졌다. 이 말이 그에게 얼마나 상처를 줄지 발리도 알았다.

"당신 마음이 아픈 건 알지만 나도 그래." 에곤은 좌절하며 말했다.

"내 스튜디오로 와, 제발. 내가 그리고 있는 〈죽음과 소녀Death and the Maiden〉를 보여주고 싶어. 당신과 나를 그린 거야. 그림 속에서 우리는 각자 다른 길을 가야만 하는 걸 알고 서로에게 매달려 포옹하고 있어. 당신을 잃었다는 생각에 내가 겪고 있는 고통을 볼 수 있을 거야. 그런데 이건" 하며 에곤은 계약서를 다시 들었다. "우리 관계를 지속할 수 있다는 의미야. 당신은 내 모델이자 뮤즈가 될 거야. 발리, 내가 당신을 부당하게 대했고, 당신은 그런 대우를 받을 필요가 없었어." 그가 잠시 말을 멈췄다. "당신도 알겠지만 나는 내가 할 수 있는 유일한 방식으로 당신을 늘 사랑했어."

발리는 그 종이를 빼앗았다.

몇 초간 발리는 희망, 안심, 승리가 에곤의 얼굴에 스치는 걸 봤다. 이내 발리는 에곤의 눈을 똑바로 바라보며 종이를 단호하게 반으로 찢었고, 이어서 찢고 또 찢어 종이는 다시는 절대 붙여놓을 수 없을 만큼 자잘한 가루가 되어버렸다.

"내가 아까 말했듯이, 축하해. 너희 둘은 서로 잘 어울려."

22

1915년 6월

"인생을 바꿀 만한 일을 해보세요!"

끈질긴 목소리로 외쳐대는 통통한 여인이 발리 눈에 띄었다. 거리에는 깃발로 장식된 진열대가 세워져 있었다. 발리보다 나이가 더 많고 상냥한 그 여인은 전단을 나눠주고, 지나가는 사람들을 멈춰 세우고, 적십자에 간호사로 등록하도록 젊은 여인들을 부추겼다.

"전쟁 물자를 지원해 주세요." 여인은 활기차게 외쳤다.

일찍이 발리는 그럴 생각을 버렸지만 이제는 마음이 끌렸다. 기분도 전환할 겸 뭔가 좋은 일을 하는 것도 위안이 될 것이다. 게다가 그녀는 멀리 떠날 필요가 있었다.

"저는 한 번도 국가를 위해 봉사하라는 요청을 받은 적이 없어요." 발리가 말했다.

"남자들만 변화를 가져올 수 있는 건 아니잖아요. 알죠? 제국의 생존을 위해서는 여인의 도움이 꼭 필요합니다." 나이 든 여인은 타바드를 입고 빳빳한 하얀 모자 안에 머리를 밀어 넣은 채였다.

"여자들은 유산을 남긴다고 인정받지 못하죠." 발리가 말했다. "여자들은 헌신해도 결코 기억되지 못해요."

여인은 친절한 눈을 가졌다.

"아가씨를 빈에 머물게 만드는 건 뭔가요?" 여인이 물었다.

"아무것도요." 발리가 말했다. 가족도, 에곤도 아니었다.

발리는 진열대에 쭉 늘어진 포스터를 만지면서 제복을 입은 자신을 상상하려 애썼다.

"정숙한 아가씨처럼 보이시네요."

"겉모습은 기만적일 수 있죠."

"아가씨는 나이가 어떻게 되나요?" 여인이 물었다.

"8월 19일에 스물한 살이 됩니다."

"읽고 쓰는 건 하실 수 있죠?" 여인이 물었다.

"조금요." 발리는 대답했다.

"그렇다면 저는 아가씨처럼 발랄한 젊은 여성에게 딱 맞는 걸 갖고 있죠." 여인은 종이를 뒤적이며 말했다. "달마티아는 어떤 것 같으세요?"

"전혀 들어본 적 없는 곳이에요."

"여기서 남쪽으로 오백 마일 떨어져 있어요. 아드리아해에선 아주 가깝죠. 아가씨는 시니 근처에 있는 산에서 지내게 될 거예요. 우리 남자들은 거기서 싸우고 죽어가고 있어요."

여인은 여남은 명의 남자들이 나온 사진 한 장을 건네주었다. 그들은 부상당한 군인으로, 병원 침실에 누워 있었다. 그들 중 한 명은 미소를 짓고 있었다.

"그들은 착한 아가씨의 보살핌이 필요해요."

여인이 발리의 손을 꼭 잡아서 몹시 당황스러웠지만, 발리는 눈물이 눈에 가득한 걸 느낄 수 있었다.

"그들의 힘을 다시 충전하고 회복시키기 위해서 필요합니다. 적절한 때 적절한 보살핌이 있다면 이 남자들은 고통받지 않아도 되죠. 아가씨는 엄청난 변화를 만들어낼 수 있어요." 여인이 잠시 말을 멈췄다. "이들이 기다리는 건 바로 당신이에요."

"저는 그런 사람이 아니에요." 발리가 말했다. "그런 적이 없어요."

"아가씨는 그런 사람이 될 수 있어요." 여인은 감정을 담아 말했다. "종군 간호사로 완벽한 훈련을 받게 될 거예요. 경험이 필요한 것도 아니에요. 부러진 뼈를 고치고, 약을 처방하고, 아프고 다친 이들을 치료하는 법을 배울 겁니다. 아주 어려운 일들을 겪게 될 테지만, 어쩐지 당신은 할 수 있다는 생각이 드네요. 보수를 받게 될 거예요. 존경도 받고요. 우리와 함께 있게 될 겁니다."

발리는 눈물이 흘러내리려는 걸 참느라 애썼다. 입술 안쪽을 꽉 물었다.

"어쩌면 그저 아가씨가 찾고 있는 새로운 시작이 될지도요." 여인이 덧붙였다.

뜨거운 뭔가가 발리의 뺨을 타고 흘러내렸다. 아주 이상한 기분이었다.

"그렇게 되기 위해 아가씨가 해야 할 일은 여기에 서명하는 것뿐이에요."

발리는 엄마, 아름다운 동생들, 그리고 그녀 없이 그들이 이끌어갈 삶을 생각했다. 곧 다가올 에곤과 에디트의 결혼과 이 '실레 부인'이 임신할 아기들을 생각했다. 에곤을 위해 모델을 했던 시간들, 그녀가 취했던 자세들, 에곤이 작품을 만들어낼 때 배 속에서 우르릉거리던 배고픔을 생각했다. 에곤이 포착했던 그녀의 장난기, 고통, 결코 보지 못할 벽들에 자기 그림이 걸리는 것, 그녀의 이름을 결코 알지도 못할 사람들에게 보여지는 것을 생각했다.

눈물이 계속 뺨으로 흘러내렸다.

그런데 마침내 가능성이 있다는, 그녀의 것이라고 부를 수 있는 무언가가 여기 있었다.

발리는 펜을 들었다. 손이 바르르 떨렸다. 자신을 진정시키며 품위 있는 동작 한 번으로 종이를 가로질러 잉크를 움직였다. 그녀는 연습을 해왔다.

그런 다음 서명 위에 자신의 이름을 구부러지고 멋들어진 글씨로 적었다.

'발리 노이질.'

이제 미래가 그녀를 기다리고 있었다.

Interlude

1968년 5월 9일, 알베르티나 미술관

"세상에, 세상에! 정말 그 사람이야." 아델은 전시회의 다음 방에 들어서면서 속삭였다.

아델은 다양한 표정에 부자연스러운 자세를 취한 젊은 남자를 그린 그림들 앞으로 걸어갔다. 기억 속 남자와 가장 비슷한 그림에 끌려, 아델은 가능한 한 그림에 아주 가까이 다가갔다.

색채에 에곤의 땀이, 모든 선에 그의 의도가 담긴 이 공간에서 아델은 그의 존재를 느낄 수 있었다. 그의 피부 냄새를 맡을 수 있고, 그의 숨소리를 들을 수 있으며, 그가 침을 삼킬 때 팽팽해지던 목을 볼 수 있었다. 그의 그림에서 눈을 뗄 수가 없었다. 정말 너무나도 현실적이었다.

하지만 아델 안에서 일어나는 이 감정은 마치 심장이 조여오는 듯한 느낌이었다. 그녀가 한때 알았던 현실은 무척 가까우면서도 손에 닿을 수 없었다. 그 황금기로 돌아가 다르게 행동하고, 더 잘 행동하고, 바로잡을 수 있도록 통과할 입구가 없었다.

"소개해 줄 사람이 있어." 아델은 에바를 향해 당당히 말했다. "에곤 실레야."

아델은 그가 정말 너무 보고 싶었다.

"에곤 실레는 확실히 본인의 얼굴을 좋아했군요." 에바는 그들 주위에 있는, 화가의 청소년 때와 청년 때 모습을 담은 여남은 점의 자화상을 보며 말했다.

아델은 화가가 눈을 감고 있고, 긴 팔다리가 공간을 채우며, 손을 올리고 인사하듯이 손가락을 쫙 벌린 그림을 가까이서 응시했다.

"무릎 꿇은 누드Kneeling Nude with Raised Hands." 에바가 그림 아래 적힌 제목을 읽었다. "에곤 실레가 자신의 살결을 묘사하려고 쓴 분홍색, 보라색, 초록색이 마음에 들어요."

"에곤은 잘생겼어. 그렇게 생각 안 하니?" 아델이 물었다.

"이 그림을 그릴 때 에곤 실레는 몇 살이었어요?" 에바는 그림에 더 가까이 다가갔다. "1910년에 그렸다고 쓰여 있네요."

"스무 살이었어." 아델은 고개를 돌려 자화상을 보며 말했다. "나와 같은 해인 1890년에 태어났지. 나보다 몇 달 일찍 태어났어."

"이런 자화상을 결코 본 적이 없어요. 에곤 실레가 마치 자신을 조롱하는 것 같아요. 그의 모델 몇몇은 아주 어린 데다 그림들이 너무 노골적이에요."

에바는 반대쪽 벽에 걸린, 잠을 자는 듯한 짙은 머리 여인의 초상화를 가리키며 말했다. 그림 속 인물은 허리 위로 옷을 입지 않아 갈비뼈와 가슴이 노출되었고, 마치 숨을 참는 듯이 몸이 팽팽했다.

"에곤이 그리는 여성들은 자기들이 뭘 하는 중인지 알고 있었어." 아델이 대답했다. "사회는 그 여인들을 버렸지만, 실레는 그들을 원했지. 관심과 돈 때문에 많은 여인들이 고마워했을 거야. 별거 아니더라도 일종의 성공이나 마찬가지였지."

"에곤 실레가 그의 부탁을 거절하지 못할 모델들을 찾았다는 건가요?"

"흥! 무슨 말을 하는 거니. 그는 돈이 거의 없었어. 이 아가씨들에게 돈을 주기 위해 음식도 못 먹고 땔감도 없이 지냈어. 이제 그들은 가능하리라고 꿈꿨던 그 어떤 것보다 더 높이 승격돼 이 미술관에 있네."

에바는 주위를 둘러봤다. "하지만 저들이 안타깝지 않으세요?"

"감히 우리를 동정하지 말거라. 너 같은 현대 여성은 세상이 선택들로 이루어져 있다고 생각하고 대개는 그렇지 않다는 걸 잊어버리곤 하지. 인생에는 더 최악인 것들도 있단다."

에바가 아델에게는 들리지도 않는 말을 중얼거리는데 구석에 있는 젊은 여인의 그림이 눈에 띄었다.

"이 그림 좀 보세요." 에바는 그 그림에 다가갔다. 치마가 올려져 하체를 드러낸 여인을 담은 그림이었다. "저런 그림은 불편하지 않으세요?"

아델은 코를 킁킁거리며 그림 속 여인의 눈을 들여다봤다.

"에곤은 예술이란 이름으로 분명 가끔은 선을 넘기도 했어. 하지만 그 나름의 이유가 있었지. 게다가 대가도 치렀어."

"할머니의 기분을 상하게 하려는 건 아니지만" 하고 에바가 말했다. "그런 것들을 외면하지는 말아야 해요."

"에곤과 관련해서는" 하고 아델은 턱을 치켜올리며 말했다. "항상 대답보다는 질문이 더 많지. 하지만 내게 그는 다른 사람들에게선 절대 느낄 수 없는 기운을 발산하는 사람이었어."

"한때 저도 그런 느낌을 알았어요."

"지금 나이가 어떻게 되니?" 아델은 꿰뚫어 보는 눈을 하고 물었다.

"스물여덟이요." 에바가 대답했다.

"충분히 잘 알 나이구나. 하지만 네 잘못을 바로잡을 수 없을 만큼 나이를 많이 먹은 건 아니지."

"할머니께도 같은 말이 적용될 수 있어요." 에바는 부드럽게 말했다.

"말도 안 돼. 네 나이 때 나는 세상이 내 손바닥 안에 있었지. 그러다 그 모든 걸 잃은 거야. 우리 어머니의 조언을 듣거라. '할 수 있을 때 결혼하고, 아이를 낳고, 스스로 존경받는 삶을 이루거라.'"

"그렇게 하셨나요?" 에바가 물었다.

아델의 가느다란 입술이 미소로 늘어났다. "어땠을 거라고 생각하니?"

"그런데 그 모든 걸 원하셨어요?" 에바가 물었다.

"에곤과 함께라면 아마 그랬을지도 모르지. 하지만 내 입장에서는 미친 짓이었어." 아델은 고개를 들어 날카롭게 에바를 쳐다봤다.

"왜 울고 있니?" 아델이 물었다.

"안 우는데요."

"울고 있는 게 대낮처럼 명백한데."

에바는 깊이 숨을 들이마셨다가 내쉬며 속삭였다. "아무에게도 얘기하지 않았어요."

"정확히 뭘?"

에바는 배 위로 손을 대었다. 아델은 움찔했다.

"임신했니?"

"쉬이이이." 에바는 주위를 살피며 애원했다.

지나가던 경비원과 눈이 마주치자, 아델은 그를 향해 얼굴을 찌푸렸다.

"그건 영원히 간직할 수 있는 비밀이 아니란다." 아델은 주의를 주었다.

에바는 눈을 내리깔았다.

"노력해 볼 수 있어요."

"방금 너는 늘 선택이 있다고, 너 같은 젊은 여성들은 뭐든 할 수 있다는 식으로 말하지 않았니?"

"할머니는 저를 모르세요." 에바가 말했다. "제가 저지른 실수들을 모르세요."

"이 인생이란 것의 잔인한 점은," 하고 아델이 말했다. "우리는 운명에 굴복하고 계속해서 그 운명을 안고 살아가야만 한다는 거야. 우리는 대개 선택할 자유가 없는 선택들로 조각된다는 거야. 그러다 전혀 의도치 않은 모습이 돼버린 걸 깨닫게 되지. 결국 자신도 거의 알아보지 못하는, 자신의 가장 작은 일부분만 남은 채로 끝나버려."

"음, 저는 결정했어요. 할머니와 마주치지 않았더라면 지금쯤 모두 끝나버렸을 거예요."

에바는 라일락색 상의의 소매로 뺨의 눈물을 닦아냈다.

"이러지 않아도 돼." 아델은 마음이 누그러져서 말했다. 이 젊은 여인의 어깨에 손을 올려 가볍게 쥐었다.

"상황은 변할 수 있는 거란다." 아델은 힘을 주어 말했다. "네게 적합한 결정을 할 기회는 있어."

이날의 마지막 단체 관람객들이 방으로 들어오더니, 작품을 더 잘 보려고 어깨를 이리저리 움직이며 에바와 아델 뒤로 바짝 다가왔다.

그들의 가이드가 벽에 걸린 그림들을 가리키며 근엄하게 말했다. "실레의 작품으로는 총 삼천 점 이상의 드로잉과 삼백 점 이상의 회화가 있습니다."

여남은 명의 관광객들은 공손하게 듣고 있었다.

"여기에 보이는 자세들은 성적으로 노골적이죠. 가장 두드러진 요소는 선입니다. 들쭉날쭉하고 힘이 있으며, 긴장감을 드러내죠."

가이드는 아델과 눈이 마주쳤다.

"게다가 인물 표현은," 가이드가 이어 말했다. "누드를 묘사하는 전통적인 아름다움으로 통용되는 기준에 크게 어긋나죠. 실레의 모델들은 벌거벗은 거지, 누드가 아닙니다. 그는 수치스러워하지 않고 그들의 음부를 나타냈습니다." 가이드는 방의 반대쪽을 향해 몇 걸음 뗘었다.

"1918년에 만들어진 이 그림을 자세히 보세요. 제1차 세계대전이 끝나갈 무렵 화가가 빈으로 돌아온 뒤 만든 작품입니다." 그는 말했다. "실레가 여성상을 자신의 예술을 만드는 데 필요한 소재로 본 건 분명합니다."

"당신이 실레에 관해서 뭘 아나요?" 아델이 불쑥 끼어들었다.

아델이 균형을 잡기 힘들어해서 에바가 팔을 붙잡았다.

"죄송한데요? 이 단체에 포함되신 분입니까?" 가이드가 물었다.

"나는 당신에게 몇 가지 말해줄 수 있어요."

"부인, 유감스럽지만 다음 투어를 예약하셔야겠습니다. 현재로서는 다음 투어가 내일 있습니다."

"당신은 이 화가나 그의 의도에 관해 아무것도 몰라요." 아델은 콧방귀를 뀌었다.

"저는 그저 미술사 전문가일 뿐입니다." 가이드는 소책자를 들어 보였다.

"자, 내쫓기기 전에 어딘가 앉을 곳을 찾아보기로 해요." 에바는 다음 방에 있는 인상적인 그림을 마주하는 빈 벤치로 아델을 데리고 가며 말했다.

"미술관 안내 책자에서 제가 쓴 에세이를 읽을 수 있으실 거예요. 기념품점에 있습니다." 가이드가 아델과 에바 뒤에다 대고 말했다.

노파는 자리에 주저앉았다. 그녀는 지치고 몸이 약했다.

"어째서 내가 이 모든 사람들이 에곤의 그림이 어땠는지 말하는 걸 들어야 하지?" 아델이 물었다.

"그러지 않으셔도 돼요, 아델 할머니. 더 이상은요." 에바가 아델을 안심시켰다.

관광객들이 떼를 지어 다니는 미술관 한가운데에서 에바가 노파를 위로하며 둘은 계속 그렇게 있었다.

마침내 아델이 고개를 들었다. 그녀의 눈은 더 어둡고 초점이 흐려졌다.

"에디트?" 아델은 놀라 자신을 붙잡고 있는 에바의 손에서 몸을 떼었다.

아델은 심장을 움켜잡으며 이어 다음 방으로 절뚝거리며 들어섰다.

중앙에 젊은 여인의 초상화가 걸려 있었다. 여인의 크고 음울한 눈이 그림 밖을 내다봤고, 두 볼은 붉게 물들었다. 머리는 엷은 누런색이었다. 주름 장식이 지나치게 큰 드레스를 입었고, 길고 가느다란 손을 가지런히 앞에 모으고 있었다.

"그 포스터에 있던 여인이네요." 에바가 말했다. "할머니와 부딪힌 날 본 여인이에요."

"내 동생이야." 아델이 밝혔다. "이 아이와 다시 가까이 있기를 내 평생 기다렸어."

에바는 그림을 보다가 아델을 쳐다봤다.

"뭔가 혼란스러우신 게 분명해요. 여기에." 에바는 제목을 읽으며 몸을 기울였다. "화가 아내의 초상화Portrait of the Artist's Wife 라고 적혀 있어요. 1915년 작품이에요."

"이 아이의 이름은 에디트 하름스야."

"할머니가 리본으로 묶은 그 편지 묶음 속에 적혀 있던 그 이름이에요?" 에바가 물었다.

"에디트는 전쟁 중에 내게 매주 편지를 썼어. 부끄럽지만 나는 절대 답장을 하지 않았지."

"이해할 수가 없네요. 에곤 실레가 할머니의 제부라니요?" 에바가 말했다. "저는 할머니가 이 화가와 사귀신 줄 알았어요."

"에곤은 에디트를 택했지." 아델은 공기를 들이마시며 천천히 대답했다.

그림 속 여인이 눈을 돌려 자신을 봤으면 했다. 너무나 침착하고 예전 그대로인 에디트 앞에서 이런 식으로, 허리가 굽고 몸이 쇠약한 상태로 서 있다는 게 아델의 다리를 휘청거리게 했다.

"너를 다시 봐야만 했어." 아델은 액자 속 여인에게 속삭였다.

"그 소름 끼치는 날 이후 한번 더, 내가 평생 하고 싶었던 그 말을 하기 위해서 말이야."

에디트

E D I T H

1

1915년 6월 17일

마차에서 아빠와 나란히 내려 히칭의 현지 교회 입구에 다가설 때 보관함의 향기가 배인 베일이 에디트의 시야를 가렸다. 안에는 모든 사람이 에디트를 기다리고 있을 것이다. 신랑인 에곤은 제단에 서 있었다.

특히나 오늘 에디트는 자신이 아닌 듯했다. 아침에 준비하면서 금박 거울에서 자신을 계속 쳐다보는 여인이 너무나도 낯설게 느껴졌다. 낯선 이가 그녀의 얼굴에 콜드크림을 바르고 뺨, 이마, 목에 진주색 파우더를 묻히기 전에 많이 묻어나온 파우더를 덜어내는 걸 지켜봤다. 광대뼈를 따라 볼연지를 툭툭 바르고, 속눈썹은 바셀린과 분탄에 문질렀다. 마침내 화장품 하나가 그녀의 얇고 납작한 아랫입술에 살짝 발라졌다. 에디트와 거울에 비친 곧 아내가 될 여인이 동시에 입을 다물었고, 윗입술로 아랫입술을 문지르고 나서 탁 하는 둔탁한 소리를 내며 입술을 뗐다. 그러다 그녀가 진주 목걸이를 목에 끼울 때, 엄마가 그들 사이에 끼어들어 에디트를 향해 분무기를 뿌리고 빌려 온 베일을 고정시켰다.

이제 아빠가 울퉁불퉁한 판석을 가로질러 에디트를 안내할 때, 그녀
는 아빠의 팔을 붙잡았다. 아빠는 멋진 검정 정장을 입은 채 더위에 땀
을 뻘뻘 흘렸다. 그들이 교회 입구에서 멈춰 섰을 때, 에디트는 입가에
살짝 미소를 띠며 아빠를 바라봤다. 그녀는 진정으로 결혼을 원하지만
고상하고 점잖게 보여야 했고, 그녀가 자신의 운명을 조정하는 데 한몫
했다는 걸 주위 사람들에게 말해서는 안 되었다. 대신 그녀는 내내 묵
묵히 따르면서 미소를 지으며 흐름에 자신을 내맡겼고 자신의 욕망에
휩싸이지 않았다. 왜냐하면 빤히 보일 수 있는 욕망이 광기와 실망 외
에 어느 곳으로 자신을 인도하겠는가?

아빠는 에디트의 팔을 꼭 누르며 잘 알겠다는 듯 고개를 살짝 끄덕
였다. 에디트는 교회에서 그 사람들을 볼 생각에 더 심해진, 그녀의 신
경이 극도로 긴장하면서 가위질해 대는 소리가 아빠에게도 들리는지
궁금했다. 귓속에서 맥박 소리가 아주 높게 울려 퍼졌다. 하지만 아치
형 입구를 통과해 걸을 때, 오르간 연주자가 하객들을 일으키면서 머
릿속에서 울리던 소음도 가라앉았다.

에디트는 마음을 가다듬으며 드레스의 크림색 옷감을 매만졌다. 드
레스는 친척의 것이어서 잘 맞지도, 어울리지도 않았다. 여름 결혼식에
입기에는 너무 무거웠다. 숨이 막힐 정도로 목이 높은 데다 그녀의 키
와 체형에 비해 옷감이 지나치게 풍성했다. 하지만 이 결혼은 너무 갑
작스레 이루어졌고 아주 급하게 준비되어 더 어울리는 드레스를 찾거
나 수선할 시간이 없었다. 드레스는 장뇌 냄새를 감추기 위해 라벤더
물에 담가뒀었다. 어쨌든 전쟁 때문에 에디트는 결혼을 해야만 했다.
더더욱 급하게 진행된 이유는, 만약 결혼을 서둘러야 하고 6월에 결혼
식을 올린다면 삼십육 년 전 에곤의 부모가 했던 결혼 방식을 따라야

하며 17일에 결혼해야 한다고 에곤이 단호히 말했기 때문이다. 이에 대해서는 어떤 협상도 있을 수 없다고 했다.

에곤과 알고 지낸 동안 그는 자신의 아버지를 거의 언급하지 않았다. 아버지가 존경받는 역장이었는데 오랜 지병 끝에 돌아가셨고, 아버지와 늘 의견이 맞지는 않았어도 무척 사랑했다고만 말해주었다. 에디트는 그들 부자가 아주 가까운 사이는 아니었다는 인상을 받았는데, 그렇더라도 그는 지금 아버지를 기리는 일에 열렬히 집착하고 있었다. 에디트는 왜 그게 그토록 에곤에게 중요한지 궁금하지 않을 수 없었다.

음악이 그녀 주위에 울려 퍼졌고, 결혼식에 참석한 친구들과 가족이 고개를 돌려 에디트를 살폈다. 그들은 세세한 부분까지 모두 눈에 담고 있었다. 화가를 위해 모델을 해야만 할 텐데, 그러려면 남들의 이런 호기심 어린 시선에 익숙해져야 한다고 에디트는 생각했다.

일부 하객들은 에디트가 최근에야 만난 사람들이었다. 에곤의 많은 동창들이 징병을 갔고, 전쟁이 계속되면서 여행도 점점 어려워져 머무는 기간이 아무리 짧더라도 그런 것과는 상관없이 그들은 방문하러 오는 것 자체가 불가능해졌다. 그래도 에곤의 부유한 후원자들과 유명한 친구 구스타프 클림트는 빈에 남아서 성원을 보여주려 결혼식에 와주었다. 그들은 모두 에곤보다 나이가 많았다. 맨 앞줄에서 실레 부인이 치마를 매만지고 에곤의 누나 멜라니가 화려한 모자를 쓰고 있는 게 보였다. 에디트는 불과 며칠 전에야 그들과 알게 되었다. 두 여인은 에곤이 청혼을 했다는 소식에 살짝 충격을 받긴 했지만 에디트를 따뜻이 반겨주었다. 신도석에 앉아 에디트를 보고 환하게 웃고 있는 에곤의 고모부 레오폴드는 에곤이 마침내 정신을 차리고 무척이나 매력적이고 고상한 아가씨를 선택했다는 사실에 가족들이 기뻐했다고 에디트에게 말해주었다.

에디트는 한 발짝씩 내밀어 걸을 때 온 신경을 기울였다. 앞에는 에디트가 남몰래 마음을 품고, 그의 마음을 사로잡았다는 사실에 그녀를 놀라게 한 그 남자, 그 화가가 있었다. 하지만 그녀가 영원히 알아야 하는 이 남자는 진정 누구일까? 그는 등을 돌린 채 발을 하나씩 움직이며 기다리고 있었다.

그러다 에곤이 에디트를 향해 고개를 돌렸다. 시선은 에디트에게 고정한 채 남들 시선에 신경 쓰지 않고 함박웃음을 지었다. 머리는 뒤로 빗어 넘기고 머리 선 아래 피부는 반짝였으며 두 뺨은 붉었다. 그는 심장이 멎을 만큼 무척이나 잘생겨 보였다. 에디트의 갈비뼈 밑으로 선명한 행복이 느껴졌다. 에디트는 에곤의 목에서 핏자국을 발견했다. 의심의 여지없이 오늘 아침에 새 면도칼로 면도를 했을 것이다.

지금은 바로 그녀의 순간이다.

사랑하는 아빠가 에디트를 쳐다봤다. 아빠는 떠나기를 망설이는 듯 보였지만 에디트의 손목을 짧게 꼭 누른 뒤, 좁은 나무 벤치에서 브론스 네와 하름스가 쪽 늙은 이모들과 친척들 사이에 바싹 끼어 있는 무티 옆자리로 갔다.

그때 목사가 입을 열었다. 목사가 하는 말들이 이쪽에서 저쪽으로 흘러갔고, 에디트는 자기와 에곤의 이름 외에는 별로 알아듣지 못했다. 그러다 찬양과 성격 낭독이 있었다.

에디트 뒤 신도석에서 아이 울음소리가 나서 정신이 산만해졌다. 에디트는 돌아봤다. 범인은 엄마 무릎에 앉은 작고 뚱뚱한 아이였다. 여인은 아이가 우는 걸 무시하고 그저 아이를 위아래로 가볍게 흔들었다. 아이 엄마의 얼굴은 창백하고 말랐으며 반듯한 코에 머리가 구릿빛으로 빛났다. 에곤과 무척이나 닮은 걸로 보아 에곤의 동생 게르트루드가 틀림없었다. 게르트루드는 상견례에 나타나지 않았다. 에곤은 게르트루드가 초대를 거절한 것 같다는 말을 무시해 버렸다.

"게르트루드는 당신을 무척 만나고 싶어 해." 에곤은 말했다.

하지만 게르트루드는 지금 여기서 차가운 눈으로 에디트를 낱낱이 뜯어보는 중이었다. 그렇게 살펴보는 눈빛에 에디트는 마치 부족한 점이 밝혀진 듯 마음이 불편했다. 여인은 오른쪽에 앉은 에곤의 친구 안톤인 듯한 남편에게 뭐라고 속삭였다. 둘 중 누구도 미소를 짓지 않았다. 아기가 계속 울어대자, 여인은 일어나서 다른 하객들을 슬쩍 지나 밖으로 나갔다.

에디트는 다른 하객들의 얼굴을 빠르게 훑어봤다. 아델은 집에 있는데 편두통으로 괴로운 것 같았다. 아델은 에디트의 결혼 발표 이후 침대에만 머무르며 커튼을 여는 것조차 거부했다. 결혼식을 알게 된 뒤로는 에디트에게 말 한마디 하지 않았고, 분노에 찬 나머지 에디트의 가슴을 향해 샴페인 잔을 날리기도 했다. 사실 아델은 누구와도 말을 하지 않았다. 에디트는 자신의 안전이 두려워 자매가 함께 쓰던 침실에서 나와 가정부 해나처럼 작은 방에서 잠을 잤다.

에디트는 다시 현실로 살짝 떠밀려 돌아왔다. 모든 사람이 그녀를 기다리는 중이었다. 무척이나 더웠다.

목사는 질문을 반복했다. 정신이 혼미한 상태에서 에디트는 한때 에곤 아버지의 것이었던 반지를 그의 손가락에 끼워줬고, 정확히 뭐라고 했는지는 알아듣지 못했지만 그가 말하는 소리가 들렸다.

"그리고 에디트 애나 하름스, 이 남자의……."

에곤의 시선이 그녀에게 향했다.

에디트는 목사의 입에서 나오는 자신의 이름이 마치 자기 실체와 분리된 듯 너무나도 어색하게 들렸다. 에디트는 목사의 입술이 움직이는 것에 집중했다.

"…… 에곤 레오 아돌프 루트비히 실레를 남편으로 받아들이겠습니까?" 목사가 반복해 물었다.

에디트는 에곤의 중간 이름을 전혀 들은 적이 없었다. 에디트는 휘청거렸다. 갑자기 공기가 부족한 듯 느껴졌다.

그때, 에디트는 교회 뒤에서 검정 옷을 입고 더운데도 불구하고 어깨에 숄을 두르고 얼굴을 일부 가린 여인이 그림자 사이로 걸어오는 걸 봤다. 그 눈은 무척 어둡고 위협적이어서 숨을 멎게 했다. 저 여인은 아델일까? 아니면 배신당한 발리? 누구든 간에 에디트는 저 여인이 결혼식을 멈추려 할까 봐 걱정되었다.

"저는 당신을 제 법적 남편으로 받아들이겠습니다." 에디트는 빠르고 단호하게 말했다. 목이 건조했다.

에곤은 주머니에서 반지를 꺼냈다. 아름다운 금반지가 반짝반짝 빛났다. 그는 그걸 끼워주었다. 반지가 에디트의 손가락 마디에 걸려 잠시 어색한 순간이 흘렀고, 에디트가 숨을 죽이는 동안 에곤이 반지를 다시 밀어 넣었다. 에디트는 이 반지를 평생 낄 작정이었다.

"이제 에곤 실레와 에디트 하름스가 서로에게 엄숙하게 서약했으므로 저는 오늘 성부, 성자, 그리고 성령의 이름으로 이들을 부부로 선언하겠습니다. 하나님이 하나 되게 하신 이들은 누구도 갈라놓을 수 없습니다." 목사가 말했다.

"에디트 실레?" 에디트는 속삭였다. 그렇다. 화가의 아내가 된 것이다.

에디트는 아까 본 여인이 더위로 인한 환각이었는지 궁금해서 그림자 쪽을 돌아봤다. 누구였든 간에 사라지고 없었다. 에디트는 사랑스러운 해나가 교회 뒤쪽에 서서 미소 짓는 걸 봤다.

에곤의 얼굴이 에디트의 얼굴에 아주 가까이 다가왔다. 그는 손가락으로 그녀의 베일 끝자락을 잡고 머리 위로 넘겼다. 그럴 때 그의 손가락이 에디트의 머리를 스쳤다. 그런 다음 에곤은 에디트의 어깨를 잡았다. 그의 손이 닿자 몸이 찌릿했다. 그가 가까이, 더 가까이 몸을 기울였다. 그의 입술이 닿을 때 에디트는 두 눈을 감았다.

2

1915년 6월

사실대로 말하자면, 에디트는 남들이 생각하는 것처럼 그 일련의 사건들에 수동적이진 않았다.

이 년도 더 전인 그 10월의 첫날 밤, 에디트는 창문을 통해 그 화가가 반대편 건물로 짐들을 옮기는 걸 봤다. 에디트 역시 그를 보면서 호기심과 욕망으로 가슴이 두근거렸다. 하지만 물론 언니가 먼저 나서서 그가 자기 것이라고 선언했다.

아델은 늘 자기 것을 동생에게 물려주었다. 더는 관심 없는 인형들과 다 읽은 책들이 그 시작이었다. 그 뒤에는 자매가 둘 있는 집안이라면 자연스러운 질서이듯 몸이 자라서 맞지 않는 옷들을 물려주었다. 자매가 나이를 더 먹었을 무렵에는 아델은 아무 생각 없이 가장 먼저 소유하는 일에 익숙해졌다. 에디트는 그다지 신경 쓰지 않았다.

하지만 자매가 그날 밤 서둘러 오페라에 가느라 집을 나서면서 거리에서 그 화가와 스쳤을 때, 에디트는 그의 눈빛을 봤고 그들 사이에 일종의 의미 있는 눈길이 오갔다고 느꼈다. 그날 밤 내내 그 눈빛을 머릿속에서 떨칠 수 없었다. 아델은 물론 알아차리지 못하고 계속 재잘거렸고, 에디트가 자신의 감정을 인정할 여지를 남겨주지 않았다.

과거에 아델의 열정들은 대개 불타다가 스스로 사그라들었던 탓에 에디트는 이 새로운 열정도 같은 운명을 겪지 않을까 생각했다. 언니는 늘 점차 지루해했었다. 하지만 이번엔 그런 일이 일어나지 않았다. 오히려 아델의 집착은 렌즈로 확대된 것처럼 그저 커져가기만 하는 듯 보였다.

에곤에게 끌리는 마음에 대해 언니에게 솔직하지 못한 건 사실이지만, 만약 아델과 그 화가 사이에 위대한 사랑이 꽃피는 걸 목격했다면 에디트는 품위 있게 물러났을 것이다. 그런데 그런 일은 일어나지 않았고, 거리에서 화가와 마주칠 때 그녀를 보던 그의 눈빛은 이제껏 어느 남자도 그녀에게 묻지 않았던 질문들로 반짝였다. 그는 처음으로 에디트의 진짜 모습을 알아보는 사람인 듯했고, 에디트는 그 모습을 그에게 다시 보이고 싶어 안달이 났다. 그와 마주할 때마다 에디트는 그들 사이에 존재하는 실들이 조여오는 걸 느꼈다. 아델은 같은 말만 너무 심취해서 되풀이했고, 자신이 정복할 것들에 대한 승리감에 너무 도취된 나머지 화가가 에디트를 보는 눈빛으로 아델을 보지 않는 걸 전혀 눈치채지 못했다.

에곤과 에디트 사이에 이끌림이 싹튼 지 일 년 뒤, 그를 처음 본 날과 더불어 그 발리라는 여인을 데리고 갔던 그 끔찍한 영화 나들이 날로부터 이 년이 지난 뒤, 에디트는 그 화가와 단둘이 대화할 방법을 찾아야 한다는 걸 깨달았다. 하지만 아델에 대한 걱정으로 무티의 경계가 심해 기회가 별로 없었다.

이런 상황이 모두 바뀐 건 5월의 어느 날, 해나가 '아드와 에드' 앞이라고 에곤이 장난스레 적은 또 다른 편지를 들고 계단을 느릿느릿 올라왔을 때였다. 겉으로 보기와는 달리 해나가 하름스 가정에서 보지 못하거나 영향을 끼치지 않은 것은 거의 없었다. 오래전, 아델은 해나를 경멸함으로써 해나의 원한을 사 매일 사소한 방식으로 대가를 치르곤 했다. 에디트는 화가의 글씨를 금세 알아봤다. 그는 이전에도 편지를 썼지만 그녀가 읽은 적은 거의 없었다. 아델이 그의 편지를 자기 것이라 주장하며 탐욕스럽게 읽고 소유했으며, 베개 아래 두고 잠을 자곤 했다.

이번에는 에디트도 자신의 속도대로 편지를 읽고, 그 메시지를 음미한 뒤 언니와 공유할 생각이었다. 에디트는 해나에게 입을 맞추며 편지를 받아 들고 몰래 린넨 캐비닛 안으로 도망쳤다. 이곳은 예리하게 살피는 시선으로부터 에디트가 안전할 수 있는 유일한 공간이었다. 수건과 이불과 침구류 사이에 자리 잡은 에디트는 손가락으로 크림색 종이를 훑었다. 머리에서 핀을 뽑아 봉투를 뜯은 뒤 종이를 펼쳐 글을 훑어봤다.

"집에 갇힌 건가요? 왜 저를 보러 오지 않나요? 이게 적절한 행동이 아니란 건 저도 압니다."

에곤이 쓴 글을 읽자, 에디트는 자신 안에서 무언가가 빠르게 움직이는 듯한 느낌이 들었다. 그리고 이 짧은 몇 줄의 글로 그녀는 계획을 짜냈다. 에디트는 무티가 다음 날 모임을 열 것을 알고 있었기에 아델만 해결하면 되었다. 에디트는 답장을 썼다. 엄청난 감시 아래 사는 것은 실로 숨이 막힌다는 글과 함께, 다음 날 아침 11시 30분에 길모퉁이에서 잠깐 만날 수 있느냐고 적었다.

'그저 다시 한번 인사를 나눌 기회를 가지려고요'라고 적으며 아델의 것까지 서명했다.

아델은 그 화가가 잘생긴 데 관심을 가졌지만, 에디트는 언니가 놓친 더 깊은 무언가를 그에게서 언뜻 봤다. 생각하는 방식에서의 예민함, 그녀 주위에 있을 때 보이던 다정함, 그녀가 미술관에서 목격했듯 세상을 보는 방식 같은 것 말이다. 엄마가 강요하려 했던 다른 신랑감들은 모두 에곤과 비교하면 초라했다. 에디트는 아델을 배신했다는 데 죄책감이 들었고 언니에게 상처를 주고 싶지 않았지만, 왜 에곤을 먼저 봤다는 이유만으로 언니가 그를 차지하는 걸 인정해야만 하는가?

에디트는 블라우스 안에 편지를 넣고 부엌으로 향했다. 도와줄 사람이 필요했다.

"해나……." 에디트는 입을 열었다. 어떻게 표현해야 할까? 신중하게 말해야 했다. "이상한 부탁으로 들릴 테고 기꺼워하지 않을 걸 알지만, 내일 아침에 무티가 귀부인들을 대접하는 동안 시장에 갈 때 꼭 아델 언니를 데려갈 수 있으세요? 그리고 부탁이니 서둘러 집에 돌아오지 말아주세요."

에디트는 해나가 이유를 물어보리라 생각했지만, 가정부는 알겠다는 따뜻한 표정을 지었다.

"우리 아가씨를 위해서라면 뭐든지요." 해나는 분주하게 점심을 차리면서 답했다.

"그리고 부탁인데 오늘 오후에 이 편지를 그 화가에게 전달해 주실 수 있으세요?"

"그가 아가씨를 보면 기뻐하리란 걸 저는 알지요." 해나는 에디트의 팔을 꼭 쥐며 말했다.

에디트가 이렇게 무모한 방식으로 직접 일을 처리했다는 걸 결코 아델에게 들켜선 안 되었다. 에디트는 에곤의 편지를 블라우스에서 꺼내 입에 갖다 댄 뒤 스토브의 문을 열었다. 금빛으로 타오르는 불은 넋을 잃을 정도였다. 불꽃이 편지를 삼키는 걸 감탄하며 보는데 마음이 놓였다. 인생에서 처음으로 그녀만의 것이라고 부를 수 있는 걸 갖게 될지도 몰랐다.

≈

그날 혼자 에곤을 만난 것이 에디트의 운명을 결정지었다. 히칭의 분주한 중심가에는 품위 있는 남녀들과 유모의 손을 잡은 잘 차려입은 아이들이 여기저기 흩어져 있었고, 마차들은 인네레슈타트로 향하고 있었다. 무티에게 항의하던 아델은 집에서 쫓겨나 일찍이 해나와 밖으로 나갔다. 기침이 나는 척하면서 언니가 출발하기를 침대에서 기다리던 에디트는 아델이 떠나지 않거나 머무적거리며 늦장 부리다가 화가와 마주쳐 모든 걸 망쳐놓을지도 모른다는 생각에 정말 속이 메스꺼웠다.

하지만 마지막 순간에는 에디트가 바라던 대로 상황이 흘러갔다.

에곤은 주머니에 손을 넣고 구두 굽을 가볍게 흔들며 기다리고 있었다. 그는 예의 있게 아델에 대해 물었고, 에디트는 언니가 부름을 받아 나갔다고 했다.

에곤은 눈썹을 치켜올리더니 은밀하게 미소 지었다.

"그렇다면 당신과 저뿐이네요, 하름스 양? 쇤브룬 공원에서 산책 좀 할까요?"

"저는 많아야 삼십 분밖에 시간이 없어요." 에디트는 초조해하며 대답했다.

그들은 가깝게 나란히 걸으며 공원을 향해 걸어갔다. 에디트가 도로에서 발을 뗄 때, 그의 손이 그녀의 손을 스쳤다. 에곤은 즉시 사과했다.

"미안합니다." 에곤이 씩 웃으며 말했다. "저에 대해 무슨 말들을 하는지 알지만 제 뜻은 순수하다고 장담할 수 있습니다. 당신을 굉장히 존중하고 있어요, 에디트."

에디트는 그의 매너에 미소를 지을 수밖에 없었다. 이 남자는 빈에 충격을 준 바로 그 청년이었다.

둘이 다양한 주제들에 관해 빙빙 돌려 대화를 나누는 가운데 그들 사이에 끓어오르는 감정을 담은 말들이 춤을 추었다. 에디트는 에곤의 미술과 미래의 야망에 관해 물었고 그도 같은 질문을 했다. 그녀가 인생에서 원한 건 무엇일까? 어떤 인물이 되고 싶었나?

사랑스런 나비가 에곤의 옷깃에 앉았고, 그는 길 중간에 멈춰 서서 몇 걸음 뒤에 있는 노부부 쪽으로 모자를 내렸다. 나비를 살짝 집어 올려 관찰하는 그의 손에 먼지 같은 색채가 묻어났다.

에곤은 에디트에게 무엇을 보라는 말도 없이 그 곤충을 들어 올렸다.

"저는 이제 가봐야 해요." 에디트는 망설이며 말했다. "언니가 이제 곧 돌아올 거예요."

"물론이죠." 에곤이 말했다. "적어도 문 앞까지 바래다줄게요."

에디트는 주춤했다. "우리가 함께 있는 걸 아델 언니가 볼 수도 있는데요. 그렇게 되면…… 곤란해져요."

"아델이 저를 좀 강렬하게 보는 걸 눈치챘어요." 에곤은 쓴웃음을 지으며 말했다.

그들은 히칭의 중심가 길모퉁이에서 멈춰 섰다.

"떠나시기 전에," 에곤이 덧붙였다. "하고 싶은 말이 있습니다……. 발리에 대해서요." 에곤은 목을 가다듬었다. "저는 발리에게 말해 엄숙하게 끝을 낼 생각이에요. 제가 무슨 말을 하려는 건지 이해하셨길 바랍니다."

에곤의 시선이 에디트의 얼굴을 응시했다.

에디트는 고개를 저었다. "무슨 말이에요?"

"에디트, 당신에게 보이는 것보다 더 많은 게 감춰져 있다는 느낌을 떨칠 수가 없어요. 당신과 함께할 때마다 제가 옳았다는 걸 알게 됩니다. 당신을 더 깊이 알고 싶어요. 제게 그런 특권을 허락해 주시겠습니까?"

≈

몇 주가 흘렀다. 에디트는 그 화가와 몇 번 비밀리에 만났고 만날 때마다 그날만의 즐거움이 있었다. 그런 만남들 뒤, 에디트가 카드놀이를 하고 있을 때 문을 두드리는 소리가 들렸다.

"실레 씨, 안녕하세요." 복도에서 해나의 목소리가 들렸다.

"안녕하세요, 해나." 에곤이 따뜻하게 인사했다. "하름스 씨가 괜찮으시다면 말씀을 나누고 싶습니다만?"

에디트는 화들짝 놀랐다. 에곤은 여기서 무얼 하려는 것일까?

"무슨 일로 뵙고 싶어 한다고 전할까요?" 해나가 물었다.

"죄송합니다만 개인적인 문제입니다." 에곤이 대답했다.

에디트는 살그머니 복도로 나갔다.

"하름스 주인님은 특히나 아침 이 시각에 방해받는 걸 싫어하십니다."

"그럼 하름스 씨께 심각하게 논의할 일이 있다고 말씀해 주십시오."

무슨 일일까? 에디트는 궁금했고 가슴이 뛰었다.

해나는 투덜거리며, 아빠가 아침 식사를 하는 방으로 다가가 문을 두드렸다.

"무슨 일이지?" 아빠가 다그쳐 물었다.

해나가 안에 들어가면서 문을 닫아 대답하는 소리는 잘 들리지 않았다.

"여기서 뭘 하는 거예요?" 에디트는 에곤에게 속삭이듯이 물었다.

"당신 어머니께서 아델과 나가시는 걸 봤어요. 그래서 아버님과 만나는 기회를 잡으려는 거예요."

"에곤, 설마…… 이건 너무 빨라요!"

"하지만 나는 내 생각에 확신이 있어요, 에디트. 얼마나 더 시간이 필요한가요? 게다가 전쟁은 점점 더 격렬해지고 있어요. 내 매제 안톤은 이미 징병서를 받았다고요. 이게 우리의 유일한 기회일지 몰라요."

그때 문이 열리고 해나가 에곤에게 들어오라고 손짓했다.

"나를 믿어봐요." 에곤은 방으로 들어가면서 초조하게 말했다.

해나가 다가와 말했다. "이건 남자들 일이에요. 이리 와요. 진정할 수 있게 캐모마일차를 만들어줄게요."

에디트는 나무문에 귀를 댔다. "나는 아무 데도 안 가요. 특히나 내 운명이 논의되는 상황에서는요."

"하름스 씨, 방해해서 죄송합니다만 기다릴 수 없는 문제입니다."

에곤이 말하는 소리가 들렸다. 해나도 에디트 옆에 합류했다.

"제안드릴 게 있어 왔습니다. 따님과의 결혼을 허락해 주십시오."

에디트의 폐에 숨이 차올랐고, 해나는 그런 그녀의 팔을 꼭 붙잡았다.

"실레 씨, 당신은 내 딸과 결혼하게 해달라는 말을 하러 이 고요한 시간에, 내가 기분 좋은 상태이길 바라면서 찾아온 건가?"

"지금이 아니면 시간이 없습니다, 아버님."

"내가 자네 나이라면, 좀 더 기다려보는 걸로 만족하겠네." 아빠가 대답했다.

"대단히 죄송하지만 저는 곧 스물다섯 살입니다. 게다가 이 전쟁은 모든 걸 바꿔버렸어요. 저는 더 나은 남자가 돼 미래로 들어가고 싶고 어리석었던 제 젊은 날들에 선을 긋고 싶습니다."

"아, 맞아. 빈의 모든 사람이 자네의 경범죄를 알고 있지. 무슨 생각으로 자네는 내가 화가이자 범죄자에게 내 딸을 허락할 거라고 생각했나?"

"저는 예술을 만든 것 외에는 어떤 죄도 발견된 것이 없습니다, 아버님. 그로 인해 교훈도 얻었고요. 아버님께서 따님을 제게 맡기신 신뢰를 절대로 저버리지 않을 겁니다. 장담할 수 있습니다. 저는 드릴 게 많아요."

"줄 게 많다고?" 조롱하는 듯한 아빠의 목소리가 들렸다. "솔직히 말해보세, 실레 씨. 화가가 진정으로 어떤 식의 인생을 내 딸에게 줄 수 있겠나? 재정적인 안정에 있어서는 뭘 가지고 있나? 사회적으로 인정받는 사람인지만 따져봐도 자네는 부족하네."

"제 이름은 오스트리아 안팎에서 유명해지고 있습니다. 이달만 해도 의뢰서를 세 개나 받았고 앞으로 더 많을 거라 기대합니다. 제 상황은 나아지고 있어요."

"그렇단 말이지? 그리고 자네 가족은 어떤가?"

"제 고모부 레오폴드 치하체크는 오스트리아 제국 철도청의 감독관이셨습니다. 제 아버지는 역장이셨고요. 저는 규율 아래서 성장하고 예절을 배웠어요."

"어떻게 그런 훌륭한 분이 화가를 아들로 두셨나?" 아빠는 크게 혼잣말을 했다.

에곤은 잠시 말을 잇지 못했다. 아빠는 자신이 너무 지나쳤다는 걸 깨달았는지 화제를 돌렸다.

"자네의 수입은 안정적이진 않지만 적절하니까 나더러 자네의 가능성을 믿으라는 거군. 그건 위험성이 높아. 우리는 내 딸에 관해서 얘기하는 중이잖아. 자네는 희생할 수 있는 남자인가?"

"저는 미술을 위해서 셀 수 없이 많은 희생을 했습니다."

"자네의 미술! 나는 자네가 가족을 위해 헌신할 수 있는지 알고 싶은 거라네. 문제에서 벗어나 올바른 길을 따를 수 있겠나?" 아빠는 잠시 말을 멈췄다. "아델을 제일 우선으로 둘 수 있겠나?"

"에디트입니다." 이 젊은 남자가 간단히 말했다.

"도대체 에디트한테 뭘 원하는 건가? 먼저 결혼해야 할 사람은 아델이야. 에디트는 너무 어려. 자네도 그걸 알아야 해." 아빠는 고통스러운 듯 말했다.

"에디트는 스물두 살이에요. 제 어머니가 결혼하셨을 때는 그보다 다섯 살 어리셨어요."

"이 아이는 예민하네." 아빠가 주의를 주었다.

"에디트는 완벽히 잘 극복할 겁니다." 에곤이 답했다.

"아니야. 그건 그냥 불가능해."

에디트는 머리가 아찔했다.

"죄송합니다만, 저는 에디트와 사랑에 빠졌어요."

"사랑이라고! 자네 같은 청년들은 항상 기대를 저버리지." 아빠는 잠시 입을 다물고 말했다. "젊은이가 용기는 있군. 자, 여기 와서 하고 싶었던 말은 다 했잖아. 내 커피가 식고 있어. 생각해 보겠네. 지금은 그걸로 만족할 수 있겠나?"

"답변을 들으러 나중에 다시 오겠습니다."

"아내와 상의해 봐야 해. 내 일러두는데, 여기서는 내 아내 허락 없이는 무엇도 일어나지 않는다네. 자네는 알아둬야 할 게 많아."

≈

"오늘 아침 여기 한 청년이 찾아왔단다." 아빠가 에디트와 아델이 함께 쓰는 방에 들어오면서 말했다. "제안을 하나 하러 왔더구나."

에디트는 얼굴을 찌푸리며 아빠를 쳐다봤고, 아빠가 들고 있는 코냑 한 병과 잔 두 개를 바라봤다.

"그 화가야." 아빠는 그것들을 내려놓으며 말했다.

에디트는 남은 카드들을 손으로 반듯하게 모으며, 엄마가 코냑 병에다 매일 밤 표시해 놓은 연필 선보다 훨씬 밑에 남은 코냑을 봤다. 에디트는 차마 실토할 자신이 없어서 아빠에게 계속 말씀하시라고 고개를 끄덕였다. 아빠는 코냑을 잔에 한 잔 채워 에디트에게 건넸다. 이제껏 딸에게 술을 건넨 적이 없는 아빠였다. 코냑에서 나는 탄내는 끔찍했다.

"그 화가는 결혼하고 싶어 안달이더구나." 아빠는 이어서 말했다. 아빠는 아델의 침대 발치에 자리 잡고는 실크 손수건에다 대고 기침을 했다. "너와 결혼하고 싶대."

에디트는 놀이용 카드를 떨어뜨리며 자리에서 일어섰다. "그래서 뭐라고 말씀하셨어요?"

"네가 화가와 결혼하기에는 너무 어리고 예민하다고 말했다. 하지만 그는 흔들림이 없었어."

에디트는 얼굴이 붉어지고 심장이 방망이질 댔다. 상상해 왔던 것보다 상황은 훨씬 빠르게 움직였고, 결혼은 모든 걸 지나치게 현실적으로 만들어놓았다. 에디트는 결혼을 원하긴 했으나 화가와 언니 사이에서 선택해야 할 때 돌이킬 수 없는 지점이 되었다.

"아델 언니는 어떡하고요? 이 얘기를 들으면 끔찍하게 싫어할 텐데요."

"그 사람은 분명히 말했어. 에디트라고 말이야. 그래서 지금 이런 상황이 된 거야." 아빠는 자기 손을 살펴봤다. "전쟁은 막대한 피해를 주고 있어. 전투는 급격한 격변을 가져오고 있지. 우리는 이미 그 반향을 느끼고 있어. 허리띠를 단단히 조이게 되고, 음식도 구하기 어려워지고, 연료는 점점 부족해지는 데다 적개심은 커가고 있단다. 내 수많은 이전 동료들은 재정적으로 어려움을 느끼고 있어. 누군가는 파산으로 끝나버릴 수 있어. 브론 씨조차 힘들어하고 있단다." 아빠는 눈길을 돌렸다. "네게 해야만 하는 말이 있단다……."

에디트는 아빠가 이렇게 지친 모습을 본 적이 없었다.

"우리는 운이 없었어. 두 번째 기회를 위한 돈이 없단다. 사실, 거의 돈이 없어."

에디트는 가정의 재정 상황을 생각해 보지 못했다. 전쟁으로 인해 많은 것들이 부족해진 건 알았지만, 아빠가 지금 이렇게 집안의 상황을 사실대로 고백하니 모으는 돈이 적었던 것, 집안 시설에 문제가 생겨도 고치지 않았던 것, 고기 양이 더 줄어든 것, 해나의 눈빛에서 보이던 부담감을 이해할 수 있었다.

"에곤 실레는 네 신랑감으로 선택하기에는 한참 먼 사람이야." 아빠는 말했다. "하지만 상황이 우리에게 불리하게 돌아가고 있어. 청년들은 싸움터로 보내졌지. 결혼하면 너는 머물 곳이 생기는 거야. 결혼하지 않으면 너는 군인들이 돌아올 때까지 오래도록 기다려야 할지 몰라."

"그럼 그 화가와 결혼해야 하는 거죠?" 에디트의 목소리가 떨렸다.

"그러고 싶니?" 아빠는 고개를 들고 마치 에디트를 처음으로 제대로 보는 것처럼 쳐다봤다.

에디트의 마음속 방들이 서로 충돌하는 욕망 사이에 끼어 줄어들었다. 한쪽 방에는 언니를 향한 깊은 사랑이 있었다. 에디트는 이런 행동이 얼마나 아델에게 상처를 줄지 알았다. 결혼을 승낙하는 것은 아델을 나무처럼 잘라내 버리는 것이었고, 날카로운 도끼를 휘두르는 건 에디트였다. 다른 방에는 에곤과 그와 함께하는 미래가 있었다. 에디트는 자신이 활짝 피어나는 것이, 그녀가 누구였는지에 관한 낡은 생각들에서 벗어나 새로운 모습으로 바뀌는 자신이 보였다. 지금 아빠에게 결혼하기 싫다고 말하는 것은 그 여인의 싹을 잘라내고, 거부하고, 그녀가 끌린 빛의 근원을 빼앗는 것이었다. 에디트는 자신의 충성심을 가늠해봤다. 어떤 길을 선택하든 자신의 일부를 잃게 될 것이다. 언니와의 관계와 에곤과의 관계 모두를 갖기란 불가능했다. 하지만 선택을 해야만 했다.

에디트는 아빠의 눈을 보고 말했다. "네, 하고 싶어요."

그 말을 한 뒤 울음을 터뜨리기 시작했다.

3

1915년 6월

마차가 히칭거 하우프트스트라세에 멈춰 섰다. 에곤이 먼저 나와 에
디트를 위해 문을 열어 잡아주었다.

"내 아내!" 하고 에곤이 과장되게 외치며 손을 내밀자 에디트도 손
을 잡았다.

에디트는 밤늦도록 에곤과 하객들과 함께 결혼식 왈츠를 춘 탓에 아
직도 발이 쑤셨다. 에곤과 에디트는 모든 사람 앞에서 춤을 추었다. 어
느 순간 에곤은 에디트의 허리를 잡아 뒤로 젖혔고, 에디트가 그의 팔
에 최대한 우아하게 걸려 있을 때 진주 목걸이가 턱 아래로 미끄러져
내려왔다. 매우 유감스럽게도, 에곤은 심지어 무티와 춤을 추는 데도
성공했다. 신랑의 아버지가 없어 에디트는 에곤의 매제 안톤과 파트너
가 되었다. 안톤은 에디트를 잡고 힘차게 방을 빙 돌아다녔고, 예상하
지 못한 우아함과 힘으로 그녀를 들어 돌렸다. 게르트루드가 노려보는
가운데 에디트는 숨을 헐떡이며 웃음을 터뜨렸다.

물론 결혼 피로연은 전쟁 전보다 더 작고 소박하게 치러졌다. 하지만 가족들과 친구들은 꽤 괜찮은 레스토랑 한편에서 조촐한 식사를 했다. 식사 뒤에 음악이 시작되자 테이블이 사방의 벽으로 밀쳐졌다.

지금 에디트는 평생 살아온 곳의 거리 한복판에 서 있었다. 아침에 떠난 높은 집 건물 창문들을 올려다보고, 지금껏 두 번 생각할 것 없이 자연스럽게 드나들던 입구도 쳐다봤다. 에곤은 에디트의 팔을 잡아 다른 문을 향해 돌려세웠다. 그는 재킷 주머니에서 열쇠를 찾았다. 에디트는 마치 손 하나가 등을 잡아 뜯는 것처럼 보이지 않는 눈이 따갑게 쳐다보는 걸 명백하게 느낄 수 있었다.

"서둘러요. 부탁이에요." 에디트가 말했다.

에곤이 문을 연 다음, 에디트를 건물 안으로 안고 가려고 두 팔을 그녀의 등 뒤로 쓱 넣었다.

"정말!" 에디트는 웃고 말았다. "내려놔요."

에디트는 그의 품에서 답답하고 불편했다. 그녀는 몸을 움직이며 발버둥 쳤다.

"난 이런 말을 자주 하진 않지만, 어떤 전통들은" 하고는 에곤이 이어 말했다. "지켜져야 해."

에디트는 문틀에 발목을 세게 부딪혔다. 그러자 머릿속에서 아델의 웃음소리가 울려 퍼졌다.

다시 에디트의 두 발이 땅에 닿았고, 그들은 계단을 올라 에곤의 집으로 갔다.

"당신의 새로운 거처입니다, 실레 부인." 에곤이 큰 소리로 말했다. "당신이 여기서 아주 편안하게 지내게 해줄게요. 마음 편히 지내야 해요."

에디트는 넓게 탁 트인 공간으로 걸어 들어갔다. 이 공간을 더 밝게

만들 생각이었다. 에곤의 그림과 미술 재료가 방에 넘쳐났다. 에디트는
양탄자와 쿠션을 만들기 위해 다채로운 천을 살 것이고, 이 공간을 잎
이 풍성한 식물들로 채울 예정이었다. 에곤의 이젤은 내닫이창 앞에 세
워져 있었다. 에디트는 창문 왼쪽 벽에서 커다란 잉크 얼룩을 봤다. 엄
청나게 튄 잉크가 회반죽을 바른 벽에 말라붙어 있었다. 에디트는 잉
크가 뿌려졌을 당시 바로 닦지 않았다는 데 놀랐다.

책이 가득한 벽, 책상 의자, 그리고 거대한 거울도 있었다. 에디트는
거울 앞에 섰다. 두꺼운 크림색 웨딩드레스는 생각보다 그리 나쁘지 않
았다. 하지만 여전히, 에디트는 자신이 항상 너무 불편해 보인다는 사
실에 놀랐다. 양팔은 앞에 뻣뻣하게 뻗고, 손끝은 초조하게 엄지손가락
에 놓여 있었다. 거의 바보처럼 보였다.

머지않아 에디트는 아내로서의 의무를 수행하게 될 것이다. 그녀는
아무것도 모른다고 할지라도 에곤이 알 거라 믿었다.

에디트는 거울에 비친 자신이 거울 틀 밖으로 걸어나가는 걸 지켜봤
다. 에디트는 작은 부엌을 지나 침실로 향했다. 축축한 플란넬이 선반
에 드리워진, 얼룩진 거울과 세면대가 있는 작은 방을 지났다. 에디트
는 손가락으로 에곤의 오드콜로뉴, 깨진 비누, 파우치 안에 든 면도기
를 손가락으로 쓸며 그들의 자리를 차례대로 머리에 기록했다. 세면대
의 에나멜에 짧은 수염들이 붙어 있었다. 새끼손가락으로 세면대 안쪽
곡선을 훑다가 손끝에 묻은 수염을 후 불었다.

침실에 있는 에곤은 침대에 앉아서 두 발을 들어 신발을 벗어 던지
고 담배를 말고 있었다. 그의 셔츠 소매는 위로 올려져 있고 앞의 단추
들은 모두 풀어져 가슴이 드러났다. 이 남자, 그녀의 남편은 여전히 낯
선 사람에 지나지 않았다.

이제 에디트는 그날 아침 일찍 에곤의 집으로 보낸 에디트의 소지품

이 든 큰 짐 가방 세 개를 보러 갔다. 짐 가방은 양단 치마, 오후를 위한 헐렁한 다회복, 레이스가 장식된 페티코트와 주름진 블루머로 가득했다. 에디트는 무릎을 꿇고 짐 가방 하나를 열어 그날 아침 맨 위에 놓은 잠옷을 꺼냈다. 새로 세탁한 것이었다. 에디트는 세면도구들, 수면용 보닛, 은색 손잡이가 달린 머리빗 같은 잘 때 필요한 것들을 모두 꺼냈다.

에디트는 그걸 들고 혼자 조용히 화장실로 갔다. 에곤은 만 담배를 따라 혀를 움직이며 에디트를 봤다. 그는 약간 재밌어하는 듯 보였지만, 에디트에게는 그 앞에서 옷을 벗는다는 건 생각할 수도 없었다. 어떤 남편도 아내에게 그런 건 기대하지 않을 터였다.

몇 분 뒤, 에디트는 화장실에서 나왔다. 에곤을 방해하지 않으려고 침실 문손잡이를 조심스레 돌렸으나 그는 아직도 깨어 있었고, 옷도 그대로 입은 채 침대에 앉아 책을 읽고 있었다. 구석의 축음기에서 경음악이 잔잔하게 흘러나왔다.

"음, 당신…… 아주 단정해 보이네" 하고 말하는 그의 입꼬리가 씰룩거렸다.

에디트는 그의 놀리는 말투를 눈치챌 수 있었다.

"잘 때 늘 입는 옷이에요."

헐렁하고 소매가 긴 잠옷의 가장자리가 바닥을 쓸었다. 단추는 신중하게 목까지 다 채웠다. 머리는 백 번은 빗었고 땋아서 보닛 안으로 넣었다.

"음, 우선 이건 필요 없을 거야."

에곤은 자리에서 일어나 에디트에게 걸어가 그녀의 턱 아래에 있는 하얀 리본을 풀어 보닛에서 땋은 머리가 튕겨 나올 때까지 길게 잡아당겼다. 에곤은 보닛이 바닥으로 떨어지게 내버려 둔 뒤 땋은 머리를 손으로 잡고 그 끝을 입에 대었다.

"하지만……." 에디트는 몸을 살짝 빼며 말했다.

에곤은 에디트의 목 앞에 달린 단추를 풀었다. 하나씩 하나씩 단추를 풀어갔다. 그는 부드러우면서도 집요했다. 에디트는 두려움을 삼킬 수 없었다.

에곤은 에디트를 가까이 당기고 드러난 목에 숨을 내쉬었다.

"당신도 즐기게 될 거야." 에곤이 말했다. "사실, 사랑하게 될걸. 이건 커플들이 하는 거야."

에곤은 바지를 벗은 뒤 에디트를 침대로 데리고 갔다. 에곤은 남편으로서 가져야 할 것을 원했다. 그는 에디트의 잠옷 마지막 단추를 풀고 머리 위로 잠옷을 벗겨냈다.

"옷감이 아주 많네!" 에곤이 잠옷을 높이 들어 올리며 그녀가 돌려달라고 말하도록 부추겼다.

에곤은 잠옷을 방 건너편으로 던져버렸고, 잠옷은 문가에 털썩 떨어졌다. 그다음 에곤은 하얀 셔츠를 벗었다. 에디트는 부끄러웠다. 이런 식으로 노출된 남자의 모습을 이제껏 본 적이 없었다. 에곤의 가슴은 하얗고 근육은 빈약했다. 유두 사이에는 검은 털이 몇 가닥 있었다. 팔뚝과 몸통은 주근깨가 흩뿌려져 있었다. 에디트는 그의 엉덩이에서 나뭇잎 모양의 모반도 봤다.

에곤은 에디트를 베개 위로 살며시 눕힌 다음 양쪽 손목을 잡아 머리 위로 반듯이 올렸다. 그는 화가의 눈으로 그녀를 봤지만 직업적인 것이 아닌 갈급함도 있었다. 에곤은 서두르지 않았다. 에디트 옆에 누워 엉덩이부터 시작해 위로 올라가며 피부를 쓰다듬었다. 에디트는 몸이 찌릿했다.

혐오와 욕망. 에디트는 아델이 생각났다. 수치스러웠다.

에디트는 더는 참을 수 없어 화장실로 달려갔다.

에곤은 잠시 시간을 주다가 화장실 문으로 다가왔다. 그는 문 반대편에서 말했다.

"에디트, 자, 울지 마. 그렇게 끔찍한 일이 아니야."

"그럴 수 없어요." 에디트가 말했다. "그러지 않을 거예요."

"우리 어머니도 그랬대. 결혼식 날 밤에 혼자 화장실에 들어가 문을 잠그고 나오길 거부했다는 거야. 이상하게 들리겠지만 어떤 면에서는 역사가 반복되는 걸 보니 기쁘네."

에디트는 아무 대답도 하지 않았다.

"물론, 들은 바에 의하면 결국 아버지는 매춘부를 찾아갔고, 그렇게 아버지를 미치게 만들고 끝내 죽게 한 매독에 걸리셨어. 그러니 아마도 역사의 일부는 잊힌 채로 놔두는 게 최선일지도 몰라."

에디트는 문 뒤쪽을 쓰다듬었다.

"미안해." 에곤이 덧붙였다. "난 여기서 기다릴게. 천천히 시간을 갖도록 해. 나는 랭보를 읽으며 즐기고 있을 테니까."

에디트는 에곤이 문에서 멀어져 가는 발소리를 들었다.

에디트는 심장이 쿵쾅대는 와중에 주위를 둘러봤다. 그녀 스스로 원했고 이루어지게도 했다. 그런데 지금…… 에디트는 무언가 잘못됐다는 불쾌한 생각을 떨칠 수 없었다. 양손을 쳐다봤다. 피부에 닿는 이 금반지를 끼고 있다니 이 얼마나 이상한 일인가. 반지는 그녀의 것이었다. 반지를 빼 바라봤다. 안에는 두 개의 이니셜이 있었다. E & E.

그건 그녀 안의 가장 깊은 무언가를 움직여 아프게 했다.

그러다 에곤의 면도기 칼날에 시선이 갔다.

≈

남편이 또다시 문을 두드렸다.

"에디트? 거기서 뭐 하는 거야? 어디 아파? 거의 한 시간째 그러고
있잖아."

에디트는 대답이 없었다. 에곤이 문을 열려고 애쓰자 마침내 살짝 열
렸다. 그는 힘을 더 주었고 그 틈으로 비집고 들어갈 수 있었다. 에디트
는 몸을 웅크린 채 바닥에 누워 있었다. 울고 있었던 것이다. 에곤의 면
도칼이 그녀의 손에서 반짝였다. 칼날에 피가 묻어 있었다.

"에디트, 뭐 하는 거야!"

에곤은 손으로 에디트의 몸과 손목을 훑으며 피가 나는 곳을 찾으려
했다. 에디트의 손을 들어 올리자 허벅지에 가느다랗게 벤 자국이 드러
났다. 모난 선들이 에디트의 피부에 긁혀져 있었다.

A와 D가 쓰여 있었다.

"당신, 무슨 짓을 한 거야?" 에곤은 긴장되고 두려운 목소리로 물었다.

에곤은 플란넬을 집어 피를 닦아내려 했지만 면도칼로 긁은 선들만
뚜렷해질 뿐이었다.

ADELE (아델).

에디트는 그 이름을 피부에 새겼다. 언니가 사랑하는 남자와 결혼함
으로써 언니에게 엄청난 고통을 주었다. 그리고 오, 그가 장담한 기쁨
으로 인해 느껴지는 이 죄책감이란. 자신이 초래한 고통에서 벗어날 수
없었다.

"아파." 에디트는 눈을 감은 채 속삭였다.

에곤은 에디트를 끌어안았다.

"쉿."

에곤은 에디트의 긴장이 사라질 때까지 오래도록 가만히 흔들었다. 에디트의 손가락은 에곤의 팔을 꽉 붙들었고, 그의 심장 소리를 들을 수 있었다.

"당신은 자매를 잘못 선택했어요." 에디트가 말했다.

"뭐라고? 그것 때문에 그런 거야? 내가 아델과 결혼해야 했다고 생각해?"

"언니가 더 좋은 아내가 됐을 거예요. 언니는 뭘 해야 할지 알고 있었을 거예요."

"솔직히 말하자면 난 항상 아델이 무서웠어."

"언니는 당신이 자기와 결혼할 거라 믿었어요."

"하지만 나는 아델이 그런 생각을 할 만한 짓은 아무것도 안 했어. 나는 아델에게 아무 감정도 없었어."

"당신은 언니의 마음을 아프게 했어요. 그런데 내가 당신의 프러포즈를 받아들여서 또다시 언니의 마음을 아프게 한 거예요."

"에디트, 나 좀 봐봐." 에곤은 양손으로 에디트의 얼굴을 잡았다. "사랑은 그런 식으로 작용하지 않아. 의식적으로 선택할 순 없는 거야. 그건 말도 안 되는 일이지. 사랑에 빠지는 건 늘 예상치 못하는 일이야. 사랑은 불시에 찾아오니까 기쁜 거지."

"당신은…… 날 사랑해요?" 에디트가 물었다.

"물론이지. 당신을 처음 봤을 때 내 안의 무언가가 고동쳤어. 당신을 알게 될수록 그게 더 커져만 간 거야." 에곤이 말했다. "그건 위대한 사랑의 시작인 거야. 나는 확신해."

에곤은 잠시 멈추고 에디트에게 같은 질문을 했다.

"나는 모르겠어요." 에디트는 속삭였다. "난 사랑이 어떤 느낌인지 몰라요."

"사랑은 따뜻하고 안전한 느낌을 줘. 마치 우리에게 주어진 모든 시간을 오로지 둘이 함께 보내고 싶은 느낌이야." 에곤은 에디트의 드러난 팔에 손을 비볐다.

"아델 언니는 절대 나를 용서하지 않을걸요."

"언젠가 용서하겠지. 당신 언니잖아. 내가 장담해. 이 모든 건 잊힐 거야."

에곤은 에디트에게 키스하고는 그녀를 붙들었다.

"이제 괜찮아?" 에곤이 물었다. "준비됐지? 그랬으면 좋겠는데."

남편은 그녀를 침실로 인도했다. 에디트를 침대에 눕히고 에곤도 함께 이불을 덮었다. 그가 그녀 안으로 들어오자 에디트는 눈을 감았다. 그는 더 깊이 자신을 밀어 넣었다. 피가 시트를 적셨다. 에디트의 허벅지와 다리 사이에 난 상처가 욱신거리며 아팠다.

그리고 기쁨은? 꽃을 피워냈다.

❦

4

1915년 6월

에디트는 빛을 더 이상 거부할 수 없을 때가 되어서야 일어났다. 남편
이 부엌에서 움직이는 소리가 들렸다. 곧이어 커피 냄새가 코에 닿았
다. 에곤은 에디트에게 주려고 커피 한 잔을 침대로 가져왔다. 가장자
리가 깨진 잔이었다.

"크림도 부탁해요." 에디트가 옷을 입으며 말했다.

에곤이 침대로 돌아왔다. "크림이 없어서 대신 설탕을 조금 섞었어."

커피 맛은 여전히 썼다.

"나는 큰방에서 작업할 거야." 에곤이 말했다. "빛이 최고로 잘 들어
오는 곳이거든. 당신, 바로 '화가의 아내'를 그리기 시작할 생각이야. 가
장 먼저 캔버스를 준비해야지."

너무나도 다른 공간에서, 그리고 이 인용 침대에서 일어나는 것이 이
상하게 느껴졌다. 시트들이 뒤틀려진 데다 맨 아래 것은 피로 얼룩졌
고, 이불은 침대 발치로 밀려나 있었다. 허벅지 사이의 통증은 욱신거

리고 날카로웠다. 피가 말라 있어서 손톱으로 살짝 긁다가 에디트는 아파서 움찔거렸다. 스스로 살갗에 그은 선들은 치유되려면 몇 달이 걸릴 터였다.

마음의 상처들은 아마 평생 지속될지도 모른다.

에디트는 짐 가방에서 둥근 자수틀을 꺼내 지금쯤 완성했길 바랐던 것을 만들기 시작했다. 에디트는 바느질에 재능이 있어서 마술처럼 풍경과 무늬와 시를 만들어냈다. 에디트는 에곤을 위한 선물로 수를 놓으며 그와 그녀의 이름을 넣었다. 집 어딘가에 걸어놓고 싶었다. 어쩌면 큰방에 있는 에곤의 미술 작품 옆에 놓아둘 수도 있지 않을까? 에디트는 에곤이 이제 기혼자이니 그림의 주제와 관련된 문제도 바뀌길 바라는 마음을 품었다. 확실히 더는 누드를 그리지 않겠지?

에곤이 그림을 그리는 동안 에디트도 한 시간가량 수를 놓았다. 그가 주위를 돌아다니는 소리를 들으며 에디트는 성취감을 즐겼다. 그들은 이제 정식 부부가 된 것이다. 에디트는 더 이상 아이가 아니며 육체적인 행위도 생각했던 것보다 거칠지 않았다. 에디트는 그 무모함을 즐겼고, 다음번에는 무슨 일이 벌어질지 궁금했다.

벨이 울리는 소리가 들렸다.

"내가 내려갈게." 에곤이 외쳤다.

잠시 뒤, 에곤이 돌아왔다. 그의 얼굴에서 혈색과 그 모든 유쾌함이 사라져 있었다. 에곤은 손에 봉투를 쥐고 있었다. 그는 다가와 침대에 앉아 손목 뒷부분을 긁어댔다.

"봉투 안 열어볼 거예요?" 에디트는 에곤을 쳐다보며 물었다.

"그럴 수가 없어." 에곤이 속삭였다. "난 이미 무슨 내용일지 알거든."

"뭐라고요?" 공포감이 에디트의 피부 밑에서 번지다가 심장으로 질주했다.

"최악의 소식이야." 에곤은 이를 악물었다. 크게 뜬 눈은 깜빡임조차 없었다. 에디트는 봉투를 뺏어 뜯었다. 종이를 빠르게 읽어 내려가는 에디트의 손이 파르르 떨렸다. 모든 내용을 이해하기는 어려웠지만 한 문장은 분명히 알 수 있었다.

"당신이 싸우기 적합하다네요."

에곤은 눈을 질끈 감았다. 그러고는 에디트에게서 편지를 뺏어 직접 읽었다. 그는 몸을 떨었다.

"난 삼 일 안에 프라하로 떠나야 해." 에곤은 한 손으로 얼굴을 비벼 댔다. "월요일에 그들은 화가인 나를 군인으로 훈련시킬 거야. 이런 날 이 올 줄 알았어. 하지만 나를 아는 사람들이 충분히 손을 써서 막아 주기를 바랐는데."

"그럼 우리는 어떻게 되는 거예요?" 에디트가 물었다.

"당신은 내 아내이니 같이 가게 될 거야. 하지만 트리에스테 신혼여 행은 물 건너갔네."

에디트는 프라하에 대해 아무것도 몰랐다. 오스트리아를 떠난 적이 거의 없고, 오스트리아-헝가리 제국 안에서 그렇게나 멀고 외진 지역 은 분명 가본 적이 없었다. 적어도 그곳에서는 아델을 걱정하지 않아도 되겠다는 생각이 스친 건 사실이었다. 창밖을 볼 때마다 언니 얼굴을 보지 않아도 되고 거리에서 우연히 마주칠까 봐 불안해할 필요도 없 을 것이다.

에곤은 오므린 두 손 안으로 입김을 불어 넣었다.

"화가가 총으로 뭘 한다는 걸까?"

"빈에 머물지 않아도 괜찮아요?" 에디트는 애써 물었다. "전쟁에 도 움이 될 사무직 같은 걸 구할 순 없는 거예요?"

"그럴 계획이었어. 내 심장은 날 구하려고 했어. 의사는 이게," 에곤은 가슴을 툭 쳤다. "나를 너무 힘들거나 위험에 가까이 접근하는 일에서 변명거리가 돼줄 거랬어. 나처럼 약해빠진 사람을 부르다니 사람이 부족한 게 분명해."

"당신은 약하지 않아요." 에디트는 애써 말하며 에곤을 끌어당겨 어색하게 안아주었다.

"나는 군인이 되기에 충분할 만큼 강하지 않아." 에곤의 말은 희미하고 긴장감이 느껴졌다. "내 재능은 완전히 낭비될 거야. 게다가 뭘 위해서? 내가 옳다고 생각하지도 않는 전쟁에서 싸우다가 신이 저버린 어느 나라에서 죽으라고? 나는 그들을 봤어! 부상당한 군인들을, 그리고 체코인, 마자르인, 보스니아인, 슬로바키아인처럼 갖가지 배경에서 온 불쌍한 젊은 녀석들을. 그들은 수천 명씩 전쟁터로 보내지는데 피를 흘리고 학살당하고 팔다리를 잃고 미쳐서 돌아가게 될 뿐이야. 예술가들은 그런 식의 전투에서 면제돼야만 한다고!"

에곤은 에디트가 일어나서 다시 입은 잠옷을 움켜쥐며 끌어당겼다. 그는 에디트의 가슴에 얼굴을 묻은 채 조용히 웅얼거렸다.

"나는 어떻게 되는 거야, 발리? 오, 발리." 에곤이 속삭였다.

에디트는 얼어붙었다. 제대로 들은 걸까? 그렇다. 그 이름인 건 확실했다. 가장 암담할 때 에곤이 울며 부르는 이름이 발리라면, 어째서 에디트와 결혼한 걸까?

"나는 발리가 아니에요." 에디트는 천천히 말하며 에곤을 떨쳐내고 침대에서 나왔다.

에곤은 에디트를 건너다보며 말했다. "나도 알아."

에곤은 자신의 실수를 깨닫지 못했다. 그는 에디트가 만들던 자수 조각을 집어 들고 마치 어떤 부분에 감탄해야 할지 모르겠다는 듯 돌려 봤다.

"당신은 아예 다른데."

에디트는 눈물이 흘러 얼굴이 따끔거렸다. "그럼 왜 그 사람과 결혼하지 않았어요? 나는 이 반지를 왜 끼고 있는 거죠, 발리가-?"

"당신도 이유를 알잖아."

"하나도 몰라요!"

"나는 발리와 결혼할 수 없었어. 그러고 싶지 않았다고! 당신과 결혼하고 싶었어."

"그 사람을 위해 규율을 깨뜨릴 순 없었어요?"

"발리는 나와 결혼하는 데 관심이 없었어. 그걸 증명하려고 바보 같은 종이에 서명까지 했다고. '나는 이 세상에서 누구와도 사랑에 빠지지 않을 거야'라며." 에곤이 발리의 목소리를 흉내 냈다.

"하지만 당신은 발리가 당신의 모델 일을 계속할 것 같다고 말했잖아요."

에곤은 쓴웃음을 지었다. "발리는 그 제안을 거절했어."

"음, 아주 잘됐네요." 에디트가 말했다. 이 말을 듣고 마음이 놓였다.

"뢰슬러 말이, 발리는 무슨 공상적 박애주의자 조직에 종군 간호사로 합류했다더군. 아마도 결혼식 전에 빈을 떠난 것 같아."

에디트는 발리 노이질에 대해 안다고 여겼던 것을 다시 생각해 봐야 할 것이다.

"나와 서둘러 결혼하려 했잖아요. 이유가 뭐죠?" 에디트는 마침내 물었다.

"당신은 내 성공을 즐길 수 있는 사람이잖아. 발리는 그런 관념에 굴복하지 않을 만큼 지나치게 자존심이 강했어. 당신은 좋은 가문의 착한 아가씨야." 에곤이 자기 손을 보며 말을 이었다. "게다가 당신은 아름다워. 당신이 그걸 모른다는 게 당신을 더욱 사랑스럽게 만들어."

"착한 아가씨라고요?" 에디트는 당혹스러워하며 말했다.

"그래, 결혼식 날 밤에 보닛을 쓰는 그런 사람." 에곤이 말했다.

에디트는 뼛속부터 달아올랐다. 누구도 그녀에게 경고하지 않은 건 그녀의 잘못이 아니었다. 에디트는 순진하게도, 지금 분명히 밝혀진 것처럼 에곤이 그녀를 엉뚱하다고 생각하지 않기를 바랐었다.

"그건 정말 중요해. 내가 당신에게 이끌린 건 당신의 아름다움과 세상을 보는 방식뿐만이 아니라 당신의 순진함 때문이기도 해. 당신의 순수함 말이야." 에곤이 덧붙였다.

에디트는 순간 무언가 던져버릴 수도 있을 것 같았다. 하지만 아주 짜증 나게도, 그러기에는 너무 교육을 잘 받고 컸다. 대신 에디트는 침대 옆 테이블에서 레이스 달린 보닛을 집어 들었다. 버릴 생각이었다.

"당신은 그 예민한 마음을 진정시켜야 해요." 에디트는 침실 문을 나서면서 결국 말해버렸다. "싸워야 할 전쟁이 있잖아요?"

에디트는 남편의 얼굴에서 분노가 약간 일어나는 걸 보고 만족했다.

5

1915년 6월

"안녕, 아델 언니." 에디트가 작별 인사를 했다.

에디트와 에곤은 몇 시간 뒤면 떠나는데도 언니는 베개에서 고개조차 들지 않았다. 커튼은 쳐져 있고, 최근까지 자매가 함께 쓴 방은 습하고 어수선하며 동굴 같았다. 아델은 선사시대의 자아로 돌아가 말도 하지 않고 예의도 갖추지 않으며 기본적인 위생도 관리하지 않았다.

"나는 프라하로 떠나. 얼마나 오래 떠나 있을지는 모르겠어." 에디트가 이어서 말했다.

에디트는 그날 받은, 자신의 사진과 새로운 서명 '에디트 실레'가 담긴 여행 증명서를 떠올렸다. 아델은 벽만 응시했다. 에디트는 언니의 어깨를 꼭 눌러보거나 볼에 입을 맞추는 식으로 언니에게 닿아볼까 생각했지만, 아델의 침묵에는 뭔가 격렬하고 위험한 느낌이 있어 다가가지 못했다.

"제발 나랑 얘기 좀 해." 에디트는 말을 이어가며 본인의 것이었던 침대에서 몸을 움직였다.

이 침대는 이제 아델의 버려진 옷으로 뒤덮여 있었는데, 마치 오래된 피부를 벗겨낸 것처럼 옷이 흐트러져 있었다.

"이전의 우리 사이로 되돌아갈 수 있다면 무척 기쁠 거야. 그런 일이 바로 일어나지 않을 거란 건 알아. 하지만 나는 우리가 다시 자매가 되는 길을 찾았으면 해. 좋았던 시간들, 함께 나눴던 비밀들, 그 모든 장난을 언니는 꼭 기억해야 해. 나는 그 어느 때보다 요즘 더 많이 생각해. 우리가 얼마나 많이 웃었는지……." 에디트는 잠시 말을 멈췄다. "내가 공연장 발코니에서 아이스크림 상자를 그 여자 무릎으로 떨어뜨렸던 것 기억나? 아니면 우리가 자전거를 빌려서 잘츠카머구트에 있는 호수 주변을 타고 돌아다닌 날 기억해? 그날 언니가 말을 너무 많이 한 나머지 자전거를 탄 채로 그대로 호수에 빠져 아빠가 구해줬고, 나왔을 때 모습이 깊은 곳에서 나온 괴물처럼 보였던 거?" 에디트는 슬픈 미소를 지었다. "게다가 그 모든 춤이 있었지. 남자들이 언니의 관심을 끌려고 주변을 맴돌고 나는 한쪽으로 비켜났지. 내가 항상 얼마나 언니를 우러러보고 얼마나 언니처럼 되고 싶어 했는지 언니가 아는지 모르겠어."

에디트는 아델의 옷에 달린 단추를 만지작거리며 한숨을 쉬었다.

"떠나기 전에…… 내가 언니를 아프게 한 걸 알고 있고 미안하다는 말을 하고 싶어." 에디트는 이제껏 한 말이 언니에게 아주 조그마한 호의적인 몸짓이라도 일으키는지 보려고 잠시 기다렸다. "그럼, 안녕." 에디트가 다시 작별 인사를 했다. "늘 언니를 생각할게."

에디트는 방을 나가 문을 닫았다. 언니를 언제 다시 보게 될지 알 수 없었다.

"만약 계속 저런 식이면, 저 아이는 결국 정신병원에 가게 될 거야."

무티가 쉬쉬하며 말했지만 문틈을 통해 아델이 들을 수 있을 만큼 큰 소리였다. "거의 이 주간 저러고 있고 한마디도 안 해. 먹지도, 씻지도 않아. 침대 밑에는 가엾은 해나가 비워내야 하는 요강이 있다고!"

에디트는 얼굴을 찌푸렸다.

"저 아이는 정말이지 기운 좀 차려야 해."

"그런데 얼마나 오래 걸려요?" 에디트가 물었다. "마음의 상처를 치유하려면요?"

"마음의 상처?" 무티가 비웃었다. "저 아이는 네 화가를 금방 잊어버릴 거다."

"제 말은, 제가 언니에게 준 고통을 언니가 잊는 데 얼마나 걸리느냐는 거예요."

"네가 기차에서 내리기도 전에 너에 대한 모든 걸 잊어버릴걸."

≈

에디트는 해나를 가장 오래 끌어안았다. 가정부는 에디트의 품 안에서 부서질 듯했다. 정부에서 세르비아에 대한 전쟁을 선포하고 다른 유럽 국가들이 급히 합류한 뒤로 세상은 위험한 속도로 변해가고 있었다. 사람들이 기대했던 미래는 더는 없었다. 에디트는 이제 하름스가에 돈이 부족한 걸 분명히 알고 있어 언제일지는 모르지만 다시 빈에 돌아올 때 해나가 없을까 봐 두려웠다.

"고마워요." 에디트는 해나에게 속삭였다. "모든 것이요."

에디트는 해나의 볼에 따뜻하게 입을 맞췄다. 에디트는 해나의 개입 없이는 절대 일어나지도 않았을 여행을 막 시작하려는 참이었다.

"아가씨가 꽃을 피운 모습을 봐서 마음이 벅차요, 우리 디털리 아가씨." 해나가 에디트의 어린 시절 별명을 부르며 말했다. "저는 젊고 희망이 있다는 게 어떤 건지 기억해요. 그걸 즐기세요."

"나는 네가 자랑스럽다." 아빠는 에디트를 안아주며 말했다. "너는 이런 시련 속에서도 마음의 평정을 잘 유지했어. 네가 어렸을 때부터 나는 항상 널 믿었다. 삶이 네가 빗나가게 힘든 일들을 막 던지진 않을 거야. 몸조심하거라. 서로 잘 보살피고."

무티는 에디트의 눈에 어린 슬픔을 알아본 게 분명했다. 무티가 조용하고 평안한 목소리로 이렇게 말했던 것이다. "사랑하는 내 딸. 아델이 원한을 평생 품지는 않을 거야."

에디트는 호박 목걸이의 알들을 만지작거렸다.

"모두 보고 싶을 거예요." 에디트는 말하며 지금 이 순간의 부모님과 해나의 모습 그대로를 마음에 담으려 애썼다.

이 공간, 이 사람들이 아무리 불완전해도 그녀에게는 안식처였다.

6

1915년 여름

에곤과 에디트가 프라하에 있는 역에 도착했을 때는 늦은 시간이었다. 하지만 그 늦은 시간에도 짙은 초록 군복을 입은 군인들이 거리를 순찰했다. 무거운 부츠로 쿵쿵 자갈길을 걷고 소총은 어두운 하늘을 향해 있었다. 에곤과 에디트는 서둘러 지나갔다. 그들은 함께라는 부푼 마음을 전쟁이라는 현실로 깨뜨리고 싶지 않았다. 최소한 아침까지는. 에디트는 집에서 한참 멀게 느껴졌다. 결혼한 지 일주일도 안 됐지만 기대했던 것들이 이미 깨져버렸다.

그들이 받은 지도는 모호했고 구름으로 뒤덮인 하늘 아래서 길을 찾아 걸어야 했다. 에곤이 지도를 읽기 어려워해 그들은 빙 돌아 제자리로 오곤 했다. 마침내 땅딸막한 호텔로 가는 길을 찾았는데, 에디트가 최소한 두 달은 살아야 하는 곳이었다.

"이거예요?" 에디트가 황량한 건물 앞을 보며 물었다.

"여기는 내가 있을 곳에 비하면 궁전이나 다름없을 거야." 에곤은 에디트를 안심시키려 애썼다.

아침에 에곤은 다른 징집병들과 함께 이곳에서 몇 마일 떨어진 군인 아파트로 가야 했다. 에곤은 뛰어난 필체 덕분에 전쟁 포로수용소 행정 사무직으로 배정받았다. 에곤의 빈 지역 인맥은 과연 그가 곧장 싸움터로 보내지지 않도록 막아주었고, 그들 부부는 고마움을 느꼈다.

"나는 일주일에 하루나 이틀 밤을 여기서 보낼 거야" 하고 덧붙이는 에곤의 입가는 침울했다.

에곤이 방문할 생각에 에디트의 마음은 기쁨에 넘쳤다. 그들이 떨어져 있을 걸 생각하면 벌써 그의 몸이 그리웠다.

"나머지 시간에 프라하에서 뭘 할지 전혀 모르겠어요." 에디트가 말했다.

에디트는 아무도 아는 사람이 없었다. 이곳으로 오는 동안 생리가 시작되었기에 처음 며칠은 쉬면서 몸을 회복할 생각이었다. 이제는 아내가 되어서인지 피가 나오는 게 놀라웠다. 남편과 몸을 섞은 뒤로는 한동안 생리를 생각할 필요가 없겠다고 추측했었다. 하지만 처음에 바로 임신하지 않은 것이 드물지는 않은 일이리라 생각했다. 어쩌면 다음 달에 씨앗이 심어질 것이다.

"단지 내가 돌아올 때 침대를 따뜻하게 해줘. 자, 이제 안으로 들어가자. 그 모든 장소 중에 여기서 우리가 죽음을 맞이해선 안 돼."

에곤은 에디트를 서둘러 들어가게 했다.

"안녕하십니까." 에곤이 안내원에게 인사했다. "실레와 실레 부인으로 방을 예약했습니다."

≈

"벌써 가야 해요?" 에곤이 반듯한 군복을 입을 때, 에디트가 물었다.

에디트는 시트를 가슴 위로 당긴 채 침대에 누워 있었다. 자주 볼 수 없기에 그들은 함께하는 매 순간에 최선을 다해야 했다.

"당신이 없으면 나는 지루해 죽을 지경이란 말예요."

에디트는 담배를 말았다. 요즘 그녀의 손가락은 이 가느다란 종이를 다루는 데 훨씬 능숙해졌다. 끝부분을 빨고 비튼 다음 에곤에게 건네 주었다.

"오늘 트럭 한 대분의 또 다른 포로들이 도착했어. 난 늦으면 안 돼."

에곤은 담배를 받아 도시 외곽에 있는 수용소로 돌아가는 길에 피우려고 귀 뒤에 꽂았다. 에곤은 포로로 잡힌 러시아 군인들과 함께 일했는데, 그들이 도착하면 제국 안의 다른 곳으로 노동하러 보내지기 전에 이름, 날짜, 출생지, 연대 번호를 대장에 기록했다. 그곳에서 일하던 몇 주 동안 에곤은 미하일과, 니콜라이과, 드미트리과 등 대부분 자기보다 어린 수백 명의 남자를 만났다. 그들이 쓰는 언어의 날카로운 억양을 해독하는 법을 배우고, 그들이 총알이 날아다니는 전쟁터라는 지옥과 감옥에서 썩는 또 다른 지옥 사이에서 어중간하게 기다리면서 에곤에게 중얼대는 거친 욕설들을 들었다.

에디트의 남편은 또한 러시아인들이 전쟁과 그 너머에서 받은 상처들의 특질을 마음속으로 목록화했다. 포탄 파편으로 생긴 조야한 구멍들, 총검으로 깊게 박힌 상처, 총 개머리판으로 맞아 가슴이 우묵하게 패인 것까지. 수많은 남자가 치아를 잃었고, 눈알을 다시 눈구멍에 꿰매었으며, 머리에는 구멍이 생겼다. 에곤은 처음 그들을 마주했을 때 이런 부상들로 가득한 자기 몸을 상상하자 구역질이 났다. 하지만 이제는 이런 상처들과 상처들이 생긴 남자들에게서 기묘한 아름다움을 발견했다.

"그들은 모두 정말 잊을 수 없는 얼굴들을 지녔어. 그들이 허락한다면 그들을 그려볼 생각이야. 행정적인 업무로부터 기분전환이 될 거야." 에곤은 말했다.

노이렝바흐에서 이십사 일간 감옥에 갇힌 경험이 있었던 탓에 에곤은 자신이 교도관이 되어 이 포로들의 운명을 어느 정도 통제할 수 있다는 사실을 경멸했다. 할 수 있을 때 에곤은 그들에게 과한 친절을 보였고, 그 이외 시간에는 중립적으로 대했다. 다른 교도관들이 포로에게 무자비하게 굴 때, 에곤이 주먹을 한 방 날려 그들의 코가 비뚤어지게 만들어 교도관 병사가 에곤에게 달려든 적도 있었다. 결국 에곤이 다른 병사와 마구 주먹싸움을 하는 바람에 상관인 중위 그륀발트가 둘을 떼어놓아야만 했다. 그날 에곤은 코에 피를 잔뜩 묻히고 에디트에게 돌아왔다. 에디트는 최선을 다해 코를 닦아주었고, 부은 코에 젖은 플란넬을 누르고 연한 연골에 입을 맞추었다. 에곤은 동료 때문에 부상을 입을 줄은 생각도 못 했다며 쓴웃음을 지었다.

"나는 금요일에 돌아올게." 에곤은 배낭을 들고 소총을 팔 위로 휘두르며 말했다.

"보고 싶을 거예요." 에디트가 말했다. "당신이 없으면 시간이 끝도 없이 지루해요. 하지만 내 생각에는 내가-"

"당신 왜-"

"만약 한 번만 더 나한테 도서관에 가라고 하면 소리를 질러버릴 거예요." 에디트가 미소 지었다.

"그럼 도서관 말고."

"안내 책자에 있는 명소는 다 봤어요. 공원도 다 어슬렁거려 보고 대성당도 봤어요. 두 번씩이나!"

에디트는 자신의 말이 응석받이 아이처럼 들린다는 걸 깨달았다. 그저 뭔가 더 쓸모 있는 일을 하고 싶고, 에곤을 기다리는 것 말고도 뭔가 다른 역할이 있으리라 생각했던 것이다.

"내 책을 읽어도 돼. 괴테와 셰익스피어 책을 사 왔어. 아니면 내 타자기 갖고 놀아도 돼. 내가 쓰고 있던 이 시들을 타자기로 쳐도 되고." 에곤은 에디트의 어깨를 따라 키스를 했다. "아무튼 그리 오래 걸리지 않길 바라. 당신이 바쁘기 전-" 에곤은 쑥스러운 듯이 말했다.

"이달은 아니에요."

에디트는 이번에도 실패했다는 것이 부끄러웠다. 아직 아기를 갖고 싶은지도 잘 모르겠지만 속옷에서 또 피를 발견했을 때 공허한 슬픔을 느꼈다. 하지만 걱정하지 않는 게 나을 것이다.

에곤은 에디트에게 키스했다. "그럼 우리가 더 노력해야겠네."

"보고 싶을 거예요!" 에곤이 떠날 때 에디트는 시트로 몸을 두른 채 같을 말을 반복했다.

각 잡힌 높은 깃이 달린 카키색 군복을 입은 에곤이 잘생겨 보인다고 에디트는 생각했다. 군인인 게 거의 어울릴 정도였다. 에곤은 거의 매일같이 몇 시간을 야외에서 보내 피부가 타고 근육질에 활력이 가득했다. 에디트는 그가 더할 나위 없이 만족스러웠다. 하지만 이런 식의 삶은 자신과 맞지 않았다. 할 일도, 의무도, 친구도 없이 도시를 돌아다니는 것이 무의미하게 느껴졌다. 이곳에서 그녀는 누구의 딸도 아니었고 누구의 자매도 아니었다. 원하는 건 뭐든 할 수 있었지만 선택 사항은 한정되어 있었다. 에디트는 빈의 수많은 사교 모임을 특별히 즐긴 적은 없었다. 분명 아델만큼 즐기진 않았다. 하지만 그것이 적어도 삶에 리듬을 주긴 했었다. 프라하에서는 의지할 수 있는 게 하나도 없었다. 에디트는 자수 작업을 완전히 그만두었고, 책도 다 읽었으며 새로 빌릴 생각도 없었다. 카드놀이는 지긋지긋해 죽을 지경이었다.

에디트는 물론 전쟁터에서의 파괴와 목숨을 잃은 생명들에 비하면 자신의 지루함이 하찮다는 것을 잘 알았다. 아델이야말로 이를 이해해 줄 사람이지만, 이미 하지 못한 무슨 말을 언니에게 할 수 있을까? 편지에 에곤을 언급하거나 아내로서의 외로움을 쏠 순 없으므로 매 순간 유머와 언니와 생긴 갈라진 틈을 치유할 수 있는 무언가를 찾으려 노력했다.

에디트는 아델에게 매주 편지를 쓰기로 결심했다. 아델에게서 답장이 없어 편지를 읽었는지, 아니면 곧장 스토브 위에 놓았는지는 아무도 모르는 일이었다.

≈

에디트는 도시 주변을 빙 둘러 산책하기 시작했다. 저녁까지 호텔에 돌아오지 않을 생각이었다. 많은 건물이 판자로 막히고 커피숍은 문을 닫았으며 미술관들은 버려졌다. 전쟁이 있기 전에는 이곳이 신혼여행을 보내기에 이상적인 장소였으리라 에디트는 생각했다. 군수품을 실은 트럭들이 경적을 울리며 덜커덩 에디트를 지났다. 에디트는 행진하는 부대의 숨길 수 없이 쿵쿵대는 발소리를 피하고자 조용한 뒷골목을 더 선호했다. 처음 며칠은 잘 몰랐기에 거리를 걸으면 행군하는 남자들이 그녀를 지나며 추파를 던졌고 뒷줄에 있는 이들은 늑대처럼 휘파람을 불어 동료들의 야유를 받았다.

에디트가 또 다른 시간을 보낼 수 있는 공원에 거의 다다랐을 때, 한 남자가 앞에 끼어들었다.

"실례합니다, 아가씨. 저를 좀 도와주시겠어요?"

남자는 군복을 입은 군인이었고 혼자였다. 에디트는 즉시 경계했다.

그는 에곤보다 더 크고 어깨가 넓으며 사각턱에다 금발이었다.

"이 주소를 아십니까?" 남자는 종이 한 장을 꺼내 보였다.

"마침 아는 주소예요." 에디트는 그의 옆에 서서 그가 오던 방향을 가리켰다. "오른쪽으로 꺾은 다음 다시 오른쪽으로 가세요. 그 긴 거리 꼭대기에 있는 역 모퉁이에 있어요."

그에게서 강한 향수 냄새가 났다.

"일부러 그러지 않는 한 못 보고 지나칠 수 없는 곳이에요."

"잘 아시는군요."

"시간이 많거든요."

"여행 가이드 일도 하시는 건 아니죠?" 그는 걸어가다가 뒤를 돌았다. "저기요." 그가 말을 꺼냈다. "제가 정오에 회의가 있어요. 초면에 지나치게 스스럼없어 보인다는 건 알지만, 혹시 한 시간 정도 시간이 있어 저와 음료나 점심을 같이 드실 수 있다면 좋겠습니다. 제가 살게요. 이 도시에 이틀간 있는데 젊은 아가씨들이나 총을 안 든 사람에게 이런 말을 할 기회가 별로 없어요."

에디트는 남자를 쳐다봤다. 몇 주 동안 받은 제안 중 가장 끌리는 제안이었다.

"아가씨 마음 가는 대로 하세요. 달리 갈 곳이 있다고 하셔도 기분 나빠하지 않을 겁니다. 하지만 누군가와 어울리고 싶으시다면, 제가 1시에 어디 있을지 아시죠."

남자는 손을 흔들었고, 에디트는 자신이 알려준 대로 길을 가는 남자를 지켜봤다.

에디트는 무척이나 마음이 끌렸다. 관심이 가는 사람과 대화하고, 점심을 같이 먹고, 이야기를 나눈다니…… 하지만 정말이지 거절해야 했다.

한 시간 뒤, 에디트가 기다리고 있는데 그 남자가 거리에 나타났다.

"클라우스입니다." 남자는 손을 내밀었다. 에디트를 봤을 때, 그는 활짝 웃으며 놀라워했다.

"에디트 실례예요. 남편이 아닌 남자와 얘기하는 건 몇 달 만에 처음이에요."

"제 아내는 베를린에서 자녀들과 같이 있습니다." 그가 미소를 지었다. "가족이 지독하게도 보고 싶어요."

"우리는 엄청난 한 쌍이네요. 저도 남편이 보고 싶어요. 저희 부부는 같은 도시에 있어요."

"시간을 조금이나마 허락해 주셔서 영광입니다. 얼마나 귀한지 알거든요. 밥을 사드려도 될까요?" 그가 물었다. "따듯한 음료를 드시겠습니까?"

에디트의 입에 침이 고였다. "제가 가장 기분 좋은 장소를 알고 있죠."

≈

"아, 내 아름다운 아내! 이 순간을 기다려왔어."

에곤은 만나기로 약속한 군인 바에서 에디트와 합류했다.

"좋은 여인, 괜찮은 술. 열심히 일한 군인이 금요일 저녁에 뭘 더 바라겠어?"

에곤은 웃으면서 에디트를 끌어당기고 이런 공공장소에서는 꽤 강렬하다 싶은 포옹을 했다.

에디트는 몸을 비틀어 뺐다.

"당신 동료가 쳐다보잖아요."

"그러라고 해! 저들이 질투하는 건 새삼스럽지도 않아. 오늘 하루 어땠어?"

"괜찮았어요. 그럴 거라고 당신이 말했잖아요. 물론 당신이 보고 싶었고요."

"그럼 하루가 완전히 암울하진 않았던가 보군. 무슨 재미있는 일 있었어?"

"재미까지는 아니지만"이라며 에디트가 조심스레 말했다. "친구를 하나 사귀었어요."

"당신은 다가가기 어려운 사람이 아니라고 내가 말했잖아. 군인의 아내들끼리 무슨 짓을 했어?"

"우리는 점심을 먹고 강을 따라 산책했어요. 당신에 관해서도 말하고-"

"그 여인을 다시 만날 거야?"

"사실 그 남자는 내일모레 떠나요. 사십팔 시간 이내로 잠깐 여기 머문 거예요."

에곤이 맥주잔을 테이블 위에 놓았다. "당신은 다른 남자와 신나게 놀았던 거네!"

에디트는 에곤의 반응에 웃음이 나왔다. "그 남자는 결혼했어요."

"당신도 결혼했잖아. 내가 그걸 상기시켜 줘야겠어? 그럼 당신이 다른 사람과 시시덕거린 이유가 뭐야?"

"나는 시시덕거리지 않았어요. 신나게 놀았던 것도 아니고! 그런 게 아니었어요."

에디트는 다른 군인과 친구가 되면 에곤의 질투심을 자극하게 된다는 사실을 모를 만큼 순진하지 않았다. 어쩌면 에곤은 이제부터 그녀를 당연하게 여기지 않을지도 모른다. 또는 예쁜 아가씨가 거리를 지나갈 때마다 그렇게 대놓고 쳐다보지 않을지도 몰랐다.

"내가 얼마나 지루해했는지 알잖아요…… . 당신이 아닌 다른 남자와 대화하는 게 법을 어기는 거예요?"

"상황을 고려해 보면, 그렇지."

"어떤 상황?" 에디트는 그의 동료 군인들이 쳐다보는 걸 봤다.

"당신. 혼자. 지루함. 다음에 무슨 일이 벌어질지는 모두가 알지."

"무슨 말을 하려는 거예요?"

"나한테 순진한 척하지 마. 당신은 그렇게 하기에는 한계가 있어."

"이건 순전히 정중한 만남이었어요. 그는 어린 아들들과 아내 사진
도 보여줬는걸요."

"그럼 당신은 그가 다른 이유는 없었다고 생각하는 거야?" 에곤이
물었다.

"나는 그 남자에게 당신이 얼마나 재능이 있는지, 이 전쟁조차도 당
신을 늦출 수 없다고 말했어요. 심지어 당신이 내 초상화도 작업 중이
라고 말했다고요."

"지금은 나 듣기 좋으라고 그런 말 할 때가 아니야."

에곤은 노려봤지만, 에디트는 자기가 한 말이 그의 마음을 움직인 걸
알 수 있었다.

"진심으로 하는 말이야." 에곤이 이어 말했다. "나는 당신이 스스로
통제할 수 없는 것에 사로잡히지 않기를 바라. 당신은 스스로를 지키기
에는 지나치게 착해."

"숨길 일을 했다면 당신에게 알리지도 않았을 거예요." 에디트가 말
했다.

에곤은 아무 말이 없었고, 에디트는 자신의 말에서 그가 논리를 봤
으면 했다.

"우리가 서로에게 솔직한 걸 내가 얼마나 중요하게 여기는지 당신도
알잖아요." 에디트가 말을 이었다. "당신이 프러포즈할 때, 내가 이 결

혼으로 새롭게 다시 시작하자고 부탁했잖아요. 그건 발리와의 끈을 자르라는 의미였고, 당신이 그렇게 해줘서 고맙게 생각해요. 당신의 과거가 우리를 괴롭히는 상태에서 관계를 시작할 순 없었어요. 우리의 행복은 진실을 말하고 서로에게 비밀이 없는 데 달려 있어요. 가끔 그게 불편할 테지만 그렇게 하자고 동의했잖아요? 그러니 왜 내가 지금 거짓말을 하겠어요?"

"내가 사과할게." 에곤이 말했다. 그는 마지막 남은 맥주를 비웠다. "당신 말이 맞아. 내가 왜 그랬는지 모르겠어. 결혼이 날 바꿔놓은 것 같아."

"내가 당신을 믿는 것처럼 당신도 나를 믿으면 우리는 이 땅에서 가장 행복한 사람들이 될 거예요."

≈

삼 개월 뒤, 에곤은 완성을 위해 군인으로서의 임무를 하는 틈틈이 시간을 쪼개 작업한 에디트의 초상화를 보여주었다. 에디트는 똑바로 굳은 채 선 자세를 취했었다. 모델로 서는 시간을 위해 가장 좋아하는 드레스를 입었었다. 그해 초, 에디트가 여분의 커튼 소재로 직접 만든 최신 스타일의 색채로 된 드레스였다. 지금까지 에곤은 그녀에게 작품을 보여주지 않았다. 에디트는 오랜 시간 그 이젤의 나무틀과 캔버스의 뒷면만 빤히 바라봤고, 에곤은 때때로 고개를 돌려 에디트를 살폈다. 그는 떠날 때마다 그림을 시트로 덮었고, 에디트는 준비가 될 때까지 보지 않겠다고 약속했다.

"그림이 마르기도 전에 당신이 흔들리지 않았으면 좋겠어." 에곤이 말했다. "걱정스러운 표정 하지 마. 무척 좋아할 거야."

이제 에곤은 시트를 벗겨내 에디트의 반응을 지켜봤다.

"오, 내가……." 에디트가 입을 열었다. "내가 저렇게 생겼어요?"

에디트는 창백한 얼굴에서 어린아이처럼 순수한 눈을 반짝이며 자신을 바라보는 그 커다란 푸른 눈을 바라봤다. 머리는 원래의 머리색보다 더 짙었고, 양옆으로 손가락을 불편하게 꽉 움켜쥐고 있었으며, 입가에는 어색한 미소를 띠었다. 그녀의 줄무늬 드레스는 이 그림에서는 바보같이 보였다. 에곤이 그녀를 거의 바보처럼 보이게 하려고 한 것처럼 느껴졌다.

"아름답잖아. 무슨 말을 하는 거야?"

"왜 내 발이 저렇게 안으로 향해 있죠? 내가 마치 급히 화장실에 가야 할 것처럼 정말 저렇게 바보 같은 자세로 서 있었단 말예요?"

"일부러 에로틱한 흔적은 전부 피했는데, 내 생각엔 결과가 아주 강렬한 것 같아. 이건 어쩌면 진정으로 성숙해진 첫 작품이 될 거야."

"나는 하얀 바다에 매달려 있는 뻣뻣한 인형처럼 보여요. 아니, 더 최악으로, 꼭두각시처럼 보이잖아요!"

"아주 사랑스러워 보이는걸. 화가의 아내 초상화야. 더 진지한 의미가 있다고."

"당신은 내가 팔다리를 스스로 완전히 통제 못 하는 것처럼 보이게 했어요."

"내 작은 마리오네트." 에곤이 말했다.

"당신은 꼭두각시를 조종하는 사람이 아니에요. 게다가 나는 당신이 마음대로 조종할 사람이 아니라고요, 에곤. 세상에 어떻게 그런 말을 할 수가 있어요?" 에디트는 따져 물으며 시트를 다시 초상화 위로 확 덮어버렸다.

7

1917년 가을

에디트가 마지막으로 빈에 발을 디딘 지 이 년이 지났다. 그사이 몇
달간 그녀는 군인의 아내로서의 삶에 더욱 익숙해졌다. 만약 그들이 일
반적인 상황에서 빈에 있었다면 에디트는 익숙해질 때까지 해나 옆에
서 살림하는 법을 배웠겠지만 여기서는 그저 하루하루 살면서 간신히
해나가고 있었다. 에곤은 그녀의 노력을 보고 웃음과 공포 사이에서 왔
다 갔다 했다.

프라하에서의 이상했던 그 첫 번째 여름 이후, 에디트는 외로움에 휩
싸였다. 이때까지 이렇게 얽매이지 않고 존재의 뿌리로부터 이토록 자
유로워 본 적이 없었다. 에디트는 군인 남편을 볼 수 있을 때마다 봤고,
그들은 사랑을 나누고 싸우고 화해하면서 서로에 대한 리듬과 이전과
는 전혀 다른 자신의 새로운 정체성을 갖는 데 익숙해졌다. 에디트는
자기가 받은 교육이 공연장과 우아하고 격식 있는 파티에 가는 것 이
상으로 그녀를 준비시켜 주었더라면 좋았을 거라고 아쉬워했다.

에디트는 매달 생리로 속옷에 피가 묻을 때마다 주먹으로 베개를 내리쳤고, 자신에게 뭐가 문제인지 의문을 가졌다. 이런 식의 성행위로부터가 아니라면 아기는 어떻게 생기는 걸까? 그녀가 뭔가 잘못하는 걸까? 아델은 아마 알고 있을 것이다. 에디트는 이제 자신이 아기를 원한다는 걸 알고 있었고, 불면증 환자가 된 것 같았으며, 다른 사람들이 아무런 노력이나 시간이 걸리지도 않고 바로 쉽게 깊이 잠드는 게 놀라웠다. 에디트는 전혀 의도치 않게 바로 임신한 에곤의 동생 게르트루드를 생각했다. 에디트는 다른 군인 아내들이 매일 유모차를 끄는 모습을 봤다. 아기들은 손모아장갑을 낀 작은 주먹을 허공을 향해 휘둘렀고, 통통한 복숭아 같은 두 볼이 뜨개질한 숄 아래로 보였다. 에디트도 미치도록 같은 상황이길 원했다.

에디트는 에곤이 집으로 돌아오는 걸 알 때면 남은 비누 조각으로 찬물에 머리를 감고, 마지막 남은 로션으로 피부를 문질렀으며, 특별한 도구 없이 가능한 선 안에서 금발 머리를 최대한 곱슬곱슬하게 만들었고, 두 볼과 입술을 붉게 화장하며 준비했다. 에곤이 그녀를 선택하길 잘했다는 걸 증명해야 했다. 에곤이 그녀를 선택한 걸 언젠가 후회하게 될까?

에디트는 자기가 택한 길을 위해 너무 준비가 안 되었다는 느낌이 들었다.

화가 난 채 아델에게 긴 편지를 쓰다가 다음엔 사과했고, 잃어버린 언니를 되찾고 싶은 마음이 다시 또 간절해졌다. 에디트는 언니가 본인의 집착 때문에 망가졌다는 게, 에디트가 결혼하고 떨어져 있은 지 수개월이 지났는데도 여전히 에디트를 반기지 않는다는 게 화가 났다. 에디트는 자신이 행복해지려고 노력했던 게 너무 많은 고통을 초래했다는 사실에 심한 죄책감과 슬픔을 느꼈다. 게다가 한때 세상에서 가장 가까웠던 사람이 에디트의 존재조차 모르는 척한다면 진정으로 행복해질 수 있을까?

에디트는 정신이 멀쩡할 때 편지들을 다 지우고 다시 썼다. 사과는 남겼다. 모든 편지 봉투에 발신인 주소를 남겼지만 한 번도 답장이 온 적은 없었다.

≈

1916년 봄, 에곤이 기초 군사훈련을 마친 뒤 에곤과 에디트는 프라하를 떠났고, 에곤은 다양한 지역에 자리를 잡았다. 일부는 다른 지역들보다 빈에 더 가까웠다. 이제 그들은 지방에 있고, 에디트는 전쟁으로 뒤덮인 도시를 멀리 떠나 더욱 차분해지고 건강을 회복해 갔다. 에곤의 안전을 덜 걱정하게 되었고 자신 또한 잘 돌봤다. 새로운 집에서는 눈으로 덮인 오트셔르산이 보였고 에를라우프강은 그들이 다행히 함께 살 수 있게 된 작은 집을 지나며 흘렀다. 하지만 군대의 엄격하고 억압적인 위계질서에 에곤은 점점 더 견디기 힘들어했다. 규율을 무시하는 에곤의 태도를 상관들이 더 이상 웃어넘기지 않았고, 에곤은 자주 처벌을 받았다. 에곤은 점점 더 많은 시간을 미술에 썼고, 기지에서 안 쓰는 저장실에서 미술 작업을 했다. 에곤이 자기가 사실은 문틀과 벽을 칠하는 페인트공이 아니라 사람과 풍경, 아이디어와 상상을 그리는 화가라고 말하기 전까지, 에곤의 지휘관은 처음 만났을 때 에곤을 도장공이자 도배업자로 알았다는 사실이 드러났다.

에곤의 작품은 베를린, 취리히, 뮌헨, 그리고 드레스덴 등 해외에서도 여전히 전시되었다. 다음 해에 빈에 있는 프라터에서 전시회를 열어달라는 초대도 받았다.

"이 빌어먹을 전쟁이 어서 끝나야 해. 그러면 나는 세상에 도전할 거야." 에곤이 말했다.

저녁 식사 뒤, 에곤은 머릿속에서 소용돌이치는 이미지들을 몰아내고자 늦게까지 깨어 있으려 했지만, 에디트는 그를 침대로 유혹하는 데 노련해졌다. 둘만 있을 때 에디트는 대범하고 무모해졌다. 요즘은 에곤이 일할 때 에디트는 성이 있는 곳까지 오르는 긴 산책을 했다. 에디트는 에곤의 무거운 미술책들 사이에 눌러 넣기 위해 앵초와 다른 꽃들을 꺾었다. 에디트에게 새로 생긴 취미였다. 카페들은 문을 열기 시작했고, 손님들은 카람볼이라는 별난 게임을 했는데 에디트도 능숙해졌다. 에곤은 에디트에게 선물하는 데 기쁨을 느꼈다. 낯선 이의 나무에서 딴 사과, 장미 한 송이, 향이 나는 비누, 거북딱지 빗 등이었다. 살면서 처음으로 에디트는 자신이 아름답다고 생각했다. 자신이 기억될 것이라 믿었다.

에디트와 에곤은 오후에 집에서 종종 '좋은 시간'을 보냈다. 바깥세상으로부터 커튼을 치고 서로의 몸의 부드러운 곡선에서 위안을 얻었다. 끝나고 나면 에곤은 에디트의 머리를 쓸었다. 그래도 여전히 매달아델은 피를 흘렸다.

에디트는 이것이 자신이 한 행동에 대한 벌이자 저주라는 느낌을 떨칠 수 없었다.

≈

빈에서 간헐적으로 편지들이 도착했다. 이런 식으로 에곤은 게르트루드의 소식을 들었는데, 게르트루드는 남편의 소식을 자세히 알려주었다. 안톤은 마케도니아에서 목이 흙 범벅이 될 정도로 에곤보다 훨씬 더 거칠고 더러운 전투에서 싸우는 중이었다. 게르트루드는 이제 막 말을 시작한 안톤 주니어가 그린 그림도 함께 편지에 넣어 보냈다.

'이 아이 재능이 있지 않아?'라고 게르트루드는 물었다.

"아이의 재능은 자기 아빠를 닮았어." 에곤은 기차 그림을 들고선 중얼거렸다. 에곤은 빠르게 답장을 했고 에디트에게 편지를 부치라고 했다.

"친애하는 게르티.

우리는 세상이 봐온 것 중 가장 어려운 시간 속에 살고 있어. 우리는 온갖 상실에 익숙해지며 성장했지. 수십만 명의 사람들이 비참하게 죽어가고 있어. 살아 있는 사람이든 죽어가는 사람이든 사람들은 모두 자신의 운명을 감당해야만 해. 우리는 단단하고 용감해져야 하지. 1914년 전에 무슨 일이 일어났던 그건 다른 세계에 속한 거야. 이것이 우리가 항상 미래를 바라봐야 할 이유이기도 해.

애정을 담아, 에곤."

에곤의 어머니는 편지로 본인이 앓고 있는 많은 질환들, 빈을 뒤흔든 시위와 기아 폭동, 유럽에서 일어나고 있는, 매년 겨울 어머니를 넘어뜨리는 계절별 독감보다 더 치명적인 새로운 변종 독감에 걸릴까 봐 걱정하는 이야기 등을 알려주었다.

"다른 나라들에는 발병했지만 빈도 그럴 거라는 기미는 없어." 에곤이 중얼거렸다. "그래도 어머니는 걱정하시지."

어머니는 멜라니에 관한 이야기도 썼다. 멜라니는 여성용 모자 판매 일을 하게 되었고, 공급량이 제한적인 상황에서도 멜라니가 디자인한 모자는 주문이 끊이지 않았다. 일을 통해 멜라니는 재단사인 남자를 만났고 전쟁이 끝나면 결혼할 거라는 부푼 꿈을 꾸고 있다고 어머니는 편지에 적었다. 레오폴드 고모부는 짧지만 애정이 담긴 편지를 보냈고, 노이렝바흐에서의 일 이후 처음으로 돈을 조금 보내주었다.

구스타프 클림트는 실레가 돌아오자마자 바로 도시를 붉게 칠해버리기로 결심했다고 편지에 적었다. 그날을 위해 압생트 병들을 아껴두고 있다고 했다. 뢰슬러와 다른 후원자들은 에곤이 그림을 그리는 시간이 줄어든 걸 애도하면서, 대륙 전역에 걸친 전시회 초대 소식을 전하기도 했다. 전쟁을 헤쳐나가기 위해 모든 사람이 최대한 노력하고 있었다. 하지만 희생자들과 손실도 많았다.

에디트는 무티에게서 긴 편지들을 받았다. 무티는 지인들의 파산 소식을 전했고, 사교계 안에서 발생한 충격적인 자살 소식들도 전했다. 친구들은 도망을 가고 있는데 다 이유가 있다고 무티는 불길하게 편지에 적었다. 브론스 네는 지방에서 안전하게 살려고 에밀리아와 그녀의 새로운 가족과 함께 빈을 떠났다고 했다.

집들은 판자로 막히고, 가게들은 약탈당했다. 거리에는 거지들이 수두룩했고, 사람들은 흔적도 없이 사라졌다. 에디트는 해나 역시 이런 식으로 떠나게 되었다는 사실을 알게 되었다. 전쟁이 상황을 너무나도 불안정하게 만들었다. 설탕, 비누, 우유, 고기 그리고 파라핀은 부족했고, 감자를 두고 폭동이 일어나기도 했다. 해나가 떠나면 먹여 살려야할 입 하나가 주는 셈이었다. 시장은 세금을 급격하게 올렸는데, 이는 즉 하름스 가족도 다른 수많은 사람들처럼 한계점까지 세금이 늘어났다는 의미였다. 해나가 떠나는 게 낫다고 무티는 편지에 적었다. 해나는 남쪽에 가족이 있고 에디트를 위해 새 주소도 남겨놓았다. 엄마의 글에 따르면, 빈 사람들은 파멸을 향해 춤추며 나아가고, 모든 시민의 불안과 격변으로 인해 합스부르크 군주제가 무릎을 꿇은 상황이라고 했다.

한 편지에 무티는 아빠가 잘 지내지 못한다고 가볍게 적었다. "네 아빠는 전쟁의 피해로 빈처럼 힘이 빠질 대로 빠진 상태야."

에디트는 분명하게 쓰이지 않은 이 내용이 걱정스러웠다.

그리고 아델은? 아델은 보아하니 많이 회복한 듯했다. 아델은 저명한 정신 분석 전문의에게 대화 치료를 받았고, 두통과 히스테리도 누그러 졌다고 했다.

'아델은 부르주아 가정의 충실한 딸에게 요구되는 전통적인 역할에 구속되고 억압받아 왔다는 사실을 발견했단다. 왜 아무도 아델이 시야 를 넓히도록 용기를 주지 않았는지 궁금해한다'라고 무티는 편지에 적 었고, 에디트는 미소를 지을 수밖에 없었다. '그럼에도 불구하고 삶에 대한 예전의 갈망을 되찾았고, 틈이 날 때마다 사교 모임에 참여하려 고 노력하고 있으며, 뭘 하는진 모르겠지만 친구들과 밤늦도록 시간을 보낸다'라고 적혀 있었다. 에디트는 모든 낡은 규율들이 버려졌음을 눈 치챘다.

무티는 아델에게 신랑감이 생긴 건지 의심이 든다면서, '하지만 누군 지 내가 어찌 알겠니? 나는 결국 그 아이 엄마일 뿐이란다'라고 적었다.

에디트는 편지를 다 읽은 뒤 오래도록 지녔던, 거대하게 부풀어 오른 긴장감을 내려놓았다. 어쩌면 드디어 아델이 앞으로 나아갈지 몰랐다.

≈

오늘 에디트는 무티의 글씨가 담긴 익숙한 편지 봉투를 꺼내 들고 조 심스레 살펴봤다. 분명 엄마의 손으로 쓴 글인데 어딘지 달랐다. 글씨 체가 더 단정하고 침착했다.

에디트는 산뜻한 커피와 함께 편지를 읽으려고 앉았다. 에디트는 잠 시 아델이 지금 뭘 하고 있는지 궁금했고 약혼 소식이 있길 바랐다.

'사랑하는 에디트'라고 편지는 시작됐다. 에디트는 눈을 빠르게 움직여 글을 읽었다.

"이 소식을 알리자니 마음이 아주 슬프고 무겁구나……."

에디트는 편지를 동그랗게 구기고는 떨어뜨렸다. 마치 편지에 치아라도 붙어 있는 듯 끔찍해하며 단호히 던져버렸다. 첫 줄을 읽고 더 이상 읽을 수가 없었다. 도저히 그럴 수 없었다. 도대체 어떻게 이런 일이 일어날 수 있는지에 대한 뒤틀린 생각으로 마음이 들끓었다. 일어날 수 있는 최악의 재앙이었다. 에디트는 코트를 집어 들고 문밖으로 나갔다. 언덕에서 무너져 버릴 생각이었다. 거기서 적어도 잠시 동안은 상상할 수도 없는 그것을 지연시킬 수 있었다.

그날 저녁 에곤은 늦게 집으로 돌아왔다.

"배고파!" 에곤은 문을 열고 들어오면서 외쳤다.

평소 에디트는 달려가서 그를 반겼지만 오늘 밤은 창백한 얼굴을 하고 텅 빈 테이블 앞에 앉았다. 아직도 코트를 입은 채 팔꿈치가 나무에 붙은 듯 얼어 있었다.

"어디 아파?" 에곤이 달려와서 손을 에디트의 이마에 갖다 댔다. "아주 창백하네. 오늘 뭐 좀 먹은 거야? 뭐야? 무슨 일이야?"

에디트는 그가 얼굴을 자세히 살펴보는 걸 지켜봤다. 에곤은 가까운 사람들이 아파하는 기미가 보이면 항상 경계하고 두려워했다.

"편지가 왔어요." 에디트가 간단히 말했다. "빈에서."

에디트는 동그랗게 구겨진 편지를 에곤에게 건넸다. 그는 당황해하며 받아 들었다.

"뭐라고 쓰여 있는데?"

"무티가 쓴 거예요." 에디트의 목소리에 힘이 없었다. "오늘 도착했어요."

"그리고?" 에곤은 앞에 있는 종이를 반듯하게 폈다.

"나쁜 소식이 들어 있어요. 최악이야. 날 대신해서 읽어줄 수 있어요?" 에디트가 물었다. "첫 문장 다음은 도저히 읽을 수가 없어요."

에곤은 눈을 왼쪽에서 오른쪽으로 움직였다. 그러다 손을 입으로 가져갔다.

"오, 에디트. 세상에. 정말 몰랐어?" 에곤은 에디트에게 몸을 숙였다.

에디트는 자신의 팔 안으로 머리를 묻었다. 세상이 무너질 듯한 소식. 돌이킬 수 없는 비극의 위기를 맞은 느낌은 감당하기 힘들었다. 하지만 혼자 언덕에 있을 때 이미 상상했던 그 어떤 것보다 더 최악일 수는 없을 것이다.

"이걸 들어야 해." 에곤은 다정하게 말했다. "정말 너무, 너무 유감이야."

"아델이에요?"

결국 일어난 것이다. 언니를 영원히 잃게 되었다.

에곤은 마음이 진정되지 않아 잠시 기다렸다.

"당신 아버지야."

에디트는 폐에서 공기가 빠져나가고, 주변의 모든 것이 미끄러져 나가는 걸 느꼈다.

"할 수 있는 게 없었다고 쓰여 있어."

"아빠!" 에디트는 격렬하게 몸서리쳤다. 소식을 듣고선 흐느껴 울고 온몸으로 괴로워했다.

"어머님 말씀으로는 금요일에 일어났대. 아버님께서 갑작스레 아프셨다고 해."

"어떻게? 왜?"

"심장 때문이야."

에디트는 끝이 없는 구멍에 던져진 듯한 느낌이었다,

"아버지를 잃는다는 게 어떤 기분인지 나도 알아." 에곤은 에디트를 달래려 애썼다. "하지만 아버님은 늘 당신과 함께 있을 거야. 어머님께서 장례식이 이번 주에 있을 거라고 하셨어. 빈에서."

에디트는 하염없이 내려가고 내려가고 내려갔다.

"우리 아빠……."

남편이 두 팔로 그녀를 감싸며 흔들어주었다.

"함께 가야 해. 나는 특별 위로 휴가를 받을 거야. 다른 선택은 없어. 반드시 가서 명복을 빌어드려야 해."

8

1917년 11월

"우리는 뭔가 특별한 술을 주문해야 해." 아델이 테이블에 앉은 이들에게 큰 소리로 말했다.

"그렇게 하는 게 맞는 건지 모르겠구나, 애야." 무티가 말했다.

웨이터가 한쪽에 서서 주문 받을 준비를 했다. 에디트와 에곤은 서로 눈짓을 교환했다.

"아빠는 그러길 원하셨을 거예요." 아델은 다른 손님들이 내는 소음 위로 목소리를 높이며 대답했다. "드디어 우리가 이렇게 함께 모였잖아요. 아주 오랜만이에요. 마지막으로 함께 있었던 때로부터 이 년 이상이 지났어요. 전쟁이 모든 걸 망가뜨릴 필요는 없어요." 아델은 사람들을 한 명 한 명 쳐다봤고, 엄마와 동생보다 에곤에게 좀 더 오래 머물렀다. "게다가 이건 일종의 기념하는 자리 아닌가요?"

낮은 불빛이 깜빡였다. 한때 느리고 소울풍의 음을 연주했을 피아노는 먼지투성이로 잠들어 있었고, 피아노 다리는 어른 남자의 무게를 더는 감당할 수 없을 것 같았다.

무티는 아델의 손을 토닥였다. "물부터 마시자."

웨이터가 주문을 받아 적었다.

"샴페인!" 아델이 웨이터에게 외쳤다. "여기서 가장 비싼 술로 주세요! 우리는 레스토랑에 있잖아요? 이건 엄마의 선택이었어요." 아델은 엄마에게 말했다. "아침에 아빠를 묻을 거잖아요! 조금이나마 마음을 풀기로 한 거 아닌가요? 그렇지 않고선 어떻게 슬픔을 잊어요? 이 끝없는 전쟁과 빌어먹을 독감에 관한 기사들이 쏟아지는 가운데 우리가 밖에 나올 수 있기라도 한 게 다행인 거예요."

"유감스럽지만 요즘은 샴페인을 구할 수 없습니다, 아가씨." 웨이터가 말했다. "대신 스파클링 샤르도네를 드려도 될까요?"

에곤은 자리에서 몸을 뒤척였고, 에디트는 휴지를 찾으려 핸드백을 뒤졌다. 에디트는 신경이 쇠약했지만 담대한 얼굴을 하기로 마음먹었다. 빈으로 돌아오는 건 고통스러운 일이었는데, 아델이 이상하게 행동해서 조금도 나아지지 않았다. 아델은 한순간엔 쾌활하다가 다음 순간엔 난폭해졌다. 에디트가 아는 언니의 모습은 없었다.

웨이터가 술을 갖고 돌아왔다. 그가 아델에게 술을 건네자 아델이 라벨을 읽었다. 웨이터는 능숙한 움직임으로 코르크 마개를 감싼 철사를 비틀었다. 아델은 웨이터의 모든 근육을 집중해서 봤다. 웨이터는 왼손으로 병목을 단단히 잡은 뒤 오른손으로 병의 몸통을 비틀었다. 탁 하고 터지는 소리가 거의 들리지 않게 났고, 이 소리에 아델은 기뻐서 소리가 들릴 만큼 중얼거렸다. 웨이터는 몸을 앞으로 숙여 아델이 내민 잔에 거품이 이는 액체를 따랐다.

"정확히 내가 원한 거야." 아델이 말했다.

무티는 앞에 놓인 잔 위를 손으로 막았다.

에곤은 술을 조금 받아 들었고 에디트의 잔도 내밀었다. 에디트는 마실 생각이 없었다. 아델은 고개를 젖혀 목의 부드러운 하얀 피부를 드러내며 길게 한 모금 마셨다.

"맛있네" 하며 아델이 샴페인을 꿀꺽 삼켰다. 그녀의 시선은 다시 에곤에게로 향했다. "그래, 군인이 된 화가가 돌아왔네요. 어떻게 지냈어요? 위대한 싸움을 치렀나요?"

에곤은 미소를 지었다. "마침 운이 좋았어요. 전선의 공포로부터 멀리 떨어져 있었습니다. 작은 도시에 하찮은 역할로 배치됐었는데 나한테 완전히 잘 맞았어요. 프라하에서 나는 전쟁 포로들을 감독했죠. 러시아 남자들은 강하고 말이 없어요. 대화는 많지 않았지만 제가 그들을 그리는 걸 허락해 줬습니다."

아델은 잔에서 올라오는 거품을 바라봤다. "아주 흥미롭네요."

웨이터가 돌아와서 무티에게 말했다. "부인?"

"배고픈 건 아닌데. 메뉴에 거의 아무것도 없는데, 잘됐네."

"나는 송아지커틀릿 먹을래." 아델이 끼어들었다.

"비너슈니첼 부탁해요." 에곤이 덧붙였다.

"죄송합니다만 송아지고기는 없습니다." 웨이터는 사과하듯 말했다. "고기 메뉴로는…… 괜찮으시다면 말고기가 조금 있습니다만?"

"좋아요." 에곤과 아델이 동시에 말했다.

"수프를 부탁해요. 어떻게 나오든 간에요." 에디트가 말했다.

"그걸로 두 개 줘요." 무티는 한숨을 쉬었다.

웨이터가 커트러리를 다시 놓는 동안 네 사람은 침묵했다.

"그러면 너는, 에디트?" 아델이 물었다. "아직 임신하지 않은 거야?"

"아델 언니! 그런 질문을 하다니." 에디트는 엄마의 시선을 끌었다.

"결혼한 지 이제 이 년 반 정도 됐잖아. 늦춰지는 이유가 뭐야?"

"언니와 상관없는 일이야."

"분명 문제가 있네. 내가 듣기로는 에곤은 문제가 없다고 하던데?"

"아델 언니! 계속 이런 식일 거면 나는 나가버릴 거야." 에디트의 귀끝은 수치스러움으로 빨개졌다. "나는 아빠 장례식을 위해 이 먼 길을 왔어. 슬픔으로 제정신이 아니고 언니에게 괴롭힘과 모욕을 받는 건 원치 않아."

아델은 다시 한 모금 마신 뒤 잔 너머로 쳐다봤다.

"아니면 혹시 불임인가?" 아델이 중얼거렸다.

에곤은 테이블 아래로 에디트의 손을 잡았다.

"그런 말은 그만해! 존중하는 모습 좀 보이거라." 무티가 명령했다.

"나는 그저 네가 뭘 숨기는 것 같아서 그래." 아델이 말했다.

아델은 결혼식 이후 에디트가 기억하는 뱀처럼 차가우면서도 모든 걸 꿰뚫어 보는 눈을 하고 있었다. 아델이 잔을 다시 자신에게 던질지도 모른다는 생각을 에디트가 하고 있는데 아델이 잔을 테이블에 내려놓았다.

"비밀을 품은 게 어떤 건지 너도 알지, 에디트?"

"그만하라고!" 무티가 말을 막았다. "더 이상 말다툼은 하지 마. 내 가슴이 아픈 것뿐만 아니라 네 아빠의 죽음이 내 상황을 어렵게 만들었다고 말하려던 참이었다. 재정적으로 말이야."

"오, 무티. 부탁이니 또 시작하지 마세요!" 아델이 경고하는 눈으로 말을 잘랐다.

"아델은 새해부터 일을 할 거야." 무티가 단호하게 말했다.

"공연장이 다시 문을 열면 무대에 설 생각이야. 나는 이사도라 덩컨은 아니지만 가능성이 있다는 얘기를 들었어." 아델은 변명하듯 말했다.

"아주 힘든 일은 아니야." 무티는 말을 계속했다.

"엄마는 내가 굴뚝 청소부나 거리 청소부가 되기를 바라는 거예요?" 아델은 엄마에게 눈을 굴리며 물었다. "아니면 전차 운전사나 우편집 배원? 그게 엄마가 원하는 거예요?"

"엉뚱한 소리 하지 말거라! 백화점에서 가벼운 일을 하는 게 너한테 좋을 거야."

"내가 그걸 어떻게 여기는지 아시잖아요!"

"그리고 너도 내가 어떤 느낌인지 알고 있잖니. 너는 그런 일을 네 수준 이하로 생각할지 모르지만 하기 싫어도 해야만 해. 우리는 집안의 가보마저 전당 잡혀야 할 지경이야."

아델은 완전히 혼쭐난 얼굴이었다.

"사실, 저희도 들려드릴 소식이 있어요." 에곤이 말하자 모두가 궁금한 듯 고개를 돌려 쳐다봤다. "군대에서 마침내 저한테 질린 것 같아요. 제가 괜찮은 사람들을 모두 성가시게 했거든요. 에디트와 저는 새해에 빈으로 완전히 돌아올 준비가 됐습니다."

"드디어!" 웨이터가 테이블에 접시들을 놓을 때 아델이 작게 속삭였다.

"저는 여전히 군복을 입은 채일 테지만" 하고 에곤이 이어 말했다. "근처에 있는 시간이 더 많을 거예요. 다시 제자리로요. 저희는 히칭에 집을 구할 겁니다. 제 상관인 중위 그륀발트는 저한테 반했어요. 전쟁이 일어나기 전, 그는 빈에서 미술과 직물 판매자였어요. 제 재능을 알아보시곤 모든 위험으로부터 저를 멀리 보호하셨죠. 비공식적으로 저는 전쟁 화가예요."

"훌륭하네!" 무티가 환호했다. "어서 빨리 내 근처로 왔으면 하네. 날 도와줘야 할 게 많아. 에디트, 지루할 순간이 없어."

아델은 눈썹을 치켜세운 채 잠시 에디트를 바라봤고 입이 뒤틀렸다. 아주 잠깐 자매다운 따스함과 분노를 공감했다.

"어쩌면, 그냥 어쩌면." 무티가 말했다. "너희들 아빠가 돌아가신 이 모든 힘든 일들이 지나고, 1918년에는 우리가 여전히 더 밝은 상황을 기대해 볼 수도 있을지 모르겠구나."

9

1918년 1월

"이게 바로⋯⋯." 에곤이 선언했다. "우리의 새집이야."

에곤은 에디트의 눈을 손으로 가리며 그녀 뒤에서 집으로 들어왔다. 에디트는 어딘가에 걸려 넘어지지 않고 한 발짝씩 내딛을 수 있을 정도만 보였다. 에곤은 손을 치우고선 모든 걸 보도록 에디트를 방 한가운데서 빙 돌렸다. 넓게 열린 공간이었다. 벽은 하얀색으로 칠해져 있고 바닥은 광나는 시멘트로 발라져 있었다. 창문으로 광활한 빛이 들어왔다.

"당신이 만든 형형색색의 깔개만 몇 개 있으면 그리 눅눅하게 느껴지진 않을 거야." 에곤은 인정했다. "그리고 드디어 우리는 바닥을 데울 돈이 있어."

에디트는 이 새로운 공간의 느낌을 가만히 생각해 봤다. 그들의 소지품들을 어디에 두고 집을 어떻게 장식할지 상상하려 했다. 작은 정원이 보이는 일 층 집이었다.

"거기서 모았던 씨앗들을 심을 수 있겠네." 에곤이 정원을 가리켰다. "아주 잘 자랄 거야. 햇빛이 무척 많이 비추니까. 우리도 마침내 뿌리를 내릴 수 있어. 게다가 저것 좀 봐! 이전에 살던 사람이 창턱에 놓는 화분을 몇 개 두고 갔어."

결혼한 뒤 맞은 지난 세 번의 여름 동안 그들이 어디에서 살든 에디트는 검정과 하얀 작은 해바라기 씨앗들을 심었다. 그녀는 씨앗이 성장하는 단계를 감탄하며 지켜봤다. 뿌리가 나오고, 희망차게 작은 잎 두 개가 균형을 잡고, 다음에는 단단히 매듭진 얼굴이 나와 밝게 활짝 펴지면서 가만히 흘러가는 태양을 향해 그 넓은 얼굴을 들었다.

"게다가 우리는 클림트 선생님의 스튜디오에서 그다지 멀지 않아. 선생님을 다시 봐서 정말 반가워. 예전과 다름없이 강렬하고 특별해. 비록 내 재능이 선생님을 능가하려고 하지만. 절대 선생님 앞에서 이 말을 하면 안 돼!" 에곤은 서둘러 덧붙였다. "우리가 이 장소를 구할 수 있게 클림트 선생님이 우리에 대해 좋게 말해줬단 말이야."

에디트가 문 옆 회반죽을 쓰다듬자 가루가 몇 개 떨어졌다.

"아주 오랜 끝에 우리 거라고 부를 수 있는 장소가 생겼다고 생각하니 너무 이상해요." 에디트는 조심스레 말했다.

"여기서 살고 싶지 않아?" 에곤이 물었다.

"당연히 살고 싶죠. 하지만 많은 게 변했어요. 우리가 떠났던 도시와 같은 곳이라는 느낌이 들지 않아요. 아빠와 해나는 없고, 새로운 얼굴들이 많아지고, 배급제도, 공격들……."

"기뻐해야 할 시간이야. 새장에 갇힌 새들조차도 가끔 노래를 부른다고. 이런 끔찍한 전쟁이 우리를 좌절하게 놔둬서는 안 돼. 여기서 가족과 친구들을 초대해 대접할 수 있어. 나는 게르티에게 연락할 거야. 안톤 주니어도 보고 싶어. 그리고 늙은 악마 같은 안톤 어르신도 가져

올 수 있는 와인은 뭐든지 가져올 수 있어. 군대에서 돌아왔으니까! 술
잔을 올리며 죽은 이들을 생각하고 몇몇 익숙한 얼굴들을 보는 것도
좋을 거야." 에곤이 말했다.

"당신 말이 맞아요." 에디트가 말했다. "우리는 함께 다시 일상의 중
심으로 돌아왔어요."

"우리는 여기에 있고, 살아 있어. 그리고 나는 사람들이 이 사실을
알았으면 해. 행복해지자. 모든 게 순조롭지 못했어. 우리는 다시 자리
를 잡아야 해."

"가끔 나는 이 도시에 더 이상 아는 사람이 거의 없다는 느낌이 들
어요. 평생 그렇진 않을 거란 건 알지만."

"아델과 화를 좀 풀지 그래? 당신은 언제든 아델과 마주칠 수 있어.
매번 어깨 너머를 살필 순 없는 거잖아. 죽도록 걱정하면서……."

"지금 무슨 말을 하는 건지 알기는 하는 거예요?" 에디트가 놀려댔
다. "게다가 내가 지난 12월에 노력했던 걸 알잖아요. 그런데 우리가 지
금 얘기하는 사람은 그 아델이라고요."

"당신이 조심하는 건 잘하는 거야. 그날 밤 레스토랑에서 아델은 정
말 못 봐주겠더라고! 끔찍했지만 당신 아버지의 장례를 앞두고 모두가
신경이 곤두선 상태였어. 그리고 다음 날 아델은 괜찮게 행동하더라고.
그러니 희망이 있는 거잖아?"

"언니는 당신에 대한 미련을 떨치려고 긴 시간을 보냈을 거예요."

"아, 하지만 한번 에곤 실레에게 빠지고 나면 과연 회복할 수 있을
까?" 에곤은 씩 웃었다.

에디트는 에곤을 가볍게 쳤다. "지금쯤 분명 다른 것들에 정신이 팔
렸을 거예요. 무티 말씀으로는 구혼자들이 많대요."

"아델을 찾아가 봐. 당신에게 좋을 거야."

"생각해 볼게요."

에곤은 확 트인 공간을 가로지르며 에디트와 몇 발자국 춤을 췄고, 왈츠를 추며 에디트를 창가로 데려갔다.

"여기는," 에곤이 춤을 멈춘 뒤 입을 열었다. "우리의 새로운 시작이야. 빈은 전쟁으로 타격을 입었지만 우리는 막 시작하려고 해. 나는 그림을 그릴 시간이 많아질 테고, 당신은 다시 날 위해 모델을 해도 돼. 그리고 어쩌면 우리에게 당신이 고대하던 아기가 생기는 축복이 생길지도 몰라."

에디트는 웃었지만 그가 한 말에 순간 찌릿한 아픔을 느꼈다.

"그건 기적일 거예요. 그나저나 우리는 아기에게 어떤 세상을 보여주게 될까요?"

에디트는 아기를 갖고 싶었다. 아기는 그녀만의 것으로 사랑할 수 있는 존재였다. 그리고 아이가 있으면 에디트는 에곤의 일부와 항상 연결되어 있을 수 있었다. 아이는 그들이 항상 공유할 수 있는 것이었다. 그녀는 절대 혼자라고 느끼지 않게 될 것이다. 자랑스러워할 목적과 방향이 생기는 것이다.

"세상에는 죽음, 파괴, 불확실함, 그리고 격변이 있어." 에곤이 말을 늘어놓았다. "광기는 말할 것도 없고. 하지만 역시 사랑, 친절, 재능 그리고 희망도 있어. 지난 몇 년이 고통스러웠다는 건 알지만, 이제 우리는 집에 왔으니 당신은 더 편히 지낼 수 있어."

"하지만 아델 말이 맞으면 어떡해요?" 에디트는 작은 소리로 물으며 그날의 기억에 몸이 움찔했다. "내가 불임이면 어떡하냐고요?"

"임신하게 될 거야. 나는 확신해. 그런 건 시간이 걸리는 일이지."

"노력을 계속한다고 손해 볼 건 없다고 생각해요." 에디트는 미소를 지었다.

10

1918년 1월

"이걸 내 무덤까지 가져갈게." 에곤이 말했다. "자, 더 넓게 벌려봐. 당신이 오래 불평할수록 더 오래 걸린다고."

에디트는 거실의 간이침대에서 널브러진 채 가장 품위 없고 불편한 자세를 취하는 중이었다. 에곤의 간절한 부탁으로 에디트는 속옷을 모두 벗고 치마를 허리 위까지 잡아당겼다. 부츠와 긴 양말은 그대로 신었다.

에디트는 창문에서 보이지 않도록 아주 조심스럽게 자세를 잡았다. 처음에는 커튼을 쳤지만 에곤이 빛에 대해 불평하며 커튼을 홱 열어젖혔다. 에디트는 가장 좋은 순간에도 이웃들이 무슨 생각을 할지 걱정을 했는데, 지금 이런 모습을 그들이 본다면 말할 것도 없었다.

"당신이 이런 걸 염두에 뒀다고 미리 알려줬으면 좋았을 텐데." 에디트는 이를 악문 탓에 머리가 아팠다.

상처에 소금을 뿌리듯, 에곤은 에디트가 몸을 만지고 있어야만 한다고 말했다.

"스스로 즐기도록 노력해 봐." 에곤이 지시했다.

"스스로 즐기라고요? 나는 사람들이 내가 히스테리 직전에 있다고 생각하지 않길 바라요." 에디트가 말했다.

"자, 어서. 내숭 떨지 마. 손을 돌려봐. 아주 만족을 주는 부분이 있을 거야. 내가 알려줘야 해?"

"당신이 그걸 아는지나 의심스러워요." 에디트가 비웃었다.

에디트의 검지가 다리 사이를 눌렀다. 에곤이 이렇게 저질적인 자세를 취하라고 할지 에디트는 꿈에도 몰랐다.

"감히 내 얼굴 그리지 마요!" 에디트가 말했다. "약속해요."

에디트는 자신이 속옷을 벗으며 오후를 보내고 있다는 걸 세상이 알지 않기를 바랐다. 무티의 표현처럼 악마와 놀아나는 짓이었다.

"내가 이미 말했잖아. 무덤까지 가져간다고. 당신이란 걸 아무도 모를 거야."

"최소한 날짜를 바꿔서 사람들이 발리라고 생각하게 해줘요. 그들은 이러고 있는 게 발리라고 생각할 거야."

"그렇게 할 수 없어." 에곤이 말했다.

에디트는 손을 치우고 고개를 들어 그를 빤히 쳐다봤다.

"자, 부탁이니 손을 다시 넣어봐." 에곤은 명령하고선 눈을 빛내며 스케치를 해나갔다.

에디트는 시선을 천장으로 되돌렸다.

"얼마나 오랫동안 이런 지독한 자세를 취하고 있어야 해요?" 잠시 뒤 에디트가 물었다.

"당신은 확실히 즐기고 있네. 난 한참 전에 끝냈어." 에곤이 씩 웃으며 말했다.

그 즉시 에디트는 벌떡 일어나 앉아 치마를 제자리로 돌려놨다.

에디트는 에곤을 역겹다는 눈으로 쏘아본 뒤 손을 따뜻하게 하려고 스토브로 갔다.

에곤은 스케치를 가지고 왔다. 스스로 꽤 만족하는 듯했다.

"이것 봐. 나의 모델, 내가 당신의 본질을 포착해 냈어. 긴장감, 굴복하지 않으려는 성격, 하지만 또한 어린애 같은 취약함도 있어. 이 여인은 스스로의 즐거움은 말할 것도 없고 삶의 즐거움도 느끼지 못해. 무엇보다 거친 상처가 보이길 원하고 있어." 에곤은 말을 멈췄다. "울지 마. 나는 그저 놀리는 거야!"

"그건 포르노그래피잖아요. 여인들은 그거보다 덜한 것으로도 감옥에 가고 불구가 되잖아요!"

"이건 예술이야. 그걸 알아야 해. 클림트 선생님도 이런 식으로 여자들을 그렸어."

"하지만 나는 매춘부로 오해받을 거예요."

"이걸로 우리는 세금을 내. 당신이 무척이나 아늑한 집으로 만든 이 공간의 비용을 대준다고."

"나는 다시는 이런 식으로 보여지고 싶지 않아요. 나와 어울리지 않아요." 에디트가 말했다. "당신의 구매자들은 내가 담긴 작품을 값어치 있게 생각하지도 않잖아요."

에디트를 그린 그림들의 가격이 가장 높지 않다는 것을 에디트도 아주 잘 알고 있었다. 결혼식 날 봤던, 에디트의 부족한 점을 발견한 듯한 게르트루드의 시선이 떠올랐다. 그들이 결혼한 뒤 그린, 줄무늬 드레스를 입은 에디트를 담은 웅장한 유화는 최근에 전시되었을 때 팔리지도 않았다. 그녀의 초상화는 대부분 팔리지 않는 반면, 발리의 그림들은 엄청나게 수요가 많았다.

"당신이 자세를 취해주지 않으면 나는 어떻게 일하고 창조해 내지?"

"기꺼이 하려는 다른 여인들도 있잖아요."

"당신은 집에 돌아왔을 때 모델이 여기서 옷도 입지 않고 있는 걸 보고선 내 캔버스를 거의 부러뜨리려 했잖아." 에곤도 기분이 나빠졌다. "내 구매자들, 후원자들은 내 과격한 스타일, 누드 그림을 원해. 내가 만약 그런 그림들을 내놓지 않는다면 그들은 다른 화가에게 갈 거야. 드레스를 입은 정숙한 여인은 누구든 그려낼 수 있어. 이런 그림 같은 충격을 주지 않아."

"하지만 나는 당신 아내예요! 내가 당신의 그림들을 전달하고 후원자들과 말하고 그들과 악수하죠. 차마 내가 다리를 활짝 벌린 그림들을 그들의 벽에 걸어놓으라고 전달할 순 없단 말예요."

"당신 말고는 아무도 그렇게 그림과 당신을 연관 짓지 않아."

"그걸 당신이 어떻게 알아요? 우리는 알려져 있어요. 그들이 내 이름은 모른다 하더라도 우리 얼굴은 알아요. 그들은 이 그림은 발리이고, 저 그림은 당신 동생인 걸 안단 말예요. 당신이 우리 평판을 얼마나 떨어뜨리는지 생각해 봐요."

"발리는 절대 불평한 적이 없었어."

"발리는 수년간 다리를 벌린 경험이 있잖아요. 왜 그 여인과 결혼하지 않았어요? 아, 맞다. 그럴 수 없었다고 했죠. 착한 여인을 찾아야만 했죠. 그리고 지금 당신은 똑같은 붓으로 나를 더럽히고 있어요."

"빌어먹을, 에디트. 둘 다 가질 순 없는 거야. 주문이 쇄도하고 있어. 내가 분리파 전시회를 큐레이트 한다고 알려진 뒤로, 그리고 그 전부터……. 그리고 내가 말했듯이 사람들이 돈을 지불하려는 건 누드야. 그럼 어떡해야 할까? 당신이 모델을 해줘야 하고 옷을 벗을 준비를 해야 해. 안 그러면 다른 사람들이 그걸 대신해야만 할 거야. 당신이 선택해."

에디트는 덫에 걸린 느낌이었다. 그녀가 옷을 벗고 빌어먹을 결과야 어찌 되든 상관하지 않거나, 다른 모르는 여인을 집으로 불러 똑같은 걸 시키고 그 대가를 지불해야 한다. 그건 음식, 연료, 그리고 그들이 여전히 구매하는 간식들을 살 돈이 부족해진다는 뜻이었다. 게다가 에곤과 모델이 문을 닫고선 무슨 짓을 할지 누가 알겠는가. 다른 방법이 있을 것이다.

생각나는 사람이 한 명 있었다. 에디트가 언니를 믿을 수 있을지 없을지는 완전히 다른 문제였다. 어쨌든 아델이 자신 있는 자세를 기꺼이 취할 것을 에디트는 알았다. 그리고 적어도 에디트는 당연히 언니를 감시하기 위해 같은 시간에 주변을 맴돌 수 있었다. 하지만 아델을 모델로 하면 아델, 에디트, 에곤이 화해 비슷한 걸 하는 데 도움이 될지도 몰랐다. 에디트는 자신이 배신했던 기억을 부드럽게 잠가버렸다. 수년간 에디트는 아델의 가슴을 아프게 했다는 사실에 애매한 죄책감을 느꼈고, 대부분의 날들은 비참한 감정으로 물들었다. 결혼식 날 밤 허벅지에 깊게 새겼던 글자들은 치유됐을지 모르지만 마음의 상처들은 완전히 지워지지 않았을 것이다.

아, 그렇다. 아마도 아델에게 모델 일을 시키는 게 그리 이상한 생각은 아닐지도 모른다. 아델은 항상 에곤의 작품을 인정했고, 에디트가 전혀 생각하지 못했던 식으로 그의 미술을 인정했다. 아마도 보상해주는 기회가 될 것이다. 아델이 잃어버렸다고 생각한 것을 조금이나마 즐기게 해줌으로써 결국은 그토록 갈망할 만한 것이 아니었음을 깨닫게 될지도 몰랐다.

11

1918년 2월

최대한 노력했음에도 불구하고 에디트는 언니가 그들의 집에 있는 게 신경 쓰였다. 자매는 일시적으로 머뭇거리면서 함께 시간을 좀 보내기도 했다. 이 주 전에 에디트와 아델은 커피숍에서 만났다. 예의 있던 시간이었다. 다시 봐서 좋다는 이야기까지 할 정도였다. 자매는 일반적인 이야기를 나누었고, 에디트는 프라하와 전쟁, 빈 그리고 미래에 대한 바람들을 말했다.

언니는 떠날 때 에디트의 볼에 입을 맞추었고 그런 몸짓에서 용서한다는 의미도 보였다.

다음 날 에디트는 친정에 가서 연한 커피를 마시며 오후를 보냈다. 아델은 셰이즈 롱에 앉아서, 지난날 늘 그랬듯이 창밖을 내려다보며 거리에서 일어나는 일들을 관찰했다. 하지만 그때와 전혀 똑같지 않았다. 에디트가 집에 대해 기억하는 많은 것들이 사라졌다. 티스푼이나 사진틀 같은 은들은 대부분 없어졌고, 분위기는 나른하고 침체된 것처럼 느껴졌다. 아델은 에디트에게 죽을 만큼 따분하다고 고백했고, 에디트는 떠나면서 아델에게 다음 주에 집으로 오라고 초대하면서 비트만가세 집 주소를 적어주었다. 그런데 지난 육 일간 에디트는 누군가가 지켜보는 게 느껴졌다. 자신의 피해망상이란 건 확실했지만 아침에 옷을 입을 때, 오후에 설거지할 때, 사진과 철학에 관한 책들을 읽을 때, 혹은 창가의 화분들에 전구를 맞추고 빛을 보도록 자리를 배치할 때도 누군가의 시선이 느껴졌다.

에디트는 아델이 방문하러 올 것이어서 집을 청소했다. 향수병들을 정리하고 쿠션들을 폭신하게 만들었다. 요즘 많은 시간을 팔꿈치까지 비눗물이 묻도록 집안일을 해서 에디트는 반지를 빼 싱크대 옆 받침 접시 안에 넣었다. 에곤은 이날 뢰슬러, 베네슈, 혹은 요구가 많은 다른 후원자들을 만나러 밖에 있을 예정이었다. 에디트는 그에게 아델이 집으로 올 거라는 말을 하지 않았다. 에디트는 여전히 상황을 살펴보는 중이었고, 오늘 아델의 방문이 괜찮으면 에곤에게 자매가 화해했다는 걸 말할 생각이었다. 그녀는-

현관문을 거칠게 두드리는 소리가 들렸다. 아델이 도착하기까지는 아직 십오 분이 남았다. 아델의 성격이 엄청나게 바뀌지 않은 이상 일찍 오는 건 아델답지 않았다.

에디트는 손을 닦고 앞치마를 벗고 결혼반지를 착용한 뒤 문을 열었다. 제복을 입은 남자가 문 앞에 있었다. 그는 에디트를 부르면서 모자를 벗었다.

"실레 씨이십니까?" 그가 물었다.

"저는 실레 부인이에요." 에디트는 얼굴이 붉게 탄 남자를 쳐다봤다.

그는 편지를 건넸다. "이 편지는 고인과 관련된 마지막 주소 세 군데에서 반송됐습니다. 저희는 고인의 친족 다음인 실레 씨를 추적하느라 전달이 늦어졌습니다."

에디트는 손에 든 편지를 돌려 보면서 명확한 정보를 찾으려 했다.

"삼가 조의를 표합니다." 남자는 덧붙인 뒤 떠났다.

에디트는 편지를 가슴에 움켜쥔 채 문을 닫았다. 달마티아라는 소인이 찍혀 있었다. 에디트는 그곳에 사는 사람을 아무도 알지 못했다. 그녀는 기다려야 했다. 에곤이 집에 와 직접 열어볼 때까지 기다려야 했다. 어쨌든 에곤에게 온 편지이고, '개인 정보이자 기밀'이라는 도장이 찍혀 있었다.

에디트는 편지를 부엌으로 가져갔다. 물이 담긴 냄비를 끓이면서 나오는 김에 봉투를 대고 조심스레 열었다. 아델에게서 배운 방법이었다. 정보를 확인하고 나면 봉할 수 있고, 에곤은 아무것도 모를 것이다. 에디트는 봉투에서 빳빳한 종이를 조심스레 꺼냈다. 편지에는 공식 도장과 적십자 마크가 있었다. 이름을 찾으려고 빠르게 편지를 훑어봤다. 그리고 찾아냈다.

"이름: 발부르가 노이질

직업: 종군 간호사

사망 날짜: 1917년 12월 25일

원인: 성홍열

나이: 23

직계 가족으로부터 답변이 없으므로 발부르가 노이질은 시니에서 매장됨."

발리가, 죽었다.

에디트는 떨리는 손으로 편지를 봉투에 조심히 넣고 다시 봉해버렸다. 그 여인을 좋아하진 않았지만 사망 소식이 전혀 기쁘지 않았다. 그런데 에곤은? 에곤은 어떤 반응을 보일까? 발리와 에곤은 가까웠다.

발리는 에곤의 모델이자 뮤즈이기도 했다. 에곤은 그들의 관계가 심각하지 않았다고 주장했고, 발리가 그를 사랑하지 않는다고 고백했다고 했고, 직업적인 동맹에 가까웠으며 귀여워했던 거라고 말했다. 하지만 에디트는 늘 의심했었다. 특히 〈죽음과 소녀〉 그림을 목격하고선 더 그랬다. 그림 속 인물인 에곤과 발리가 임박한 이별 앞에서 서로에게 매달린 모습을 보고 나서부터. 마음이 아팠다. 그러므로 이 소식은 에곤에게 충격을 줄 수 있었다. 에디트는 자신이 눈물을 흘리고 있는 걸 알아차렸다.

또다시 문을 두드리는 소리에 에디트는 불안해졌다. 편지를 창가 화분 밑에 밀어 넣고 문으로 다가갔다. 문을 열자, 제복 입은 또 다른 남자가 아닌 아델이 있어서 안심이 되었다.

"들어와. 편하게 있어." 에디트는 예의 있게 말했다.

에디트는 발리를 생각했다. 그녀가 느꼈던 차갑고 무뚝뚝한 발리가 아니라, 에곤의 불가해한 초상화들에 나온 모습의 발리를 생각했다.

"그리고 너 주려고 이걸 사 왔어." 아델은 외투에서 갈색 봉투를 꺼냈다. "해바라기 씨앗들이야. 너도 알다시피 꽃을 사기가 불가능하잖아. 하지만 이것들은 그냥 마음이 끌려." 아델은 해바라기 씨앗 봉투를 에디트에게 건넸다. "여름 끝 무렵이면 에곤보다 더 크게 자랄걸."

에디트는 씨앗을 손바닥에 쏟고 움켜쥐었다.

"그럼 언니는 내 편지들을 받았던 거야?" 에디트는 기대하며 물었다.

"커피는?" 아델은 집을 한 바퀴 돌며 물었다.

에디트는 어떤 친밀한, 개인적인 물건들이 보이지 않도록 침대를 정리해 놓은 상태였다.

"물론이지." 에디트는 빠르게 말했다. 가장 기본적인 매너도 잊었다는 사실에 부끄러웠다. "금방 끓일게."

"음, 작지만 유쾌해 보이는 집이네." 아델은 방을 둘러보며 결론을 내렸다.

"정말 그래." 에디트가 대답했다.

하지만 여전히 에디트의 생각은 발리 소식을 듣고 난 뒤 에곤이 보일 반응에 머물렀다. 어쩌면 그가 그 소식을 알지 못하는 게 낫지 않을까?

자매는 자리에 앉았다. 아델은 편안하게 앉아서 마치 깨끗이 닦으려는 듯 엄지로 커피 잔 주위를 문질렀다. 그들은 하인리히를 포함한 다른 지인들에게 무슨 일이 일어났는지에 대해 잠시 대화를 나누었다.

"나 언니에게 물어볼 게 있어." 에디트는 마침내 언니에게 말했다. "적절하지 않은 걸지도 모르니까 몇 번 잘 생각해 보고 거절해야겠다 싶으면 편하게 거절해도 돼."

아델은 커피의 표면을 예의 있게 후 불었고 눈썹을 치켜세웠다.

"에곤은 모델이 필요해." 에디트는 자기가 한 말을 언니가 이해하도록 가만히 있었다. "나를 알잖아. 나는 그런 쪽의 일들은 불편해. 절대 잘한 적이 없어. 나는 언니가 에곤을 위해서 자세를 취해줄 수 있는지 물어보는 거야." 에디트는 계속해서 말했다. "에곤은 중요한 주문을 받았고 자신감 있는 누군가가 필요해. 우리가…… 믿을 수 있는 사람."

아델은 에디트를 계속 쳐다보며 커피를 또 한 모금 마셨다.

"나는……." 아델이 입을 열었다.

문이 요란한 소리를 냈고 에곤이 달려 들어왔다. 복도를 쿵쾅거리다가 그곳에 놓아둔 신발들과 작은 가방들에 발이 걸렸다. 그가 숨을 돌리기까지 시간이 좀 걸렸다.

"에디트?" 에곤은 거의 울 것처럼 에디트를 간절히 불렀다.

에곤과 아델 사이에 기묘하고 헤아릴 수 없는 시선이 오갔다. 그는 아내에게 고개를 돌렸다. "에디트! 아주 끔찍한 소식을 받았어. 가슴이 아파. 내가 소중히 여기던 모든 게 사라졌어." 에곤은 바르르 떨었다.

에디트는 벌떡 일어서면서 바로 창가 화분을 쳐다봤다. 에곤은 무릎이 휘청하더니 에디트에게 기대 쓰러졌다. 에디트는 아델이 이걸 봐야만 하다니 당황스러웠다. 에디트는 에곤을 일으켜 세우려 애썼다.

"그 무엇도 예전 같지 않을 거야. 나는 슬픔에 망가져 버렸어. 미래를 어떻게 직면해야 할지 모르겠어. 내가 가장 존경하는 사람, 그 누구보다도 애정했던 사람이- 떠났어."

"에곤, 나는……." 에디트는 어찌할 바를 모르고 두리번거렸다. "그 사람이 당신에게 이토록 중요했는지 몰랐어요."

에디트는 아델의 눈을 봤다. 언니는 인상을 찌푸리며 이렇게 감정적인 모습을 보는 걸 불편해하는 듯 보였다.

"무슨 말이야?" 에곤은 에디트의 어깨를 잡았다. "아무도 없어. 그는 대체할 수 없는 사람이야. 백만 명 중 한 명이지. 내 영웅이자 멘토. 구스타프 클림트가 죽었어."

12

1918년 2월

　구스타프 클림트의 장례식은 2월 9일 토요일에 치뤄졌다. 시원하고 하늘이 활기찬 날이었다. 에곤과 에디트가 그날 아침 일어났을 때 땅에 서리가 내려앉았지만, 따스한 밝은 햇살이 가장 깊은 그늘을 제외한 모든 곳의 추위를 걷어주었다.

　오스트리아에서 가장 찬란한 화가의 사망 소식은 국가에 엄청난 타격을 주었고, 빈과 그 너머에 충격의 물결을 일으켰다. 구스타프 클림트는 그해 초 독감에 걸렸던 것으로 알려졌다. 그런 질병 자체가 예사롭지 않은 데다, 실제로 이미 1918년에 많은 사례가 발생했다. 아델도 지난 12월에 독감에 걸려 지독하게 고생했지만 다행히 금방 회복됐었다. 하지만 클림트의 경우, 질식성 폐렴으로 발전해 숨도 못 쉬며 몇 주간 침대에서 꼼짝도 못 했다. 그동안 에곤이 그를 방문했던 걸 에디트도 알고 있었다. 그녀는 에곤이 스승을 그린 스케치를 보면서 부드러운 연필 선들에 감탄하곤 했다. 에디트는 클림트를 가깝게 안 적은 없었다.

우정을 군건히 하려면 수십 년이 걸리리라 생각했다. 그가 아름다운 일본 꽃병을 선물한 결혼식 날을 포함해 이 존경받는 화가를 몇 번 만난 적은 있었다. 하지만 에곤과 클림트의 유대감은 강렬했다. 남편과 남편보다 삼십 년 더 나이가 많은 남자 사이에 존재하는 존경심을 봤다. 에디트는 구스타프 클림트를 경계했다는 걸 이제야 인정할 수 있었다. 그의 격렬한 충동과 엄청난 갈망과 진보를. 에디트는 남편이 그의 길을 따를 정도로 지나치게 가까워지지 않기를 바랐다.

그래도 〈더 키스〉의 창조자이자 위대한 화가가 죽을 거라고는 예상치 못했다. 하지만 2월 초순, 그 주 초에 구스타프의 상태는 더 악화되었고, 알저그룬트에 있는 종합병원으로 급히 옮겨졌다. 몇 시간도 안 되어 그는 뇌졸중을 일으켰고 살아남지 못했다. 그의 나이 55세였다.

장례식은 성대하게 치뤄졌다. 빈의 모든 뛰어난 국민들, 지금까지 전쟁에서 살아남은 사람들이 조문하러 왔다. 검은 옷을 입은 무리가 마차를 따라 거리를 걸었다. 클림트를 한 번도 보지 못했지만 그의 이름을 알고 그의 미술을 찬양하는 사람들도 거리에 늘어서서 뿌리가 긴 꽃들을 던져주었다. 에곤은 클림트의 관이 히칭의 중심가를 따라 지역 묘지로 운반되는 동안 장례 행렬 사이에 당당히 서 있었다. 구스타프는 병에 걸린 사실을 알기 훨씬 전에 자신은 삼 년 전 돌아가신 어머니 애나 옆에 묻히고 싶다고 분명히 말했었다.

에디트의 남편은 고개를 숙였고 눈은 붉게 충혈되었다. 오늘 아침, 에곤은 이 장례식이 십삼 년 전 돌아가신 아버지의 장례식에 대한 기억을 떠올리게 할까 봐 걱정된다고 고백했었다. 화가의 영구차에는 겨울 화환이 흩뿌려졌다. 물감 찌꺼기가 묻은 구스타프의 그림붓들은—그가 미완성 캔버스들을 많이 남겨놓았기에— 화환 사이에 꽂혀 있었다. 에디트의 남편과 다른 화가들은 조의의 표시로 자신들의 이름이 새겨진 붓을 놓아두었다. 에곤은 수금에 자신의 붓을 담갔다.

에곤은 클림트가 사망한 날 밤을 빈소에서 보냈다. 에곤은 죽은 클림트의 얼굴을 그릴 수 있도록 시간을 달라고 장례식 직원에게 돈을 주었다. 그리고 구스타프의 가장 가까운 친척들의 축복을 받으며 에곤은 영구히 보존될, 이 위대한 화가의 이목구비를 닮은 데스마스크를 준비했다. 에곤은 자기 손으로 직접 파리의 회반죽을 멘토의 뺨, 이마, 눈에 칠했고 까슬까슬한 콧수염 속에도 칠했다. 에곤은 회반죽이 굳어서 빼낼 수 있을 때까지 조용히 기다렸다.

에디트는 상복을 입고 검정 베일을 썼다. 에디트는 언니의 손을 잡고 뒤로 물러났다. 아델은 구스타프의 사망 소식을 들을 때 그 자리에 있었으니 장례 행렬에 합류해도 되느냐고 상냥하게 수줍은 듯이 물었다. 그들은 정문을 통해 히칭 묘지에 들어섰다. 관이 묘지로 운반되기 시작한 뒤에 장례 행렬은 세 배나 늘어났다. 구스타프의 가족이 길을 인도했다. 아내는 없으나 모델, 애인, 친구인 여인들은 많았다. 에디트는 구스타프가 여남은 명, 어쩌면 그보다 더 많은 아이들의 아버지일지 모른다는 이야기를 들은 적이 있었다.

"저 사람은 누구야?" 아델이 머리카락이 풍성한 아름다운 여인을 보며 물었다.

"에밀리 플뢰게야." 에디트가 대답했다. "들리는 말에 의하면, 친구래."

"사람들이 그러는데 클림트는 자유롭게 간통했다는데."

"에곤 말이, 에밀리와의 사이는 더 깊었대."

"저 여인 울고 있네." 아델이 손으로 가리켰다.

그들은 무덤 사이의 구불구불한 길을 따라갔다. 비바람에 닳은 묘석과 천사상 들을 지났다. 행렬은 위압적인 지하실 옆 왼쪽으로 꺾었다.

이 모든 오래된 뼈들이 땅 밑에 있다는 걸 에디트는 가만히 생각해 봤다. 에디트는 자신이 땅 밑 나무 관 안에 놓이기 전까지 오래오래 살기를 기도했다.

무덤 옆은 공간이 부족해서 에디트와 아델은 사람들 속을 헤치며 맨 앞에 있는 에곤에게로 갔다.

"당신은 실레군요." 에디트는 한 여인의 목소리를 들었다.

그녀는 손수건을 주머니에 집어넣고 손을 내밀었다.

"네, 에곤입니다." 에곤이 대답했다.

"이 모든 것, 그러니까 미래, 우리 문화의 희망은 이제 당신에게 달려 있어요." 여인이 말했다.

에곤은 간절한 눈으로 여인을 바라봤다. "그런가요?" 그는 침을 삼켰다.

"나는 당신이 그러길 바라요. 왜냐하면 구스타프 씨가 자신의 유산을 물려주기 위해 당신보다 더 애정한 사람은 없었으니까요. 당신은 횃불을 든 거예요. 그걸 지혜롭게 사용하세요." 여인은 에곤의 어깨를 가볍게 두드리고는 자리를 떠났다.

추도 연설과 찬송이 있었다. 관 위에 놓인 꽃들이 부드러운 바람에 흔들렸다. 관을 두른 밧줄이 천천히 풀리기 시작하자 거칠고 목 메인 울음소리가 높아졌다.

에밀리가 얼굴을 가린 채 앞으로 걸어 나오더니 팔로 관을 감싸 안았다. 관을 꽉 붙든 손가락이 하얘졌다. 에밀리는 깨끗하게 닦인 나무 관에 키스를 했다. 애도하던 사람들은 숨을 멈췄다. 다른 여인이 앞으로 나와 에밀리의 어깨를 다정히 잡고 구스타프의 관이 땅 밑까지 내려갈 수 있게 해주었다.

낮은 태양이 천사상의 날개에 닿았다. 에디트는 몸에 전율이 일었다. 에곤은 흙을 한 주먹 쥐어서 구스타프의 관이 있는 깊은 구덩이에 떨어뜨렸다.

그들이 떠날 때, 에곤은 주변을 둘러보면서 베일에 가려진 얼굴들을 쳐다봤다.

"발리를 여기서 볼 수 있을지도 모른다고 생각했어." 에곤이 솔직히 털어놓았다. "발리가 여기 참석하지 않은 게 이상해."

13

1918년 3월

에디트는 옷을 입고 나갈 준비를 마쳤다. 머리를 곱슬곱슬하게 만들어 네이비색 리본으로 묶었으며, 실크와 오간자로 된 드레스를 입었다. 전쟁 이전부터 손도 대지 않은, 화려한 장식이 수놓아진 옷으로, 무티집에 있는 에디트의 옷장에 박엽지로 감싸여 처박혀 있었다. 에디트는 이 드레스를 조심스레 수선하고 특별히 이날을 위해 세탁했다. 화장에도 엄청난 신경을 썼다. 볼에 파우더와 분홍색 볼연지를 발랐다. 오늘 밤은 빈 분리파의 49번째 전시회 오프닝이 있는 날로, 가장 멋지게 보이려는 그녀의 노력을 에곤이 알아주길 바랐다. 에곤이 큐레이션을 하고 가장 애정하는 화가들에게 바치기 위해 그들을 초대한 전시회였다. 19점의 거대한 그림들과 자신의 초상화 24점을 전시하고, 모든 그림이 가장 높은 가격을 제시하는 사람에게 판매되도록 했다. 에디트와 그녀의 남편은 제때 도착하기 위해 즉시 출발해야만 했다.

에곤이 소매를 위로 걷은 채 부엌 테이블에서 허리를 숙이고 낙담한 모습으로 앉아 있는 게 창문으로 보였다.

"어디 몸이 안 좋아요?" 에디트는 급히 그에게 다가갔다. "에곤, 나를 봐요."

에디트는 손으로 그의 얼굴을 잡고 시선을 그녀에게 향하게 했다. 눈가가 보랏빛이었고 눈물로 빛났다.

"나는 갈 수 없어." 에곤이 속삭였다. "그들을 마주할 수 없어. 그 모든 걸 믿는 척할 수 없단 말이야." 그는 힘없이 손을 내저었다. "구스타프 선생님 없이는 안 돼. 나는 그의 임종을 그렸어. 그의 눈이 아직도 뇌리에서 떠나지 않아."

"당신은 오늘 밤을 위해 몇 달간 준비했잖아요. 사람들이 당신을 기다리고 있어요."

"내가 없는 것조차 눈치채지 못할 거야." 에곤이 말했다.

"당신이 포스터를 디자인했어요. 당신 이름도 그 안에 있고. 모든 사람이 당신과 올해 있을 전시회에 관해 얘기했어요. 멀리 떨어져 당신 없이 전시회가 진행되게 해서는 안 돼요."

"내가 아는 거라곤 구스타프 선생님 없이 나를 보면서 내가 밝게 웃기를 바라는 사람들과 한방에 있을 수 없다는 사실이야. 구스타프 선생님의 삶의 이유였던 미술을 그가 세운 공간에서 어떻게 기념할 수가 있어?"

"구스타프 선생님의 영혼이 그곳에 찾아올 거예요. 그의 작품이 벽에 걸리잖아요. 안 그래요? 사람들은 모여서 그에 대해 말하고 그의 열정을 기념하길 간절히 바라고 있어요."

"그가 죽은 지 한 달도 채 되지 않았어. 존중하는 의미로 이 전시회는 취소됐어야 해."

"예술은 계속된다고 당신이 말했잖아요." 에디트는 다정한 눈으로 그를 바라봤다. "구스타프 씨는 당신을 무척 사랑했어요. 십 년 전 그의 아틀리에에서 그를 처음 만났던 때의 얘기를 내게 들려줬잖아요. 그리고 당신이 재능이 있는 건지 그에게 물어봤다고 했죠. 그가 뭐라고 답했댔죠?"

"에디트, 그러지 마. 제발. 너무 가슴 아픈 기억이야." 에곤은 양손으로 머리를 잡았다.

"당신의 그림을 보고 나서 '정말 지나치게 많지!'라고 했다면서요. 그는 당신에게서 재능을 본 거예요. 구스타프 씨는 당신이 전시회에 가서 그의 추억을 기리고 그가 그토록 믿었던 미술을 향한 움직임을 계속해나가길 바라실 거예요."

에곤의 어깨가 파르르 떨렸다. 에디트가 에곤의 등에 손을 대자 그의 셔츠와 피부를 통해 떨림이 느껴졌다.

"내게 아버지 같은 존재였어." 에곤은 결국 털어놓았다.

"그리고 그가 죽었다는 건 슬픈 일이에요. 하지만 당신은 그의 후계자잖아요. 그의 역할을 이어가고, 그가 당신에게 바랐던 일을 계속해나가는 건 당신에게 달렸어요."

"나는 못 하겠어."

"그렇게 해야만 해요. 당신은 이전에 그를 자랑스럽게 했고, 앞으로도 그렇게 할 거예요. 빈의 분리파는 이십 년 이상 구스타프 씨의 자랑이자 기쁨이었어요. 그리고 당신은 이 전시회를 위해 정말 열심히 일했잖아요. 이 전시회에 참여할 뿐 아니라 당신 이름으로 할 수 있어서 무척 기뻐했잖아요. 그리고 이 전시회를 열기 전에, 이 전시회에 참여하면 더 출세하게 될 거라고 당신이 말했잖아요. 슬픔을 극복해야만 해요." 에디트가 말했다. "한 시간 안으로 말이에요. 지금은 사라질 때가 아니에요."

∼

에곤과 에디트는 링스트라세를 떠나 흰색과 황금색으로 된 인상적인 분리파 건물로 들어섰다. 구조가 멋지고 독특했다. 낮고 널찍한 모양에 창문이 없고 날카로운 하얀색 선들과 금빛 왕관도 있었다. 이 건물은 예술이 기득권층의 손아귀로부터 문화를 자유롭게 할 수 있다는 생각을 반영하도록 디자인되었고, 웅장한 대로에 쭉 늘어선 역사적 건물들과 확연히 대조되었다.

전시 공간 안에는 잘 차려입은 사람들이 전시회와 구스타프 클림트를 기리기 위해 대거 찾아왔다. 에곤과 에디트가 에곤의 작품들로 이루어진 커다란 중앙 방에 들어서자 사람들이 즉각적으로 반응해 아찔할 정도였다. 곧바로 에곤과 에디트는 차가운 스파클링 와인이 거품을 일으키는 긴 술잔을 받았고, 에곤은 영웅으로 환대받았으며, 남자들은 다가와서 악수하고 여인들은 친구들과 수군거리며 그에게 눈길을 던졌다. 에디트는 에곤이 미소 짓는 걸 봤다. 방 안에 있는 모든 후원자가 에곤과 대화하고 싶어 해서, 에디트는 그에게서 살그머니 물러나면서 이렇게 사람들에게서 숭배를 받는 게 그를 회복시켜 놓을 것이라고 확신했다.

에디트는 에곤의 작품들, 자신과 이름도 모르는 다른 모델들을 그린 대단한 회화와 소묘를 보며 감탄했다. 전시회 벽에 걸리자 그림이 다르게 보였다.

"저 그림이 당신인가요?" 그림 앞에서 한 여인이 에디트에게 물었다.

에디트는 고개를 돌려 여인을 쳐다봤다. 에디트는 마치 시간이 흐르면서 이목구비가 변하는 것처럼 자신이 영구적이지 않으며 기억되거나 언급되지도 않을 거라고 늘 믿어왔다. 그렇지만 그녀는 지금 여기, 캔버스 위에 포착되어 있었다.

"그래요." 에디트가 답했다. "저 그림 속 여인은 저예요."

"화가의 아내인가요?"

"에디트 실레입니다."

"나는 당신의 남편을 대단히 애정해요. 그리고 그런 이유로 당신을 애정하고요. 당신은 아주 용감한 일을 한 거예요. 아주 과감한 자세로 세상에 당신을 드러냈잖아요. 존경합니다."

"정말이지 어려운 일은 아니에요." 에디트는 짙고 풍성한 머리가 빛나는 여인의 아름다운 하얀 얼굴을 보면서 얼굴을 붉혔다. 날 조롱하는 걸까?

"나는 세레나 레데러예요. 남편과 나는 친애하는 구스타프의 가까운 친구였고, 남편은 그의 작품을 열심히 수집하는 사람이에요. 당신 남편에게서 수년간 내 아들 에리히를 그렸다는 얘기를 들었는지 모르겠네요. 에곤과 내 아들은 함께 있는 걸 굉장히 즐거워했어요."

"물론이죠. 에리히를 압니다. 아주 훌륭한 모델이었죠. 아주 자연스럽고 자신감도 있고요."

"이 끝없는 전쟁 동안 우리는 에곤이 무척 그리웠어요. 아마 전쟁 때문에 당신과 내가 더 일찍 만나지 못했던 거겠죠?"

여인은 은밀하게 에디트의 팔을 잡았다. 여인의 손가락은 다이아몬드로 가득했다.

"바이트링가우에 있는 우리 성에 꼭 와서 머물다 가요."

"분명 남편이 기뻐할 거예요. 저도 그렇고요." 에디트가 말했다.

"내 딸 엘리자베스는 간절히 에곤에게 배우고 싶어 해요. 나를 닮아서 자신의 예술적 호기심을 추구하고 싶어 하죠. 예술은 어린 남자아이들만을 위한 게 아니에요." 여인은 미소를 지었다. "그런데 오늘 밤 에곤이 이룬 성과를 고려해 볼 때, 내가 이 방의 모든 후원자들의 손아귀에서 실레 씨를 빼앗아내야 할지도 모르겠군요."

"어떤 성과를 말씀하시는 건가요?"

"사람들이 에곤에게 어떻게 아첨하는지 보이죠? 지금이 에곤에게 중요한 순간이에요. 이미 초상화 한 점이 팔렸고, 아, 당신의 그림이었던 것 같아요." 여인은 따뜻하게 에디트를 쳐다보면서 짙은 눈으로 에디트를 평가했다.

"세상에." 에디트는 에곤을 찾으려 주변을 돌아봤다. "그게 사실이에요?"

"오늘 밤은," 세레나는 말을 이어갔다. "에곤 실레의 빛나는 궤적이 시작되는 날입니다. 당신의 남편은 위대한 일들을 할 운명이에요. 과거의 스캔들은, 아, 나도 그 스캔들을 다 알아요. 아무튼 그 스캔들은 이제는 에곤 뒤에 있어요. 에곤은 재능이 지나치게, 아주 지나치게 많아요." 세레나는 날카롭게 미소 지었다. "그리고 그 옆에는 대단한 여인이 있죠. 에곤이 아직은 오스트리아에서 현존하는 가장 위대한 화가가 아니라 하더라도 앞으로 그렇게 될 자질을 갖췄어요. 앞으로 몇 달, 몇 년 안에 에곤을 막을 수 없게 될 겁니다."

≈

"그게 사실이에요?" 에디트는 에곤의 팔꿈치를 잡았다. "저 남자가 당신의 그림을 사고 싶어 한다는 게?"

"하버디츨 씨는 내가 거절할 수 없는 제안을 했어." 에곤의 눈에서 빛이 반짝였다.

"내 그림을?" 에디트는 에곤의 얼굴을 보며 답을 재촉했다.

"맞아. 현대미술관의 관장이 당신 그림을 원해. 화가의 아내가 그 낡은 슈미즈와 격자무늬 치마를 입은 채 두 손을 꽉 쥐고 앉아 있는 그림 말이야. 이제껏 내가 판매한 것 중 가장 의미가 있어. 엄청난 가격이라고! 이게 우리의 앞날에 얼마나 좋은 걸 가져올지 당신은 모를 거야. 게다가 이게 어떻게 비평가의 입을 다물게 할지도."

에디트는 기쁨에 겨워 그의 볼에 키스했다. 에디트는 믿을 수가 없었다. 이 그림의 판매로 무언가가, 즉 훌륭한 여인이자 모델로서 에곤의 곁인 그녀의 자리가 확고해졌다. 옷을 입고 있어도 인정받는 모델이었다. 그런 생각을 머릿속으로 굴려보며 에디트는 기뻐했다. 드디어 그녀는 가치를 인정받았다.

"단지, 그는 내가 당신의 치마 위를 칠하길 원해."

"뭐라고요?"

"너무 외설적이래."

"내 치마가?"

에곤이 수년간 그려온 그 모든 작품 중에서, 활짝 벌린 다리와 여인의 허벅지 안쪽 거무스름한 부위와 가슴과 에곤의 그림을 특징짓는 그 모든 표현 가운데 에디트의 치마 때문에 불쾌했다고?

"정확히 뭐가 문제라는 건데요?"

"정확히는 모르겠어. 하버디츨 씨는 그 무늬가 너무 음란하거나 치마천이 내려온 모습이 지나치게 외설적이라 생각한 거 같아. 당신이 그 사람한테 물어봐."

"그러지 않을래요."

"하버디츨 씨를 불러서 당신한테 얘기하라고 말게." 에곤이 엄포를 놓았다.

"절대 그런 짓 하지 마요!"

그때 크리스털에 빛이 번쩍여 에디트는 눈을 가늘게 떴다. 느닷없는 반항심이 차올랐다.

"그러면 안 돼요. 당신은 예술을 상업적으로만 생각하는 남자들에게 영합하지 않겠다고 했었잖아요. 그들이 다음엔 뭘 원할까? 내 얼굴 위에다 색칠하는 거? 당신의 지금 아내가 자기들에게 맞지 않다는 이유로 새 아내를 얻으라고 할까?"

"이 그림은 내 인생 최고가로 판매됐어, 에디트. 그들이 지불하려는 걸 위해서라면 다른 여인과 결혼해 온종일 누드에 색칠을 하라고 해도 나는 기꺼이 그렇게 할 거야. 그리고 당신도 그렇게 할 거고."

"나는 당신 붓이 내 치마 근처에도 못 오게 할 거야." 에디트는 심각했다.

"하지만 당신은 우리 결혼식 뒤에 뢰슬러가 내게 〈죽음과 소녀〉의 발리의 맨 엉덩이에 칠을 하라고 지시했을 때는 이의를 제기하지 않았잖아."

"그건 다르죠." 에디트는 발리의 이름이 나오자 굳어버렸다.

"실례 씨?" 한 남자가 끼어들었다.

남자는 무거운 카메라를 들고 있었다. 카메라가 에곤과 에디트의 얼굴에다 밝은 빛을 번쩍였고 잠시간 세상이 멍해졌다. 에디트는 엄지로 관자놀이를 문질렀다.

"자, 이제 즐기도록 해. 당신의 남편이 전시회의 스타로 떠오르는 게 매일 밤 있는 일은 아니야." 에곤이 미소 지었다. "이 사람들을 봐봐. 이 빛나는 군중을. 나는 여기서 뭔가가 일어나기 직전에 있다는 게 느껴져. 오늘은 수많은 위대한 밤들 중 첫 번째 밤이야."

에곤은 아주 확신에 찬 채 나머지 와인을 들이켰다. 에디트는 점점 커지는 불안감을 떨칠 수 없었다.

"게다가 뉴스가 나가면 우리에게 다가오는 모든 사람이 자기 딸의 초상화나 그림에 대해 얘기하거나, 내 최신 작품을 어떻게 구할지 물어볼 거야."

웨이터가 지나가자, 에곤은 긴 술잔을 들어 에디트에게 건넸다. 많은 사람이 에곤 주위에 모여 그의 등을 두드리거나 악수하고, 그의 그림 스타일에서 괜찮은 세세한 부분들을 논의했다. 에곤을 다시 빼앗기자, 에디트는 자리에서 물러나 익숙한 그의 작품 속에서, 전에는 침묵했지만 이제는 다른 사람들에 의해 회자되는, 에디트에 앞서 모델을 했던 여인들의 눈에서 위안을 얻었다.

에디트는 기운을 차려야 했다. 이건 아주 좋은 소식이었다. 그들이 말하듯 예술의 진보였다. 화가 에곤 실레의 눈부신 새로운 시대의 시작이었다.

과거는 물러나야 한다. 이제 에곤이 미래다.

14

1918년 6월

"무티가 널 기다리고 계셔." 에디트가 문을 열자, 아델이 말했다. "안으로 들어오기는 싫으시대. 엉덩이 통증을 탓하셨지만, 사실 무티는 여기서 쥐들에게 말을 걸고 싶지 않으신 거야."

"그저 새끼 쥐들일 뿐이야. 언니도 알잖아." 에디트가 투덜거렸다.

밤에 새끼 쥐들의 소리가 들렸다. 이제는 아델이 여기 와서 조용히 모델을 하고 있으니 아델도 그 소리를 들은 것이었다. 에디트는 시장에서 쥐덫을 사려 했지만 전쟁의 피해로 다른 모든 것이 그러하듯 쥐덫도 부족했다.

"에곤은 날 위해 준비됐나?" 아델이 물었다.

"분명 준비됐을걸." 에디트가 말했다.

무티와 에디트는 컨트리 하우스 주변 정원으로 나들이를 떠날 예정이었다. 에곤의 그림 작업이 '밀려서' 아델은 합류할 수 없었다. 에디트는 에곤과 아델이 단둘이 있는 경우가 없도록 최선을 다했으나 지난 몇 달간 가끔 둘만 남겨질 때가 있었다. 하지만 에곤은 항상 잘못된 건 없었다고 말했다.

"아델은 아델이야."

에곤은 어깨를 으쓱하며 말했지만, 그 말에 에디트는 그다지 안심이 되지 않았다.

아델은 에디트를 문까지 바래다주면서 손목의 단추들을 풀기 시작했다.

"이것 좀 해줄 수 있어?" 아델이 몸을 돌렸다. "에곤은 손이 좀 투박한 것 같아."

에디트는 아델의 등 뒤에 쭉 보이는 단추들을 풀어주었다. 언니의 피부는 잡티 하나 없이 새하였다. 언니의 피부를 마지막으로 만져봤던 게 언제였던가?

"무티를 더 기다리게 하지 마."

언니는 자기 집에서 서둘러 에디트를 내보내는 것처럼 급히 문을 열었다. 에디트가 엄마와 나란히 거리를 반 정도 걸어갔을 때에야 그녀는 남편에게 나갔다 오겠다는 인사도 없었고 소지품도 챙겨오지 않았다는 사실을 깨달았다. 에디트는 옷을 반쯤 벗은 아델을 발견하는 에곤의 모습을 상상했다. 남편은 업무상의 관계를 유지하며 바쁘게 작업을 할까, 아니면 그 쾌활한 미소를 지으며 아델을 침대로 인도할까?

에디트는 몸이 아팠다. 무티는 에디트의 얼굴이 하얗게 질린 걸 알아차리고 급히 포옹한 다음 핸드백을 뒤져 알약을 건네주었다.

"나는 네가 걱정돼." 무티가 말했다.

그들은 전쟁 중에 정기노선을 운행하는 몇 안 되는 전차 중 하나를 탔다. 에디트는 급히 자리로 가서 앉았다. 모든 게 너무 빠르게 움직였다. 전차 아래 선로가 갑자기 흔들리면 에디트는 어지러웠고 혀를 깨문

듯 입안에서 이상한 맛이 났다.

"오, 무티. 몸이 너무 아파요." 에디트는 머리를 무릎으로 내리고 깊게 숨을 쉬었다. "집에 가야 할 것 같아요. 꽃향기를 맡으며 하루를 보낼 수 있을 것 같지 않아요."

"말도 안 된다. 우리는 함께 있잖니. 네가 내게 얼마나 소중한지 너도 알잖니. 몇 주간 이날만을 기다려왔다고!" 무티는 앉은 자세로 에디트의 등을 가볍게 밀었다. "일단 좀 걸어보렴."

에디트는 아델의 크림색 피부를 떠올렸다. 다시 구역질이 나려 했다.

다음 정거장에서 에디트는 전차에서 뛰듯이 내렸다. 엄마는 뒤이어 천천히 내려왔다. 딸의 얼굴을 살펴보는 엄마는 걱정스러운 표정을 지었다.

"무슨 불길한 병에 걸린 건 아니겠지, 내 딸?"

"아마 뭘 잘못 먹어서 이런 걸 거예요."

"점심 먹기 전에 살짝 아픈 증상은 좋은 징조일 수 있단 거 아니? 너희 자매를 가졌을 때 내가 그랬다." 엄마의 목소리에 희망의 빛이 살짝 스며들었다. 무티는 지난 삼 년간, 에디트와 에곤이 결혼한 뒤로 손주를 기다려왔다.

에디트는 얼굴을 찌푸리고선 벤치를 찾았다.

"무티." 에디트가 입을 열었다. "나는 아델 언니가 걱정돼요. 내가 언니에게 모델 일과 관련해서 너무 무리한 요구를 한 게 아닌가 싶어요. 요즘 언니가 평상시와 같아 보이세요?"

무티는 딸의 등을 쓰다듬어 주었다. "네가 빈으로 온 뒤로 아델은 오랜만에 행복해 보였어. 너는 아델 인생의 빛이야. 아델은 아침에 훌쩍 일어나서는 너와 다시 시간을 보내는 게 얼마나 기쁜지를 쉴 새 없이 재잘거린단다. 에곤의 모델 일을 하는 건 다 너를 위해서야."

에디트는 배 속이 뒤틀려 일어나서 수풀에다 대고 토했다. 연한 액체로 목이 화끈거리고 잔액이 입술에 묻어 있었다. 에디트는 떨어진 꽃잎들과 나뭇잎들 사이에 쏟아낸 토사물을 빤히 바라봤다.

"세상에!" 무티는 치마에서 손수건을 꺼내 에디트의 머리에 대고 눌렀다. "아주 뜨겁네. 집에 데려다줄게. 집에 가면 좀 나아질 거야."

≈

에디트가 집 현관문 앞에 도착했을 때도 여전히 걸쭉한 토사물이 나올 기미를 보였고 입안에서는 담즙 맛이 났다. 집 안에서 무슨 일이 일어나는지에 대한 상상을 멈출 수 없었다.

조심스레 안으로 들어갔다. 앞에 나타날 장면은 뻔했다. 아델이 침대에서 두 다리로 남편을 감싸고 있을 것이다. 하지만 막상 보니 에곤은 여분의 붓을 귀에 꽂은 채 조용히 그림을 그렸고, 아델은 에디트의 쿠션에 기대 반쯤 졸고 있었다.

"생각보다 일찍 왔네." 에곤이 말했다. 그는 팔레트를 내려놓고 아내의 볼에 입을 맞췄다. "우리는 당신이 온종일 밖에 있을 줄 알았어."

다른 때가 아닌 바로 지금 이 순간 에디트에게 포착되었다는 데 대한 안도감과 아찔함의 떨림이 에곤과 아델 사이에서 느껴진 건 에디트의 상상일까, 아니면 진짜로 감지한 걸까?

"당신에게 이걸 보여주고 싶었어." 에곤이 말했다.

거의 완성된 아델의 그림이었다. 그림 속 아델은 얌전하고 본인이 지니지도 않은 순수함이 있었다. 그림은 거의 에디트를 닮았다.

"언니와 닮은 점이 하나도 없네." 에디트는 말했다.

"시선은 어때? 이 눈 뒤로 무슨 일이 일어나는지 당신은 알지?"

"언니의 눈 뒤로 무슨 일이 일어나는데?" 에디트가 물었다.

"거기에는 힘이 있어." 에곤이 대답했다. "진지한 상냥함 뒤에 열정이 있어. 순수함이 강렬한 성욕을 숨기고 있고. 이건 보는 사람의 뇌리에서 떠나지 않아. 당신도 보이지?"

"이제는 비평가처럼 말하네." 에디트가 말했다.

아델은 잠이 덜 깬 상태로 일어났다.

"내 진주 목걸이를 했네!"

"너 아프니? 그래서 빨리 온 거야?" 아델이 물었다.

"계속 구역질이 났거든." 에디트가 솔직히 털어놓았다.

"뭘 잘못 먹었나 보네." 아델이 말했다.

아델은 머리를 어깨 뒤로 쓱 넘겼다. 에디트는 다시 저 긴 머리카락을 베개에서 발견하게 될까?

"나는 이제 가봐야 하나?" 아델은 딱히 에곤에게 묻진 않았다. "내일은 더 빨리 끝낼 수 있겠지?" 아델은 동생 남편의 팔을 꼭 쥐었다. 그러다 에디트의 팔꿈치를 잡고 문으로 데려갔다. "네가 신경 쓰여서 하는 말이야." 아델이 속삭였다. "그런데 너 옷이 꼭 끼어 보여. 그리고 볼은……." 아델은 자기 볼에 바람을 넣었다.

에디트는 배를 집어넣고 허리를 꼿꼿이 폈다. 아델이 미소를 지었다.

"남자들은 아내가 자기 관리하지 않으면 못 견뎌 해."

에디트는 아델이 옆에 있을 때마다 가슴이 차가워지는 걸 어찌하지 못했다.

"나는…… 임신했어." 에디트가 선언했다. 큰 소리로 말하면서 자신도 깜짝 놀랐다.

에디트는 아델의 얼굴 근육이 꿈틀거리는 걸 봤다.

"오, 그러니? 음, 이제야 네가 왜 그렇게 별나게 행동했는지 알겠네."

에디트는 턱을 치켜올렸다. 입을 열면 비명이 나오기 시작할 테고 멈출 수 없을 것이다.

"딸이라면 이름을 아델로 해. 알았지?" 아델은 에디트의 귀에다 대고 속삭였다. "아델 실레가 어감이 아주 좋다고 나는 늘 생각했어." 아델은 동생의 머리를 쓰다듬었다. "오, 잊어버리기 전에. 이건 네 거야." 아델은 목에서 진주 목걸이를 들어 올렸다. "내가 또 네 물건을 가지고 나오면 나 자신을 절대 용서 못 할 거야. 내일 다시 올게. 에곤은 내가 필요하거든. 그 어느 때보다 더."

에디트는 이런 일이 일어날 거란 걸, 언니는 전혀 변하지 않았다는 걸, 아델이 에디트가 행복하길 바라는 건 불가능한 일이라는 걸 늘 가슴 깊이 알고 있었다. 언니는 상태가 좋지 않아, 라고 에디트는 자신을 타일렀다. 하지만 그녀가 가장 원치 않는 것은 언니가 자신 때문에 에디트가 괴로워한다는 사실을 알고 만족감을 갖게 하는 것이었다. 그러므로 에디트는 입술을 비틀고 머리를 살짝 저으면서 아델을 위해 문을 열어주었다.

"잘 가, 아델 언니." 에디트는 찰칵 소리를 내며 문을 닫았다.

에디트는 에곤에게로 돌아갔다. 아델이 다시는 에곤을 위해 자세를 취하지 않게 할 셈이었다.

"그럼 다 완성했어요?" 에디트가 물었다.

"하루 이틀 더 필요해. 최대한 사흘." 에곤이 답했다.

"지난주에 아델 언니가 거의 끝났다고 하던데."

"아델은 시간 개념이 없다고 당신이 얘기했잖아."

"언니가 주변에 있는 게 지긋지긋해요. 언니는 내 신경을 돋워요."

"아델은 좋은 모델이야. 그건 인정해야 해."

"누군가는 너무 좋다고 말하겠죠."

에곤은 한숨을 쉬었다. "당신의 선택이었지, 내 선택은 아니었어. 아델은 우리에게 호의를 베푸는 거야."

"하지만 언니는 늘 여기에 있잖아요! 아델 그 자체로 말예요." 에디트는 싱크대에 몸을 기댔다.

"당신이 원한다면 아델을 다시 모델로 쓰지 않으면 돼."

"내가 무슨 생각을 한 거지? 언니가 제정신인지도 잘 모르겠어요. 나를 보는 시선과 내뱉는 말들이……."

"우리 아버지는 정신이 나가셨었어. 지옥 같았지. 아델은 그것과는 한참 먼 것 같아."

"하지만 언니는 뭔가가 정상이 아닌 것 같아요. 나를 뚫어지게 보는 그 눈길……."

"당신 언니는 문제가 많지만 당신을 사랑하고 있어. 매 순간 당신 얘기를 해."

에디트는 에곤이 일부러 순진한 척하는 건지, 아니면 자신이 유난히 예민한 건지 알 수 없었다.

"에곤, 나는……." 에디트가 입을 열었다. "몸이 좋지 않아요. 이걸 어떻게 말해야 할지 모르겠어요. 나는 늘 피곤한 데다 오늘은 아프기까지 했어요." 에디트는 잠시 말을 멈췄다. "처음에는 확신이 서지 않았지만 지금 내 생각으로는……." 에디트는 손으로 배를 훑으며 에곤의 눈이 반짝일 때까지 바라봤다.

에곤은 두 손으로 에디트의 얼굴을 감쌌다. "정말 행복한 소식이네! 에디트, 나를 봐봐." 에곤은 에디트를 꼭 끌어안았다.

"그런 거죠?" 아델은 눈물이 가득 고인 채 고개를 들어 에곤을 봤다.

"임신을 원했잖아?"

"나는 두려워요." 에디트는 말했다. "진짜라기엔 지나치게 좋아서."

"나도 무서워." 에곤도 에디트의 임신 소식을 받아들이면서 인정했다. "무엇도 이전과 같지 않을 거야."

"임신한 지 한두 달 되지 않았을까 싶어요. 시간 개념을 다 잃어버렸거든요. 임신할 거라는 희망을 버렸었어요. 의사를 찾아가 봐야 할 거예요. 근데 생각해 봐요. 만약 모든 게 잘되면 드디어 새해에 아기가 태어나는 거예요. 어서 이 작은 아이를 만나보고 싶어요."

"세상에, 내가 아빠가 된다니. 믿을 수가 없어. 어쩌면 마침내 나도 우리 아버지를 이해하게 될 거야."

"아빠가 살아계셨으면 좋겠어요. 그러면 이 소식을 알려드릴 텐데."

"우리 아버지들 모두 자랑스러워하실 거야. 할아버지들! 상상을 해 봐. 우리는 축배를 들어야 해." 에곤은 잔을 꺼내서 네덜란드 진을 따랐다. "당신 잔이야." 에디트는 냄새를 맡아봤고 그는 나머지를 따랐다. 에곤은 얼떨떨하고 기뻐 보였다. "나는 당신을 경외해, 에디트. 사랑해. 게다가 이 안에서 무슨 일이 벌어지고 있는 거야" 하며 한 손을 그녀의 배 위에 얹었다. "믿을 수가 없어."

"수많은 여인들이 임신을 해요." 에디트가 말했다. "매 순간."

"맞아, 하지만 이 아기는 우리 거야. 어둠 속에서 드디어 희망이 생겼네."

15

1918년 10월 25일

"우리 어머니가 다녀가셨어." 에곤이 말했다. "돈을 또 달라고 오셨던 거야. 많진 않지만 여분을 좀 드렸어. 그리고 내가 작업 중인 그림도 보여드렸지. 분리파 건물에서 3월에 전시했던 작품인데, 당신의 임신 소식을 들은 뒤 그림에 아이를 집어넣을 생각을 했었어. 그림에서 웅크리고 있는 커플을 가족으로 만들어놓을 생각이었지. 음, 어머니는 그림 속 아기를 보시더니 곧바로 만약 우리가 딸을 낳으면 이름을 엘비라라고 짓는 걸 고려해 보라고 하셨어. 당신과 의논해 보겠다고 했지. 그게 어머니에게 얼마나 중요한 의미인지 당신도 알잖아."

"적어도 마리라고 지으라 하진 않으셨네." 에디트는 부엌에서 접시들을 이리저리 옮기며 말했다.

"어머니는 아주 감정적으로 변하셨어. 과거 얘기, 잃어버린 모든 것, 어머니 배 속에서 죽은 아기들에 대해서 말씀하시더라고. 당신의 상태를 고려해 볼 때 적절하지 않은 얘기이긴 하지만."

"음, 나는 그 이름도 괜찮아요." 에디트도 긍정적이었다. "근데, 내 반지 못 봤어요?" 에디트는 떠날 채비를 하며 덧붙여 물었다.

코트 단추만으로는 더 이상 그녀의 크고 단단한 배를 잠그지 못해 에디트는 추운데도 코트 앞을 열어두었다. 에디트는 반지가 있을 것 같지도 않은 온갖 자리들까지 살펴보며 부엌을 빙 둘러봤다. 비누 그릇에 놓아둔 것 같은데 정확히 언제 놓아두었는지 기억이 나지 않았다.

"어머니가 떠나시면서," 하고 에곤은 말을 이었다. "스페인 독감이 빈에서 다시 확산되고 있다는 말을 하고 싶어 하셨어. 이번에는 훨씬 더 지독한 독감이래."

"어제 설거지를 했었지." 에디트는 자신의 발자취를 되짚으며 부엌을 살폈다. "그때 반지를 뺐을 거야." 그녀는 반지가 있던 손가락을 문질렀다. 그 부분의 피부는 살짝 들어가고 반들반들했다.

"내 얘기를 들어봐, 에디트. 스페인 독감은 전 세계로 퍼졌어. 우리는 그 사실을 의식하고 있어야 해. 공포감이 점점 커지고 있다고. 어머니가 신문을 놓고 가셨어." 에곤이 신문을 건넸다. "읽어봐."

에디트는 기사를 흘끗 봤다. '스페인 독감으로 인해 오스트리아에서 1만 8천 명 이상의 사망자가 발생했다'라고 쓰여 있었다.

"분명 걱정스러운 일이네요. 하지만 나는 당신이 잡아준 그라프 선생님과의 면담에 이미 늦었다고요." 에디트가 말했다. "반지 없이 나가고 싶지 않아요." 에디트는 손으로 배를 문질렀다. "면담이 끝나면 시장에 가서 음식과 연료를 살 거예요."

배 속에서 육 개월 된 아기는 태동이 잦았다. 에디트는 탁탁 소리가 날 정도로 강렬한 아기의 기운을 느낄 수 있었다.

"기사에서는 집에 머물라고 충고하고 있고, 어떤 기사는 밖에 나갈 때 독감 마스크를 써야 한다고 했어."

"경고는 당신과 어울리지 않아요." 에디트가 말했다. "마스크 쓰는 것도 마찬가지로 당신과 안 어울리고요."

"죽음도 나와 어울리지 않아. 그런 문제에선 당신도 마찬가지이지." 에곤이 답했다. 그는 싱크대 옆에 있는 에디트에게 다가갔다. "당신은 그걸 항상 저 받침접시 안에 놓던데." 그가 덧붙였다. "나는 손도 대지 않았어."

"이번 독감은 봄에 사흘간 앓는 열병 같은 걸 거예요." 에디트가 말했다. "걸리더라도 곧 회복될 거고요. 죽어가는 사람은 노약자들뿐일 걸요."

"그렇지 않아. 구스타프 선생님도 이 독감 때문에 죽었다고 생각하는 사람들도 있어. 이 독감이 폐렴을 일으켜서 구스타프 선생님이 병원에 보내진 거라고." 에곤이 잠시 멈추다 말했다. "하지만 기사를 보면 첫 번째 증상이 일어나고 몇 시간 안에 죽을 수도 있대. 의사들은 힘이 없어. 의사들은 이 독감의 원인으로 온갖 것들을 탓하고 있어. 재즈 음악에서부터 묘지를 망가뜨리는 폭탄과 유해가스를 내뿜는 토양까지."

"당신은 죽지 않을 거예요, 에곤. 겨우 스물여덟 살이잖아요. 당신은 젊어요. 강하고."

"젊은 사람들이 걸리기 쉽대. 게다가 당신 같은 상황의 여성들은 이 독감을 막기가 힘들어." 에곤은 경고했다. 에디트가 아무런 반응이 없자 그는 말을 이어갔다. "에디트, 당신은 내 말을 듣지를 않아. 전차는 멈추고 학교도 문을 닫는 상황이야. 사람들은 집에서 격리하고 있어. 전쟁에서 목숨을 잃은 자들보다 더 많은 사람이 이 독감으로 목숨을 잃을 거라고들 한다고."

"내 상황은 어떻고요? 우리는 땔감이 없어 얼어 죽을 상황이에요. 어서 비축해 놔야 한다고요. 세기가 바뀐 뒤로 이미 가장 추운 겨울을 맞았다고요."

"에디트, 나는 당신이 집 밖을 나가지 않았으면 좋겠어. 나는 심각하다고. 그라프 선생님께 여기로 오시라고 연락할게."

"몇 주 있으면 나는 거의 걷지도 못할 거예요. 운동이 필요해요." 에디트가 말했다.

"부탁이니 나와 아기를 좀 생각해 봐." 에곤은 사정했다. "여기 안전한 곳에 있도록 해."

에디트는 비가 창문을 내리치는 걸 봤다. 그녀의 신발은 꽉 끼기 시작했지만 가죽을 더는 구할 수 없어 신발을 바꾸지도 못했다.

"좋아요. 만약 당신이 의사 선생님께 연락해서 여기로 오시라고 할 거라면 집에 있을게요. 몸을 솜털로 꽁꽁 싸매고. 그동안 제발 반지 찾는 것 좀 도와줘요. 그거 없이는 못 견딘단 말예요."

16

1918년 10월 25일

그날 늦게 에디트는 이불로 몸을 감싼 채 침대에 누워 잡지를 읽으면서 노릇하게 구운 군용 빵을 먹고 있었다. 밀가루를 구하기가 무척이나 어려워 빵은 건조하고 가루가 많았다. 둥근 배 위로 부스러기가 떨어졌고, 마지막 한 입을 베어 먹는데 벨 소리가 들렸다. 에곤이 응대하러 갔다. 의사일 것이다. 사실 에디트는 병원까지 가지 않아도 되어서 꽤 기뻤다.

복도에 발소리가 들리길 기다렸지만 아무 소리도 없었다. 목소리나 문 닫는 소리도 없었다. 오직 공기 중에 떠다니는 기운만이 잔물결을 일으켰다. 에디트는 일어나 앉아 부스러기를 바닥에 털어냈다. 오늘 밤새끼 쥐가 아주 잘 먹을 것이다.

"에곤?" 에디트가 외쳐 불렀다. "거기 누구 있어요?"

아무 대답이 없었다. 에디트는 우물쭈물 자리에서 일어섰다. 임신 육 개월이 되자 몸이 커지고 보기 흉해졌다. 맨발이 차가운 바닥에 닿는 수

모를 피하려고 부드러운 가죽 신발을 신고선 무겁게 침실을 나갔다. 에곤이 낮은 목소리로 열띠게 말하는 소리가 들렸다. 화가 난 목소리였고 다급했다. 누군가를 진정시키려 애쓰고 있었다. 그 누군가는 여자였다.

"아델 언니?" 에디트는 놀라 물었다. "여기서 뭐 해?"

에디트는 남편과 언니를 차례대로 봤다. 아델은 그들의 집 문턱에 서 있었고 몹시 흥분한 표정이었다. 에곤은 아델이 더는 들어오지 못하게 하려는 듯 손으로 문틀을 붙잡았다.

"들어와." 에디트는 조심스레 말했다. "나 감기 걸리겠어."

"아델은 갈 거야." 에곤이 말했다.

"네 남편이 날 못 들어가게 하고 있어."

"뭘 원하는데?"

"널 봐야만 해." 아델이 말했다.

"아델은 문제를 일으키려고 해." 에곤은 화가 나 보였다.

"아델 언니가?"

"너한테 들려줄 소식이 있어."

"방으로 돌아가, 에디트." 남편이 말했다. "아델을 즉시 내보낼게."

"나는 안 가!"

"가야 해." 에곤이 말했다.

에곤은 문을 닫으려 했지만 아델이 몸을 비틀어 막았다. 에디트는 어둡고 자잘한 구멍이 많은 무언가가 공기 중에 모여드는 걸 느꼈다.

"나는 임신했어!" 아델은 돌아서는 에디트에게 외쳤다.

"뭐라고?"

"아기의 아빠가 누군지 안 물어볼 거야?" 아델이 다그쳐 물었다.

에디트는 멈칫하다가 에곤과 아델이 있는 문으로 다가갔다.

"당신이 말한 대로야. 아델은 제정신이 아니야." 에곤은 얼굴이 붉어진 채 말했다.

"너만 행복할 수 있는 게 아니야!" 아델은 시비조로 말했다.

"우리 사이엔 아무 일도 없었어!"

"당신은 참지 못했잖아." 아델은 에곤을 보며 반박했다.

"거짓말이야!" 에곤이 맹세했다.

에디트는 발밑의 땅이 흔들리는 듯했다. 참을 수 없었다.

"아, 하지만 당신은 나한테 약속했잖아." 아델은 얼굴을 에곤의 얼굴에 바짝 붙이고 말했다.

"아델은 정신이 나갔어. 전에 이런 걸 본 적 있어. 그 모든 증상이 다 보이네."

"이런 착한 아가씨는 싫증이 난다고 말했지." 아델은 에디트의 귀에다 숨을 헐떡이며 말했다.

"사실이 아니야!" 에곤은 크게 소리 지르며 두 자매 사이에 끼어들었다.

아델은 만족스럽게 에디트에게 미소를 지었다. "어떤 진실들은 감당하기 무척 어려운 법이야."

"에디트, 아델은 거짓말쟁이야. 제정신이 아니라고."

"우리 중 한 명은 네 남편을 만족시켜야 해." 아델이 쉬쉬거리며 말했다.

에디트는 온 힘을 다해 언니의 뺨을 때렸다.

아델은 한 손을 얼굴에 댄 채 몸을 똑바로 폈고, 오늘이 무슨 날인지도 모르겠다는 듯한 표정을 지었다.

"아델 하름스." 에디트는 음절마다 분노를 실어 내뱉었다. "너는 지구상에서 가장 해로운 사람이야. 너를 다시 보느니 차라리 죽어버리겠어. 내 언니라고 부르기조차 끔찍해. 한때 너를 우러러보고 사랑했던 걸 생각하면." 에디트는 몸이 바르르 떨렸다. "그리고 당신!" 에디트는 에곤을 향해 고개를 돌렸다. "더는 뭘, 누구를 믿어야 할지 모르겠어. 당

신들 중 한 명은 나한테 거짓말하고 있어! 내 자매든 남편이든. 상상만
해도 끔찍한 최악의 배신이야."

분노의 물결이 터져 나왔고, 에디트는 계속 몸을 떨었다. 에디트는 두
사람을 밀치고 거리로 뛰쳐나갔다. 추운 날씨에 옷도 제대로 갖춰 입지
않았고 돈도 없었지만 그들 주변에 있는 게 더는 견딜 수 없었다.

"에디트, 기다려. 당신이 생각하는 그런 게 아니야." 에곤은 쫓아오며
사정했지만, 아델이 그를 붙잡았다. "제발 내게 설명할 기회를 줘." 에
곤이 외쳐댔다.

"네 남편이 자매를 잘못 선택한 건 내 잘못이 아니야." 아델은 빗속
으로 뛰어가는 에디트에게 고함을 질렀다.

에디트의 얼굴은 화끈거리고 배 속의 아기는 발로 그녀의 갈비뼈를
차고 있었다.

17

1918년 10월 25일

에디트는 한두 시간가량 정처 없이 거리를 걸었다. 두 발은 흠뻑 젖고 머리도 축축했으며 손은 추위로 얼얼했다. 하지만 집에는 갈 생각이 없었다. 아델의 말이 여전히 귀에 맴돌았다. 계속, 계속해서 그 구역질 나는 목소리가 들렸다. 아델의 한 마디 한 마디마다 에디트는 마치 언니의 뺨이 아니라 자신의 뺨을 난폭하게 때리는 듯한 느낌이 들었다.

에디트는 패배하고, 지치고, 영원한 것을 모두 잃어버렸다. 그것은 모두 가식이었다.

아델이 거짓말했다는 건 거의 확신했다. 하지만 냉기가 마치 뼈에 꿰매어진 듯 에디트 안에 남아 있었다.

에곤이 이런 용서할 수 없는 방식으로 그녀에게 상처 주는 일을 할 수 없다고 에디트는 가슴에 손을 얹고 말할 수 있을까? 에디트는 그가 그녀를 사랑했다고 생각했다. 하지만 남자는 바뀔 수 있는 걸까? 수년 간 그가 함께했던 모델들, 노이렝바흐의 소녀, 그가 발리를 버렸던 방식. 그녀는 에곤이 바뀔 수 있다고 믿고 싶었다. 하지만 지금은 어떤 식으로든 확실하게 말할 수 없었다.

에디트는 공연장과 콘서트 홀, 레스토랑과 술집을 지났다. 대부분 전쟁과 독감에 대한 두려움이 겹쳐진 탓에 판자가 대어져 있었지만, 그보다 더 작은 몇몇 시설들은 이런 어두운 날에 밝은 빛을 비춰주었다. 길모퉁이에 볼링장과 카바레 간판도 있었다. 왜 에디트는 항상 이런 것들이 다른 사람들을 위한 것이라고 생각했을까? 그녀 주변에는 너무나 많은 삶이 있었다. 어째서 에디트는 절대 자제력을 잃지 않고 늘 지나치게 조심하고 신경을 썼을까? 그리고 그 결과가 지금 그녀를 어디로 데려갔는가?

전쟁의 한복판, 팬데믹, 만만치 않은 결혼, 해로운 언니, 만약 잘못되면 그녀를 죽일 수도 있는 임신? 산다는 게 대체 무슨 의미일까?

≈

에디트가 빈의 프라터 놀이공원에 도착한 무렵에는 비가 더 세차게 내렸다. 진흙이 무릎까지 튀겼지만 소매치기들은 거리낌이 없었다. 에디트는 그들이 훔쳐 갈 게 없으므로 조심하지 않아도 되었다. 공원은 격렬한 소음과 에너지로 가득했다. 에디트는 나는 흔들의자, 회전목마, 낡아빠진 롤러코스터, 그리고 유령열차 등 눈을 이리저리 굴리게 하는 흥미로운 기구들 사이를 배회했다. 그녀는 하루 동안 충분히 많은 공포를 겪었다.

에디트는 비에 완전히 젖었다. 피할 곳을 찾다가 거대한 대회전 관람차를 타려는 사람들의 짧은 줄을 발견했다. 위에 우뚝 솟은 현대식 철조 구조물을 보며 에디트는 두려움으로 떨렸지만, 이곳이 그녀에게는 유일한 피난처였다. 돈이 없다는 걸 깨달았을 때는 이미 맨 앞줄에 있었다. 치아가 별로 없는 지저분한 남자가 에디트에게 그냥 지나가라는 의미로 은밀하게 고개를 끄덕였다. 그는 에디트의 상황을 눈치챘고, 그 짧은 순간 에디트는 고마움을 느꼈다. 에디트는 빨갛게 칠해진 나무 관람차가 흔들리며 멈춰 서자 그 안으로 들어갔다.

다행히도 에디트는 다른 선택의 여지가 없는 그 공간에 갇혀서 쏟아지는 비를 완전히 피할 수 있었다. 남자는 문을 닫아주었다.

그때야 에디트는 프레임과 조여진 볼트를 봤고, 이 구조물이 과연 버틸 수 있을지 궁금했다. 모든 것이 그녀와 아직 태어나지도 않은 아기와 함께 아래로 떨어져 박살 날 수도 있을까? 관람차가 흔들흔들 움직이기 시작했고, 에디트는 몸 전체가 덜컹거리는 걸 느꼈다. 바퀴가 천천히 움직이자 에디트는 숨을 멈췄다. 그러다 모든 것이 다시 움직이기 시작했다. 아래로는 거리가 점점 멀어졌고, 빈 상공에 이르자 가을 나무들과 구릿빛 첨탑과 익숙한 주요 건물들이 줄어들어 보였다. 잿빛과 보랏빛이 섞인 털이 얼룩처럼 보이는 비둘기들, 길게 녹슨 자국이 있는 붉은 지붕들, 위에서 한눈에 내려다보이는 굴뚝과 초원과 자갈길. 땅 위 빗속에서 움직이는 사람들이 깨알처럼 작아 보였다. 도시를 관통하는 전차선로와 저 멀리 희미한 지평선도 보였다. 이것은 에디트의 궤도였다. 그녀는 위로 높이, 더 높이 올라갔다. 거의 맨 꼭대기에 다다르자 열린 창문으로 바람이 들어와 에디트의 머리와 목을 때렸다. 관람차가 불안정하게 흔들리자, 에디트는 숨도 쉴 수 없었고 살짝 어지러웠으며 밑을 내려다보기가 무서웠다. 심장박동이 빨라지고 아기는 몸을 뒤틀었다. 에디트는 헐떡이기 시작했다.

그때 에디트는 정점에 도달했다. 관람차가 하강하기 전 균형을 잡는 순간이었고 배 속에서 가장 먼저 반응이 왔다. 에디트는 배에 손을 얹었다. 아기가 혹시라도 위험한 상태일까 봐, 이 모든 게 그녀의 탓일까 봐 절망감이 들고 무서웠다. 왜 그녀는 이토록 무모할까?

그때 에디트는 가장 사랑하는 사람들에게서 벼랑 끝으로 밀쳐졌다는 걸 떠올렸다.

바퀴가 한 바퀴 도는 데는 삼십 분도 걸리지 않았다. 그동안 에디트는 죽음과 사랑, 피와 배신, 그리고 자신의 충성심이 어디에 있는지를 생각했다.

우리는 세상에서 누구를 신뢰할 수 있을까? 에디트는 여전히 알 수 없었다.

≈

에디트는 다시 걷기 시작했다. 어디로 갈 수 있을까? 에디트는 마치 노숙자가 된 기분이 들었다. 구원이나 돌이킬 기회도 없이 모든 걸 허비하고 거리를 돌아다닐 수밖에 없는 불행한 부류들 말이다. 에디트는 지저분한 데다 몸을 덜덜 떨고 있는 자기 역시 그러한 인물로 오해받았을 것이라고 확신했다. 에디트는 배를 따뜻하게 했다. 오직 아기만을, 팔다리가 자라고 그녀 안의 어둠 속에서 눈을 꼭 감고 있는 아기만을 생각했다.

에디트는 시장에 다다랐다. 저녁이라 노점들이 문을 닫고 있었다. 남자 어른들과 소년들은 물건을 싸고 상자들을 쌓았다. 에디트는 쭈글쭈글해진 과일과 빈약한 채소들을 만졌다. 가격은 하늘을 찌를 듯했다.

"사정이 좋지 않은 예쁜 아가씨에게 하나 드릴게요." 남자는 이렇게 말하며 매대에서 오렌지 하나를 꺼내 내밀었다.

에디트는 그 자리에 얼어붙었다. 에디트는 자리를 잡고 앉았다. 남자는 칼을 꺼내 껍질을 깎았다. 에디트는 너무 배가 고팠고 오렌지는 무척 달았다. 흔치 않은 맛이었다.

에디트는 떠나면서 쌓여 있는 크고 무른 땔나무를 만졌다. 이런 슬픈 전쟁 상황에서 유일하게 얻을 수 있는 종류였다. 그리고 주어진 시간에 이 땔감을 집어삼키는 불꽃을 상상했다. 그것은 많은 걸 약속했다. 생명을 주는 따스함과 파괴를.

아주 끔찍하게도 괜찮은 표현이다.

18

1918년 10월 25일

에디트는 문을 두드렸다. 거의 밤 12시였다. 에곤은 빛의 속도로 문을 열어주었다.

"오, 세상에. 어디 있었던 거야? 내가 도시를 다 샅샅이 뒤지고 다녔는데."

에디트는 문 앞에 서서 몸을 떨고 있었다. 콧물이 떨어졌다.

"얼른 들어와." 에곤이 재촉했다. "어서 젖은 옷들을 벗어."

에디트는 시퍼런 손에다 대고 기침을 했다. 침을 삼키기가 어려웠다. 에곤은 에디트를 침실로 데려가 얇은 코트를 벗겨준 다음 드레스의 단추를 풀어 옷 벗는 걸 도와주었다. 그는 신발도 벗겨주었다. 그리고 마른 수건을 가져와서 등을 문질러 몸을 녹여주었다. 팔을 닦다가 수건을 에디트의 머리에 얹어 빗물을 흡수시켰다. 폭우로 인해 에디트의 머리는 더 짙은 금발이 되었다. 에곤은 사라졌다가 은색 손잡이가 달린 에디트의 빗을 가지고 돌아와 머리를 빗겨주었고, 엉킨 부분을 더없이 부드럽게 빗겨 내렸다.

"아델이 거짓말한 거야." 잠시 뒤 에곤이 말했다. "아델이 내게 키스하려 했어. 몇 주 전이야. 하지만 난 거절했어. 그런 생각을 했다는 것부터가 미친 거라고 아델에게 말했어. 나는 아델이 잊어버린 줄 알았기 때문에 당신에게 말하지 않았던 거야. 아델에게 두 번째 기회를 주고 싶었거든. 하지만 내 거부가 오히려 아델을 더 갈급하게만 만든 것 같아. 나도 아델이 당신을 사랑하는 걸 알지만, 분명 당신이 임신한 걸 질투할 거라고 확신했지. 어쩌면 질투가 아델을 벼랑 끝으로 밀어낸 게 아닐까? 내가 말할 수 있는 건, 만약 아델이 임신했다면 나 때문은 아니라는 거야."

에디트는 다시 기침을 하고는 두 팔로 자기 몸을 감쌌다.

"그건 이제 상관없어요." 에디트는 속삭였다.

에디트는 밖에서 배회하면서 결국 자신은 언니를 안다고 결론지었다. 언니의 예민함, 약점, 단점과 장점을 알았다. 아델이 지금의 상태가 되기까지 자신도 어느 정도 영향을 미쳤다는 걸 에디트도 인지했다. 에디트 역시 모든 게 미안했다.

"아델이 임신했다고 말했었어." 에곤은 솔직히 이야기했다. "아델을 내 의사 친구에게 보냈지. 도와주고 싶었어. 그녀가 구혼자들과 얼마나 무모한 행동들을 해왔는지 들었으니까. 하지만 아기가 내 아이라고 말하고 다니는 줄 몰랐어. 그건 말도 안 되는 일이야, 에디트. 날 믿어야 해."

에디트가 할 수 있는 말은 없었다. 이미 선택을 내렸다.

"나는 도와주는 거라고 생각했어." 에곤은 반복해 말했다. "절대 아델에게 손댄 적 없어. 상상도 못 할 일이야." 그는 잠시 말을 멈췄다. "에디트, 나를 봐봐." 그는 거칠게 두 손으로 에디트의 얼굴을 잡았다. "우리는 행복해. 우리는 미래가 있어. 나는 그걸 무너뜨릴 무엇도 하지 않을 거야." 에곤은 에디트를 끌어안았고 에디트도 가만히 있었다.

"모든 게 용서됐어" 하고 속삭이는 에디트의 목소리에서 쉰소리가
났다. "사랑해요."

둘 중 한 명이 거짓말을 하는 거라면, 그건 적어도 한 사람은 역시 진
실을 말하고 있다는 것이었다. 에디트는 그 생각에 매달렸다. 중간에
선을 내리긋고 싶지 않았다. 에디트는 시간이 생기고, 다정한 마음이
생기고, 가장 끔찍한 죄를 용서하는 힘이 생기면 이 두 사람에게 다시
돌아갈 길을 찾을 것이다.

"나도 사랑해." 에곤이 속삭였다. "영원히."

두 사람의 몸이 침대에서 뒤엉켰다. 에곤은 팔로 에디트를 감싸고, 그
녀는 그의 손목에 입을 맞췄다. 배 속에서 아기가 발로 찼다. 에디트는
그 움직임에 에곤의 손을 자신의 배에 갖다 대었다. 세 사람의 심장이
가까이에서 동시에 뛰자 초월적인 무언가가 존재하는 듯이 느껴졌다.

잠재력, 가능성은 끝이 없다.

에디트는 기침을 하고 에곤을 더 단단히 붙잡았다.

"나는 당신이 따스하고 안전하다고 느꼈으면 좋겠어." 에곤이 말했
다. "우리는 세상에서 시간이 아주 많아."

에디트가 할 수 있는 선택은 오직 하나라는 것만큼은 분명했다. 바
로 사랑을 믿는 것이었다.

그렇지 않으면, 우리는 아무것도 아니기 때문이다.

Interlude

1968년 5월 9일 알베르티나 미술관

"미안해." 아델은 동생의 그림 앞에 서서 고개를 숙였고, 말을 모아 마음속에서 꺼내 다정하게 건넸다. "후회하지 않은 순간이 없었어……. 내 마음속 깊이 정말 모든 걸 후회했단다. 나는 어떤 벌을 받아도 마땅했지. 내가 했던 일, 네게 했던 말들……." 아델은 동생에게 애써 미소를 지었다. "나를 믿어야 해. 나는 결코 그런 식으로 끝나기를 원치 않았어. 내가 알았더라면 너한테 달려가 그대로 있으라고 사정했을 거야. 네게 용감하게 사실을 말했겠지."

이제 모든 게 아델에게 되돌아왔다. 반세기를 지나 이 공간에서 아델의 기억의 윤곽과 색채가 다시 복원되었다. 장면들이 마치 에곤의 붓으로 그려진 것처럼 조각조각 아델에게 되돌아왔다. 그리고 이제 수면으로 떠오르고 있었다. 아델은 그다지 보고 싶지 않았지만 봐야만 했다. 자신의 가장 추한 행동들을 되새겨야 했다. 그것이 용서를 위한 유일한 방법이었다.

'진실, 진실, 진실.' 이 단어가 아델의 머릿속을 울렸다.

아델은 가슴을 움켜쥐었다. 그녀가 임신했다고 말했을 때 에디트의 표정이 이제는 보였다. 정말 그 말을 했었나? 무엇이 자신을 사로잡았던 걸까? 망상이 자신을 제압했었다는 걸 이제는 안다. 아델은 녹슨 추억이 담긴 방을 돌아다니며 고통과 부끄러움을 체에 거르고 진실의 파편을 발견하는 중이었다. 그 따귀는, 세상에, 지금 맞은 것처럼 여전히 느낄 수 있었다. 동생의 손바닥이 그녀의 뺨을 때릴 때 느껴지던 얼얼한 충격. 아델이 고통으로 숨 쉬기도 힘들어할 때 에디트의 눈, 그 깊은 구멍에는 배신감만이 가득했다.

아델은 고개를 젓고 또 저었다. 에바는 아델을 붙잡고 머리를 쓰다듬어 주었다.

"질투심을 더는 억누를 수 없는 지점까지 왔었어." 아델은 마침내 가까스로 말을 이어갔다. 아주 오래전 그 운명적인 날에 대해 기억하는 것을 이 젊은 친구에게 설명했다.

"내가 왜 자신을 결코 용서 못 하는지 알겠지." 아델은 이야기를 마쳤다. "내 행동들은 아주 끔찍했고, 그로 인한 고통은 나를 삶에서 단절시켰어."

아델은 초상화를 다시 한번 올려다봤다. 에디트의 빛나는 푸른 눈에 보이는 건 자비인가? 그것이야말로 아델이 평생 찾으려 했던 것이었다.

아델은 붓놀림으로 살아난 그 여인을 바라봤다. 동생의 얼굴 한쪽에 드리운 구불구불한 머리카락을 쓸어 넘기려는 듯 아델은 손을 뻗었다.

"거기 부인!" 경비원의 굵고 깊은 목소리가 고요를 깨뜨렸다. "작품에 손대지 마십시오!"

아델은 손을 급히 뗐다. 사람들이 고개를 돌려 아델을 쳐다봤다.

에디트의 눈은 단순히 세월이 지나면 굳어지고 부스러지는 유화물 감으로 칠한 것이었다.

아델은 벤치에 앉아 양손에 대고 숨을 쉬었다. 그 어느 때보다 쇠약해지고 영혼이 썩어가는 느낌이 들었다. 에바는 옆에 앉아 노파의 등에 손을 댄 채 아무 말도 하지 않았다. 대신 그림 속 여인의 감정이 풍부하고 슬픈 눈을 바라봤다.

"오, 아델 할머니. 분명 할머니의 동생은 할머니를 무척 사랑했을 거예요. 두 분 사이에 무슨 일이 있었든, 저는 그 모든 시간이 지난 뒤 할머니는 용서받았다고 확신해요. 할머니는 그날 하셨던 말씀이 어떤 결과를 가져올지 알 수 없으셨을 거예요……."

에곤 실레

EGON SCHIELE

1

1918년 10월 26일 토요일

에곤의 머리 옆 베개가 축축했다. 베개에서 열기가 올라 춥고 밝은 방 안에서 연기처럼 뿌옇게 보였다. 에곤은 곁에 있는 에디트의 상태를 살폈다. 눈꺼풀은 잿빛이고 누런 피부에 광대뼈가 날카롭게 솟아 있었다. 입술은 바싹 말랐다. 에곤은 가능한 한 에디트에게서 멀리 떨어지려고 무릎을 당겨 침대 가장 먼 구석으로 물러났다.

맙소사, 그의 아름다운 아내는 살아 있는 건가?

에디트의 가슴이 아주 미세하게 움직였다.

에디트는 살아 있지만 독감에 걸렸다. 이 끔찍한 질병이 늘 그에게 닿으려고 했던 걸 에곤도 알고 있었다. 에곤이 어렸을 때 미술에 엄청난 끌림을 느꼈던 것처럼 분명하게 이 질병을 뼛속까지 느꼈다.

에곤은 이 질병에서 결코 탈출하지 못하리란 걸 알았다.

에곤은 아연실색했다. 공포와 두려움과 분노에 질려 구역질이 났다. 감히 아내를 만질 수가 없었다. 갑자기 아내에 대한 혐오가 자신을 덮

쳐오자 수치스러웠다. 에디트는 이 질병을 여기, 그들의 집, 그들의 침대로 가지고 왔고, 그는 자신을 보호하면서도 아내가 나아지게 돌보고 살아남도록 기도를 해야 했다. 아내는 도망쳤을 때 에곤과 아기 생각은 하지도 않았나?

세상이 갑자기 극히 작아 보였다. 세상은 더 이상 태양 주위를 도는 게 아니라 질병 주위를 돌았다. 에곤은 아내를 빤히 쳐다봤다. 이미 얼마나 많이 손상된 걸까? 에곤은 삶이 층층이 벗겨지는 걸, 아내가 잠을 자면서 무게가 줄어드는 걸 생각했다. 새로운 방식으로 중력에 영향을 받은 아내는 점차 소멸해 가고 있었다.

에디트는 이미 에곤의 아버지의 임종 때 모습처럼 보였다. 에곤은 그날 밤 살짝 열린 문틈으로 삶이 아버지에게서 빠져나가는 걸 지켜봤던 게 떠올랐다. 에곤은 지난날 일어났던 모든 일을 생각했다. 감옥에 갇혔던 일, 결혼, 끝이 없을 것만 같았는데 이제 언제든 끝날 수 있는 전쟁을. 그리고 뼈가 되고 먼지가 되다 그 무엇도 아니게 된 돌아가신 아버지에게 일어나지 않은 모든 걸 생각했다.

에곤은 침착하려 애썼다. 에디트는 자고 있다고, 그저 자는 중이라고 자신에게 말했다.

어쩌면 이건 스페인 독감이 아니라 스쳐 지나갈 단순한 열병일지도 몰랐다. 에곤은 과민 반응을 보이는 것이다. 하지만 에곤은 죽음이 그의 주변 모든 곳에서 자신의 존재를 과시하고 있음을 부인할 수 없었다. 에곤은 싸울 준비가 되었다. 그의 삶과 아내의 삶과 아기의 삶을 위해서. 그는 승리할 것이다.

그래도 에곤은 시트 모서리를 입에 넣고 소리 없이 울었다.

~

에곤은 천천히 정신을 되찾았고 할 수 있는 한 에디트를 편하게 해주려고 애썼다. 에곤이 침대를 거실로 끌고 가 에디트를 앉은 자세로 끌어당겨 뒤에 베개를 대주었을 때 그녀는 거의 눈을 떴었다. 그는 거리에 있는 소년을 통해 의사에게 가능한 한 빨리 와달라는 전언을 보냈다. 그런 다음 사발에 식초와 따뜻한 물을 채워 에디트 옆에 놓아두었다. 에곤은 에디트의 축축한 잠옷을 걷어 올리고 배에 손을 얹었다.

아기가 아직 움직이나?

그렇다. 아기는 에디트의 피부 아래에서 팔꿈치나 발로 잔물결을 일으키며 자세를 바꾸었다. 에디트의 몸이 얼마나 많이 변했는지 에곤은 잘 알아차리지 못했었다. 그녀의 늘어난 피부, 그들의 아이가 자리하느라 넓어진 배의 피부가 구슬이나 달걀 껍데기 안처럼 빛을 띠는 무늬를 만들어냈다.

생명을 품은 사람의 몸이란 이 얼마나 경이로운가.

일단 에곤은 묽은 수프를 향신료로 맛을 내 에디트가 힘을 회복하도록 마시게 하려고 했다. 에곤은 주변의 침묵을 살폈다. 에디트가 여전히 숨을 쉬는지 다시 확인했다. 아기를 살릴 방법은 없을까? 에곤은 그 생각을 하는 게 괴로웠지만 떨칠 수 없었다. 그의 가장 어두운 생각 말이다. 여인의 살과 근육 층 사이를 잘라 아기를 꺼낼 수 있다고 들은 적이 있다. 그게 가능할까? 만약 최악의 상황이 벌어져 에디트가 살아남지 못한다면 그들의 아기는 구해낼 수 있을까?

에곤은 무뎌져 갈아야 하는 칼을 집어 들고—다음번 외출 때는 갈 예정이다— 그들이 구한 빈약한 채소들을 잘라냈다. 에디트가 보면 놀려댈 만큼 양파를 마구잡이로 지저분하게 잘랐다. 에곤은 그것을 찾아낸 아무 냄비에다 집어넣고 물을 부어 끓였다. 그는 열기로 얼굴을 말리다가 거품이 이는 걸 보자 표면을 휘저었다. 창문에 김이 서려 그 너머의 세상이 보이지 않았다.

에곤은 창유리에 다가가 검지로 유리에 자기 이름을 대문자로 썼다. 이름을 가족의 성 위에 적고 그 주위에 네모를 그렸다. 그가 더 젊었을 때 가끔 작품에 서명하던 방식이었다. 에곤은 그것을 보고 그걸 통해서 밖을 보다가 문질러 지워버렸다.

그가 달리 뭘 할 수 있겠는가? 에곤은 연필과 스케치북을 꺼내 아내의 얼굴을 그리려 했다. 아내에 대한 그 무엇도 잊어버리고 싶지 않았다. 맙소사, 왜 이런 식의 생각을 하는 거지? 그래도 날카롭게 깎은 연필심으로 힘없이 종이에 찍찍 그려나갔다. 에디트는 눈을 떴다. 이마 위 머리가 젖어 있었다. 에곤은 그녀의 은색 손잡이가 달린 빗을 가져와야 했다. 스케치북을 테이블 위에 다시 올려놓았다. 그가 식초에 담긴 헝겊으로 에디트의 이마부터 목까지 톡톡 닦아내자 섬세하게 움푹 파인 부분들에 물이 고였다.

"에곤." 에디트가 속삭이듯 부르는 그 이름은 희미했다. 에디트는 거칠게 기침을 해댔다.

"아니, 말하지 마."

에곤은 에디트의 머리를 쓰다듬었다.

"기운을 아껴. 몸이 나아져야 하니까."

"에곤, 너무 추워요." 이 한마디를 하는 데도 힘을 많이 들여야 해서 에디트는 가볍게 숨을 헐떡였다.

에곤은 침실에서 또 다른 이불을 가져와 에디트의 어깨에 둘러주었다. 그는 에디트를 붙잡고 더 따뜻해지도록 문질러 주었다. 손가락을 후 불어주기도 했다.

그가 부른 의사는 대체 어디 있는 건가? 지금쯤 도착했어야 했다. 의사를 찾으러 나가기가 두려웠다. 뭐가 그리 오래 걸리는 걸까?

"괜찮아. 당신은 괜찮아질 거야. 이미 나아지고 있는 게 보여."

에곤은 에디트의 이마를 만졌다. 뜨겁게 타올랐다. 에곤이 잘 알지 못하는 누나 엘비라의 모습이 떠올랐다. 엘비라는 그 오래전 열 살의 나이로 세상을 떠났다. 엘비라는 에곤이 처음 경험한 죽음이었다. 하지만 마지막은 아니었다. 죽음은 얼마나 차분하게 조용히 다가오는지. 살아 있는 사람을 두려움에 떨게 만들고 온전히 그 그늘에 두고 떠난다.

에곤은 묽은 수프가 담긴 그릇을 가져왔다.

"자, 조금 먹어봐. 나는 부엌일은 잘 못하지만, 이건 적어도 따뜻하니까."

에곤은 숟가락을 에디트의 입에 가져갔고 그녀는 그가 주는 걸 한두 입 정도 받아먹었다.

"나 좀 나아졌어요." 에디트는 입 한쪽이 축 늘어진 채 말했다. "훨씬 나아졌어요."

에곤은 아내를 감싼 이불을 더욱 단단하게 잡아당겼다. 에디트가 임신 초기에 에곤이 숙면을 취하는 동안 자신은 잠을 못 자고 계속 깨어 있다고 불평하자, 의사가 수면에 도움이 되도록 처방했던 약 한 스푼을 에곤이 먹여주었다.

이게 에디트의 끝인 걸까? 그럴 수 없다. 에곤은 그들이 함께할 날들이 많을 것이라고 생각했었다. 에곤은 최대한 바쁘게 시간을 보냈다. 그 후, 해 질 녘에 에곤은 다시 스케치북을 들어 연필로 에디트의 얼굴을 그리려 했다. 처음에는 볼 선, 눈꺼풀, 코에 있는 혹을 그렸다. 초가 깜박였다. 그가 거기에 앉아 있는 동안 초는 점점 줄어들었다. 에곤은 죽음만큼이나 어둠이 두려웠다.

에디트는 눈을 감고 있었다. 에곤의 예술이 다시 그에게 돌아왔다. 그는 영원히 그녀를 그릴 수 있었다.

2

1918년 10월 27일 일요일

다음 날 에디트는 숨이 짧고 얕아진 데다 기침은 더 악화되었다. 에곤은 밤을 새워 에디트를 지키며 그녀의 가슴이 오르내리는 걸 지켜봤다. 깜빡이는 눈꺼풀, 꿈틀거리는 이목구비, 보이지 않는 피아노로 작은 음들을 연주하는 손가락 등 그녀가 여전히 살아 있고 기회가 있다는 것을 보여주는 움직임들을 지켜봤다. 이것들은 희미해도 존재했고 안심을 시켜주었다. 에디트는 나아질 것이다.

인생이란 그저 다음 숨을 쉬는 것이라고 에곤은 자신에게 말했고 그런 사실을 이전에는 전혀 이해하지 못했다는 것에 매우 놀랐다.

에디트는 거칠고 갑작스레 기침했고 숨을 헐떡였다. 칙칙한 눈꺼풀은 감겨 있었다. 에곤의 팔은 약해져만 갔다. 더는 모든 게 괜찮은 척을 할 수 없었다. 이런 불공정한 상황에 숨을 제대로 쉴 수 없었다. 그는 다시 그 용서 없는 판사, 가학적인 교도관 앞에 서 있었다. 숨이 막히고 편집증이 생기며 갈급했다. 이번에는 무슨 희망이 있을까? 벗어나기를 바랄 수 있을까?

에곤은 수건으로 이마를 닦았다. 톡 쏘는 식초 냄새가 났다. 침실용 탁자에서 마지막 초를 들고 방 반대편 테이블에 앉았다. 다시 아내를 봤지만 곧 잃어버릴 것들만 보일 뿐이었다.

선반에서 종이를 꺼냈다. 티끌 하나 없는 하얀 종이에 화가 났다. 거기에 글을 쓰는 게 망설여졌지만 빛이 완전히 사라지기 전에 마음을 진정시키고 시작해야만 했다. 게르트루드에게 편지를 쓸 생각이었다. 단단하고 아름다운 게르티. 그들은 한때 서로에게 얼마나 가까웠던가. 게르트루드는 에곤의 깊은 마음속을 알 것이다. 게르트루드가 보고 싶었다. 그 아이를 사랑하면서 오는 평안함이 그리웠다. 하지만 이제 게르트루드는 자신의 가정이 있었다. 에곤이 결코 그 일부가 될 수 없음을 게르트루드는 분명히 했다. 게르트루드는 자신이 되고자 했던 여인의 삶을 에곤이 방해하는 걸 원치 않았다.

에디트의 기침이 침묵을 깼다.

에곤은 발리를 생각했다. 가끔 꿈속에서 봤고, 그녀를 봤다는 데 안심과 만족의 강렬한 물결을 느꼈다. 그의 영혼 안에는 발리를 가장 깊은 방식으로 알아보는 무언가가 있었고, 그녀에게 그 많은 고통을 준 뒤여서 다시 발리 곁에 있어야만 한다고 느껴졌다. 아주 오래전 여름, 에곤이 어떻게 해야 할지 몰라 그 모든 잘못된 말들을 했던 그 뜨겁고 땀나던 날 그들이 마지막으로 다툰 이후로 에곤은 발리의 소식을 들은 적이 없었다. 발리에게서 자유로워졌다는 기쁨은 그날에서야 괴로움으로 바뀌어 버렸다. 발리는 지금 어디 있을까? 누군가가 지나가는 말로 언급한 적이 있었다. 마치 에곤이 발리를 잘 모르는 것처럼, 그만의 방식으로 그녀를 사랑하지 않았다는 듯이, 발리가 참전하기 위해 달마티아로 갔다고 말했다. 그게 사실일까? 그 생각으로 에곤의 윗입술이 올라갔다. 그건 아주 불친절하지는 않은 냉소였다. 에곤은 그저 발리가 눈썹을 닦고 약을 처방해 주는 모습이 상상되지 않았다. 빈의 가장 저명한 화가들을 위해 모델을 하고 지금으로부터 백 년간 전시회에서 감탄을 받을 그녀가 환자용 변기를 닦는다니. 오, 발리는 누군가 의지할 사람을 찾았을 것이다. 그녀보다 나이가 많고 영향력 있고 재치 있는 누군가를. 그런 사람들보다 더 나은 발리는 살아남는 법을 알고 있다.

"어머니." 에곤은 어머니에게 편지를 썼다.

"에디트가 몸이 좋지 않아요."

에곤은 연필을 내려놓았다. 무척이나 쓰기 힘든 편지가 될 것이다.

"어머니도 아시듯 에디트는 임신 육 개월이에요. 우리 아기는 1919년 1월에 태어날 예정이에요."

에곤은 에디트가 임신한 아이 생각에 다시 한번 깜짝 놀랐다. 그녀 안에 감싸인 그 가능성.

에곤의 인생이자 피와 기운이며 새사람이 되게 만드는 그 가능성. 에곤은 그게 현실화되기를 원했다. 그 마음이 너무 강렬해서 신물 나게 했다. 그는 정말 간절히 아빠가 되고 싶었다. 이제는 그 꿈이 이루어지지 않을 듯했다. 에곤은 그 꿈을 돌처럼 삼켰다.

"에디트의 몸은 아주 튼튼했고 거의 불평을 한 적이 없어요. 하지만 이제는 에디트가 빈과 유럽 전역에서 기승하고 있는 치명적인 스페인 독감의 희생자가 된 것 같아요. 에디트는 몸이 계속 차갑고 기침을 멈추지 않아요. 약해졌어요. 최악의 상황이 올까 두려워요. 제 편집증일 수도 있고……."

에곤은 운명이 그가 틀렸음을 증명해 주길 바랐다. 기회가 있잖아, 안 그래? 에곤은 기도했다. 그가 사랑하는 사람을 안전하게 해주신다면 한때 소중히 여겼던 모든 것, 바로 자신의 본질을 드리겠다고 약속했다. 내 성공, 내 재능을 당신께 바칩니다. 신이시여, 한때는 제가 당신의 얼굴에 던졌을 그것을 당신께 정중히 드리게 해주십시오. 혼자 고통받을 바에는 재능이 무슨 소용이 있겠습니까?

"의사는 아직 도착하지 않았어요. 그리고 저는 도저히 에디트를 놔두고 나갈 수 없어요."

에곤은 다시 시작하고 싶지 않았다. 만약 에디트가 살아남고 아기가 태어난다면, 아기가 거부당할 뻔한 삶을 충만히 누리며 그들의 얼굴에 대고 비명을 질러댄다면, 그가 근육에, 피에 담을 영원한 기쁨을 생각했다. 재난이 얼마나 긴박했었는지를 그는 항상 기억할 것이다. 에곤은 이 죽음이 깃든 붓을 절대 잊지 않을 것이고, 그가 감옥에 갇혔던 기억을 여전히 안고 있듯 가슴속 깊이 묻으며 살 것이다.

"가슴이 너무 아파요. 운명이 우리 모두에게 친절하길 바랄 뿐입니다."

에곤은 자신의 이름을 서명했다. "-어머니의 아들, 에곤-" 그리고 접어서 봉투에 넣었다. 내일 보낼 생각이었다.

내일.

어머니가 이 편지를 받을 때면 세상이 바뀌어 있을까?

에디트는 기침을 한 번, 다시 한 번, 또다시 한 번 반복했다. 에곤은 어떻게 그럴 힘이 그녀에게 있는지 궁금했다. 그녀가 분명 고통스러워할 거라는 게 안타까웠다. 그도 지쳤다. 눈이 쑤시고 얼어붙을 듯 추웠다. 하지만 에디트를 돌봐야 했다. 에곤은 에디트가 자고 있는 침대로 초를 가져갔다. 에디트는 얼굴이 붓고 잿빛이었다. 에곤은 초를 그녀의 입술 가까이 가져갔다. 파란 건가? 에디트는 여전히 숨 쉬고 있었다. 그녀의 가슴이 오르내리는 걸 볼 수 있었지만, 입술은 확실히 더 어두워지고 귀도 보라기가 돌았다. 아주 나쁜 징후였다.

에곤은 덜덜 떨면서 에디트의 손을 잡았다. 차가웠다. 이건 절대 일 어나선 안 될 일입니다. 전능하신 신이시여 부탁입니다. 절대 그런 일 이 일어나지 않게 해주십시오. 에곤은 에디트의 손끝에 입을 맞췄다. 마치 손톱은 달리가 던져서 벽을 물들인 그 잉크에 담겼던 것처럼 잿 빛이었다.

아니, 에곤은 혼란스럽고 상황 판단이 어려워졌는데, 느닷없이 마치 그가 사랑했던, 필요했던, 그렸던 모든 여인이 그와 함께 이 방에서 동 시에 자신만의 역할을 하는 것만 같았다. 이들 한 사람 한 사람에게 있 어 에곤은 어떤 사람일까? 에곤은 하나의 빛에서 또 다른 빛으로 변했 다. 그 자신만의 특성과 노력과 열망이 아니라 그 여인들의 특성과 노 력과 열망에 따라 변한 것이었다. 저들이 에곤에게서 필요로 하는 게 뭘까? 그것을 얻었던 적이 있을까? 맙소사. 에곤은 눈을 비벼봤지만 그 가 알았던 여인들은 이 공간에서 계속 춤을 추었다. 그들이 에곤에게 느끼는 모든 감정들로 인해 그들의 얼굴은 일그러지고 몸을 굽히기도 했다.

확실히 그는 저들을 실망시켰지만 결코 눈치채지도 못했었다.

게다가 에곤이 누구인가? 자신이 무척 현실적이라고 생각하고 확신 했던 남자가 아니었던가. 에곤은 손으로 자신의 팔다리와 몸을 훑었다. 만약 저들의 눈을 통해 보이지 않는다면 그는 그저 물음표에 지나지 않을 것이다.

에곤은 저들의 프리즘 없이는 절대로 존재하지 않는다. 그 프리즘들 은 환영처럼 하나의 이미지로 합쳐져 모든 걸 변화시킨다.

에곤은 자기 앞의 아내, 살아 있고 숨을 쉬는 여인에게 주의를 돌림 으로써 이 모든 것들에서 벗어나려 했다. 그가 다르게 행동할 수 있었 을까?

어쩌면 에디트의 얼굴색이 이상한 건 그녀가 금요일에 밤 12시가 다 되어서 가슴이 무너진 채 돌아온 뒤 이틀 동안 움직이지 않아서일 수 도 있었다. 에곤은 그녀를 부드럽게 돌렸다.

에디트는 눈을 떴다. 거칠고 커다래진 눈이었다. 시선이 이내 에곤의 얼굴에 고정되고 그녀는 미소를 지었다.

"우리 아기." 에디트는 손으로 배를 짚으며 훌쩍였다. "아기가 움직이 는 게 안 느껴져." 뜨거운 눈물이 그녀의 뺨을 타고 흘러내렸다.

에곤은 에디트의 목에다 속삭이고 입을 맞추며 그녀에게 사랑을 불 어넣었다. 에디트는 몸이 찢어져라 기침을 했다. 에곤은 손수건을 그녀 의 입에 갖다 댔다. 손수건을 떼자 피가 묻어 나왔다.

"나는 생명이 아니라 죽음을 품고 있네." 에디트가 속삭였다.

에곤은 숨 쉬기가 힘들었지만 에디트가 계속 말하도록 이 말을 해야 만 했다. "당신은 지금 이 순간 살아 있고 그것만이 중요한 거야. 살아 줘. 살아줘. 나를 위해서. 당신을 사랑해. 우리에게는 서로가 있어. 우 린 모든 걸 가졌어."

그들은 오래도록 서로를 바라봤다. 에곤은 감각이 마비되었지만 끔 찍하게도 살아 있었다.

에곤은 연필 끝에 침을 발라 빈 종이 위에 놓고 망설이며 에디트의 목부터 쇄골까지의 곡선, 특유의 점을 그렸지만 모든 게 잘못되었다. 그의 예술이 그를 떠나버린 것이다. 연필을 움직이는 게 고통스러웠다. 연필과의 연결이 단절되었다. 하지만 그는 할 것이다. 계속 노력할 것이 다. 고통스럽지만, 에디트는 그의 눈을 보면서 에곤이 그녀를 그리기 쉽 게 머리를 뒤로 꺾었다. 에디트는 미소를 지으려 애썼지만 종이 위의 그림은 찡그린 표정에 가까웠다. 아름다운 아내 에디트를 그는 포착해 낼 수 없었다. 인생에서 처음으로 그는 눈앞에 있는 것을 포착해 내지 못했다. 그는 눈이 멀었다. 에디트 안에 있는 무언가가 사라졌다. 에곤은 잠시 기다렸다가 에디트의 입에 귀를 갖다 대고 그녀가 그저 자고 있을 뿐이라는 걸 확인하려 했다. 감사합니다. 신이시여, 그녀가 아직 살아 있습니다. 감사합니다. 감사합니다. 감사합니다. 신이시여, 저를 살려주세요. 제 사랑도 살려주세요. 당신은 저한테 그리하셔야 합니다.

에곤은 몸이 떨렸다. 뼛속부터 오한이 일었다. 그는 안락의자에 앉았다. 아침까지 에디트를 지켜볼 생각이었다. 내일 다시 그 무책임한 의사에게 연락할 것이다. 에디트가 극복하도록 아주 강한 아편을 처방해달라고 요청할 것이다. 죽음이 감히 이곳에 도착하는지 밤새 기다릴 생각이었다. 그리고 죽음을 물리칠 것이다.

3

1918년 10월 28일 월요일

예배당 종소리에 에곤은 잠에서 깼다. 종소리를 세어봤다. 일곱 번 울렸다. 어째서 그는 셔츠 소매를 올린 채 거실 안락의자에 앉아 있는 걸까?

눈앞의 남은 초를 보고 에곤은 정신을 집중했다. 초가 밤새 타 테이블 위로 촛농이 고여 있었다. 그는 꼼짝하지 않고 그 모습을 오래도록 응시했다. 뒷목의 털들이 곤두섰다. 감히 방을 둘러볼 수가 없었다. 방은 춥고 고요했으며 흐릿한 가을빛을 받고 있었다. 너무나도 조용했다. 마치 혼자인 것처럼 압도적인 고요함이었다.

에곤은 고요함에 귀를 기울이며 기다렸다. 기침 소리, 작은 한숨 소리 아니면 아내가 뒤척이는 소리가 들리길 기도했다. 아무 소리도 없었다. 바깥의 새들만이 아무것도 모른 채 하늘에 대고 지저귀며 노래했다.

에곤은 살펴봐야겠다고 마음먹었다. 그리고 죽음을 봤다. 얼어버린 에디트는 눈을 살짝 뜬 채였고 입술은 벌어졌으며, 몸은 어색하게 한 쪽으로 기울어져 있었다. 에곤은 마치 에디트가 갑자기 덤벼들기라도 할 듯 천천히 다가갔다. 에디트의 작고 예쁜 손목을 잡고 엄지를 눌러 봤다.

에디트의 피부는 차갑고 반점이 있었다. 맥박이 뛰지 않고 살아 있다는 신호도 없었다. 에디트의 오른손은 연필을 움켜쥐었다. 그는 그녀의 왼손을 잡았다. 왼손에는 아름다운 결혼반지가 없었다. 에디트는 반지를 찾지 못했고 앞으로도 못 찾을 것이다. 에곤은 기회가 닿는 한 영원히 찾아볼 생각이었다. 절대 잃어버린 채 두지 않을 것이다. 에곤은 에디트에게서 눈을 뗄 수 없었다. 그녀의 입술 옆 베개에서 선홍빛 핏자국을 보자 소름이 끼쳤다. 에곤은 독감이 폐렴으로 변해 에디트의 폐를 막아버릴 것을 알았지만 이런 걸 예상하지는 못했다. 에디트는 그가 잠든 사이 혼자서 밤 속으로 빠져들어 갔다.

에곤은 식초를 푼 물이 담긴 그릇에 토했다.

에디트가 깨어났었을 거라는 걸 에곤은 절망에 빠진 채 깨달았다. 왜 에디트는 그를 불러서 깨우지 않았을까? 에곤은 털썩 무릎을 꿇고 울부짖었다. 아내가 어둠 속에서 죽어갔다니.

종이 한 조각이 침대에서 떨어졌다. 고작 몇 시간 전에 에곤이 에디트를 스케치한 종이였다. 에디트에게서 보이는 살아 있는 흔적에서 눈을 뗄 수 없었다. 그녀의 열린 눈, 막 말을 시작하려는 듯하지만 다시는 그 어떤 말도 속삭이지 않을 그 입술을. 기회가 있었다면 그녀에게 해야 할 말이 너무 많았다. 그러다 종이 뒤에서 그녀의 글씨체를 발견했다.

"내 사랑."

에곤은 너무나 익숙한 그 느슨한 글씨체를 따라 읽기가 어려웠다.

"나는 당신을 영원히 사랑하고 무한대로, 셀 수 없을 만큼 사랑해
요······."

에곤은 몸을 공처럼 단단히 웅크렸고 이마를 바닥에 내리쳤다. 너무
고통스러운 나머지 눈물도 나오지 않았다. 더는 읽을 수가 없었다.

에곤 안에 있는 모든 것이 고갈되었다. 그러나 날카로운 충동으로 자
리에서 일어나 에디트에게 다가갔다. 에디트의 굳은 몸 옆에 웅크리고
선 그녀의 부풀어 오른 배에 손을 얹었다. 마치 손바닥으로 달을 잡은
것만 같았다. 에곤은 아무 말도 못 하고 그 상태로 있으면서 그날의 시
간을 알리는, 크게 울리다 작게 울리기를 반복하는 교회 종소리에 귀
를 기울였다.

의사가 안으로 들여보내 달라고 문을 두드리는 소리가 들렸다.

에곤은 그를 무시했다. 너무 늦었다. 모든 게 너무 늦었다.

해 질 무렵에 에곤은 "살아남아" 하고 아내가 속삭이는 메아리를 들
었다.

에곤은 그 말을 허공에 손가락으로 따라 그리다가 숨이 막히고 열이
나며 몸이 욱신거렸다. 에곤이 해온 모든 것들이 이 순간으로 인도한
건 아닐까? 그를 이런 운명으로 걸어가게 한 걸까? 자각하지도 못한
채 매일 그는 얼마나 많은 잘못된 길을 갔을까? 살면서 한 가지라도 다
르게 했더라면 결과가 달라질 수 있었을까? 숨을 쉬고 있는 아내와 아
내의 배 속 우주에서 발길질을 하는 아기와 함께 다른 삶을 살 수 있었
을까?

에곤은 마침내 아내의 몸에서 떨어져 책상으로 가서 사실들을 적어
내려갔다.

"에디트 실레는 더는 이 세상에 없습니다."

그런데 누구한테 보낸단 말인가? 에곤이 지금 필요한 유일한 사람은

동생이었다. 살아 있는 사람 중 유일하게 그를 달랠 수 있는 사람이었다. 눈앞에서 흐려졌다가 뚜렷해지곤 하는 글씨를 빤히 응시했다. 에디트의 죽음. 모든 것의 죽음. 이건 상상할 수 없는 일이었다.

에곤은 마침내 돌이킬 수 없이 혼자였다.

에곤은 단 일 초도 미래를 볼 수 없었다. 방구석들도 겨우 보였다. 멀찍이 떨어진 벽 그의 작품 속 인물들이 마치 테레빈유로 벗겨진 것처럼 보였다. 그가 그렇게 했었나? 에곤은 가까이 다가가 벽 위아래로 칠해진 거친 붓놀림을 바라봤다. 기억이 나지 않았다. 눈이 따가워서 휘청거렸다. 폐가 조여왔고 오한이 느껴졌다. 손에다 대고 몸이 떨릴 만큼 크게 기침을 했다. 손바닥에 붉은 물감이 묻었다. 아니면 피인가? 에곤은 너무 지쳐 알아채지 못했다. 자기감정에 두들겨 맞고 정신이 혼미해져 바닥에 누워버렸다. 에곤 안에서 열기가 점점 커져 그를 갉아먹었다. 개가 뼈를 먹어 치우듯이 열기도 에곤을 먹어 치우라지. 에곤은 줄게 아무것도 없었다.

인생은 늘 그저 이 숨, 이 숨, 이 숨만큼이다.

에곤은 누군가가 필요했다. 구세주, 의사, 친구, 누구든 그를 죽음에서 멀리 밀어내고 구원해 줄 사람이 필요했다. 문을 두드려대던 소리는 이제 물리적인 걸로 바뀌었다. 심장 소리인가? 빚쟁이나 상인의 주먹 소리인가? 지금 몇 시지? 무슨 날이야? 두드려대는 소리는 다급했다. 더 빨라지고 더 강해졌다. 또 아돌프 실레인가? 얼굴을 붉히며 화가 단단히 나서 죽일 준비가 된? 아버지는 예전에 그랬듯이 문을 박살내고 들어올 것이다. 어린 에곤과 게르트루드가 그들만의 거센 물살에 휩쓸려 서로의 비밀에 빠져들었을 때 그러했듯이.

"게르티." 에곤의 목소리는 쉬고 눈은 커다래졌다.

희미한 햇살 속에서 게르트루드의 얼굴이 보였다. 그들이 어린 시절 기차 철로를 따라 탈출하고 게르트루드가 아버지의 블레이저를 입었던 날의 기억이 떠올랐다. 긴 손가락을 뻗어 게르트루드에게 닿으려 했지만, 게르트루드는 그저 웃으면서 민들레 씨앗을 에곤의 얼굴에 던질 뿐이었다.

마치 게르트루드가 그에게 주먹을 날린 듯 에곤은 머리를 뒤로 젖혔다.

"에곤! 문 열어!"

에디트일까? 빛의 후광 앞에서 순진한 얼굴로 불안정하고도 의식적으로 손을 내밀며 그녀와 태어나지 않은 아기를 따라오라고 손짓하는 에디트일까? 에곤은 그녀를 따라가고 싶지만 지금 당장은 그녀에게 갈 힘이 없었다.

아니면 아델일지도 모른다. 꽉 조이는 긴 양말을 신은 채 무릎을 세우고 유혹하는 깊은 눈을 지닌 그녀. 그의 욕망을 채우고 심장을 찢어버리겠다는 약속으로 가득 찬 아델?

"에곤 부탁이야!"

아니면 혹시 발리일까? 서두르지 않고 다정하며 조용한 발리. 아주 냉정하고 차분했던 발리. 발리는 에곤이 갇혔던 감옥의 계단에 서서 그를 기다리고 있었다. 손에는 밝은색의 오렌지를 들었는데 그 향이 코에 닿아 그를 빛나는 여름과 희망과 구원으로 채워주었다. 발리는 거기에 서서 에곤에게 그녀가 가진 모든 걸 주었다. 안식처와 사랑을. 에곤은 다시는 그걸 거절하지 않을 생각이었다.

"에곤! 내 말 좀 들어봐!" 여인의 목소리였다. "문 좀 열어봐."

하지만 에곤은 그럴 수 없었다.

계속 문을 두드리는 소리가 났다. 누군가 그를 보러 온 것이다. 문이 문틀에서 떨어질 때까지 멈추지 않을 것이다. 에곤이 그의 궤도 안으로 들어왔던 수많은 것들을 떼어버린 것처럼.

에곤은 몸을 떨고 움직이지 못했다. 바닥에서 몸부림쳤다.

에곤의 눈은 거칠어지고 보랏빛이 되었고, 장기들에서는 고약한 냄새가 났으며, 입술은 일그러졌다.

에곤은 울부짖었다. 그리고 멈췄다.

인생은 늘 그저 이 숨만큼이다.

마지막 불꽃

1968년 5월 9일 알베르티나 미술관

늦은 시간이었고 남은 관람객들은 열기로 정신이 혼미한 파리들처럼 느릿느릿 움직였다. 아델은 뺨을 닦아냈다. 이 아가씨에게 그 모든 이야기를 털어놓은 탓에 지쳐버렸다. 타인에게 털어놓을 수 있으리라 생각했던 내용보다 더 많은 이야기를 들려주었다. 아델은 반지를 빼서 에바에게 건넸다.

"부탁이니 이걸 가지거라." 아델이 말했다. 아델은 단정한 금반지를 건네자 에바의 눈에서 놀라워하는 빛을 봤다. "솔직히 말하자면 그건 결코 내 거라고 부를 수 없단다."

"아델 할머니, 무슨 말씀이세요? 이건 할머니 거예요. 할머니에게 얼마나 소중한 건지 분명히 알겠는데요."

"내 게 아니야. 그랬던 적이 없어. 에디트 거지. 내가 빼앗았잖아."

"오, 아델 할머니." 에바는 반지를 만지다가 손가락에 끼었다.

"에디트 집에서 가져왔는데 다시 돌려줄 기회가 없었지. 반지 안을 보면 E & E라고 새겨져 있어. 나는 그걸 견딜 수 없어서 E를 A로 바꾸려 했어. 내가 정신을 차렸을 무렵에는 이미 아름답고 다정하고, 작고 바보 같은 내 동생은 죽어 있었지. 겨우 스물다섯 살이었고 첫 아이를 육 개월째 임신 중이었단다. 그 뒤로 내가 어떻게 살았는지는 나도 몰라. 그 아이가 죽은 지 삼 일 됐을 때 에곤도 죽었어." 아델은 이어서 말했다. "슬픔이 어떻게 바위처럼 인간을 뭉개버릴 수 있는지 나는 결코 몰랐어. 전부 내 잘못이었지. 에디트는 나 때문에 그 춥고 비 오는 밤 속으로 뛰쳐나갔던 거야. 그 아이는 병에 걸릴 수밖에 없었던 거지."

"마음이 아프네요, 아델 할머니."

"에곤은 에디트를 간호하다가 병이 옮은 거야. 겨우 스물여덟 살이었지."

"얘기가 이렇게 끝날 줄을 몰랐어요. 두 분 다 너무 젊으셨는데."

"우리는 에디트를 오버 상크트 바이트에 묻었어. 나는 거의 서지도 못했지. 그 아이 옆 흙 속으로 기어 들어가고 싶었어. 에곤의 어머니 실레 부인이 나를 붙들었고, 우리 어머니는 나를 위로할 수 있는 상태가 아니었단다. 루머가 빈에 삽시간에 퍼졌어. 제1차 세계대전의 끝이 고작 며칠 안 남았다고 말이야. 에곤은 10월 마지막 날에 죽었어. 내가 그를 처음 본 날로부터 육 년 뒤에 말이야."

에바는 이 노파를 잡으며 말했다. "아델 할머니, 제 말을 들어보세요. 할머니의 잘못이 아니에요."

"그 둘이 가졌을 미래를 상상해 봐." 아델은 중얼거렸다. "그들이 어떤 사람이 됐을지 상상해 봐. 에곤이 만들었을 작품을. 그는 살기 위한 모든 걸 갖고 있었지. 나는 그들의 아이를 매일 생각해. 나는 모든 곳, 모든 길모퉁이에서 그들을 봤어. 그들은 나를 절대 떠나지 않았단다."

"할머니를 탓할 순 없어요. 팬데믹이 있었잖아요. 유럽을 강타했고 치명적이었죠."

"하지만 나는 거짓말을 했어. 빼앗기도 했고. 나는 질투로 가득 찼던 거야. 내 하나밖에 없는 동생에게! 그 뒤로 내가 어떤 일을 당하든 난 그럴 만했어. 정신병원에도 갔었어. 어머니가 서류에 서명했지. 어머니는 견딜 수 없으셨던 거야. 일 년도 안 돼 남편과 딸을 잃었잖아. 어머니는 전에도 날 정신병원에 보내겠다고 협박하셨지. 어머니는 오래전부터 내가 무너지기 직전이란 걸 알고 계셨어. 에디트와 다투던 날 아침, 나는 진단을 받아야 한다는 편지를 받았지. 그리고 그건 나를 미치게 했어. 에곤과 에디트가 죽은 뒤 나는 무너질 준비가 돼 있었어. 무티는 그 병원이 나를 구해주리라 생각하셨지. 어머니의 유일한 희망은, 내가 치료되고 어머니에게는 뭔가 남은 것, 어머니의 인생에서 보여줄 무언가가 있는 거였지. 하지만 죄책감과 슬픔을 치료할 수 있는 건 없어. 삼 년 뒤 내가 정신병원에서 나왔을 때는 어머니도 돌아가셨지."

"어떤 위로의 말씀을 드려야 할지 모르겠어요."

"죽어야 할 사람은 나였어. 에곤과 에디트는 함께 행복할 수 있었을 거야."

"후회하세요?" 에바가 물었다.

"그럼." 아델은 잿빛 눈을 에바에게 돌렸다. "나는 매우, 몹시 후회한단다."

"에디트 씨는 용서했을 거예요. 그림에 있는 그분의 눈 속에서 다정함을 봤어요. 에디트 씨를 조금은 아는 느낌이 들고, 할머니가 그분에 대해 말씀하시는 걸 들었잖아요. 에디트 씨가 할머니를 무척 사랑한 것처럼 들렸어요."

"그렇게 생각하니?" 아델은 이 젊은 아가씨를 와락 붙잡았고, 둘 사이에 따스한 기운이 흘렀다.

"네, 그렇게 생각해요."

아델은 눈을 감고 만족스러워했다.

그때 아델이 갑자기 숨을 헐떡였다. 커져가던 통증이 왼팔로 치고 올라왔다. 그 통증은 근육들 사이에서 흔들리다 목으로 빠르게 올라왔고 정수리까지 다다랐다. 심장이 죔쇠로 누른 듯 심하게 조였다. 아델은 울부짖다가 털썩 쓰러졌다. 미술관의 불빛들이 회전했다.

에바는 아델 옆에 앉아 그녀의 머리를 안았다. "도와주세요! 누가 좀, 부탁이니 도와주세요!" 에바가 소리쳤다.

"어쩌면 우리의 부서진 부분들이 온전해질지도 몰라." 노파는 가까스로 말했다.

관광객들이 주위로 몰려들었고 적절한 거리에서 떨어져 선 채 가슴에 손을 얹고 걱정하는 눈으로 쳐다봤다.

아델은 입을 벌린 채 그들을 응시했다. 바닥에서 방 안의 사람들을 올려다보니 그들이 아주 이상하게 보였다.

아델의 눈동자가 돌아가며 이리저리 움직였다.

아델 안의 무언가가 떨어져 나갔다.

신경을 타고 찌릿한 통증이 일었다.

하지만 아델은 한 가지 생각으로 마음이 진정되었다. 그건 바로 그녀가 정확히 있어야 할 장소에 있다는 것이었다.

아델은 한 여인과 눈이 마주쳤다……. 에디트였다.

"보고 계시지만 마시고 어떻게 좀 해주세요!" 에바가 군중들을 향해 외쳤다.

경비원이 도와주러 달려왔다.

"성함이 어떻게 되시죠?" 경비원이 급하게 물었다.

"성함은," 에바는 두려움이 역력한 목소리로 외쳤다. "아델이에요. 아델 하름스."

그 이름이 벽에 메아리쳤다. 그림 속의 눈들이 깜빡이며 다시 한번 아델을 쳐다봤다.

아델의 울퉁불퉁한 손이 에바를 꼭 붙잡았다. 그때 두 인물이 작품의 틀 밖으로 나와 아델에게 다가왔다. 그들은 손을 잡고 미소를 지었다. 그들이 드디어 아델에게 온 것이다.

그의 붓이 마지막으로 움직였다. 물감이 번지고 선들이 추상화되었다.

아델은 에디트의 침착한 손길을 느꼈다. 에디트는 아델의 볼에 입을 맞추었다. 이제는 여한이 없다.

그리고 불빛이 아델을 빠르게 스치고 지나갔다.

Epilogue

1968년 5월 9일

젊은 여인은 아델과 함께했던 걸음들을 되돌아보려고 미술관에 들어섰다. 새로 사귄 그녀의 친구는 사망했다. 에바는 충격을 받았고 가슴이 아팠지만 건강의 위험을 무릅쓰고 아델을 미술관에 데려온 것은 아주 가치 있는 일이었다는 걸 알았다. 인생의 마지막 순간 아델이 가고 싶었던 곳은 이 장소 외에는 없었다. 이제는 제복을 입은 남자들이 더는 아델을 추적하지 않았고, 아델은 자신의 의지와 상관없이 강제로 병원에 가지 않아도 되며 또 하루를 고생하지 않아도 된다. 에바는 아델이 이 미술관의 벽, 과거의 사람들 사이에서 찾고 싶었던 걸 찾았다는 걸 알았다. 에바는 아델이 그 모든 실패와 거짓에도 불구하고 마지막 순간에는 평화를 얻었기를 바랐다.

에바는 손에 낀 반지를 문질렀다.

어쩌면 그 모든 것에도 불구하고 자신도 그럴지도?

젊은 여인은 이제는 이름을 아는 여인들을 다시 한번 쳐다봤다. 게르트루드는 그 모든 자세 속에서 요염하고 대담했다. 발리의 깊고 애절한 눈은 늘 도전적으로 관람자에게 향했고, 에디트는 다정하고 불편해하는 것처럼 보였다.

이들 모두 얼마나 많은 것을 잃었을까?

에바는 실레의 해바라기 작품들 앞에서도 시간을 보냈다.

에바는 신경을 안정시키고 그녀를 압도하려고 위협하는 감정을 진정시킬 순간이 필요했다. 젊은 여인은 아델에게 속마음을 털어놨던 그 벤치에 앉았다. 그녀는 지갑에서 사진 한 장을 꺼냈다. 태어난 지 몇 달 된 남자아이가 밝게 미소 짓는 사진이었다. 모서리는 찢어졌고, 사진에서 아이의 팔 근처는 반복해서 만진 자국으로 기름진 채 문질러져 떨어져 있었다. 에바의 아들이었다.

에바는 아이가 삼 년 전, 태어난 지 육 개월 되었을 때 죽었다고 아델에게 말했다. 아이는 잠을 자러 갔다. 그녀는 아이의 이마에 입을 맞추고 자장가를 불러주었다. 하지만 아침에 아이에게 갔을 때 아이는 차갑게 죽어 있었다. 불과 몇 시간 전의 아이 모습을 그대로 만든 모형처럼 보였다. 에바가 할 수 있는 일은 아무것도 없었다고 사람들은 말했다. 슬픈 일이지만 스스로를 탓해선 안 된다고 했다.

하지만 에바는 늘 자신을 탓했고 앞으로 그럴 것이다.

에바는 손을 배에 얹고선 그 안에서 새로운 생명이 꽃피우는 걸 느꼈다. 다시 임신했다는 사실을 알았을 때는 두려움과 죄책감으로 괴로웠다. 그 감정을 밀어버리고 묻으려 노력했지만 자신의 일부를 죽이는 데만 성공할 뿐이었다. 희망을 가질 수 있는 부분 말이다.

에바는 에곤 실레가 그린 그림에서 아델의 눈을 쳐다봤다. 에바는 노력할 것이다.

1968년 5월 16일

우중충한 날이다. 화창한 날씨일 거라는 예보에도 불구하고 냉정한 구름들은 태양의 따스함을 조금도 통과시켜 주지 않았다. 새들은 지저 귀며 어두운 하늘을 향해 원을 그리며 돌았다. 나무들은 봄이 한창인 모습으로 바스락거렸다. 에바는 여전히 몸이 떨렸다.

에바는 아델 하름스를 위해 밝은 해바라기 꽃다발을 준비했다.

에바는 오버 상크트 바이트 공동묘지에서 오래된 묘석 앞에 섰다. 그 묘석은 벌거벗은 채 몸을 구부리고 있는 남녀의 모습으로 조각되어 있었다. 에곤 실레의 작품에서 에바가 너무도 생생히 봤던 성적인 불꽃 은 보이지 않았다. 몸은 이끼로 누랬다. 후광이나 천사들이라는 것을 암시하는 것 하나 없이 단순히 담쟁이덩굴에 휘감겨 있었다.

그들은 추워 보이지 않았다.

에바는 동상의 발 앞에 해바라기를 내려놓았다. 손을 뻗어 조각된 어깨를 만져보고, 여인의 손에 손가락을 갖다 댄 다음 자신의 손을 따뜻하게 했다. 에바는 눈물을 훔쳤다.

'에곤과 에디트. 실레.' 이 이름이 돌에 아주 견고하게 새겨져 있었다. 그들의 운명은 결코 바뀔 수 없을 것이다.

아델의 가벼운 몸이 안치된 관이 땅속으로 내려졌다. 그녀의 편지 중에는 몇 년 전의 주문서와 돈을 지불한 영수증도 있었다.

마침내 아델은 에곤과 에디트와 하나가 되었다. 피가 다시 피를 만났다. 심장이 심장을 만났다. 사랑이 이 세 영혼을 강타하고 혼란스럽게 했다. 아델은 잃어버린 퍼즐 조각이었다. 그들의 신성치 못한 삼각형의 마지막 점이었다. 그들의 뼈 위에 놓인 아델의 싱싱하고 연약한 뼈들은 이미 먼지로 돌아갔다. 아델 하름스를 위한 묘비는 없을 것이다. 생년월일, 사망 날짜는 묘비에 새기지 않을 것이다. 다른 묘비들과는 달리 이곳에 매장된 이 여인을 기리는 글도 없을 것이다. 그런 것들은 대개 사랑을 많이 받은 엄마, 사랑하는 자매들, 소중한 딸들을 위한 것이었다. 아델의 생애에 관한 이야기는 없을 것이고, 태양을 도는 이 행성에서 자신이 마음을 준 남자와 자신이 배신한 동생과 같은 땅에 묻혔다는 사실도 드러나지 않을 것이다. 아델의 모든 격렬한 열정, 불꽃들은 결국 어둠 속으로 사라졌다.

아델은 흔적도 없이 사라질 것이다. 에곤 실레가 만든 그녀의 그림만이 남았다. 무덤을 판 이들은 새 흙을 다시 쌓았다. 에바는 엄지로 금반지를 문질렀다. 친구 아델이 준 선물이었다. 관계를 이루고 진실을 중시하며 진정한 사랑과 용서를 위해 최선을 다하라고 상기시키는 반지였다. 에바는 앞으로 다가올 날들에 이 교훈들이 필요할 것이다.

"아델 하름스." 에바가 속삭였다.

아델은 익명도 아니고 알려지지 않은 것도 아니다.

아델은 적어도 한 사람에게 자신의 이야기를 들려주었다. 그리고 그녀는 그림 속 실제 여성들에게 빛을 비춰주었다. 바로 게르트루드 실레, 발리 노이질, 그리고 에디트 하름스 말이다.

에바는 전에는 전혀 알지 못한 걸 지금은 깨달았다. 화가의 연필과 물감 한 겹 한 겹 아래 알려지길 갈망하는 야성적이고 활활 타오르는 심장이 있다는 걸.

역사적 기록

이 책은 아델 그리고 에디트 하름스, 게르트루드 실레와 발리(발부르가) 노이질의 삶에 관해 내가 찾을 수 있었던 제한적인 사실들을 토대로 쓴 소설이다. 다른 소설들과 마찬가지로 나는 이 이야기의 목적을 위해 때로는 특정 에피소드를 고안해 내거나 '재배열'해야 했다. 예를 들어 에디트와 에곤이 빈에 돌아온 것을 1917년 초가 아닌 1918년으로 설정했다. 하지만 여기 실린 네 여인은 모두 실재했다. 아래는 내가 그들의 삶에 관해 수집한 것을 요약한 것이다.

아델 하름스

아델 하름스는 1890년 요한과 요제파 하름스 사이에서 첫째 딸로 태어났다. 아델은 실제로 1968년 빈에서 78세의 나이로 사망했는데, 몹시 궁핍했으며 결혼을 하지 않았고 자녀도 없었다. 나는 연구를 시작할 무렵 툴른에 있는 에곤 실레 박물관에서 크리스챤 바우어로부터 이 정보를 얻었고, 이로 인해 도입부의 이야기를 만들 수 있었다. 나는 부유했다가 가난한 위치가 되기까지 아델의 인생에 무슨 일이 일어났던 건지 알고 싶었다. 나는 그녀를 희망과 꿈이 가득하고, 삶이 어떻게 펼쳐질지에 대해 기대감이 높은 젊은 여인으로 상상했다. 에디트와 에곤이 사망하고 전쟁으로 합스부르크 제국이 멸망한 뒤 어떻게 아델은 무일푼으로 남게 되었을까. 어떻게 그 오십 년의 외로운 세월을 살아냈는지? 어떤 피해를 견뎌냈을까?

리즈 대학교에서 나는 내 책상 위 벽에 〈무릎을 구부리고 앉아 있는 여인Seated Woman with Bent Knee(1917)〉 엽서를 붙여놓았는데, 십 년 뒤 연구를 하는 동안 그 엽서 속 여인이 아델이란 걸, 내가 한때 상상했던 대로 화가의 아내나 애인이 아니라 화가의 처형이라는 것을 알게 되었다. 이는 이 소설을 위한 조사를 더 깊게 하도록 촉발시켰다. 열망으로 가득 찬 아델의 불타는 눈동자는 욕망과 재앙을 말해주었다. 나는 그녀가 화가와 사랑에 빠졌는지, 그를 위해 모델 일을 하는 것에 대해선 어떻게 느꼈는지, 그녀가 길 건너편에서 목격한 이 잘생긴 젊은 남자와 한때 결혼하고 싶은 희망을 품었는지 궁금할 수밖에 없었다.

그 결과 초래된 하름스 자매 사이의 갈등은 만들어낸 것이다. 아델은 에디트를 진심으로 축하했을지도 모른다. 동생의 남편 앞에서 옷을 벗고, 그가 그녀를 그리는 몇 시간 동안 자세를 취하는 일은 아주 편하고 의심할 만한 것이 없었을지도 모른다. 우리는 결코 확실하게 알지 못할 것이다. 하지만 나는 이전에 실레와 관련된 소설에서 제대로 탐구되지 않은 강렬한 동력을 느꼈다. 에곤 실레의 이야기에 나오는 여인들은 종종 소극적인 모습으로 묘사되며, 에곤의 인생에서 그들의 역할을 덤덤하게 받아들이는 것처럼 나와서 나는 이야기를 다시 쓰고 싶었다.

아델 하름스는 빈에 있는 오버 상크트 바이트에 있는 묘지에 묻혔고, 에곤 실레와 같은 묘역이었다. 옆 묘지는 1918년 11월 3일에 묻힌 그녀의 동생 에디트 하름스의 것이었다. 이러한 정보는 대중적으로는 잘 알려지지 않았다. 여기 한 여인이 에곤과 에디트가 사망한 지 오십년 뒤 에곤과 같은 묘역에 묻혔다. 왜? 어떻게 그런 일이 있을 수 있을까? 나는 답을 얻지는 못했지만, 이런 세세한 정보는 작가가 상상할 수 있게 그토록 강렬한 화합과 슬픔, 성숙의 영역에 대해 말해준다.

아델 하름스의 마지막 안식처를 나타내는 묘비가 없는 건 사실이다. 그녀는 이름, 생년월일, 사망 날짜도 없이 묻혔다. 나는 이것을 바로잡고 싶었다.

게르트루드 실레

게르트루드 실레는 1894년에 태어났고(나는 그녀의 생일을 4월 13일로 했지만, 이에 대한 기록은 다양하다.) 86세까지 살았다. 1981년 빈에서 사망했다. 그녀의 오빠와 같은 묘지에 묻혔으나 같은 묘역은 아니었다. 1914년에 아들 안톤 주니어를 낳았는데, 그는 1997년 82세의 나이로 사망했다. 그리고 딸 게르트루드도 있었는데(1913년 출생), 30세까지 산 것으로 보인다. 게르트루드의 남편 안톤 페슈카는 1940년 55세의 나이로 사망했다. 나는 소설에 언급된 인물들의 현존하는 친척들을 아무도 알지 못한다.

게르트루드와 에곤이 트리에스테로 도망갔던 건 사실이다. 트리에스테는 해변에 위치한, 그들의 부모가 신혼여행을 보낸 곳이고, 그들은 거기서 함께 방을 썼다. 게르트루드는 오빠와 아주 가까운 관계였고 그를 위해 누드로 자세를 취했다. 그리고 1970년, 실레에 대해 연구하는 학자 알렉산드라 코미니와의 인터뷰 때, 게르트루드는 그들의 친밀한 관계에 대해 애정과 자부심을 갖고 솔직하게 말했다.

발리(발부르가) 노이질

발리 노이질은 일반적으로 'Wally'(발리, 발부르가를 짧게 부른 이름)로 알려졌지만 오스트리아에서는 'V'로 발음되므로 나는 더 부드럽게 Vally를 사용했다. 발리는 1917년 12월 25일 성홍열로 23세의 나이에 사망했고, 종군 간호사로 지냈던 시니에 묻혔다. 묘비는 없다. 무덤은 2015년에 발견됐고, 사망 백 주년이 되는 2017년에 복원되었다.

발리가 구스타프 클림트의 모델이었고 그로 인해 에곤을 만나게 되었다는 소문이 있지만 입증된 적은 없다. 실레는 발리를 더 평범하게, 그가 매력적인 젊은 모델들을 찾으러 다니던 쉰브룬 공원에서 만났을 수도 있다. 발리는 게르트루드와 같은 나이지만, 삶을 아주 다르게 시작했다. 그녀의 어머니 테클라는 발리가 열한 살 때 발리와 그녀의 여동생들을 데리고 일자리를 찾으러 빈으로 이사했다고 한다. 그녀가 읽고 쓸 줄 알았을 가능성도 있다.

그 당시의 어린 소녀가 할 수 있는 일의 종류와 테이블에 음식을 놓기 위해 감수해야 하는 위험들에 관해 조사하는 건 눈이 휘둥그레지는 일이었다.

발리가 섹스에 대한 대가로 돈을 받았다는 사실을 암시해 주는 것은 없지만 화가를 위해 옷을 벗었다는 건 그 당시 사회의 관점에서는 매춘과 동등하게 여겨졌다.

에디트 하름스

에디트 하름스는 1893년에 태어나 1918년 10월 28일에 25세의 나이로 사망했다. 사망할 당시 첫 아이를 육 개월 임신한 상태였다. 내 마음속에 그녀에 대한 글을 써야겠다는 생각의 싹을 처음 틔우게 한 것이 바로 런던에서 열린 실레의 작품 전시회에서 읽었던 이런 정보들이었다. 나는 비참하게도 짧은 인생을 살았던 이 젊은 여인에 관해 모든 걸 알고 싶었다. 내가 실레의 궤적에서 또 다른 매력적이고 강렬한 여인들을 발견하기 전까지, 처음에는 책 전체를 에디트의 관점에서 말하는 것으로 쓰려 했다. 에디트는 항상 다정한 옆집 소녀처럼 보여졌지만, 연구 초기에 실레의 결혼에 관한 글을 읽을수록 그 이야기를 아는 사람은 모두 발리의 편을 들 거라는 생각이 들었다.

하지만 나는 처음부터 에디트에게 공감했다. 그녀의 그림, 에곤 실레의 초상화 〈화가의 아내〉(1915). 특히 이 그림에 보이는 에디트가 오래된 커튼으로 직접 만들었다는 형형색색의 줄무늬 드레스, 에곤을 기쁘게 해주고 싶은 간절한 눈빛, 초조해서 두 손을 말아 쥔 모습은 내 마음을 뭉클하게 했다. 실레는 '유리하게' 결혼하고 싶어 했고, 그의 뮤즈이자 애인이자 그의 편에 섰던 발리를 버리고 싶어 했다고 알려졌다. 하지만 나는 에곤과 에디트의 결합을 단순히 편리를 위한 결혼이 아니라 웅장한 사랑으로 표현하고 싶었다.

나는 이 생각에 매료되었다. 이 둘은 발리의 환영을 안고 어떻게 결혼생활을 해나갈 것인가? 나는 발리의 이미지, 그 꿰뚫어 보는 눈이 에디트의 마음에 내내 머물렀을 것이고, 신혼부부 사이에 불화의 물결을 일으켰으리라 생각했다.

에디트의 순수함, 깨끗함 그리고 단순함은 결혼 뒤 그녀의 남편이 그린 초상화들에 나타났다. 그녀는 과연 다정한 인형처럼 그려졌다. 그녀는 이런 식으로 세상에 보여지는 게 행복했을까? 그가 그린 것처럼 그녀는 다정하고 단순했을까? 나는 에디트에게 개성, 적극성, 그녀만의 어두운 면을 주입하고 싶었다. 우리는 나체에, '자위행위'를 하는 아내의 모습을 그린 에곤 실레의 그림에서 그녀의 분노를 느낄 수 있다. 그 그림에서 에디트는 관람자에게서 얼굴을 돌리고 있고 뒤틀린 척추에서 긴장감을 엿볼 수 있다. 나는 에디트가 모델 역할에 던져진 걸 얼마나 싫어했을지 궁금했다. 에디트의 주저함, 눈에 뻔히 보이는 아델의 의욕, 그리고 실레가 처형을 그린 작품에서 스며 나오는 자신감은 소설의 마지막 사건에 이르는 데 영감을 주었다.

나의 친구 알리 스코필드에게

욕망의 불꽃,
에곤 실레와 뮤즈들

초판 1쇄 발행 | 2023년 1월 15일

글쓴이 | 소피 헤이독
옮긴이 | 김여진

펴낸이 | 조미현
책임편집 | 황정원
디자인 | 씨오디 color of dream

펴낸곳 | (주)현암사
등록 | 1951년 12월 24일 제10-126호
주소 | 04029 서울시 마포구 동교로12안길 35
전화 | 02-365-5051
팩스 | 02-313-2729
전자우편 | dalda@hyeonamsa.com
홈페이지 | www.hyeonamsa.com
블로그 | blog.naver.com/hyeonamsa

ISBN 978-89-323-2268-1 03840

* 책값은 뒤표지에 있습니다. 잘못된 책은 바꾸어 드립니다.
* 달다(DALDA)는 (주)현암사의 장르소설 브랜드입니다.
* 이 책에 실린 에곤 실레 작품에 대한 출처는 모두 Wikimedia Commoms입니다.